长江往事 血拼

韩飞 许建萍 著

河北出版传媒集团
花山文艺出版社
河北·石家庄

图书在版编目（CIP）数据

血拼/韩飞，许建萍著.—石家庄：花山文艺出版社，2020.9
（"长江往事"系列：一）
ISBN 978-7-5511-5112-2

Ⅰ.①血… Ⅱ.①韩… ②许… Ⅲ.①长篇小说—中国—当代 Ⅳ.①I247.5

中国版本图书馆CIP数据核字（2020）第060368号

书　　　名：	血　拼
	XUEPIN
著　　　者：	韩　飞　许建萍
策　　　划：	李　爽
责任编辑：	刘燕军
责任校对：	李　伟
装帧设计：	王爱芹
美术编辑：	胡彤亮
出版发行：	花山文艺出版社（邮政编码：050061）
	（河北省石家庄市友谊北大街330号）
销售热线：	0311-88643221
传　　　真：	0311-88643234
印　　　刷：	石家庄众旺彩印有限公司
经　　　销：	新华书店
开　　　本：	700mm×1000mm　1/16
印　　　张：	36.75
字　　　数：	460千字
版　　　次：	2020年9月第1版
	2020年9月第1次印刷
书　　　号：	ISBN 978-7-5511-5112-2
定　　　价：	88.00元

（版权所有　翻印必究·印装有误　负责调换）

目 录
CONTENTS

楔　子……………………001
第 一 章　戏后忙祭祖……………005
第 二 章　轮船打兵差……………025
第 三 章　爱上了戏子……………037
第 四 章　暗杀……………057
第 五 章　女扮男装……………076
第 六 章　婚事风波……………091
第 七 章　婚变……………108
第 八 章　误害亲子……………126
第 九 章　外轮挤压……………142
第 十 章　重庆相会……………150
第十一章　设计听戏……………161
第十二章　筹备婚事……………179
第十三章　万县惨案……………199
第十四章　接管家业……………216
第十五章　兄弟反目……………233
第十六章　英轮施压……………251

第 十 七 章	误生间隙	271
第 十 八 章	误会再生	289
第 十 九 章	货物遇阻	305
第 二 十 章	真情断绝	321
第二十一章	武家解困	338
第二十二章	巧遇订婚	355
第二十三章	抗争外轮	371
第二十四章	误恨成仇	388
第二十五章	洞房之夜	405
第二十六章	合股对外	421
第二十七章	暗使计策	439
第二十八章	巧计获胜	456
第二十九章	整合公司	471
第 三 十 章	重挫外轮	487
第三十一章	击败英轮	503
第三十二章	以身殉国	519
第三十三章	勘察险遇	535
第三十四章	怒截航道	551
第三十五章	长眠石牌	566

尾　声 …… 581

楔　　子

　　初春的万县到处招摇着春天的信息，山坡上的油菜花，盛开在树丛间的映山红，放眼望去，满目的绿色中夹杂着黄色和红色，在薄雾笼罩中，山城的空气里润润的，有一股淡淡的泥土气息。勤快的婆娘儿们双手钳住背篼的带子，听着江边传来的汽笛声，走上田埂，开始了一天的忙碌。

　　田边的小路一直通向不远处的楼群，三三两两的人或急或慢地走着。一个挑着箩筐的人颤悠着扁担，从两个穿着西装的人身边走过后又不禁好奇地回头看了一眼。穿着西装的老人走走停停，一会儿抬眼看着远处，一会儿又蹲下身子，颤巍巍的手，凸起的青筋在手背上蜿蜒，似一道山脉。他的手触到路边土地的一刹那，抖得越发厉害，潮湿的空气让松散的土在老人的手里凝聚起一个圆球。他把小小的土球贴近了脸颊，嗅着。当他的目光漫游到了路边的灌木丛上，一点红色吸引了他。挨着老人站立着的年轻人，跟随老人的目光，似洞彻了老人的心里，上前几步，将红色的小果子摘了过来。老人把红色的小浆果举到眼前仔细端详了起来，自言自语道："对，就是这个，还是那个样子。"说完，把它放进嘴里，露出了笑容，但随即他的眼里便有泪花闪动起来。

　　年轻人上前低声催促，老人呢喃着："不急不急，让我再待会儿，哦，对了，你知道我刚才吃的那个是什么吗？"年轻人摇了摇头，他便说道，"我们叫它葩，很甜的，小时候总吃。"老人的目光迷离起来。沉默了一会儿，老人复又蹲了下来，掏出怀里洁白的手帕，摊在地上，然后从旁边往手帕上抓泥土。年轻人忙蹲下帮忙，老人制止了他，说，够了。

将包了泥土的手帕收进怀里，老人看着不远处的县城，不舍地回头看了一眼，拖着脚步向前走去。

杨家街口，商铺鳞次栉比，人来人往。在一个支着遮阳布的摊位前，老人找了个位置坐下，叫过正忙碌的婆娘点了两碗抄手，嘱咐她多加点海椒，年轻人忙制止老人说："大夫说了，不能再吃辣了。"老人忙说："最后一次，最后一次。"年轻人无奈地看着老人，老人继续说着，"最后一次了，以后再想吃也吃不着了。"热乎乎的抄手端了上来，老人夹起一个抄手正往嘴里送，旁桌的对话灌进了他的耳朵里。

"嘿，老哥，你接到通知了不？咱向家十天后要祭祖呢。"另一个回答："浪个没接到哟，唉，六十年了，咱向家总算又能祭祖了。"

向家祭祖？老人心里一惊，夹着抄手的手抖了起来，抄手掉进了碗里，他怀疑自己是不是听错了，扭头看着说话的两个老人，问道："向家？哪个向家？"

那个被叫作老哥的人看了他一眼，反问了一句："向家，还能有哪个向家？当然是我们向家了，向家可是万县的大户，你还能不知道？"说完看了看老人，见他身穿西装，似有所悟，"哦，你不是本地人吧……"

老人没理会那人的问话，也没等他再说下去，忙追问起来："向家祠堂在哪？祠堂不是被拆了吗？"被问的人愣住了："当然又新建了啊。"另一个人好奇起来："你问这些干吗？你又不是我们向家人。"说着，他揉了揉眼睛，"咦"了一声，"我怎么看你这么眼熟，你谁啊？"

"先别管我是谁，我问你，新祠堂在哪？"

得知了祠堂的地址，问清了主持祭祖的人后，老人带着年轻人匆匆地走了，向家的两个老人愣愣地看着他们远去的背影。突然，那个年长的人一拍大腿，用手指着远去的人，结巴了起来："他……他……他……他是莫……莫……莫英豪！"那神情就仿佛见了鬼一般。

新建的祠堂掩映在一片竹林里。

向青云推着坐在轮椅里的五月，指挥着族人干活，和五月讲着当年祭祖自己跑去唱戏扯脸的事。他说，自那次祭祖后，向家就再也没祭过祖了。

"青云哥。"

这一声呼唤让向青云诧异了，这个世界上，这么喊他的只有一个人，但是那个人，应该已经不在这个世界上了啊。向青云觉得一定是自己产生了幻觉，他摇了摇头，看来人老了真的是越来越怀念过去的人和事了。

"青云哥。"又是一声。

向青云忍不住回头看去，眼前分明站着一个人。是他吗？向青云试探着："英豪？"老人点点头，快步向向青云走去："青云哥，是我，我回来了。"两位老人紧紧地抱在一起，使劲地拍打着对方的后背。向青云哽咽着："老小子，你这是从哪来的？"

莫英豪身后的年轻人眼见他快站不住了，才发现拐杖在地上躺着，忙不迭地冲了过去，扶住了莫英豪。这时五月颤抖地叫着："青云，青云。"年轻人忙推过被向青云丢在身后的五月。她定住神，看着眼前这个身穿黑色西装、身材依然挺拔的老人，再看他松弛的眼睑。此刻莫英豪上前一步说："五月嫂子，我是英豪啊。"五月的目光在莫英豪的脸上停留了片刻，眼前似幻象般地出现一个生龙活虎、憨态喜人的小伙子影像。她眼里噙着泪说："是，是英豪。"说完埋下了头，从上衣口袋里，掏出手绢擦着眼泪。很快，她又抬起头，"都别在这儿站着了，回家吧，回家说。"

晚宴上，莫英豪解开了向青云心中的疑惑。他说抗战胜利后，原想退役回万县，但还没等到递交申请，他所在部队居然又和共产党的部队打了起来，打来打去，最后他随部队退到了台湾。到台湾不久他就退役了，然后开始学着做生意；现在年纪大了，生意由儿子经营着，自己总算清闲了，每天养养花钓钓鱼，虽然也想听听戏，但在台湾没有唱川剧的，想听也听不着了。

莫英豪说到听戏，向青云不禁哼唱了几句，然后说道："这次回来肯定听饱了吧？要是还不够，明天我陪你去听。"说完，他摸了摸自己的白发，看着莫英豪感慨起来，"只是，我们现在都老了，你要早点回来就好了。"

莫英豪叹了口气："我也想早点回来，但你想想那几年，我浪个能回得来？好在啊，现在终于可以以个人身份回大陆了，所以啊，我就趁自己这把老骨头还能动的时候，就赶紧回来了，回来看看你们，看看家乡的山和水。要不到时候我就是死了也瞑不了目啊！"说着他流下了泪水，"这次回来，我去了你家老宅，但你家老宅没了，也曾打听过你，但万县这么大，我能上哪打听你的消息啊？正想着咱老哥俩只能在阴曹地府会面的时候，就听人说你们向家要祭祖，这不就赶紧找来了。没想到，还真见到你了，青云哥。"

向青云听到这，放下了手中的筷子，一把握住了莫英豪的手，叫了声"英豪"就再也说不下去了。窗外，一声汽笛传来……

第二天早晨，向青云和莫英豪早早地就站在了长江边上，看着滔滔奔流的江水，六十年前，它也是这样奔流着……

第一章 戏后忙祭祖

1926年4月的一天。辽阔的江面映着朵朵白云,几艘木船缓缓行驶而过,水中的云彩被撕成碎片,上下起伏荡漾着。万县码头上,汽笛一声声传来,发往重庆的客轮马上就要起航了,船员举着大喇叭催促着,拎着木箱、扛着行李的人,往船上挤去,看着有点儿混乱的顺序,他叫了起来:"做爪子,莫挤撒,莫挤哟。"

万县码头连接万县城区的道路是梯状的,无论是在阶梯的上方俯视江面,还是从码头上仰望街道,都会让人觉得万县的景致有虚实相映的味道儿。

相比较而言,码头装货区秩序井然,扛着麻包的工人"黑作,黑作"地吆喝着,紧张地装着货。向氏轮船公司的马文俊站在冯船长身边,抬头看了看天,然后看着码头上一堆待装的货物,有点着急起来:"云往西,披蓑衣,要下雨了。老冯啊,得让他们快点了。"

冯船长也抬头看了看天,点点头,转身对着扛货的工人喊了起来:"要下雨了,兄弟们紧着点儿,快点儿撒!"

码头工人忙应着,说绝对误不了事。马文俊又嘱咐了一句,看了看表,对冯船长交代了几句,正准备要走,突然看到袍哥大爷莫元清和袍哥三爷正从台阶上走下来,心里嘀咕了一句"又碰到他们了",忙转身向船尾方向走去。他想趁莫元清和袍哥三爷没注意到他的时候，先躲一躲，然后，再从台阶侧面上去。

开春以来，莫元清一直很恼火。他总闹不清为什么自己生意寡清，而向家却一直生意兴隆。早起吃过饭，在客房里抽了几袋闷烟儿，他抬起脚往鞋底磕着烟锅儿的时候，只听吱的一声，客厅的门被扒开了一条缝儿，探进半个黑乎乎的脑袋。莫元清没好气地说："要进就快进来，偷鸡摸狗似的给我添晦气。"

袍哥三爷一侧身从门缝里溜了进来。看着他的样子，莫元清不得不笑了一下。袍哥三爷见莫元清有了笑脸儿，说道："兄弟们……们，来报……说，向家的船在装货，要到……到宜宾。"

莫元清的笑戛然而止，把烟锅儿别在裤袋上，在屋里转了起来，袍哥三爷怔怔地看着他。过一会儿，莫元清穿起对襟的白色大褂儿，从桌上拿起两个铜球，一只手拉开门，大摇大摆地走到了街上。袍哥三爷忙跟在他的身后。

莫元清站在台阶路的上方，看着江边向家的轮船，手里的铜球转得越发地快，声音也越发地急促。

码头上做活计的小袍哥，远远就看到莫元清脸色沉峻，继续着活计，不敢和他打招呼。

就在马文俊碎着步子，急急向船尾走着的时候，身后喤……喤……托着音儿的响声，已经逼近了他的耳朵。他确定，莫元清已经在自己身后不远了。马文俊还抱着侥幸的心理，心说鬼才知道他莫元清来干什么，溜之大吉为上。

"文俊，好生意啊。"

马文俊装作很突然地停下脚步，转过身笑着迎了上去，拱手施礼道："莫大爷好，托您老人家福，生意马马虎虎。"然后看向莫元清身后的袍哥三爷，拱拱手，"三爷好。"莫元清和袍哥三爷点点头算是还了礼。施礼过后，马文俊忙问莫元清有何贵干。

莫元清理了理敞口衣襟的领子，沉吟了一下，右手里两个亮晶晶的铜球转了起来："心里烦，找向二爷摆摆龙门阵。"

马文俊看着莫元清，好像有点儿替他遗憾："哟，实在不巧，今天向家祭祖，二爷不在账房。"

"嗯？清明还没到就祭祖？"莫元清疑惑起来，手里转着的铜球停了下来。

马文俊忙应道："大爷官差上不方便，没有假，就提前了。"

"噢——"莫元清手里的铜球又转了起来，好像是自言自语地说，"向大爷回来了，看来怎么着也得去拜访问候一下了。"他看向马文俊，说道，"文俊啊，有事你就去忙吧，不要耽误了事，我和三爷再逛逛。"说完转身向停泊在码头上的自家船走去，袍哥三爷忙跟了上去。

远离熙攘的街道，依山靠势高低错落有致的房屋中间，一条由青石铺就的道路蜿蜒而上通向向家院子。向家院前一棵高大的黄桷树，斜伸出枝干，如人的一只手，指向抬眼就能望见的长江。当年向家老辈子在这建房的时候，风水先生就说了，这树能帮着他家照看着江上的船，于是以长江行船为生的向家，就在这里建下了三进房的院，希望能借这棵古树的灵光，保佑向家船只的安全，保佑向家子孙绵延。

此时，向家红色的院门斜开着，能容两个人进出，不时有仆人拿着东西进进出出。管家向福，站在院门的里边，不时示意进出的人放轻脚步，眼睛总是瞟向紧闭着门的书房。书房内，向家大爷向不争、二爷向不悔正商量着祭祖的事。

向不悔端了盖碗，右手转着碗盖，说："哥，突然想起来了，刚才在外面的时候，我看天上的云在往西边飘，怕是要下雨啊，祭祖的事不会受影响吧？"

"放心吧，雨暂时还下不起来，影响不到咱祭祖的。"向不争平静地回答。

向不悔又突然想起了新开航线的事，放下盖碗，他将身子往向不争一侧靠了靠，小声问了起来："哥，现在时局咋个样？"他想开航线，但却对时局没有把握，见了大哥，他想得到确切的答案，以便筹划向家的生意。

向不争喝了一口茶，有条不紊地分析起来："刘甫澄和杨子惠议和后联手打败袁子铭，重庆、万县应该是平稳的，放心做你的生意吧。"向不争明白，弟弟关心的是局势对向家生意的影响。

向不悔担心地问："就怕滇军杀个回马枪。"

向不争倾过身子压低了声音说："刘甫澄已经派人联络黔军王天培部，每月四十万礼送出境，王天培一走，袁祖铭就断了一条胳膊，只好乖乖滚蛋。"

向不悔还是担心地问："外人赶走了，刘、杨二位会不会打起来？"

向不争说："打是早晚要打的，虽说刘杨二人是同学，但毕竟一山不容二虎，谁不想独占四川？不过广州国民政府正酝酿北伐，他们二位在看风向，不会马上动手。"

当向不悔得知杨森和刘湘短期内不会开战时，像吃了定心丸，不禁喜上眉梢："如果这样，向氏轮船公司马上开万县到重庆的航班，这条线我想了好几年了。"

向不争喝了口茶，站起身，斩钉截铁地对向不悔说："目前时机很好，马上干。"说完，他又担忧起了自己不争气的儿子，问向青云是不是每天还是只知道泡茶馆戏园子。

向不悔忙为侄子遮掩，说比过去好多了。

向不争叹了口气，说："你别护着他。我是他爹，他什么样子我清楚。兄弟啊，我常年不在家，你得帮我好好管教青云。向家千亩良田如今就这一根独苗了，不成器可不行。"

向不悔诺诺应承着，说一定要好好管教向青云。

向不争又问起向不悔在日本留学的女儿向小寒可有信来，向不悔忙说小寒来信了，月内就可回国了。

向不争一直不赞成侄女去日本，总说那是丢人的事。所以，每每说到向小寒留学的事，他都会怪罪向不悔太宠溺孩子。每次向不悔也总是很无奈地向哥哥告白说，孩子寻死觅活的，他也没办法。

正说着，向福敲门走进书房，禀报向家族人差不多都到齐了，催促他们赶紧动身。

向老太爷房间里，早已打扮一新的老太爷坐在太师椅上，向不争夫人秦氏和向不悔夫人刘氏将镜子拿到向老太爷面前左右照着。秦氏问道："老爷子，好不好看？"老太爷看着镜子里的自己，"嘿嘿"傻笑着，口水流了下来，秦氏拿出手帕，帮他擦掉了口水。

正好走到门口的向不争和向不悔看着老父亲的样子，面色沉重起来。向不争忙走上去，站在向老太爷面前："爹，咱们祭祖去！"向老太爷冲着向不争依旧嘿嘿笑着。

向不争向大家挥了挥手，向福忙趋步上前搀起了向老太爷，一行男人向外走去。秦氏和刘氏将他们送到门口。

向不争好像想起了什么，突然止步问道："青云呢？"

秦氏说一早就跑出去了，向福应了声："少爷怕是先到祠堂去了吧？"

"噢……大清早鬼影子都不见，我就怕……"他怕向青云又跑去戏园子，在祭祖的日子里，做下不孝的事。

向不悔安慰着向不争，说道："放心吧,大哥，青云老大不小了，这么大的事不会忘。"其实他的心里也在敲鼓，心里正想着怎么半天没见向青云的人影呢。

向不争点点头，带着一行人走出向家大院。门外黄桷树下候着三副滑竿，向家老太爷、向不争、向不悔各上了一竿坐好后，三副滑竿颤悠悠地带着一群人往祠堂走去。

向家族人去祭祖，而此时的同庆园正被一群地痞闹翻了天。

万县主街上，同庆园挤在茶馆和酒馆的中间。戏园里坐满了人，熟悉的人品着茶摆着龙门阵，摆说着马上就要开演的戏码，茶倌忙着续茶，卖零嘴的小贩穿梭叫卖着"胡豆、瓜子、香烟……"。戏院今天挂出的水牌是《水漫金山》，已经过了开演的时间，但戏幕却一直没有拉开，坐着的人群哄闹起来，几个地痞往戏台上扔香蕉皮，叫骂了起来，其中一个叫："浪个还不演，×妈，快唱，再不快点，老子要丢茶碗了！"嚷着，他举起了手中的茶碗，做出欲扔的架势，他身边的人跟着起哄："×妈，快点，不演真丢了啊。"座席上，几个看戏的也小声嘀咕着："浪个还不演撒？"

向青云和莫英豪坐在戏台前一张桌边，桌子上摆放着茶水干果等。向青云闻声皱了皱眉，莫英豪站了起来，刚想发作，向青云忙把他摁坐在凳子上说："少安毋躁。"

听到前台的吵闹，德裕班班主小碎步疾走到台前拱手作揖，满脸堆笑地安抚着大家，说道："各位大爷别急，马上就好，马上就好！"

后台化装间也是乱作一团。饰演紫金铙钵的小花脸石金童本来已经化好了装，但肚子却突然痛了起来，捂着肚子蹲在地上哼哼唧唧。饰演许仙的郭天顺蹲在他的身边无奈地看着他，小声地问着。看着开演的时间过了，听着前台传来的吵闹声，当家花旦夏天虹也焦虑不安起来。突然前台传来了"啪"的一声，看样子，真的有人开始在扔茶碗了，夏天虹大声说："没有紫金铙钵唱什么《水漫金山》，要不换戏算了。"

从前台急忙转进来的班主听到夏天虹说换戏，马上板起了脸："说什么笑话，自德裕班唱戏起，就没有换过戏码，你想砸大家饭碗啊？"

夏天虹脸涨得通红，生气地别着脸。郭天顺又过去安抚起来："师妹，你别上火，让班主想想办法。"

夏天虹瞪了一眼郭天顺，又看了一眼班主，说道："等他想出办法来，戏台都让人砸塌了，哼，等着睡大街吧。"

郭天顺无奈地看着他的师妹："唉，你这急脾气啊，再说了，这也不是石金童想看到的啊……你也要替班主想想啊。"

班主无辜地看着夏天虹说："就是啊，我哪里晓得他现在会生病，你说我有啥子办法？"吵归吵，但班主知道现在正是火烧眉毛的时候，得赶紧想法子为好。他摆了摆手，大家安静了下来，演员们互相看着，然后都瞪着大眼睛看着班主。在死一般的寂静中，天不怕地不怕的夏天虹也有了命悬一线的恐惧。

班主的眼睛突然一亮，像是有了主意，也像是要下什么决心，把脚使劲一跺，吩咐道："开戏，马上开戏，你们先唱，我想办法。"

夏天虹愣着，班主推了她一下："去吧去吧，到时候给你们一个紫金铙钵就是了……"一挥手，琴师拉起了过门。郭天顺急忙拉着夏天虹走到台边，准备登场。哄闹的前台安静了下来。

班主走到台边，在观众席上张望了几圈，忙叫过演三和尚的演员，吩咐了几句，演员愣了一下，随即答应一声，快步向观众席走去。那演员猫着腰找到正在看戏的向青云和莫英豪，与向青云耳语了几句说班主有请，向青云迟疑一下，起身随着演员向后台走去。

原来，班主想请向青云饰演紫金铙钵。当向青云得知了班主的请求后，张大了嘴，吃惊地看着班主，班主镇定自若地看着他。前台，夏天虹的唱腔传了过来。

向青云一连摆手："我？不行不行，紫金铙钵是要变脸的啊。"

班主赔着笑说："就是要变脸才找少爷你啊，不变脸随便抓个人就上去了。"向青云还犹豫着，班主却已经把向青云推到了化装台前，"好啦好啦，救场如救火，就算你帮我逃过一场大难，我一辈子感恩戴德……"

向青云仍旧拒绝着。

班主边将毛笔塞向青云边说："向少爷，你要不行就真的没人能行了，谁不知道向少爷有绝招？再说了，扯脸嘛，都差不多。你慢慢勾，我到前面看看去！"班主不等向青云申辩，便匆匆走了。

向青云苦笑一声，对着镜子开始勾起了脸。化好了装，正等待出场，看见迎面走来的莫英豪，还没等他叫出来，莫英豪就从他身边走了过去，向青云忙转过身子，拉住了莫英豪的衣襟："英豪。"莫英豪回过头来，一怔。向青云低声告诉莫英豪是自己，莫英豪惊奇地叫了起来，向青云忙把手指放在唇边示意他小声，告诉他说石金童病了，自己被班主拉着救场，并嘱咐莫英豪千万别说出去。正说着，鼓点响了，该向青云上场了，他再次央求莫英豪一定要保密后，便匆匆上了场。莫英豪怔了怔，走回了观众席，啜了口茶水，看起戏来。

舞台上，向青云戏紧锣鼓密地演着，而与此同时，另一个地点，另一场戏也同样在等着他的上场……

向家祠堂里，几十位族人候着时辰祭祖。向不悔在一群族人中没有看到向青云，忙把向福叫来让他去找。向福找遍了祠堂里里外外每个角落，都没有看见向青云，急得满头大汗。他来到向不悔身边悄声说："二爷，不好啦！少爷不在祠堂。"向不悔一惊，凝神思考了一会儿，琢磨着向青云八成又是去戏园子了。他让向福赶紧去戏园子，并嘱咐向福别让大老爷向不争看出破绽。

向不争和族人们说完话，转身回到向不悔身边，问道："青云呢，我怎么没看见他？"向不悔怕大哥生气，忙替向青云掩饰道："看见几位老表来，一旁亲热去了，年轻人嘛，总是喜热闹的。"

向福一路疾跑来到同庆园，一把推开找他要票的看门人，说了句"有急事，我找个人就走"便冲进了戏园子。观众席的光线昏暗，向福瞪大了眼睛极力在看客中间搜寻向青云，左右上下地扫看了几遍，没见向青云，他心里不禁发起了慌，心想着少爷会不会是出了什么事。

此时，戏台上，向青云和夏天虹正演对手戏。台下有观众发现了紫金铙钵不是石金童扮的，嘀咕起来，一个地痞打了个呼哨，叫嚷着让石金童出来，一群人随之起哄。在喝倒彩的叫喊声里，台上两个人的动作有些乱起来。夏天虹不知向青云的本事如何，在和向青云的目光对视中露出了怯意。

台下有人对向青云喊道："龟儿子滚下去……滚下去，我们要看石金童扯脸。"莫英豪腾地站了起来，挽起了袖子，怒叫起来。带头的地痞看到是莫英豪，再不敢说话，低头坐下，满身的怒气全撒在了身边的人身上。

正此时，台上的向青云一个亮相，嘴里喷出一团火来。观众齐声叫好。莫英豪愣住了，放下了手臂，戏园的看客包括那帮地痞也屏住了呼吸。

只见向青云一扬手、一转身间，蓝色的脸儿变成白色。观众又是一阵叫好。台上紫金铙钵似从青铜饕餮中幻化而出，神秘怪异而狞厉，在和白娘子一个又一个的对手戏中，脸谱又从白色到红色，到绿色，到偏蓝的紫色，到浅绿色，到浅灰色，到浅粉色，到浅黄色，最后是上半边脸儿的黑色。观众看呆了，有人站起身来数着向青云的变脸次数。人们沸腾了，莫英豪拼命地鼓掌。及至最后，一个地痞跳上了桌子喊道："石金童五次，这龟儿子九次，硬是厉害。"

着急找向青云的向福也被台上的变幻惊住了，揉了揉眼睛，不禁自语道："这娃子，硬是厉害。"看到这里没有向青云，向福迈步往外走。突然一声喝彩声传进了他的耳朵："青云哥！好样的。""少爷？"他一愣，一转身看到莫英豪扯着嗓子冲着戏台叫着，两手还在空中舞动。向福忙冲了过去，作了个揖，着急地问道："莫少爷，我家少爷呢？"

莫英豪的情绪还在激越中，拖着声调说："变脸喽，看看，别走了眼，那是……"英豪停住了嘴，他想还是不告诉向福为妙。此时，向青云已经退回了后台。

向福似乎意识到了什么，问英豪："刚才台上唱钹童的是谁？"

莫英豪卖起了关子，说："连你都看不出来？当然是………石金童啊。"

向福说:"我的小爷,家里已经火烧眉毛了,快说那是不是青云?"

莫英豪还在卖着关子:"不是不是,怎么会是青云哥?"

向福着急地一跺脚,两手在莫英豪眼前抖了抖说:"今天向家祭祖,你知道不知道?"莫英豪"啊"了一声,拉着向福就往后台跑去。

向青云喘息着,正在卸妆。看到跟着莫英豪进来的向福,他倒好奇地问起来:"什么事啊?看你慌慌张张的。"

向福看着向青云的妆容,不禁怒从中来:"什么事?大事!祭祖,今天向家祭祖,大爷、二爷、老太爷都去祠堂了!"他瞪着向青云,"你倒好,还有心思在这里扯脸!还不快回去,二爷已经替你挡了半天了。"

向青云一怔,猛地拍了下脑袋:"天啊!我怎么把这事忘了。"说完,手忙脚乱脱了戏装就跑,莫英豪忙叫起来:"青云哥,脸,你的脸……"向青云忙转身抓了条毛巾,边擦脸边和向福跑出戏园,往祠堂方向急奔而去。

同庆园的戏散了场,观众往外走着,议论着向青云的变脸,大家对他的表演啧啧称赞,说:"别看人家是富家公子,那戏那扯脸还真不是吹的……"

夏天虹正在卸妆,郭天顺走了过来,连连称赞夏天虹今天的表演好,观众的叫好声比往日大了很多。夏天虹自豪地说:"哪是我啊,是青云唱得好!"看着镜子里的夏天虹,郭天顺脸上露出了酸溜溜的表情。

班主喜滋滋地走了进来,笑呵呵地看着夏天虹说:"好啊好啊,今天出彩了,天虹,我找的钹童不错吧?"

没想到夏天虹并没有给班主好脸色:"还说,你把青云弄上台,让他回家怎么交代?"

班主一拍脑袋，好像才悟出来："哟！我忘了这一出了！不过……他勾了脸，别人认不出来吧？"

夏天虹冷冷一笑："莫英豪都叫出他名字了，谁还不知道？你等着吧，天不黑大街小巷就传遍了，说向家少爷登台唱戏了！"

坐在夏天虹身边正在卸妆的郭天顺转过头来，脸上露出了坏坏的笑："是啊，普天之下，哪有富家公子登台唱戏的？向家知道了肯定来找你麻烦，到时候你吃不了兜着走。"

郭天顺的这一吓唬，班主实在急了起来。夏天虹看着班主着急的样子，气得"哼"了一声，郭天顺表情复杂地看了她一眼。

班主实在没了主张，想了想，他试探着问夏天虹："要不然，我买盒点心到向家赔礼去？"

夏天虹马上摆了摆手，阻止道："别别别，你这不是去找打吗？"班主一愣。

班主摊开了手，说："这也不行那也不行，你说我该怎么办？"

郭天顺忙安慰着班主："班主别着急，刚才开个玩笑。你想想，向家是要面子的，怎么会来砸场子，弄得满城风雨？事已至此只能装傻，吃个哑巴亏算了。"班主恍然大悟，想想也确实是这个理，他不禁松了一口气。郭天顺又接着说："不过要是再有下次，向家就真要跟你拼命了——向青云可是向家的独苗。"

班主忙摆手道："下次？打死我也没下次了！向家是万县数一数二的人家，我可还要在万县混饭吃呢！"说完，哼了一声，一拂袖就走了出去。

夏天虹坐在一边吐了吐舌头。

向家祠堂里，向老太爷脑袋歪倚着椅背睡着了。向不悔装作和族人们说话，心神不定，不住地朝路上偷偷地张望。向不争疑惑地看着向不悔，摸出怀表看了看，走到向不悔身边说："你看什么？时候不早了，开始吧。"

因为没有看到向福和向青云，向不悔找借口拖延着，说："我怕爆竹不够，让向福再取一些，再等一会儿，向福就来了。"

向不争又问向不悔："青云呢，我怎么一直没有看到他？"向不悔没有回答，他的神情让向不争更加不解，"你一向做事干脆，今天是怎么了？向福来不来有什么要紧？爆竹够不够又有什么要紧？去，把青云找来！"

向不悔应承一声走开，假装在人群中找向青云。看到向福拉着向青云跟跟跄跄地跑进来。向不悔忙招手让他们过来。

向不争的视线一直没有离开向不悔，看到向不悔招手，又看到了气喘吁吁跑进来的向青云。他的脸沉了下来。

向青云的到来，让向不悔悬着的心落下了。他叫着"哥"，拉着向青云走到向不争面前。向不争冷冷地看着向青云脸上残留的油彩痕迹，脸色铁青。向青云低着头，搓弄着手指，局促不安。

向不悔说："大哥，开始吧。"

向不争瞪了向青云一眼，大声说："开始。"随着这一声音落下，爆竹噼啪炸响，黑火药的味道顿时弥漫了整个祠堂。老太爷被爆竹声惊醒，听到向青云含混不清地嘟囔着，朝他笑了起来。向青云忙过去搀扶爷爷。

祭拜台正中间，摆放着向家列祖列宗牌位，红木供桌摆在牌位前面，桌上摆放着香炉、三牲供品和福品。香炉外侧凸出波浪样的图形，一看便知这是向家特制独有的香炉。桌前摆放着三个蒲团。

向不悔搀扶着向老太爷站在牌位前，向不争和两名年长族人并排站在他们身后，向青云和两名年轻人站在向不争身后，其他族人站在最后面。

司仪走上前声调不疾不徐，稳妥中透着庄严，高声道："净手。"

一名年轻人端着水盆，另一名年轻人托着毛巾，走到向老太爷面前。向老太爷完全不知置身何处，依旧呵呵笑着，向不悔毕恭毕敬地轻轻拿起父亲的手按到盆里，将每根手指洗了一遍，擦过手后,两名年轻人来到第二排,待向不争和两名年长族人洗完手,两名年轻人又到第三排。

司仪又高声说道:"亮烛燃香。"

一名年轻人双手握着几支香和一个火捻子来到向老太爷面前,向不悔接过火捻子塞进向老太爷手中,老太爷看着红红的火星子,表情竟然严肃了,拿着火捻子的手微微颤抖,向不悔把着父亲的手凑近一炷香,细细的缕缕烟雾,缭绕地浮上老太爷的脸。另一名年轻人托着烛台走到向不争和另两名年长族人身边,待他们点燃了蜡烛。

这时司仪主持的音调有了起伏的韵律,他喊道:"恭请列祖列宗。"吹鼓手起乐,在乐声中司仪一字一顿地喊道:"上烛上香。"

向不争和两名年长族人从司仪手中接过烛台,缓步走到牌位前,默立一小会儿,双手将烛台举过头顶,又把烛台双手托住平伸到头前,弯腰成九十度,之后将烛台摆放在香炉两侧。三人退下后,向不悔从年轻人手中接过三炷香,塞进老太爷手中,老太爷微微眯了一下眼,向不悔扶着父亲走到排位前,托着父亲的手臂举起香火,按着父亲的背躬身,再把着父亲的手将香火插进香炉,退回原处。

司仪拖着长音喊:"再上香!"这声音在寂静的祠堂里显得悠远,仿佛能穿越时间,让往昔和此时接起来。

向不争接过三炷香,面色凝重,躬身,将香火插入香炉。

司仪喊道:"三上香!"

向青云接过香,表情清澈如水,注视着祖宗的牌位,走上前,躬身,将香火插入香炉,退回。

司仪喊道:"行大礼!"

向不悔双手托住父亲的腰,上前跪在当中的一个蒲团上磕了三次头。接着向不争、向青云等磕头。

祭祀礼毕,向不争和每个族人打招呼,邀大家到家中喝酒、吃饭。向福在人群中左右张罗着,引着大家往家走。向不争看到大家跟着向福走了，收起笑容，板起了脸。

向不悔走出祠堂，看到向不争，心里沉了一下说："大哥，里面没人，咱们走吧。"

向不争面色如水，毫无表情地说："不急，青云呢？"

向不悔迅速扫了一眼大哥，支吾着不由自主地回头，恰在这时，向青云试探着朝祠堂外看，露出了半个脑袋，被向不争一眼逮着，喊道："你给我滚出来。"

向青云两腿发软，身子贴着门板，眼睛看着向不悔，磨磨蹭蹭地出来，靠在门柱上。

看到向青云躲躲闪闪的样子，向不争越发地生气说："看看你的样子，人不人鬼不鬼的，成何体统？"

听到父亲的呵斥，向青云更加不知所措，欲退回祠堂又不敢，低头摆弄衣角。

向不争重重地叹了口气，语调直而硬地说："不争气的东西！整天泡茶馆、泡戏园子混日子，不知道干一点儿正事，向家要你有何用？今天什么日子，你竟然涂脂抹粉去唱戏！传出去我向家的名声都要被你败光了。"说到最后，向不争由于动气，声音嘶哑起来。

向不悔忙劝道："大哥，你别生气，都是弟弟平日教导无方，还望大哥宽恕。"

听到这话，向不争又把怒气指向了向不悔："还有你！我把这个讨债鬼交给你，就是要你好好管住他，你倒好，该打不打该骂不骂，任由他荒唐度日，这个家你怎么当的？"

"是，是，是弟弟无德，有损向家家风，你先消消气，咱们先回家吃饭，等大家都走了你再骂。你不去，大家不会开饭的。"

向不争提高了嘶哑的嗓门："吃饭？还想着吃饭？他这样子闹法，向家早晚得吃不上饭！"

向不悔看哥哥在气头上，不敢申辩，低下了头。向不争几步走近向青云说："给我跪到列祖列宗面前去，跟祖宗们说一说你干什么了。要是祖宗们说你做得对，你就起来回家，不然就给我跪死在祠堂里。"说完转身一拂袖，走了。

向不悔叹口气，向青云嗫嚅地叫了声："二爸。"

向不悔忧心忡忡地说："你现在叫二爸有什么用？你哪天去玩不好，非得今天去。我也救不了你了。快去吧，你爹的脾气你又不是不知道，等会儿我试着帮你说说情，快去吧。"向青云沮丧地走进祠堂，跪在了祖宗的牌位面前。

族人们吃过饭散去后，向不争把向福叫到书房，问向青云脸上油彩是怎么回事，向福不敢扯谎，一五一十说了向青云如何在戏园子唱戏扯脸的事。向福下去后，向不争在书房里来回走着。向不悔听着哥哥的脚步声，心里七上八下的不敢吱声。过了有一袋烟的工夫，向不悔说："大哥，别听向福瞎说，青云就是勾勾脸玩玩，没有登台唱戏，他不是那样的人。"

向不争明白弟弟是在为向青云遮掩，说："他不是那样的人，谁是那样的人？向家虽说是船上起家，可如今也有千亩良田、七八处产业，怎么说也是一乡之望，就一根独苗还是个唱戏的，你让我这张脸往哪儿搁？你不用骗我，我为官二十多年，什么样的谎话没听过？你轻飘飘一句话就能把我骗过去？你到那些看戏的中间打听打听，要是那个混账东西没登台，我一头撞死在这里！"

向不争继续在书房里走着，沉默了一会儿，他的语气稍平和了些："不悔啊，做大哥的今天要跟你说说心里话。"

向不悔说："大哥，你说，弟弟用心听着。"

向不争说："这么多年来我一直在外面，家里就靠你一个人操持，我知道，难为你了。"

向不悔感到心口有一股热乎乎的情感往上涌，说："大哥你这是什么话，向家就咱兄弟两个人，你在外做官挣前程，家里的事由我打理，这是当年咱爹定下来的，咱俩也都愿意啊！再说你做官是为咱家保驾护航，没有你向家产业早让人吞了。你看如今谁敢欺负咱们？"

向不争心中也是一热，说："话是这么说，可我心里一直不忍。"

向不悔安慰着哥哥："一家人不说两家话。再说了，你不愿经商，我也不愿做官，如今都各遂所愿。爹这样安排真是很有见地啊！"

向不争说："那还用说？老头子英雄一世，看人看事一向很准。为何给我起名叫不争，给你起名叫不悔？人生和字为本，是为不争，但做过的事就不要后悔，是为不悔。"

向不悔说："这也是爹奉行一生的准则。"

向不争迟疑了一下，接着说："论经商，你是一把好手，把万县从头到脚数一遍，没人比你强，就是到了重庆、成都你也算数得上号的。但是论治家，你就差远了。就说小寒吧，一个女孩子家漂洋过海去东洋上学，成什么话？别说万县了，重庆有几个？成都有几个？北平、上海又有几个？对青云你一味迁就、袒护，就不知道管得严一点儿？儿子是我儿子，但当家的是你！你就是心慈手软，不敢打也不敢骂。自古以来棍棒出孝子，哪有一根苗不管不顾自己成材的？那还不让野草弄死了？"

向不悔看着向不争，说："可青云是向家独苗啊！"

向不争打断了向不悔的话："就因为是独苗才要更严！家里有七个八个儿子我才不操心呢！这个不行有那个，那个不行有这个，可向家除了他还有谁啊？他要是毁了向家就彻底完了。他这样整天胡闹也不是个事。我看这样吧，他岁数也不小了，让他到轮船公司去，学学怎么做生意！"

向不悔有些为难地说："可他不愿意做生意啊！"

向不争说："看看你，又来了！他不愿意就不学了？不去也得去，就这么定了！"

雨总算渐渐沥沥下了起来，向家祠堂被笼进了薄雾里。祠堂内，向青云依旧跪在蒲团上闭目思过。他也在心里不断地自责着，祭祖那么大的事，自己怎么就能忘了？想着父亲铁青的脸，他知道自己这次的登台也确实过了火。一阵微风带着青草的湿气飘了过来，向青云止不住地咳嗽起来。

但是向青云心里另一份情愫也在涌动着，第一次登台唱戏扯脸带给他的兴奋，没有因为罚跪而消散，没有旁人打扰，没有父亲在身边的逼视，那种畅快淋漓的感受渐渐地占了上风。好像川剧鼓乐锣鼓点儿从祠堂的屋顶慢慢飘下来，夏天虹美丽绝伦的扮相浮现出来，他已然陶醉其中了。

天色暗了下来，向青云也疲惫了，幻象中的一切都消失了，就在他昏昏欲睡的时候，向不争和向不悔撑着伞走进了祠堂。向不悔看着跪在蒲团上的向青云，轻声对向不争说："你看，青云还是听话的……"

向不争黑着脸不语，向不悔急忙上前将向青云拉起来。站起身的时候，向青云才发觉自己的膝盖已经疼得不能直立了。

在从祠堂回家的路上，向不争虽然没再训斥向青云，但却一直沉着脸。向青云不知道父亲的意图，也只顾低头默默地跟在后面。

"嘟——"一声轮船的汽笛声传了过来，向不争停住了脚步，他回头看了看江面，然后看了一眼向不悔，向不悔会意地点了点头。

向青云的目光也转向了长江，但他注意到的却是对面江岸山上朦胧的一片片红色和黄色。四月，正是映山红盛开的季节，红色是映山红，黄色是油菜花。

到了家里，向不争和向不悔进了书房，关着门，不知道商量着什么事。一盏茶的工夫过后，向不悔把向青云叫进了书房。

向不争和向不悔坐在雕花的梨木椅上。向不争端起蓝花的小茶盅轻轻抿口茶，语气坚决地对向青云说："从明天起到向氏公司上班，跟你二爸学生意。"

听到这话，向青云的脑袋像是被击了一棍，瞪大了眼睛说：

"我不想做生意。"

向不争"哦"了一声,看着他问:"那你想做什么?"向青云不敢说话,低头看着自己的鞋面。向不争知道他的心思都在川剧上,语气有些讥讽地说:"想唱戏,是不是?"向青云不敢回答。

向不争紧跟着又追问:"我听说你为了唱戏下了不少本钱啊,还置办了行头。"

向青云摇头否认。向不争不禁火冒三丈,怒吼着:"还说没有!"说完他冲着外面大声叫着向福。向福跑了进来,向不争让他赶紧去把向青云的行头拿来。向福应了一声退了出去。

回廊上,秦氏和刘氏两妯娌不住地向书房探望,悄声地说着话。原来,刚才向青云被叫进书房的时候,正好被他的婶子看到。听到书房里传来的吼声,刘氏慌忙地把秦氏拉了过来。

她们看到向福急急跑进书房,又匆匆退了出来,叫住了他问里面的情况。向福说:"还好,没打雷也没下雨。"

秦氏双手抚着胸口,连声说着"阿弥陀佛"。刘氏问向福为什么不在旁边伺候,急急忙忙地要去做什么,向福回说是大爷让去拿少爷唱戏的行头。说完就向向青云的房间走去。

"啊!"秦氏一惊,她想了想,寻思过味儿来,叫了声"坏了",就踉跄着追着向福往向青云的卧室急步走去。秦氏追到房间门口,发现向福已经翻出了戏服、粉墨、面具,正抱着它们往外走。秦氏跨过门槛,一把夺下了向福手里的东西,脸色煞白:"哎呀哎呀,要了我幺儿的命了!这不是要了我幺儿的命吗?"

向福为难地说:"大奶奶,我要交差啊!再说,这也不能藏着啊,大爷已经知道少爷有这些东西了。"

秦氏急得音儿都变了:"交差交差,你就知道交差,大爷看到这些东西还不把青云打死?"但是她也知道,手里的这些行头如果不交给向不争,家里也许就会出现更大的乱子。她怪罪着向福:

"大爷怎么知道的？是你告诉大爷的吧？青云对你那么好，你还出卖他！"低头一眼看见了画着脸谱的绸布，她忙把它们拣了出来，塞进了怀里，自语道："这可是幺儿的命根子。"

面对秦氏的追问，向福犹豫了一下，但还是点了点头，不过他也不忘给自己申辩了几句："冤枉啊，大奶奶，老爷追问，我一个下人也不敢不说实话啊。"

秦氏把手里的行头塞进向福手里，吩咐着："把这些衣服什么的拿给大爷去，就说没别的东西了……反正花两个钱就能买回来。"隔着衣服摸了摸怀里的脸谱，她有点安慰，"这几张脸可是幺儿一笔一画画出来的……"

向福抱着戏服去给向不争回话，秦氏回了自己的房间。

书房里，向不争翻检着向福抱着的行头，不由得火冒三丈，一把把它们掼到了地上。向青云心疼地看着地上的行头，眼里闪着泪花。向不争气得发抖，指着地上的戏服、道具，看着向青云高声吼道："你疯啦？唱戏那可是下九流的玩意儿，历朝历代都低人一等。你竟然想去唱戏？我向家是万县有头有脸的人家，怎么会出你这个不肖子孙？"转头又问向福："就这些？没别的了？"

向福迟疑了一下，低头应道："没有了。"这个神情并没有逃过向不争的目光。

向不争面无表情地说："烧了！"向福抱起地上的行头就往外走，向青云猛地冲了上去，一把抢过行头。向不争一声大喝，向青云手里的行头掉在地上。向不争看着呆站着不敢说话的向青云："想造反啊，啊？"

向青云眼里的泪水流了下来。向不悔上前拉着青云的手，劝慰着向不争："大哥，青云一时冲动，别生气。"向不争板着脸没有理会向不悔。

向福弯腰捡拾地上的行头，侧头看着向不悔，向不悔朝他使了个眼色，朝屋外努努嘴，意思就是先拿出去，别烧就是。向福点点头，向青云偷眼看着，心里暗松了一口气。

向不悔倒了杯茶，递到向不争的手里。向不争的怒气平息了些，重又坐回椅子上。向不悔随之坐下，说："青云，你爹也是为你好，二十出头的人，是该学点本事了。最近轮船公司生意好，我一个人忙不过来，你来帮帮二爸，啊？"

向不争看着向青云少不更事的样子，心想还是应该先让他受点苦的好，多接触干体力活的人，也能让他知道穷苦人是如何谋生的。于是让他先从学徒工干起，扫地擦船板，老老实实一样一样去学。

向青云只得小声答应："知道了。"

向青云好不容易挨到父亲离身去休息，长舒一口大气，跑回自己的屋里，关好了门。他急忙把头探进箱子，双手扒了好一阵子，站起四处张望一圈，倚着箱子的身子颓然滑下，坐在地上，一脸的失望。这时，有人敲门，向青云无力地打开房门。秦氏进来，探头往房外看了看，马上掩上了房门，从怀里掏出几张绸布脸谱递了过来，向青云大喜，直说还是娘对自己好。

秦氏抚着青云的手说："娘好娘好，娘在作孽！你个讨债鬼，要是再和那些唱戏的鬼混，不等你爹动手，娘亲手烧了这些鬼东西！"

向青云唯恐父亲发现脸谱的事，催促着秦氏快走，并把她推离了房间。

不远处的回廊上，向不争站在柱子旁的阴影里，默默看着这一切，轻轻地叹了口气。

第二章　轮船打兵差

莫元清听到街上的传言,说向家公子忘了祭祖,竟然跑到戏台上去扯脸唱戏,不由得兴奋起来,他心想就冲着向家有这个不肖子,那向家的财产将来也肯定会归到他莫家的名下,何况他还有个不会输的赌注呢。想到这,他脸上不禁露出了笑意。

吃饭的时候,莫元清看着坐在旁边的莫英豪,他不禁嘲讽起这个整日不着家、今天居然和他共进晚餐的儿子:"今天你蛮老实啊,竟然没出去。"

"青云哥祭祖,被罚跪了。"莫英豪回了一句,然后端起饭碗。

街上的传言,终于得到了莫英豪肯定的证实,莫元清笑着连连说向家作孽,竟养了个没心没肺的家伙。莫英豪刚替向青云辩白了几句,莫元清的火就上来了,警告莫英豪不许再和向青云这个忘祖的人来往。

莫英豪并不认同他父亲对向青云的看法,听着袍哥三爷和莫元清一唱一和的说辞,他没有了胃口,撂下饭碗就走了出去。

看着莫英豪离去的背影,莫元清像是自言自语也像是对袍哥三爷说:"看样子,明天得去会会向家了。"他想,既然向不争回来了,那就正好趁这个机会去探探向家的口风。

早起,莫云清用过了早餐,穿戴整齐,叫上莫英豪、袍哥三爷就匆匆往向家走去。

雨早已经停了，初升的太阳照在江面上，波光潋滟如金子铺开，微微涌动着。此时的万县码头挑担的，背筐的，大人领着孩子的……人们发出的各种声音和江中的波涛声混合在一起，显得既嘈杂又空旷。对于向不悔来说，万县码头是最让他激动的地方。从他记事起，先是来码头迎送父亲，后来满了十六岁，就开始跟着父亲用木船往外贩运桐油、猪鬃、药材。每一次从万县起程，他感到浑身是劲，每一次归程回到万县码头，都会涌上自豪感，为向家，为父亲，也为自己。水运中遇到的困难和危险，是他难得的阅历，渐渐地，江水和船融入他的血脉里，与他的灵魂相依相托，已不能分离。

这次和向青云一起为大哥送行，码头上熙熙攘攘的忙碌气氛，没有化解向不悔内心的凝重。水运中的各种险滩都难不倒向不悔，但向青云却着实让他伤透了脑筋。

开船的时间快到了，向不争提着长袍下摆，一步一步往轮船走去，身子的摆动稳重而有节奏，娴雅的神态自有一份潜在的威严。眼看还有几步就要登船了，他又不放心起向青云来，嘱咐道："青云，我不在家，二爸就是你爹。你明白这话什么意思吗？"

向青云是"少年不知愁滋味"，对父亲的话哪里能理解，愣愣地看着父亲没有回答。向不争接着说："这话的意思是，二爸打你骂你，就是我打你骂你，打死了不偿命。"向青云"嗯"了一声，向不悔却是心里不忍，他不喜欢话里那一丝血腥的味道。向不争又对向不悔说："这话也是对你说的，你得管得严一点，不要像他娘一样，不管对不对都护着他。"

向不争就要登船，忽听得远处有人喊："向大爷！向大爷！"回头朝码头望去，只见莫元清、莫英豪、袍哥三爷正顺着石阶走了下来。向不争转身，迎了上去，拱手叫了声："莫大爷。"

莫元清用粗犷的嗓门说："昨听说向大爷回来，今去府上拜访，却听家人说您这正要走，怎么不多住些日子？"

向不争压低身份说:"万县是莫大爷的码头,该我去拜见你,不过官身不由己,没时间了。下次回来一定登门。"

莫元清满脸堆笑,语中带刺:"向大爷,这话就不妥了,在万县谁敢和向家争啊?再说你老人家在重庆当局长,莫某怎敢怠慢?"

向不争微微一笑,捧说着莫元清:"向某官再大也大不过袍哥。莫大爷是万县袍哥大爷,向某怎敢怠慢?"

莫元清哈哈大笑起来,脸上的肉挤成疙瘩,他说:"向大爷,咱们两家也是儿女亲家,怎么如此见外?难道小寒这丫头去日本,这门亲事就不作数了?"听他说到向小寒,向不争不知他想借此说什么,态度温吞吞地说:"莫大爷说笑了。长辈定下的事怎能不作数?"

向不悔担心大哥误了船,忙上前替向不争向莫元清道歉,说大哥来去匆忙,难免礼数不周,倒让莫大爷挑理了,改日一定登门谢罪。说完,便让向青云扶着父亲上船。

向不争上了船,向青云退回岸边,莫英豪挨了过去,悄悄问起了昨天的事。得到向青云"没事"的回答后,莫英豪便说今天同庆园上演的是夏天虹的拿手好戏《焚香记》,说完就催促着向青云赶紧走。

向青云的心里虽是痒痒的,但看了一眼站在旁边的向不悔,苦笑了一下,告诉莫英豪,说以后不听戏了,要到向氏轮船公司上班。

一声汽笛传来,轮船缓缓驶离了码头,码头上和船上的人相互挥了挥手。向不悔叫过向青云,向莫元清拱一拱手,推说公司尚有杂事要处理,需先行告辞。不想,莫元清却说有话还要跟向不悔说,带着袍哥三爷和莫英豪一同来到向氏公司。

一行人来到公司门口,马文俊正好出来。向不悔叫住了他,告诉他今后向青云要在公司上班了,让他带着向青云熟悉熟悉,到处走走。

马文俊答应一声,带着向青云走了。莫英豪尾随而去,莫元清想叫住他，犹豫了一下，看着莫英豪已经走远，也就只好作罢，没再作声。

向不悔将莫元清和袍哥三爷请进了办公室，各自落了座，有职员将茶端了上来。

莫元清拢圆了嘴，从茶碗的边上吸了一口，抿着嘴，闭起了眼睛慢悠悠地说："上等的峨眉毛峰，果然霸道得很！霸道得很！二爷用茶和做生意一样。"

向不悔立刻觉出莫元清的话里有话，接上去说："哦？此话怎讲？"

莫元清动了动身子，微微睁开眼说："向二爷，不要装糊涂嘛。"

袍哥三爷说话结巴，可他还总是喜欢在自认为适当的场合为袍哥大爷说话，费力地说："莫……莫大爷的……意思是，二爷做生意……也……也很霸道。"

向不悔揣度他们此来必有用意，以他多年和莫元清共事的经验，软的和硬的对莫元清都不起作用，莫元清不会因为向不悔的态度而改变自己的目的。所以，向不悔只有不卑不亢地说："莫大爷言重了。向某做生意一向本分小心，何来霸道？"

莫元清环视了一眼屋子，沉默了一会儿，接着刚才的话渐渐引入正题："此霸道非彼霸道。二爷做生意精明过人，见人所不能见，行人所不能行。我们这些土包子自然不是二爷对手。以二爷的才干，一统三峡航运非向家莫属啊！"

向不悔一时没有反应过来莫元清此话的用意，忙回应说是莫大爷过奖了。莫元清没有停顿，心想，得尽快把话说透了，看看向不悔的心思，这样他也才好再做自己的打算。然后他话锋一转，接着说："不过，三峡之上并非都是莫某这样的土包子，还有洋人哪！"说完便静静地看着向不悔。

向不悔心里一惊，端着茶碗喝了一口茶，掩饰着，故作常态地说："这茶的确地道，说到洋人，莫大爷有什么见教吗？"莫元清见时机已到,看着向不悔说:"见教不敢,只是有个小小的提议。你看洋人的轮船公司财大气粗,动不动就压低水脚,弄得咱们无利可图。与其这样被他们欺负,不如咱们几家联合起来和洋鬼子干。几家公司合股成一家公司,二爷挑头,我们跟着,赚钱一起赚,赔钱一起赔;要死一起死,要活一起活。"

向不悔感到突兀,随口说道:"这么简单?!"莫元清一扬眉毛:"那有何难?我再把码头上的兄弟拉进来,咱们有船有码头,洋鬼子三头六臂也挡不住。莫某是袍哥大爷,拉码头进来一句话的事!"向不悔问股份怎么定,莫元清说按各家轮船多少入股,轮船股和码头股对半开。

向不悔沉吟着,没有说话。莫元清接着鼓动:"二爷,码头股占一半不亏啊,码头上海关、货场、工人,哪样是少得了的?有了码头,洋鬼子要进万县就得听我们的!"

向不悔抿了口茶,手里转着茶碗盖,慢条斯理地说:"合股呢,确实是个好办法。不过人心隔肚皮,各家的心思还不很清楚。丰水期就要到了,三峡眼看着要开航,大家都在忙着准备……我看这样吧,先摸摸底,看看大家对此事的反应,然后咱们再议,如何?"

莫元清站了起来,说:"当然当然,这么大的事,不是一下子就能定的,二爷也需要时间考虑考虑。好,不打扰了,莫某告辞!"然后拱了拱手,带着袍哥三爷就离开了。两个人随后走进兴隆茶馆,招呼幺师上茶,莫元清气呼呼坐在一张桌旁,脚搭在旁边的凳子上,突然,他用力一拍桌子,旁边的茶客一惊,见是莫元清,都立刻转过脸去。

"这老奸巨猾的东西,敬酒不吃吃罚酒。"莫元清心急如焚,莫家的轮船开航一次亏一次,眼看家产就要赔光了。刚才向不悔的话明明就是托词,向家是三峡龙头,他要不点头,看来其他几家航运公司必然不会答应这合股的事。向不悔明摆着拒绝自己的提议,莫元清想起来就窝火。

袍哥三爷结结巴巴，费了很大劲才说出向不悔是花花肠子多，劝莫元清慢慢来。莫元清火烧火燎地又一拍桌子说："屁话！"正巧小幺师送来茶点，小心翼翼地说："莫大爷，三爷，请慢用。"

莫元清眉头凝成一个疙瘩，袍哥三爷也不作声。这袍哥三爷说话不利索，心思却绕得快，说道："大……大爷，你……说，向……向不悔百……百年之后，谁……啊谁……继承向家产业？"

莫元清说："你小子糊涂了是不是？这还用问，当然是向不争那根独苗向青云了。"

袍哥三爷顺着话往下说："但……但是，向……向青云，喜……喜欢唱戏啊……"

莫元清被自己的心事重重压着，不耐烦地说："那又怎么样？"袍哥三爷依旧嘴里跟不上趟儿地说："唱……唱戏的少爷能……能管家业？不……不败家就……就万幸啦……"

莫元清端起的茶碗放了下来，定睛看着袍哥三爷，想起了向青云居然能忘了祭祖跑去唱戏的事，心思霍然转了个弯儿，试探着问："你是说……"袍哥三爷左右看看，对莫元清说这不是说话的地方，莫元清领会，"这事咱先不提。"

两个人正端起茶碗，一个约莫二十岁左右的小伙子跌跌撞撞跑进茶馆，上气不接下气地喊道："大爷！大爷！"莫元清循着喊声，看到跑进来的是自家轮船公司的一名职员，满头大汗，斥道："喊什么喊，喝碗茶也不安心。"

职员说："大爷，不好啦。"袍哥三爷没有结巴，朝职员说："喊什么？过来。"并朝职员使了个眼色，示意他放慢脚步。职员走到莫元清身边轻声说："大爷，我们让人打兵差啦。"

打兵差，是指军阀强拉民营商船运兵运粮，不给运费，连燃料费也不给。

莫元清听罢，腾地站起来，喊着小幺师记账，就和袍哥三爷、职员走出了茶馆。莫元清边走边对袍哥三爷说："到账房拿一百大洋，到码头找我。"莫元清和职员朝码头走去。

几个端枪的大兵站在莫家轮船上，这是杨森部的兵，团长李克彪叉腰站在甲板上。他奉命到万县驻防，刚一到就接到上峰命令，要他征调艘轮船运兵。

莫家轮船公司经理拱手作揖，好话说尽，求军爷高抬贵手放过莫家轮船。李克彪自然不会答应莫家轮船公司经理的哀求，因为他征不到轮船就会被军法处置。经理自觉山穷水尽、无力回天时看到了莫元清，仿佛一下子抓到救命稻草，说道："好了好了，我家大爷来了。"李克彪满不在乎地说："大爷？天王老子来了也不行。"经理下船，和莫元清嘀咕了几句，莫元清上船，双手竖起大拇指交叉胸前，右手在上，左脚上前半步，翘起脚尖，右脚微曲，身子半屈。

看到眼前的这位爷给自己丢了个拐子，李克彪一惊，同样双手竖起大拇指交叉胸前，右手在上，左脚上前半步，翘起脚尖，右脚微曲，身子半屈，说："原来是万县码头舵把子莫大爷，失敬失敬！兄弟合川码头六义社大老幺李克彪，初到贵码头，理当请安投到，无奈军务在身，不及拜见。得罪！得罪。"

莫元清说："客气！客气！原来是合川义字堂凤尾老幺，幸会！幸会！"

两个人收了身段，莫元清说："堂下弟兄讲，和哥子有些误会，不知何事？有用得着兄弟的，请讲！"

李克彪说："惭愧惭愧，大水冲了龙王庙，一家人不认识一家人。手下没长眼，征了哥子你的船。"

袍哥三爷匆匆赶到，莫元清接过两封大洋，塞到李克彪手中说："误会误会。既然是哥子你要用船，兄弟自当效劳，不过兄弟眼下有些困难，还望哥子你海涵。"

李克彪忙推辞着，但最后还是收下大洋。莫元清叫袍哥三爷见过李克彪，两个人互相拱手，互道幸会后，李克彪为难地对莫元清说："既然你哥子有情有义，兄弟也不能绝情绝义。可是军令难违，你哥子还要给兄弟想个办法。"

袍哥三爷凑上去对莫元清耳语了几句。莫元清面露喜色，请李克彪到客舱说话，让袍哥三爷传人看茶。

向不悔处理完公司的重要事项，想起了第一天到公司上班的向青云，正想去找他时，马文俊带着向青云走了进来，看到莫英豪居然依旧跟在向青云的后面，他忙客气地让莫英豪先回了家。

莫英豪走的时候未免有点沮丧，但想着向青云毕竟已经在公司上班，不能再像往常那样和自己玩，他也只好跟向不悔和向青云告辞，但走的时候，还是偷偷和向青云对了个眼神，他知道向青云一定明白那眼神的意思。

看着莫英豪走远，向不悔让向青云坐了下来，转头问起了向青云的表现，马文俊说："少爷对公司的事很感兴趣，问了很多问题，挺好的。"向不悔让马文俊去忙其他的事，然后就和向青云聊了起来。

向青云说在公司里看到了许多以前没有见过的东西，他说公司的人对他都很好。向不悔听后微微一笑，心想，向青云还是小孩子心性，因此便因势利导地问向青云知不知道大家为什么对他很好，向青云摇摇头。

向不悔说："因为所有人都知道，将来有一天你会当家，他们的饭碗攥在你手上。"向不悔耳边响起大哥的话，再看看向青云不解的神情，语重心长地说，"这就是人情世故，懂吗？你在戏台上看到的是另一个世界，在那个世界上好人就是好人，坏人就是坏人，可你眼前的世界不一样，有时候甚至正好相反，好人看起来像坏人，坏人看起来像好人。"

向青云疑惑地瞪大了眼睛。向不悔想，这些话，向青云一时未必能懂，看样子还是慢慢引导为好，于是便接着说："当然啦，我不是说他们是坏人……他们当然都是好人。我只是告诉你，为了生计，很多人不见得会跟你说真话。"

向青云如释重负般地松了口气。向不悔接着说："不要恨你爹，他和我的心思一样，盼望着你早点成才。青云，向家的产业将来就交给你了，你可要争气啊！"向青云点了点头。

向不悔让向青云去找马文俊，说今后先由马经理带着他熟悉公司的业务。

向家轮船鸣笛靠岸，码头工人用过缆绳系好，两名工人抬过跳板铺上，船上水手正固定跳板。一队士兵闯进码头，冲上了这艘船。突然的变故，使船上的工人不知所措，忙叫着陆船长。上来的士兵端起了枪，勒令喧哗的水手不要动。

陆船长从船舱里跑出来，看到一个歪戴着帽子，脸色红如猪肝，还不住打着酒嗝的军官正往船上爬。陆船长不知所措地问："长官长官，这是怎么回事？"

已经上了船的李克彪左右摇晃着，拿枪顶了顶帽子，蛮横地说："怎……怎么回事？打……打兵差！"说到这，一个酒嗝又犯上来，他忙鼓起了腮帮子，等吐完嘴里的气，又定了定神，他才继续说，"大家都听好了，各安职守，不……不得擅离，等候开船命令！凡下船者格……格杀勿论！"陆船长和水手们都吃了一惊，叫了起来："我们船上还有货啊！"李克彪摇晃着身子，举着枪在自己眼前晃了晃，然后指着陆船长，说："让你那帮龟儿子给老子把嘴闭上。"

原来，李克彪之前打了莫元清的兵差，莫元清赶到后，才知居然打的是袍哥仁字号大爷的船，都是袍哥兄弟，再说他这义字号的老幺本来级别就不如人家，两封大洋又装进了腰包，一阵酒足饭饱之后,他便借着酒劲,顺着莫元清的指点跑到码头来候向家的船,没承想刚到码头,就看到向家的轮船泊了岸,他便指挥士兵冲了过来。

陆船长想着船上还有货,东家也不在,不能就这样将船让人弄走,忙赔着笑脸央求着:"长官息怒,息怒……我们是说……是说……要和东家说一声。"

李克彪用枪顶了顶陆船长的胸口,然后把枪晃到了陆船长的脑袋上,说:"你个龟儿子再说一遍,别说不信,老子能马上让你脑壳开花。"说完,他收起了枪,晃着往船舱走去,一不小心,帽子被舱门碰了一下,掉在地上,一个士兵赶紧跑过去帮他捡了起来。

陆船长虽然看着李克彪晃进船舱滑坐在椅子上,但他也不敢离开,毕竟那枪子吃不起,正无计可施的时候,他看见莫英豪好奇地跑过来看热闹,忙冲着莫英豪喊道:"莫少爷!莫少爷!快帮我告诉向二爷,我的船被打兵差了!"

莫英豪一看船上的阵势,答应一声,转身就跑。不一会儿,向不悔带着一群人来到了码头。站在船上正张望的陆船长看到他们,不禁舒了一口气,心中暗叫:"娘老子啊,总算来了,这下好了。"忙把向不悔他们迎上了船。

李克彪见向不悔、向青云、马文俊走进船舱,晃晃悠悠地站起来,打着酒嗝问道:"你又是哪个?"

陆船长回道:"李团长,这是我们东家。"

李克彪身子向前倾了一下,斜着眼睛看着向不悔,嘟囔着:"什么东家西家,东家是什么东西,耽误了老子运兵,老子枪毙了你。"

向不悔忙向李克彪一拱手:"在下向不悔,向氏轮船公司经理,请问这位长官贵姓?"

李克彪没有说话,又滑坐在椅子上,斜眼打量着向不悔。陆船长忙替他介绍着:"东家,这是李团长,刚来万县。"

向不悔上前一步,低声问道:"哦,李团长,不知李团长这是……"

"奉命征调船只运兵。"

向不悔一挥手,向青云、马文俊等一干人等忙退出船舱。向不悔看士兵没有注意这里,忙把一封大洋塞进了李克彪的手里,说道:"既然是李团长到万县,向某本应先行去表达敬意的,有点怠慢了,这点钱给兄弟们买点茶喝。"

李克彪用手捏了捏封着的大洋,翻了一下白眼,说:"那……那我就替兄弟们谢谢向老板了。"

向不悔看着李克彪把大洋放进了怀里,笑着说:"好说好说,李团长,眼下生意不好做,家里一日三餐都指望着它了,你看这船?"

"好!既然向老板是场面上的人,李某就交你这个朋友。本来要征你家两艘船,现在我给你面子,只征一艘!"李克彪喝多了,但他并没有醉,摸着怀里的大洋,他也装着买下了这个人情。

"李团长,你看我这船上的货?"向不悔又试探着。

李克彪站了起来说:"向老板,李某这可是军务,耽误不得的。"看着向不悔又拱起了手,问道,"还有什么事?"

"我家大哥在重庆商埠督办处任民政局长,你看……"向不悔把向不争抬了出来。

李克彪又坐了下去,靠在椅子上,慢条斯理地说:"向老板,你如此精明,怎么说外行话?你家大哥是刘湘刘司令的官,兄弟我是杨森杨司令的兵,两家巴不到啊。"

向不悔假装惊讶,说道:"李团长这话就诧异了,据向某所知,刘司令和杨司令可是同学,怎么能说两家巴不到呢?"向不悔本不关心官场上的事,但刘杨两个人的关系他还是清楚的,他想兴许这一招能管管用。

李克彪还确实愣住了,想了想,他的口气稍微缓和了一点,说:"既然这样,我得给刘司令个面子,那我就给你半个时辰,半个时辰过后,老子准时开船。"说完闭上了眼睛。

向不悔忙走出船舱,招呼马文俊和陆船长找人马上卸船。

半个时辰过后，李克彪准时吆喝着把船开走了。向不悔看着远去的船，自言自语道："还好，货没有丢。"然后带着马文俊和向青云离开码头，向公司走去。莫英豪知道他不能再跟着向青云，跑了几步追上去，拉了拉他的手。向青云回过头来，莫英豪朝同庆园的方向努了努嘴，向青云笑着点了点头。

第三章 爱上了戏子

向青云已经几天没到戏园来捧场听戏了,夏天虹不禁失落起来,心想也许是那次上台唱戏他被家里人骂了,不再让他到戏园里来了吧?想着再也见不到向青云,她心里空落落的,想得越多,越觉得心没有地方安了。

这天,同庆园挂出了水牌《琵琶记》,夏天虹饰演赵五娘,郭天顺饰演蔡伯喈。

夏天虹正对着镜子描眉,突然看见镜子里向青云笑嘻嘻地走了过来,心里不禁一喜,但却面无表情地继续描着眉,并没有搭理站在身后的向青云。

向青云看夏天虹并没理自己,也不说话,就那么痴痴地站着,看着。终于还是夏天虹忍不住了,放下手里的笔,转过身来对着向青云,问:"几天没来,是不是被你爹骂了?"看着向青云只笑不说话,她朝向青云耸了耸鼻子,"你也是的,班主叫你上你就上?没脑子,哪有富家公子登台的?现在满大街都是闲话,怪不得你爹要骂你。"

向青云笑着说:"被骂也值得,其实我一直想登台试试,只是没有机会,那天班主一说,我也没多想就答应了。说真的,能真正唱一出戏,这可是我的愿望呢。"

"你呀,真是一个戏痴。"夏天虹看着向青云,"哎,对了,你怎么会扯脸?这门功夫只有石金童的师父会,石金童也只学到点皮毛……"

向青云不屑地说那玩意儿没什么,并说只要是绝技,有人能想出来,他向青云就能想出来。夏天虹笑说,吹牛。

向青云脸色一正,说:"这可不是吹牛,要是吹牛的话,那天我还能演?"

夏天虹想了想,点点头:"也是。"她好像想起了什么,问道,"那天你变了九次脸,可是石金童只有五张脸皮啊,怎么回事?"

向青云笑嘻嘻地从怀里摸出了一个绸包,递到夏天虹的面前。夏天虹好奇地问是什么,向青云打开,里面赫然是几张面皮。夏天虹惊叹了一声,忙拿起来,仔细地看着,不禁连连赞叹,抬头问:"哇,画得真好啊,谁画的?"

向青云见问,随口回了句:"我。"

夏天虹不相信自己的耳朵,一个富家公子居然会画出这么好的脸谱?

向青云看着夏天虹不相信的神情说:"这有什么难的,你要不相信,我再给你画一张。"

夏天虹的脸一下红了起来,看着向青云,不知说什么好了:"青云,你……"

看着夏天虹涨红的脸,向青云很是奇怪,以为自己哪里出了问题,忙低头审视了一番自己,并没发觉有什么,问道:"天虹,你怎么了?"

夏天虹更加害羞,为了缓解向青云的不解,她说:"青云,你好了不起。"

听到夏天虹的称赞,向青云想到了父亲及二爸对自己的不满,苦笑起来:"也只有你说我了不起,我爹可说我是废物呢。"

夏天虹想也没想就回了句"他不懂",说完了才意识到自己失言，忙用手捂住了嘴。

夏天虹的娇羞之态让向青云心里一动，生出男人的保护欲，他忙笑着安慰她："没事，反正他也不在这里，听不到……"

两个人正说着，班主匆匆走了进来，通知大家该开戏了。夏天虹站了起来，向青云给她整理了一下行头。

班主看到向青云，忙招呼着："哟，向少爷来啦。那天少爷帮忙救场，我还没有好好谢谢你……"

向青云说举手之劳不需感谢，班主应着，说那就请向少爷听戏吧。

夏天虹咯咯地笑着走了出去，向青云也走到了台下，来到观众席。戏还没开始，锣鼓点慢条斯理地响着。莫英豪坐在桌边悠闲自得地喝着茶，看到向青云，便向他招了招手。自然，坐在那的观众也看到了向青云，一个地痞叫了起来，让向青云再表演表演扯脸，其他人也跟着起哄。

向青云朝观众席拱了拱手，坐在了莫英豪的旁边。莫英豪递过茶水，取笑向青云："又和夏天虹卿卿我我去了？"

向青云故作奇怪地打量着莫英豪："哟，你怎么会用卿卿我我这样的词？"

莫英豪一撇嘴，哼了一声说："当然是跟你学的了。哦，对了，青云哥，我发觉你们读书人说的话还真有点儿意思。"听到向青云说了句"废话"后，话锋一转，"不过，你们读书人胆子真小……"说到这，他停了下来，卖起了关子。

向青云不禁"咦"了一声："什么意思？"

莫英豪这才接着说："你看你和夏天虹都勾搭一年多了吧，怎么连八字都没一撇啊？换了是我，大胖小子也养下来了。"

"英豪啊英豪，三句话一过你的真面目就出来了。这是情，懂不懂？相思相见知何日，此时此夜难为情……"

莫英豪听这话，不禁又取笑起了向青云："看看，你还是难为情，难为情怎么勾搭女人？"

向青云被莫英豪弄得哭笑不得,回了句:"真是对牛弹琴。"

莫英豪识趣地转了话题,问起了向青云既然已经在公司上班了,怎么还有时间过来听戏。向青云说是有马文俊帮着遮掩,嘱咐莫英豪可千万不要说出去。

正说着,戏幕拉开,幕后一曲《锦堂月》唱了起来:"帘幕风柔,庭中昼永,草堂全家称寿。宣诏声来……"伴随着合唱,蔡从俭踱着方步上了场。

此时,向家轮船公司里,向不悔半天没有看见向青云了,问正走进办公室的马文俊向青云的去向,马文俊应付着说向青云去接货了。

马文俊手里拿着两张单据,把其中的一张递给了向不悔,说:"二爷,这是本月要付的码头租金……涨了一成。"

向不悔"哦"了一声:"怎么又涨了?"

马文俊很无奈地说:"说是国事艰难,应一众体谅……其实是要招兵买马。"

向不悔冷哼了一声,马文俊又递上了手里的另一张单据:"二爷,这是海关的单子,厘金也涨了一成。"

向不悔愤愤地一拍桌子:"这些洋人太贪得无厌了吧。"

马文俊深有同感地说:"谁说不是呢,反正海关在洋人手上,咱也没办法啊。"

向不悔取出印章在两张单据上盖了章后,递给了马文俊。马文俊转身要走,向不悔叫住了他,问起了被打兵差的船回来了没有。马文俊说还没有回来,他请向不悔放心,说陆船长很老到,没有问题,以前公司的船也被打过兵差,也都没出过事。

马文俊看着向不悔,问起了向小寒:"二爷,听说小姐要回来了?"

向不悔点点头,说过几天就该从日本回来了。马文俊祝贺向不悔,说二爷一家总算可以团圆了。

向不悔沉郁地说:"且慢恭喜,还不知道在东洋待了几年变成什么样呢!"

马文俊说:"小姐本来就果敢英武,不输须眉,这次留洋回来,一定更上一层楼。"

向不悔担忧起来:"也就更不像个女孩了……不说这个了。文俊,洋人那几家轮船公司最近有何动向?"

马文俊一听说到洋人的公司,就马上把他知道的日轮和英轮的轮船情况告诉了向不悔。向不悔听后,神情严肃,若有所思地看着窗外。

同庆园里,向青云微闭双目,手指轻击桌面打着节奏,自得其乐。莫英豪对这类文戏不感兴趣,边吃点心边左顾右盼。

台上,正演到第二十二场《书馆》,牛小姐把赵五娘引了上来。饰演赵五娘的夏天虹上台之后,就一直寻机注视着向青云,却见向青云只是闭着眼睛,心里有点不高兴,愠怒之下,也没给饰演蔡伯喈的郭天顺好脸色。

郭天顺更是不痛快,心想赵五娘是蔡伯喈的妻子,夏天虹在舞台上本应是看向他才是,但她的目光却总往台下的向青云瞟,便不由得迁怒起向青云来。这时正到蔡伯喈问赵五娘他父母的唱段,郭天顺唱道:"……问到张大公,你连应道好好好,我看你袖里露出麻和孝,你不说,我知道,莫不是爹死娘还在,娘死爹未埋,爹娘皆死你未埋?"

向青云听到这,"咦"了一声,睁开了眼睛,心想,怎么多了一句出来?他看向郭天顺,正看到郭天顺用愤怒的目光看着他。

莫英豪来了兴致,叫了起来:"这唱的哪一出啊?怎么多词了?"

台上的夏天虹本应是摇头摆手的动作,但她看着向青云,猛地把头一点,然后又摇了摇头。席间的观众哄叫起来。

夏天虹的这一点头,气坏了郭天顺,原唱词是不能唱了,他只好顺着夏天虹的点头动作唱了下去:"点头来呀摇头来,莫非是其中有事由，来来来，快把别后的事儿说分晓。"

听到郭天顺的唱词，夏天虹才猛然一惊，知道这是在舞台上，不能由着自己的性子，于是便顺着唱词唱了下去："从别后，遇饥荒，树无枝叶草无秧……"

向青云听到唱词没有了问题，便接着闭目欣赏，周围的观众也安静了下来。

戏散场了。观众陆陆续续往外走，向青云却走到后台，莫英豪招呼着他，向青云回过头来，让莫英豪先去隔壁的茶馆押宝，说自己马上就到。莫英豪嘀咕了一句："马上？哄鬼啊！"就转身去了隔壁的茶馆。

郭天顺正和夏天虹抬杠，互相指责对方的不是。看到向青云进来，他们住了嘴，不再说话，也不再看对方。

向青云看着嘟着脸的夏天虹问道："天虹啊，今天不对啊，怎么点头了？"

郭天顺转过头来看着夏天虹，应着向青云的话："你看，向少爷都看出问题了。你还说不是你的问题？"

夏天虹瞪着郭天顺："他懂什么？还不是你！"说完哼了一声，就去卸妆了。

向青云一脸的迷惑，愣了。

郭天顺收起了自己的情绪，反替夏天虹打圆场，说她那是在跟自己怄气呢。说完他也坐到了夏天虹的身边卸起妆来。

向青云站到了夏天虹的另一边："天虹……"他怀里揣着从家里拿来的洋布，寻思着以什么理由给夏天虹。

夏天虹不耐烦起来："去去去，你没看到人家正忙着呢吗？"

向青云自顾自地坐了下来，从怀里掏出洋布，轻轻展开，用手摩挲着连连称赞"好布"。夏天虹在镜子里看到了向青云的动作，偷偷地注视着他手里的洋布，细碎的花型，缤纷艳丽真是一块好布。向青云一挪身子，洋布的影子从镜子里消失了，夏天虹一怔，偷偷侧过脸去看。向青云猛一回头，正好对上了夏天虹的目光。

夏天虹脸一红，急忙转了过去，但还是忍不住斜了那花布一眼，却听到向青云自语着："真是上好的洋布啊……可惜送不出去了……"

正在卸妆的郭天顺转过脸问道："洋布？什么洋布？"向青云忙说没什么，就把洋布揣进怀里，起身向外走去。

夏天虹对着镜子看着他的背影，心想反正那洋布也是送给自己的，便故作镇静没搭理向青云，但看到向青云走到门口还没有停下来的意思，她猛地跳起来冲过去，将手伸进向青云的怀里。向青云一把抓住她的手，明知故问："干什么，干什么？"

夏天虹娇嗔一笑："快给我，你这个坏蛋！"向青云笑着，任由她把洋布掏了出来。夏天虹把洋布展开，"真好看，哪来的？"向青云告诉她反正不是偷的。夏天虹追问道："送我？"

向青云反问道："你说呢？"

这回答的意思很明显，夏天虹笑起来，看着向青云说："好了，看在这块洋布的面子上，我不跟你计较了。"向青云念了一句道白："谢小姐——"

郭天顺一直看着他俩，看到夏天虹这么喜欢这块洋布，语气酸酸地说："哟，向少爷给师妹的是什么东西啊？来，我看看，是什么宝贝？"说着就想拿洋布，夏天虹手一甩，他抓了个空。

郭天顺露出了尴尬的表情，转向向青云，"向少爷，你来评评理，我看看又怎么了？"

向青云对郭天顺说："也不是什么宝贝。"继而又对夏天虹说："让你师哥看看也不妨事，就让你师哥看看好了。"夏天虹把脸一扭，说："谁说不是宝贝，就是宝贝。"在她心里，只要是向青云送的，都是宝贝。

郭天顺的脸色难看起来，转过身去。这时候，班主走了进来，看到他们奇怪的表情，问："老天爷，怎么还没卸完妆？开饭了！"

郭天顺借着这个机会，走了出去，向青云和夏天虹悄声说了几句，也赶紧去隔壁的茶馆找莫英豪去了。

吃过了饭，夏天虹回到房间，坐在床上，摸出了洋布轻轻地摩挲着，红晕渐渐飞上了脸颊，猛地一下扑到床上，把脸埋在了洋布上面。过了一会儿她才把脸转了出来，脸上露着甜蜜的笑容。想起了刚才《琵琶记》中的唱词，她又不禁哼唱了起来："要相逢不能够，除非是梦里暂时略聚首。"脑海里浮现出了戏台上的向青云快速地变脸，耳边仿佛又响起了观众的喝彩连连。夏天虹又念出一声道白："好一个妖怪，真是可爱啊……"她任由自己沉浸在对向青云的思念中。

从茶馆出来后，向青云和莫英豪便各自回了家。

向青云走进家门，看到大家围坐在饭桌前正要开饭，秦氏和刘氏招呼着向青云坐了过来。站在一旁伺候的丫鬟端过一盆水，向青云洗过手后，挨着向老太爷坐在了一侧。

吃饭间，向不悔问到了向青云去李老板接货的事，向青云知道这是马文俊替他遮掩而扯的谎话，应付说了几句。秦氏听说儿子去接货，心疼地夹了块肥肉放在了向青云的碗里，让他补补身子。向青云皱着眉头，说自己一向不吃肥肉的。秦氏借说公司的工作累，逼着向青云把肥肉吃了下去。向不悔看嫂子这样惯着向青云，怕把向青云惯坏了，说公司的活没有那么苦。没想到，向不悔两句话，就引来了自己堂客刘氏对他的不满。刘氏说："谁的儿子谁心疼，你不懂……我要是有儿子，比嫂子还疼呢！青云，多吃点。"向不悔看到这妯娌俩这样惯着向青云，也只能苦笑着摇了摇头。

秦氏把话题从向青云身上转到了洋布身上，问谁知道放在自己屋里的洋布去了哪里，看到大家都在摇头，她问向青云，向青云也是摇了摇头，她就奇怪地看着向青云，说向福一大早就看见他进去了。

向青云一惊，推说自己是进去找剪刀了，并没看见什么洋布。秦氏"哦"了一声。刘氏说一块洋布也没什么，说把自己屋里那块送给嫂子算了。秦氏想也可能是下人偷着拿了，不停地说着一定要好好调教下人的话。向青云一看这架势，撂下饭碗，就赶紧溜出了家门，去找莫英豪了。

莫家饭堂，莫元清和袍哥三爷的酒喝得正酣，也没在意坐在一旁安静吃饭的莫英豪，说起了向家被打兵差的船。当袍哥三爷说到船还没回来时，莫元清狠狠地说："最好永远别回来，看你向不悔还敢不敢和我斗！李团长跟我是袍哥弟兄，打你向家的兵差就是一句话的事！老三，你这条计用得好！"坐在一旁的莫英豪心里一惊，抬眼看着莫元清。

袍哥三爷竖起大拇指，夸着莫元清："大爷……这……这招好，这……这……这叫啊李……啊李……啊李代桃僵！"

莫元清哈哈大笑说："我看应该叫向代莫僵，向家代莫家应付兵差嘛！"

袍哥三爷忙点头称是。莫元清端起酒杯敬他，他急忙端起酒杯，一副受宠若惊的样子，连称不敢不敢。两个人又是一饮而尽，然后哈哈大笑起来。

实在忍无可忍的莫英豪腾地站了起来，怒气冲冲地对着莫元清："原来青云哥家的船被打兵差是你们做的啊。爹，你们怎么做这种事？"

莫元清和袍哥三爷这才意识到莫英豪的存在，两个人一下愣住了。莫元清挥起手，向莫英豪打过去，叫着："你个小王八蛋，敢教训老子，反了你了！"莫英豪将身形一闪，躲过了莫元清挥过来的拳头。

莫元清无奈看着已经长大的莫英豪，知道动拳头已是教训不了儿子了，解释着："老子不这样做，莫家的船就打兵差了！你懂不懂？"

莫英豪依旧瞪着眼睛看着莫元清，说："那也不能害他们家啊。"

莫元清一听，更不耐烦了，把手一挥："滚一边去，大人说话别插嘴。"

莫英豪正和父亲较着劲的时候，仆人进了门，禀告说是向少爷来了，在外面候着呢。莫英豪一听，撂下饭碗就站了起来，莫元清瞪着眼睛对他说："英豪，不是跟你说了嘛，别跟向青云在一起鬼混。"

莫英豪怕莫元清又要说什么向青云的坏话，忙推说是自己找向青云有事，说着转身就往外走。身后传来了莫元清的嘱咐："哎！那事不准对向青云说啊，要是说一个字老子打断你的腿！"他指的自然是打兵差的事。

莫英豪哼了一声，走出了房门。走到院里，看到向青云正抚弄着院里的蜡梅，忙紧走了几步。向青云看到莫英豪，催促说："英豪，怎么这么晚？快……"

莫英豪怕向青云的声音被莫元清听到，忙"嘘"了一声，拉着向青云就大步向门外走去。向青云被莫英豪的动作弄了个丈二和尚摸不着头脑，问了句："怎么神神秘秘的？"莫英豪推说是家里有客人，向青云"哦"了一声，说戏就要开演了，得赶紧走。

从莫家到同庆园并不太远，向青云和莫英豪疾步走着，忽然，莫英豪的脚步慢了下来，他想起了父亲和袍哥三爷的对话，想起了向家的船，拉了拉向青云的衣角，问道："青云哥，你家打兵差的那艘轮船回来没有？"向青云回了声没有，莫英豪犹豫着，他在想要不要把向家的船被打兵差的真相说出来，张了张嘴，还是选择了隐瞒，毕竟另一头牵扯的是自己的父亲。

向青云奇怪莫英豪怎么突然就问到了自家船的事，问怎么了，是不是出了事。莫英豪回答说只是担心而已。向青云拍了拍莫英豪的肩膀："我都不担心你担什么心？我听马文俊说，以前也被打过兵差，都没出什么事。再说有我二爸呢，轮不到我管。"

莫英豪看着毫不知情的向青云，没有再说话，拉着向青云的手，就进了同庆园。

莫英豪走后，莫元清看着门外，骂了句："这龟儿子，居然敢顶撞老子了。"端起酒杯咕咚就又喝了一口。听到袍哥三爷叫了声"大爷"，莫元清突然想起了他上次在茶馆里说的事来，问到事情究竟怎样了。

袍哥三爷放下酒杯，把身子往莫元清的一边凑了凑，低声说："人……人……都找好了，就……就……就等大爷……发话！"

莫元清端着酒杯凝眉思忖，袍哥三爷紧着又说了句："大……大……大爷，无……无……无毒不……不……"

莫元清想了想，端着酒杯一碰袍哥三爷的杯子，点点头，狠狠地说："无毒不丈夫！"袍哥三爷听后，用力点了点头，两个人一仰脖，酒杯里的酒见了底。

但是莫元清还是犹豫起来："但这可是人命……向家又不是一般草民，事情闹大了我如何担待？再说向不争又在重庆当官……不好办啊！"

袍哥三爷转着眼珠子，有了主意，问莫元清："大……大……大爷，出……人命谁……谁管？"

莫元清被问得莫名其妙，随口回了句："那还用问？当然是父母官了。"

袍哥三爷又追问了一句："那县长听……听谁的？"莫元清疑惑地"嗯"了一句。袍哥三爷这才道明了缘由："万县是……是……杨司令的码头……"

莫元清明白了袍哥三爷的意思："对啊！杨司令既然派李团长驻守万县，那李团长就是万县老大！好，等他一回来我就给他接风洗尘！"

袍哥三爷自顾自地抿了一口酒，继续说道："大家都是……是……兄弟……"言下之意，大家都是袍哥兄弟，他莫元清还是仁字号的老大，而他李克彪也不过是个义字号的老么罢了，这点事对李团长来说，他是帮也得帮，不帮也得帮。

莫元清夹过一口菜放进嘴里，咽下之后，他把杯子举向袍哥三爷："没错，大家都是兄弟，一句话的事。老三，你这个军师硬是要得啊！来，老三，干一个。"

袍哥三爷端起杯子得意地干了。

莫元清放下杯子，吩咐着袍哥三爷："那就这样，老三，让他们干吧！"

袍哥三爷借机问道："大……大爷，那……那……那几个人你……你……见不见？"

莫元清沉吟了一下："我就不见了，免得到时候麻烦。"说到这，他不忘嘱咐着，"哎，老三，千万可别把我说出去。"他想要是哪天走漏了风声，那向青云还不和他豁命啊，再说莫英豪又整天和他在一起，他也担心莫英豪的安全，毕竟那是自己的儿子啊。

袍哥三爷忙应着："那是……当然。大……大爷，只是……他们要……啊要价不……不低啊！"

莫元清想他们也要不了多少钱，冲袍哥三爷一摆手："别怕花钱。只要把向家的轮船拿过来，不就什么都有了？他们要多少？"看到袍哥三爷伸出了三个手指，他轻蔑地看了一眼，"才三百大洋嘛，便宜便宜，你直接去账房拿就是了。"

袍哥三爷的头像拨浪鼓一般使劲摇晃着，他再次伸出三个手指："三……三……三千。"

莫元清一听说要三千大洋，他也急了："什么？三千？要抢钱啊？不行，最多一千，不干就算了！"本来端着的酒杯被重重地放在了桌子上。

袍哥三爷赔着笑，也装出对那帮人的不满："好好，我……我……去和他们说。穷……啊穷疯了！"

莫元清一摆手，催促着袍哥三爷赶紧去把事情安排好。说完转身走出了饭堂,边走边说:"真是穷疯了……真是穷疯了……"

袍哥三爷看着酒杯里还剩着半杯酒,端起酒杯一仰脖把酒喝了下去,然后也跟在莫元清的后面走了出去。

向氏轮船公司,大家都在紧张地忙碌着,账房里,向青云也伏在案头上记着账。马文俊从轮船上下来后,直接进了账房,看着向青云专心伏在案头上,想着向少爷总算知道做事了,心里不由得高兴起来。他没有打扰向青云,轻轻走了过去,伸着脑袋一探,居然看到向青云的账本底下还放着一个本子,他眯着眼睛仔细一看,原来是一个唱本,他轻轻咳嗽了一声。向青云急忙将唱本藏起来,转过头,看到马文俊,尴尬不已。

马文俊假装不知情,告诉他说向不悔找他。向青云应答着马上就去。马文俊慢慢走到另一个职员身边询问账房一天的收支情况。向青云看马文俊没注意到自己,忙把唱本放进了抽屉里,然后才起身出门。

向青云一走,马文俊就来到他座位旁,拉开抽屉,拿起唱本。马文俊看着唱本上向青云勾勾画画的字迹,摇摇头,然后又将唱本放回抽屉里。

向青云还没到经理室,就听到了向不悔开心地哼出的小曲儿,心想二爸遇到什么事了,居然这么高兴,忙紧走了几步,进了经理室。

向不悔正在喝茶,看见向青云进来,将一封电报递了过去。向青云一扫电报的内容,不禁高兴起来:"啊,小寒要回来了!"

向不悔点点头,看着向青云高兴的神情,说:"是啊,整整三年了,终于要回来了!"

想着就要见到妹妹,向青云很兴奋:"真是太好了,太好了。"

"什么太好了?"门外传来了莫元清的声音,向不悔和向青云向外望去,见莫元清手中转着两个铜球,走了过来。

向不悔拱着手迎了上去:"莫大爷……什么风把莫大爷吹来了?"

莫元清清了清嗓子，也拱了拱手："正好路过，进来看看。"

向青云叫了声"莫叔"，莫元清看着向青云说道："青云，听说你到公司帮你二爸了？这就对了嘛，年轻人要干点正事……"说着，一眼看到了向青云手里的电报，"这是……"

向青云解释着："噢，是小寒的电报，说已经到汉口了，这几天就到家。"

莫元清忙拱手朝向不悔道喜："哎哟，大喜事啊，我未来儿媳妇要回来了！二爷，恭喜恭喜！"

向不悔一愣，敷衍着拱了拱手，把向青云支了出去，做出一个请莫元清坐下的手势，说："莫大爷请坐。"

莫元清有些不高兴地看着向不悔；"兄弟，还叫我莫大爷啊？眼看咱们就是亲家啦！哈哈哈哈……"莫元清说着说着就笑了起来，拍了拍向不悔的胳膊，大大咧咧坐了下来。向不悔微微摇了摇头，陪着坐了下来。

莫元清端过职员送上来的茶，问着向不悔打兵差的船可否回来，看到向不悔摆了摆手，他假装叹了口气，说道："唉，这个李团长也真是，万县这么多船，怎么偏偏打你家的兵差？难道他不知道不争大哥在重庆做官？"

向不悔说；"没什么，跑川江航运的，哪家没被打过兵差？你莫家也被打过的嘛！"

莫元清呵呵一笑："那是那是，不挂外国旗，任谁也逃不掉打兵差。哎，兄弟，你就没想过挂外国旗？虽说每月要交不少钱，不过躲过兵差还是赚啊！"

听到这个话题，向不悔喝了口茶，说道："你莫家不挂旗，向家怎敢争先？"说完，两个人相视而笑。

莫元清觉得此时跟向不悔谈合股的事，正是时机，琢磨着如何引入话题。还没等他开口，马文俊匆匆走了进来，告诉向不悔说被打兵差的船回来了。向不悔腾地一下站了起来，忙问船和人可好，马文俊说一切都好。向不悔抓起礼帽，向莫元清一拱手，说道："我要去看看轮船怎样，莫大爷您……"

莫元清站起身，说："二爷改日再聊。"马文俊和莫元清走在前面，向不悔走在后面，一会儿迈着大步就超过了他们，莫元清朝自家公司走去，马文俊此刻忽略了莫元清的存在。

莫元清边走边轻轻地嘀咕着："回来了？怎么这么快就回来了？"他原想着向家的船怎么着也得过个十天半个月才回来，现在回来，真的有点儿出乎他的意料。

陆船长正指挥大家清洗甲板。向不悔带着向青云和马文俊快步上了船。陆船长看见向不悔上来，赶紧招呼了一声"二爷"，向不悔激动地一把抓住了陆船长的手，说不出话来。陆船长连说人和船都好，二爷该放心了。向不悔连声道谢。陆船长忙说护船护人是他分内的事，二爷这样客气倒是见外了。

向不悔看到船上忙碌的水手，问陆船长他们在做什么，陆船长说因为耽误了航班，大家心里不安，想赶赶时间把航班抢回来。向不悔一听就发了怒，说这是胡闹，他让大家赶紧回去休息睡觉。陆船长有点为难了，说是大家非要挽回被打兵差造成的损失。

向不悔拍着陆船长的肩膀，由衷地说："老陆啊，我办公司多年，一向善待大家，你这样做，让我的脸往哪儿搁？以后谁还服我？都给我回去！"说完就吩咐马文俊、向青云将水手赶下船，让他们去休息。

看着众水手不情愿地放下手中的工具，然后落寞地走下了船，向青云脸上露出了难以置信的表情。

袍哥三爷一早就到了茶馆，要了干鲜果品，点了壶沱茶悠闲地喝了起来。茶馆里的人不多，袍哥三爷哼着小曲左右看着。

赖九探着头往茶馆里张望，袍哥三爷一下就看到了他，叫了声"龟儿子"唤他进来。赖九呼扇着衣衫，晃了进来，叫了声"三爷",拉过一把椅子就坐在了袍哥三爷的旁边,袍哥三爷又招呼着添了一套盖碗。赖九看着幺师添过茶去招待其他的茶客,问着袍哥三爷:"三爷,有什么吩咐?"

袍哥三爷抬头望了一下四周,看没有人注意到他们,侧过身子,低声问道:"那……那事怎……怎……怎么样……样了?"

赖九一拍胸脯上的横肉:"绝对没问题,关键就是……"他卖起了关子。袍哥三爷瞪着赖九,等着他的下话。沉默了一会儿,赖九才开口:"关键就要看三爷出什么价了。"

袍哥三爷伸出两根手指。赖九一笑:"三爷,你老人家说笑吧?这个数哪个肯干?我打发弟兄们喝茶都不够!起码这个数!"说着,他伸出了五根手指。

袍哥三爷把眼一瞪,伸出了三根手指:"你……你……你个龟儿子,漫……啊漫天要价!最多这……这个数!"

赖九一看,端起了茶碗:"那就算了。三爷,买卖不成仁义在,别为这个伤了哥们弟兄和气。喝茶喝茶!"

袍哥三爷心疼地伸出了四根手指:"龟儿子,你……你……倒会拿……啊拿捏老子!好!这个数!先……啊先……先给一半。"

赖九把茶碗一放,哈哈哈笑了起来:"这就对了嘛!我们两个何必打哑谜呢。成交!"说着,向袍哥三爷伸出了手掌。袍哥三爷伸出手掌一掌击了上去,然后一转手,兜头给了赖九一巴掌:"你……你……你个龟儿子!"赖九咧着嘴笑起来。

袍哥三爷一把把赖九拉了过来,伏在他的耳边小声说了些什么。赖九不停点着头,连说"晓得了"。

一盏茶后,袍哥三爷和赖九道了别,匆匆向莫氏轮船公司走去,找莫元清复命。赖九直到把茶壶里的茶喝见了底,才晃出了茶馆,找那帮信字号的弟兄去了。

莫氏轮船公司里,莫元清带着莫英豪检查着公司的各个部门。

还没到账房，莫元清就听到里面三个职员正热火朝天地聊着"翠莺楼"里的粉头，莫元清站在门口听了一会儿："翠莺楼新来一个粉头，好看得很哪！你们知道不知道？""哪个不知道？老崔亲眼得见！""老崔，好艳福啊！"那个叫老崔的制止道："别乱讲，让你嫂子听见，我脑壳又要起包……"其中一个人语带淫秽地保证着说："不讲不讲。老崔，什么味道啊……"

莫元清转着两个铜球一步跨进账房，那些闲聊的职员赶紧正襟危坐，假装办公。莫元清火冒三丈，训斥这些职员："你们这帮龟儿子，拿着我的钱整天混日子，不好好做事，就知道找粉头，哪天等老子烦起来，让你们统统滚蛋！"职员们噤若寒蝉。

莫元清转身对跟进来的莫英豪说："英豪，你看看，这帮人都在干什么？你还好意思不帮你爹一把？向青云都去帮他二爸了，你也到公司来帮忙，给我看好这帮王八蛋！"

看到莫英豪不情愿的样子，莫元清的火更大了："不想来？不想来也得来！反了你了！"

莫英豪低头站着，任凭莫元清斥责着。

这时，袍哥三爷匆匆走进了账房，叫着："大……大……大……"

旁边的莫英豪也替他着急，没好气地帮他把话说完："大爷！"账房里的职员们忍不住窃笑。

莫元清瞪了莫英豪一眼："没大没小！"

袍哥三爷兴奋地看着莫元清："妥了！妥了！"

莫元清一愣，问道："什么妥了？"

袍哥三爷把莫元清拉到了账房外面，小声说着："那……那件事！——一——一——一千啊大……大……"

"大洋！"莫元清不耐烦听他继续结巴下去，补充着他没说完的话。

袍哥三爷点着头，就像鸡啄米一般："对，对，先……先……

先付一半。"

莫元清一摆手，拒绝着："先付五百？不行！先付三百，事成之后再付七百！"他可不想那帮地痞这么容易就拿到钱。袍哥三爷表白着说自己的嘴巴要讲干了，费了九牛二虎之力才说动了那帮兄弟帮忙。莫元清依旧较着劲："不行就算了，没他们老子照样干！"

袍哥三爷："大……大……大爷，早……早晚要……要给，何……何……何必呢？"

莫元清还是顾及袍哥三爷的面子，没有固执坚持自己的心气："你的意思……答应？"袍哥三爷用力一点头。莫元清像是下了决心："好，那就答应，不过要是手脚不干净，让人抓住了，别怪我不认。"

袍哥三爷一拍胸脯说："那……那……那是当然！"

莫元清说："账房拿钱去吧！"袍哥三爷答应一声，转身就走进账房。莫元清站在门外盘算着，"一千？五百？"但想着向家偌大家产马上就要变成他莫家的，点了点头，自语道，"不贵！"

同庆园的后院里，向青云和夏天虹争论了起来。夏天虹不相信前辈流传下来的唱词会出错，而向青云却坚持唱本有错，说那是因为前辈人多不识字，听音识字，不免以讹传讹才错的。他让夏天虹唱了一段，然后点出了里面有错的地方，并做了更正。

见夏天虹心服口服，向青云从怀里掏出一本唱本，递给了夏天虹，说这是他整理的《彩楼记》，有错的地方都做了更正，并且还把唱词润色了一下。

夏天虹翻阅着唱本，有点不相信："这么改行吗？都唱了这么多年了……"

向青云给她鼓着劲："试试看嘛，说不定能行。"

夏天虹心里已经服了向青云，说："好，我相信你。青云，我听英豪说你到轮船公司做事了，累吗？"向青云说不累。

正说着，郭天顺走进院子，看到向青云和夏天虹在一起，说也要听向青云说戏。夏天虹一阵抢白，然后说请向青云喝茶，拉着向青云就进了自己房间。郭天顺看着二人离去的背影，咬了咬牙。

夏天虹一进房间，就给向青云泡上了茶，说那是自己老家的茶。向青云端起茶碗啜了一口，不自觉皱起了眉头。夏天虹正注视着他，看到了他的表情，问道："怎么了，不好喝？"向青云答着好喝。夏天虹追问他为什么皱眉。向青云说那是因为太烫了。夏天虹故意对向青云虎起了脸，撒起了娇："哼，敢说不好喝！"向青云无奈地笑了笑。

夏天虹拉过向青云的手，害羞地问："青云，咱们俩的事还没跟你家里人说吧？"

向青云低着头，扭着自己的手指，小声回答着："还没来得及说……"

夏天虹看着他的样子，想着人家毕竟是富家公子，叹了一口气，说："那就先不说吧。自古以来哪个富家公子敢明媒正娶一个唱戏的？你要说了你爹还不打死你。"

向青云躲避着夏天虹炽热的目光，"我"了半天也没见有正文。夏天虹假装宽心地说："要是你不想娶我，就明明白白告诉我……我不拖累你。"

向青云忙表白道："怎么不想？我做梦都想娶你！"夏天虹甜甜地笑了。接着，向青云又小声嘀咕着："可是我爹……我从小就怕他，见了他根本开不了口！"

夏天虹坐到了向青云对面，再次抓起他放在桌子上的手："没关系，咱们慢慢来，啊？"

向青云想抽回手，但手却被夏天虹紧紧抓住，他觉得身上忽一阵发热，呼吸有些急促。

这时，门外传来郭天顺叫夏天虹吃饭的声音。夏天虹应了一声，要留向青云在戏班吃饭，但向青云却说自己是偷着跑出来的，得赶快回去,不能让二爸发现。说着,向青云就站了起来。

夏天虹把他送到门口,却用身子挡在了门前,眯着眼睛看着向青云。向青云问夏天虹怎么了,夏天虹没有回答他的话,干脆就闭上了眼睛。

不解风情的向青云一愣,憨呆地问:"天虹,你这是干什么?"

夏天虹睁开眼,嗔怒地瞪着他:"傻蛋!"

向青云一愣:"傻蛋?我?"

夏天虹把身体让开,拉开了房门,生气地说道:"不是你是谁!"

向青云不明白她的话,边琢磨边出门。夏天虹突然飞快地在他脸上亲了一下,然后砰的一声关上了门。向青云像被什么给钉在了地上,一动不动,捂着脸对着门看了一会儿,突然大叫一声跳起来,飞快地向外跑了出去。郭天顺走了过来,看着他的样子迷惑不解。

第四章 暗　杀

天渐渐黑了，向氏轮船公司的职员陆陆续续地走了出来。距公司不远处一棵大树下，赖九靠在树干上，不时地将瓜子扔进嘴里，两眼注视着公司大门。一连几天，赖九就这样在公司外面转悠着。

向不悔夹着包从公司里走了出来，马文俊把他送到门口，向不悔嘱咐了马文俊几句，就慢慢往家的方向走去。赖九活动了一下腿脚，尾随在后面，慢悠悠地跟了上去。

向不悔一回家，刘氏就急忙迎了出来，好像等了好久似的，叫着："哎呀，你可回来了……"向不悔好奇地看着刘氏，问怎么了。刘氏急着问："我听青云说小寒要回来了？"

向不悔点了点头："是啊，怎么了？"说着，把手里的包递给了站在一边的向福，抬腿进了屋。

刘氏惊喜地跟了上来："真的？你………你怎么不叫人回来报个信啊？"

饭堂里，向青云、秦氏和向老太爷已经坐在饭桌边。向不悔洗过手后，挨着父亲坐下，说："你看你，报信不报信，该什么时候回来就什么时候回来，还能早到一天？"

刘氏挨着他坐了下来，眼睛就红了："她不能早到一天，我能早高兴一天！三年了，想小寒，我不知道哭了多少次……"

坐在一旁的秦氏忙安慰道："弟妹，挺高兴的事，怎么就哭了？兄弟累一天了，别让他烦。快吃饭吧，你看老爷子在等着呢！"

向不悔顺着秦氏的话说："嫂子说得是，挺高兴的事……等小寒回来了，你跟她亲个够，我不跟你抢。别哭啦，吃饭！"刘氏这才破涕为笑。

向不悔问候过向老太爷后，就问起了向青云一天都在做什么。向青云说在码头货仓待了半天。向不悔还想说点什么，刘氏催促着大家吃饭，说公司里的事应该在公司里说，现在大家都饿了。向不悔拿起了筷子，一家人才动起了碗筷。向不悔伺候着向老太爷喂菜喂饭。

莫元清一直惦记着袍哥三爷的话，思虑着那件事要稳妥善后，就一定要争得李克彪的支持。因此，在打听到李克彪带着部队回万县后，就马上摆了三桌酒席，邀请李克彪赴宴，并请一帮袍哥兄弟作陪。

酒过三巡之后，李克彪已经微醉了。借着酒劲，李克彪豪气万丈，拍着胸脯对着众人保证道："以后万县地面有什么事，兄弟替大家出头，千万不要客气！"众人一起叫好。李克彪又继续说道："大家都是袍哥弟兄，以后兄弟用得着大家的时候，大家也不能拉稀摆带。"众人连声称是。李克彪将身子倾向莫元清："大哥……我叫你一声大哥，兄弟单身一人在万县，你可要照应啊！"说完诡秘地一笑，莫元清会意地回以微笑。

"那还用说？"莫元清应着，自己的目的已经达到，对李克彪说，"兄弟，今天叫条子来不及了，大哥请你听戏去。"李克彪"哦"了一声，说听戏没意思。莫元清介绍着："兄弟不知道，万县有个德裕班，唱的戏不比重庆的戏班差。"李克彪不信，说莫元清夸大其词，莫元清说，"眼见为实嘛！"

李克彪只好顺从了莫元清的意思："好！客随主便，兄弟听大哥的！"

莫元清带着几个袍哥陪李克彪来到同庆园，守门人想拦，一看莫元清身边还跟着一个穿军装的，伸出的手又缩了回去，说着："莫大爷，戏快散了，你老人家还是明天来吧。"

有李克彪在场，莫元清的霸气不免比平时足了很多："睁开你的狗眼看看，这位是谁？"守门人看了看李克彪，不敢搭话。莫元清指着李克彪说："这位就是驻防万县的李团长。不要讲李团长大驾光临，就算莫大爷我想看戏，也是想什么时候来就什么时候来。滚开！"守门人畏畏缩缩地闪在一边。莫元清等人陪着李克彪走进戏园子。

戏台上，夏天虹、郭天顺转着圈，只见夏天虹穿着淡黄色的纱裙，柔美婀娜。

看见莫元清进来，观众中有人站起来和他打招呼，莫元清拱着手大大咧咧地回礼。茶房迎上来说："莫大爷，实在不好意思，客满了。"

莫元清转身看了一圈，指着一张桌子："哪里客满了？那一张桌子不是没有人吗？"

茶房顺着莫元清的目光望去，但见莫元清指的那张位置最好的桌子坐着几名客商。茶房为难起来："大爷……"

莫元清根本不管那一套，吩咐着："去，把桌子清理清理，大爷我要舒舒服服地听戏！"说完就径直向那张桌子走过去，李克彪跟在后面。

茶房急忙跟在后面，哭丧着脸央求着："大爷，这里有人……"

莫元清一巴掌打过去，将茶房打个趔趄，吼道："胡说！哪里有人？睁眼说瞎话！"

坐着的几位客商站起来，莫名其妙地看着莫元清。茶房哭丧着脸过来向几位客商打躬作揖："各位老板行行好……"

其中一位客商看莫元清来势汹汹，不知是什么人，拱手问道："这位是……"

莫元清装作没有听见，没有回答客商的问话，这时李克彪挤了上来，看着那几个客商，盘问起来："你们是干什么的？嗯？是不是山上下来的？"

客商们一见穿军装的李克彪，立刻服了软了，拿起自己的包，匆匆走出了同庆园。茶房见状急忙收拾桌子。

夏天虹在台上甩着水袖看到莫元清等仗势欺人，灵机一动突起高腔，声音似响彻云霄，将莫元清和李克彪吓了一跳。观众纷纷交头接耳，有的对莫元清等指指点点，有的诧异地议论夏天虹的唱腔激昂。郭天顺见她乱了章法，急忙应付，不免手忙脚乱。

莫元清抓了抓脑袋，而李克彪却瞬间被夏天虹的美貌迷住，目不转睛地看着她，身子倾向莫元清，问道："大哥，这个女戏子叫什么？"

莫元清应了句："叫夏天虹，德裕班当家花旦。"

李克彪口中啧啧有声，赞道："噢——唱得好，人长得也好……"

莫元清侧头一看李克彪的贪婪之色，立刻心领神会："兄弟是否有意……如果有意，兄弟放心，包在大哥身上。"

李克彪向莫元清一拱手："拜托拜托！"

莫元清说："好说好说。"说完一招手，候在不远处的茶房跑了过来。莫元清从怀里掏出一封大洋，吩咐着茶房："李团长赏夏天虹。"

茶房接过银子，扯着嗓子喊起来："李团长赏夏天虹大洋五十块——"观众中有人大声叫好。

这样的场景夏天虹见惯了，心想又不知是哪里来的酒囊饭袋。但见她只皱了皱眉头，并没有谢赏，而是继续唱着戏。郭天顺借台步走到夏天虹身边，提醒着夏天虹："快谢啊！"夏天虹不理郭天顺，继续唱戏。郭天顺转了个圈，又踏到夏天虹身边，催促着："快谢赏！"夏天虹依旧不理。

台下的莫元清气红了脸，李克彪好奇地问："嗯？万县戏子不谢赏吗？"

莫元清腾地站起来，李克彪急忙拉住了他："不忙不忙，兄弟喜欢野性子……"

台上的郭天顺见莫元清站起来，大惊，急忙走到台前作揖："谢李团长赏——"观众哄堂大笑。

李克彪看着台上谢赏的郭天顺，不解地说："万县硬是怪啊，小生替花旦谢赏……"

莫元清没有搭腔，夏天虹让他丢了颜面，心里窝着火气。他想这戏子可不好拿捏，看来答应了李克彪的事真要费点周折了。

直到和莫元清道别分手，李克彪依旧没有止住对夏天虹美貌的啧啧赞叹。

那件事，莫元清等得有点儿不耐烦了，一直追问袍哥三爷，说钱都已经支走了，怎么一点儿动静也没有。袍哥三爷赶紧应承着说，就快了。

袍哥三爷把赖九约进了茶馆，坐在角落里，小声问着赖九事情的进展。赖九喝了口茶，说路线已经探清楚了，不过就是时间太早，天没有黑，不好下手。

袍哥三爷想了想，说这个事情好办，他会想办法解决，问赖九下手的时间。

赖九闭着眼睛掐着手指头，装模作样地推算定日子。袍哥三爷鄙夷地看着他。一会儿工夫，赖九睁开了眼睛，说道："明天……哎，明天是黄道吉日……"

袍哥三爷一点头，说："……好，就……明天！"

赖九又继续说："不过，一定要到天黑！"

袍哥三爷说:"知……知……知……"话没说完,他的眼睛就定住了,原来他看到向青云和莫英豪走进了茶馆。

莫英豪一进茶馆就招呼道:"幺师!上好沱茶,茴香豆、花生米各一盘!"幺师应了声。

袍哥三爷拉着赖九就往外走,赖九吵着说茶还没喝一口,袍哥三爷推了他一把,催促他快点。赖九刚站起来,莫英豪就看见了袍哥三爷,招呼起来:"三叔也在啊。"

袍哥三爷哎了一声,拉着赖九擦着莫英豪身边,快步走出了茶馆。

幺师将茶送了上来,向青云喝着茶,劝说着莫英豪,让他去公司帮他爹的忙,毕竟两个人都大了,总闲着也不行。

莫英豪赌气地看着向青云说:"怎么你也这么说,你不知道我一看见账本就头疼?难道你不头疼?"

向青云摇了摇头,然后又点了点头,说:"我不头疼,就是心烦。"

莫英豪跟了句:"还是嘛!"

说到去公司,两个人一时没有了可说的话,默默地喝起了茶。

沉默了一会儿,莫英豪抬起了头,问道:"青云哥,你真想娶夏天虹?"向青云点头"嗯"了一声。莫英豪又接着问:"你爹会答应吗?"向青云的脸顿时愁容满面。莫英豪也替向青云和夏天虹担心起来:"要是你爹不答应,你怎么办?"

向青云转着茶碗上的盖,轻声说道:"我不知道。"

莫英豪一看向青云的表情,好像这件事发生在自己身上一般,也泄了气:"我看你还是算了,讨老婆就是传宗接代,你爹叫你讨谁你就讨谁,要是喜欢夏天虹,娶过来做妾就行了。"

向青云一听就急了:"那怎么行?我心里只有她,她心里也只有我!"

莫英豪看着向青云,不屑地说:"书呆子。好了,不说这个了。今天你陪了我一天,我请你吃饭,吃完饭听夏天虹唱戏去!"

郭天顺想到夏天虹那天看到洋布兴奋的眼神，就跑到街上扯了一块洋布，也要送夏天虹洋布，讨她的欢心。郭天顺兴冲冲地从外面跑回同庆园，看到夏天虹坐在长凳上呆呆地出神，他背着手站在她的面前，叫了句："师妹！"

夏天虹抬头看了他一眼，又低下了头，继续发着呆。

郭天顺关切地问："怎么了？想什么呢？"

夏天虹白了他一眼，嘀咕了一句："管不着……"

郭天顺从背后拿出洋布，举到夏天虹的面前，晃了晃，讨好地说："师妹，你看！"

夏天虹抬着眼皮，懒洋洋看了一眼，问道："怎么了？"

郭天顺笑着说："给你的。"

夏天虹低声回了句："我不要。"

郭天顺失望地看着夏天虹："为什么？"他想不明白，自己的这块洋布并不比向青云送给她的那块差，她怎么就不要呢？

夏天虹懒懒地回了一句："不为什么。"

郭天顺想，自己真是自讨没趣，放下了手，无奈地看着夏天虹："师妹，你最近老是对我爱答不理的，是不是我做错什么了？"夏天虹疑惑地看了他一眼，没有说话。郭天顺继续说着："我知道，是因为向少爷……哼哼，我一个穷唱戏的算什么东西，人家是大户人家的公子，有钱有势……"

夏天虹听着郭天顺的絮叨，自言自语道："神经病！"

此时，班主房内，莫元清向班主连连拱手道喜，说李团长看上了夏天虹，要迎娶夏天虹。

班主一听，瞪大了眼睛："莫……莫……莫大爷，你老人家不是开玩笑吧？"

莫元清居高临下地说道："开什么玩笑？李团长年纪轻轻，一表人才，奉杨司令之命驻防万县，前程远大得很咧，难道还配不上一个唱戏的？"

班主忙解释着："莫大爷，话不是这么说……李团长老家有妻小，天虹跟了他，岂不是……岂不是……做妾？"他不忍心夏天虹去给别人做妾，毕竟他把夏天虹养大，待她就如自己的女儿，也希望她能寻个好人家，堂堂正正地嫁过去做个正房。

莫元清厉声说道："你是死脑筋还是怎么的？给堂堂团长做妾，还不强过给穷戏子做老婆？李团长看上夏天虹，那是她的福气！"班主摇着头，连说不妥。莫元清虎起了脸："什么妥不妥的？莫大爷我亲自登门做媒，你竟敢推三阻四，还想不想在万县码头混了？"

班主一看莫元清怒目圆睁，忙说软话："莫大爷别生气，别生气嘛。德裕班能在万县混口饭吃，全靠你老人家照应，大恩大德我心里有数。这个事嘛，我倒是无所谓，天虹又不是我的女儿。只是……我总得跟她商量商量嘛！"

莫元清步步紧逼："商量什么？还不是你一句话的事……我听说夏天虹八岁的时候就被卖给你了？"

班主更正道："七岁。"

莫元清的语气缓和了一些："这就对了嘛！你养她十几年，不就是她的爹娘老子嘛。婚姻大事父母做主，你不给她做主谁给她做主？"

班主心里就不愿意天虹嫁给李克彪，无奈之中极力回绝："再怎么说，也不是亲生女儿……"他的意思是，不是亲生女儿，自己就做不了夏天虹的主。

莫元清心想，有钱能使鬼推磨，使点儿钱就能让班主松口，于是继续劝道："你放心，这件事只要成了，少不了你的好处。开个价！"

班主仍然不敢答应："还是商量商量好，商量商量好……"

莫元清发起了火："你要商量就商量吧，反正李团长等信呢……你自己看着办！"说着，站起来就向门外走去。

班主在后面叫着："莫大爷，再喝口茶嘛！"

莫元清头也不回，甩了一下手，说道："不喝了不喝了，这事成了以后，大爷我请你喝茶……"

班主忧心忡忡地站着，一时竟忘了礼数，没有送莫元清，看着莫元清气呼呼地向院外走去，心想，看来李克彪对夏天虹是不到手不死心，这件事还是要和夏天虹讲一讲。照夏天虹的脾性，断不会答应，但是不管怎么样，提了总比不提好，这样他也好跟莫元清有个交代。

饭桌上，郭天顺殷勤地给夏天虹夹菜，夏天虹瞪了他一眼。

石金童看着郭天顺，打趣地问道："师哥，怎么不给我夹菜，眼里只有师姐？"

郭天顺夹起一筷子菜放进石金童碗里，"吃吃吃，撑死你！"石金童咯咯地笑起来，班主皱着眉头看他们。

夏天虹很快地扒拉了几口，放下碗筷说："我吃饱了。大家慢慢吃。"说完起身要走。

班主叫住她，说有事和她商量，然后起身和夏天虹一起离开。郭天顺疑惑地看着二人的背影。

夏天虹随班主到了他的房里，班主示意她坐下。虽说夏天虹平日里敢顶撞班主，但心里还是对他有着长辈的敬畏，每逢班主神情严肃的时候，她心里不免就有些惧怕。

班主坐在夏天虹的对面，顺手拿起桌上的竹锤子，敲打着自己的后背，眼睛看着桌上他师傅的画像。

夏天虹不解地看着班主，说："师傅，师爷画像的框子都破了，明天到街上买个新的吧。"

班主停下了手里的竹锤子，说："是啊，连画像的框子都破了，日子真是不容人地往前走啊，过得真快啊……天虹，你来德裕班十二年了吧？"

夏天虹更加不解地说："班主还记得啊？"心里寻思着，班主怎么没有由头地提起了这个话题。

班主神色忧郁，似有好多话要说："怎么能忘哟……你刚来的时候只有七岁，瘦瘦小小的，一看就是没吃过饱饭的样子……可怜哟……"

夏天虹眼圈红了："班主养育之恩，天虹绝不敢忘。"

班主一摆手道："不提这个，不提这个……如今你长大了，到了谈婚论嫁的年龄，虽然我不是你亲人，可是你爹娘都不在了，这件事还是少不得我操心。这几天我正考虑这件事，今天就有人上门提亲来了，你说巧不巧？"

夏天虹喜出望外，心想向青云还真快，居然来提亲了，忙问："谁呀？"

班主观察天虹的神色，似乎不反感谈婚论嫁，于是接着说："有来头的大人物，你猜猜？"

夏天虹歪着头假装想了想说："万县有来头的大人物，无非是向家和莫家。"

班主笑着说："莫大爷做媒……"

夏天虹心中的喜悦不禁流露了出来："向家？！"

班主摇了摇头："比向家来头大哟……是李团长！"

夏天虹大失所望："李团长？哪个李团长？"

班主提醒着："就是莫大爷陪着来看戏的那个长官，驻防万县的李团长。"

夏天虹想起来了那个给赏的军爷："噢，是他呀……"

班主试探着问道："怎么样？"

夏天虹说："不嫁！"这在班主的意料之中。夏天虹继续说着："看他一副色眯眯的样子就不像是好人。不嫁。"说完，她转身就离开了，留下班主在她身后叫着："天虹——再商量商量嘛！"

向不悔收拾着桌上的东西，准备下班回家。马文俊进来说冯船长的船已经回来了，并说这一趟应该赚了不少。

向不悔好奇地问："哦？宜昌有这么多货？"

马文俊忙说："徐老板的照顾，把原定让洋轮公司运的货给咱们了。"

向不悔"嗯"了一句，说徐老板够交情。他交代马文俊如果日后徐老板从宜昌过来，千万不能怠慢。马文俊说那是当然。

又交代了几句，向不悔拎起包就走，刚到门口，莫元清和袍哥三爷迎面走了进来。向不悔奇怪这时候他们怎么还来，忙拱手问莫元清有何贵干。

莫元清一拱手叫了句"亲家"回了礼，然后干笑着说："你看你看，没事我就不能来了？"

向不悔把他们请进了屋，马文俊急忙为他们准备茶水。

喝着茶的莫元清有一搭没一搭地闲扯，向不悔抑制住不耐烦的心情听他说着。马文俊站在一旁，看出了向不悔的烦躁，借故走了出去。约一盏茶的工夫，马文俊又匆匆地跑了进来，告诉向不悔冯船长派了人来，说船出了点儿小问题。

向不悔一听，告诉马文俊说自己马上就过去，然后一拱手向莫元清告辞。

莫元清也只好告辞，带着袍哥三爷走出了向氏轮船公司。向不悔带着马文俊匆匆往码头方向赶去。

蹲守在向氏轮船公司不远处的赖九等三个人，看着向不悔出来，愣了愣神，但他们还是站了起来，尾随在向不悔的后面，跟了过去。

向不悔和马文俊一前一后匆匆地走进码头。马文俊叫住了向不悔，告诉他说船根本就没坏，只是因为看莫元清喋喋不休地闲扯，怕向不悔回家晚，家里人等急了，才用的这一招。

向不悔夸马文俊想得周到，马文俊一笑，不好意思起来。

船既然没事，向不悔就不用再上船，和马文俊道了别，就急忙往家的方向走去。

赖九和两个打手躲在码头仓库拐角处,看着向不悔和马文俊分手,也不远不近地跟在向不悔的身后走去。

莫元清和袍哥三爷从向氏轮船公司出来没一会儿,迎面就遇到了李克彪。李克彪正要去同庆园听夏天虹唱《彩楼记》,邀请莫元清一起过去,莫元清想了想,就带着袍哥三爷跟在李克彪的后面,到了同庆园。

戏还没有开场,向青云和莫英豪坐在最好的位置上闲说着。茶房边为他们斟茶,边说着头一天的戏。突然茶房就住了嘴,看着大门的方向。莫英豪顺着他的目光看去,但见莫元清、李克彪、袍哥三爷走进来,后面跟着两个卫兵。

莫英豪一看莫元清进来,就忙叫茶房把他们引开,但茶房已经哆嗦着说不出话来。

莫元清带着李克彪等径直向莫英豪这一桌走来,一看桌边坐着向青云和莫英豪,就请他俩再换个位置。

莫英豪还想和莫元清说什么,向青云一把拉着他就走开了。但是园内已经没有了空桌子,向青云和莫英豪只好打消了听戏的念头,走出了同庆园。

李克彪坐在莫元清的身边,等夏天虹滑着高腔一上场,他喜不自禁地称赞道:"真是国色天香啊,长得实在是好!"然后一侧身,问着莫元清,"大哥,我的事说了没有?"

莫元清应着:"说了说了……别急嘛,人家总要考虑考虑。"

李克彪掩饰着内心的焦急:"那是那是,让她考虑,我不急。"

向青云和莫英豪在街上边说边闲逛着。

莫英豪对向青云说他已经决定去公司做事了,自己也实在不能再闲着了,他请向青云以后多帮他。

向青云苦笑了一下，说："我也一窍不通啊……英豪，我怎么突然觉得自己一点用处都没有呢？"

莫英豪不相信地反问道："你？不会吧？"

两个人正说着，突然前面传来了呼救声，向青云一听，马上说了句："像是我二爸的声音。"

莫英豪竖耳一听，说道："我听也是。"然后拉着向青云就向前面冲了过去。

角落里，三个人正围着一个人殴打，向青云和莫英豪定睛一看，那被打的人正是向不悔。向青云叫了起来："二爸！"

此时，赖九举起了匕首，正要刺下，莫英豪冲过去一把抓住了赖九的手腕，另一只手扭住他的胳膊，往外一扔，赖九滚到了一边。两个打手向莫英豪袭来。莫英豪拳打脚踢，与两个打手打成一团。

向青云忙跑过去扶起了向不悔，叫着："二爸！"

向不悔一看到向青云，轻唤了一句："青云！你……"他已经累得说不下去了。

莫英豪将两个打手一次次打倒，赖九见势不妙，一挥手，三个人抱头鼠窜。莫英豪抬脚就追，叫着："有种别跑！"向青云叫住了他。

莫英豪嘴里骂着："算你们跑得快！下次看见非打死你们！"说完转回身查看向不悔的伤势。

向青云和莫英豪赶紧把向不悔护送回了家。听说向不悔被人打了，秦氏和刘氏忙围了过来。刘氏拿着毛巾心疼地给向不悔擦拭着脸上的血迹，嘴里不停地骂着："哎哟……这是哪个杀千刀的做的好事，看看把人搞成这个样子……"

秦氏也叹道："唉，这世道越来越不太平了……弟妹别难过了，人没事就好。兄弟，没伤着吧？"

向不悔凝眉沉思，似乎没听见秦氏的话，他正在想，到底是谁出了钱请的打手要置他于死地。

向青云替向不悔回答说:"娘,没什么事,就是擦破点皮。今天幸亏英豪在,不然真是不堪设想。"

秦氏和刘氏惊诧地对视一下,刘氏忙拉着莫英豪的手,道谢道:"英豪,真是谢谢你了……"

莫英豪不好意思起来,忙说这是应该的。看着时间不早了,莫英豪告辞要走,秦氏忙挽留着,让他吃了夜宵再走。莫英豪推辞说时间不早了,离开了向家大院。向不悔让向青云去送莫英豪。向青云说自家兄弟,不用这么客气。

向不悔嘱咐身边的人,今天的这事,谁也不要说出去。向青云一愣。刘氏不解,问道:"吃这么大亏还不说,那不冤死了?"

向不悔脸一沉,说道:"让你们别说就别说,我自有主意。"

同庆园的戏散了场,李克彪坐着滑竿回了团部。莫元清和袍哥三爷往家里走着。莫元清记挂着今天晚上的事,吩咐袍哥三爷道:"明天你去问问那件事怎么样了。他×的,今天跟向不悔摆龙门阵,大爷我都快没话了。"

袍哥三爷打着包票说:"大……大……大爷放心,十……十……十拿九稳!"

两个人走进大门,见莫英豪正在院子里练武。莫元清奇怪道:"英豪,这么晚还不睡?"

莫英豪说睡不着,就继续练了起来。

袍哥三爷看着莫英豪的表情,断然说道:"看……看少爷……高兴,一……一……一定有……喜事!"

莫元清"噢"了一句,问着莫英豪:"是不是,英豪?"

莫英豪还沉浸在刚才打走坏人的兴奋中,说道:"是啊,今天有三个家伙想害向家二爷,正好让我碰上了……我一招猛龙过江放翻一个,再一招流星腿打倒一个,最后那个家伙想从后面偷袭,我一招蝎子摆尾……"他边说边比画。莫元清和袍哥三爷两个人面面相觑。最后,莫英豪叹了口气,说:"要不是他们跑得快,早被我拿下了!"

莫元清奇怪莫英豪怎么没看戏,居然去搅了自己设计好的局,问道:"你……没看戏?"

莫英豪说:"爸,你忘了,是你们占了我和青云哥的座位,我们还看什么。"莫元清一想,原来自己陪李克彪,居然陪黄了正事,脸色不禁难看起来。莫英豪忙问:"爹,你怎么了?"

袍哥三爷忙为莫元清打着掩护,替莫元清回答着:"大……大爷不……不……不舒服,少爷去……去睡吧!"

莫元清和袍哥三爷进屋,一屁股坐在桌边。莫元清发了会儿呆,嘴里喃喃自语:"天不灭曹,天不灭曹啊……老子好不容易把向不悔拖住了,儿子倒把他救了……早知如此,大爷我看什么戏啊?就是看戏也别抢他的座位啊!大爷我……我……我就是个笨蛋!"说完,突然挥手给了自己一个嘴巴,把袍哥三爷吓了一跳。

袍哥三爷站在一边劝说着:"大……大……大爷,别……生气,还……还……还有机会。"

莫元清埋怨着袍哥三爷:"还有机会?还让大爷我跟他摆龙门阵去啊?你找的是什么人?连英豪都打不过?三个人打一个人还打不过?一群笨蛋!"

袍哥三爷哈着腰说:"大……大……大爷,你气……气糊涂了,幸亏打……打不过,要……要……要是能……打过,不……不就……就麻烦了。"

莫元清想想也是,又庆幸起来:"是啊,弄不死向不悔不要紧,别把我儿子打坏了……老三,让他们再找机会,不许再砸锅,不然把钱要回来,老子不干了!"

袍哥三爷应着:"是,是。大……大……大爷放心,一……一……一定成功!"

向青云在货舱清点货物，马文俊进来告诉他说，向不悔请他去趟办公室。向青云放下手中的账本，走了出去。

办公室里，向不悔正低头看着账本，看到推门进来的向青云，让他坐了下来。

向不悔端起茶杯，神情自若地说："昨天幸亏你和英豪在，不然今天我就躺在棺材里了……"

向青云还在奇怪昨天向不悔不许说出去那件事的嘱咐："我正想问二爸，那三个是什么人？为什么不报官？"

向不悔放下手中的杯子，看着向青云，问道："这话问得好。你说那三个是什么人？"

向青云想了想："八成是劫匪……"

向不悔摇了摇头："可是他们没有开口要钱，上来就要命。"向青云惊得从椅子上滑下了身子，险些坐到地上。他两脚用力撑住，双手撑住椅子，费了很大的力气，才坐端正了。

向不悔继续分析道："领头的那个人说，是拿人钱财替人消灾……他们是被人收买的杀手。"向青云心生恐惧。"青云，你是知道二爸的为人，一向与人为善，没有结下仇家，可是为什么有人要我的命？"向青云听着，神情凝重。

"如果真有人恨我，只能是生意上的对手。我今天找你来说这些，就是想告诉你，商场虽然不像战场那样刀光剑影，但是照样危险重重，以后你要多注意。"

向青云郑重地答应着，又问道："二爸，你知道那人是谁？"看到向不悔点点头，他忙问，"是谁？"

向不悔看着向青云意味深长地说："我不能说，你也不要问。世上很多事是不能说的，你要记住。"向不悔站起了身，说道，"好了，不说这个了。明天万县到重庆这条线开航，万县头面人物和生意上的朋友都要来，你好好准备准备，明天帮我招呼好客人。"

向青云应了一声"是"，起身要走，向不悔又叫住他，嘱咐道:"对了,小寒就要回来了,不要把有人害我的事告诉她。"

向青云说了声"知道了",退出了向不悔的办公室。

一艘轮船披红挂彩停泊在码头上,陆船长和水手们齐刷刷地站在船舷旁边。乐队在码头上吹奏着喜庆的曲子。几串长长的鞭炮炸响,红纸屑撒满一地,像是铺上了红地毯。

向不悔和向青云并肩站在船前,一群士绅商贾上前拱手祝贺,向青云把他们引到八仙桌前喝茶、吃干果,等待吉时开航。

莫元清、莫英豪和袍哥三爷走进了码头。莫英豪一眼就看见向青云,就急忙跑了过去,莫元清叫他,他也不应。

莫元清气呼呼地冲莫英豪的背影吼着:"英豪……龟儿子,看见向青云连爹都不管了……没心没肺的,向家开重庆航线,你爹我很生气!"

袍哥三爷连忙安慰着:"大……大……大爷别……别生气,以……以后都……都是咱们的!"

莫元清听了稍觉宽慰:"嗯……老三,你这句话在理。走,会会向不悔去。"

两个人向人群中的向不悔走过去。向不悔看见了他们,却故意不理,继续和客人寒暄着:"李老板,多亏你的一百担山货,不然我的船要放空了。"

被叫作李老板的人应道:"不悔兄,咱们两个还客气什么,你的事就是我的事!"

向不悔做出了请的姿势,说道:"那我就不谢了。来,那边喝茶。"然后陪着李老板就往八仙桌那边走去。

莫元清看到向不悔的态度,心里骂着:"龟儿子,故意看不见我……"嘴上却大声叫着向不悔:"亲家!"

向不悔看着莫元清,冷冷地回了一声:"莫大爷来啦,稍等稍等,马上就来。"说完,依旧和李老板寒暄着。

莫元清明显感觉到了向不悔态度不似往常，嘀咕道："咦？不对啊，往常很热情的嘛……"

袍哥三爷一想，坏了，是不是昨天的事被向不悔知道了？他忙提醒着莫元清。

莫元清一愣神的工夫，向不悔走了过来，一拱手，表情非常冷淡："莫大爷光临，向某感激不尽。"

莫元清忙回了礼："哪里哪里……亲家，今天向家开重庆航线，你怎么不高兴啊？"

向不悔指指莫元清的心口，又指指自己的心口，说道："你知我知，莫大爷明知故问。"

莫元清心里一惊，脸上却装出了疑惑的神情："亲家，你把我搞糊涂了，我……"

向不悔一伸手，指着八仙桌的位置，对莫元清说："莫大爷，那边喝茶。请！"说完，就径自招呼其他客人去了。莫元清满脸尴尬，带着袍哥三爷向八仙桌走去。

莫元清边走边骂着："人精，真是个人精。"

袍哥三爷想问莫元清，向不悔是不是知道了事情的真相，但半天他也没有把话说出来。

莫元清仗着有李克彪撑腰，有恃无恐地说："他知道了又怎么样，还能把我吃了？走！喝茶！"

向青云看见他们，招呼着："莫叔，这边坐……"莫英豪跟着向青云也走了过来，帮莫元清和袍哥三爷拉出了椅子。

莫元清和袍哥三爷还未坐下，就听见司仪扯着嗓子喊起来："吉时已到——开航——"乐手鼓起腮帮子猛吹，乐声响起。

向不悔走到船前，向大家拱手致意。船上水手纷纷走上自己岗位，周围的人安静了下来，听着向不悔说着开航献词："感谢各位大驾光临！向家做轮船生意多年，全仗各位鼎力扶持，向某不胜感激。今天，向氏轮船公司到重庆的航班开航了，还望各位父老一如既往，赏向某一碗饭吃。向某谢谢大家了！"人群中响起了掌声。向不悔走到红绸装饰的缆绳边，司仪递给他一柄斧子，向不悔举起斧子砍下，缆绳应声而断。与此同时，轮船汽笛长鸣，缓缓驶离码头。鞭炮声再次噼里啪啦地响了起来，整个码头笼罩在喜庆的氛围里。

从码头回到家，莫元清气呼呼地坐着，突然将茶杯重重地蹾在桌子上，吓了袍哥三爷一跳。

莫元清责怪袍哥三爷道："我说不出面不出面，你硬要我出面，向不悔这么精明的人，怎么会猜不出我是在拖住他？他要是报官怎么办？"

袍哥三爷双手一伸："无……无……无凭无……无……无据，怕……怕什么？"

莫元清不依不饶地看着袍哥三爷说："你们这帮人，成事不足败事有余。告诉他们不干了，把钱拿回来！"袍哥三爷心里一惊，想着，那钱还怎么去要，看样子闹不好就要自己吐血了。

莫元清转而一想，又接着说："只要英豪把小寒娶过来，老子就有办法把向家的轮船也弄过来，来他个人财两得，免得整天提心吊胆的……"

袍哥三爷还在那想着要钱的事："可是……可是……"

莫元清把眼一瞪，吼了一句："可是什么？他们还敢不还钱？快去！"

袍哥三爷哭丧着脸走了出去。

第五章　女扮男装

向青云难得坐在公司的办公室里，周围的人也不大使唤这位少东家——虽说向不争曾经交代要向青云从最底层做起。还没到中午，莫英豪就来找他了。一进门，向青云就笑了，他看见莫英豪耷拉着脑袋，一副苦大仇深的样子。向青云找马文俊说过后，拉着莫英豪就出了公司，来到他们经常吃抄手的店铺，点了两碗抄手，莫英豪喊了句："多加点海椒。"

抄手端了上来，向青云把筷子搭在了碗上，想着刚才莫英豪的神情，问道："出什么事了？看你那样子，是不是因为小寒要回来了，等不及当我妹夫了？"

莫英豪用筷子使劲戳着抄手："青云哥，你也知道我和你妹妹定了亲，如果以后我没和她成亲，你还认不认我这个兄弟啊？"

向青云想都没想，说道："傻小子，想什么呢？不管怎么样，咱们永远是兄弟。"

莫英豪听了，使劲地点着头，然后大口地吃起了已经被戳烂的抄手。向青云不解地看着他。

转眼，向小寒要回来了。那天早晨，向不悔的夫人刘氏早早地就起来张罗着中午的家宴，然后催促着向不悔去码头接人。向不悔只好先出了家门。站在码头上，远远地就看见莫元清带着莫英豪走了过来。向不悔皱了皱眉，迎了上去。莫元清手里转着铜球，眼睛却看着远处忙碌的向家工人。莫英豪先走了过来，喊了声二叔，便不再说话，全然没有往日的样子。莫元清恨恨地看了儿子一眼，然后满脸笑容地和向不悔说话，而向不悔却冷冷地应对着。向不悔身后，向青云扶着刘氏走了过来。向青云先喊了声莫叔，然后看着莫英豪，低着头就偷笑起来。

刘氏问道："青云啊，你笑什么？"

向青云用手指了指莫英豪，大家才发现，莫英豪穿得和新郎官一样。向青云笑着说："英豪，我回家给你取朵大红花，你戴好，直接就和我妹妹拜堂吧！"

莫英豪无奈地看了看向青云，然后把眼神转向莫元清。向青云马上就知道这是莫元清的意思，也就不好再笑了。

向不悔拱手问道："莫大爷，您这是……"

莫元清转着两个铜球，大笑着说："小寒回来了，我这未来的公公当然要过来接了。亲家，怎么不告诉我一声呢？"

向不悔赔笑说："这点儿小事，哪进得了莫大爷的耳朵呢？我想等过几天，再带着小女去拜访莫大爷呢！"

莫元清一听，笑得声音更大了："亲家啊，你说的哪里话啊，小寒回来了，咱们就找个时间把两个孩子的亲事办了吧，都不小啦！"

周围的人对着莫英豪指指点点，窘得莫英豪几次想把衣服脱了，但都被莫元清制止了。

此时，向家人和莫氏父子一起站在码头等着一艘叫"太阳丸"的客轮，但天水相接的地方，还是没有船只驶过来。

刘氏低声念叨："怎么还不来，怎么还不来。"

莫元清也在问着向不悔："亲家，是不是记错了，怎么还不见船？"

向不悔没好气地说："我女儿回来，我怎么会记错？莫大爷若是忙，就请去忙。"

莫元清使劲地晃了晃铜球，没再说话。

向不悔心里也是着急。昨天，刚刚开航的重庆线惹得莫元清分外眼红，向不悔怎么会不知道。看着站在远处的向青云，向不悔暗暗祈祷，希望这向家唯一的继承人，能早日明白他爹和自己的苦心，支撑起整个公司。

向青云人在码头上，心却早已经飞到了夏天虹那里。想着夏天虹香甜的味道，他的心里就热乎乎的，感觉到有一股暖流流过了全身。他情不自禁地摸了摸那天被夏天虹亲过的地方，傻傻地笑了。

莫英豪则使劲地拉扯着自己的衣服，这招人的衣服让他很不自在，后悔真不该答应爹穿上这身衣服。

远处，传来了隐约的汽笛声。一艘轮船缓缓地驶了过来。刘氏说道："来了，来了，我的小寒来了，青云啊，给婶娘看着点。"说完，低头拉扯了下本来已经很整洁的衣服。

船渐渐靠近了码头，人们也开始往前靠了过去。甲板上，很多人在朝岸边招手，众人看了半天，没有看见向小寒。船上的人，渐渐走光了，还是没见向小寒。刘氏拉着向不悔："老头子，小寒呢？"

向不悔也着急地说："不会错的，就是这个，就是这个船。"

船上，出现了两个男子。刘氏忍不住走上去："先生，你是船上的吧？你看到向小寒没有？她是我的孩子，从日本回来……"

"娘……"刘氏愣了一下，这分明是小寒的声音，刘氏看了看喊自己娘的人，这眉眼，这身形……刘氏还没回过神来，向小寒就扑进刘氏怀里哭起来，"娘，是我！我是小寒！我回来了。"

刘氏一把推开小寒，仔细端详着，不敢相信："小寒……小寒！我的小寒，你总算回来了，娘想得好苦哟……"母女再次抱在一起。随行的男子拎着行李不知所措。

数米外的几个人，不明白发生了什么情况，只见刘氏搂着一个年轻男子在哭，这种情况只有一个原因，那就是那个男子就是向小寒。向不悔和向青云对视了一眼，快步走了上去。莫元清手里的铜球也不转了，用胳膊碰了碰莫英豪："那是谁啊？"

莫英豪使劲看了他爹一眼："还有谁，向小寒呗！"

莫元清低声自语："日本是个什么鬼地方，居然能把大姑娘变成小伙子？"随即也拉着莫英豪走了上去。

向不悔为向小寒这身装扮不满。向小寒还没说话，刘氏在一旁抹着泪说："挺好，我看挺好，是个俊俏的后生呢，孩子好不容易回来了，你还说。"

向小寒旁边的男子轻轻咳了一声，向小寒这才想到了他。"青田君，失礼了。"她一边说着，一边指着向不悔、刘氏对青田介绍道，"家父、家母。"

男子鞠躬行礼，向不悔抱了抱拳，刘氏点了点头。男子转身用日语对向小寒说："后会有期，小寒姑娘。"向小寒微微一惊，男子接着说，"虽然你装扮得很像男人，但你身体的芳香泄露了你的秘密……令人心醉的芳香。如今才说，是小寒姑娘既然以男装示人，便依顺你的意愿，如果早说了，你会不自在的。现在你到家了，应该回归本来面目了。"向小寒不好意思地笑了。男子把行李放在向小寒脚边："我很高兴认识你，小寒，你很聪明，有做船务生意的天赋，希望我们有机会合作。"

向小寒却害羞了："我也很高兴……我走了。"说完，扶着刘氏走开了，男子看着远去的向小寒，意味深长地笑了。

看见向小寒走了过来，莫元清再次晃起了手里的铜球，对着向不悔说："亲家，我等了半天了……是不是把我忘了？"

还没等向不悔说话，向小寒指着莫英豪说："英豪，你怎么穿成这样子，多傻呀！"莫英豪瞥了莫元清一眼，满脸怨气。莫元清有点窘。

为了打破这场面，莫元清对着向小寒说："小寒，还记得莫叔吗？几年不见，小寒是越来越……"莫元清不知道该怎么说了，尴尬地笑了笑。

向小寒却不以为然，笑嘻嘻地说："怎么不记得莫叔呢！莫叔好，几年不见了，莫叔还是这么硬朗、精明，让我们这些年轻人都自愧不如。"莫元清听了这几句话，很受用地笑了。

向不悔有些厌恶地看了看莫元清，喊道："回家了回家了，向福，拎行李回家了，老太爷还等着呢。"撂下莫元清父子，自顾自带着一行人就往家走去。莫元清带着莫英豪跟了上去。

向家堂屋里，向老太爷靠在椅子上，流着口水，呢喃着："寒儿，寒儿。"秦氏站在一旁，弯腰为向老太爷擦去口水，也焦急地看着大门的方向，说："爹，别着急，小寒在回家的路上了……"

话音还没落，向福喊着跑了进来："回来了，小姐回来了。"身后，向不悔和刘氏一左一右夹着向小寒走进大门，向青云、莫元清、莫英豪跟在后面。

向家堂屋的大门开着，向老太爷指着向小寒："寒儿，寒儿。"

向小寒上前，一下跪倒在向老太爷身前，抬头望着爷爷呆傻的表情，心里一阵酸楚，眼泪掉在了向老太爷的腿上。

向家人看到这一幕，各自垂下了头，秦氏用袖口抹了一下自己的眼泪，又从上衣兜里掏出了一块白底蓝花的手绢，递给小寒，把她拉了起来，又从椅子的扶手上拿起蓝粗布的手巾，给老太爷擦了一下湿润的眼眶。

小寒接过手绢，刘氏从秦氏手里夺过了蓝粗布手巾，照顾着老太爷。秦氏这才腾下了手，叫了声"小寒"，把她揽进了怀里。

小寒撒娇地说："大娘，我好想你呀！"

秦氏说："回来就好，回来就好，大娘总是做梦你在海上，回来就好了，大娘睡觉就安稳了。"

小寒破涕为笑，说："还是大娘最疼我，梦里都想着我。"

刘氏扶着老太爷说："那还用说，你大娘疼你呀，要胜过青云呢。"

向青云接话说："妹妹小，疼妹妹是应该的。"

听到向青云的话，小寒松开了秦氏，目光落到向青云身上说："哥，你怎么还那样呀，我走了都几年了，你还没长出男子汉的样子来。"

向小寒和向青云说话常是这样，她一直不把软弱的向青云放在眼里。

向不悔说："小寒，怎么和你哥说话呢，出门几年不要忘了向家的规矩，青云是你哥。"

向青云说："二爸，我和妹妹之间不拘什么礼数。"他好奇地问："小寒，怎么穿成男装了？东洋那边女孩子都这样吗？"

向小寒站直身体，原地转了一圈："不好看吗？男孩子有什么不好，我爹不是想要儿子吗？"

向不悔皱着眉："是要真儿子，又不是要假儿子……快把衣服换了，我看着难受。"

莫元清很不识趣地接了话："是啊是啊，这样子成何体统？小寒，快去换衣服，让我这个未来的……"

向不悔强行打断了莫元清的话："莫大爷，小寒坐了那么久船，累了，我想让她先去休息一下，你看我爹也累了，打瞌睡了。莫大爷请先回吧。"不等莫元清说话，他再次说道："嫂子，夫人，带小寒进去吧，向福，扶太爷回房。"

莫元清愣了一下，他没想到向不悔会下逐客令，还这么直接。但只短短几秒，他便恢复笑容："既然如此，兄弟就不叨扰了。英豪——"

莫英豪把手里拎着的东西放在了桌子上，说："二叔，一点儿小东西，给小寒的。"

向不悔笑着对莫英豪点点头，转身冲莫元清抱抱拳："莫大爷破费了。"

莫元清一拱手："咱们快是一家人了，怎么还这么客气呢。"说完，带着莫英豪离开了。

向小寒从屏风后面转出来："爹，我不要嫁给莫英豪，你看他，多土啊！"

向不悔怒道："胡闹，子女的亲事，什么时候轮到自己做主了？你不知道里面的厉害，你必须得嫁到莫家，不管你愿不愿意。"

向小寒哭了起来："我不嫁，就是不嫁，要嫁，你嫁。"说完，一跺脚走了。

向不悔在堂屋冲着向小寒喊道："你要气死我。"

莫元清带着莫英豪到茶馆一边喝茶，一边等着袍哥三爷。

莫元清细细品着刚泡的明前茶。莫英豪生着闷气，说："爹，我说今天别来，你不听。非得来，你看，人家都不愿意理你，何必来讨人嫌！"

莫元清瞥了一眼莫英豪道："你懂个屁！做大事者不拘小节，这点委屈都受不了，还能指望你干什么？不黏紧一点，向小寒就成不了你老婆！"

莫英豪一听，站了起来："我才不娶她，男不男、女不女的。"

莫元清也提高了音量："混账！我告诉你，别说她假扮成男人，就算真成了男人，你也得娶！你要敢坏了老子的事，老子不饶你。"

莫英豪跺着脚道："我不娶，要娶你娶……"

莫元清拿起茶碗就向莫英豪砸去，莫英豪跳着躲开，一溜烟跑了。

正好袍哥三爷走进茶馆，和莫英豪撞个满怀。他指着跑远的莫英豪问莫元清："这……他……怎么跑了？"

莫元清抖着手，指着莫英豪："龟儿子，你没听见他刚才说什么。"莫元清和袍哥三爷说了刚才的事情。

袍哥三爷忙劝着莫元清："大……大爷别……别生气，父……父母之命，媒……媒妁之言，由……由……由不得他！都……都……都怪向……向……"

莫元清想着刚才被向不悔冷落，狠狠地说："哼，向不悔……你不给老子面子，老子就不给你里子，咱们骑驴看唱本——走着瞧！"

晚上，向家人围坐在一起吃饭。向小寒得知向青云在公司帮忙，问了很多关于船务的问题，向青云几乎都答不上来。刘氏希望向小寒学些女红，向小寒却说："我不学，在日本这几年我一直在想，谁说女人不能干一番事业？我就不信这个邪！"

刘氏拿着筷子的手停在了半空："啊……你说什么哪？女人出去做事像什么话！"

向小寒看着向青云说："娘，你那是老观念了，现在女人很多在外面做事的，不比男人差……"

向不悔觉得向小寒说得越来越不像话，打断了向小寒的话："好了好了。小寒，你刚回来，别惹你娘不高兴。吃饭！"

向小寒撇撇嘴，低头吃饭不再说话，只是殷勤地给爷爷夹菜。

向小寒回来已好几天了。刘氏每天拉着向小寒到处走到处看。这天，天气格外热，走累了的刘氏和向小寒坐下来喝茶、闲聊。向小寒时不时问问公司的情况，刘氏说道，向不悔和向青云正忙着接货运货。接着刘氏又和向小寒说起了打兵差的经过，还说今天要接货的船是"青云号"。一听这名字，向小寒说："为啥叫'青云号'啊？就因为我哥是咱家唯一的男孩子啊！"

刘氏觉得自己说多了："小寒啊，女孩子就该有个女孩子的样，在家陪陪娘、陪陪大娘，以后你嫁到莫家了，想和娘说话也说不着了。"

向小寒一听就急了："谁要嫁莫英豪了，我不嫁，死也不嫁。娘，我不陪你了，我要去公司看看那'青云号'。"然后不顾刘氏的阻拦，向小寒就径直向公司方向走去。

一进门，正好看见向不悔在记账："爹，你们怎么还拿毛笔记账啊？费纸费墨费工夫，多划不来？"

向不悔被吓了一跳："你说你……管那么多干吗？公司这点东西有什么好看的，你娘还等你试衣服呢！啊？别让你娘生气。"

向小寒不理会父亲，转身对向青云说："哥，带我去看看'青云号'。"

向青云看看向不悔，向不悔气鼓鼓地看着向小寒："我累了，要喝口茶……文俊，看茶！"

向青云犹豫着该不该拒绝，向小寒摆明了不给他推托的机会："走吧，走吧，带我看看你的'青云号'，晚上回家我给你一支钢笔，比毛笔好用多了，也方便多了。"说完，拉着向青云就走。

向不悔看着远去的兄妹二人，深深地叹了口气："唉，这哪儿像个女孩家啊……要是……哎！"

晚饭时，向不悔问向小寒："去'青云号'看了？看见什么了？"

向小寒一边吃饭，一边漫不经心地说："只是随便看看，没啥。"

向不悔跟着说："我就说，这里学问大了，哪是一个小姑娘家知道的，以后你就少去公司吧。"

向小寒却说："'青云号'，吨位218，蒸汽机动力，明轮推进，马力800，航速6.5节；等级客舱四十，散舱一百一十，船龄五年……船长及船员共十四名，从重庆到宜昌下行三天，上行八天……爹，干吗这样看着我？"向小寒看见向不悔正瞠目结舌地看着她。

向不悔心里一惊，这孩子说得还真对，忙问道："你怎么懂这些东西？"

向小寒并没有回答这个问题，用胳膊碰了碰旁边的向青云："哥，你知道我刚才说的吗？"向青云诚实地摇了摇头。向小寒再问："你知道外轮都是什么动力的吗？"向青云再次摇了摇头。向小寒失望地说："哥，你这样，公司怎么发展啊？"

向青云倒也不害怕，说："有二爸在，我怕什么？"

向小寒看着向不悔，说："爹，您听见了，您舍得把公司交给这么笨的人吗？"

向不悔马上说："不许胡说，青云只是上手慢，以后不许你再去公司，老实地在家待着。"

向小寒不依不饶道:"本来就是笨,都一个月了,还什么都不知道,白天我在船上问他那些问题,他都不知道,不是笨是什么?爹,你为什么不相信自己的女儿,倒去相信别人的儿子?"

向不悔使劲把筷子拍在桌子上:"什么别人,你大伯是别人吗?青云是别人吗?"

向小寒看父亲动怒了,仍说:"他是不行啊,爹,我在京都大学旁听过造船专业的课程。爹,咱家的船该换了,现在外轮公司有很多燃油汽轮船,咱们还是蒸汽机……"

向不悔不耐烦地说:"行了,行了,这些不是你操心的。女孩子家做好女红就行了,以后你也别去公司捣乱了。"

向小寒喊道:"什么是捣乱啊,我是为咱家好,爹,你的老思想该改了,我就要去公司上班。"

向不悔想要说话,向老太爷含糊地说:"汤。"向青云连忙起身给爷爷盛汤去了,大家也没再说话。向不悔打定主意不让女儿去公司上班。向小寒抱定心思创出一番自己的事业,让所有人对自己刮目相看。向青云想着自己心爱的天虹……

重庆日清轮船公司的办公室里,主管犬山太郎正在给新到任的专务董事介绍着公司的情况。犬山太郎虽然是日本人,却自小在重庆长大,可以说一口纯正的重庆话。这新到任的专务董事正是小寒在船上认识的日本人青田浩二。犬山太郎给青田浩二介绍着公司的业务,继而说到了长江的水势艰险。

青田浩二说:"中国人有句话'蜀道难,难于上青天',这一路走来我见识了黑石滩,听说还只是三峡四大险滩之一而已。"

犬山太郎说:"是的,那段河道非常艰险,不客气地说,沉没的船只比现在日本所有的船只加起来都多。"

青田浩二听了这句话微微一怔:"原来她没有骗我,万县有一家'向氏轮船'吗?"

犬山太郎说："是有这么一家，前几天刚刚开通了到重庆的航线，据说向氏轮船的经理有很强的经营头脑，他的哥哥还是政府的官员，对他帮助也很大。"

青田浩二点点头："路上，我遇到了一个叫向小寒的女子，她应该就是向氏轮船公司经理的女儿，很有见解的一个女人。"

犬山太郎微微欠身，说："不知她还对董事说了什么？"

青田浩二站起来，看着窗外，说："她说：'公元前277年秦国巴蜀太守张若进攻楚国，就是顺三峡而下。还有就是刚才你说的黑石滩只是三峡四大险滩之一而已，那段河道非常艰险，沉没的船只比现在日本所有的船只加起来都多。"犬山太郎点点头。青田浩二接着说："这个向小寒是京都大学毕业的，对船务很了解，她家又是干这个的，以后也许会是一个好的合作伙伴，或者是一个强有力的对手。"

犬山太郎端了茶递给青田浩二，说："董事可以不必担心，中国人非常传统，他们不大允许自己的女儿抛头露面的，所以，估计这位向小……向姑娘也不会出来主持工作。"

青田浩二惋惜地说："如果真的这样就太可惜了，不过这位姑娘是很有见地的，如果我们能把她请来帮忙，也不错。"犬山太郎点头说是。

向小寒每天都会到公司转一圈，一会儿上船看看，一会儿翻翻账本。向不悔说了几次都不见效。这天，向不悔又在规劝着女儿，说："你说你……管那么多干吗？这一路走下来你看什么都不顺眼……回去吧，啊，别让你娘生气。"

向小寒半认真半撒娇地说："不，我不回去，我要在公司做事。爹，咱的一些传统真的不好。女人怎么了？在国外女人出来做事的多得很。"

向不悔头疼地看着女儿说："那是洋人！咱们能和洋人一样

吗？他们不懂规矩，咱们也不懂？"

向小寒据理力争："咱们中国也有花木兰、也有武则天啊！她们都是女的，都做出了一番事业。古人都可以，都是这个时代了，不让女人做事，这是什么规矩？谁定的？"

向不悔无奈地说："老祖宗定的……小寒啊，你去东洋念书已经破了向家的规矩了，再出来做事……你让我怎么和列祖列宗交代？"

向小寒反问道："为什么要给他们交代？再说了不用你去交代，我自己去交代，反正总有见他们的那一天……爹，我在日本考察了很多航运公司，知道怎么经营，要是我来管理公司，一定把那些土包子统统打败，给咱向家争光！"

听到"土包子"这个词，向不悔看着女儿说："土包子？谁是土包子？你爹我是不是？"

向小寒一伸舌头，摸摸鼻子道："爹，我哪能说您啊！我爹英明神武，气概不凡，顶天立地，聪明绝伦……哪儿是土包子啊？土包子是莫元清，让他开公司，简直是浪费。"

向不悔微怔："不许这么说长辈，你也少拍我马屁，没用的。"

向小寒见父亲已经有些松动了，撒娇地摇着向不悔的胳膊："爹……爹你想想，如今川江上外国公司压在咱们头上，要跟他们斗，就得了解他们，知道他们是怎么干的。谁了解他们？我呀。爹，你就答应我吧！除了我哥咱家也没人能帮你……打仗亲兄弟，上阵父女兵嘛……"

向不悔有些犹豫了，女儿确实是做船务的好手，有她帮忙自己也会轻松不少。虽然这样，他还是说："可是……没这个先例啊！父女兵？那能打仗吗？瞎胡闹！"

向小寒听这话已经有意思了，抱住了向不悔的胳膊："爹，让我试试啊，真的不行，我肯定回家，不再找你。爹，你不想看看女儿这三年学了什么吗？"

向不悔拍着女儿的手："你娘也不答应啊……"

向小寒觉得十拿九稳了,高兴地跳到桌子边:"那就看你的了……爹出马,所有人都不在话下!爹,我去看看货装得怎么样了。"向不悔看着高兴地跑开的女儿,无奈地摇了摇头。

向小寒焦急地等待着消息,在院子里转来转去,就转到了向青云的房间。向青云正在认真地画《三峡烟雨图》,向小寒突然到来,吓了他一跳。

向小寒看了一会儿:"哥,你画的是三峡哪里啊,我怎么看不出来呢?"

向青云问道:"别管哪里,好看不?"

向小寒点点头:"到底是哪里啊?"

向青云笑着说:"都不是,是我想的。"

向小寒一撇嘴:"中国画就这点不好,总是讲究什么意境,不像西洋画,写实,让看的人一目了然。"说着,拿起了一张写着字的纸,念了起来,"谁念西风独自凉,萧萧黄叶闭疏窗。沉思往事立残阳……哥,这是你作的诗?长本事了啊!"

向青云摇摇头:"我可没那本事,那是前清楞伽山人做的,就是纳兰性德。这也不是诗,是词,《浣溪沙》。很有文采的人,很可惜三十岁就死了。"

向小寒哦了一声,把纸放下了,随即拉着向青云坐在了桌子旁边:"哥,你觉得咱们轮船公司是不是应该改革一下?我离家去日本的时候,家里有三条船,现在才五条,发展得太慢了。照这样子下去,向家什么时候才能一统川江啊?"

向青云疑惑地说:"改革?一统川江?什么意思啊?"

向小寒接着说:"没想过啊?现在什么世道了,做什么生意都讲究垄断。垄断,知道是什么意思吗?"

向青云摇摇头:"不知道,生意一直都是二爸忙,我现在什么都不知道呢。"

向小寒说:"就是独家买卖,不允许别人插手……有一天川江所有的船都是向家的,你想想,那是什么情景?多壮观!"

向青云被向小寒的话吓坏了:"小寒,你没病吧?"

向小寒没好气地说:"你才有病,公司交到你手里,可怎么办啊?"

向青云认真地说:"公司的事二爸拿主意,他怎么说我就怎么做。"

向小寒翻了翻眼睛说:"你倒挺轻松……要是我爹不在了呢?不是,我不是说那个,比如像爷爷那样了呢?你拿不拿主意?"

向青云想了想说:"我没想过这个。"

向小寒马上问道:"哥,你从来没想过会掌管家业?"

向青云看着向小寒摇头说:"没好好想过……我……不敢想。二爸还硬朗,我不敢想以后。"

好半天,两个人都没再说话,向小寒翻看着向青云桌子上的川剧剧本:"哥,你想掌管家业吗?"

向青云没有回答这个问题,反而说:"这是川戏唱本,这一本是《焚香记》,我正在整理。"

向小寒一怔,他没想到向青云不回答她的问题,顺嘴接着说:"整理它干什么?咿咿呀呀的,多难听啊……"

向青云笑着说:"这个你就不懂了,川戏流传至今几百年,魅力无穷,比如说……"

向小寒双手合十:"哥,我错了,我不该说川戏难听,饶了我吧。哥,还没回答我的问题,你想掌管家业吗?"

向青云拿起画笔,低头接着画了起来:"我最烦的事就是做生意,想到要管那么多事我就头疼……要是还有个兄弟该多好。"

向小寒手抖了一下,说不出心里是喜是悲:"没关系,到时候我帮你……谁让我是你妹妹呢。哥,你玩吧,我走了。"

向青云看了看手里的笔,看了看画了一多半的画说:"玩?这怎么是玩呢?"门外的向小寒,看着窗户上向青云的身影,露出了狡黠的表情。

另外一间屋子里,向不悔斟酌着如何开口和嫂子秦氏、夫人刘氏商量向小寒去公司上班的问题。向不悔在屋里来回转着,妯娌二人互相对视半天,刘氏冲秦氏使了使眼色,秦氏开口道:"兄弟,别转了行吗?我看着头晕……出什么事了,难不成是你大哥?"

向不悔急忙说:"不是不是,大哥很好,还能有谁啊,小寒啊!她非要到公司做事!不让她去就寻死觅活!当初去日本就跟我来这一招,上吊啊、跳江啊,弄得我没办法,只好放她走,今天又来这一招……你说我哪辈子造的孽,没有儿子就算了,女儿听话也行,可……可……这不是来讨债的吗?"

刘氏道:"我还以为她就是说说……真要去啊?"

向不悔愤愤地说:"你那宝贝女儿,在公司账房撒泼打滚,赶都赶不走。"刘氏一听,眼泪马上就下来了:"我是造了什么孽了!好不容易从东洋回来了,又要出去抛头露面,要我怎么活啊……你,你不会不答应啊!"

向不悔叹了口气说:"我要能说动她,她就不会到日本留学了,也不会弄得不男不女回来了。"

刘氏一味地哭,向不悔一直在叹气。秦氏低头沉思一下,说:"兄弟,公司的事情,我本来不该多说话的,可是现在……"

向不悔垂手道:"嫂子哪里话,有话请讲,兄弟听着呢!"

秦氏道:"弟妹别着急。兄弟,我看小寒就是图个新鲜,说不定干两天就烦了呢!还是先顺着她,走一步看一步,先别惹出乱子来。再说,小寒如果能帮你一把,也是好事情,青云他……哎!"

向不悔沉思一下,说:"倒是个办法,不过……"向不悔停住话,看着刘氏。刘氏抹着眼泪道:"我有什么主意?你们说怎么办就怎么办吧……"

向不悔迈步走到门口,重重叹了口气道:"也只能先这样了。"

第六章　婚事风波

次日清晨，向小寒早早地跑到公司，让陆船长领着她在各个船上转了转。询问了一下运货的情况。远远看见向不悔，向小寒马上跑到他身边，急切地看着父亲，见向不悔满脸愁容，以为是没有说动母亲，或者是大娘秦氏从中作梗，问道："不行？爹——你怎么连我娘都对付不了啊……大娘不就是怕我抢了哥的位置嘛，她怎能这样啊！公司未来和个人利益哪个重要？"

向不悔正色道："胡说，委屈你大娘还为你说话。"

向小寒低声说："那就是我娘，我找我娘去。"说完就要走。

向不悔大声道："回来。"向小寒止住脚步。

向不悔看着女儿说："你要上班可以，必须答应我三个条件。"

向小寒大喜道："爹，你说。我都答应。"

向不悔意味深长地看了一眼女儿，说："知女莫若父。别看你去东洋几年，不在我身边，但我知道你的脾气还是没改，依然是心比天高，胆大妄为。你可想好了。"

向小寒沉思一下道："爹，你说吧。"

向不悔说："一、你来公司做事，就是公司职员，不得摆小姐架子……二、只能在公司内帮忙，不得在外抛头露面。三、将来是青云当家，你不要有非分之想。"

向小寒说："首先，我向小寒凭本事吃饭，到公司不是因为我是你女儿。其次，如果遇到和外国人谈生意，我要去，我会英语，对公司有帮助，其他的我可以不去。最后，我并没有和哥抢什么，我只是想证明女孩子也可以做事业，而且比男人做得更好。"

向不悔看着女儿说："不是和青云抢最好，小寒你要记得今天答应爹的。至于和外国人谈生意，到时候再说吧。"

向小寒说："爹，那就是我可以上班了？爹，既然让我上班，我就要改变咱们记账的方式，你可以先看，如果我的方法不好，我不再说话。"

向不悔说："胡闹，记账都是那么记的，你改什么？"

向小寒严肃地说："爹，现在外面的格局不一样了，我们想要发展得更好，必须得改革了，爹，你不想一统川江吗？"

向不悔看着眼前的人，皱紧了眉头说："一统川江？"向小寒见父亲的神情，知道这个不是一时半时能让父亲明白的，于是说："爹，我答应你的条件，可是我说的也是我的要求。"

向不悔这时真的相信，向小寒真的是做船务生意的好手，只可惜是个女孩，不然父子联手，何愁不能一统川江。

心里这样想，嘴里却说着："好，既然是上班，做得不好不只是回家，被我骂了，可别说爹不讲情面。"

向小寒咬了咬牙道："好，我答应。"心里却想起了昨晚和向青云的对话，嘴角咧出一丝微笑……

几天来，向小寒一直按时上班，有时候下班了都不回家。向不悔心里还是有侥幸的想法，他等着女儿的新鲜劲过去了，安心在家待着，哪怕养一辈子，他也不会皱下眉。

天气一天比一天暖和了，向青云因为向小寒的原因，白天也不大乱跑了，不是为别的，只是不想向不悔太为难。

向小寒穿着一身男装来上班了。向青云正在记账，向小寒走到他身后看了一眼说："哥，这笔账不能这么记……这是流水账记法，以后查起来不方便，应该按业务一项项记录，收入支出清楚，利润一目了然。"

向青云看看自己记的账本，又拍了拍旁边摞起来的账本说："我都是这么记，二爸也是这么教我的。"

向小寒按住账本说："你们的记账法都是老一套了，洋人现在都是项目核算制……你看，咱们有五条船，应该按每条船每次出航作为一个项目，单独记账，这样哪条船赚钱哪条船亏本，哪次出航赚得多，哪次出航赚得少，一目了然……"

向青云为难地说："可是，二爸……"

向小寒果断地说："我去找爹，哥，你先别记了。"出门的瞬间，她又折了回来，从自己桌子的抽屉里拿了几个本子，走了。

向不悔的办公室里，向小寒把自己的账本拿给了向不悔看，向不悔仔细地翻看着，确实比自己的记账方式简单，月底、年底结算的时候也容易了很多。向不悔眼睛里流露出了些许的赞赏，向小寒及时捕捉到了，接着说："爹，你看我这样，是不是比之前的明了多了？咱们以前的记账方法不科学。"

向不悔合上账本说："是很明了，可那记账的方式是从你爷爷那传下来的，爹也一直那么记，也习惯了。就算了吧！"

向小寒不明白："为什么，既然好为什么不用？"

向不悔有些生气道："你刚来公司做事就指手画脚，大家怎么看你？科学不科学不是你说的算，再不科学你这几年留洋的钱都是这么记账赚来的。"

向小寒跺着脚说："爹，你老顽固。"

向不悔拍着桌子说："胡闹，我做生意的时候，还没你呢，我顽固？你给我回家去。"

向小寒脖子一扭道："我不回，我没错，你答应我让我试试的，爹，咱们试一个月，不好的话，还是用你的。"

向不悔沉默了,开始后悔让女儿来上班,向小寒见父亲没说话,说道:"不说话就是答应了,我走了。"

她不给向不悔否定的机会,转身出门了,向不悔重重地坐回了椅子上,拿起向小寒的记账本自语道:"我是不是错了?"

向小寒在办公室里坐了一会儿,起身和马文俊交代了一下,出去了。

莫氏轮船公司的账房内,莫英豪躺在躺椅上,手里捧着小茶壶,双脚跷在凳子上。几名职员装模作样地伏案工作,其实在各忙各的私事。职员甲偷偷看小书,职员乙修指甲,职员丙一边抚弄一条香帕一边想入非非。向小寒站在门口看了一会儿,心里暗想怨不得莫家的生意做成这样。

向小寒慢慢地走到莫英豪身后说:"英豪。"莫英豪一惊,手忙脚乱地站起来,急忙抚平衣服。职员们也纷纷回头看着向小寒。

莫英豪把茶壶放在了桌子上,说:"小寒,你……你怎么来了?"向小寒冲着莫英豪一笑,"来看你啊!不愿意啊!"

莫英豪连忙让座说:"愿意愿意,小寒,坐。"

向小寒嘴里答应着,却并没有坐下,而是走到那几名员工前面,职员甲慌乱地将小书藏起来。向小寒笑了笑,又走到职员乙身边。职员乙和职员丙都急忙把手里的小东西藏好。

向小寒坐在了刚才莫英豪让开的椅子上说:"英豪,你坐在这里干吗呢?"

莫英豪无奈地说:"我爹不知道干吗去了,让我在这看着。监督他们,别偷懒。"

向小寒点点头道:"哦……监工啊!怎么样啊?"

莫英豪看了看几个人说:"不是都坐这了吗,挺好啊!"

向小寒忍住笑说:"嗯嗯,是挺老实的。哎,对了,英豪,我怎么没看见你家的船啊?"

莫英豪挠挠头说："去宜昌了，过几天回来。"

向小寒点点头道："那生意呢，怎么样啊？"

莫英豪说："这个我就不知道了，等我问问。"莫英豪走到刚才看小说的人面前问了几句话，回来说，"还好，上个月小有盈余。"

向小寒说："你真和我哥一样，家里的生意一点也不关心。"

莫英豪很无辜："干吗我管啊，你家有二叔，我家有我爹。轮不到我们管。"

向小寒站起来问道："你爹呢？我想问他点事。"

莫英豪说："出去了啊，不然我怎么会在这。"

向小寒又问："去哪了？"

莫英豪说："不知道。"

向小寒白了一眼莫英豪，说："你真好，一问三不知，还不如我哥。"莫英豪傻傻地笑了几声。

旁边看小书那个职员说话了："我知道我们大爷干吗去了，向小姐，我们大爷去你家提亲了，商量你和我们少爷的婚事。"

向小寒和莫英豪同时叫了起来："啊？不是吧？"

莫元清在家琢磨了好几天，觉得一定得把亲事定死了，不然自己真是赔了夫人又折兵。于是，带着袍哥三爷和彩礼正式到向家提亲了。一行人大摇大摆地来到向家门外。路人们纷纷驻足看着他们，待他们走远了有人在后面指指点点。

路上莫元清遇到一个本家的老者，问他去做什么。莫元清亮着嗓门说："去向家提亲。"他巴不得路上的人都知道，他想要造成一个已经和向家准备成亲的影响。此时向家的一个仆人正有事走到这里，听到莫元清和本家长者的对话，一溜烟儿小跑着回到了向家，禀告向福莫元清来了。

向福迎出来说："莫大爷，这是……"

莫元清整理了衣服下摆说："向福啊，你们家二爷在家吗？我有大事和他商量。"向福躬身说道："莫大爷，不好意思，我们二爷在公司呢。"

莫元清上前一步，说："快去叫，误了大事你担待不起！"

向福一笑说："莫大爷说的哪里话，莫大爷和各位屋里请，我马上去。"安排下人倒茶之后，向福出了门，直奔公司禀了向不悔。路上向福把情况和向不悔说了，向不悔马上意识到：莫元清来提亲了。

向不悔进门坐了下来说："现在商量他们的婚事为时过早吧？小寒刚从东洋回来，川江鱼还没吃习惯呢，就要嫁作人妇……还是缓缓再说吧。"

莫元清马上就说："亲家，两个孩子可都二十出头了，还早？我看现在就是时候，早办早安心嘛！……老三，把彩礼送上来，让二爷过目！"袍哥三爷应了一声，转身出门了。

莫元清摆出了今天来就得有个结果的架势说："婚姻大事宜早不宜迟，亲家就别推托了。"

袍哥三爷带着莫家仆人进门，将一件件彩礼摆放在房间当中，然后捧着礼单呈送给向不悔。

向不悔有些推托，莫元清指着礼单说："亲家放心，莫家虽说没有向家的财力，彩礼却也拿得出手。"

向不悔说："我不是这个意思。"

莫元清把礼单放在了向不悔的手边："亲家别多想了，英豪和小寒的亲事是两位长辈定下的。我爹已归天，你爹他老人家还在世嘛！他们早日完婚，一来可告慰我爹在天之灵，二来也了却你爹一桩心事……这是咱们做晚辈的孝心嘛！"

向不悔说道："道理是这个道理，可是……我总得和小寒商量商量嘛！这孩子本来小时候就是个有主意的，现在更是有主意了。我怕……"

莫元清一听，急急地说："这还商量什么？自古以来父母之命为大，你答应就是小寒答应了嘛！"

门外一个声音传来："我不答应呢？"随着声音，向小寒着一身男装走了进来，"爹，莫叔，我的婚事我自己做主，不用二位长辈操心。我一辈子的大事，干吗要你们来定？我觉得英豪好，不用你们说，自己会嫁给他；我要觉得他不好，你们说什么也没用！"

向不悔有些挂不住脸："小寒！不许胡说！这是你爷爷定定的亲事！"

向小寒不以为然道："爷爷怎么了，爷爷也没权利管我的亲事！"

向不悔以前看女儿只是违背自己的意思，也就随她去了，这次这样说长辈，不由得怒火上升，一记耳光就打了过去。向小寒愣住了，莫元清也愣住了。向小寒哭着跑了出去，一边跑一边喊着："我不嫁，我就是不嫁。我找爷爷去。"剩下向不悔和莫元清面面相觑。

酒馆的包间里，向不悔和莫元清都已经微醉了，有意思的是，向不悔是装的，莫元清是假的。

向不悔一仰头，喝了一杯酒说："大逆不道啊……我怎么生出这么个女儿！"

莫元清连忙给倒上酒说："说得是呢，我活了半辈子，从来没听一个女孩说过这种话……从古到今，哪有自己给自己定亲事的？这不是笑话吗？"

两个人碰了一杯，向不悔说道："笑话……笑话啊……家门不幸，家门不幸！"

莫元清见时机差不多了，说："亲家，这件事不能由着小寒的性子来……要是传扬出去让人指指点点，向家的脸面何在？兄弟你将来还怎么见人？大哥跟你说句心里话……我是不怕呀，以我莫家的势力，想嫁给英豪的姑娘还不挤破了脑袋？我是为你担心！向家门风历来为万县人敬仰,一旦做出悔婚的事,后果不堪设想啊!"

向不悔愣愣地看着莫元清说:"可是小寒那个臭脾气……"

莫元清挪了挪椅子,悄声说:"你看你,聪明一世糊涂一时。哪有驯不服的烈马?哪有管不了的儿女?只要亲家你拿定主意,小寒能翻天?她能大闹天宫,兄弟你能瞒天过海嘛!"

见向不悔求助地看着自己,说不出话来,莫元清悠闲地吃起菜来。

向不悔一拍脑门说:"一语惊醒梦中人啊……看来不下狠手是不行了。好!那就尽快给他们完婚!"

莫元清一听,刚进口的菜都顾不得嚼了,吐在了桌子上,说:"我找人算过了,下月初五就是黄道吉日……"

向不悔醉眼稀松地掰着手指说:"下月初五?只有七八天了,来得及吗?"

莫元清此时不再装醉了:"兄弟,你又说泄气话了。换了别人家,是来不及,可向家和莫家联手,还有什么事是做不到的?向家有的是钱,莫家有的是人——一千多袍哥不是吃素的!"

向不悔此时含糊地说:"嗯!没错!既然大哥有把握,那就定在下月初五。来,兄弟敬大哥一杯!"

莫元清喊道:"小二,上酒,要你们最好的酒。"向不悔夹了口菜,斜眼看着莫元清,莫元清脸上的纹路笑得都舒展开了。

小二上了酒,莫元清高兴地打了赏,说:"亲家,以后咱们两家可就在一条船上了……"

向不悔继续喝酒说:"那是,从此以后自当风雨同舟。"

莫元清体贴地再次给向不悔倒酒:"风雨同舟……嗯,就是这个意思。兄弟,上次说的那件事……"

向不悔疑惑地看着他问:"上次,什么事啊?"

莫元清犹豫了一下,直接说:"合股啊!既然都是一家人了,亲家看这事,什么时候也办了,咱来个双喜临门。"

向不悔说:"是啊,是啊,合股。都是小寒那臭丫头闹的,咱既然都是一家人了,不急不急,再议再议,今天咱俩就喝酒,不谈生意啊!"说完,拿起酒壶给莫元清斟满。

跟向不悔喝完酒回到家,莫元清拿起下人送上来的茶,使劲摔在了地上:"老狐狸。"

同时,向家院子里,向不悔也轻笑了一声道:"以为我醉了?哼,莫元清,老家伙!"

好几天没看见夏天虹了,向青云思念难耐。走到同庆园门外,正看水牌。夏天虹从街上走来,看见向青云,高兴地跑了过来说:"青云,你怎么有空来?你妹妹不是要出嫁吗,不用你帮忙?"

向青云奇怪地问:"你说什么?小寒出嫁?谁说的?"

夏天虹更奇怪了:"你这个人,真是个呆子,你妹妹出嫁,满大街谁不在说呀,你不知道?下月初五办婚事。"

向青云一拍大腿说:"糟了。"说完转身就跑,由于太急了,差点摔倒,夏天虹喊了句:"小心点,别跑那么快。"向青云招招手,表示他听见了。门里面,郭天顺看着夏天虹和向青云,眼睛里充满了无奈的神色。

向青云正跑着,看见袍哥三爷带着人走了过来,还冲自己招了招手。向青云回手抓住他,气喘吁吁地问:"三爷,我问你件事。"

袍哥三爷站定身子:"向……向……少爷啊……请……请……"

向青云不等袍哥三爷把最后一个字说完,急忙问道:"我妹妹是不是要嫁给英豪,下月初五办婚事?"

袍哥三爷露出得意的神情:"正……啊正是。恭喜,恭喜。"

向青云撒开抓着的手,扭头就跑。袍哥三爷看着身边的人,指着向青云说:"奇……怪,他……他跑……跑……跑什么?"

向青云跑过绸布店，看见向福在里面，跟着就进去了，老板忙说："向少爷，稀客稀客。"

向青云不接他的话，拽住向福问："小寒要嫁给英豪了？"向福尴尬地笑了笑说："是啊，前几天二爷和莫大爷商量好了。"

向青云接着问："小寒和英豪都知道？"

向福说："这个我就不知道了，我只是个下人，按主子吩咐办事。"

向青云急急地说："他们怎么能这样。"说完，走出店门，正好听见门口有两个人正在议论莫英豪与向小寒婚期的事。

向青云看看怀表，这个时间，向小寒一定在公司，跑到公司，果然，向小寒和马文俊在说着话。

向小寒说："照这样计算，如果开足马力航行是不是更省煤？"

马文俊说："省不少呢，不过那样蒸汽机和明轮磨损都比较大……"

向青云拉过向小寒边往外走边说："我的傻妹妹，你还在这啊！"

向小寒甩开向青云的手说："哥，别闹，我们说正经事呢！"

向青云松开向小寒，说："我这也是正事。你是不是要嫁给莫英豪？"

向小寒揉着被拽疼的手腕说："我才不嫁。"

向青云拍着向小寒的脑门说："傻丫头，每天就想着工作，现在满大街的人都知道你们下个月初五就要成亲了。"

向小寒顾不得别的了，说："哥，谁说的？"

向青云按住向小寒的肩膀，说："谁说的别管，现在你去找二爸，我去找英豪。"说完转身离开，走了几步，回头看见向小寒还站着，喊道，"快去啊！傻啦！"

向小寒这才转身往向不悔的办公室走去，没有敲门，直接推开门，问道："爹，我成亲的事情是怎么回事？"

向不悔头都没抬，答道："你知道啦，知道也好，下个月五号，你和英豪成亲，这几天你也别上班了，回家准备准备，也正好陪陪你大娘和你娘。"

向小寒喊道："我不嫁。"

向不悔说："你嫁也得嫁，不嫁也得嫁，现在估计整个万县都知道这件事了，你不要面子，你爹我还要的。文俊，送小姐回家。"

向小寒听说自己要被带回家，哭喊着说："爹……"

向青云找到莫英豪，直接问道："下月初五，你爹要给你和小寒办婚事，你知道不知道？"

莫英豪大惊："不知道啊，谁说的？"

向青云看了莫英豪一眼："你怎么和小寒一样，都关心是谁说的。你要娶小寒吗？"

莫英豪使劲摇着头："我才不想呢。她那么霸道，还喜欢打扮成男人……青云哥，我这可不是说她坏话……"

向青云摆摆手道："我知道我知道，那你打算怎么办啊？现在你爹硬要你们成婚，你怎么办？"

莫英豪想了半天："我有什么办法？实在不行就先娶过来……"

向青云抬手拍了莫英豪的脑袋说："这话也你说，先娶过来？之后呢？你是没事，小寒以后怎么见人啊？"

莫英豪也知道自己的话有些过分，说："青云哥，那你说怎么办，我是真的不想娶她。"

向青云拿起莫英豪的茶壶，喝了口茶道："你想娶，小寒也得想嫁啊，她也不想嫁给你。"

莫英豪高兴地说："阿弥陀佛，她可别嫁，让她去祸害别人好了……"

向青云把手里的茶壶放下，说："你啊！你这么想，你爹呢？"

莫英豪像霜打的茄子一样，说："青云哥，那我该怎么办？"

向青云无奈地说:"怎么办,找你爹啊,告诉你爹,你不想娶小寒,现在小寒也在和我二爸谈呢!快去说啊,不然到最后你后悔莫及!"

向青云说完走了,剩下了莫英豪呆呆地站在那里。

向不悔的书房里,向小寒哭着和向不悔说着不嫁。向不悔知道委屈了女儿,可是木已成舟,没有办法了。

向小寒哭着说:"爹,我不嫁莫英豪,你要让我嫁,我就死给你看。"

向不悔踱着步说:"当年你要去日本的时候也是这么说,我怕你有个三长两短,才答应了你。你看你现在成什么样子了?目无尊长,傲慢无礼,简直要翻天!我要是还任你胡来,那就不是你一个人的事,是向家一大家子的事!今天你又这么说,我还会怕吗?你就是死了,也是莫家的鬼!"

向小寒见父亲拿定主意了,大哭起来。见女儿这么哭,向不悔也有几分心疼,他把语气放得柔和了一些:"好啦好啦!该哭的也哭了,该闹的也闹了,哪个女孩子不嫁人?哪个女孩子自己选夫婿?莫家家道殷实,英豪这孩子也老实本分,这样的人家你不嫁,想嫁什么人?总不能领个洋鬼子回家吧?你胡闹了这么多年,也该收收心了。"

向小寒擦了擦眼泪,一句话都没说,出了书房。向不悔知道自己女儿的性子,怕她真的做出什么事情,叫来向福,说:"派人跟着小姐,别让她出什么意外。明白吗?"

向福谨慎地说:"明白。二爷放心。"

向青云得知了莫英豪的心思,马上回来告诉向小寒:"小寒,我找了你半天,英豪也不同意这门婚事,也在和他爹说。"缓了一口气,向青云说,"这事也不能怪英豪,都是他爹的主意。"

向小寒接话道:"还有我爹。"

向青云坐在向小寒身边说:"小寒,二爸有他的难处,他是被英豪的爹逼的。"

向小寒流着眼泪说:"哥,你别说了,我知道,我爹是同谋,有什么事情能让一个父亲牺牲女儿的后半生?"

向青云还想为向不悔说些什么,向小寒站了起来,走到窗前说:"哥,我想一个人待一会儿,你先出去吧!"

向青云走到向小寒身边,关切地说:"好……小寒,你可别干傻事啊!"

向小寒凄然一笑,看着向青云,有一种从没有过的亲近感:"怎么会呢?我的人生刚开始,还没到结束的时候。"

向青云放心地说:"嗯,这样想很好……那我就放心了。"他知道,这个妹妹虽然是女孩子,可是那种坚强和果敢有时候连男孩子都比不了。既然她说了不会做傻事,就一定不会。向青云出了房门,顺手关了门,那一瞬间,他看见向小寒痛苦的样子,也心疼得想掉泪。

莫家的堂屋里,莫英豪问起成亲的事情,莫元清满不在意地说:"是啊,你准备准备啊,过几天准备迎娶向小寒进门。"

莫英豪一屁股坐在了椅子上:"我不娶,我早说了,不娶那个不男不女的向小寒,爹,你知不知道大街上的人们怎么说啊?"

莫元清拿起铜球说:"我不管别人说,这向小寒你娶也得娶,不娶也得娶。"

莫英豪扭着身子说:"爹,你不能不讲道理,向小寒也不想嫁啊!我们成亲之后,怎么会开心啊!"

莫元清转着铜球说:"你想不想娶她不重要,她想不想嫁你也不重要,老子怎么想的才重要,懂不懂?"

莫英豪说:"不懂,你想是你的事,干吗牺牲我的幸福啊?!"

莫元清把铜球放下:"龟儿子,你的命都是老子给的,牺牲一下有什么。别废话,准备到日子娶向小寒。"

莫英豪低头说:"整天龟儿子、龟儿子,我是龟儿子,你是什么?不讲理就说不讲理,说那些干什么。"

莫元清一听这话,登时气得眼睛都圆了:"嘿!敢教训起老子来了,老子打死你……"说着,扬起手就来打莫英豪,莫英豪边跑边躲闪,父子俩追逐起来。

这时,袍哥三爷进来了,看着这父子俩,先拦住了莫元清:"大……啊大……大爷息怒!少……少爷——一时糊涂……"

莫英豪躲得远远的,冲着袍哥三爷喊道:"你才糊涂!这里面肯定有你的事。"

袍哥三爷倒没说什么,莫元清喊道:"你给老子闭嘴!跑,你跑,有本事你就别回来,龟儿子。"莫元清看着莫英豪跑出了门,摇了摇头,转过身子,问起了袍哥三爷婚礼的筹备情况:"老三,东西办得怎么样了?"

袍哥三爷拿出一张纸,递给莫元清:"正……正……正要向大……大爷禀报……"纸上写的是筹办婚礼的清单。

莫元清看了看,指了指旁边的座位说:"坐下说。"两个人就商量起了婚礼的细节。

向小寒和向不悔赌起了气,不吃不喝,把自己关在屋里整天不出来。向不悔劝也没办法劝,就由着她关着自己,说不管她怎么闹,这婚是一定要结的。

刘氏忧心忡忡,和嫂子秦氏在自己房间里整理着向小寒的嫁妆,边整理边叹着气:"唉……小寒这孩子,整天闷在房里不出来……再过三天就要成亲了,我真怕出什么事。"

秦氏也担心着向小寒的身体,但同时她还有着另外的一种担心:"也是。这孩子从小就有主意,跟青云大不一样……菩萨保佑,千万别弄出什么事来。"

刘氏叠好了一床被子,把手摁在被子上,埋怨起了向不悔:

"你说不悔也是的，既然小寒不愿意和英豪成亲，那就缓一缓再说……非要马上办，也不知道他怎么想的！昨天和他唠叨了一夜，他就是不松口，愁死我了。"

秦氏倒不以为然，替向不悔说话："我倒觉得兄弟做得对。小寒都二十了，哪个二十岁的姑娘还待在家里啊？弟妹你想想，万县从城南到城北，一家家看，哪家比莫家强？缓一缓不要紧，莫英豪可未必等着咱们，人家娶门亲容易着呢。到时候咱们高不成低不就的，更苦了孩子！"

做娘的毕竟心软，看不得孩子受委屈，刘氏一想起关在屋里不吃不喝的向小寒，心里就难受起来："可是小寒心里不痛快，我这做娘的……"

秦氏安慰着她："咳，过了门就好啦！女孩子一日三变，一会儿哭一会儿笑的，别当回事。当初你嫁给不悔兄弟，不也是哭哭啼啼的吗？现在呢？"

刘氏想着自己刚出嫁时候的样子，不禁笑了起来，说道："说得也是，不过门终究是女孩，想法简单……"说着说着，她突然止住了话头，看着门口。秦氏也抬起头来。

原来，向小寒打扮得妩媚迷人地站在门口，看着他们，向小寒看秦氏看着她，问道："娘，大娘，好看吗？"

刘氏和秦氏瞠目结舌，说不出话来。过了一会儿，秦氏才猛一拍大腿，说道："这就对了嘛，女孩子就该打扮得漂漂亮亮，多招人喜欢啊！"

刘氏抬头看着向小寒，关切地问道："小寒，你……不难过啦？"

向小寒凄然一笑："难过什么？反正都要过这一关，早一天晚一天而已。再说英豪也不错啊，我们俩从小一块儿长大，知根知底，总比嫁个不认识的男人强。"

听向小寒这么一说，刘氏的心总算宽了下来，说道："是啊是啊……小寒，你这么想，娘真高兴啊！"

向小寒跟刘氏说想出去散散心，她说这两天把自己憋坏了。刘氏忙不迭地说："去吧去吧，以后做了人家媳妇，想出门也不容易了……早点回来啊！"

向小寒答应一声，走出门去。秦氏看了看门口，对刘氏说："我说什么来着？一日三变，没错吧？"

但刘氏却不由得开始担心起来，说道："可是……变得也太厉害了吧？"

向小寒出了家门，在离莫家不远的一个茶馆里，找了个靠窗的位置坐了下来，边喝茶边注视着莫家的大门。不一会儿，莫家大门打开，莫元清和袍哥三爷走了出来，往公司方向走去。向小寒摸出一块大洋扔在桌子上，叫过么师，说了句不用找之后，就起身离开了茶馆，往莫家走去。

向小寒和开门的仆人说找莫英豪，让仆人带着到了莫英豪的房间。此时，莫英豪正在睡觉，听到敲门声醒了，听说是向小寒来了，莫英豪一下跳了起来，叫道："请她等一等，我马上来……"

莫英豪话未说完，房门吱呀一声响，向小寒推门走了进来，看着睡眼惺忪的莫英豪，嘲讽道："新郎官，好自在啊……"

看着打扮得娇艳妩媚的向小寒，莫英豪一时呆住，不知道说什么好了，看着自己凌乱的房间，他忙应着："你……你怎么来了……这里乱得很，外面坐吧。"

向小寒在房间里走着，边看边说："不怕不怕，我和你说几句话就走。"

莫英豪看了一眼门口站着的仆人，仆人忙退了下去。莫英豪看着向小寒问道："你……想和我说什么？"

向小寒看着局促不安的莫英豪，说："没什么，就是一个人待着太闷了，想和你聊聊。"然后看似不经意地走到莫英豪身边。莫英豪不由得紧张起来。向小寒的目光有点儿迷离，看着莫英豪，问道："英豪，还记得小时候你说过的话吗？"

莫英豪的心扑腾扑腾加速跳了起来："什……什么话？"

向小寒看着莫英豪的眼睛，脸红了，声音低低的："你曾对我说，长大了娶我当老婆……"莫英豪被看得扭捏起来。向小寒继续问道："再过三天，你就真的娶我做老婆了……英豪，你高兴吗？"

莫英豪的嘴更加拙了："我……我……"

向小寒将手搭在莫英豪的肩膀上，一阵淡淡的香气袭了上来，莫英豪身体一下僵住了，向小寒将嘴凑近莫英豪的耳边，柔柔地说："其实，我也渴望做你的老婆……这么多男人，你是对我最好的……"

莫英豪不由自主地往后退，向小寒却一步步跟着他，最后莫英豪一屁股坐在床上。向小寒站在他面前，双手搭在他肩膀上。莫英豪的脸正对着她的胸部，呼吸急促起来。向小寒好似无意识地呢喃起来："英豪……"

莫英豪像被召唤了一般，突然抱住向小寒，猛地把她扔在床上，然后扑了上去。向小寒撕扯着他的衣服，莫英豪也开始撕扯向小寒的衣服……

但向小寒一把推开莫英豪，突然大叫起来："救命！救命啊！来人啊……"

急转直下的情势，莫英豪一时愣住，脑子一片空白，不知道发生了什么事。

三个仆人一齐冲进了门，看到这个情景，全都傻了。

向小寒飞快地从床上爬起来，当着仆人的面，狠狠给了莫英豪一个耳光，然后捂着脸哭着飞快地跑了出去。

莫英豪呆呆地站着，一时没反应过来。过了一会儿，才像想起了什么，拿起床上向小寒留下的一条香帕，揣进了怀里。

第七章　婚　变

　　莫元清实在没想到会出这样的事情，在得到仆人的证实后，他一下跌坐在凳子上，两眼发直，半天没有反应过来。袍哥三爷急忙给他抚胸捶背，莫英豪跑过去扶着他，连叫着"爹"，问他怎么了。

　　莫元清突然放声大哭起来，莫英豪被吓坏了，倒是袍哥三爷的心终于放了下来，连说道："好了……好了，哭出来就……就就好了！"

　　莫元清哭着，不停地絮叨着："百日之功……毁于一旦啊……老天爷啊，你怎么不开眼啊……"莫英豪羞愧地低下头。莫元清继续哭着："三天……就差三天啊……"终于，莫元清渐渐地收住了哭声，但又不住地叹息起来。

　　莫英豪忙不迭地向莫元清说这是自己的不是。莫元清摇了摇头，叹了一声，然后说："不怪你……不怪你啊！人家技高一筹，咱们不输才怪。"

　　袍哥三爷站在一旁附和着："大……大……大爷说……说的是，那么个漂……漂亮姑娘摆在面……面……面前，哪个男……男人不……不动心？"

　　莫英豪一惊，问莫元清："爹，你是说……"

　　袍哥三爷替莫元清做了回答："圈……啊圈……啊圈套！"莫

元清机械地点着头。

莫英豪不相信地看着袍哥三爷和莫元清,替向小寒辩驳着:"你们是说小寒故意……不会的,她不是那种人!"

莫元清恨恨地说:"她不会,向不悔还不会吗……这个老奸巨猾的东西,看到赖不掉这桩亲事,就想出这么个坏主意……还跟我喝酒,还跟我称兄道弟……老子上了他的当了!"

莫英豪不知他爹会做出什么,忙叫着:"爹,你……"

莫元清抓起一只茶碗扔到地上,茶碗被摔得粉碎,然后狠狠地说:"向——不——悔,老子要让你后悔!"

莫英豪被他爹的动作吓了一跳,不由自主地往外跳了一步。

向小寒跑回家,趴在床上就呜呜地哭了起来。

本来心中不安的刘氏没想到向小寒只出去这么一会儿,就惹出了这么大的事,听着向小寒的哭声,但她还是有点不太相信莫英豪会做出那样的事:"嫂子,英豪应该不会是这种人啊?看起来挺老实的……上次,上次还救了老爷呢。"但是事情确实就是发生了,她也只能跟秦氏坐在向小寒的身边不停地叹着气。

秦氏不停地感慨着:"知人知面不知心。真是人心隔肚皮,哪里看得到哟!"

向不悔和向青云得到了向福的信,匆匆从公司回了家。刘氏看见向不悔回来,忙央求着他:"老头子你可回来了!你要给女儿做主啊!"

向小寒一听向不悔回来,哭声更响了。向不悔看了一眼向小寒,又看了一眼秦氏和刘氏,说道:"嫂子,我想和小寒单独说几句话。"

秦氏点点头,站起身来,招呼着刘氏:"弟妹,咱们出去吧,让兄弟拿主意。"刘氏还是有点不放心,"可是"了半天不想走。

秦氏安慰道:"走吧走吧,有兄弟在,你担心什么。"秦氏和刘氏出门，向青云也跟着出去。

向不悔看着床上的向小寒，冷静地说："别哭了，起来。"

向小寒磨磨蹭蹭不情愿地起了身，坐在床边。

向不悔依旧冷静地问着："说说吧，到底怎么回事？"

向小寒满心委屈地说："他欺负我！"

向不悔哼哼一声冷笑，问道："你是故意让他欺负的吧？"

向小寒不满地看着向不悔，替自己辩白着："爹！人家欺负我，你还说这种话！"

向不悔说："哼，你的脾气，不欺负别人就算不错了，还能让别人欺负你？我问你，你去莫家干什么？"

向小寒说："再过三天就要结婚了，我去看看他们准备得怎么样，不行啊？"

向不悔摇了摇头说："满嘴胡言！你根本就不同意这门亲事，去看什么？"向小寒不再说话。向不悔指着她身上的衣服，继续说着："你看看自己的打扮，跟个狐狸精似的，有这样子到未来婆家去的吗？摆明了是做个圈套让英豪去钻！你这点鬼心眼儿能瞒得了我？"

向小寒一听父亲识破了她的计谋，把脸往向不悔面前一凑，说道："你都知道了，还问什么？我就是不想嫁给莫英豪！"

向不悔冷冷地看着她说："你以为这样就嫁不成了？你这个小孩子把戏只能骗骗莫英豪。"向小寒瞪大眼睛看着向不悔，向不悔继续分析道，"我既然能看穿你的把戏，莫元清也能看穿。他是省油的灯吗？"

向小寒耍起了赖："我不管，非要我嫁，我就去死！"

向不悔叹了口气，看着耍赖的女儿说："你呀，小孩子气……"

这时，门外响起敲门声，向福忙上前打开了大门，然后对屋里喊起来："二爷，莫大爷来了。"

向不悔忙应道："我马上就来……"然后看着向小寒，提醒她，"看到没有？人家反客为主了！"说完，向不悔走了出去。向小寒想了想，蹑手蹑脚地跟了出去。

向不悔来到客厅，见莫元清、莫英豪和袍哥三爷站在那里，桌上摆放着礼物。莫英豪赤裸着上身，背着一束荆条。向青云站在一旁奇怪地看着莫英豪。莫元清一见向不悔就弯腰拱起了手："亲家啊，我向你请罪来了！"

向不悔假装不知所以然，问道："莫大爷何出此言……请坐。"

向小寒已经悄悄地来到客厅外，偷听着。

莫元清脸上露出了疑惑的神情，问道："亲家，你……你还不知道？"

向不悔应了一声："刚刚得知，不得其详。"

莫元清忙替莫英豪道着歉："亲家啊，英豪年幼无知，冒犯了小寒，大哥我……我真是羞愧万分啊！今天我带英豪来负荆请罪，任凭亲家发落。英豪！"莫英豪应了一声，走到向不悔面前，扑通一声跪了下来。

向不悔看着莫英豪，看了看莫元清，不解地问："这……这是干什么？快起来！"

莫元清赔着笑脸，央求着向不悔："是打是罚，亲家看着办。只要三天后婚礼能如期进行，我们父子俩都认了！"

向不悔伸手去扶莫英豪："莫大爷，这不是打和罚的事……英豪，快起来！"莫元清起身拦住向不悔，从莫英豪身上取下荆条递了过去。向不悔一惊，说道："莫大爷，你这是干什么吗？"

莫元清猛地挥起荆条，朝莫英豪身上抽去："你不动手，我帮你动手……"向不悔愕然间，向青云冲上去将莫元清抱住拖开。

向不悔将莫英豪拉起来，莫英豪背上已经出现了一条血痕。向青云放开莫元清，跑过去将莫英豪拉开。

向不悔吩咐着向青云："青云，你带英豪去找向福，上点药。"

向青云应一声，扶着莫英豪就往外走。向小寒在门外听到声响急忙藏到柱子后面。

向青云扶着莫英豪,边走边问:"英豪,你们怎么来这一出啊?"

莫英豪无奈地苦笑道:"咳,都是三叔的主意……说什么演一出苦肉计。"

向青云心疼地看着莫英豪背上的伤痕,问道:"疼吗?"

莫英豪摇了摇头:"我爹没下狠手,荆条挥得高,落得轻。"

向青云"哦"了一声,取笑着莫元清:"……你爹演苦肉计也要偷工减料。"然后问起了事情的真相,"英豪,你到底对小寒干什么了?"莫英豪脸红了,说不出话来。

莫英豪不好意思地看着向青云,说道:"青云哥,你……你骂我吧!"

向青云宽慰着莫英豪:"事到如今,骂你有什么用?不过这样也好,借这个机会解除婚约,你自在,小寒也高兴,一举两得。"莫英豪不好意思地扭捏起来,向青云好奇地问着,"怎么了?"

莫英豪脸一红,轻声说:"我……我还是想娶小寒……"

向青云一惊,反问道:"你不是说不想娶小寒吗?怎么又变卦了?"

莫英豪想起了向小寒妩媚的样子,想着自己当时扑通扑通乱跳的心,他的脸就又不自禁地热了起来:"我也不知道为什么,就是特别……想她。我觉得就像你想夏天虹一样。"

向青云不解地问:"怎么会这样?你真是说变就变啊。那小寒怎么办?"

莫英豪央求着向青云:"要不……你帮我说说……"

向青云抓了抓头,有点儿为难起来:"这种事,我怎么好说……我试试吧。"

向小寒依旧在客厅外面偷听着。

客厅内,莫元清出着主意,说道:"眼看婚礼在即,却出了这么个事，唉……我看这两天咱们两个不要再忙别的了，都操心婚礼的事吧，免得再节外生枝……"门外，向小寒脸色一变。

向不悔犹豫起来，说："这个……小寒受此刺激，精神很不好，不吃不喝……婚礼的事，还是缓一缓吧……"

莫元清忙说："亲家，按理说此时我不该强求，可是婚姻大事不同儿戏，所以……"说到这，他停了下来。

向不悔道："但说无妨。"

莫元清替莫英豪的行为辩解着："英豪虽然犯下大错，但一来没有对小寒……哦，怎么样，二来毕竟是未婚夫妻，情有可原。如果因此取消婚约，岂不被人笑话？"

向不悔摆了摆手道："再议吧，小寒确实身体、精神都欠佳……"

莫元清又说着："那就冲冲喜嘛……"

向不悔冷笑了一声："冲喜一说也要看病症。如今小寒最怕见的就是英豪，现在举行婚礼，恐怕越冲病越重。"

莫元清看向不悔始终不答应婚事，只好说："噢……既然如此，我就不勉强了。我想看看小寒，也好当面向她赔罪。"

向不悔回绝道："莫大爷说笑了，事情是英豪做下的，怎么能让你这个当长辈的来赔罪？还是免了吧……"

莫元清换了角度，继续要求去看向小寒："理应英豪赔罪，但既然小寒怕见英豪，我这当爹的代替一下也是理所应当。亲家，烦请带路。"

向小寒在门外想了想，飞快地跑回了自己的房间。

向不悔领着莫元清来到向小寒房门前。向不悔表情不禁紧张起来，用力地敲着门，叫道："小寒！莫叔来看你了！"

向不悔喊了两声，莫元清伸手推门，门应声而开。向不悔只好先走了进去。

只见屋内，向小寒躺在床上，盖着厚厚的被子，脸色潮红，额头湿漉漉的,眼角边流着泪水。向不悔先是一怔,立刻放松下来。

向不悔叫着:"小寒……莫叔看你来了……"

莫元清也假装关心地叫着:"小寒……"

向小寒无力地睁开眼,转过头,莫元清的脸庞出现在视线中,向小寒的目光突然恐惧起来,然后尖叫了一声,猛地用被子蒙住了头,歇斯底里地叫起来:"出去!你们都出去!"

向不悔看着莫元清,无奈地摇摇头,率先走出了门。莫元清犹豫了一下,也走了出去。

过了一会儿,感觉到四周再没有了动静,向小寒掀开被子跳下床,一根咬过一口的红辣椒从她身上落下,掉在床上。她倒了一杯凉茶,一饮而尽,但依然辣得直吸凉气,于是又喝了一杯。

回到家,莫元清心中不服地说:"这件事就这样了结了?做梦!"

莫英豪不悦地问着:"爹,你干吗答应取消婚礼啊?"

莫元清:"唉,英豪,你怎么就这么不开窍啊?你做出那种事来,咱们就被人家攥在手心里了,这婚礼办不办不是你爹说了算的。上门请罪,装傻充愣,不过是做做面子上的功夫,当不得真。老三,你说是不是这个道理?"袍哥三爷连连点头称是,莫元清继续对莫英豪说,"人情世故这些东西你要学着点,不要老是傻乎乎的让人家戏弄,懂不懂?"莫英豪不服气地哼了一声,莫元清吩咐他,"你先去公司做事吧,我和你三叔商量点儿事……这两天你不在,那几个龟儿子肯定又偷懒了。"莫英豪站起来走出去。

向小寒的夸张表演,她和莫英豪的婚事终于暂时搁置不提。不过向不悔也提醒向小寒,说婚约并没有解除,将来她还是要嫁给莫英豪的。向小寒一听婚事可以先不办,不禁喜上眉梢,忙说着将来的事将来再说,心里却想着,将来的事将来再想主意。

向不悔看着向小寒脸上的喜色,正告她:"不要自以为有办法，不要把别人看得太笨。这是我对你的忠告，望你好自为之。"

向小寒撒了一声娇，说了句"知道了"，搂着向不悔亲了一口，就兴高采烈、一蹦一跳地跑了出去。

听着向小寒远去的脚步声，向不悔心想，只希望这丫头将来不要再惹出什么事来就好。虽然这样想着，但心里也不免担忧着。

看了一会儿账本，向不悔把马文俊叫了进来，说熊文谦老板既然已经在万县开了分号，那自己就要尽尽地主之谊，他让马文俊去安排，准备宴请熊文谦老板。

马文俊应了一声，匆匆走了出去，安排人送请柬，挑选酒店……

中午，向不悔早早带着向青云和马文俊候在了酒店门口。熊老板坐着滑竿还没落地，向不悔就拱着双手迎了上去，把熊老板请进了早已订下的房间里。

一阵寒暄谦让之后，大家分宾主各自落座。

向不悔站起身，端起了酒杯首先开了腔："文谦兄来万县开分号，向某求之不得啊。青云、文俊，咱们祝熊老板在万县财源广进，日进斗金！"向青云和马文俊随之端着酒杯站了起来。

熊老板忙站起身，端着酒杯应道："不悔兄客气，以后兄弟的货上走重庆，下走宜昌，就全仰仗老兄了！"

向不悔一声"承蒙抬爱"后，端起酒杯一饮而尽，熊老板、向青云、马文俊跟着把杯中酒喝光。席间，向不悔把向青云介绍给了熊老板，并说以后由向青云负责熊老板的货。向青云忙起身向熊老板敬酒，并说着请以后多多关照的话。熊老板谦逊地举起了酒杯，说不敢不敢。两个人干了一杯。向青云放下酒杯，一时不知该说什么，只好假装吃菜。

向不悔看着向青云木讷的表情，摇了摇头，站了起来，刚要开口说话，房间的门突然开了。大家的目光一起看了过去。

站在门口的是一身男装的向小寒，看到向不悔，她焦急地叫了声"爹"。

向不悔奇怪向小寒怎么这时候来这,问了一句:"你怎么来了?"

向小寒向在座的熊老板点头表达了自己的歉意,然后说:"有点小事。"

向不悔意识到向小寒这时候来找自己,肯定不会是小事,站起身,跟熊老板说了句"抱歉",就与向小寒走到门外。

向小寒递给他一份公函。向不悔看了一眼,就急了:"什么?'青风号'被海关扣了?"

向小寒点点头,严肃地说:"海关说查到违禁物品,但没说明是什么东西。"

向不悔担心冯船长的安危,向小寒忙告诉他,说冯船长也被扣在了海关,并催促着向不悔赶紧去办理。

向不悔犹豫了一下,考虑到里面还坐着熊老板,自己不好这么撂下就走,让向小寒先回去,说自己陪完了熊老板马上就过去。

向小寒明白父亲在意里面的客人,不可能马上就走,但她怕耽误了时间,心里着急。突然,她眼珠一转有了主意,一拉向不悔的胳膊说:"爹,我还没吃饭呢,饿死了……"

向不悔心疼地看着向小寒:"你呀……来吧。"说着,带着向小寒就回了吃饭的屋里。

向不悔将向小寒带到熊老板跟前,介绍着:"文谦兄,这是小女,向小寒,如今在公司里打杂。小寒,这位就是爹常跟你说的熊老板。"向小寒忙鞠了一躬,问着熊老板好。

熊老板羡慕地看着向不悔说:"好,好……不悔兄,你可真是新潮啊,让女儿帮忙做生意。熊某走南闯北几十年,只听说过,还没见过。"

向小寒为熊老板斟满酒,自己也斟满一杯,举起来说:"过奖了。重庆立德商行女掌柜熊老板应该是很熟的,武汉江海公司的女经理恐怕熊老板也见过,更不用说洋行里的女人了,不过在万县我是头一个。熊老板,我敬你一杯,希望以后能经常向您讨教。"不等熊老板说话，向小寒就一饮而尽。

熊老板说："真是巾帼不让须眉……不悔兄，你生了个好女儿，熊某羡慕至极。小寒，你爹有你帮忙，生意想做不好也难啊！哈哈哈……"一口干了杯中的酒。

向小寒过去帮他斟满了酒，谦虚起来："哪里哪里，没有熊老板照应，我就是有三头六臂也不行。听说熊老板在万县开分号了，改天一定登门拜访求教。熊老板，你可得收我这个徒弟啊……"

熊老板摆了摆手，笑着，谦逊地说："岂敢岂敢……"

向小寒举着酒杯，一脸严肃地说："我可是当真的，师父，我敬你三杯！"熊老板一愣神的工夫，向小寒已经一饮而尽。熊老板只得干杯。向小寒又斟满了酒，举着酒杯说："这是第二杯，师父赏脸。"又一杯下肚，熊老板有些晕了。向小寒又斟满酒。

向青云愣愣地看着他们。向不悔忙制止着向小寒："小寒，熊老板酒量浅……"

向小寒一笑，看了看向不悔，又看着熊老板，说道："爹，人逢喜事精神爽，酒量大涨呢！熊老板收了我这个徒弟，能不高兴？师父你说是不是？"

熊老板忙不迭地点着头："啊？啊………高兴，当然高兴……"

向小寒又是一饮而尽，熊老板端起酒杯猛地一口喝下，然后身体就晃荡起来，向不悔忙扶住了熊老板，关心地叫着："文谦兄……"

熊老板虽然醉意蒙眬，但心里却很清醒，他哈哈一笑，倒安慰起了向不悔："我没事……不悔兄……今天我很高兴……真的很高兴……"

向不悔听熊老板舌头打着卷说话，忙说："文谦兄，你醉了……文俊，快找辆车送熊老板回去……注意别吹风啊！"马文俊答应一声，和向不悔一起上前搀扶熊老板。

熊老板嘴里呢喃起来:"我……没醉……"

向不悔让向青云一起帮忙把熊老板送出去,等向青云和马文俊搀扶着熊老板走出酒店,向不悔瞪着向小寒训起来:"你怎么能这样,我都告诉你熊老板酒量浅了,你还灌他!"

向小寒不以为然地说:"我不灌他这顿饭吃到什么时候啊?再不去海关就找不到管事的人了,不能让人和船在海关过夜吧?"

向不悔无奈地看着自己的女儿:"那也不能用这个办法啊!……小寒啊小寒,你让我说你什么好?做生意诚信为本,人情为上,你这样耍小聪明,向家的牌子会砸的!"

向小寒不服地看着向不悔说:"爹,看你说的……喝几杯酒就砸牌子了?"

向不悔驳斥着向小寒的话:"这是强词夺理,真是强词夺理……"

向小寒说:"做大事不拘小节,没关系的,等处理完扣船的事,我登门向熊老板赔罪。这样行了吧?"边说边拉着向不悔的手晃了起来。

这时向青云又回到向不悔身边。向不悔问熊老板的情况,向青云说从掌柜那借了件衣服给他盖上了,不会吹到风,并说马文俊已经将他送走了。

向不悔连夸向青云做得好,向小寒看着向青云,无声地冷笑了一下。向不悔让向小寒先回公司,说他和向青云一起去海关交涉被扣的船。向小寒噘着嘴说要跟着去海关,向不悔犹豫了一下,带着她一起往海关走去。

向不悔带着向青云和向小寒总算在海关下班前,赶到了海关主管卫理士先生的办公室。卫理士坐在宽大的办公桌后,看着走进来的向不悔三人,并没有站起来,只是冷冷地打量着他们。向不悔走到桌前,微微鞠了一躬,将公函递过去。向青云和向小寒远远地站着。

卫理士操着一口生硬的汉语，问清了向不悔是来处理"青风号"轮船被扣的事，就告诉向不悔，说船装了二十箱鸦片，因为鸦片是违禁物品，按照《海关条例》，违禁物品没收，并处罚金一万元。

向不悔一听愣了，忙辩白说运载的货物都是由公司的承办商办理，装了什么自己并不知情。再听说居然要罚那么多钱，说："一万元？二十箱鸦片才多少钱？卫理士先生，'青风号'运载鸦片，本公司实属不知情，为何要处以重罚？再说各家轮船公司都在运鸦片，只有本公司一概拒绝承运，此次运载完全是意外……"

卫理士看着向不悔，过了一会儿，才慢吞吞地说："我怎么知道你不知情？"

向不悔愕然，一时找不到了辩解的理由。向小寒注视着他们两个人，心里替父亲着急起来。

卫理士看着向不悔，双手一摊，耸了耸肩，说道："我只是照章办事，请向先生谅解。"

向不悔也只好无奈地说："既然查出'青风号'上有鸦片，我不会推脱责任。不过罚金一万元确实太重了，请卫理士先生通融通融。"

卫理士想了想，说："好吧，罚金八千元，三天内缴纳。"

向不悔还想再求情少罚点儿，但卫理士却以工作忙为由，说事情不用再讨论了。

向不悔一看没有了商量的余地，转身看着向青云和向小寒，无奈地笑了笑，示意他们可以离开了。向青云转身开门，向小寒却一跨步走到了卫理士的面前，用英语说了起来："卫理士先生……"

卫理士乍一听英语，抬起了头，看到是向小寒在叫他，怔住了。向不悔和向青云同时也是一怔，看着向小寒。

向小寒继续用英语表达着自己对刚才事情处理结果的看法："我认为阁下的处理决定是非常错误的。"

卫理士看着这个说着一口流利英语的中国女孩，问道："小姐，你是谁？"自然他说的也是英语。

向小寒表明了自己的身份："我是向先生的助手向小寒。"

卫理士来了兴趣，反问道："向小寒……向小姐，你为什么说我的处理决定是错误的？难道中华民国海关条例不是这样规定的吗？"

向小寒点了点头，肯定了卫理士的说法："当然是这样规定的，不过有谁在执行？鸦片泛滥近一百年，即使在北京也是以征代禁，从未真正收缴过鸦片。自民国成立以来，四川连年征战，政府和军队都靠烟税生存，禁绝鸦片的条文早已名存实亡，鸦片买卖到处都是，这些你难道不知道吗？"

卫理士看着向小寒笑了起来："向小姐，我不能依据惯例来处理。"

向小寒一想既然惯例不行，那就只有根据法律来解决了，继续说道："好，那我们就依据法律条文。阁下一定记得《通商章程善后条约》吧？其中有允许外商销售鸦片的条款。"

卫理士点点头，但又摇了摇头："那是英、法、美三国与清政府签订的，但现在是民国。"

向小寒继续说："1912年，中华民国临时政府承认清政府与各国签订的所有条约。直到今天，只有关税修改过，而禁绝鸦片的条款就是其中之一。"

卫理士又是一笑："这说明我的处理决定没有错误。"

向小寒说道："阁下的处理决定存在法律适用错误。关税条例禁绝鸦片的条款指的是鸦片进口，不适用于国内运输和销售。"卫理士哑口无言，向小寒继续道，"即便如此，英国还是每年向中国出口鸦片，去年的出口量达到两千担，约合一万箱。阁下是英国人吧？"卫理士有些尴尬，向小寒仍不停地说，"在川江航运公司中，向氏轮船公司是承运鸦片最少的，因为我的老板是一位奉公守法的绅士。我可以和阁下打个赌，我赌停泊在码头上的所有轮船都在运鸦片,包括英国太古公司和日本日清公司。赌注一万元,阁下愿意下注吗?"卫理士耸耸肩,摊开双手,表示无意打赌。向小寒笑了,说:"阁下不查处那些每天都在运鸦片的轮船,却要重罚从不运鸦片的公司,这是非常不公平的。因此我要求阁下重新考虑你的决定。"

卫理士被伶牙俐齿的向小寒说服了,做了个无奈的表情,向向小寒伸出了手:"向小姐,你赢了。我马上命令放船。"

向小寒握住他的手道:"谢谢阁下,非常感谢。"

向不悔和向青云看见向小寒和卫理士握起了手,不知情况发生了什么变化。向小寒欢跳着跑了过来,拉着向不悔的手就走:"爹,咱们走吧,去接船。"

向不悔看着向小寒,并没有挪动脚步,问道:"等等……要罚多少钱?"

向小寒调皮地一笑:"一分钱都不罚。"

向不悔不相信自己的耳朵:"啊?……怎么可能?洋鬼子就这样算了……你刚才叽里咕噜跟他讲什么?"

向小寒一把搂着向不悔的胳膊,推着他往门外走去:"讲道理。爹,办事要讲道理,光讲人情没用。"

向不悔怔了怔,回头看了看卫理士。卫理士给了他一个灿烂的笑容。

向青云从海关一回来,就跑到了同庆园,夏天虹看到他兴高采烈的样子,忙问他遇到了什么事,居然能高兴成这样子。

向青云说着刚才向小寒在海关的表现,摇头晃脑起来,连叫:"厉害啊,真是厉害!"

夏天虹被弄得莫名其妙,追问着:"什么厉害啊,谁厉害啊?"

向青云自豪地说:"我妹妹啊……"

夏天虹好奇起来,一个女孩子还能怎么厉害,忙问向青云发生了什么事。

向青云笑着解说着："你不知道……今天我们家一艘轮船被海关扣了，说在上面发现了鸦片……"

夏天虹不解地问："什么？发现鸦片就扣船？满大街都是鸦片啊！"

向青云不屑地说："洋鬼子嘛！就是想找机会敲竹杠。"

夏天虹急于知道结果，迫切地问："后来呢？船要回来没有？"

向青云看着她说："你看你，老打断我……洋鬼子要罚一万块钱……"

夏天虹惊叫一声，突然意识到不该出声，急忙捂住了嘴。

向青云接着说道："我二爸好说歹说都不行，八千块，少一分都别想要船，把我二爸急得……后来我妹妹冲上去了，对着洋鬼子叽里呱啦说了一大堆洋话，你猜最后怎么样？"夏天虹瞪着他不说话，向青云着急地问："你猜呀！"

夏天虹无辜地说："你不是不让我说话吗？"

向青云刮了一下夏天虹的鼻子，说道："傻丫头，现在让你说。"夏天虹傻乎乎地笑了起来，向青云看着她，忙问："你怎么了？"

夏天虹依旧傻乎乎地笑着，满脸的甜蜜，说道："我喜欢你叫我傻丫头……"

向青云张大了嘴，看着她说："啊？我那是……行，以后就叫你傻丫头……"向青云不记得自己说到哪了，忙问着夏天虹，"哎，我说到哪儿了？"

夏天虹告诉他，说："让我猜。"

向青云这才继续说："对，你猜，最后怎么样？"

夏天虹饶有兴趣地瞎猜起来："你问罚多少钱啊？五千……三千……两千……一千……"夏天虹每说一个数，向青云就摇一次头。夏天虹有点为难了："五百……还不对啊，那我猜不出来了。"

向青云以夸张的口气告诉她:"一分钱都没花!"

夏天虹不相信地叫了起来:"啊?一分钱都没花?洋鬼子怎么那么好说话?"

向青云摇了摇头,忙说:"不是洋鬼子好说话,是我妹妹太厉害,把洋鬼子说傻了……唉,想当年小寒就是个傻乎乎的小丫头……"说到这,他看了一眼夏天虹,"比你还傻呢,谁知道现在厉害成这样!"

夏天虹不干了,捶打着向青云:"比我还傻?我很傻吗?"

向青云愣了一下,他的神情看着倒是有点傻乎乎了,不知道说什么好了:"……你刚才不是说喜欢我叫你傻丫头吗?怎么又变了?"

夏天虹哭笑不得,刮起了向青云的鼻子:"其实呀,最傻的就是你!什么都不懂……"

向青云应着夏天虹的话:"是啊,我是够傻的……原来我还不知道,现在算知道了……就怕货比货啊!"

夏天虹歪着脑袋,假装不明白地问向青云:"呵呵,货比货……那你是什么货?"

向青云愣了一下才明白:"你敢骂我?"跳起来抓夏天虹。夏天虹转身就跑。两个人在房间里追逐着,咯咯笑着,最后向青云抓住了夏天虹,将她压在了床上。

两个人脸对着脸,突然收敛起笑容,互相注视了片刻,夏天虹的脸腾地红起来,她闭上了眼睛,向青云情不自禁地吻了上去。

莫英豪坐在自己房间里发着呆,手里摆弄着向小寒留下来的香帕,时而微笑,时而拉长脸,表情阴晴不定。他慢慢地闭上了眼睛,但向小寒妩媚的样子又逼真地走进了他的脑海,她那甜糯羞涩的呢喃又一遍遍地在他的脑海里回响着:"其实,我也渴望做你的老婆……这么多男人,你是对我最好的……"

莫英豪睁开眼，叹了口气。突然，屋外传来了莫元清的声音，他急忙将香帕揣进怀里，端着茶杯，假装喝着茶。

莫元清走进门来，看着正喝茶的莫英豪，不放心地问："从早到晚闷在房里不出来，你中邪啦？"

莫英豪把杯子放在桌上，低着头，懒懒地说："心里难受，不想动。"

莫元清倒是奇怪了："咦？婚礼取消了不是正合你意吗？怎么又难受了？"

莫英豪有点儿不好意思起来，沉默了一会儿，还是把自己的心思告诉了莫元清："其实……我还是喜欢小寒的……"

莫元清看着儿子像霜打了的茄子，蔫了吧唧的，心疼地把他拉了起来，安慰道："一会儿不喜欢，一会儿喜欢，你这小子跟三峡的天气一样，没个准信，谁知道该信你哪一句？给老子出去走一趟拳，等你累得半死的时候，什么向小寒向小暖的都忘了，快去！"看着莫英豪还是没有要动的意思，莫元清把他往门外一推，说道，"不想动也去！坐在这里想能想出什么名堂？告诉你，爹已经给你想办法了，用不了几天向不悔就得来求我。到那时候……哼，我要他把向小寒乖乖送到你床上来！"

被推到门口的莫英豪回过头来，埋怨着莫元清："爹，你怎么这么说话？"

莫元清不以为然，催促着莫英豪："话粗理不粗。快去快去！"

莫英豪的心情渐渐好了起来，走出门去。

莫元清看着门外的莫英豪，自言自语道："这就对了嘛……"然后就冲着门外喊了起来，"高兴一点儿，不能让向家看笑话！"

向不悔坐在办公室里，脸一直阴沉着。向青云进来看到向不悔的脸色，好奇地问："二爸，小寒这么能干，你为什么还不高兴？"

向不悔表情复杂地看着向青云，说道："小寒何止能干啊，是太能干了……"

向青云点了点头："是啊，万县从有海关到现在，谁在洋人面前讨到过便宜？小寒也给咱们万县人争脸面了。"

向不悔端起面前的茶杯喝了一口茶，站起来，转到向青云的身边说："可是你有没有发现，她有一股邪气？"

向青云惊讶地回了一句："邪气？"

向不悔点了点头，说："好好想想，是不是有股子邪气？"

向青云低头想了一会儿，想到了向小寒在处理她与莫英豪婚事时所采取的方式，向青云突然打了个冷战。

向不悔明显感觉到了向青云的反应，说："感觉到了吧？我就是为这个心里不安。"

向青云想也许是自己和二爸想多了吧，忙替向小寒解释着："也许……也许是在东洋念书的缘故吧……洋人好像也这样。"

向不悔不语，坐到自己的位置上，拿起一支毛笔把弄着。向青云静静地看着向不悔。向不悔看着向青云的眼睛，叮嘱道："青云，我告诉你一句话，你要记住。"

向青云说："二爸你说，我一定记住。"

向不悔严肃地看着向青云，冷静地说："小寒的心很冷。"

向青云吃了一惊。

第八章　误害亲子

莫氏轮船公司的生意就像无精打采的老妇人，有一搭无一搭地过着多余的日子。船员们倒是落得清闲。莫元清每天貌似从容地在码头上溜达，袍哥三爷明白，莫大爷已经是急火攻心了。

袍哥三爷算是莫元清肚子里的半条虫子，他知道莫元清心里不痛快的时候会拖着他喝酒，晚饭也就一直地晚下去。

"大爷……起……起……一个，我……我……先喝了。"

袍哥三爷的酒有一半灌进了脖子里。莫元清没抬头，干了酒。像是自言自语又像是对袍哥三爷说："向家是一条泥鳅呀，怎么抓也抓不住。合股不行，和亲遭算计，向不悔的命硬是拿不来，万县码头的银子都流进向家了。"

窗外漆黑的夜色钻进了莫元清的屋里，虽说屋里的灯很亮，黑暗的意味还是浓重起来。

门开了，莫英豪走进来。来到桌边夹起一块鸡蛋放进嘴里。莫元清斜眼看了看儿子说："到哪里去了，像饿鬼，进门就吃。"

"和青云哥去戏园子。"莫英豪边吃边答道。

"又和他在一起，告诉过你不要和他黏在一块儿，老子的话你不听。"

"青云哥是什么人，我心里清楚，他不是你们说的那样不孝。"

说到向青云，莫元清心里恼怒起来。

几天前有一批蚕丝的生意，货主欲要莫元清从万县运到宜昌，但很快货主又变卦，改用了向氏轮船公司的船。向不悔不晓得货主曾接触过莫元清，自家一艘轮船恰有空当，谈妥了运价，很快蚕丝装运上船，立刻起航。码头上的小袍哥急告莫元清，他甩着膀子，一步并两步来到码头，眯着眼睛，看着向家的轮船渐行渐远，只把船尾的波浪，一浪迭起一浪地送到莫元清的眼里。莫元清心里像被一种尖利的东西挠抓了一般，刺痛中有一股怒气。就在那一刻，向不悔看到了站在码头的莫元清，他不知莫元清的心理活动。上前说："莫大爷，清闲，清闲，你看，太阳下的江水像不像铺了金子。"

莫元清没好气地说："哦，向二爷，万县江面的金子，流入谁的钱袋子，怕是料不好吧。"

向不悔说："说得好，莫大爷，金子如流水，它要流向哪里，你我都难料啊。"

莫元清一来没有合适的话回向不悔，二来心里像漏了水的水桶，没底气，不愿和向不悔多过话，破例地吃了向不悔这句话。

当下，听莫英豪为向青云辩解，气不打一处来，说道："你个龟儿子，整天青云哥、青云哥，他是你祖宗呀。"说着借着酒劲，猫腰从脚上脱下鞋子，朝着莫英豪的屁股就是一下子。随即，又打向莫英豪的后脑海。袍哥三爷要拦，莫英豪一个闪身，跨到门口哭丧着脸说："我要睡觉了。"夺门而出。夜色从门里涌进了一股儿。

独自抿了一口酒，莫元清说："没出息的龟儿子，莫家的日子，不知将来这龟儿子该怎样过。"

莫元清半醉半醒地问袍哥三爷："龟儿子刚才说什么去戏园子，和向青云一起？"

"是……是……少爷……少爷……是这么说的。"

莫元清示意袍哥三爷倾过身子，伏在袍哥三爷的耳边嘀咕了几句。

这天下午，向青云和莫英豪暗自约好，各自从公司里溜出来听戏。

同庆园内，《牡丹亭》已经开演，郭天顺饰演的柳梦梅，出场后一句"姐姐"，台下立即轰动起来。

卖小吃的小二挪移着脚步来到向青云和莫英豪跟前，低声问："二位少爷……"

莫英豪从衣袋里掏出张纸票，小二将花生豆放在桌上，退下。紧接着，茶倌提着一个大瓷壶过来，莫英豪正盯着台上千娇百媚的杜丽娘，茶倌捅了一下莫英豪说："莫少爷，给您上茶。"

莫英豪摆了摆手说："去，边上去。"

向青云扭过头来，一瞬间，和茶倌目光撞在了一起。茶倌马上迎着向青云的目光叫了声："向少爷。"向青云多看了一眼茶倌，只见他十五六岁的模样，眼睛大而清澈。向青云不由得升起怜惜之意，用手按了一下莫英豪的大腿，掏出纸票给了茶倌，示意他把茶水斟上。茶倌一只手拿过向青云身前的茶盅，端到自己胸前，另一只手倾斜茶壶，茶水徐徐注到茶盅里，然后再把茶盅送到向青云身前，茶盅落到桌上时，抽回的手抖了一下。向青云的眼睛扫到了茶倌的抖动，颇感奇怪地看了他一眼。茶倌又同样给莫英豪斟上茶水，莫英豪端起茶盅喝了一口，茶倌去了别的桌子。

莫英豪正看得起劲，有人拉了他一下，见是码头上的袍哥。袍哥在莫英豪的耳边说了些什么，莫英豪起身出了同庆园就往莫氏轮船公司跑。

向青云端起茶盅，缓缓拿到嘴边，此时只见台上饰演杜丽娘的夏天虹唱道："袅晴丝吹来闲庭院，摇荡春如线。停半晌，整花钿，没揣菱花，偷人半面。迤逗的彩云偏，我步香闺怎便把全身现。"夏天虹的目光看着向青云。向青云正目不转睛地看着夏天虹，看到她的目光对着自己，心跳突然加快，放下了手中的茶盅。

台下的喝彩声一阵高过一阵，有人往台上掷着银子。夏天虹的意识里把自己完全融为杜丽娘，向青云就是他心中的柳梦梅，句句唱腔发自心底，声情饱满。台下的看客听得熨帖，看得动情。

向青云仿佛魂魄脱离了躯体，身子软软的，伸手拿起茶盅，端到嘴边，不知怎么，把茶送到嘴里的力气一时竟失掉了。台上的杜丽娘找着柳梦梅。向青云的眼里噙着泪水，放下了茶盅。

莫英豪眼见到了莫氏轮船公司，停止奔跑，放慢脚步。莫氏轮船公司的一名员工从对面走来，朝莫英豪打招呼。莫英豪一把抓过他拉到路边，问："公司出了什么事？"

员工一脸雾水，说："公司出事？没什么事呀，要有事就好了，没生意做哪来的事？"

莫英豪说："我爹派人叫我，说是公司出事了？"

"你爹？今天你爹没来公司呀。"说完员工走了。

莫英豪站住，愣了一会儿，寻思道：这个员工一向老实，不会说假话，看来爹不在公司是真的。转念又想：那么，为什么又要派人叫自己回公司呢？想了想，决定还是回同庆园，看完戏回家再问。他又一路跑回戏园子。到了向青云身边，端起桌上的茶水喝下去。伸手又去端向青云的茶盅，向青云忙拿过茶盅，拦着莫英豪说："看你满头大汗，不能喝凉茶。"说着用眼睛搜寻着茶倌。莫英豪一只手抓住向青云端茶盅的手腕子，另一只手夺过茶盅喝了下去。

夏天虹的唱腔高亢犀利起来，台下传来一阵阵的叫好声。

莫英豪站起身也喊道："好！"声还没有落地，身子突然倒向向青云，嘴里流出了口水。

向青云摇晃着他："英豪，你这是哪一出呀，快起来，起来。"莫英豪的身子越来越沉，怎么叫都不应，向青云害怕了，大喊着："班主……班主……"

班主在侧台上，听到有人喊自己的声都变了，循着声音望去，慌忙走到向青云和莫英豪身边，翻开莫英豪的眼睑看了看，把着莫英豪的脉，颤抖着声音说："莫少爷中毒了。"

同庆园大乱。

码头上，装卸工往向氏轮船公司的"青风号"上装着桐油。马文俊不时地和工人们说上几句打趣的话儿。向不悔曾多次和马文俊说，干活凭的是心气儿，一个好的商人，不能把眼睛盯在钱上。要用心来经营生意，体恤工人。马文俊跟了向不悔多年，做大大小小的事情都按着向不悔的行事方式进行，早已形成了习惯。由于向家待人厚道，所以码头工人很愿意接向家的活计。

莫元清敞着衣襟，大拇指不停地推动手中的铜球，循环着一前一后地转动，远远地看着"青风号"。袍哥三爷说道："大爷……向家马上……马上就要出……出大事了，万县的水……水运老……老大，是……是莫大爷你……你的。"

莫元清离开码头，边走边对袍哥三爷说："你这次有十足的把握不会失手吗？"

袍哥三爷跟在莫元清身后说："这次保……保准没……没错儿。"

莫元清带着袍哥三爷到了酒馆，跑堂忙迎上去，麻利地拉下肩上的手巾，把已经擦干净的桌子象征性地抹了一下："大爷、三爷您二位请坐。"

莫元清要了五香牛肉、胭脂鱼。菜上到桌，袍哥三爷给莫元清斟满酒。

突然，一个小袍哥伏在酒馆的门板上，叫道："莫大爷，出事了，同庆园，中毒了。"

莫元清抿了一口："喊什么，报丧了你，再喊，我叫人收拾你龟儿子，没看大爷我高兴嘛！"

小袍哥腿一软，蹲在门边起不来了，依旧喊着："莫大爷，出事了,同庆园,中毒了。"

莫元清突然心里动了一下,起身大步走到门口一手抓住小袍哥的后衣领子,拎到僻静处,摔在地上:"说,出了什么事?"

小袍哥吓得脸都白了:"少爷,喝茶水中毒了。"

莫元清问:"谁家少爷?"

"英豪,是英豪少爷。"

莫元清朝袍哥三爷怒吼道:"你、你,怎么回事?不给老子交代,老子杀了你。"

小袍哥还算是机灵,他说:"莫大爷,德裕班的班主把少爷救下了,少爷没事了。"

小袍哥把前前后后的情况对莫元清说了一遍。

莫元清点了一袋烟,袍哥三爷看着莫元清,心里不停地敲着小鼓儿,待莫元清把最后一丝烟圈吐尽了,对袍哥三爷说:"马上给我找十几个弟兄,到这儿来。"

很快,十几个膀大腰圆的袍哥聚在莫元清身边,跟着莫元清直奔同庆园。几个袍哥揪住向青云,说他和德裕班串通毒害莫英豪。夏天虹看莫元清带打手揪住向青云,说:"凭什么冤枉人,谁给谁下毒还说不清呢。"

莫元清见夏天虹如此厉害,说:"说得清,说不清,你说我说都不算,这事要经官,一会儿李团长就来了,你们德裕班说得清还是说不清,就全看你了。"说着不怀好意地看了班主一眼。

班主一声迭一声地央求,莫元清手下的袍哥一阵乱砸,即刻,同庆园像是遭了兵匪洗劫,惨不忍睹。

莫元清又对班主说:"我不是和你班主过不去,你救了我儿子的命,该谢你,可你也要给我个交代。"

班主看了一眼夏天虹,心里明白,莫元清这是借机闹事,是为夏天虹而砸他的班子,他心里愁云密布。

向青云觉得莫英豪中毒一事蹊跷，回到公司，向小寒见他脸色发白，眉头拧成一个大疙瘩，心里想，这个戏痴一准是听戏后，入戏不能出来。见向青云坐着出神，讥笑了一下没有理会他。

晚饭的时候，向青云说不舒服，让向福到饭堂禀告二爸。向不悔对向福说："告诉他，不舒服也要来见老太爷禀了再走，去，把他叫来。"刘氏忙说："青云一定是在公司累病了，规矩也不在这一次嘛。"小寒说："下午在公司，我就看哥脸色白得很，娘说得对，想必是病了。"

向不悔说："家规大如天，你们都给我住嘴。"一个下人怯怯生生地悄悄进来，拉了一下向福，向福随下人走出饭堂，转身折回，又低声和向不悔说了几句。向不悔站起身说："我到客堂见个客人，你们吃吧。"

向福引着莫元清来到客堂，十几个袍哥站在门外。向不悔看到这架势，不知莫元清搞什么名堂。拱手让座说："莫大爷何事见教，带着众位弟兄，好威风啊。"

"向二爷，今天下午，英豪喝了青云给的茶水中毒，差一点儿丧命。向二爷，咱两家可是世交，青云朝我家英豪下此毒手，二爷，你得给我个说法，盐打哪儿咸，醋打哪儿酸。"

向不悔说："照莫大爷说的，青云若是有下毒的胆量，我向不悔该庆幸，也就不愁向家的家业了。莫大爷原委不清，就朝向家问罪，我知你是心急所致，但事情总要有个缘由。"

莫元清本就心虚，原想着向不悔对向青云的事儿沾火就着，没想到向不悔把话回了过来。他只得继续借急不讲理地说："水是青云给的，不是青云下的毒，难道是英豪自己不成？"

向不悔说："是呀，莫大爷，青云和英豪亲如兄弟，青云要给英豪下毒，不就是给自己下毒。"

"是不是兄弟，很难说啊。"

向不悔觉到莫元清在有意纠缠，就说："是不是兄弟，要问英豪。青云病了，为此事受了惊吓，明天问了青云，定会弄清这件事，给莫大爷一个说法。"

莫元清说："不管如何，青云整天带英豪去戏园子捧戏子，这件事青云是脱不了干系的。"

"青云嘛，我会管教，今后不会再和英豪去戏园子了。"

莫元清说："二爷，看在我们是亲家的分儿上，就不深究了。好在英豪命大，被德裕班的班主救了，要是换作别人，定饶不过。向二爷，时候不早，告辞。"

向不悔一拱手，说道："向福，送客。"

第二天一早，莫英豪来到向家，向不悔把他和向青云叫进了书房，问了问莫英豪的身体状况，见英豪言谈举止老实大方，心想，小寒跟英豪成亲未必不是一件好事，再过几年，英豪执掌莫家，小寒受不了委屈。这么想着，他心里筹划着怎样和小寒再提这件事。

向不悔铁青着脸让向青云把莫英豪中毒的经过说说。向青云和莫英豪你一句我一句地回忆了当时的情境。向青云见莫英豪的手哆嗦了几下，没在意，说道："茶水的毒是冲着我来的，分明是有人要我的命。"向不悔沉吟着，向青云和莫英豪互相看看。向青云见莫英豪的手又抖了几下，忽然说道："毒定是茶倌下的，记得他给我倒茶时，手颤抖了一下。"

向不悔问茶倌的长相年纪，说："这件事我来处理，青云，今天不要去公司了，在家休息。"

向不悔走后，向青云让莫英豪到自己的卧房，见莫英豪的手又抖了几下，顿生疑惑，问道："英豪，你的手是不是中毒后就这样了。"

莫英豪连忙说："没事，青云哥，过几天就好了。"

向青云的眼睛湿润了，说："英豪，毒是冲着我下的，是我害了你。"

"说什么呢,青云哥,你我还分彼此,我们是兄弟。"

向青云站起身,拉着莫英豪来到母亲拜佛的佛堂,点了一炷香跪下,莫英豪也随他跪下。向青云说:"菩萨在上,我向青云和莫英豪今天拜为生死兄弟。"

莫英豪说:"天塌地陷,我和青云哥生死不离。"

向不悔安排完公司的事,对马文俊说出去转转,独自一人,来到万县的主街。这时的万县,已经正式开埠,是四川省第二个直接报关出口的通商口岸,很多外来的商户在万县购置房产。每日码头上有上千只船靠岸,脚夫、装卸工、小商人聚集在主街的酒馆、茶馆、戏园子,热闹非常。向不悔来到戏园子,戏还没有开演,看到上茶的茶倌和向青云说的模样相近,喝了几盅茶,见几桌茶客,互相说话正酣,叫过茶倌,递给他两张纸币说:"见你利索,我心里爽快,这钱赏你了。"

茶倌欣喜过望,忙说:"谢爷。"

向不悔示意茶倌靠近些,问道:"听说昨天同庆园有人喝茶中毒?"茶倌立刻惊慌起来,说:"这位爷,这事与我无关呀。"

向不悔从茶倌的脸色觉出此事定与他有瓜葛,眼睛迅速扫了一下周围,见无人注意他,就又从口袋里掏出两张纸币说:"昨天向少爷和莫少爷的茶是你斟的吧?"

茶倌听这位陌生的大爷说出此话,额头上沁出汗,看到向不悔手中的钱问:"大爷,您想问小的什么?"

向不悔说:"实话告诉我,有人指使你吗?"

茶倌说:"昨天,我提着茶壶,刚进戏园子,有人拉住我,给了一小包白粉,说是拉肚子的药,那人让我把白粉放到向少爷的茶盅里,我不肯,那人说这药不打紧,吃下去只是拉肚子,我寻思着是有人和向少爷开玩笑。那人给了20元纸票,我妈在生病,没钱买药,于是拿了钱,给向少爷斟茶时把白粉放里面了。"

向不悔把纸币给了茶倌说:"我的问话不要对人讲。"

向不悔回到公司,不一会儿,莫元清来了。对于莫英豪中毒的事,向不悔心里已有了八九分的猜测,对莫元清的态度不冷不热。莫元清说话绕来绕去,还是莫英豪和向小寒的婚事。向不悔说上次的事情,小寒还没缓过劲来,再等等。莫元清只得怏怏地走了。

同庆园又挂起了德裕班的水牌,这几日,李克彪每日来捧夏天虹。班主的心里七上八下的不踏实,说服夏天虹嫁给李克彪吧,难,夏天虹不从,而李克彪更是惹不起。

向青云几日不见夏天虹,按捺不住,和莫英豪来到戏园。李克彪带着两个兵坐在戏台下中间的桌边。向青云和莫英豪坐在李克彪左侧的桌边。夏天虹台上唱的是《思凡》。

夏天虹饰演的色空唱道:"自从我见了那年少的哥哥,不由我心儿想着,我的心儿念着……"夏天虹的目光和向青云不时交会,摆动身段,李克彪看得心里痒痒的。色空又唱道:"昨晚我做一个梦,我与他夫唱妇随真快活。"李克彪叫了个好,喊道:"随我这个老哥,也一样快活。"

两个士兵打着口哨起哄,看戏的人有些骚动。

向青云愤怒地站起身,对李克彪说:"请长官听戏尊重些。"

李克彪说:"哟,谁家的龟儿子,敢和老子叫板。"

向青云毫不示弱地说:"这里不许你撒野。"

李团长一拳打到向青云的胸前,莫英豪一看,拉开架势朝李克彪回了一拳,两个士兵上来就朝莫英豪的脸上打,被李克彪喝住,说道:"把他拉到一边,别动莫少爷。"接着朝向青云的脸上就是一拳,向青云的嘴角流出血。

台上的夏天虹看着向青云,只和着琴声哼着调子,唱词已经抛到九霄云外了。夏天虹看到向青云挨打,不顾一切地冲到向青云身边，甩开水袖，身子贴在向青云身前护着他。李克彪抡圆了胳膊刚要落下，看到夏天虹，由于惯性收不住手，上前扑了一下，身子失去平衡，连忙用腿迈前一步，止住前倾的身子。他一脸愕然，没想到夏天虹会挡护向青云。此时，莫英豪屏住气，大吼一声，两手一推，两个士兵被他推出有一尺远。趁着李克彪看夏天虹发愣的当口，扭过李团长的胳膊背在身后。两个士兵又冲过来拉莫英豪，被莫英豪两脚踹出了很远。

戏园内呼哨声、喊叫声把班主吓得魂不附体，他看看向青云又看看夏天虹，再看看李克彪，又看看莫英豪，跺着脚说："这可怎么好，谁都惹不起。"

李克彪看夏天虹誓死护着向青云，莫英豪功夫厉害，又是莫元清的儿子不敢伤及，在两个士兵和莫英豪扭打在一起时，脱身走出同庆园。

夏天虹给向青云擦去嘴边的血迹，流着泪说："青云，痛不痛？"

向青云笑着对夏天虹说："一点儿都不痛。"

夏天虹说："是我连累了你，你都是为了我。"

"保护你是天经地义的，你是我的女人，不能让他对你污言秽语。"

夏天虹感动得流出了眼泪。

班主说："我的姑奶奶，李克彪不会饶过你，向少爷，你也要惹上麻烦。快想个法子吧。"

夏天虹说："青云，你快走吧，说不定李克彪会带兵过来，快走吧。"

向青云说："我不走，他再为难你怎么办？"

夏天虹着急地说："你放心，他不敢对我过分。"

夏天虹对莫英豪说："快，快，带青云走。"

莫英豪把向青云拽出了戏园子。

莫元清听闻在同庆园莫英豪为向青云大打出手，心里恼怒。他从码头走上梯状的街道，遇到李克彪。他已从小袍哥的嘴里得知，李克彪和向青云弄了个大憋气，就假装不知此事，说请李团长到酒馆喝酒。

李克彪把前前后后的经过说给莫元清，莫元清假装吃惊。李克彪说若不是顾及莫少爷，定会把向青云的腿打折了。莫元清顺着他的话说："多谢李团长给面子，我回家好好教训龟儿子。"

酒过三巡，李团长沉吟着说："不对呀，我打向青云，夏天虹为何从戏台上下来护着？莫不是夏天虹看上了向家的财产，暗自和向青云勾搭上了？"

听了这话，莫元清心里一机灵，马上绕开了花花肠子，心说不管是否真有此事，也要激李克彪对付向青云。想到这儿他说："李团长，您这一表人才，她夏天虹一个戏子，您看上她是她的造化，她敢不从，一定是向青云这小子在背后撑着，拿掉向青云，夏天虹就会乖乖地从了您。"

李克彪说："对付这小子不容易啊，向家也不是省油的灯。"

莫元清给李克彪挝上酒，饮了一口说："你李团长聪明一世，糊涂一时，凭向家，能让传宗接代的独苗娶戏子做老婆？你只要把向青云偷偷和夏天虹相好的事让向不悔知道，不用你费吹灰之力，向青云就会离开夏天虹。"

向氏轮船公司，向小寒在看外轮的水运价目表，琢磨着向氏轮船公司的运价是否调整。向不悔进来，没等他说话，向小寒就说："爸，外轮压低运价，我寻思着咱也降一点儿运价。"向不悔说："不急，眼看就要到枯水期，外轮无法通航，等等看。"

向小寒马上领会了向不悔的用意，佩服地看了他一眼。向不悔问向青云在不在公司，向小寒说没有注意。

马文俊进来说莫元清和李克彪来了,在向不悔的办公室里。

见了向不悔,李克彪一句客气的话没说,气势汹汹地说向青云和戏子相好,阻挠他娶夏天虹。莫元清添油加醋地说万县的人都在耻笑向家少爷泡戏子,也就你向不悔不知道。

向不悔心里连声叫苦,心说,痴迷川剧也就罢了,和戏子扯在一起,向家的脸面真是丢尽了。

好说歹说送走了李克彪和莫元清,向不悔马上叫马文俊给重庆的向不争发电报,说家里有急事。

吃过晚饭,向青云看到书房里亮起电灯,一阵恐惧浮上来。虽然万县的大户人家都接通了电灯,但向家平时还是习惯用油灯,只有向不争回来书房才用电灯。

向青云被向福唤到书房,果然是向不争回来了。

向青云叫了声:"爸。"

向不争板着脸说:"你给我跪下,我不是你爸,我没有你这个下贱的儿子。"向青云吓得缩成一团,不知父亲从何说起。

向不悔说:"青云,你照实说是不是和德裕班的小旦有瓜葛?"

向青云低着头没说话,在心里思量着:正愁不知怎么和家里说娶夏天虹的事,不如今天就此机会说明了,反正是死是活也要和夏天虹在一起……

在向不争严厉的追问下,向青云说和夏天虹彼此相爱,求父亲和二爸成全他。

向不争气得拍着桌子大喊:"你个扶不上墙的泥巴,戏文里烟烟雨雨的男男女女,那是给人看的,你倒好,学着戏做人,还和戏子谈情说爱,向家的家业就要败在你的手里了。"

向家人行动坐卧一向是脚轻语低,连下人也是一样,难得有人大声说话。向不争的喊声惊动了向老太爷,他喃喃地嘟囔着,比画了很大一阵子,刘氏和秦氏明白了扶着他到书房。向不悔申斥向小寒是否知道向青云和夏天虹的事情。向小寒心里盘算着怎样说才有利于她执掌向氏轮船公司，就说早就知道向青云和夏天虹暗自相好，但一直不敢说。向小寒的话正被搀扶老太爷进来的秦氏听到了，她看见跪在地上的向青云，对儿子又疼又气，一屁股坐在地上哭天喊地。向老太爷看看向不争又看看向不悔，再看看向青云，又独自喃喃自语。

向不争看到这种情形，对向青云说："看在你爷爷面子上，今天暂且饶过你，你当着爷爷的面发誓，和戏子断绝来往。"

秦氏上前晃动着向青云的肩膀说："青云快说，快说呀。"

向青云低着头，泪水滴在了地上，他说："爹，我再也不和夏天虹来往了。"

夏天虹十多天没有向青云的消息，整天茶饭不思。心里空落落的，彻夜难眠，担心向青云是不是被家里责打，忧虑自己和向青云将来的日子。

向青云更是度日如年，和莫英豪商量出办法，这天中午戏班子休息的时候，莫英豪偷偷将夏天虹带出，给茶楼的老板一百元纸币，在包房里约会。不想这事被莫元清发现了，他又唆使李克彪去找向不悔。向不悔知道向青云没有改悔，大发脾气，派人将向青云送往重庆，让他离开万县，断绝和夏天虹约会的条件。

江水无边，向青云看着和天际相连的迷茫远方，想起和夏天虹第一次见面的情景。

有一天，向青云在自家的轮船上，德裕班坐着木船初来万县。远远地看到前方有艘木船，向不悔叫舵手减速，以免浪击了木船，就在轮船和木船擦身而过时，向青云看到了甲板上的夏天虹，夏天虹也在一瞬间和他的目光相遇，冥冥之中，向青云感到，这就是他心里的女人。

在向青云的回忆中，轮船驶出万县，江流平稳，一个想法跃上了向青云的脑中，跳江逃跑，让家人误以为被江水淹死了，和夏天虹远走高飞，隐姓埋名，永不分离。想到此，看看左右无人，纵身一跃跳入江中。

李克彪失去了耐心，在戏园子以看戏为名，软磨硬泡地纠缠夏天虹，他索性直接威逼夏天虹嫁给他做妾。

夏天虹情急之下和莫英豪商量，莫英豪也没有主意，两个人商量来商量去，让夏天虹假托生病，不能登台唱戏。夏天虹一拖再拖，莫英豪也没有想出更好的办法，班主更是愁眉不展，眼看戏班子的收入损失。李克彪听说夏天虹病了，几次探病，被班主挡驾，心里疑惑。

这天，李克彪请莫元清喝酒，莫元清要莫英豪跟着。自从向青云走后，莫英豪觉得难耐度日，莫元清要他干什么也都去做，也好打发时间。

伙计端上的菜有：金钩肉塔、五香熏鸡、卷筒鸡、红烧全鱼、酿荷叶蛋、醋熘松花、三鲜熘枇杷、锅蒸豌豆、什锦酿南瓜、桃仁肉丁。李克彪给莫元清夹菜让酒，求莫元清说服夏天虹，说事成后必有重谢。莫元清答应。

莫元清来到戏班子，班主忙笑脸相迎。

莫元清说："听说这几天夏天虹没登台，班主的柴米钱紧了吧？"

班主说："是，是夏天虹病了，正在抓紧调治。"

莫元清看了班主一眼，盯着戏装说："是心病还是身病，是真病还是假病？你是个明白人，不要敬酒不吃吃罚酒。万县的地盘是李团长的，他一跺脚，还有你德裕班混饭吃的地方吗？"

莫元清接着说："你也得给我这个袍哥大爷点面子，几次让你说服夏天虹给李团长做妾，一直没有进展。看来，万县你是不想混了。"

班主的汗都下来了，不得不告诉了夏天虹装病的事情。

这时，莫英豪来找夏天虹，恰巧听到了莫元清的话，他对莫元清说，夏天虹不可能嫁给李克彪，让莫元清别插手。莫元清让手下袍哥把莫英豪带回家，看他护着夏天虹，断定和夏天虹有染，暴打一顿，不准出门。

莫元清带着几个袍哥到了戏班子，逼迫夏天虹，如果不嫁给李克彪，就别想在万县唱下去。

夏天虹在莫元清的威逼下，一头撞在门柱上，不省人事。莫元清见状无奈，只得作罢。

第九章　外轮挤压

向氏轮船公司的"青云号"停靠万县码头,船长对岸上的马文俊说关照着兄弟们卸货,有事要找向不悔。向不悔见了陆船长,心想一定是航运途中,有了异常的状况。寒暄了几句,向不悔问:"陆船长,是不是遇到了兵匪。"

陆船长摇了摇头说:"船到宜昌,海关人员上船验货,检查船员配备、载货情况。检查完,上来几个扛着枪的兵,说要收江防费、护商费。不交不让卸货,周旋了一阵,没办法只得交了。"

陆船长喝了口水接着说:"把货卸完,见一艘挂法国国旗的木壳小轮靠岸,无人检查,士兵也不敢靠前。"

向不悔手指轻轻地敲着桌子,看着陆船长,示意他继续说下去。陆船长又说:"最可气的,返航时海关又刁难说'青云号'水位不合标准,收护送费。这三折腾两折腾下来,白费辛苦,没有盈利。"

向不悔内心沉重,但表情平静地对陆船长说:"好了,你航行劳顿,回家休息吧。"

向不悔在办公室里踱来踱去,一个月来向氏轮船公司都是负利,一时间束手无策。向小寒和马文俊走进向不悔的办公室。马文俊说:"二爷,刚听说日本日清轮船公司的轮船从宜宾到重庆每包棉纱的运费才官银1两5钱,统舱客票每人只收2元,学生每人仅仅收2

角，每位乘客都送阳伞。照这样下去，我们的轮船没生意可做了。"

向不悔气愤地说："日本人是想挤垮我们华轮，前些时候，军阀打兵差，华轮少，他们就抬高运价，一吨打花包的运价高达280多元，而从上海到美国的运价不过才12元。这样的暴利，真是闻所未闻啊。"

马文俊说："又有两家华轮公司宣布倒闭了。二爷，我们得想想法子。"

向不悔说："没什么好法子可想，英国、美国、日本、法国联合起来，各个港口的海关都被他们控制，他们有雄厚的财力，又有优良的船舶。华轮资力单薄，船舶性能差，不熟悉航业的经营管理。"向不悔叹口气接着说，"向氏轮船公司一样难以为继啊。"

向小寒说："我从日本回来的轮上结识了一个叫青田浩二的，在重庆开有商行，我近日去趟重庆，到日本的商行里打探一下，或许能有什么办法也说不定。"

向不悔说："一个姑娘家，出头露面成什么体统，还是等等青云。"

向小寒鼻子哼了一声说："等我哥，向氏轮船公司早就没有了。"

提到向青云，向不悔也觉得没有信心，对向小寒的提议，也就没有再反对，就算是默许了吧。

经营三峡航运的华轮公司除向、莫两家以外还有锦华公司、大汀公司、祥庆公司、庆同公司。这些公司的老板聚到向家商量对策。

向家的客厅正面一个雕花的梨木桌子，桌子的左右各一把梨木椅子，客厅的两边各有四把椅子，几位轮船老板分别落座后，莫元清右手晃动着铜球，大摇大摆地走进客厅，坐到正面的一把椅子上。平时这些老板大都看不惯莫元清的霸道，很少与他打交道，见他也到了向家，相互间看看，都没和他打招呼。大家相互间寒暄几句，马上就进入正题。

向不悔和几个老板分析了形势，莫元清觉得时机已到说："合股，不合股没有其他办法。"他又拍着胸脯说，"合股后码头上的所有事情我来负责，再有打兵差的由我来应付。亲兄弟，明算账，合股后在座的每个老板的轮船公司都要有我一股。"向不悔没有表态，大家观着向不悔的态度，都没有说话。时候不早，没商量出了个结果，大家散去了。

莫元清回到家里暗自窃喜，觉得很快自己就是三峡航运的龙头老大。他告诉手下，莫家的轮停航，静观其变。

夏天虹一头撞在了门柱上，昏睡了两天两夜。班主悉心照料，醒来后，说要她好好调养，先不要登台。班主再也不敢提让她嫁给李克彪的事。几天后，重庆有信来，是向青云给夏天虹的信，她欣喜地打开信，信中写道："一别数日，甚是思念，望你放心，生死相依，请勿挂念，待等相聚。"

有了向青云的消息，夏天虹的心定了下来，这几日李克彪没有来戏园子，夏天虹又登台了。

向青云那天跳入江后，被船员救了上来。到了重庆，向不争每天派人看着他，不能出去。一天早晨，向不争对向青云说："整理一下，一会儿随我出去，别一副无精打采的样子。"

坐在车里，向青云朝窗外看着行人，有挑着筐的，也有挎着包的摩登女郎。他们拐了两个弯到了一家院子门前，迎出一位五十多岁的男人，个头不高，圆脸庞，脸把眼睛衬得也像是圆的。穿着长袍的身子，因肥胖也是圆的。他紧走几步替向不争打开车门，说："向局长赏光，先替老母感谢。"

向青云局促地站在地上，待父亲寒暄几句后，挨近父亲。向不争说："这是你武伯伯，你该认识吧，前些年常见面的。"

向青云马上想起此人名叫武江川，工务局局长。武江川见向青云越发英俊，心生欢喜，拍着向青云的肩说："真是少年英姿，几年不见，竟比原先添了许多英武之气。"

这天武江川的母亲做寿，请向家父子过来。

武江川的独生女儿名叫五月，与向青云指腹为婚，向青云小时候两家来往密切，近几年向青云与武家没有往来。武江川安排五月坐在向青云的身旁，向青云想起那个腼腆爱哭的女孩子。

五月见向青云浓密的黑发，白皙面庞，气质儒雅，打心眼里爱慕，红着脸，低着头不住地偷看向青云。武江川和向不争边喝边说，气氛渐渐活跃起来。五月举止放开了一些，不停地给向青云夹菜。向青云只做礼节性的回应，对五月十分冷淡。

这天，向青云正在给夏天虹写信，向不争引着五月进到向青云的房间说："青云，五月带了最近的画作，你们切磋切磋，恐怕青云的画要比不上五月了。"

向青云忙让座，五月把几幅画放在桌子上，问向青云平时是否画画。向青云答偶尔画画，但很少。

五月问："青云哥，你画人物呢还是画山水呢？"

向青云答："很少画人物，平时也就是解闷儿，画画风景。"

"是啊，万县美如仙境，随意取景就是很美的。"五月有些撒娇地说。

向青云看着桌子上的画儿说："画的什么，让我看看。"

五月打开画，向青云脱口而出："好画。"五月红着脸说："我是以《西厢记》的故事情节画的。这一幅叫《合诗》。"向青云看到花园里红色的亭子前，两个女子在烧香，墙外一个男子在向花园张望。五月说："这是一天晚上，莺莺和红娘到花园里去烧香，张生见了，想打动莺莺，吟了一首诗。莺莺听了，连连称赞好诗，随口就和了一首：'兰闺深寂寞，无计度芳春，料得高吟者，应怜长叹人。'"

向青云入神地看着，夏天虹的身影立刻在他心里荡漾起来，眼神充满了柔情。五月敏锐地看到了向青云表情的瞬间微动，她以为向青云是被画中的情绪所感染，接着说："这一幅是《传简》。"向青云看过去，书房里一个男子看着一张纸，一个女子在他的左边。五月又说："张生因为思念莺莺而生病，莺莺叫红娘去探望，张生就给莺莺写信，莺莺回写一首诗让红娘送去，在诗里暗示张生，要他到后花园相会。"五月又打开另一幅画说，"这一幅是《赴约》，红娘和莺莺在花园烧香，张生从墙上跳下来。"

向青云显然是被触动了，五月借机说着亲热的话。向青云的心思在五月的画里，借着画中人物的情感牵引仿佛已经回到了万县，觉得他和夏天虹的遭遇很像这画里的故事。

五月不知道向青云的心理活动，认为向青云和自己多年没有接触彼此陌生，才对自己不够热情，并没有产生其他的想法。

夏天虹把对向青云的思念也都寄托在了信笺上。每天收到向青云的信，而夏天虹写回信很吃力，她能认字但会写的字很少。

班主见莫元清和李克彪几日不来戏园子，心里反倒觉得不踏实，他叮嘱郭天顺盯住夏天虹，别让她走出戏班子。郭天顺说："班主，你饶了我吧，我盯她不被她骂？"班主说："你们年轻，有些事看不明白，叫你干什么就干什么。"

德裕班住在同庆园的后院，上午的阳光照到了夏天虹的床上，把被子晾晒到院子里，夏天虹想到街上转转。郭天顺一眼看见她要跨出后院的门，拦住她。夏天虹自从向青云走了之后，脾气似乎也变了，和人说话很少有火气，她对郭天顺说："师哥，你不让我出去，我知道是为我好，怕出什么不测。师哥你抬头看看咱们院子里这么一点儿天，让我出去透透气，心里敞亮敞亮，这青天白日的能有什么事。"郭天顺被夏天虹说得有些蒙了，他还没听夏天虹这么和气地跟他说过话，觉得夏天虹说得在理儿，这青天白日的太阳底下能出什么事？就说："师妹去哪里告诉我个大致，也好放心。"

夏天虹说："去陈家坝，买些手帕等贴身物件。"

李克彪紧催莫元清想办法促成夏天虹嫁给他，莫元清说实在没有好的法子，夏天虹太刚烈，弄不好会出人命的。但莫元清又想借此机会牢牢抓住李克彪，就又想出了一个计策。

袍哥三爷安排几个袍哥装作抬轿子的，每日在同庆园周围转悠，这天看见夏天虹从同庆园的后门出来，三副轿子同时上前，夏天虹上了其中一个，说："去陈家坝。"说完就闭上眼睛，估摸着快到了，睁开眼看到路方向不对，刚要问轿夫。突然轿子停下，过来两个壮汉，从轿子里拖出夏天虹，拽进一个大院子里。夏天虹刚要大叫，两个壮汉绑住了夏天虹，扔进了一个屋里。

莫家饭堂里，莫元清和莫英豪在吃午饭，袍哥三爷进来说："夏天虹绑……绑到了，是……是不是给……给李团长把人送……送过去。"

莫元清说："别急，天黑再说。"

莫英豪心里一惊，说："爸，你在干什么呀，夏天虹怎么了？"

"干什么，把夏天虹给李团长送去，莫家就和军队拉上了关系，在万县莫家腰杆子就硬了。"

"爸，青云哥和夏天虹是真的好，青云哥要明媒正娶的，青云哥要我照顾好夏天虹，爸，你放了她吧。"

莫元清的脑子转了一下自言自语地说："向青云要娶夏天虹，那向家会同意吗？"莫元清又打定了一个主意。

中午，郭天顺见师妹还没有回来，到陈家坝走了一遭，不见夏天虹的影子，自知情况不妙，和班主说了。班主心里不安，午饭也没吃。戏班子的人都闷闷的大气不敢出，下午的戏取消了。

夜晚，星星和月亮都退到了云层的后面，伸手不见五指，夏天虹的嘴被堵住，被人拽上轿子，黑暗中不知朝哪个方向走。

突然，几条黑影过来，和押送夏天虹的人扭打起来，打跑了那几个人，夏天虹听出救她的人中有莫元清的声音，万分感激谢过莫元清。莫元清用滑竿把夏天虹抬到向家。

夏天虹生死未卜，班主心里翻江倒海地寻思。天黑后，莫元清来找他，吓得他腿都软了，不知莫元清又要耍什么花招。

班主慌忙地把莫元清请进自己的房中。莫元清说，他的手下袍哥无意中救了夏天虹，他会给夏天虹找个地方避一避，让班主放心。班主心里思忖着莫元清打的什么主意，千恩万谢地送出莫元清很远。

莫元清带着夏天虹来到向家，对刘氏说夏天虹是莫家的表亲，因莫家没有女主人，不方便照顾，求刘氏留宿一夜，代劳多多关照。刘氏见夏天虹眉清目秀甚是可爱，高兴地答应了。

秦氏也出来见了夏天虹，和刘氏一样，见夏天虹模样俊俏，也很欢喜。叫下人忙着收拾屋子，不一会儿，向小寒卧房隔壁的屋子就被收拾好了。这边收拾屋子的动静惊动了向小寒，向小寒走过来，问母亲是怎么回事。刘氏说："你莫大爷家的亲戚要在咱家住一宿，正好，小寒你多和这位姑娘坐坐，学学这位姑娘的穿衣打扮，多水灵的姑娘啊，哪像你，整天像个假小子。"

向小寒见夏天虹细长的脖颈，大眼睛里像汪着一潭水，嘴唇饱满，再看身段，真似柳枝般的柔软。虽然向小寒不喜欢涂脂抹粉，也一直对依附他人的小女人看不上，但夏天虹天然的美丽，还是让向小寒的心动了一下，让她自愧不如。没理夏天虹，向小寒就回自己的卧房了。刘氏和秦氏又和夏天虹寒暄了几句，顾及夏天虹劳顿，回房去了。

夏天虹心情激动，没想到莫元清会把她带到向家，想到向青云就是在这里出生长大，心里就涌上一种温暖的感觉。她这摸摸，那看看，用手细细地滑过蚕丝被，想着向青云说话时的笑容，不由得心里轻轻激荡起来。

此时，向小寒走了进来，夏天虹脸色绯红，向小寒见她红红的脸庞更加妩媚，不由得心生嫉妒。夏天虹小心翼翼地和向小寒说了几句家常话。向小寒问夏天虹是否读过书，夏天虹说认得几个字，没读过书。向小寒说女子读书也是要紧的，读过书的女人有主意，不会轻易被人欺负，又对夏天虹说像你这样相貌出众的女子，没有富裕的家境，很容易红颜薄命，被人当作狐魅，不会有好结局。向小寒的话，往夏天虹的心里捅了一刀；向小寒盛气凌人的表情，让夏天虹很反感。若是在别处，夏天虹听到这样的话，一定会反驳，但今天是在向家，向小寒又是向青云的妹妹，夏天虹忍住了。

莫元清回到家里，袍哥三爷不解地问莫元清为什么把夏天虹送到向家，莫元清却说李团长等着咱们，不把夏天虹送过去，一定会来。话音未落，果然李克彪来了，莫元清哭丧着脸说："李团长，我莫元清今儿可是栽跟头了，我和几个弟兄押着夏天虹，不知从哪里蹿出几条大汉，三下五除二就把夏天虹劫走了。"说着莫元清装着动自己的胳膊，哎哟哎哟地叫了几声，说是出手时被人扭了胳膊。袍哥三爷也附和渲染，李克彪颇感意外，问莫元清会是什么人所为，莫元清说万县如今是各路商家云集，哪位爷到戏园子看上了夏天虹也说不定。李克彪说早不看上，晚不看上就在我把夏天虹弄到手的紧要关头，出了这事，蹊跷啊。

莫元清接着李克彪的话说："是啊，我也琢磨着，这该是和夏天虹交情很深的人干的，能雇得起这么迅猛的打手，可不是一般的人家呀。"李团长似有所悟地沉默了一会儿，无可奈何地告辞走了。

袍哥三爷送走了李团长回来对莫元清说："爷这是一石二鸟，如果李团长知道了夏天虹宿在向家，那一定会认为是向家劫了她，如果向青云知道是莫元清救了夏天虹，那就多了和向青云周旋的砝码。"莫元清看看袍哥三爷得意地笑了。

第二天，莫元清把夏天虹送回了戏班子。

第十章　重庆相会

日本的日清株式会社在重庆的商行名为大日商行，是青田浩二家族的产业。经营桐油、猪鬃的生意。青田浩二和向小寒上次别后，常有书信往来。青田浩二信邀向小寒到重庆的商行看一看，向小寒也正预备着去重庆探听一下日清轮船公司的情况。

得知向小寒不日要来重庆，青田浩二和他的父亲坂田二郎，说起了利用向家一统三峡航道的阴谋。

坂田二郎说："我们的轮船要维持一段时间的低价，不要怕折本，往运费里贴钱。"

青田浩二说："父亲，低价运行还要多长时间？"

坂田二郎说："直到挤垮华轮为止。现在英轮、美轮、法轮也在压低运费，不惜折本。这样下来，华轮就无客、无货可运，之后，就可收买华轮，川江的航运和商务就都是我们的了。"

坂田二郎又说："对万县的向家要拉拢利用，眼看要到枯水期，要尽快拿到向家的三峡航运图。"

青田浩二说："向小寒到重庆我一定把这件事办妥。"

坂田二郎说："要不惜代价，弄到航运图。"

向小寒一身男装来到了重庆码头，青田浩二为向小寒预订了酒店，引着向小寒到了房间，两个人正叙着话，有人敲门，青田浩二出去了一会儿，回来对向小寒说要马上回商行。向小寒不解地问："刚才你不是说，商行那边已经安排好，今天要陪我一天的吗？"青田浩二说临时有事情，要向小寒等他不要出去，傍晚就过来。

原来青田浩二是打着经商的旗号来大西南刺探情报的，他的顶头上司就是日本驻重庆领事馆的领事。

青田浩二到了领事馆，几个人已经在座。青田浩二坐定后，领事说："我们在重庆的商战，最后的目的是要由我们的日清株式会社对四川的出口货物实行统购，然后与英、美、法合作直接转运出口，实现垄断四川全部进出口货物。"

领事对青田浩二说："万县是个重要的地方，它控制着大江和通四川西部的各种重要陆路。不仅是川东的门户，万县的商业也很发达，川东各县所产桐油，集中于万县，换船出口。你要随时把握万县的形势，日清轮船公司要垄断三峡航道。"

青田浩二站起身立正，"嗨"了一声。

大多外国商人、领事馆工作人员宴请客人一般都到重庆喜来酒店，这里的氛围就如同是在外国，红酒西餐，背景音乐舒缓优美，青田浩二看着一身女装的向小寒，用日语说："小寒，你非常非常美丽。"向小寒红着脸，举起杯和青田浩二喝了口法国红酒。

向小寒很快话入正题，说道："青田君，聚集万县的桐油和蚕丝，外轮压低运费，好几家华轮公司已经扛不住了，负债累累，向家也将陷入绝境，你能不能帮我们向家想想办法。"

青田浩二答应向小寒一定尽力，并说两天后恰巧要去万县，到时和向小寒一同回去面见向不悔。

向不争还是不许向青云出门，每日向青云让下人把给夏天虹的信送出去。五月常常来找向青云。向青云在院子里放上一把椅子，给五月唱川剧。

五月听得入迷，向青云给五月唱《牡丹亭》中的拾画，五月央求向青云教她。

这天，武江川和五月一起来到向不争家，五月说要去找青云学戏。武江川说："看来青云和五月处得蛮好嘛。"

向不争说："是呀，武兄，我想尽快把两个孩子的婚事办了，你看如何？"

武江川和向不争商量起了操办婚事的具体事项。向不争说婚后让向青云回到万县，还是要和向不悔学着做事，向家的家业要靠向青云。武江川同意五月随向青云回万县。

夏天虹在屋里读向青云的信，听到有脚步声走来，急忙将信塞进被子里。班主进来，愁眉不展地坐到夏天虹的对面。

夏天虹被绑架后，又是几天没有登台，戏班子的收入极大地减少。班主的心里原想劝说夏天虹上台演出，想着怎么开口才好，弄不好又惹得夏天虹发脾气。夏天虹明白班主的用意，想想从小班主把自己带大，不能因为自己的事情，毁了戏班子。心说要是青云哥在就好了，还可以商量商量。想到此，她灵机一动，对班主说："不如我们离开万县到重庆去。"

班主说："办法倒是好，可是李克彪已经盯上了你，戏班子这一走，有了动静，李克彪能不知道？怕是我们走不成啊。"

夏天虹想了想说："你叫人把莫少爷找来，我有办法。"

事到如今，班主也没有法子，只得按夏天虹说的试试。

夏天虹让莫英豪想法子拖住李克彪。莫英豪说这事难办，李克彪不买莫英豪的账。

戏班子还在支撑着每天唱戏，班主私下里和演员们说了去重庆的事，让他们暗自打点自己的东西，做好突然出走的准备。

莫英豪在同庆园周围转悠了一遭。同庆园对街上果然有两个李克彪的兵持枪站立，戏园子的后门也有两个持枪的兵。莫英豪把情况和夏天虹说了,夏天虹说不管怎样也要想出办法离开万县。她让莫英豪每天留心打探着李克彪的行踪。

莫英豪这两日老是跟着莫元清,随他一起到莫家轮船公司,又随他一起回家。莫元清说向青云走了,我的儿子就变乖了。莫英豪就说些莫元清爱听的话。中午,李克彪和莫元清一起喝酒,莫英豪自然跟了去。李克彪说有公事要去一趟成都,要莫元清盯住夏天虹。莫英豪赶快告诉了夏天虹。德裕班的气氛紧张起来。

下午,没有戏的演员,装作出去到街上溜达,从后门去了万县码头,台上还在唱着戏,后院的人就把贵重的衣物装入箱子里,几个人把箱子抬出同庆园的大门,大兵上来问箱子要抬到哪里去,并要开箱检查。郭天顺给了两个大兵每人20元钱,说是一些旧衣物,托人带到乡下去。后门这边班主和夏天虹一起出来,两个大兵跟在他们后面,班主和夏天虹进了一家药房。两个大兵等了一会儿不见班主和夏天虹出来,进药房看哪里还有人影儿。跑回同庆园问另外两个大兵可有德裕班的人出去,得知抬出了两个大箱子,立即追到了码头,远远看见夏天虹和班主上了轮船,想要上轮船去追,被英国轮船护卫拦住了,大兵看了看轮上的英国国旗,知道外轮惹不起,哪怕有一点儿的事情他们都要借题发挥,制造出事端,他们只得眼睁睁地看着德裕班乘船而去。

德裕班乘坐的是英国太古公司的轮船,刚驶出万县,和日清公司的轮船相遇,两艘轮船鸣笛互相打招呼。

夏天虹去了重庆,而向小寒回了万县,同行的还有青田浩二。

向家的饭堂内,向老太爷坐主座,左边挨着的是向不悔、青田浩二、向小寒,右边是秦氏和刘氏。下人端上的菜是鲜菜肉糕,全家人并没有动这个菜,依然端坐着,向不悔用小勺喂了向老太爷一口,之后依次是向不悔、秦氏、刘氏各夹了菜放在自己的碗里。青田浩二感到了向家规矩的森严,屏住气端坐着,待刘氏夹了菜,向小寒用小勺给青田浩二摅了一勺，放到他的碗里。接下来的菜是青椒炒皮蛋，依然是向老太爷先吃。下人又端上来排骨和做成饼状的茄子，青田浩二待向小寒把茄子送到他的碗里，尝了一口有重重的酒味。秦氏不停地照顾着老太爷，断断续续没吃多少东西。最后，下人端上来一大碗素菜汤，饭堂里听不到碗筷的声音，也没有人说话，青田浩二是第一次在中国人的家里做客，体会了中国人的规矩。

向不悔、向小寒和青田浩二在客堂里说起川江的航运。向不悔说："外轮不惜赔本打压运价，真是前古未有的暴行，你们破坏了我们中国人做生意的规矩。"

青田浩二说："我们做生意的原则是竞争，为了获得最大利益可以不择手段。"

听了青田浩二的话，向不悔很气愤，但还是不失仪态地说："我们中国人做生意先讲道义和良心，我们信奉一句古训——君子爱财取之有道。"

青田浩二说："生意的竞争胜负凭的是实力，我们日清公司财力雄厚，和英轮、美轮联合，川江航运不久将以我们为主宰。我也用一句中国的古语送给您——识时务者为俊杰。"

向不悔听出青田浩二的话里有话，想透过他的言语揣测外轮的意图，压住怒气说："难道青田君有什么好办法让向家摆脱困境？"

"办法是有，不但能让向氏轮船公司扭转局面，还能大大盈利。"

向不悔装作很感兴趣地问："噢，青田君不妨说来听听。"

"我可以说服英轮和美轮，让你们向氏轮船公司入股，这样我们四家公司合作成立一个航运集团，川江的生意就全部是我们的了。然后把运价恢复到正常的价格，我还能担保，降价期间的运费差额，全部补给向氏轮船公司。"

听到此，向不悔心里一惊，心说，看来外轮主要是针对向家的，不觉一团迷雾罩在心头。

向不悔说："请问青田君何以给了小寒这么大的面子？"

青田浩二说："当然我们是有前提条件的。"

"说来看看。"向不悔急切地想知道外轮究竟针对的是向家什么。

青田浩二说："很简单，就是向家把三峡航运图给我们，由我们来复制一份。"

向不悔说："原来是这样，航运图我向家还真的有。"

"那么向二爷，今日可否先让我一睹为快。"

"好吧，随我来。"向不悔把青田浩二带到向老太爷的房间。向老太爷坐在太师椅里闭目，向不悔叫了声爸，老太爷睁开眼，看着向不悔和向小寒嘴里嘟嘟囔囔不知说些什么。向不悔对青田浩二说："川江航运图就在老太爷的肚子里装着，怕是取不出来，还请青田君断了这个念头。"

青田浩二看出向不悔是不愿用川江航运图做交易，进一步地逼迫说："我们已经得知向家有完整的手绘川江航运图，还是请向二爷不要兜圈子。"

向不悔说："青田君此话可就不对了，川江航道狭窄弯曲，船过滩，一个大意马上船破人亡。重庆至宜昌段有青滩、东洋子滩、庙矶子滩等有名的险滩。重庆至宜宾段虽河床开阔，航运条件好些，但沿江有数不清的卵石碛坝，有筲箕坝、铜鼓滩、神背嘴、小南海。千百年来，三峡船工每天与凶滩恶水搏斗，你见过一天内数只船被同一个浅滩破沉的吗？能够活下来的船工，每个人心里都有一幅川江的航运图。"

青田浩二没有得到川江航运图，就以挽救向氏轮船公司为借口，鼓动向小寒说服向不悔合股。

外轮公司为对付三峡险恶的航道，不得不使用马力强劲但船体较小的轮船，成本较高，到枯水期航运难以进行，向家凭借历代积累的经验，对航道熟知，能用小马力大轮船，在枯水期也可以航行。向不悔意识到他们是有预谋地来向家要川江航运图。当向小寒来劝说向不悔同意合股时，向不悔对向小寒喊道："这是卖家卖国，就是烂在肚子里也不能把航运图卖给外国人。"

向小寒一时不理解父亲，为向家的处境焦虑万分。

五月陷入对向青云的爱恋中，梦里也是向青云的影子，出于女孩子的矜持，她不能天天到向家去，只能隔几天就找个借口。度日如年的每一天，五月心里不免嗔怪向青云不来武家看她。忽一日，向家的仆人来告诉五月，下午四点到聚仁楼对面的街口等向青云。

五月对着镜子穿上一件墨绿色的旗袍，觉得色调有些暗，又换上一件浅绿色的，又觉得色调淡了些，接着换上了一件橘黄色的，衬出五月的脸色越发白皙，她坐在镜前，梳理化装。看看时间还早，懊丧地把手里提的白包放在梳妆台上，坐在床沿上心里恨时间走得太慢了。一会儿，她又站起身，在屋里来回走着，好像此时一切都不存在了，只有一个四点的数字在前面等着她，四点之后是一个温暖激情的时空。五月感到等待很折磨她，索性提起包走出家门到街上。

一辆福特汽车从五月的身边慢慢驶过，汽车的喇叭声让五月和街道的景物相交融起来，她见街对面有一个替别人画像的女子，颇感稀奇，就走了过去。这女子二十多岁的模样，黑亮的短发，穿一件淡蓝色的棉布旗袍，正在给一个女孩子画像。五月走过去，端详了那个女孩子，又看看画纸上的人物，心里一亮，画上的人物惟妙惟肖，不仅外貌和这个女孩子神似，并且通过眼睛的描画，传达出了女孩的内心情状。这让五月对这个年轻的女子产生了好奇。一阵骚乱声从远处传来，一队游行的大学生走了过来。扛枪的兵吹着口哨，街边卖水果、卖小吃的忙收拾家伙。等游行的队伍走过，恢复平静后，再找那个替人画像的女子，不见了。五月怀疑是自己错觉，左右转了转，除了行人和街边的店铺，没有画像女子的影子。

五月来到聚仁楼前的街口，朝聚仁楼望去，聚仁楼门前竖着单门牌坊，题写"聚仁楼"三个字。重庆海关大楼上的钟表，穿过雾气昭昭的天空，指针已经指向四点。五月的心跳起来，四处张望，她不知向青云会从哪一个方向来找她。等了近一个时辰，不见向青云的人影，五月心里泛开了琢磨，突然灵机一动，走进了聚仁楼戏院。

向青云怎么也没有想到，他和夏天虹会在重庆见面。

上午，夏天虹练功。从进戏班子起，夏天虹每天练功，每一个唱腔、每一个动作，她都要琢磨透了，她琢磨每一场戏的情境和人物处境，常常感同身受地把自己化作戏中的人物，这样长期下来，她饰演的人物总是能够进到观众的心里，成为戏班子的顶梁柱。

德裕班到重庆的头场戏定为《牡丹亭》，夏天虹唱道："斜阳影，芳草涯，再无人有伶仃的爹妈。奴年二八，没包弹风藏叶里花……"

夏天虹看到班主带着向青云过来，她以为是自己的幻觉。向青云喊了声天虹，她看到向青云炽热的目光，忘情地抓住向青云的手。班主见状，退远了些。夏天虹意识到自己的忘情，不舍地收回手。两个人站着相视，向青云看看练功的演员说："你继续练功吧，我陪着你。"

夏天虹唱道："为春归惹动嗟呀，瞥见你风神俊雅。无他，待和你剪烛林风，西窗闲话……"向青云看着夏天虹的眼睛微微地点头。

五月走进聚仁楼，戏台上空空的，四角的木柱把台子框成一个正方形，前面的两根柱子上挂着两块细长条的木板，上有用刀子刻出的一副对联。五月看着没有戏的戏台子，好像一下子戏台变得空旷起来，突然间一种无法把握自己思绪的感觉涌上来，此时对一切不可知的感觉催促她赶紧离开戏园子。她转过身去，从戏台上传来几个人说话的声音。五月站住脚，紧张地听下去。断断续续的对话中，五月听到了向青云的声音，她转过身，朝前走几步，看到靠戏台最近的一张桌子的长条板凳上坐着几个人，她再上前走几步，看到了一个熟悉的后背，叫了一声："青云。"

向青云和夏天虹同时转过身来。五月没有注意到夏天虹，高兴地对向青云说："我等了你一下午了，原来你来这儿了。"不等向青云回答，五月又撒娇地说，"怎不说带我一起来，害得我等了你一天。"

夏天虹看出这个突如其来的女子和向青云是很熟悉的，她见五月瘦小的身材，眼睛不大，但细长有神，说话的声调很慢，有节奏。

向青云看到五月吃了一惊，问道："你怎么来这儿了？"

五月说："你忘了，不是你叫人到我家告诉我，到聚仁楼街口等你吗？"

青云对夏天虹说："她叫五月，是我爸同事的女儿。"

五月这才看了一眼夏天虹，这一看不要紧，把五月看呆了，分明是从画里走出的人。她见夏天虹看自己的眼神里都是疑惑。

向青云又对五月说："你等我一会儿，我们在说戏，一会儿就完了。"说着拉夏天虹就要坐下，夏天虹生气地说："说什么戏。"从戏园子的角门走出去了。向青云忙追上去。五月感到了向青云和夏天虹的关系不寻常。

夏天虹坐在戏院后院的石凳上，向青云坐在她身边说："好好的你怎么又生气了？"

夏天虹说："她和你什么关系，为什么还要她等你？"

夏天虹气得胸脯一起一伏的。向青云柔声细语地说："我爸每天派人盯着不让我到戏院。接到你的信我高兴得一夜没睡，想着怎么能和你见面，多待些时间，想来想去，只有告诉我爸和五月一起逛街，他痛快地答应了，这不我让人告诉五月等我，和我一起回家，我爸就不会怀疑了。"

听了向青云的解释，夏天虹说："难为你了，今天不说戏了，你回家吧，回去晚了不好交代。"

向青云和五月回到家，五月说："你和那个戏子不是光说戏吧？"

"你想哪里去了，这个戏班子是从万县来的，我和他们很熟，在万县我们也是经常一起说戏的。"向青云掩饰地说。

"那个戏子为什么和你耍脾气，看到我就跑了？"其实五月的心里不想这么逼问向青云，但她管不住自己的情绪，害怕失去向青云。

向青云没办法只得敷衍道："她是戏班子的头牌嘛，自然是有脾气的。"

"就如你说的她是头牌，也犯不上和你耍脾气，要耍和班主耍呀。"五月喘了口气继续说，"你追她出去，谁都看得出来，你很怜惜那个戏子，你知道吗，你追出她后，我等了你很久，你有很多话要对她说吗？"

向青云见五月紧紧地逼问自己，只得说："五月，请你不要叫她戏子，她名叫天虹……"

向青云对五月讲了与夏天虹恋情的经过，五月按捺不住内心的激荡，回到家像失了魂魄。武江川问她是不是和青云闹别扭了，五月掩饰说没有。

第二天，五月找到了戏班子住的客栈，夏天虹、郭天顺、班主和几个演员在说戏。她说找夏天虹有事情。夏天虹把她让进自己的房间，五月说向家和武家早就有了婚约，还说向青云不可能私做主张娶夏天虹，让她死了这条心。夏天虹听后，冲着五月大喊："你凭什么到这里来和我说这些，不要和我说什么向家、武家，我夏天虹知道这世上只有向青云，向家和武家的事你不要和我说。"班主听到夏天虹大声喊叫，走进房间里，从夏天虹的喊闹中听出了大体的意思。他把五月拉到自己的房间，客气地让了座。然后语调从容地说："五月小姐，请您放过天虹、放过我们戏班子，戏班子几十口子的饭碗就在明天的演出是否成功，在这紧要关头不能让天虹分心呢。听戏简单，大多是茶余饭后的消遣，可唱戏就难了，要紧的是情绪平稳，心要在戏里头，你和天虹说这些，她的心就乱了，她这一乱，我们戏班子在重庆第一次唱砸了，德裕班的名声就毁了，这几十口子人就没有饭碗了。"

班主看到五月静静地听着他说话，就又说："青云是会听戏的人，他入戏，也就会唱戏。不但会唱，还会编戏，在万县给我们戏班子编过戏。五月小姐，这人要是喜欢什么谁也拦不住，他是发自内心地喜欢。青云喜欢戏，也就喜欢唱戏的天虹，你是拦不住的，人的心，不是想要就要的，你知书达理，是个明白人，知道该怎么做才让一个人的心靠向自己。"

五月回到家里琢磨班主对她说的话。就来向家问向青云改编剧本的事，说到川剧，向青云马上兴奋起来，和五月说他改编过程中每一个细小的处理。

这天，向青云正要准备出门，向不争找他谈话，说要他好好想想，如何学做生意，掌管向家的家业。向青云惦记着德裕班的第一场戏，心不在焉地听着父亲的训话。向不争看出向青云的注意力不能集中在谈话上，知道他的心早就开小差了。他长叹了一声，无奈地摇摇头。这时，五月来找向青云，邀请他到她家里去。向青云随五月出了家门，坐在车里心里盘算着怎样脱身去戏院。他从车窗看出去，不像是去五月的家，问五月去哪里，五月朝他诡秘地笑了笑。

第十一章　设计听戏

五月叫司机在戏院门前停车，向青云吃惊地看着五月。五月说："你一定很想看夏天虹在重庆的第一场戏，去吧。"

向青云跑到化装间，夏天虹说："我知道你一定会来的。放心，我会唱好的。"

卖糖果的小孩脖子上挂一个盒子，在过道来回兜售香烟、花生米、炒瓜子。夏天虹上场，观众的喝彩声此起彼伏，向青云不住地为夏天虹鼓掌。坐在旁边的五月心里酸酸的，起身离开了座位，她悄悄地走出戏院，回家了。向青云完全投入在戏中，五月的离开他毫无知觉。

一日，武江川有事来找向不争，向不争说起向青云每日到武家去，和五月相处得还不错。武江川一脸的诧异，对向不争说向青云并没有到武家去，而五月每日都说到向家来找青云。向不争沉吟了一下说："难道青云又去了戏园子？"

武江川不解地看着向不争，向不争就把青云迷恋川剧的事对武江川说了。

晚饭后，武江川把五月叫到书房，问起她每日和青云到哪里去了，五月把青云听戏的事说给了父亲，并把他和夏天虹的事也说了。武江川又气又疼爱地对女儿说："你好糊涂呀，怎么能帮着青云和那个戏子见面呢?"

五月却说:"爸,我心里有数,青云不可能把一个戏子娶回家,他只是喜欢戏。"

有五月做掩护,青云每天到戏园子和夏天虹见面。

晚场后,夏天虹在后台卸妆,好一会儿不见向青云,心里想,一定是送五月回家了。她抹着脸上的油彩看着镜子里的自己出神,五月的影子在脑海里晃来晃去的,让她的心里越来越空。戏班子的演员都已卸妆完毕,回去休息了,郭天顺见夏天虹心事重重地发愣,想叫她,张了张嘴,叹了一声,出去了。

窄小的化装间,在夏天虹的眼里空旷起来,好像一下子涌进来很多经历过的事情。她记事的时候,没有父亲,和母亲住在叔叔的院子里。夏天虹想到那一个漆黑的夜里,母亲发烧,她壮着胆子叫叔叔的房门,求他给母亲请个医生来,被叔叔轰了出来。天亮后,她到村里的郎中家门前,跪了很久,郎中随她给母亲看病,吃了半个多月的药,不见好转,拖了一个多月母亲去世了。叔叔把她卖给了戏班子,也就是现在的德裕班,班主让她跟着戏班子里的名角小采莲学戏。她和小采莲吃住在一起,每天天不亮就起床给小采莲倒尿盆,伺候洗漱;为小采莲做早饭,收拾屋子。小采莲练功的时候,她站在边上看,心里暗自揣摩。小采莲把她当成使唤丫头,不教她戏。夏天虹求班主让她跟别人学,班主却说凡事要做有心人,只要有心,就能学到戏。夏天虹琢磨班主的话,每每小采莲练唱,她就在旁瞧看,默记唱词。小采莲从夏天虹的神情中看出她对唱戏真是喜欢,开始教她几出戏。后来,小采莲从心底接受了夏天虹,两个人如姐妹一样。小采莲爱上了一个富家公子,身怀有孕,富家公子却娶他人为妻,小采莲服毒自尽。夏天虹想到自己竟和师父一样爱上一个富家公子,不觉地流出眼泪。这时,有人捅了一下她的胳膊,夏天虹回过神来,见向青云站在她的身后,转过身抱住向青云哭了起来。向青云感到很意外,两只手拿着夜宵,愣在那里。夏天虹抬起头看到向青云疑惑的眼神,再看看他手里的东西,擦了把眼泪,接过向青云手里的夜宵。

夏天虹说:"你还回来做什么,不是和五月一起回家了吗?"

向青云说:"我给你买夜宵了。"

夏天虹和向青云一起走回客栈。

夏天虹的房间不大,桌上的花瓶里是一束粉红色的小花。夏天虹见向青云看着这束花,就说:"这花名叫马先蒿,我小的时候,家乡每年的夏天草场上开得一片一片,我妈妈最喜欢这个花。"提到母亲,夏天虹心里一阵悲凉之感,她动情地对向青云说,"母亲去世后,我在这个世间就再也没有亲人了,青云,你不要离开我,行吗?"

向青云把夏天虹搂在怀里说:"净说傻话,我怎么能离得开你呢?死生契阔,与子成说。执子之手,与之偕老。"

夏天虹依偎在向青云的怀里说:"虽然自古薄情少年如飞絮,我相信你,同时也担心你'停妻再娶妻,一春鱼雁无消息'。"

听到夏天虹说道《西厢记》中崔莺莺的唱词,他想到了五月的画儿,心里往下一沉,更紧地抱住了夏天虹说:"我知道你的心思,放心,除了你我谁也不娶。"

"你家里不会赞成的,他们不是给你定了五月吗?我都知道了,五月来找过我了。"

向青云听说五月来找过夏天虹,心里觉得和夏天虹之间的障碍又多了一层。但转念一想,五月是通情达理的女子,应该能理解他和夏天虹之间的感情,不会从她那里生出枝节的。他对夏天虹说:"只要我父亲和二爸同意了,我会和五月说清楚,我想她不会固执的。"

夏天虹说:"你的父亲和二爸会同意吗?"

向青云说:"不同意我们就私奔,这辈子我和你一起唱戏,我只要和你在一起,什么都不要。"

夏天虹的脸贴紧了向青云的脸，在他的耳边说："我这辈子只做你的女人。"

向青云亲吻夏天虹的唇，一下子生发出不可抑制的激情，立刻进入一个前所未有的体验，所有的意识都在一种模糊和清醒之间荡来荡去，身体仿佛被注入了力气。夏天虹觉得自己的力气都被向青云吸走了，立刻绵软下来，此刻，她消失了一切，只有向青云，她的手无力再抓住向青云的胳膊，只有轻轻的声音叫着："青云，抱住我，抱住我。"

向青云紧紧地把她抱到床上，夏天虹的喘息变得细而急迫。向青云被鼓动起男人的冲动，伸出手拉住了灯绳……

过了午夜，夏天虹对向青云说："你还是回家吧，免得被你父亲呵斥。"

向青云万般地不舍，说："天虹，从今天起，我已经是一个真正的男人了，你也是我的女人了。"

向不争叫人传向青云到书房。向青云进来叫了一声爸，向不争看着墙上的一副对联没有转身。父亲宽宽的后背，让向青云感到无形的压力，站到两腿僵直，向不争转过身来问："你最近常常半夜回家，说说去做什么了吧。"

向青云心里一惊，故作镇定地说："和五月在一起商榷画儿。"

"和五月一起商量画儿？有这么简单吗？"

说完，向不争又转过身去看对联中间的一幅画，背对着向青云说："那好，你说说你们在商量什么吧。"

向青云小声地说："也没有具体说一个话题，都说了什么，我记不大清了。"

"没有具体的话题还叫商量吗？老实说你是不是和五月在一起？"

向青云的眼睛不敢看着向不争，低着头说："是，是和五月在一起。"

向不争提高了嗓门说:"你还在撒谎,照实说都干了什么,是不是又去了戏园子?快说。"

向青云心里又急又怕,想着说什么才能搪塞过去。向不争见他不说话,越发地生气,说:"你不说出个合理的理由,从今天起就别出家门。"

向不争的话音刚落,五月敲门进来了说道:"向伯伯,青云真的和我在一起,我在画《西厢记》的人物图,和青云商量色彩。"

见了五月,向不争的怒气消减了许多,对五月说:"你来读一下这副对联。"

五月红了脸说:"我认不出这字。"向不争让向青云来读。向青云读道:"花雨来时游鱼乐,柳荫深处鸣禽多。"

"这是不是甲骨文呀?"五月赞赏地看着向青云说。

向青云告诉五月这是石鼓文。向不争指着墙上的画儿和对联对五月说:"这是我的老同学送的礼物,这位同学的家乡是浙江嘉兴,和画作的主人是同一个省。"

向不争问向青云,画作的主人是谁,向青云回答是吴昌硕。书房的气氛缓和了下来,五月给向不争斟了一盅茶,向不争坐下喝了一口茶说道:"你们看吴昌硕的画,外貌粗疏而内蕴浑厚,虚实相生,能纵能收,疏可走马,密不容针,这是大处着眼,小心收拾呀。"

顿了一下,向不争接着说:"青云,画里也有生活呀,不经生活磨砺,也就不能参透画的技法。生活和画是相通的,你看这副对联可不是单纯地写自然的景致,其中蕴含的人生道理意蕴无穷啊!青云,我是希望你能从向家的大处着眼,多和你二爸学学为人处世之道,不要把心思放在戏子的身上。男人要安身立命,有很多事情不能由着自己的心意,希望你能早日明白这个道理。"

向青云还没有回答,五月说:"伯伯,青云迟早会明白的。"

向不争对五月说:"有你在青云身边我放心。"

向青云和五月出了家门,心里感激五月给自己解围,带着五月到了洋行，给五月买了一块英国产的手表。五月高兴地戴在手上，以为这是向青云给她的定情物。

万县向氏轮船公司，马文俊请示向不悔是否继续开航，向不悔说继续开航。向小寒对父亲说英轮、美轮、日轮拉低运价已经一个月了，向氏轮船公司降低价格，已经无力支撑下去了，说什么也不能再开航了，还是想办法另谋生路，把公司关闭。

向不悔说："就是把家底都赔光了，也得开航，我向不悔活着一天就不能让向家的船停航。"

向小寒看父亲如此固执，知道再怎么劝说都没有用，于是从公司里出来，来到码头。她看到向家的船停靠在码头上，走上前去问冯船长可有货物。冯船长朝小寒努一下嘴，示意她朝右边看，只见一艘日轮正在从轮上卸货，小寒细看时，是"日清号"轮船。

这时，莫元清和袍哥三爷走了过来，莫英豪跟在他们身后。袍哥三爷说只有向家的船还在开航，怕是也支撑不了多久了。莫元清冷笑着说："有向家求我的一天，迟早要让这些船成为莫家的。"袍哥三爷赔笑附和着。

莫英豪看见远处站着的向小寒，跑过去和她说话，向小寒看到莫英豪大大咧咧的样子，心里对他不屑，打过招呼后，依然看着江面上的日轮。莫英豪说："听说只有你家的船还在开航。"向小寒说："怎么，莫少爷什么时候也关心起生意上的事了？"

莫英豪说："我不是关心生意，是关心你。"

"这么说，我还得谢谢莫少爷了。"

"小寒，一家人不说两家话，我是心疼你。青云不在万县，向家的事全靠你帮着你爸。"

向小寒说："几天不见莫少爷倒是长进了不少，知道关心别人了。"

莫英豪说："你不是别人，是我没过门的媳妇。"

向小寒无心和莫英豪斗嘴皮子，说："莫公子该干什么干什么去，我可没同意当你的媳妇。"

莫英豪不着急，还是脸上堆着笑说："你同意也是我的媳妇，不同意也是我的媳妇，哪里有姑娘不听父母安排的，除非是夏天虹。"

向小寒见他越扯越远，生气地说："你不走，我走，我可没心思和你耍嘴皮子。"

突然听见有人喊她，向小寒看过去，是青田浩二满面春风地大步向她走过来。向小寒问他怎么来了万县，青田浩二说特意搭轮船接她去重庆玩玩儿。

向不悔坚持开航的态度让向小寒心里忧虑，莫英豪的纠缠让她心里更加烦躁，她为了给莫英豪看，妩媚地对青田浩二笑着说："我也正想去重庆转转，青田君来得正好，万县让我心烦，你真是我的知音。"

莫英豪丈二和尚摸不着头脑，看着突如其来的日本人和向小寒亲热地寒暄，他上前和青田浩二搭话问道："请问你是谁？"

向小寒用手指指莫元清说："看你爸在等你，快去吧，我和青田君去吃午饭。"

青田浩二对莫英豪说："我是来自大日本帝国的青田浩二。"

莫英豪看着青田浩二趾高气扬的神态，心里不痛快，说："我听说日本很小，怎么到了你的嘴里就成了大日本帝国了。"

青田浩二刚要回击莫英豪的话，被向小寒拦住说："我们去吃饭，然后就去重庆，别和他说没用的东西，这个人脑子有些问题。"

向小寒和青田浩二拾级离开码头，朝街上走去。莫英豪心里这个气，盘算着到重庆去找向青云，盯着向小寒的行踪。想到此，莫英豪来到莫元清身边说要到重庆去，看住向小寒不能让她和日本男人在一起。莫元清听后哈哈大笑，说道："你个傻小子，放心吧，向小寒跑不了。随她去哪儿就去哪儿，你给我待在家里。"莫英豪想想还是挂念着向小寒，托人给向青云捎信说是向小寒去了重庆。

重庆街头有难民拥入，一些富户在自家门前搭起了粥棚，解囊救济。向不争下班的路上，看到这些灾民瘦得皮肉都打着皱褶，眼光茫然。他看到小孩子们骨瘦如柴，胳膊和手的关节弯曲变形。一连几日，回到家茶饭不思，一言不发。向青云看父亲闷闷不乐，言行举止分外讨着仔细。

向家的客厅里武江川和向不争隔桌而坐，五月不时地给他们倒茶，向青云坐在侧面的椅子上。武江川问："向兄，赈灾的经费有着落吗？眼看着天凉了，难民们衣衫单薄，怕是难以御寒啊。"

向不争重重地长叹了一声："不瞒江川弟，民生局两个月的经费都没有发下来，别说救灾专款了，现在全靠市民自发的救济活动，我这个民生局局长，真是无颜以对全城的百姓啊。"

武江川说："我和五月来的路上，看见大学生在街上募集善款，声势不小。向兄再给商埠督办公署打个紧急报告，或许能引起他们的关注。"

向不争了摆手说："我已经连续几天去了公署催要经费，一直没有得到明确的答复，他们就是拖着不办，我这心里急得火烧眉毛了。"

"向兄，光急于事无补啊，还是要赶紧想个法子啊，若有难民惨死街头，上方反而会怪罪于你啊。"

武江川的话让向不争更加焦虑不安，看看武江川突然说道："我记得江川弟素来与公署督办潘文华有往来，恳请江川弟出面，走个人情催要经费。需要打点，江川弟尽管说。"

武江川说："和潘文华有往来不假，但是这个人就像关汉卿的戏曲唱词里唱的'蒸不熟，煮不烂'，从他那里走人情要款，恐怕是行不通啊。"

五月突然插话说："潘伯伯喜欢川剧，每天都去听茂华班的戏。"

武江川不以为然地说："这和要款搭不上关系。"

说到川剧，向不争又教训了向青云几句，要他不要去戏班子，和五月到街上转转，瞧瞧难民的悲惨，改改吊儿郎当的毛病。

向青云和五月到了一个难民的粥棚，只见难民排起长长的队，手里拿着碗依次等着盛粥。向青云和五月把身上带的钱都给了粥棚的主家。五月说："我们必须要想办法帮助向伯伯要款。"向青云不解地问："我们能有什么办法？"五月拉着向青云说："走，跟我回家，我有办法。"

到了家里，五月把自己的主意和武江川说了，要武江川帮助配合，武江川答应尽力试试。向青云觉得这个主意可行，于是和武江川分头准备。

武江川又到了向不争的家里告诉他如是如是这么做。

向不争提着包，来找潘文华。让座后，还没等向不争开口，潘文华就说："你又来要经费，我不是对你说了嘛，再等等，我正在与各方协调，再等等嘛。"

向不争提出包里的两瓶酒放在桌上说："不，不，潘督办一表人才，令我向某心生仰慕，不知潘督办可否赏光我们一起吃个便饭，只谈天论地，不议公事。"

潘文华虽是武将出身，但喜欢琴棋书画，平时难得与人谈论。早听闻向不争对诗文书画有极高的鉴赏力，欣然答应，说道："能和向兄谈天论地自然长见识，小弟求之不得，由我做东。你看，到这里来还带什么酒，看不起小弟了吧。"

向不争说："潘督办，我这酒是特意从宜宾的小作坊买来的五粮液，地道得很，用高粱和苞谷做的，掺有大米、小麦、大麦，就是地道啊。"

不觉间，向不争和潘文华对话像是熟识的旧人一般。

潘文华说："好吧，你做东，听说大十字街新开了家饭庄叫舒客楼。"

向不争马上接着说："好，就去舒客楼。"

潘文华引着向不争来到三楼的包间，坐定后，向不争要了红烧咕噜肉、葱辣鱼脯、红椒爆鲜虾、白汁牛肉、酿青椒。舒客楼的老板过来向潘文华打招呼，弯着腰问："给督办先唱个小曲如何？"

潘文华示意让艺人上来，唱了一曲《傍妆台》，菜已上齐，艺人知趣地收住退下。向不争忙赏了钱。

向不争给潘文华斟满了一盅酒，自己先喝一口，让了潘文华，说："怎么样潘督办，这酒的味道？"

"好酒，好酒，醇厚绵长啊！像极了川剧。"没等向不争再让酒，潘文华自喝了一口，说，"这人活在世上啊，好什么，喝什么，吃什么就讲究个味儿。说起川剧呀，那味儿叫个地道。"

向不争见潘文华的话题讲到川剧，就势引着话头儿让潘文华说下去。潘文华从《青袍记》《黄袍记》《白袍记》《红袍记》，说到《碰天柱》《水晶柱》《九龙柱》《五行柱》，语速像瀑布般地往下倾，没给向不争留下答言的空儿，说得向不争的眼都直了。待潘文华收住了嘴，酒已空了一瓶。潘文华叫过跑堂打开了另一瓶，给向不争的酒盅斟满了说："来，来，向兄，今天这酒痛快，小弟先干，你随意。"

向不争干了酒盅里的酒。潘文华说："听说向兄品画有讲究，给小弟讲讲画的味道如何？"

"愚兄不过是闲来无事，乱说罢了，比起潘督办对川剧的讲道，真是不足挂齿，督办若是喜欢，哪天愚兄送您几幅画就是了，评说就免了吧。"

潘文华喝到兴致正浓，向不争说："听说重庆新近来了个戏班子叫作德裕班，恳请潘督办赏光，哪天请你去听戏。"

潘文华喝了一大口酒说："不是小弟不给向兄面子，茂华班的戏那叫绕梁三日，不思茶饭啊，什么德裕班，不去。还是小弟请向兄听茂华班的戏，怎样？"

向不争说:"既然潘督办请我听茂华班的戏,那愚兄就提个条件。"

潘文华爽快地说:"向兄尽管提,只要能陪我听戏,什么都答应。"

"好!一言为定,那愚兄就不客气了。"向不争就着潘文华的话说。

潘文华着急地说:"别婆婆妈妈的,什么条件快说。"

"你得先随我听德裕班的戏,我就随你去听茂华班的戏。"

潘文华说:"向兄,我的耳朵可是挑剔得很呀。"

向不争说:"我保证让潘督办大饱眼福、耳福。"

"好,那就随向兄去听听。"

向不争趁热打铁地说:"我还有一个条件,若督办答应了,我天天陪督办去茂华班听戏。"

"向兄呀,你拿听戏拿捏我呢,什么条件你说。"

向不争说:"若是德裕班的戏比茂华班的好,潘督办补发我们民生局两个月的经费。"

潘文华哈哈大笑着说:"好啊,向兄,你是醉翁之意不在酒啊。好吧,小弟和向兄打个赌,若是德裕班的戏比茂华班的好,补给你们经费。"

向青云和五月在德裕班里商量着给潘文华演哪出戏。夏天虹说:"什么督办来听戏,爱来就来,干吗这么兴师动众的?"

向青云说:"天虹,这场戏很重要,我们必须做充分的准备,要让潘督办知道,德裕班是最好的。"

夏天虹说:"德裕班好不好跟他督办有什么关系,我们又不靠他一个人养活。"

五月说:"天虹,话可不能这么说,德裕班的戏必须要潘督办认可。"

夏天虹见向青云和五月站在一条线上，生气地说："谁爱唱谁唱，我就不唱了，管他什么督办，他爱听谁听谁的，和我有什么关系。"说完回到自己的房间，谁叫也不出来。班主无可奈何地朝向青云摆摆手。

五月要去和夏天虹说说，向青云拦住她说："你先回家吧，我来和她说。不是后天潘督办来听戏吗，我们明天再商量吧。"

向青云来到夏天虹的屋里，夏天虹说："我就不喜欢你的软骨头，给什么督办唱戏，凭什么呀？"

向青云拿起一个细密的梳子说："消消气，我来给你梳头发。"向青云从上到下给夏天虹梳顺着头发。夏天虹感到全身都是温软软的，声音柔和了许多，说："青云，你说为什么要给督办唱戏？"向青云说："我们不说这个事情，走，我带你去街上吃担担面。"

到了街上，夏天虹见相隔不到几个铺子就有学生拿着纸糊的盒子请过路的人捐款。夏天虹不解地问，学生怎么会为军队捐款呢？向青云告诉她是为了难民筹集善款。

向青云带夏天虹来到一个上等的面馆，进得门来，跑堂招呼着引到大厅的一个双人座位上。向青云却说要一个包间。跑堂问几位，向青云说别管几位，不差你钱就是了。跑堂寻思这肯定是有钱人家的公子，把两个人带到一个精致的小包间，弯腰把菜谱本子递给向青云。向青云却说："只要两碗面，记住其中一碗不要放辣椒。"

跑堂说："这位爷，担担面不放辣椒还叫担担面？"

向青云说："这才能显现出你们的手艺，照我说的做，放一点鲜嫩的肉末，配上新鲜的菜，记住菜要切细些，点一点醋。至于味道，要看你们厨子的能耐，要香而不腻，淡而有味。"跑堂甩了一下搭在肩上的手巾说了句："这位小爷，瞧好吧。"跑堂转身刚要走，向青云又嘱咐道："面熟了撒上些姜粉。"跑堂答应着下楼去了。

　　临街的小窗户上贴着窗花，夏天虹觉得空气有些憋闷，轻轻地把窗子推开了一角。这样街上的景物一下涌入夏天虹的视线里，并不宽的街道时而有福特轿车驶过，行人听到喇叭声，自动地退到路边，呆呆地看着轿车过去再行走。有挎着小包、穿着旗袍的时髦女郎或三三两两地走着。夏天虹抬头看看街道的上空，太阳像被罩了透明的罩子，虽然什么都不能遮住，但总是给人隔了一层的感觉，照到街上的太阳光似乎夹带了那么一点雾气。夏天虹自小在戏班子，没读过书，却有一个天赋的异禀：能将戏词的意思还原到各式各样的真实生活中。虽然她的阅历尚浅，但能设身处地地将自己化作戏里的人物，反复揣摩，故而，她唱戏能出神入化。在这样长期的不自觉的思维中，她对外界的事物格外敏感。看着照在窗户上的阳光，她对向青云说："太阳有点儿'雾锁'了。"

　　向青云对夏天虹说的话能领会含意，问道："你又想到了什么？"

　　夏天虹说："我是想，也许这世上所有的事情，都和现在看到的阳光一样，照到繁华街市，总是显得隔了些什么。记得小时候在家乡，草地上的太阳照得人刺眼，光芒能照出空气中飘动的尘埃，在草地上奔跑，好像一伸手就能抓住太阳。母亲没有了，一下子这世上的一切都和我隔了一层。自从我进了戏班子，大半的时间都在戏园子里，人都是从熙攘的街面上看太阳，再没有直接看太阳了。"

　　向青云听到夏天虹的话，领会她是由于身世飘零所生发出的感觉，眼圈红了，说道："等以后你老了唱不动了我们就到乡下盖一幢房子，让阳光每天都盖住我们的家。"

　　夏天虹抑制着眼泪说道："青云，我总有一种控制不住的感觉，害怕到头来，我和你还是隔了一层，和所有我愿望里的东西都隔了一层。"说着流下了泪。

　　向青云慌忙站起身，坐到夏天虹的身边掏出手绢替她擦眼泪。说："天虹，我知道你的心，这世上我不会和你相隔，我知道你，什么都知道你。你外表厉害,那是因为你需要保护,所以遇到事情你总是不分青红皂白地发脾气。其实你内心细致多虑,单纯洁白。今生今世我都会保护你。"

夏天虹依偎在向青云的怀里,跑堂敲门,向青云站起身,重坐回夏天虹的对面。夏天虹吃着面,脸上露出了笑容,说面很好吃。向青云说:"等我们成家了,我给你做好多好多好吃的,给你做一辈子。"

夏天虹咯咯地笑了起来,不经意间朝窗外看一眼。只见一位老者领着一个六七岁的女孩子在乞讨,女孩子站在街的中央,抬起头看着街边的楼,眼神和夏天虹的眼睛一瞬间相遇,她定住了眼神直直地看着夏天虹。夏天虹看着那个小女孩袖子短到了胳膊的中间,上衣脏得只能模糊地看出红色的碎花,下半截接的是黑色的粗布,瘦骨伶仃的,脚上的鞋已经不能叫作鞋了,破烂得只还挂在脚上。看着女孩子的眼睛分外地大而明亮,夏天虹的心不知怎么被这女孩子揪住了。那女孩一动不动地抬着头看着夏天虹,那位老者也许是她的祖父,拽了她几次,小女孩没有动弹。夏天虹放下筷子,下楼走出面馆,直朝小女孩走去,把她拉到街边,此时一辆福特轿车从她们身边驶过。夏天虹从包里掏出一百元钱对老者说:"老人家这钱您收着,给孩子买件衣服回家吧。"

老者说:"好人好报,好人好报,我们没有家了,家让大水淹了。全家就活了我们爷孙两个。"说着拉过小女孩揽在自己的怀里,千恩万谢后,领着女孩蹒跚地走了。而那个小女孩还在回头看着夏天虹。

向青云跟着夏天虹走出面馆,站在路边等包车,却被人发现了他和夏天虹在一起。

向小寒随青田浩二到了重庆。她没到大伯向不争的家里,也没有告知向青云,而是住到了旅店里。

青田浩二家的洋行距重庆码头不远，临街的门面上方斜插着日本国旗。洋行里的布置和华人的商行没有太大的区别。正面墙上一幅挺大的写意山水画用玻璃框子镶着，还用玻璃框子镶着副对联。侧面墙上有用玻璃框子镶挂起来的毛笔字。向小寒看上去，不像大伯向不争收藏的草书，让人看不懂，这幅字的笔画很明白，小寒念道："每坐风亭听万竹，相期日观俯诸山。"

小寒问青田浩二是否懂得这上面的意思，青田浩二说不大懂。向小寒吃惊地问他做生意为何对中国文化感兴趣，青田浩二说："我们将在中国长期地待下去，当然要了解中国文化，我们大日本帝国将要改写中国的历史。"

向小寒对青田浩二的话有些反感，心想，就凭你能改写中国的历史，真是笑话。不过她知道日本人的男人都有说大话的习惯，而且说出的话不着边际，她没在意，继续朝四周看着。青田浩二却说："小寒能给我讲讲这幅字的意思吗？"

向小寒说："我讲不出来，不过我可以告诉你，听我大伯说，我们中国的书法所表达的意思都是我们中国人的人生哲学，是需要参悟的，不是讲的。好啦，我们不谈这个，如果你有兴趣，和我哥哥谈好了。"

青田浩二马上问："你哥哥？"

"是，我有个哥哥，名叫向青云，琴棋书画样样通。"

向小寒让青田浩二带着她到洋行各处走走，到了库房，向小寒简直傻掉了，库房大得望不到边，里面的桐油和猪鬃简直无边无际了。向小寒惊叹了一声，问道："天哪，这么多的桐油和猪鬃。"

青田浩二看着向小寒吃惊的神情说："小寒，你应该懂得，做生意最有效的竞争手段就是垄断，目前全四川大部分的桐油和猪鬃都被我们日清洋行控制了，所有的出口都要从我们这里出货。我们洋行已经形成了一条龙，从进货到水运再到出货，你们中国人无法制约我们。"

向小寒虽然反感青田浩二的狂霸之气，但心里还是打起了小算盘，心想，若是向家和青田浩二合伙做桐油和猪鬃的生意也是条出路，就试探地说："我在万县建个仓库周转桐油和猪鬃，同你合作，你看怎样？"

青田浩二说："当然很好，万县是川东门户，当然愿意你们向家同我们合作。"

向小寒继续在心里盘算着怎么和父亲提起这件事。青田浩二说："小寒，我请你吃法国大餐。"

向小寒笑着说："你不是要研究中国文化吗，那好吧，我给你一次机会，带你去吃担担面，在我们中国吃也是文化呀。"

青田浩二望着面馆的牌匾——紫铜色的长方形木匾上红色的碑体汉字，再望望三层楼的窗户雕琢着镂花，不禁赞叹道："面馆都要这么的讲究，我倒要领教一下中国吃的文化。"

突然，小寒快步地朝左侧走去，身子贴在面馆的门板上，青田浩二大为不解，定住脚步看着小寒。只见小寒盯住从里面走出来的一个男人，只见这人高挑身材，眉目清秀，神态俊朗。这人从面馆的另一侧走上街道，不远处有一个女人在等他。向小寒见这个男人和另一个女人走远了，才和青田浩二上到楼上的包间。坐定后，青田浩二问她看的男人是谁，和她有什么关系，向小寒说是她的哥哥。青田浩二不解地问，是哥哥怎么不上前打招呼，向小寒避开了这个话题。

夏天虹目送着小女孩走远了，同向青云上了包车，闷闷地不愿说话。向青云说："现在重庆这样的难民很多，而民生局的救济经费已经拖欠两个月了。"听了向青云的话，夏天虹还没吱声。向青云继续说："我和五月还有武叔叔，设计让督办潘文华来听咱德裕班的戏，若是咱德裕班的戏比茂华班唱得好就发给拖欠的经费，这样，这些难民就可解燃眉之急。"听到此，夏天虹睁大眼睛说：

"你怎么不早说？我看你和五月在一起，心里就发慌，听你们说要给督办唱戏，心里气得了不得，原来是这么回事，那咱们要好好商量一下演什么剧目。"

德裕班的班主、郭天顺还有几名演员，同向青云、夏天虹一起商量了一个下午，觉得演哪个剧目都不能高出茂华班一筹。郭天顺说唱《红娘》，班主摇头；又说唱《思凡》，班主还是摇头。郭天顺想了想又说唱《杜丽娘》，班主还是摇头。郭天顺有些着急地说："班主你不能总是摇头呀，我把咱的看家戏都说了，那这戏还唱什么呀。"

班主说："茂华班的旦角很是厉害，不比天虹差，况且潘督办又是听惯了茂华班的戏，很难接受咱们德裕班，要想让他承认咱德裕班比茂华班唱得好就要在剧目上出新，非要让他耳目一新才行。"

大家一时都不说话，空气像是凝固住了。过了很长时间，郭天顺打破了沉默，垂头丧气地说这可难了，唱哪出戏也比不过茂华班，怎么出新呢？

夏天虹看看向青云，又盯着班主看了一会儿，一咬牙说："唱青云编的新戏《品花》。"

向青云和班主同时看着夏天虹。郭天顺说不行，不行，这出戏在万县能唱，在重庆可万万唱不得，万一被扣上有伤风化的帽子，哪咱德裕班就不能在重庆唱戏了。

《品花》是向青云在万县给德裕班编的戏，故事取自清道光年间的小说《品花宝鉴》。这是一部描写梨园生活的小说，说的是一班名伶的酸甜苦辣。向青云抽出小说中主要人物梅子玉和杜琴言的故事，以他们的情缘为主线，表现了同性间的爱恋。戏中梅子玉是富家公子，生得风流倜傥，杜琴言是男伶，戏台上婀娜多姿，顾盼生情。而在戏台下面，许多下流的嫖客，仍把杜琴言看作是台上的女性进行骚扰。这本是梨园中常有的事情，向青云以他的情感境界和立场,赋予同性间的感情以重情钟情的表现,他把戏中场景设计得戏中有戏,把男伶杜琴言舞台与人生错乱的心理状态刻画得入木三分。

班主听夏天虹说出演《品花》,也有些犹豫,说道:"《品花宝鉴》被认为是邪书,青云的故事来自这里,我也担心有些不妥,不过,这出戏是青云特意为天虹写的,能把天虹的才华展现得淋漓尽致,演这一出,当然是最好的了。"

夏天虹说:"怕什么,身正不怕影子斜,青云编的这戏很正,我就不信还能演出什么乱子来。"

郭天顺说:"我怕是演不来,在万县演演还可以,在重庆,恐怕是不行。"

班主明白郭天顺是怕闹场的起哄,面子不挂,毕竟同性间的感情是不容易被人接受的,特别是给地痞流氓带来起哄的由头儿。

班主看着向青云说:"青云这出戏你来演。"

向青云颇感意外。

"对,就你来演,我想了,这出戏的分寸把握很要紧,邪和正全在人的心念,我相信以你的心性,台上的一举一动都是正的。另外,我还觉得在重庆演这出戏比在万县要合适,聚仁楼是个大戏院,来听戏的大多是懂戏的人。"

向小寒在旅店里翻来覆去睡不着,一来想着如何与青田浩二合作桐油和猪鬃的生意,二来猜测向青云和夏天虹又在一起了,对向家会产生的影响。她心里琢磨怎样利用向青云和夏天虹的关系让父亲和大伯对向青云彻底失去信任,把向家的家产交给她来掌管。

一夜没有睡好的向小寒,第二天醒来,盘算着尽快动身回万县,说服父亲。她正在整理东西时,青田浩二来找她,听说她要回万县,极力挽留,说聚仁楼戏院贴出了海报,明天要上演新戏《品花》,邀向小寒去看看。小寒答应了。

第十二章　筹备婚事

向不争、武江川如约在戏院门前等候潘文华,五月在化装间帮着做演出前的准备。

潘文华的车停在戏院的门口,戏院的服务生三步并作两步上前开车门。向不争和武江川迎上前去和潘文华一同走进戏院,有人引着他们到了事先预订的包厢。

青田浩二也预订了包厢,向小寒走到包厢刚要坐下,无意间一扭脸,看见了大伯向不争。向小寒心生诧异,心想,大伯不爱听戏,今天怎么到戏院来,莫非有什么事情?向小寒告诫自己要小心。

戏幕拉开,向小寒认出台上的夏天虹,再看和她对戏的分明是向青云,虽然向青云戴了脸谱,但向小寒从小和向青云一起长大,向青云的身上有一种熟悉的、形容不出的东西。

夏天虹一亮相,向不争心里咯噔一下,心里惊到原来真有这等的戏子,娇媚而不轻佻,柔情无限而又空灵得不着人间烟火,再瞧和他对戏的公子,多情而不失庄重,痴情而不失分寸。其实,此刻的向不争被向青云和夏天虹的演出折服了,心里想到了自己的儿子向青云,若是他遇到这样的戏子,陷入感情纠缠也是情理之中的事情,他心里叹了一声,人活着谁都难免摆脱一个情字。想到此,他在心里又对抗自己的想法，心说，为了向家的将来，要管住儿子，不能让他随意地泛滥感情。可是台上两个人的对唱，不得不让向不争感动，他有了短时间的迷惘。坐在身边的潘文华，失态地捅了一下向不争说："分明是天人啊，人间哪里会有！"

向不争被潘文华打断了自己的思绪。潘文华不停地叫好，让随从给戏班子送了赏钱。

向小寒无心看戏，心里打着小算盘，她想借此机会，让向不争知道向青云不务正业唱戏，她不时地偷看向不争。

戏演完了，观众掌声如潮，不约而同地站起来，向青云和夏天虹谢了两次幕，大家还是站着鼓掌，不得不又出来谢幕。只见向青云朝观众伸出手臂示意停止掌声，夏天虹上前一步说道："谢谢，重庆的父老乡亲，希望大家常来给德裕班捧场。"话音刚落，只听向小寒故作吃惊地喊："向青云，向青云。"夏天虹听这突如其来的叫声愣住了，回过神来，拉着向青云走下台去。此时观众陆续退场，向不争大惊失色地看着退下台去的向青云的背影，过于熟悉的背影，确实是儿子向青云。他拉起潘文华想赶快离开，免得尴尬。

向小寒的目光捕捉到了向不争惊慌失措的一瞬间，拉起青田浩二随观众退出戏院。出来后，青田浩二问她："你叫的人是不是你哥哥？"

向小寒不屑地说："那是我们向家的不孝之子，迷恋川剧，没出息。"

青田浩二不解向小寒的意思，说："唱得很好，你哥哥很迷人。"

向小寒发火地说："你说的什么话，快走。"

潘文华见向不争要拉他走，说："哎，向兄，你给我推荐了这么好的戏班子，我要到后台和演员见个面。"说着朝后台走去。向不争看了一眼武江川，无奈，只得跟在潘文华的身后。

后台，向青云和夏天虹在卸妆，夏天虹担心地问是谁喊了他的名字，向青云摇摇头，满脸的疑惑。夏天虹又说："青云，经这一喊，怕是你父亲已经认出你了。快想想该怎么说吧。"

向青云说："不要着急，天不会塌下来，再说，我还不是为了民生局经费才上台的。"

两个人正说着，班主大声咳嗽了一声，两个人互相看看，又听得班主大声说："潘督办，谢谢您赏光，您看，还劳您到后台。"

随着话音儿，潘文华、向不争、武江川、五月依次走进了化装间。潘文华说："唱得好，唱得好，真是一对天人下凡啊。"他看看夏天虹又看看向青云，最后把目光定在夏天虹身上，继而觉得有些难为情，看着向青云问班主，"这是？"

武江川心里寻思已经有人喊破了向青云，若是潘文华问起戏中的男主角，隐瞒怕是不合适的，日后潘家和向家交往，瞒了向青云的真实身份，总是不妥的。正这样想着，潘文华问班主向青云的情况，武江川忙接过来说："潘督办，不瞒您说，这是向兄的公子名叫青云。"

向不争红着脸忙说："犬子只是票友，偶尔上台唱两声，让潘督办见笑了。"

向青云此时不知如何是好，把目光转向了五月，五月也正迎着他的目光，笑着示意他不要怕。向青云和五月的目光交汇都被夏天虹看到了，心跳了一下，坐下继续卸妆，班主过去偷偷地拽了她一下，她理都不理。

潘文华拍着向青云的肩膀说："向兄，这就是你的不对了，早该介绍我和向公子相识，唱得好，唱得好。"说得向不争不知说什么好。

潘文华从镜中看着卸妆的夏天虹问："这位是？"

班主急忙说："她叫夏天虹，自小就在德裕班学戏。"说着一个劲地朝夏天虹使眼色，夏天虹理都不理。

班主又忙说："我们是小戏班子，没见过世面，有失礼之处，还请督办见谅。"

潘文华大声说:"戏好,一切都好,我潘某不讲究什么礼儿。"又对着向不争说,"果然比茂华班唱得好,向兄啊,我们打的赌,我输了,派人取经费。"

五月又朝向青云笑了笑。

民生局经费补发下来,向不争却高兴不上来,向青云和夏天虹同台演出的情景总是在他的眼前出现。这天向不争在家休息,向青云试探了几次想走出家门,每次都被下人阻止了,说老爷有话,少爷需得了老爷的允许才能出门。向青云在家如坐针毡,他想着昨天在后台化装间夏天虹不高兴的样子,心生挂念,想去看看,和她说说话儿。

向不争把自己关在书房里。他看了德裕班的戏,意外地看到了儿子登台,明白了一桩事情,向青云并非和无聊的恶少一样捧戏子,他是真的在川剧里倾注了自己的情感和寄托。向不争回忆起自己少年时的情形,父亲见他喜好读书,就请人到家里教他诗词歌赋、琴棋书画。稍大一些,就把他送进学堂,而弟弟向不悔生性顽皮,喜欢跟着父亲出船航行,几天见不着江水,就会心里憋闷。向不悔曾说只有站在船上看到滚滚的江水,他才觉得浑身有劲儿。推而想知,也许向青云也和他年轻时一样不喜欢在江上行船,而愿意过一种能满足性情的生活。可是,生活不是简单和单一的,向不争回想着自己从政二十多年来的经历,又转过了念头,觉得还是不能由着向青云的想法,必须让他和五月结婚,然后回到万县和向不悔学生意。他知道这样做委屈了向青云,但是有什么办法呢?向家只有向青云这根独苗,还是要以家业为重。况且,当年父亲让自己读书的初衷也是为了向家能出个做官的,辅佐弟弟稳固家业。向不争在百般纠结中,最后还是下定决心尽快让向青云和五月结婚。就在这时,有人来禀报,说是武江川派人来请老爷和少爷到武家吃午饭。

饭席上，五月殷勤地照顾向青云。向不争看在眼里，心想五月知书达理，贤惠温和，应该是最适合做向青云的媳妇。忽然就又想到了夏天虹，心里一沉。看着向青云对五月的殷勤心不在焉的样子，而五月毫不在意地照顾着向青云，向不争横下了一条心。

武江川没有察觉向不争脸色的变化，高兴地说："青云这次可是立功了，唱得真好。"

向不争说："好什么，唱些侬词艳语。"

武江川反驳道："向兄，可不能这么说，此侬词艳语和彼侬词艳语可是有着天壤之别呀，什么事情都要分个立场和角度，青云编的戏言情而不俗，催人泪下，真是好戏。"

听到父亲的夸赞，五月喜笑颜开地给向青云夹菜。向青云没有在意五月，而是对武江川的话入了心，想到，原来武叔叔是能解人意的，想到此，心里升起了一丝窃喜，若是以后和天虹成了家，武叔叔或许可以理解他和天虹之间的感情，不会怪罪自己与五月毁了婚约。由此他又想到了父亲和二爸要是能像武叔叔这样就好了。

向不争说："你不要纵着青云，鼓弄些戏词有什么用，一个男人，安身立命可不是靠这些戏词的。"

向不争嘴上这么说，心里又一时陷入矛盾中，但很快调整了心念。向不争看着向青云，他好像从来没有这么仔细地打量过儿子，宽宽的额头，周正的五官，特别是儿子的神态，安详中透出了一种无辜的淡然和庄重，不知怎的竟让他心里一动。向不争不忍再看儿子，一狠心对武江川说："感谢江川弟请我们父子二人来吃便饭，不然，我也要请你过去议一件事情。"

武江川说："向兄客气什么，有什么事尽管吩咐就是了。"

向不争说："青云一年大似一年了，不能把心思放在川剧上，该正经学生意，将来执掌向家的家业。"

武江川说："向兄的意思是不是尽快让青云回万县，这个好说，不日我送青云回去，正好和不悔兄弟也有些时日没见面了，我们兄弟好好聊聊。"

向不争独自喝了口酒继续说："不光是这个意思。"话说到半截，向不争又喝了一口酒，很长时间没有开口。

武江川诧异地说："向兄有什么话不妨直说，我定当协助。"

五月看着向不争沉吟的样子，心里不安了起来。刚才她觉察向不争看向青云的眼神，充满了爱意。心想，是不是向伯伯看到向青云和夏天虹同台唱戏，觉察出了他们之间的情意，不忍拆散他们，要和武家解除婚约，让向青云娶了夏天虹，这样向青云就收住了心，也就能安心回万县学生意了。五月想着想着，心怦怦地跳起来。她看着向青云一脸淡然的表情，心揪了起来。

向不争沉默了一会儿，说："江川弟，我想近期择个吉日给青云和五月完婚。"

五月听到此话，愣了很久才舒出一口长气。

向青云手中拿的筷子掉到地上，声音颤抖地说："爸，这事还是从长计议吧，我和五月都没有考虑此事，没有心理准备，是吧，五月？"

向青云看着五月，眼神中充满了祈求。五月慌张地看着父亲，武江川看着向不争也没有说话。

向不争对向青云说："还有什么准备可做的，就这么定了。"

武江川说："既然向兄有这个想法，也好，我没有意见，只是青云……"武江川没有把话说明白，向不争说："自古婚事由家长做主，青云也不能例外。"

回到向家，向不争还是待在书房里。向青云敲门进来，说："爸，我不能娶五月，我心里想的是谁，你们都知道。爸，您不能这样做，我不能丢下天虹。"

向不争说："婚姻大事，不能由着你，我定下的事情不能更改。"

向青云说："爸，您不要逼我，如果您非要我娶五月，那就别怪儿子不孝了。"说完，向青云走出了书房。向不争气得大声喊道："你个混账东西，竟敢说出这样的话来。"

向不争来回踱步，喘着粗气，渐渐平息下来后，想道，如果五月和青云正式完婚，夏天虹知道了此事，也就对青云死了心。而青云有了与五月每天的耳鬓厮磨，也会渐渐地淡忘夏天虹，此事不可推迟了。

回到房间的向青云一头躺在床上，打定主意无论如何也不能和五月结婚，他盘算着如何从家里出去和天虹商量对策，不行就私奔。下人来叫向青云吃晚饭，向青云说吃不下，不饿。过了一炷香的工夫，向不争来到向青云的房间，向青云没有起身，依旧躺着。向不争说："青云，我不会强逼你娶五月，你先睡吧，有什么话我们父子明天再说。"

听到父亲的话，向青云心里看到了一点光亮，坐起来说："爸也早些歇息吧。"

原来，向不争担心向青云一根筋真的闹出什么事来，先稳住他。

第二天吃过早饭，向不争说要向青云陪他到古玩店转一转，父子二人钻进了汽车，向青云坐在后面的座位上，心里计划着一会儿到了古玩店，乘父亲看古玩的机会，自己溜走，去见夏天虹。车停了，向青云走下来，心想糟了，原来车开到了重庆码头，立刻过来几个人把向青云驾到轮船上，不一会儿，汽笛鸣叫，开船了。向青云看着紧跟着进到船舱的父亲，绝望地说："爸，你这是干什么？"

向不争背对着向青云说："青云，别怪爸狠心，以后你会明白我的苦心。"

向青云坐在铺位上，躺下身子轻轻地抽泣起来。他想，夏天虹不知道自己的去向，这该怎么办呢？

向不争走到甲板上，看着滚滚的江水。

万县向家内，秦氏和刘氏听说重庆那边来了电报，青云要回来。一大早家里就忙活开了，秦氏做了向青云最爱吃的魔芋鸭子。因魔芋必须要煮三个小时以上，秦氏早早就煮上，慢火炖着。

听得动静，向不悔、秦氏、刘氏都迎出门来。秦氏上来就抓住向青云的手，上下打量着。进得院来，向不悔问："大哥，有什么事吗，怎么突然就回来了？青云想通了吗？"

向不争说："回头我和你细细说。"

秦氏随向青云来到他的房间里，问长问短。向青云一言不发，躺在床上。秦氏心里不安，越发问得多，向青云就是一句话都不说。秦氏听得向青云小声地哭起来，心想一定是发生了什么事情，不再问什么，坐在床边上叹气。刘氏进来，叫他们母子去吃饭。听到向青云细微的哭泣声，一惊，看着秦氏，刚要说什么，秦氏一摆手，随刘氏走出房门。两个人嘀咕着。刘氏说："青云离开了万县，还能做出惹老爷生气的事？"秦氏说："难道又去了重庆的戏园子？"

吃过饭，在书房里，向不悔问："大哥，你急着送青云回来是……"向不争就把向青云和夏天虹同台唱戏的事说给了向不悔听。

向不悔说："原来，德裕班也去了重庆，看来，青云在重庆的时候和戏班子通信儿了。"

向不争说："我也是这么想，这次我亲自把他送回来，就怕夜长梦多，这几天你叫人看住了他，别让他和外人接触。家里做做准备，把青云和五月的婚事办了。"

向不悔说："大哥为何这样着急？"

向不争说："如今时局不稳，这两个月来，英轮在万县段撞沉四艘民船，沉溺了有四十多人吧。"

向不悔说："英国人肆无忌惮，故意撞击木船，以此取乐，残暴至极。"

向不争说："我在重庆担心万县，为了向家的大局着想，青云应尽快娶五月，她是个贤惠的女孩子，拢住青云的心，也好让他尽早地接管向家的产业。"

向不悔表情沉郁地说道："向家真是要山穷水尽了，老太爷治下的几条船眼看要搁浅了。"

向不争心疼地看着弟弟说："所以啊，让青云帮着你，上阵父子兵嘛，外人总是靠不住的。"

向不争忽然想起了什么，问道："怎么没看到小寒，她在公司吗？"

向不悔对向不争说小寒去了重庆，又把青田浩二来万县的事和向不争说了。

向不争生气地说："派人把小寒找回来，我说过多次你就是不听，女孩子家，在家做些家务，不要让他参与公司的事情。你呀，这两个孩子，全是被你惯的，想做什么就做什么，成何体统！"

向不悔点头说："大哥说得是，尽快把小寒找回来。"说完又问向不争，"大哥打算何时回重庆？"

向不争说："不急着回去，那边的事已经安排好了。把青云的婚事办了我再走。已经给武江川留了话，他安排一下事务，这几天也赶到万县，让家里人分头准备婚事吧。"

向小寒在戏院里看到了向青云和夏天虹同台唱戏，又看到大伯听戏，心里纳闷，打消了马上回万县的想法，在旅店住了两日，就去了向不争家，下人告诉向小寒老爷和少爷回万县了，向小寒想，一定是大伯知道了青云台上唱戏，带着他回万县了。她估计青云是被家里人看住了，不让他再和夏天虹联系。向小寒斟酌再三，决定暂时留在重庆，就住在大伯家里。

向不争和向青云下了船走上万县的码头时，码头上的袍哥就给莫元清送信，说是向家的大爷和少爷回来了。话被莫英豪听见，他欢喜地跳了起来，立刻不顾一切地朝向家跑去，敲开了向家的大门,却被下人拦住,莫英豪急了,说:"我找青云,你们拦着我做什么?"下人说:"大老爷交代了,无论谁,天王老子也不能见少爷,谁出了差错,就打发谁走。莫少爷,你还是请回吧。"

莫英豪心里犯疑,见不着向青云,他心里不快,磨磨蹭蹭地回到家,耷拉着脑袋。莫元清见了他说:"怎么了?跟霜打了似的。"

莫英豪嘀咕着说:"出了什么事吗,向家怎么不让我见青云哥?"

莫元清接上去问:"你说什么,向家不让你见向青云,莫非向青云又惹了祸?"

莫英豪没好气地说:"不许你说青云哥,他从来就没惹过祸,都是你们大人赖在青云哥身上的。"

莫元清抬起脚踢向莫英豪,被莫英豪敏捷地躲过去。他说:"臭小子,一提到向青云,就比你亲爹还亲。"

袍哥三爷拉住莫元清说:"我看,大……爷……爷您,该……该去……拜访……拜访向家大爷。"

莫元清的脑子一转说:"对呀,我该去拜访拜访。"

万县的街道虽然人流不断,被太阳照上去,却有一种慵懒的气氛,人们走在街上,总是慢条斯理地透着无端的悠闲。相连的街道把这样的气氛延伸到了每家的院子里。向家在紧迫地筹备着向青云的婚事,却看不出紧张的气氛。向青云焦虑万分,心急如焚,秦氏战战兢兢地心疼儿子,这一切都像是平静水面下的暗流,无论怎样湍急,都不可能打破水面的静谧。向青云的内心如何翻江倒海也是不能动摇向家的,所以,向家一如往常地有序。当莫元清来到向家时,向不争谈笑自如,话语伸缩有度,让莫元清心里费了周折才把话题引到轮船公司合股的事情上。

莫元清故作愤慨地说:"外国人真是骑在中国人的脖子上拉

屎，他们为了垄断三峡航道，压低价格，害得华轮只得停航。向大爷，向家是万县航运公司的老大，您又是向家的长子，您得发句话，咱们华轮要联合起来同外轮对抗，把分散的各个华轮公司，合股为一个公司。"

向不争说："莫大爷，不要着急嘛，万县有莫大爷在，我看天塌不下来。"

莫元清见向不争不正面回应自己，而是避开锋芒，转了谈话的角度，心说向家的人真是狡猾。

莫元清说："向大爷这是抬举我呢，还是贬我呢？要说万县的航运向家是老大，我莫元清望尘莫及呀。"

向不争见他又说到了航运，顺着说道："哪里，哪里，向家和莫家一向不分大小，莫家老太爷在世的时候，与我的父亲情同手足，哥俩同三峡的恶水搏斗，不知多少次地出生入死。"

说到这儿，向不争停住了，虽然他知道莫元清年纪越大，行为上歪门邪道越多，可他还是顾及莫元清对亲情的感受，不愿再说这个话题。

那是许多年前的事。在一年的枯水期，莫元清的父亲和向家老太爷一同行船，将到铜鼓滩，已是下午。向家老太爷说让船靠岸，明日再行，行程中听闻铜鼓滩当日已沉了几艘船。莫元清的父亲对向老太爷的劝阻不以为然，说我们连庙矶了滩都过来了，还怕铜鼓滩不成。向老太爷说已是日沉数舟，不能再行，不吉呀。莫元清的父亲说："吉凶在人，不在天地。吉人定能无险。"莫元清的父亲执意要过铜鼓滩，不顾阻拦，向老太爷怕他遇难，叫船员跟上莫家的船，大喊着让莫元清的父亲减慢速度，让过向家的船，让他跟在向家的船后。莫元清的父亲看着前面平稳的江面，哪里肯听。向老太爷急了，大喊着："向右……向左……"莫家船上的舵手，按着向老太爷的口令，可一会儿就乱了方寸，顾不得向老太爷的喊声。而此时莫元清的父亲看着太阳和缓地照在江面上，江面平静得像是睡着了的老人无力而安详,他听着向老太爷高一声低一声的喊叫,心里觉得过于谨慎了。江面一丝异样的征兆都没有,哪里会有危险发生呢。就在莫元清的父亲这样想的时候,莫家的船瞬间撞上浅滩,一声巨响,船沉入江中。向老太爷看到患难兄弟的船沉入江中,内心失去了控制,快速行船,要救莫元清的父亲。然而,随即向家的船也被浅滩击沉,向家船上八个船员只幸存了向老太爷和一名船员。莫家的六名船员和莫元清的父亲遇难。向老太爷从这以后,经常神志恍惚,渐渐痴呆。

当时莫元清是万县袍哥的五哥,万县的袍哥老大一直想通过向家和莫家的关系,让莫元清拉向不悔做闲位大哥,以便得以从向家弄些钱财支撑袍哥们的花销。而向不悔自小喜欢和父亲出船,对三峡航道的水路状况感兴趣,行程中水域的宽窄、深浅都烂熟于心。和父亲航行途中,用心记下各处浅滩的特点和详细水域范围。向老太爷曾经很欣慰向不悔对航道的天赋感知能力,认为向不悔是老天赐予向家的宝贝。莫元清则喜欢结交游手好闲之人,虽说也知道莫家的船要靠他来接班,但他远不及向不悔的能力。他的父亲遇难后,袍哥老大见向老爷痴呆,挑唆莫元清想办法把向家的财产归为莫家。莫元清霸道简单的心理认为袍哥老大的主意可行,多年来想方设法算计向不悔,却没有一次得逞。反倒是向不悔的能力渐渐显露,比起他的父亲更加有勇有谋,向家生意越来越大。倒是莫家,由于莫元清对三峡水路缺乏谙熟的把握,到了枯水期只得停航、只能勉强维持莫家的生意。莫元清和向家的向不争、向不悔在行为举止上都有很大的差异,没能延续父辈的情谊。

莫元清听到向不争提到父亲,他也说了说莫英豪和向小寒的婚事。

向不争说:"虽说我是向家的长子,可是世风有变啊,小寒又是留洋读过书,她不大听家里的话,莫大爷您也是知道的,我这个做大伯的不能管得太深,女孩子嘛,不同于青云打骂都可以,婚事嘛，慢慢来，只能慢慢让小寒和英豪培养感情。"

莫元清觉得和向不争说话，他的话就像是水，向不争的话就像是堤坝，水涌过去，堤坝不动声色地就挡回来，要想冲决堤坝，非要洪水才行啊。他想，现在向家的生意也面临绝境，这是对付向家的洪水，他就说道："向大爷在重庆，向氏轮船公司的处境堪忧，可知道？"

向不争问："是吗？如此情形吗？"

莫元清说："两个月来，向家的轮船都是在赔钱开航，怕是把家底都赔光了吧。"见向不争的眉头皱起来不说话，莫元清继续说，"还是刚才和向大爷说的话，能挽救向家的办法，只有华轮联合起来，合股。这事全仰您向大爷一句话了。"

向不争说："向家的生意一直由不悔打理，我从不过问，至于合股一事，莫大爷要和不悔商议。"

莫元清心里骂了一句，想，看来我莫元清给向家扒的口子还不算大，向不争又把我的话挡了回来，等着瞧吧，有你们向家好看的。

莫元清和向不争说了几句闲话，告辞走出向家。

一连几日，夏天虹不见向青云来戏班子，起初只是心里闷闷的，没有多想什么。后来心里忐忑不安，直至有了不祥的预感。到了第六天还没有见向青云的面，她就完全不能掌控自己的念头了。这天，上午的戏勉强支撑下来，中午说不好受，躺在床上，没吃饭。郭天顺把饭给她端到屋里，她说不想吃。班主吩咐人给她熬粥，亲自端来，她不好拒绝班主的关心，喝了半碗粥全都吐了出来。班主认为她病了，叫人熬药。晚上换了剧目，是《酒楼晒衣》由郭天顺饰演蒋兴，班子另一名旦角饰演王三巧。因上演《品花》，德裕班有了名声，来听《酒楼晒衣》戏的人不少。班主心里略安了些，对夏天虹说好好休息几天再登台。

一天中午，万县有人到了向不争家，告诉向小寒说大老爷、二老爷让她回万县，向青云和五月近日就要成亲。向小寒听后，虽说不觉得意外，也着实吃了一惊。来人说二老爷吩咐，要和她一起乘船回万县。向小寒说有事情没有办完，明天一早动身。来人怕耽搁在此，向不悔着急，也就回去了。

向小寒想，若是向青云和五月成亲，五月必定想方设法拢住向青云的心，那么父亲一定会把向家的家业交给向青云。想到此，向小寒心里打定了一个主意。

夏天虹的病情不见好转，班主给她换了几味药，嘱咐人煎了。正是午睡的时候，戏班子的人都在睡觉。夏天虹睡不着，躺在床上翻来覆去，一会儿想念向青云，担心他是不是被父亲责骂了，是不是也在想念着自己受煎熬；一会儿又恨向青云，想着是不是和五月在一起了。她越想心越乱，最后纠结在无论是什么情况，向青云来不了，也该想办法给她个话。正在心里翻江倒海，向小寒敲门进来。

夏天虹侧身见了向小寒，手撑着床，一下坐起来，穿衣穿鞋下地。还没等向小寒坐定，她就急迫地问："小寒，你什么时候也来重庆了？是青云捎信让你来的吗？青云在家吗？被你大伯关起来了吗？"没等向小寒回答，又接着语调急促地说，"小寒你不知道，前几天，青云和我同台唱戏，最后还是被你大伯认出了，从那天起青云就没来过。小寒，是青云让你来的吧？他，他还好吗？"

向小寒看着夏天虹急迫的样子，心里又转了几个弯儿，没有马上回答而是装作关切地问："天虹，多时不见，你瘦成这样。"

夏天虹心里焦急，还是一个劲地问向青云的情况。向小寒却说："你还记得在万县我的家里，我就说过，像你这么过分漂亮的人，大都是红颜薄命的。"

"小寒，你这话是什么意思，难倒青云出了什么事？"夏天虹声音颤抖地问。

"你放心，我哥没出什么事。不过我倒担心你会吃不消了。"向小寒慢慢地说。

夏天虹越发焦急地问："青云还在重庆吗？是不是已经回了万县？你家发生了什么事？"

向小寒说："天虹，难得你对我哥一片痴情啊，只怕是空等待了。"

夏天虹的心悬了起来，脑子一下子全都空了，呆呆地坐在床上。

向小寒说："想开点吧，天虹。像你这般貌如天仙，还怕没有好男人？实话告诉你吧，是我哥让我给你带个话，他早就回万县了，正在筹备着和五月结婚，他要我请你参加他们的婚礼。"

夏天虹完全丧失了分析的能力，对向小寒的话信以为真，意识恍惚，此刻所经历着的像是幻觉。她看到向小寒起身，和她说了告辞的话，她也看到了自己和向小寒告别，这是以往从来没有过的感觉。夏天虹感到身体里有两个"我"存在，一个"我"能照见另一个"我"。她躺在床上，万县的向家像一个图景，能让她在迷离中看到，她看到向青云在向家走动着，看到了向青云总是停住脚步，向着远方望着。他知道向青云是在望着自己的灵魂。但那只是一个图景，是她无法走进去的图景。夏天虹极力稳定了一下自己的意识，屋里只有她自己，向小寒不知什么时候走了。

傍晚，淅淅沥沥地下起了雨，戏班子的人都去戏院了，雨打窗棂，昏黄的灯光下，夏天虹看着桌上的马先蒿出神。身休软弱无力，脑子里却念想纷飞，一会儿是向青云，一会儿是五月。此刻她绝望了，孤独得如同掉进一个深渊，和外面世界的一切都隔绝了。她蜷缩着坐在床上，心里念叨着：青云和五月结婚。夏天虹不懂得形式的东西，在她的脑中，结婚不是场面，是把她和向青云隔绝到两个不同的世界。在别人看来是向青云和五月结婚……在夏天虹看来结婚是一把刀，肢解了她和向青云合二为一的身体和魂魄。

夏天虹听着雨声，心想，连雨都有它的节奏，这雨和我是不相干的。向青云和五月结婚，以后他属于五月，不属于我，他和我不相干,那么世上的一切都和我不相干了。夏天虹到了此刻才明白,原来活着是要依赖一个人的。没有了向青云,其他的东西,川剧、担担面、阳光,那就都是别人的,不是她的。她只有孤独。她觉得孤独是窒息般的无依无靠,她无法忍受,下了决心逃离这孤独。

夏天虹坐在梳妆桌前,看着镜子里的自己,边给自己梳理着头发,边唱道:"我欲去还留恋,相爱俨然,早难道好处相逢无一言,行来春色三分雨,睡去巫山一片云。"

寂静中雨的滴落声像是另一个世界的招呼,在这一刻里,夏天虹迷离地看到眼前有一大片红色的云,云里影影绰绰都是她经历过的岁月。那里和她贴近的东西,有母亲的身影与向青云的身影交替出现。夏天虹想,那个世界里一切都是不明确的、恍惚的,但是恰恰一切又是确定的,相爱了就会永不分离,夏天虹决定到那个云一样的世界去找向青云,和他缥缈地相思相守。

戏班子里有一个叫小红的女孩子,还没有登台唱过戏,从后台溜出去看雨,就在突然间,雨停了,漫天的星星穿过夜色争先地俯瞰着街道。小红被星星打动了,张开双臂在街上跑着,她想把星光的出现告诉夏天虹,告诉她,她的病就会好了。小红平日多得夏天虹的疼爱,她凡事也都会想到夏天虹。

小红推开夏天虹的门,喊道:"虹姐,星星出来了,我扶你到外面看星星吧。"

进了屋,小红一下子就扑到夏天虹的床上,伸手就去摇晃夏天虹的被子,一触手发现是空的,喊道:"虹姐,你在屋里吗?"接着就拉开了灯绳。小红转过身一抬头,哇的一声就朝门外跑,却被门槛绊倒,放开嗓子哇哇地大哭。

班主不见了小红,戏院里里外外找个遍,心说,这娃子一准儿回去看天虹了。转念一想,班主还是不放心,放开大步往回走,刚到院子里就听到了小红惊悚的哭声,他就连奔带跑……小红趴在门槛上哭着,班主跨过小红,啊了一声,迅疾地把地上的凳子拿起,迈上凳子,抱住了悬着的夏天虹,对着小红大叫:"扶住凳子。"班主抱着夏天虹,小红拼尽了力气牢牢地扶着凳子,班主从凳子上下来,把夏天虹放到床上,然后就跌坐在地上,无力地对小红说:"快去,快去,打盆凉水来。"

小红两腿哆嗦着,哭着看班主在夏天虹的胸脯上一按一按的。班主停下手,对小红说:"别哭,用凉手巾敷她的头。"

小红手里拿不住手巾,哆嗦几下,终于手巾按在夏天虹的头上,哭得更厉害了。过了一会儿,夏天虹睁开了眼睛。小红抱住她哭着说:"虹姐,虹姐,你怎么了?我害怕呀。"

班主见夏天虹醒过来,对小红说:"还哭,去,烧热水,给你虹姐烫脚。"

小红抱着夏天虹不动,夏天虹无力地说:"去吧,虹姐没事。"

这时,夏天虹的意识完全恢复了过来,她明白班主一定是有话问自己于是打发走了小红。班主问:"说吧,你下这么大决心,究竟为了什么?"

夏天虹不说话,班主调高了嗓门说:"你说,是不是因为向家少爷?"

班主声音大得震动了窗户,夏天虹号啕大哭起来。班主任由她哭,也不劝阻,渐渐地夏天虹平复了些,班主又问:"到底发生了什么事?"

夏天虹把向小寒的话说给了班主。

班主长长地叹口气说:"天虹,我一直把你当女儿一样看待,你也要认命啊,我们戏子的命运注定了是漂泊的。你也唱了几年的戏了,戏文里哪有门第不当的婚姻,戏里唱的都是富贵人家的少爷爱上出身低贱的女子,有哪一个不是悲剧呢……"

夏天虹抽泣着。班主继续说:"人啊,最重要的是认命,认命首先要能把持自己,我们戏子台上唱的都是情,台下万不可多情啊。"

班主说着说着停下来，他忽然觉得说下去也是没用的，正值青春的夏天虹，不会明白他说的话，如果长辈的话能束缚住情感，哪里还会有世世代代的悲剧发生呢？那样也就没有戏可唱了，这世间也就平静多，但同时也就乏味了。想到这些，班主又说："天虹，我也不劝你什么，自古就没有戏子嫁给体面人家的，你得早转过弯来，咱们戏班子全靠你撑着，不管怎么样，我们得活着。"

向小寒到日清商行和青田浩二告别，青田浩二把手里的事务分派下去，说一定要送向小寒到码头。向小寒说："不要送了，家里催得急，要赶紧回去。"青田浩二执意要送，叫司机开过了车子。

向小寒对重庆的道路不大熟悉，而且，她对道路的方向不敏感。车子停下时，向小寒发现是在繁华的街道上，眼前有家玉器行。向小寒疑惑地看着青田浩二，而青田浩二朝她笑笑，先走进去。站在橱柜旁，青田浩二用日语问向小寒："中国文化对玉有很深入的讲究，是吗？"

要是在平时，向小寒一定会说她的大伯向不争懂玉，但此刻，她心里乱糟糟的，无心谈论这个话题，也用日语说："青田君，你来这里有事吗，先送我去码头吧？"

青田浩二说："有事，有事。"他看着橱窗，一个剔透的白色玉镯边有个精致的小纸牌儿，上写着：天然翡翠手镯——夏阳翠柳。他对向小寒说："太美妙了，中国到处都是文化，这手镯的名字太美了。"然后用中文问价，店员说三十万元。青田浩二吃了一惊，店员就长篇大论地讲起了玉的种种珍贵和好处，青田浩二买下后装进了包里。

车子向码头开去，青田浩二提起与向家合作的事情，向小寒说回去再和父亲商议。青田浩二说等向小寒的消息，他期待着能和向家尽快合作成功。

到了码头，旅客们携着大包小包匆匆登船。向小寒和青田浩二告别，刚迈出脚步，青田浩二用日语说："小寒，等一下。"

向小寒收住脚步，青田浩二一步跨到向小寒对面，从包里拿出一个盒子，里面是那个玉镯。目光温柔地对向小寒说："送给你。"青田浩二打开了盒盖子。

向小寒犹豫了一下，看玉镯用红绸缎包着，丝滑的绸缎开了一道缝儿，玉镯探出一小段身躯，在阳光的照耀下，露出的一小截玉，让向小寒的心震动了一下，青田浩二以为是他的贵重礼物打动了小寒，目光更加柔和。而向小寒震动的是玉的本身，她想，大伯喜欢收藏玉品，看来玉的魅力真的是难以抗拒。向小寒目光澄净而热烈地看着青田浩二收下了玉。青田浩二用英语说："再见，小寒，我喜欢你。"

向小寒不但经常把自己扮成男性，行事上也是理性多于感性，她明白青田浩二的心思，但她只是把这个信息留在心里，不会动情。她目前思虑的是向青云和五月的婚事，走上了开往万县的船，青田浩二长久地看着她的背影。

武江川来到了万县，和向家一起准备婚事。向青云被向不争看得紧紧的，急得嘴上起了泡，想给夏天虹个信息，却一点儿办法都没有。秦氏看着日渐消瘦的儿子，也是吃不下，睡不好，每天精细地挑着花样给向青云做饭，向青云只吃几口。

太阳将要落山时，向小寒进了家门，刘氏拉过她左右看着说："我的宝贝疙瘩儿，也不跟娘说一声就走了这么多天，让娘惦记得总是梦见你。你这个野丫头，以后，可不许离开娘了。"

得知向小寒回来，秦氏迎出来，拉着向小寒一同吃晚饭。向小寒无心吃饭，只吃了一点，好容易挨到大家都吃好了，抬腿就进了向青云的房间。

向青云见了向小寒，像是抓到救命稻草，说："小寒，你可来了，帮我送封信。"说着从床底下拿出一封信。向小寒故意不解地问:"你的大喜日子就要到了,怎么看你愁眉不展的?"

向青云说:"不要问了,快去把信送到邮箱里。"

向小寒说:"哥,你急也没用,现在送去也要等到明天上午才开邮箱。明天吧,现在出去,爸会阻拦的。"向小寒接过信,放在贴身的衣袋里,装作不知情地说,"哥,几天都等不得吗,还给五月写信?"

向青云压低声音说:"是写给天虹的,你可不能让家里人知道。"

"啊,给夏天虹的信,她不知道你就要成亲吗?"

向青云把父亲如何带他回万县的经过讲给向小寒听。向小寒故意说:"我看五月除了不如夏天虹漂亮,哪都比夏天虹好,哥,我喜欢五月做嫂子。"

向青云说:"你不懂感情,这辈子我非天虹不娶,就是死也不和五月成亲。"

"哥,这话可说不得,向家全指望你了,爸和大伯把向家全交给你了。"

向青云神情暗淡地说:"只要能和天虹在一起,向家的一草一木我都可以不要,我们情愿浪迹天涯也不分开。"

向小寒说:"哥,没想到你和天虹的感情这么深,你能放弃向家偌大的家业吗?"

向青云说:"我刚才说过,只要和天虹在一起,我可以不要向家的一分一厘。"

向小寒装作被感动的样子说:"哥,我帮你私奔,离开向家。"

向青云的眼睛一亮说:"小寒,你一定要帮我逃出家门,只是以后,向家就全靠你了。在向家和天虹之间,我只能选择天虹。小寒,你虽是女孩,但比我能干,向家的家业由你执掌才合适。"

听了向青云的话,向小寒心中大喜。第二天一早,她走上万州桥的时候,把向青云写给夏天虹的信扔进了江中,却给青田浩二发了电报,让她找到夏天虹,把她带到万县来。

第十三章 万县惨案

向家婚事大的事项已经筹备得差不多了，向不悔请示向不争说："细小的事情交给家里的女眷准备，我到公司去看看，打理一下。"

向不争说："去吧，家里有我，放心做公司的事吧。"

向不争送向不悔到院门，院内的白玉簪，过了它的绽放期，长长的花径垂落下来，向不悔望着成片的白玉簪，不知怎么就联想到了垂落的挽联，有一丝不祥的感觉，心里泛上不安。他对向不争说："今天是八月末了，再过几天，前院这片白色的早菊就大开了。"

向不争看着待放的白色菊花说："前院何时种了这么多的白菊呢？"

向不悔说："大哥怎的忘记了，不是你说白菊淡雅，叫人种上的，已经有多年了。大哥今天怎么了，是不是青云的婚事让大哥为难了，连白菊都忘了吗？每年的九月，大哥回家不都是赏白菊吗？"

向不争说："是，是这样的。"

向不悔觉得大哥有些异样说："青云成亲那日，叫人把后院的红菊搬到前院来，显得喜气。"

向不争跟着向不悔走出院门，向不悔说："大哥今天怎么了，送起我来了？"

向不争停下脚步，自己也觉得纳闷，心里有一股不舍的感觉。想和弟弟说几句贴心的话，又不好意思开口。

秋天的阳光，热烈直接，向不悔手搔搔头发，想和哥哥说句亲热的话，也说不出口，话到嘴边却说："太阳蛮毒的，大哥回吧。"说着不好意思地抹抹额头的汗。向不争看着向不悔走远。

向不悔走到杨家街口，人群骚乱。向不悔拉住一个人打听出了什么事，立刻围上来几个人，你一句我一句地说。向不悔从他们杂乱的叙说中听明白了，英国太古公司"万通""万县"两艘轮船由重庆驶抵万县，被杨森部扣留，杨森部的兵已经和英船发生流血冲突。人们神情慌张地猜测说万县恐怕要有战事了。

向不悔折身往家走，看到邮局传递员敲门，疾走几步接过了重庆发给向不争和武江川的加急电报。向不悔疾步走向客厅，马文俊紧跟其后。向不悔把电报交给向不争和武江川，两个人脸色大变。向不悔问电文的内容，武江川说："昨天英国太古公司的商轮在云阳故意快速行驶，撞沉杨森部的三艘木船，淹死五十多名官兵和船民，五十多支枪和八万多饷银沉入江底。刚刚英国太古公司的'万通'和'万县'两艘轮船，被杨森驻万县地方兵扣了。"

向不争接着说："吴佩孚刚刚委任杨森为四川省省长，有六十多个团，七万多人的部队，况且杨森为人横蛮。英轮撞沉了他船上的饷银和枪支，他必不能吃这个亏，不会放了'万通'和'万县'，而英国方面更是有恃无恐，双方避免不了冲突。"

向不悔催促向不争和武江川动身，向不争对向不悔说："青云的婚事就交给你了，不要烦琐了，简单办吧。"

武江川也说一切从简，特殊时期就不要拘于形式了。

码头上，持枪的兵严守着"万通"和"万县"轮。往日喧嚣的码头，此刻只能听到江水拍岸的声响。返航重庆的客轮，上船的人很多，武江川先行上了船。

向不争说："不悔啊，家里全交给你了。"

向不悔说："大哥，上船走吧，放心吧。"

向不争双手在胸前搓着，像是有话要说，张张嘴，却还是那句话："不悔啊，家里全交给你了。"

听着向不争重复的话，向不悔感到从未有过的别离之感。从这里送向不争去重庆有无数次了，今天格外难舍。

汽笛声响起了，催促乘客上船。向不争的手臂搭在了向不悔的肩上说："不悔，哥有句话总想和你说，哥这半辈子最感谢的就是你。不悔，同时哥觉得最对不住的也是你呀，不悔。"

向不悔红了眼圈说："亲兄弟，为何要说这样的话。"

向不争继续说："这几年，我常想你从十六岁起和爸一起出船，风里浪里，而那时我在重庆读学堂，尽兴地游玩，大把地花钱。可你呢，帮助爸为家里精打细算，对哥一点抱怨的念头都没有，不悔啊，我的好弟弟。"

向不争说不下去了，泪水在眼眶里打转。汽笛声再次响起，向不争紧紧将向不悔的手攥了一下，登上了船。

向不悔看着船走远，快速地抹了一把眼泪。

向青云躺在床上摆弄着脸谱，听到有脚步声，慌忙掀开褥子放到下面，坐起来把脸谱压在身子底下。向小寒进来说大伯和武伯伯回了重庆，还讲了英轮被扣。向青云听说父亲走了，立刻生出了逃出家的念头，神情竟显出了高兴的样子。向小寒心说，真是个呆子，心里只有夏天虹，英轮被扣这么大的事情，你竟一点儿感觉都没有。

向青云和家人一起吃了晚饭，秦氏欢喜得不得了。自向青云从重庆回来，没有和家人一起吃过饭。向家吃饭很有讲究，晚饭一般是白米粥和清淡的小菜，秦氏心疼向青云几天没有好好吃饭，到厨房特意为他做了三鲜熘枇杷和清汤蛋菇，向不悔心里觉得这样太娇宠着向青云了，但秦氏是他的嫂子，也不能说什么。向小寒看着大妈左一勺右一筷子地往向青云碗里夹菜，不屑地看着向青云，心说，没出息。

天黑后，向青云轻轻地开门，蹑手蹑脚地走出屋子，台阶还没下稳，黑暗中有一个声音轻轻地凑近向青云问："少爷，有什么吩咐吗？"向青云吓得打了个机灵，听出是向福的声音，说道："向福，是你呀，不睡觉，转悠什么，我去茅厕。你，你快去睡吧。"

向福嗯了一声，提着灯笼离向青云三步的距离跟着，无奈，向青云只得假装到茅厕蹲了一会儿。出来后，前院走走看看，向福还是跟着。向青云对他说："你老跟着我干什么呀？怕我撞见鬼呀，你去睡吧，我有手电筒，不用你的灯笼。"

向福还是嗯了一声，离向青云稍远了些。

向家的后院有两株黄葛树，树干一个人搂不过来，枝叶蓬勃四散，像两个大伞，枝叶有一半伸出院墙外，向青云心里盘算着从树上跳出院墙。向青云为了掩饰心中的打算，故意和向福聊了两句，说："你不知道这两株树有多少年了吧？"向福答："不知道。"

向青云说："我爷爷说是他的爷爷种的。"

向福还是嗯了一声。

向青云往自己的屋子走，向福后面跟着。进了屋，关上了门，向青云懊恼地躺下，迷迷糊糊地睡了。天刚蒙蒙亮，向青云想：此刻是逃走的最好时机，他轻轻下地，来到后院，站在黄葛树下，调整了一下呼吸，朝四周看了一眼，这一看不要紧，让他倒吸了一口气：影影绰绰中像是见了鬼，向福就在不远的地方看着他。向青云拖着长调问："向福，你，你是人是鬼？你，你没睡觉吗？"

向福这次的回答多了几句话说："没睡，二爷让我盯着你，盯不住就把我从向家赶走。"

天灰蒙蒙的，模糊的光线中，向青云看到向福穿着向不悔的一件旧棉袍，看来向福是在向青云的门外露宿了。

向青云恼怒地甩开了向福回到屋里。天亮了，秦氏来叫他吃早饭，向青云神情呆滞地抱着戏装坐在地上。秦氏一惊，喊道："青云，青云。"

向青云的眼睛直直地看着怀里的戏装，秦氏推了他一下，向青云开口说："别推我，这就上场。"接着唱起了川剧《牡丹亭》，"则为你如花美眷，似水流年。是答儿闲寻遍，在幽闺自怜。转过这芍药栏前，紧靠着湖山石边。和你把领扣松，衣带宽，袖梢儿揾着牙儿苫也，则待你忍耐温存一晌眠。"

秦氏心里惊慌，叫来了刘氏，刘氏叫向青云，他还是自顾自地唱着。刘氏着急地叫站在门外的向福把二老爷叫来，向福说二老爷已经去公司了。秦氏让向福去公司叫向不悔回来，向福站在门外不动，说少爷没事，急得秦氏骂向福，向福就是不动地方。

秦氏和刘氏哄劝了一阵，向青云越发糊涂起来，站起身，穿上戏装，站到院子唱，一会儿又回到屋里，把脸胡乱抹上油彩，又到院子里，唱两句嘿嘿笑一会儿。向小寒听到动静出来，看到向青云的样子，笑着看着他，刘氏见小寒站着笑，说："你这死丫头，还不快去叫你爸。"向小寒出门时正碰上邮差，说是重庆的电报。向小寒看到电文，顿时慌张了起来。青田浩二给向小寒回电说夏天虹不在戏班子里。

向不悔回到家看到向青云的情形，知道他是假装的，是要骗过家人，寻机逃走。他叫几个人把向青云拽到屋里，让向福锁上门，不许任何人进出。

向小寒又给青田浩二发了电报，要他务必找到夏天虹。街上行人稀少，店面也较常日冷清，码头上持枪的大兵给万县带来了肃杀的气氛。向小寒思忖着夏天虹为什么不在戏班子里，信步走到了北山街市。忽一抬头，前面一男一女两个人走进了仙客来客栈。向小寒觉得那个女子的背影有些熟悉，好像在哪里见过。停了一下脚步，向小寒回家去了。刚进家门向福拉过向小寒说："刚才有一男一女两个人来找少爷,让我给支走了,他们说过会儿还要来,不见着少爷不走。"向小寒听到此话,立刻朝仙客来客栈走去。

夏天虹被班主救下后,非要找向青云问个究竟,班主想这样也好,让她对向青云死了心,就让郭天顺陪着夏天虹到万县来找向青云。

顺着向家的院墙走了足有一袋烟的工夫,才看到了红漆的大门。上了石阶,郭天顺要拍门的手抬起又放下,眼色迟疑地看看夏天虹。夏天虹果断地说:"胆怯什么,叫门。"郭天顺拍了几下,出来一个三十上下的男人,此人正是向福,他客气地问找谁。夏天虹说找向青云有急事,向福语气柔和,慢吞吞地说:"向青云在重庆,不在家里。"郭天顺追问了几句,向福还是恭恭敬敬地回答向青云在重庆不在万县,并说,"不知二位从哪里来,请回吧,我要关门了。"

郭天顺傻傻地站在哪里,觉得尴尬,拉着夏天虹要走,夏天虹对向福说:"向青云一定在里面,你在说谎,过一会儿我们还来,见不到向青云我们就天天来,给你家主人传个话。"向福好像没有听到夏天虹的话,依旧客气地说:"二位请回吧。"向福胶皮糖一样客气,让夏天虹很生气,又无法发作出来。夏天虹一路无话,和郭天顺回到客栈。

郭天顺对夏天虹说:"师妹,你真的见过向青云的妹妹,说他回了万县?"

"是,见过。"夏天虹不解地看着郭天顺。

郭天顺看着夏天虹,试探着说:"师妹是不是那天心思错乱,幻觉中见到了向青云的妹妹,你看向家哪里有办喜事的迹象,我怎么觉得冷清清的。向家在万县是望族,若是准备喜事,有族人进进出出的才合情理呀,说不定向青云真的还在重庆。"

夏天虹生气地说:"遇到事你就缩头缩脑地给自己找理由后退,谁有幻觉呀?你才有呢,我是真真切切地看到了向小寒。"

两个人正说着话,客栈的伙计说外面有位姑娘找你们。话音未落,向小寒走了进来。

夏天虹惊喜过望,问她向青云在哪里。向小寒假意说:"我从重庆回到万县,看到我哥失魂落魄的样子才知道原来他心里的女人是你不是五月。其实不是我哥让我告诉你参加他们婚礼的,是我自己的意思,是想让你对我哥死了心,没想到我哥对你这么痴情。天虹,不知者不怪,我给你道歉了。"

夏天虹心里的愁云被向小寒的话一扫而光,激动地拉着向小寒的手,哽咽起来。

向小寒说:"别顾着哭了,还是想办法让我哥从家里逃出来吧。"

夏天虹让向小寒找莫英豪来一起商量出个办法。提到莫英豪,向小寒不由得产生抵触的心理,但为了能让向青云带着夏天虹离开向家,她硬着头皮到莫家找莫英豪。

莫家的院子一看便知少人收拾,院子的一角杂乱放着用不着的旧家什。除了院门两侧一边一株的梧桐树,就再也没有花草,这两株树,看上去最少也有几十年的树龄了,其中一株树下是莫英豪练功的地方。几天来,莫英豪到向家转悠了几次,试图探得一点向青云的消息。上次到向家被阻后,为避免尴尬,他没敲向家的大门,每次都怏怏地回来。莫英豪无事可做,一天的光景很漫长,他就不定时地在树下一招一式地练功。小寒进了莫家的院门,莫英豪踢腿翻跟头的没看见她。向小寒站了一会儿,忽然感觉其实莫英豪也是很英俊的,上下翻转中,身形矫健,眼神坚毅,不像平时油嘴滑舌的样子。莫英豪一串让向小寒眼花缭乱的动作后,两腿并立,双手抱拳,眼睛直视前方。向小寒心里赞道:好威武啊。

莫英豪看见了向小寒,整个人都松懈下来,与刚才练功时判若两人,他意外地说:"小寒,告诉你吧,我本想去重庆找你,盯着那个日本崽子,他要是对你不怀好意,我就宰了他,我爸说你厉害得很，吃不了亏，还说你迟早还是我们莫家的儿媳。"

向小寒对莫英豪产生的好感，被他这些话驱赶走了，心里说：跟青云一样，没出息。

向小寒装作乖巧地说："英豪哥，我求你帮我做件事情。"

莫英豪见向小寒真的如他爸说的那样，迟早有一天会来求他，心里琢磨：爸说得对，对待女人不能宠着。就板起脸说："那要看是什么事了，我还得掂量掂量该做不该做，能做不能做。"

向小寒还是软语相求。莫英豪说："那好吧，只要你告诉我在重庆没和那个日本崽子在一起我就帮你。"

向小寒继续装作无助地说："英豪哥，求你了，帮帮我吧。"

莫英豪吹起了口哨，又是一副满不在乎的样子。向小寒急得大喊了一声："莫英豪，你别不识抬举，让你帮着救我哥，你管不管？说个痛快话。"

向小寒快步走了，莫英豪抓过树上的褂子，搭在身上，急急地跟在她的身后。

到了客栈，莫英豪没想到夏天虹和郭天顺在这里。听了天虹说了他们来万县的用意，莫英豪表示没二话，青云的事就是他的事。商量了许久，四个人觉得还是不妥，小寒出了个主意，莫英豪说："就按小寒说的做，现在码头上英轮被扣留，万一打起来青云哥和天虹就走不了。"说完他对小寒说，"等青云哥和天虹私奔了，我们也去找他们，我们两对夫妻一起过日子。"

向小寒瞪了莫英豪一眼，心里说：傻瓜。

夏天虹说："好吧，就按小寒的主意，你们赶快分头行动吧。"

向福对向小寒说有一男一女找向青云，向小寒听完就朝外走。向福伸着脖子看她消失在街上，心里犯疑，插好门，来到客堂。向不悔对他说："我盯着青云，你去和族里的长辈说一下，就说是我的意思，后天就给青云成亲，族人一家只来一人，吃个饭举行个仪式，简单办了。如今万县不太平，请族人谅解吧。"

向福答应着，向不悔又说："再让小寒给武江川家发个电报，明天就让五月来万县吧，惯礼儿也免了吧，多给武家些彩礼，我想武江川会理解的。好吧，去把小寒给我叫来。"

向福站着不动，心里犯了嘀咕，该不该告诉二老爷有一男一女来找过青云？

向福跟了向不悔多年，作为管家，一向忠心耿耿，一切以向家的事为重，没为个人的事情费过脑筋，这点向不悔深知。从向福言行举止的表情，向不悔大致就能断定出事情的来龙去脉。

向不悔说："向福，是不是有什么事瞒着我？小寒去哪里了？"

向福总是有一件事情想不明白，怎么什么事情都瞒不过二爷。在他的心里二爷是神，不论是生意上的事还是家里的事，二老爷总是提前就知道结果，他认为二老爷是天上的星下凡，所以他事事听从二老爷，处处维护二老爷。

向福结结巴巴地说："有一男一女来找少爷，被我挡住了，这件事我对小寒说了，她就到街上去了。"

向不悔问："那个女的生得什么模样？"

向福说："二爷，那个姑娘像是从戏台上走下来的，模样标致，我这辈子还是头一次看到这么漂亮的姑娘。"

向不悔站起身，在客堂里来回走了一会儿，向福站在一边看着，心说，二爷准知道来人是谁了，就是嘛，天下还有事情能瞒过二老爷吗？

向不悔说："你盯着青云，我出去一下。"

向福问："那给族人送信儿的事？"

向不悔说："等我回来再去。"

向不悔又叮嘱了向福一些事情，走出客堂，下台阶时，身子趔趄了一下，向福赶紧向前扶住说："二爷，您过于劳累了，家里外头太让您操心，有什么事让我替你办，您还是到卧房里休息一会儿。"

向不悔说:"有些事情必须我去处理,你帮不了我。向福,你为我、为向家做得很多,你也不轻松啊。"

向福把向不悔送出门外,看着向不悔朝街上走去,一向思虑简单的向福此刻突然心里掠过一丝不祥的感觉,他高声叫了声:"二爷。"

向不悔惊异地停下脚步,向福快步赶上来。向不悔问:"有什么事?"

向福拍拍向不悔长袍的后身说:"二爷,您的身后有土。"

向不悔更加诧异,他明白这是向福故意做的,他的长袍怎么会有土呢?他看着向福说:"你是不是有什么事和我说?"

向福说:"没有,二爷。二爷,当心,外面乱。"

向不悔感激地看着向福说:"你,你怎么这么多话,回去。"

向不悔急着往前走,听得背后向福又叫了声:"二爷。"

他又停下来,看着远处的街面,又抬头仰望灿烂的阳光,心说今天有什么不对劲的事情吗,向福怎会如此反常呢?

向不悔又问:"向福,有事情就说,你今天到底是怎么了?"

向福有些慌张地说:"没事,二爷。您,您当心。"

向福的心七上八下的,觉得慌,又担心磨叽下去,耽误了老爷的事,看着向不悔走去,直到望不见了。自己心里也纳闷,这是怎么了?拍拍脑门进了向家的院子。

向小寒和莫英豪从客栈出去后,郭天顺对夏天虹说:"天虹,你真的要和向少爷私奔哪?"

夏天虹说:"师哥,不这样,难道就让青云和五月成亲不成?"

郭天顺说:"你走了,戏班子怎么办呢?"

夏天虹说:"师哥,遇到为难的事情,你的想法总是窝窝囊囊的,咱的戏班子倒不了,不但倒不了,还会更好,我们可以到成都去,青云和我们同台唱戏。"

郭天顺还是戚戚地说:"向家知道了还不派人把向少爷抓回来。"

夏天虹说:"向家和莫家不同,向家二位老爷不会胡乱来的。"

向不悔感觉夏天虹一定来了万县,他在北山街市打听了几家客栈,没有夏天虹。

秋天的太阳还是毒的,正是中午,向不悔连急带累,脖子上都是汗。他叹了口气,心想,是不是住在杨家嘴?这么想着,远处有个轿子,他招手叫了过来。轿夫问:"爷,去哪儿?"向不悔刚说去杨家嘴,突然看到街对面的仙客来客栈,对轿夫说:"对不住了,我忘了点东西,先不去了。"说着给了轿夫几个钱儿。

进了客栈,向不悔问当事的是否有一个漂亮的女子今天住下了。万县本地的人大都认识向不悔,知道他是稳妥的人,就照实说是有一个非常漂亮的姑娘和小伙子刚住下了,引着向不悔到了夏天虹的房间。

夏天虹一见向不悔,就猜到是向青云的二爸。除了相貌相近外,还有一种说不出的气质,是向家人共有的一种无法形容的东西。夏天虹在一瞬间突然意识到了一个大家族,父子之间一脉相连的东西是无形的,眼前的向不悔和向青云有十分相近的气质。她有些局促地看着向不悔。

向不悔说:"这位就是夏姑娘吧?"

夏天虹点点头。

向不悔看着夏天虹不是涂脂抹粉气质低俗的戏子,貌若天仙而神态庄重,心说看来青云不像传言的那样和戏子勾搭,是正经谈情说爱。可是不管怎样,她终究是个戏子,谈婚论嫁是断不能的。

向不悔说:"夏姑娘,我有话就直说了。"

夏天虹说:"向伯伯您请讲。"

向不悔接着说:"虽说你是戏班子里的人,但见了你,我相信你是个正派的姑娘,希望你不要再和青云见面。"

因为夏天虹和向小寒、莫英豪已经决定了行动,她也就没和向不悔表明自己的态度。

向不悔见她不说话，继续说道："我劝夏姑娘尽快离开万县回重庆去，杨森的部队和英军恐怕要有冲突，这里很不安全。"

夏天虹低着头还是不说话，向不悔不知她心里的想法，心想不管她有什么想法，他要把向家的意思表示清楚。向不悔说："青云后天和五月成亲，我可以给你一笔钱，再也不要和青云来往。如果你同意，一会儿到向家的公司取钱，快快离开这里。"

向不悔的这个意思让夏天虹很恼怒，她说："我一分钱都不要，请您不要玷污我的人格，除非青云亲口跟我说他和五月结婚，否则，我见不到他，不会离开万县。"

夏天虹的回答，让向不悔感到从未有过的焦灼，他叹了口气，心说，人心是强扭不了的，该怎么做就怎么做吧，尽快办了青云的婚事为上。想到此，他告辞走出仙客来客栈。

夏天虹看得出来，向不悔对自己没有恶意，他是站在向家的立场上阻止她和向青云来往，看着向不悔叹着气走出去，她心里十分难过。

向福心里不知怎么心里就是慌慌的，巴望着向不悔回来。听到有人敲院门，他以为是向不悔回来了，开门见是向小寒，问道："二老爷呢？他在哪里，看见二老爷了吗？"

向小寒心里诧异，向福说话总是慢慢地，今天怎么这么急？她没多想，装作十分焦急地说："公司出事了，我爸叫家里的男丁都到公司去。"

向福此时的心思都在向不悔身上，对向小寒的话未加考虑，慌张地叫了所有男丁，锁上大门随向小寒往向氏公司方向走。

躲在一旁的莫英豪，见向家人走了，手拿撬棍几下就把门锁砸开，冲到向青云的房间，又砸开了锁。响声惊动了向青云，没等他看清怎么回事，莫英豪一把拽住了他，拉着他就往外跑。

向小寒带家人到了码头，停住脚步说你们等一等，我到库房看看，一会儿向小寒走回来对向福说："你们回去，刚才库里有一批货着急上船，现在发生了变化，这批货不走了。"

向福等人刚要往回走，突然一阵枪响。朝江面上看时，挂着英国旗的三艘轮船靠帮跳舷劫夺被扣的轮船，开枪打死守船的士兵。向小寒看到三艘英轮是"嘉禾号""威警号"和"柯克捷夫号"。守船的杨森部队开枪还击。密集的枪声中，向小寒带着家人离开了码头。

向青云和莫英豪在街上跑着，向青云看见了远处的向不悔，拉着莫英豪朝街边的店铺跑。刚迈开腿，突然一阵枪声从码头方向传来，两个人站在街心，又有炮声传来，不远处一股巨大的黑色气浪袭来，莫英豪大叫一声将向青云扑倒地上。趴在地上的向青云看到前面又一颗炮弹飞来，烟雾中，向不悔踉跄了两下被气浪掀倒在地。向青云不顾头上的炮弹，大喊着："二爸，二爸。"不顾一切地朝向不悔跑去。后面莫英豪喊着："青云哥，青云哥，别过去。"

黑色的气浪渐渐散去，向青云抱起向不悔，高声喊："二爸，二爸。"向不悔的前胸和头部被弹片擦过，黑黑的脸庞只露出白色的牙齿。向青云抱着向不悔的手感到了热的血流。他惊恐地喊："二爸，二爸。"向不悔看着向青云，粗重地喘息着说："青云，二爸的好儿子，答应二爸一件事。"向青云只是哭，紧紧地抱着向不悔。莫英豪见向不悔的眼睛已经滞住了，大声地说着："青云哥，快答应你二爸，让他走得放心啊。"

向青云还是哭，完全意识不到将要发生什么。莫英豪从向青云怀里抱过向不悔伸出腿踢倒向青云，大声说："青云哥，你跪下，听二爸最后的话。"

向青云跪在向不悔身边，听到向不悔微弱地说："青云，我的好儿子，答应二爸，掌管向家家业，娶五月为妻。"向青云没有立刻答话，只是哭。莫英豪大叫着："青云哥，快答应啊。"

向青云说："二爸，我答应你。"

向不悔的眼睛已经僵了，看着向青云。莫英豪朝向青云号叫着："青云哥，你大声说，答应二爸。"

向青云大吼了一声，嘶哑着大喊道："向青云请二爸放心，我一定继承向家家业，娶五月为妻。"

向不悔的嘴角微微动了一下，合上了眼睛。向青云扑到向不悔的身上，哭得几乎断了气。

莫英豪说："青云哥，我们把二爸抬回家吧。"

向青云背起了向不悔朝家走。街上，尸体横陈，一片凄厉的哭声。

向小寒带着向家的男丁躲过炮弹，回到家里，秦氏和刘氏慌张地在院们张望，看到向小寒忙问向不悔和向青云在哪里。向福喊道："少爷背着二爷回来了。"刘氏迎出来问："青云，你二爸受伤了？"

向小寒一步跨过去，看见父亲的头像拉了秧的瓜，垂在向青云的背上，手臂随着向青云的走动而晃悠，她腿一软，坐在地上哭喊："爸，爸。"刘氏被向小寒的哭声弄蒙了，醒转过来后平静地对向青云说："青云把你二爸背到我的卧房里。"

向青云把向不悔轻轻地放在二妈的床上，刘氏对向小寒说："去，给你爸弄一盆温水，给他擦干净了上路。"

刘氏仔细地擦向不悔的脸，秦氏在一旁小声哭着。

向福哭了一通，通知族人把客堂设置成灵堂。刘氏为向不悔换上了崭新的衣服。族人们把向不悔抬到灵床上，刘氏说："轻些，轻些。"

向青云、向小寒、莫英豪、向福夜里守灵。

向不争刚起床，晨曦里，报童的声音此起彼伏，他走出家门，各种消息不绝于耳："卖报了，看昨日万县英舰三个小时炮击街市，发射炮弹三百发，千人死亡……"

向不争焦急地让司机把他送到重庆码头，找到码头上轮船停泊的调度，问最早开万县的轮是哪一班，调度说通万县的客轮今天暂时停航，不过，有一艘法轮运送蜀锦，经由万县，向不争上了法轮。家人生死未卜，他焦急万分。

从万县码头下船，好不容易看到了一顶轿子，街上的店铺坍塌，瓦砾堆中，有人在扒找东西，往日人流如织的街市，寥寥几人行走。街上很多的茶馆、酒馆被炸毁，没有被炮弹炸毁的店铺门板紧闭。街道上如死般地寂静，寂静得好像整个万县城里都能听到一个人的咳嗽。断断续续地不知从谁家的院子里传出撕心裂肺的哭声，哭声在安静的空中传到俯瞰万县的北山，山上的岩石似乎也感知了悲伤，回声在万县的上空悠荡。向不争从小见惯了万县的繁华，今日的惨景让他万分惊骇。远远地看见了向家的房屋，安然无损，向不争的心略定了一下。到院门下轿，站在门前定了定心，看着红漆的大门，像平时一样紧闭，茂盛的黄葛树的枝丫从院里探出来，院门外两侧的美人蕉红得灿烂娇媚，长舒了一口气。他走上台阶，用手叩门，只轻轻地一拍，门开了，只见院中白色的绫带飘飞如雨，所有的人都是白帽、白衣、白鞋。盆里的烧纸无力地燃着，袅袅的白烟在厅堂的四周穿行。

向福看到了愣在院门的向不争，走了过去，叫了声大爷，喉咙被泪水噎住。秦氏也看到了向不争，几步奔过去扶住已经站立不稳的向不争。向福和秦氏扶着向不争走到厅堂，他掀开一角蒙在向不悔身上的白布，一脸的愕然，随即跌坐地上，放声大哭，向家又是一阵震天的哭声响起。族人拉起向不争，劝说道："大爷节哀，保重身子，二爷的丧事要紧，让二爷入土为安啊。"

向不争止住了哭声，站起身，又掀开白布看着向不悔，泪水模糊了视线。向不争坐在凳子上，泪水不止地流，环顾院子，仿佛四处都有弟弟的影子。院门两侧的白菊正开得饱满，弟弟分明还站在那片白菊中间说话。他叫过向福，吩咐把院子的白菊连根拔下来，堆拢在向不悔的四周。

向氏一族的长辈来了，和向不争商议是否让向老太爷最后见向不悔一面。

有人说既然向老太爷已经痴呆，也就没有必要让他看向不悔，也有人反对说还是见一面好，大家把目光聚到向不争，很明显是让他拿主意。向不争说："见，让老太爷见不悔最后一面。"

向老太爷坐在椅子上，闭着眼睛，外面发生的一切都与他毫不相干。下人站在旁边，不时地擦去他流下的口水。向不争走进来，扶起向老太爷往前院走。向老太爷边走边嘟囔。到了向不悔的跟前，向不争又一次地掀开蒙在向不悔身上的白布，声音哽咽着说："爸，您老人家最后看不悔一面吧，他先走一步了。"

向老太爷身子晃悠了一下，向不争忙扶住，他嘴里停止了嘟囔。此时的向青云看着爷爷的表情，只见他，睁大了眼睛，脸部微微地抽动，两行老泪流下来，突然开口说道："不悔，我的儿，你躺在这里，好冷啊，不悔，起来呀，跟爹上船，爹这就带你去东洋子滩。"

向老太爷边说边哭，大家都惊异地看着他。向青云几步到爷爷身边，抓爷爷的手说："爷爷，你明白过来了，爷爷。"

向老太爷没有理会向青云，继续边哭边说："不悔，我的儿，起来，起来呀，跟爹出船。你不能撇下爹先走啊。"

老太爷突然间开口说话，向不争一时没醒转过来，悲痛欲绝地哭着。老太爷的身子猛地摇晃了几下，向不争和向青云使劲扶住，只听大喊一声："不悔啊。"身子往前一倾，鲜血从喉咙里喷涌而出，立刻染红了向不悔身上的白布，血迹在白布上慢慢地洇开来，似向不悔身上盛开的花朵。

向不争惊恐地抱住老太爷。老太爷的身子在向不争的怀里渐渐沉重，他看了看向青云，最后把目光落在向不争的脸上，叫了声："不争。"闭上了眼睛。向不争悲恸地叫着："爸，爸。"向家又响起震天的哭声。

族人把老太爷和向不悔放在一起。向不争抑制住悲伤，叫向福把后院种的红色早菊和黄色早菊都采来，围在了向老太爷的周围，高声喊道："大家不要哭，今天是老太爷的老喜丧，送他上路……"

向小寒失声痛哭，几乎昏厥。不知什么时候，夏天虹来到了向家，向青云看到她很激动，但马上又避开了夏天虹的目光。二爸临终时的承诺在耳边响起，他的心里万分矛盾。这时，有人喊道，小姐昏过去了，夏天虹忙收回注视青云的目光，把小寒抱进卧房。

三日后要行大殓，钉上棺盖。棺内铺着红褥子，向不争亲手用棉签蘸着酒擦父亲和弟弟的脸，然后再亲手给父亲和弟弟的身上盖上红布单子。在钉棺的一刹那，向青云、向小寒、刘氏、秦氏都扑到棺木上，几个族人把他们拉开。棺柩出门时要破盆，向小寒眼睛看着向青云，向青云在心理上有些退缩。莫英豪在他的耳边说："青云哥，该你破盆了。"

向青云迟疑着，莫英豪又说："青云哥，你对二爸是有承诺的，去呀。"

破盆是有讲究的，谁破盆就标志着谁继承财产，向青云举起瓦盆摔碎，向小寒的心咯噔一下。

几条白布拴在棺架上，向不争在老太爷的柩前扯牵着白布，向青云在向不悔的柩前扯牵着白布，引棺进入向家的坟茔。

第十四章　接管家业

　　向家的墓地背靠北山，面迎江水。墓坑先行有人挖好，族人把向不争领到墓坑前，说："大爷，您看看，有哪里不四致的地方，您尽管说。没得说，咱让老太爷和二爷在里面睡得舒服。"向不争跳进墓坑，先用脚使劲地踩踩，又猫下腰蹲在墓坑里，用手臂在自己的头顶上比画几下，衡量一下墓坑的高度。一个族人说："大爷，按您的吩咐，高和宽分毫不差，您放心吧。"

　　向不争说："你们做事细致，我放心。"停了一会儿，声音抖动着说，"一直以来都是爹和弟弟照顾我，我却没有照顾过他们，今天我来伺候他们一次吧。"说得族人又掉下了泪。

　　向不争从墓坑里出来，两口棺木放在各自的墓坑旁，向不争焚燃着烧纸，下葬仪式开始了。

　　与向不悔同一天下葬的人很多，万县人世世代代依存于长江过日子，无常的江水总是轻而易举地吞噬万县的壮汉，但每天的日子仍然不能离开长江。自古以来，人们惯见了死亡，也就形成了一种观念，生和死是没有界限的。长江给了万县人赖以活着的所有东西，当然长江也就有理由随时取走某个万县人的性命。下葬的仪式肃穆而带有宿命的味道。这样，亡者的亲人可以在心理上认同他们是送亡者的灵魂到另外一个地方去，而所到地方的好坏，与他们行善的程度有关系。这样一来悲伤就减少了，增加了对亡者的责任，亡者还是和他们紧紧连在一起，他们要做善事，让亡者的灵魂安宁。万县人认为，若是被江水夺去了性命，是正常的死亡。被英轮的炮击一瞬间取走了这么多万县人的性命，万县人不知该怎样安顿他们对亡者的交代，不知道他们的灵魂该到什么地方。万县人愤怒了起来，残垣断壁的街面上，码头工人、学生游行抗议英国人的暴行，所有在万县的外国商人，日常的生活用品供给都被万县人卡断了。中共地下党组织发动群众成立了"雪耻会""锄奸团"。四川群众为声援万县，在重庆成立"万县惨案四川国民雪耻会"，向世界各国、各驻华公馆和广东国民政府发出通电。长江沿线码头工人罢工，学生罢课，商家罢市。向青云看到万县的群情激愤，心里很受鼓舞。莫英豪来到向家，找向青云一起去街上参加游行。

　　向青云和莫英豪到了街上，看到人们都往码头上跑，两个人随着人流来到码头，只见这里聚集了很多人，让向青云吃惊的是，李克彪带着手下的兵竟阻止游行队伍靠近码头。原来，杨森已接到了吴佩孚的命令，下令释放了被扣留的"万通""万县"两艘轮船。被激怒的群众拥向万县码头，被杨森的兵压制了。向青云愤怒不已，回到家中，神情恍惚，在自己的房间里整日唱着小时候爷爷教的歌谣："滟滪大如马，瞿塘不可下。滟滪大如象，瞿塘不可上。滟滪大如牛，瞿塘不可流。滟滪大如幞，瞿塘不可触。滟滪大如龟，瞿塘不可窥。滟滪大如鳖，瞿塘行舟绝。"

　　向不争整日待在书房里，向福来问些家事，向不争只说你看着处理。向福知道大爷心里难过，大小诸事尽量暂缓定夺，心里想，过几日，大爷自会对谁执掌向家有个说法。

　　向不争为向家日后的出路，心里做着打算，他想，向氏轮船公司怕是难以支撑下去，决定把轮船卖掉。他传向福把向青云叫来，只见他身子轻晃，站着吃力，就叫他坐下，说："青云，向氏轮船公司，这几日是小寒在支撑着事务，我想，她也撑不了多久，把轮卖了你随我到重庆谋个事做如何？"

向青云说："爸，我哪里也不想去，一切等二爸的孝期满了再说。"

向不争看着向青云瘦得都脱了形儿，眼光迷离，心想，不管怎么说他还是个孩子，心疼起他来。向不争给向青云斟了一盏茶，递到他手里。向青云忙摇晃着站起身，接过茶盏，疑惑地看着父亲，但很快就把目光移开了。向不争看着向青云的样子，突然感到和儿子之间有了距离感，不知不觉中说话就带了客气的成分。向不争坐下独自默想。向青云看着墙上的字画，用以躲开父亲的眼神。向不争又看看向青云，心里说，变了，一切都变了，和向青云说话的语气和方式同向不悔在时都不一样了。有向不悔在，向不争说话可以不讲方式，随意说出自己想说的话，可以粗暴，可以不考虑后果；有向不悔在，他可以把向不争生硬的态度和话语调节得柔软了，劝解向青云。现在不行了，和儿子说话也要掂量掂量了，什么话该说，什么话不该说，该说的话要怎样说。向不争正在思量着如何与向青云继续谈话。向福进来禀告说："夏天虹来了，说是要看看少爷。"

向不争一时没有说话，以询问的眼光看着向青云。向青云却对向福说："告诉天虹，我身子虚弱，不便见客，让她回吧，待我身子好些，去看她。"

向福答应一声，出去了。向不争双手摆弄着茶盏说："青云，家里你二爸和爷爷走了，我惊醒地明白了一些事情。过去，我把家业看得重要，亲人没有了，要家业有什么用？你要是不愿娶五月，我也不勉强了，你先回房休息吧，过几天我们再谈家里的事。"

向青云出去后，向不争坐在椅上凝神想了很久。他意识到了向不悔的去世，给向家带来的变化，不光是生意上的改变，很多日常生活中事务的处理方式，与人打交道的方式都会随之变化。想到此，向不争又流出了泪水。

向青云每日躺在房间里，一会儿睡，一会儿醒。秦氏把饭端过来，他只吃几口就又躺下了。秦氏担心地问向不争是否请医生来看看，向不争说不用，过几日慢慢会好转过来。向不争虽这样说，心里也有些担心，让秦氏多照看。

这天秦氏又对向不争说："还是请医生给青云看看吧，拖下去恐不好。"

向不争说向青云是心里装着太多的心事，几次劝秦氏不必过于忧虑，但秦氏一再坚持请医生，就叫向福去请医生。向福正要开院门，此时响起了叩门声，打开门见一个人蓬头垢面，脸脏得看不清眉目。向福把他迎出门外说："不知这位爷从哪里来，我劝你还是到码头上谋个事做，万县从来就没有要饭的，你还是走吧。"

来人却说想见向家大爷和少爷，有重要的事情。向福觉得此事蹊跷，就折回身禀告了向不争。向不争随向福到了院门看此人面熟，就把他引进了客堂。来人身上背着一个大口袋，里面装了一袋的红橘，到了客堂就倒在了地上。向不争看着来人动作麻利，站起身时把头发撩起来往后拢了一下，向不争看清了他面目的轮廓，说道："你，莫非你是刁猛子？"来人还没等向不争让座，一屁股就坐在了椅子上说："我在灌县听说万县出了大事，心里惦记着向家，特别惦记着我的儿子青云，来看看。"

向福见来人脏乎乎的，坐在铺有蜀锦的主座上，迈前一步，想把他引到侧边的座位上。向不争看出了向福的意思，对他说，换上好的茶来，再去准备饭菜。

向福说要给少爷去请医生，向不争说不用去了，此人就是青云的医生。

向不争给刁猛子斟了茶，说守丧期间，不能喝酒，望谅解。刁猛子从万县码头一下船就听说了向家的事，忙赶了过来。两个人叙了些话，刁猛子吃过饭，就要去看向青云，向不争让他洗个澡换了衣服，刁猛子点头说是。

原来，在向青云四岁那年的一天下午，奶娘带着他，到万县的街市上。奶娘喜欢绣花，见到地摊上摆的五颜六色的绣花线，腿就迈不开步了，蹲在地上挑选绣花线，开始，她一只手紧紧地拽住向青云，后来，不知不觉中两只手都拿起了绣花线。突然一阵骚乱，有人喊土匪抢东西了，奶娘忙扭身去找向青云，哪里还有人影。奶娘吓得魂儿都没了，在街上找了一阵子，土匪刚掠过的街市，地摊都收起来，店铺已经关门，奶娘一直找到万县码头，没有少爷的踪影，她一时害怕不敢回向家，到自家和她的男人说了，她的男人也吓坏了，丢了向家的少爷，无法交代，赶忙收拾家里的东西，带着孩子上船走了，谁也不知道这一家人去了哪里。

过了两个时辰，秦氏不见奶娘回来，叫下人到街上去找，到天黑还没有找到。向不悔又派人到了奶娘的家里，空无一人，邻居说看见他们一家人拿着包裹走了。

向不悔感到不妙，四处打听，得知土匪来过万县，心想一定是被土匪绑走了。他花钱雇人到万县临近的地方去找，毫无消息。

刁猛子原名叫刁三根，参加护国军后因作战勇猛，被人称为"刁猛子"，后被提升为第一军的一名旅长。后来因为厌恶军中恶习，辞官回到家乡灌县。有一天，刁猛子划着一艘小船打鱼刚靠岸，三个壮汉跳上船来，让刁猛子把他们送到灌口镇，其中一个壮汉身后背着一个孩子。刁猛子用劲撑着船篙，船离开了岸。驶到江心，刁猛子听到扑哧扑哧的声响，用余光扫过三个壮汉，见他们神情有些异样，再细听那声音像是从壮汉身后的孩子发出的。他警觉起来，借着江水的浪头故意让船抖动，三个壮汉猝不及防摇晃了几下跌在船上，刁猛子看清了那个孩子嘴里被塞了东西，手也被捆住了。刁猛子一躬身两腿撑开，把船摇得更晃，三个壮汉更加站立不稳，刁猛子随着身体的摇晃借两腿用力的不同来保持平衡，并且挪动脚步把那个孩子抱了过来。其中一个壮汉露出了凶光，从怀里掏出了手枪，其他两个人踉跄着爬起来朝刁猛子扑过来，同时持枪的人在扣动扳机，刁猛子眼疾脚快，抬起脚把手枪踢到江里，又一个躬身抱着孩子跳到船头，三个壮汉已经在船上调整好身体的平衡，一齐朝刁猛子扑来，刁猛子轻轻地腾空一跳，跃到了船尾，三个人又扑向船尾。几个回合下来，船在江心打着转儿，突然刁猛子一个跃身跳入江中，双脚在江中踩水，一只手托起孩子，另一只手使劲晃动船身，三个壮汉先后落入江中。虽说这日风不大，但江水也是无风三尺浪，三个壮汉在水里扑腾了一会儿，拼命想抓住船，刁猛子一个鱼跃又回到船上，把孩子放在船舱里，划着桨朝岸边驶去。一会儿工夫三个壮汉被江流挟走了。

　　刁猛子把船靠岸，把孩子放进鱼筐里，背起朝家走。

　　刁猛子的家是岸边不远处的两间茅草房，他不到二十岁就离家当兵，一直没有娶亲。烧了热水，给孩子洗干净了脸，看到孩子眉眼秀气，心里甚是喜欢。吃过饭后，天已经黑了，点起油灯，他把孩子抱到床上。这孩子跟刁猛子有缘，一点儿不惧怕他，叫他干什么都顺从。刁猛子把孩子搂在怀里，一种久违的亲近感朝他袭来，太久了，只有孩童时偎傍过母亲的怀抱，之后，他从来没有和任何人这样亲近过。他问孩子叫什么名字，孩子答道："向青云。"又问孩子的家在哪里，这个叫向青云的孩子，很详细地说了他家的院门什么样，院子里有什么东西。屋里有什么摆设，还说爸叫向不争，二爸叫向不悔。刁猛子反复问他家在什么地方叫什么名字。向青云还不懂得家所处地方的概念，说不出。

　　刁猛子想这孩子也许是老天送给他的。从向青云对自己家的描述，刁猛子断定，他家不是寻常的人家，家境富足，一定会四处找他的，于是每天把向青云带在身边，等着他家人来找。村里有人问起这孩子的来历，刁猛子只说是一个远房亲戚家的孩子，暂时寄养在他这里。

一晃过去了半年，没人来寻。向青云跟着刁猛子也已习惯，把这里当成了自己的家。不见有人来寻，刁猛子开始为向青云打算起来。他寻思让向青云跟他到江里打鱼吧，不行；送他到学堂念书吧，也不行——没有钱来支撑。他想来想去，没有好的办法。

刁猛子喜欢川剧，除了吃饭睡觉，嘴里总是唱着。小青云每天听着，忽然有一天开口唱了起来，字正腔圆。刁猛子一听喜得了不得，常带小青云到戏园子里听戏。一天，戏班子的班主听到了向青云和刁猛子唱川剧，随后就缠着刁猛子，让他把向青云送到戏班子里，说凭他的眼力，向青云将来定会成为名角。刁猛子说："不可，不可，舍不得我的干儿子去吃那份苦。"

班主说："我说刁猛子你也是见过世面的人，眼光怎么就短了？他现在吃些苦，十年后，他成了名角，那就有好日子过了。难道你就让他跟着你天天到江上打鱼，一辈子住在你那茅草房里不成？"

班主的话打中了刁猛子，他答应班主考虑考虑。

想来想去，刁猛子决定先带向青云到戏班子里瞧瞧，看看他的反应再说。让刁猛子感到意外的是，向青云到了戏班子见了几个正在学戏的、和他年龄相仿的孩子，说什么也不愿意走，刁猛子心说，向青云天生就是唱戏的材料，还是顺了天意吧。但刁猛子还是舍不得，他对班主说，每天早晨把向青云送到戏班子，傍晚就接回去，不住在戏班子里，刁猛子担心别的孩子会欺负向青云，就这样过了两个寒暑。

那年清明前的一天，戏班子要给他们的祖师爷祭奠，刁猛子对班主说不要带向青云去了。他担心山上风硬，说向青云的身子弱，班主答应了。刁猛子带向青云到了离灌县码头最近的街上，进了酒馆，点了两样小菜喝起了酒。

刁猛子用筷子蘸了酒举到向青云的嘴边说："来，儿子，陪你爹喝点酒。"向青云咯咯地笑着伸过头用嘴唇沾了一下筷子上的酒。刁猛子又用筷子把一粒花生米放到向青云的嘴里。父子二人的亲热引来了旁桌客人的注目观看。就在这时有唱小曲的走进酒馆，刁猛子已是酒足饭饱，而向青云入神地听着小曲。刁猛子拉着他的手要走出酒馆，向青云没动弹。刁猛子走出了酒馆，以为向青云会跟在身后，回头一看没有向青云，他走回酒馆，大声叫了声："青云。"这一声喊，引起了一个人的注意。

刁猛子带着向青云回到破茅草房，两个人正在唱着川剧嬉戏。听得有人拍打竹篱笆，刁猛子出来，见一个身材结实、三十岁上下的人站在围着茅草屋的竹篱笆边。这个人见了刁猛子忙拱手施礼说道："这位老哥，我从万县来，路过此地，船停在码头，有一件要事有劳老哥。"

刁猛子说："请问您尊姓大名？"

来人说："我是万县向家船的船长，名陆生。"

刁猛子观这个叫陆生的人面目中没有恶意，就把他让进了茅草屋里。

进得屋来，陆生四下打量了一下，向青云躲在刁猛子身后。刁猛子让陆生坐在凳子上，直截了当地问陆生有什么事，向青云在刁猛子的身后，执拗来执拗去，刁猛子一把揽过向青云，把他放在自己的腿上。刁猛子的目光再看陆生时，心里紧张起来了。

陆生直勾勾地看着向青云，也不回答刁猛子的话，叫了声："小少爷。"

刁猛子脑子瞬间一片空白，回转过神来，心里已经感觉到了将要发生的事情。

向青云听到有人唤自己小少爷，也直直地看着陆生。陆生接着说："小少爷，长高了，还认识我不？"

刁猛子的手紧紧抱住向青云。向青云看看刁猛子又看看陆生，轻轻地叫了声："陆叔叔。"

刁猛子把向青云放在地上，让他到了里边的屋里，惶惑地问："莫非你知道这孩子的家人？"

陆生就把向家的情况和刁猛子说了，并说了两年前土匪绑架的事。刁猛子也和陆生说了救向青云的经过。

刁猛子和陆生唠了一会儿话，刁猛子说："看来陆兄说的都是实情，你就回去和向家的老爷说，向家的二位老爷都来了我才能把孩子给他们。"

陆生走后，刁猛子没心思打鱼，也不送向青云去戏班子，每日带着向青云到酒馆喝酒。刁猛子身边几个常相往来的人都觉得奇怪，不知刁猛子遇到了什么烦心的事情。

一个月过去，没见向家人来，向青云央求刁猛子让他到戏班子里去。刁猛子还是早上送向青云过去，傍晚接回来。刁猛子到码头上找事做。

一天上午，刁猛子正在码头上转悠，等着活计。灌县码头比万县码头还要热闹，来往船只也比万县码头多，装货、卸货的活很好找。一个小兄弟跑来叫刁猛子说是有一艘船的蜀锦要卸，卸完了蜀锦，船主给钱时，刁猛子一抬眼见是陆生，寒暄了几句，陆生带刁猛子来到一家客栈。陆生引着刁猛子见过向家二位老爷，他对刁猛子说："这是大爷。"刁猛子见这位大爷瘦高的身材，面目白净，身着长袍。陆生又对刁猛子说："这是二爷。"刁猛子见这位二爷比大爷个子稍矮些，面目肤色黝黑，也是身着长袍。见过后，叙了些话，向家二位爷请刁猛子喝酒。喝酒间，向家二位爷只是和刁猛子唠些话，并没有主动提起向青云的事情。刁猛子心说，向家二位爷是极有涵养的人，找到了失散了两年多的儿子，还是这样沉得住气，对我刁猛子是完全地信任啊。这样想着，刁猛子就问几时动身把向青云带走。向不悔说："你和青云萍水相逢，出手相救，又抚养他两年，大恩不言谢。我有两个请求，望你务必答应。"

刁猛子说："请二爷有话直说。"

向不悔说："刁兄孤身一人，请你和我们一同回万县，今后，就在向家的船上做事，我们在万县给您置一处房产。如果您不愿意离开灌县，我们也要给您一定数目的银钱置房成家。"刁猛子说这两件事都不能答应。向不争看刁猛子很坚决，不再多说什么，只说道："我们知道你和青云相处两年必是有感情，实在不忍把青云硬带走，还是请刁兄到万县住上一阵子如何？"

刁猛子说："二位爷，青云你们接走，我们爷俩一定会有机会再次见面，你们若把我刁猛子看作爷们儿，什么话都不用说，把孩子接走，孩子的娘在家里一定盼着呢。"

向不争说："那好，说什么话都是轻的，三天后你把青云送到码头，我们接他回家。"

三天里，刁猛子寸步不让向青云离开自己。他嘱咐向青云日后回到家里，千万不要说学戏的事情。

向青云不懂刁猛子此话的用意，只说是记下了。

三天后，刁猛子把向青云交到向不争的手里，船开了，刁猛子还站在岸上，向青云大哭起来，刁猛子流着泪，不住地挥手。

回到家的向青云和之前的性情大变，经过了这次失散，家人也就越发地宠着他。

刁猛子吃过饭，向不争说："青云不能来见您，失礼了，这几日他神情恍惚，我担心他会长此下去啊。"

刁猛子说："我的干儿子哪里来的礼数，我去看看他吧。"

刁猛子到了向青云的屋里，向青云恍惚中觉得这个人面熟。刁猛子站着哼唱了几句川剧《文天祥》，向青云盯住他叫了声干爹，扑到刁猛子的怀里哭了起来，刁猛子拍着他的后背说："好孩子，哭出来就好了，哭吧。"

向不争从窗外看到，转身走了。

刁猛子陪向青云待了两日，见向青云还是精神涣散，和他说起了往事。刁猛子说："还记得当年你在戏班子学戏时的名角由天籁吗？"

向青云的眼里有了些神采，说："记得。"

刁猛子在向青云的房间里,眼睛看着窗外,唱起了川剧胡琴《柴市节》中文天祥的唱段:"叹此生不能把大事挽回,贾似道三黜我坷坎沉埋。自赣州兵勤王义重当代,元朝人方知某不是庸才。羁钦使不放回送往北塞,半途中得侥幸鱼脱钓台。遇追兵有杜浒将我替代,若不然早罹了板桥之灾。中反间否极何曾泰,到温州奉命始登台。东南一隅径略困外,既无兵又无粮拼挡不开。复梅州、会昌民兵是赖,克循州、战吉赣非无将才。贼陈懿引元酋暗渡过海,五坡岭遭袭击恨我无才。败新会失钢城少帝溺海……"

向青云说:"当年由天籁饰演文天祥时,我还记得他在台上唱的正是这段儿。"

刁猛子说:"青云啊,男人是要有血性的,干爹我现在不是希望你是由天籁,而是希望你成为文天祥。"

向青云睁大眼睛看着刁猛子,心里像是有一道闪电掠过,神志清醒了过来。

向小寒打理着向氏轮船公司,她对马文俊说要为父亲报仇。马文俊疑惑地看着向小寒,公司的职员也都面目凝重,气氛低沉。向小寒看在眼里,她走出公司给青田浩二发了电报,要他来万县。

向小寒回到家里,刘氏说:"不要去公司了,女孩子家撑不起来的。"

向小寒说:"我一定能把公司撑下去。"

刘氏说:"还是听你大伯的,把船卖了吧。"

向小寒没有说话,走出家门。在路上她想,青云是烂泥巴扶不上墙,大伯不管公司的事,向家的产业只有我来掌管了。到了公司她和每一名职员谈话,说公司由她来接管。职员们从向小寒的办公室里出来后,聚在一起交头接耳地议论。正说着见进来一个日本人,大家马上散开,马文俊把这个日本人带到了向小寒的办公室。

青田浩二用日语对向小寒说:"小寒,你电报里让我速来万县，是不是我们双方合作的事情，你的父亲同意了？"

向小寒忍住泪水说："我的父亲已经去世了，向家的产业将由我来接管，现在我可以告诉你，向氏轮船公司和日清轮船公司全面合作。"

听了这话，青田浩二内心窃喜，说道："小寒，我们尽快拟定合作的协议，可以吗？"

向小寒说："明天我举行一个简单的接管仪式，我接管后的第一项工作就是和日清公司签订合作协议。"

向小寒的话音刚落，向家的一个下人跑得气喘吁吁地进来说家里有急事，让向小寒马上回家。

向家的客堂里聚了很多人，向小寒见向家族内两位辈分高的坐在主座，向不争坐在侧座；再看向青云，穿着长袍，神色清朗，不见了常日萎靡的样子。莫英豪站在向青云的身边。莫英豪看见向小寒进来，说："小寒，就等你了，青云有重要的事情要宣布。"向小寒瞪了莫英豪一眼，疑惑地看着大家。

向青云说："今天召集族人到我家来，有一件重要的事情，二爸临终时要我继承向家的产业，我现在宣布，从今天起，由我接管向家的产业。二爸的临终嘱托有英豪做证。"

莫英豪发誓为证。

族人纷纷说："我们赞同，这是天经地义的事情，让青云接管家业顺理成章，别说二爷留下话，就是不留下话也该由青云执掌家业。"

向不争看着儿子，和刁猛子对视着，眼里泪光闪动。

族人们相继走出向家，向不争和刁猛子来到书房。向不争说："刁兄，青云见了你一下子就变了，懂事了，像个大人样了。"

刁猛子说："人的变化总要有一个大的触动啊，老太爷和二爷的走，让青云长大了。"

向小寒哭闹着朝书房走来，后面跟着刘氏。向小寒进了门说：

"大伯要给我做主，向家要由我来执掌家业。"

刘氏急得拽向小寒的衣袖说："不许跟你大伯这样说话，自古也没有女孩子继承家业的，让人家笑话。"

向不争神情严肃地对向小寒说："家里的事情历来由你爸做主，我从不过问，既然你爸留了话，我听他的，由青云掌管家业，以后家里的事情由青云说了算，明天我就回重庆。"

刘氏把向小寒拽出书房，向小寒怒气冲冲地走进向青云的房间，看到莫英豪在椅子上坐着，指着他说："你到向家来做假证，安的什么心？"

看着向小寒声嘶力竭地喊叫，莫英豪心里又着急又心疼，他忙解释说："向二叔真是说让青云继承家产，我没撒谎。"向小寒听他这么说更加生气，喊道："你就是撒谎，要不是你，向家的产业该由我掌管了。"

莫英豪又急忙地安慰向小寒说道："小寒，我不是故意气你的。"

莫英豪一会儿辩解，一会儿又给向小寒赔不是，他自己觉得左右为难，干脆抱着脑袋蹲下身子不说话。

晚饭后，向不争、向青云、刁猛子在书房里。向青云说："爸，明天就回重庆吗？"

向不争答道："家里的事情该料理的都料理了，你能接管向氏轮船公司我也放心了，有刁兄陪你一段时间，重庆那边的事情也很多，明天一早就走。"

向不争喝了口茶，慢慢地说："你武叔叔那边，也很惦记咱们家的情况，还有五月。"说到这里，向不争停下了，用询问的眼光看着向青云，"娶五月的事，等过了孝期就办了吧，定下的事情，还是办了吧。"

向青云也喝了口茶，语气坚定地说："爸，二爸的遗言要我掌管向家的产业，我照做了，但是娶五月一事，还请爸恕我不能从命。如果爸坚持要我娶五月，那么我只有放弃家产，和天虹远走他乡。"

向不争无奈地看看刁猛子，对向青云说："我不勉强你，一切由你自己做主吧。"

万县码头恢复了往日的热闹，天刚亮，码头工人忙着装货。向小寒到了向氏轮船公司，马文俊按向小寒的吩咐，来得很早。见了向小寒对她说："一切都准备好了，一会儿人到齐了，就举行小姐接任向氏轮船公司的仪式。"

向小寒沉着脸说："仪式取消。"

马文俊小心地问："小姐的意思是……"

向小寒说："向青云不知中了什么邪，说是要接管向氏轮船公司，还说是我爸的遗言。"

马文俊说："小姐，青云怎么能接管公司呢？他驾驭不了的。你得想个法子阻止，公司在他的手里用不了多久就会破产的。"

向小寒说："马叔，你跟了我爸这么多年，可不能眼看着向氏轮船公司糟蹋在向青云的手里，你在公司里最有威信，要发动职员反对向青云接任。如果大家都反对，他也就不好上任了。"

马文俊对向不悔的突然去世，悲痛至极，出于对向不悔的忠心，他召集公司职员，和大家商议反对向青云接管向氏轮船公司。职员中有一些人支持马文俊的想法，也有一些人反对。有人说："我看咱没有理由反对，向青云接管向氏轮船公司是理所应当的。"职员中有一个名叫莫老六的说："向青云只知道逛戏园子捧戏子，他哪里会打理公司，不能让他接管，他要是接管了，我们就都没有饭吃了。"

马文俊顺着莫老六的话说："老六说得对，不能让青云接管。"

大家正你一言我一语地说着，向青云来到了公司。

向青云叫马文俊召集大家，职员们聚到公司的大厅里。向青云说："感谢大家多年来对我们向氏轮船公司的支持，万县遭受了千古未有的大难，但我们的精神不能倒下，今天我履行我二爸向不悔的遗言，正式接管向氏轮船公司，希望大家支持我。"

向小寒站在一边看着向青云，见他理了头发，显得果断干练。向小寒心里惊道："向青云一夜之间竟发生了如此大的变化。"

向青云的话音刚落，有人说："向氏轮船公司是我们随向二爷流血流汗打下来的，由你来接管真是笑话，你能做什么？"

向小寒看着向青云的脸色都白了，心里说，看你怎么收场。

让向小寒感到意外的是向青云发白的脸色渐渐恢复过来，他用手抻了抻衣服领子，语调平静地说："请各位放心，我会尽最大努力经营向氏轮船公司，保障大家的利益，同时也请大家给我些时间熟悉业务，恳请大家的帮助。"

这时，莫老六一条腿蹬在凳子上说："就是嘛，你连公司的业务都不熟悉，怎么管公司嘛。"

向青云对莫老六说："莫六叔，我会很快熟悉起来的，还会让公司重新兴隆起来。"

莫老六说："你能让公司兴隆起来，别骗我们了，我看没几日你就会把公司卖了置了行头去唱戏吧。"

大家一阵哄笑。向青云脸色难看地说："莫六叔，我很尊重您，希望您也尊重我。"

莫老六说："我尊重你什么，你根本就不能接管公司，我看你还是唱戏去吧。"

向青云说："我接管不接管公司不是你说了算。"向青云又转向大家说："从今天起，我开始行使权力，第一要宣布的就是开除莫老六。"

大家马上一阵寂然。之后，莫老六大嚷道："凭什么开除我？该走的是你不是我。"

向青云没理莫老六，对愣在那里的马文俊说："给莫老六多算一个月的工钱。"

马文俊没想到向青云会这么做，愣在那里半天没缓过神来。

向青云走进向不悔的办公室，整理东西。

向小寒也惊呆了，走出了公司。

向小寒从码头拾级上街，正好碰上莫元清，后面跟着莫英豪。见了向小寒，莫英豪急忙上来打招呼，向小寒心不在焉地应了一声，继续朝街上走。

莫元清问莫英豪："小寒怎么愁眉不展的，向家又出什么事了吗？"

莫英豪说："青云哥今天到向氏轮船公司上班了，小寒接管公司不成，生气呢。"

莫元清听后，大笑了两声，说道："走，跟我去酒馆。"

莫英豪不知道他爹平白地为什么想起了喝酒，说道："我不去。"转身去追向小寒。

向小寒见莫英豪跟上来说："你跟着我干什么？该干什么干什么去。"

莫英豪上前一步站到了向小寒的对面说："小寒，还生气呢？青云和你谁当家还不是一样，生什么气。"

向小寒站定了说："谁生气了，别拦着我。"说着快步往前走。

莫英豪紧赶几步，叫着："小寒、小寒。"

向小寒理都不理，他只好看着她走远，叹了口气，又折回码头。

万县城内经过多日的沉寂后，又渐渐热闹了起来，青田浩二和向小寒来到云裳酒馆，上了楼坐在窗前。向小寒看到莫元清和几个人也进到了酒馆里。心里思忖着：看来向家的变故，给莫元清带来行动的机会了？

青田浩二看到向小寒沉郁的表情，说："小寒，怎么不高兴？今天是我们日清公司和向氏轮船公司合作的日子，应该高兴

·231·

地庆贺。"

向小寒还是不说话。青田浩二给向小寒斟满了一杯法国红酒，说："来，小寒，今天这酒是地道的法国酒，菜是地道的中国菜，以此来庆贺我们的合作。"向小寒没有端起酒盅，眼睛看着窗外，耳朵听着楼梯的动静，除了跑堂的上下楼的脚步声，再没有其他的动静。向小寒料定莫元清没有上楼，在楼下的大堂里喝酒，这才开口说道："青田君，我们不能合作了。"

青田浩二问："为什么？小寒，你有什么条件可以提出来嘛。"

向小寒说："从今天起，向氏轮船公司已由向青云接管，我们两家合作的事情要由向青云决定。"

听了向小寒的话，青田浩二不以为然，他心里还是有把握向氏轮船公司早晚会掌控在他的手里，因为他知道向青云做事没有主意，向氏轮船公司还是要由向小寒说了算。想到此，他说道："小寒，我们的合作是必然的。向青云一定会听你的。我看，不如我们马上行动起来，你去家里找三峡航运图，我去说服法轮补给向家低运价期间的损失。"

向小寒说："这个我可以做到，但是不能与英轮公司合作，我们向家和英轮有血海深仇，还希望你帮助我打垮英轮，为我爸报仇。"

青田浩二说："小寒，你拿到三峡航运图，三峡航运就能被我们所垄断，整治英轮那是易如反掌的事情。"

向小寒答应去找三峡航运图。

第十五章　兄弟反目

英轮的炮弹击中了仙客来客栈对面的店铺，夏天虹走出客栈看到坍塌的房屋废墟上有人在找寻着家当……夏天虹送郭天顺到码头回重庆，郭天顺说："师妹，还是和我一同走吧，你找了向青云几次，他都不肯见你，不要太痴心，还是随我回去吧。"

夏天虹神情暗淡地说："师兄，我再等几天，这几天他是过于难受了，我不能这样撂下他就走了，再说我也要等他给我撂了话再走。"

看着郭天顺上船，夏天虹不知不觉地朝向家走去，到了门前，她迟疑了一会儿，还是叩响了大门。向福开门说："夏姑娘，你又来了，少爷到公司去了，不在家，你还是回吧。"

夏天虹回客栈已是下午，回到屋里，两腿软软的，躺在床上。心里忐忑不安地想：向青云到公司干什么去呢，他不是决定放弃向家的产业吗？难道他心里还是看重向家的财产？

想着想着，夏天虹迷迷糊糊地睡着了。她梦见了向青云在船上正要起航，向不争来为他送行。向青云没有看到她，就要开船的时候，五月上了船，和向青云站在一起，偎偎着向青云，神态安详，而夏天虹自己孤零零地站在远处。这一切都是模模糊糊的图景，夏天虹想喊向青云却喊不出声，只得看着船开走了。夏天虹心揪紧了，流出了泪。此时一阵响动把夏天虹惊醒了，她以为是梦里的声音，没有在意。接着一阵敲门声，夏天虹开门，进来的竟是向青云。夏天虹还没有从梦中的情景完全醒转过来，见了向青云，一下子就扑进他的怀里，抱紧了他说："青云，是你吗，你没有走吗？"

夏天虹的表情让向青云摸不着头脑，他说："天虹，你这是怎么了，我能走到哪里呀？"说着拥着夏天虹到床边坐下。看着夏天虹的脸上有泪痕，向青云问道："天虹，有心事吗？"

夏天虹掩藏着刚才梦中的不安说："没有，刚做梦梦到戏班子了，离开了几日，还真想他们了。"

向青云说："万县一时还是不太平，再说，你也要回戏班子登台，你还是先回重庆，我会给你写信的。"

见了向青云，得了他的话，夏天虹的心定了下来，说明日就回重庆。

向青云说："今天上午我宣布了接管向氏轮船公司，明天同业几家公司要为我聚会，不能送你了，一路保重。"向青云从怀里掏出一张绸布的脸谱，接着说，"这张脸谱你随身带着，看到它就好像是见了我，你放心走吧。"夏天虹看着向青云，两个人凝视了很久。

莫元清听说几家轮船公司东家聚会为向青云庆祝就任，早早就来到了云裳酒馆，要了二楼最大的包间，袍哥三爷叫了跑堂的说要点菜。莫元清迟疑了一下，袍哥三爷说："大……大爷，没有了向不悔，你……你就是万县船运的老大，谁能不……不服你大爷……你……你得拿出主人的架势。"

莫元清哈哈大笑，拍着袍哥三爷的肩膀说："你点菜，由向家付账。"

几家轮船公司的东家陆续到来，看见了莫元清心里不免打鼓。原先有向不悔和莫元清抗衡，大家有事可以依靠向不悔，不用直接和莫元清冲突。如今，向不悔没有了，向青云又没有经验，莫元清不知又要耍什么手段。大家心里各怀心思，说了几句祝贺向青云接任向氏轮船公司的话,很快把话题转到了生意上。有人说:"外轮公司压价和我们抢生意,已经快三个月了,只有向氏公司还在开航,现在二爷走了,向家恐怕也要停航了。"另一个人说:"这次英轮炮轰万县,他们靠的是武力,咱们争不过他们,我看还是改行算了。"

大家你一句我一句地说着,莫元清说:"各位,还是先前的办法,这件事由我来解决,只要咱们合作一股,就能和外轮对着干。只要大家都同意合股,不用你们出面,我保证大家都有钱赚。条件嘛,还是前些日子说过的,各公司的股份里都有我一股。"

向青云问:"莫大爷,你这么胸有成竹,把你的办法说出来听听。"莫元清诡秘地笑笑,没有回答向青云。

向青云说:"莫大爷不说出你的具体办法,就要我们合股,这事还要仔细商讨,不是凭你一句话,就成了。"

几位轮船公司的东家,素来对莫元清就有看法,听到向青云说出此话,借机说合股的事改日再议,今天主要是为向青云接任庆贺。

莫元清心说,走了一个向不悔,这个向青云又来绊脚。但莫元清并没有把向青云放在眼里。大家散了之后,莫元清留下向青云,对他说:"青云,你二爸在的时候,是同意合股这件事的,你今天什么意思?当着这么多人的面横拦竖挡,你懂什么?你还是放明白点儿,万县的航运我们莫家是老大,我看在你和英豪是兄弟的面子上,劝你赶快同意合股的事,否则你们向家在万县可就没有立锥之地了。"

向青云被莫元清这一番话惹恼了,说:"莫大爷,向家有没有立锥之地,不是你说了算的,谁能在万县站得住,那可不是凭谁说的。合股的事,若是莫大爷能把外轮摆平了,再说再议。"说完,向青云迈开步子走了,莫元清弄个大憋气。看着向青云的背影,莫元清一跺脚说:"这小子,他二爸没了,他倒长本事了。两天不见,横起来了。"

向青云开除了莫老六，对公司的员工是一个震慑，大家按部就班地做着各自的事务。把公司里大大小小的事情安排出了头绪，向青云终于心里静了些，给夏天虹写了封长信。信中记述了他从重庆和夏天虹同台唱戏后分别到接任向氏轮船公司这一段时间的心理变化，表达了对夏天虹的感情，他告诉夏天虹耐心等待，过了孝期，就迎娶她。

这天一早，马文俊到了向青云的办公室，说有一批桐油要运到重庆，他要跟船到重庆办些事情，问向青云有什么吩咐。

向青云马上从抽屉里拿出一个封好的信封，对马文俊说："到了重庆把这封信交给夏天虹，记住要亲自交给她。"

马文俊答应了，转身走出向青云的办公室，站在门外，脚步顿了一下，走进了向小寒的办公室，把向青云写给夏天虹的信交给了向小寒。向小寒读完，把信撕成碎片，放进了废纸箱里。马文俊着急地说："小姐，你这是？我如何对青云交代？"

向小寒说："我爸让她娶五月，我见他还和夏天虹勾勾搭搭就生气，你按我说的对夏天虹说就好了。"

向小寒暗地里对马文俊说要他监视向青云的一举一动，说向青云在生意上不懂深浅，让他随时告诉自己向青云的举动，以免向青云做出对向氏轮船公司不利的事情。但马文俊没想到向小寒撕了向青云的信。

下午，夏天虹正要准备化装，郭天顺过来说向家有人来找她。夏天虹三步并作两步地到了门外。在向不悔的葬礼上，夏天虹见过马文俊，她问道："马叔，是青云让你来的吧？马叔刚下船吧？走，我陪马叔到那边的茶馆坐一下，你歇息一会儿。"

夏天虹一连串的问话，问得马文俊局促不安。但他外表上一丝不乱，说道："谢谢夏姑娘，茶馆就不去了，我还有事情要办，青云要我给你带话儿，他现在很忙，过些时日他来重庆看你。"

夏天虹说："马叔，青云没让您给我带信吗？"

马文俊心里一慌，忙说："姑娘，青云没时间写信，才让我来捎话儿，若是写了信，那不就从邮箱走了，还用我给姑娘送来？"

听了这话，夏天虹笑了，说道："是这个理儿，我思虑不周，让马叔见笑了。"

马文俊和夏天虹又叙了两句，告辞走了。他心里却想，对夏天虹说的话是向小寒叮嘱的，也不知向青云信里对夏天虹说了什么。马文俊摇摇头，心里觉得这样做不妥。但又一想，向青云和向小寒是兄妹，他这样做，不能算作对向家不忠。

马文俊跟了向不悔多年，受向不悔影响很深，生意上虚实相映，但为人处世老实，用向不悔的话说就是，即使一个人独处，也要关照自己的心念是否纯正。给夏天虹传了假话，马文俊的心里终是有一丝不安。他用规避向青云不务正业的想法来调节自己的心理，不一会儿也就消除了自责。

夏天虹目送着马文俊走远，满脸喜气地到戏园子的后台化装，郭天顺说："师妹，向家来人就说了几句话，看把你高兴的。我就是整天和你说话，也不见你一个笑脸。看来呀，人和人真是不一样啊，这向青云比我多了一个鼻子还是多了一个眼？见了他你就喜笑颜开，对我就熟视无睹。"

班主正在后台上转悠，听了郭天顺的话接着说道："天顺，好好化装，你得把心思给我用在戏台上，女人嘛吃醋还可以，男人要是吃醋，就没出息了。男人要在自己的本事上下功夫，你把戏唱好了，自然就有了好姑娘。"

郭天顺对班主开玩笑地说："班主，天虹只有一个，我就是唱得再好，还能有比天虹更好的姑娘不成？我看是不能了。"

夏天虹也开玩笑地讥讽说："我一直以为我是师兄眼里的臭豆

腐，没想到还是块香饽饽。"

班主板起了脸对夏天虹说："天虹，凡事都要沉得住气，况且世事难料，我还是那句话，你要能担得起好，也要能担得起坏。"

郭天顺说："班主，您可不能给师妹泼冷水了，向家已经不阻止向少爷和师妹了，不能有变化了，您就等着抱外孙子吧。班主，您老来算是有靠了。"

夏天虹说："我现在的心里是滚烫的沸水，班主的冷水到了我的心里马上就沸了。"

班主说："你们还年轻，人的命啊，就像是六月的天气，也是说变就变的。就说向家吧，谁能想到一会儿的工夫，向二爷就没了。在万县就听人说起，向二爷是行船的好手，论思虑，论智谋，论仁厚，二爷是齐全了，做人到了向二爷这样不容易呀，一般的人用智谋会渐渐变为心术，用思虑会渐渐变为奸诈。人最难把握的是分寸，也不知向家的少爷，能否把握分寸啊。"

夏天虹说："青云是黑白分明的人，不会错的。"

班主说："执管一个公司，黑白分明是不行的，那心胸要大能跑马，细能游丝才行啊。"

夏天虹说："班主，您中午是不是喝酒了，您说的什么呀，我听不懂。"

郭天顺也说："是啊，班主，喝了二两吧，越说越邪乎了。"

三个人正说着话，有人来叫班主。班主正说到兴头上，对来人说："什么事？马上就开戏了。"来人又叫了声班主。来人是戏班里学戏的小男童，看着班主惶恐地说："班主，不好。"

班主、夏天虹、郭天顺同时看着男童，三个人同时看他，男童慌了，哼了半天，说不出话来了。班主说："不好什么，台下没看客？"

男童说："不……不是……"

班主又说："在戏园子，只要角儿能上台，台下有看客，还能有什么不好的，你说。"

夏天虹拉过男童，说："别怕，有什么事慢慢说。"

男童说："我看到了李克彪在台下坐着。"

"李克彪。"三个人同时说出了声。

班主在化装间里来回踱着步子，夏天虹和郭天顺互相看着。一时，班主的踱步声显得化装间里格外寂静。突然，班主停住脚步说："天虹、天顺你们照常演出，戏班的人都待在后台，不要让李克彪看到咱们的人。估计就算他认出了天虹，也不会轻易闹事。若真闹事，我们就随机应变。"

李克彪有公事到重庆，要住上几天才回万县。上午办完了事情，闲来无事在十字街上溜达，打算给夫人买些样式新颖的饰品带回万县。他从一个店铺里出来，看到了对面的戏院，看看水牌下午有一场川剧《杜十娘》，掏出怀表看了看时间恰好，就走进了戏院。不一会儿戏幕拉开。李克彪觉得台上的女角儿，亮开高腔，听起来十分熨帖，他闭上眼，用手指敲打着大腿，剧中杜十娘悲戚而绝望的唱段里，李克彪突然感到了某种熟悉的韵味，他睁开眼睛，看着台上的"杜十娘"，心里惊道，莫非是夏天虹？瞪大了眼睛屏住气，对自己说，没错，就是夏天虹，从我眼皮子底下逃走，原来竟来了重庆。戏唱完了，李克彪装作没有认出夏天虹，随着听客走出了戏院，心里却暗暗发誓，一定要把夏天虹弄到手。这一次不能像在万县那样，不能打草惊蛇了。

万县附近的县府经常用船的商家，都听闻了向不悔遇难，再用向家的船不免有些踌躇。过去，只要货物上了向家的船，那就是万无一失了，商家相信，一旦货物在向家的船上有了闪失，向不悔一定会包赔的。现在不同了，向青云肩膀还是嫩了些，他能否担得起满船的货物，大家还在怀疑地观望。没有了向不悔在气势上压着莫元清，商家对莫元清也是惧怕几分。这一时期，向家每揽到一单生意，都要付出很大的周折。

秋天的红橘，把万县染成了赤橙的颜色，江水两畔的山坡上，炊烟袅袅的院落里，饱满的红橘沉甸甸地压着枝头，也压着万县人的心。这些红橘要尽快地运出去，换成钱票，再换成日常用品来维持各家的日子。各个航运公司都在洽谈红橘水运的生意。

这天，一个周姓种植红橘的大户来到向氏轮船公司和向青云商洽，向小寒作为向青云的助手坐在他的身边。

向青云开诚布公地说："周老板，每年您的红橘都是我们向家运送，价格嘛您都清楚，今年还是往年的价格，趁着新鲜把红橘给您运到重庆。"

向小寒说："您还是快些装船，不然红橘隔了时辰，可就不漂亮了，您可卖不上好价钱了。"

万县的商家对向家让女孩子出头露面做生意很反感，周老板见向小寒直接和他说话，感到不自在，看都不看向小寒，对向青云说："向老板，运价嘛，可以定下来，不过我有个条件。"

向青云恭敬地说："周老板有什么条件尽管提出。"

周老板说："我要你们公司用条筐装橘子，筐的缝隙不要太大了，这样既可保持红橘的通风，又不损失水分。"

向青云一时没有回答，他在想着一时到哪里弄条筐。

向小寒马上说："周老板，你去看看谁家的橘子还装筐里呀，不都是倒在舱里，你的橘子就金贵了，你这不是为难我们嘛。"

周老板遭了向小寒的抢白，心里有些恼，依旧看着向青云说："这怎么是为难呢？谈买卖就是要讲条件的嘛。"

还没等向青云说话，向小寒就说："谈条件也不能无理呀。"

周老板急了说："这怎么是无理呢？得了，好男不跟女斗，向家女人当家，这买卖我不做了。"站起身就走了。

马文俊看见周老板气鼓鼓地从向青云的办公室里出来，猜到生意又没有谈妥。他认为是向青云不能让周老板信任，心里焦急起来。

向青云对向小寒说:"小寒,你怎么能这样和周老板说话呢?"

向小寒说:"这样说话怎么了,你没看出来,他们见爸没有了来欺负咱吗?"

向青云着急地说:"这怎么是欺负呢,人家提的条件很有道理。"

向小寒说:"有什么道理呀,你见过用筐运橘子呀?"

向青云说:"小寒,亏你还是留过洋的,什么事情都要有个变化,一成不变才是做生意的大忌。"

向小寒生气地说:"留过洋怎么了,你的意思是我读的书白读了,还不如你对吧?"

向青云说:"不是说你不如我,而是,男人和女人考虑事情是有区别的,以后我再谈生意你就不要插嘴了。"

听了向青云这句话,向小寒生气地走出了办公室。

马文俊目送着周老板走远,右手不自觉地摩挲着胸前长袍上的疙瘩襻儿,在向青云办公室的门外走来走去,有职员从远处窥看他,心里也都猜测到了生意又没有谈成。谈崩了生意,就像是战场上打了败仗,向氏轮船公司的职员同战场上的战士一样士气消沉。马文俊看到向小寒走出来,随她走进了办公室。

马文俊说:"小姐,青云怎么谈的,如何就把周老板谈跑了呢?二爷在的时候,他都是闭着眼就把生意给我们的。"

向小寒说:"马叔,此一时彼一时,您以后,别再提起我爸了,除了徒增难过,对我们的生意一点儿用也没有。"

马文俊的眼圈红了,继续说道:"这可怎么好啊,青云接管以来,一单生意也没谈成。再加上前一阵子,外轮压低运价给我们的带来的亏空,接不到生意,公司难以为继啊。"

向小寒擦拭着桌上的尘土,没有说话。马文俊见她默然的态度,更加着急,说道:"小姐,你得赶紧想个法子啊,无论如何要保住二爷创下的产业啊。"

向小寒坐在椅上说:"马叔,现在着急没有用,公司由向青云主事,没有生意,原因全在向青云的身上。"

马文俊说:"青云在诗文上脑子通透,可论做生意,他差得远了;论生意胆识,他不如小姐你啊。"

向小寒见马文俊这样说,心里转了一个弯儿说:"马叔,向家的生意,非要向青云交出掌管权才能好转。"

马文俊说:"按理儿,是该青云接管公司,就该他是向家的继承人,只是他过于孩子气,再摔打几年才可。"

向小寒说:"马叔,眼下我们要想个办法,让向青云从公司里退出。"

马文俊看着向小寒,沉吟着说:"这……恐怕不妥吧?"

向小寒紧接着说:"马叔,等我们渡过了难关,青云成熟些,我们再把公司交给他,他是向家的继承人,向家的产业早晚都是他的。马叔,您可要从向家的大局着想啊。"

马文俊说:"青云是名正言顺地接管向氏轮船公司,其他的轮船公司也都认可了青云,实在是没有理由让他退出啊。"

向小寒压低了声音说:"马叔,我有办法。"她凑近马文俊的耳边嘀咕了一阵子。

马文俊迟疑地看着向小寒,下了挺大的决心说:"也只有这样做了。"马文俊正要接着说下去,门外响起了敲门声,没等向小寒说请进,一个人走了进来。马文俊见是莫英豪,打了招呼,退了出去。

向小寒对莫英豪说:"大白天就走错了门,夜里撞见鬼了吧。"

莫英豪坐下,慢悠悠地说:"小寒,说话亲热些嘛。"

向小寒说:"你是来找你的青云哥的吧?你青云哥的屋子在左边。"

莫英豪赔着笑说:"小寒,我是来找你的,咱俩说说话。"

向小寒说:"你是个大闲人,我有很多事要做,还是请莫少爷找地方打发逍遥时日,我可奉陪不起。"

莫英豪还是堆着笑说:"小寒,你有事,是你自己找的。公司由青云哥管事,要我说,你还是陪我说说话,帮你娘操持家,这才是女孩子该做的事。"

面对莫英豪的纠缠,要是在平时,向小寒会发作。可是,父亲的去世,让向小寒处理事情的态度,不知不觉中发生了很大的变化。她意识到了自己行事的随心所欲,都是由于有父亲做后盾,现在父亲没有了,她在心理上不免虚弱了许多。她站起身说:"我有事要出去一下,你去找你的青云哥吧。"

向小寒走出公司,信步走向码头,看着来往的船只,心里有一种惆怅的感觉,过去她每每站在码头上,心里就觉得这里是她施展才华的地方。仅仅几天的时间里,向小寒就觉得码头此起彼伏的船工号子,不似往日激昂有力,而是悠长中带有一丝悲戚。一名装卸工停下手里的活计,扬起胳膊擦着头上的汗,向小寒一眼看过去,那名工人脸色黝黑,草鞋松松垮垮地挂在脚上,蓝色的短衫上补着好大一块白色的补丁。向小寒这是第一次关注他人的神态,像是看到了一样新奇的东西。在向小寒愣神的时候,突然莫英豪又跟了上来,说:"小寒,看什么?"

见又是莫英豪,向小寒没有说话,转身走上石阶朝街上走去。莫英豪没趣地站着,正不知如何是好,抬头看见袍哥三爷带着几个人朝码头上走来。莫英豪看见莫家的客轮停靠在码头上,袍哥三爷带的几个人分散开,嘴里喊着:"开船了,马上就要开船了,万县到重庆,请各位这边来,马上就开船了,请随我上船。"欲要上船的顾客,不明就里地跟随几个小袍哥的指引,上了莫家的船。几家航运公司在外轮的打压下,本来就没有什么生意,莫元清派出小袍哥揽客,其他公司的船无法开航。

马文俊来到码头,问陆船长可有生意。陆船长朝莫家的轮船努努嘴儿,马文俊望过去,从岸边到码头,大概有十来个小袍哥,错落地站着截住乘客往莫家的船上带。马文俊吃惊地问陆船长:"这是怎么回事？"

陆船长生气地哼了一声，说："还不是莫老大抢生意，好几天了，太不像话了。"

几家轮船公司的老板见了马文俊，围拢过来，其中一个人说："文俊，你看如何是好？向二爷在的时候，我们还可商量合计，有二爷做我们的主心骨。二爷不在了，莫老大这样霸道，这可有什么法子啊？"

另一个人说道："我们到向氏轮船公司找向青云商量商量。"

又有人说："向青云能有什么主意，他哪里是莫老大的对手？"

接着有人说道："我们也别小看了向青云，走，我们去合计一下。"

大家边说着话边向向氏轮船公司走去。

到了向青云的办公室，大家把事情的经过说了，向青云听后，带上几个人就往码头走去。向青云走近几个小袍哥，问道："谁让你们这样做的？坏了码头的规矩。"

没想到，一个小袍哥上来就朝向青云的胸前一拳，几个职员看到向青云被打，哪里肯依，和小袍哥扭打在一起。向家和莫家的人就打在了一起。此刻莫元清站在高处，看得一清二楚。莫英豪在四处张望，莫元清喊了他一声，莫英豪随莫元清走过去。看到向家的人在打莫家的人，莫元清急了，逼着莫英豪打向家的人，莫英豪无奈，过去把向家的人拉开，他并没有动手。向青云看到莫英豪，走过去，欲要向他解释事情的经过，此刻，莫英豪正在拉开扭打在一起的人，向青云走近了莫英豪。就在向青云呵斥向家的人住手，要和莫英豪辩解的时候，袍哥三爷在一旁动了心计。袍哥三爷年轻时也是有功夫在身的，三五个人不能近他的身。他见向青云朝莫英豪走来，就在向青云接近莫英豪的一瞬间，他从莫英豪的身后，迅疾地朝向青云的额头上就是一拳，打得向青云两眼冒金星。袍哥三爷出手之快，连莫英豪都没有察觉。向青云哎哟一声，蹲在地上。向家的人还没明白过来是怎么回事，向青云就捂起了眼睛，马文俊忙上前，扒开向青云的手看，只见眼眶子都打青了。马文俊大喊道："莫英豪，你怎么能朝青云下这样的狠手！"

莫英豪看着向青云愣住了，叫着："青云哥，青云哥。"

马文俊把莫英豪扒拉开，莫元清见马文俊拽莫英豪，示意袍哥三爷上来又给马文俊一拳。莫元清说："英豪，把向家的人给我打跑，从今后，向莫两家势不两立。"

莫英豪愣愣地看着父亲。此时，马文俊扶起了向青云，向家的人都撤了。莫英豪看着远去的向青云，追了上去。到了向氏轮船公司，莫英豪到了向青云办公室，马文俊在给向青云用热手巾敷眼睛，莫英豪叫了声："青云哥。"马文俊说："看你把青云打成什么样，你还来干什么？"莫英豪忙说："不是我。"

马文俊说："还说不是你，我都看到了。"

向青云捂住眼睛说："英豪，我们的兄弟情，从今断绝。"

莫英豪委屈地说："青云哥，你错怪我了。"

向青云说："你走吧，从今往后，你是你，我是我。"

莫英豪无奈地走出向青云的办公室，踢着地上的小石子，眼里流出了泪。

向小寒从码头走到了客栈，青田浩二见了向小寒说："小寒，我正要去找你。"

向小寒没有答话，坐在椅子上。青田浩二很意外，他不理解向不悔的去世给向小寒心理上带来的变化。他问道："小寒，遇到什么大事了吗？很少见你面容有愁云。"

向小寒还是没有说话，心里纠结着怎么能让向青云放弃掌管公司，由她来做主。

青田浩二见向小寒还是不说话，带她到了万县的洋餐馆。万县本土的餐馆都是木板门，而洋餐馆是磨砂玻璃的门，玻璃上的图画是一男一女两个小孩子，小女孩手里托着一个圆的东西，披肩的长发，男孩像是站在云端里，向下张望。万县的孩子们经过这里，常常会驻足看玻璃门上的图画，他们认为外国的孩子生活在天上，自己生活在地上。进了餐馆，里面很安静，只有轻缓的音乐声。服务生轻轻地走过来，又轻轻地问话。向小寒还是沉浸在自己的心事里，她没有注意青田浩二都要了什么。青田浩二给向小寒倒了红酒，向小寒喝了一口，吃了一块牛排。音乐更加轻缓，向小寒从心事里走了出来，邀青田浩二又喝了一口红酒。说道："这红酒真是地道。"

青田浩二说："小寒，这酒可以代表我的心，我为你做任何事情都会地道。"

向小寒听出来了，青田浩二对自己说的话是一语双关。她沉吟了一会儿，说道："我和向青云发生了争执，不把他从主事的位置上拉下来，我在向家的公司，就没有说话的份儿。"

听了向小寒的话，青田浩二没有急于说话，而是频频让酒、让菜。向小寒反而有些着急地问："青田君，你有没有什么好办法？"

青田浩二说："小寒，和向青云要用心计周旋，不能硬碰硬。"

青田浩二的话让向小寒心里很不服气。她心里想，向氏公司本来就应由我掌管，现在反而要我在向青云的手下，还要用心计和他周旋。想到此，她心里的气就又上来了，说道："向家的产业是我爷爷和我爸打下了，他向青云轻易到手，还让我和他周旋，我做不到。"

青田浩二说："小寒，现在你父亲没有了，你不能使性子做事了。"

这一句话，正捅到了小寒的心里，她喝了口酒，没有说话。

青田浩二接着说："你们中国的传统是男丁继承家业，这是无法改变的。"

向小寒说："难道就没有办法让向青云交出向家的产业吗？"

青田浩二看着向小寒说:"办法是有,不过,不能着急。"

向小寒让了青田浩二酒,问道:"青田君有什么办法,不妨说来听听。"

青田浩二叫过服务生,要了两杯橘子汁,让向小寒喝了一口说:"你得慢慢来,让事情发生质的变化,就像这杯橘子汁,你们万县到处是红橘,但是,你们世代都没有把它们变成汁液。是我们日本人把它变成了可口的汁液,你喝的时候,还会意识到它是橘子吗?"

向小寒若有所思地看着青田浩二。青田浩二又说道:"你要表面上顺从向青云,等待时机。还有很重要的一点是,你要找一个靠得住的夫君,扳倒了向青云,要让你的夫君坐在向氏轮船公司老板的位置上,由男人来执掌,这样就名正言顺了。"

向小寒领会了青田浩二的意思,但同时又有一种失落的情绪控制了心里的感觉。她装作没有明白青田浩二的用意,低头吃菜。心里想:找个如意的郎君不是容易的事。她想想莫英豪,又看看眼前的青田浩二,心里否定着,同时不免笑了几声。

青田浩二见向小寒笑出了声,以为向小寒完全理解了他的用意,端起高脚杯说:"小寒,你终于笑了,看到你的笑容,我很高兴。"

向小寒也端起了酒杯,假意说:"多谢青田君开导,茅塞顿开。"

向小寒回到家里,到母亲的屋里,没人,又到了大娘的屋里,还是没人。她大声喊向福。向福忙过来问什么事。向小寒说:"我娘和大娘去哪里了?"

向福说:"都在少爷的屋里,少爷被莫英豪打坏了。"

向小寒听后对向福说:"那你就别站在这里了,还不快去照顾青云。"

向福走了,向小寒想着此事突兀,莫英豪绝对不会打向青云的,这一定是莫元清又在耍什么花样。她走进了向青云的房间,关切地问:"哥,伤得怎样?"

秦氏见向小寒进来,像是见了判官一样地数落起莫英豪,叨叨了一通最后说:"还算莫英豪积了点阴德,就差那么一点点就打在眼上了,不然,青云的眼就完了。"

向小寒装作着急地对向福说:"找医生来看过了吗?"

向福忙答道:"已经看过了,医生说没大事,慢慢恢复就会好。"

向小寒又问向青云:"哥,出了什么事,英豪怎么就打了你呢?"

向青云把码头上发生的事讲了一遍,说是亲眼看见莫英豪朝他打来。

向小寒在心里说,向青云真是蠢,当时,莫元清和众袍哥都在场,袍哥中有的人功夫好,是哪个袍哥打的也说不准,莫元清嫁祸于莫英豪,挑拨他们兄弟间的关系。

向小寒没有说破,而是说:"向莫两家发生冲突,自然莫英豪要护着莫家,什么兄弟情义,那只是平时说说的,到了关键的时候,还是他爹亲。"

秦氏马上接着说:"还是小寒说得对,青云,你可要长点心眼了。过去,有你二爸在,莫家惧我们向家几分,如今,他们可不怕什么了,英豪想必也不把你这个哥哥放在眼里了。"

向青云躺着没有说话。刘氏说:"好了,让青云休息吧,我们都出去吧。"

向青云在家休息,向小寒到了公司,马文俊对她说:"莫家还在码头上强拉生意,我们的船不能开航,公司的账上已经出现亏空了。"

向小寒对马文俊说:"等青云上班了再说吧。你先不要着急。"

向小寒的态度让马文俊感到意外,他不明白,怎么突然向小寒对公司的事情冷漠了下来。

马文俊说:"小姐,你可不能对公司的事情不上心啊,你若是不上心,向家的产业可就要折损了。"

向小寒说:"马叔,我们得想个彻底的办法,逼向青云让位,只有他让了位,向氏才有可能重新兴旺。"

马文俊摊开双手说:"小姐,只要能保住向氏轮船公司,你让我干什么都成。"

向小寒说:"马叔,你暗地里做员工的工作,让他们表面上应付向青云,实际要听我们的。"

马文俊说:"这个好办,我说话大家还是听的。"

向青云到公司上班后,向小寒很顺从他,事事按向青云的意图做,让向青云感到很奇怪。一天,向小寒刚刚做完向青云交代的事情,去回禀,向青云说:"小寒,最近在公司的事情上,你个人的意见少了,有什么想法,你还是要提出来,只要是为了公司的利益,我是会听取的。"

向小寒说:"哥,我寻思过了,你说得对,女人和男人在处理事情上,方式是不同的,一般来说男人的判断力比较准确,我决定公司的事情听你的。"

向青云说:"你能这样想,我很高兴,我们是兄妹,我希望你配合我,共同把自己家的事情做好。"

向小寒马上接着向青云的话说:"是啊,青云哥,我们的目的就是为了向氏轮船公司的发展。你看,目前轮船没有生意,资金出现亏空,我们必须及时调整公司的经营方向。"

向青云说:"哦,你说来看看,如何调整经营?"

向小寒说:"日清公司在重庆经营桐油和猪鬃,几乎垄断了四川的生意,如果我们和日清公司合作,在万县和他们联合经营,万无一失能赚钱。"

向青云听向小寒说到日本的公司,心生反感,没有表态。向小寒观察向青云的态度说:"哥,这只是我的一个想法,大主意还是你来拿。我还有事情要办,出去了。"

向小寒态度上的过分礼貌、收敛，让向青云心生疑惑。

第二天，向青云刚到公司，向小寒带着青田浩二来到了向青云的办公室。向青云让座后，青田浩二说："听闻青云君接任向氏轮船公司老板，特来拜访。"

向青云说："惭愧，小弟没有经验，还需各位同行指点，青田君来访，我真是求之不得啊。"

青田浩二说："哪里，哪里，青云君过于谦虚了，我早就听说向二爷有着非凡的经营才干，青云君也一定很能干的。"

向青云为着公司的状况非常焦虑，急于想找到有效的办法摆脱困境。他对青田浩二说："向氏轮船公司的生意惨淡，资金严重不足，青田君经商多年，有没有好的经验赐教小弟？"

青田浩二见向青云对自己没有戒备，心里十分得意，他假意地说："承蒙青云君如此信任我，我定当鼎力相助，我对青云君也有一个请求。"

向青云说："青田君有什么吩咐尽管说。"

青田浩二说："我希望同青云君成为好朋友。"

向青云说："当然，我们自然是好朋友。"

青田浩二说："若说经验，青云君该是清楚的，做生意要审时度势，随机应变，任何经验都是不足取的。向氏轮船公司若要摆脱困境，办法是有，我和小寒谈过此事。"

向青云马上意识到了向小寒说过的同日清公司合作的事，他马上说道："那好吧，让小寒跟我说吧。我请青田君喝五粮液，走吧。"

青田浩二见向青云巧妙地阻止了自己要说的话，他断定一定是向小寒已经对向青云说过合作的事情，向青云不同意。他心想，向青云绝不像向小寒说的那样没有能力。他隐约感到，向青云并不是等闲之辈。

第十六章　英轮施压

莫英豪被向青云误解后，几天懒得出门，菜饭不思。莫元清对垂头丧气的莫英豪说："向家威风的时期已经过去了，今后莫家该是万县航运的老大了。"莫英豪懒得搭理他爹，回屋心烦意乱地躺下了。

莫元清想，应该先下手为强，不能再等几个华轮公司答应了合作再行动，要先行起来逼迫华轮公司就范。莫家客堂门的榫子坏了，袍哥三爷的推门声音像一个响亮的臭屁，关上门后，还有余音在响，像是袍哥三爷身后拖着的臭气。门的响动唤起了思虑中的莫元清，他对袍哥三爷说："明天找个木匠，修修门，这响声也太脆生了。"

袍哥三爷忍住笑说："大……大爷，您在客堂里已……已经待了大半天了，是……是不是想出了法子对付几家公司？"

莫元清对袍哥三爷说："去叫厨房做一桌子菜，叫几个袍哥头儿，过来家里喝酒。"

过了一个时辰，几个袍哥头头陆续到了，饭堂里摆好了酒菜。袍哥三爷说："今……今，大爷拿……拿出了存了五年的五……五粮液，弟兄们喝个痛快。"

几个袍哥头头互相看看，都带有询问的眼神，他们都想问，大爷究竟为什么要请他们喝酒。可是没有一个人敢问，只等着莫元清的开场白。

莫元清打开了酒瓶，给每个人斟满酒盅。几个袍哥受宠若惊，连声道谢，忙敬莫元清酒。

莫元清呷了口酒思忖着，话该怎么说才能让这些手下不要赏钱就能为他卖命。他表情痛苦地说："不瞒各位弟兄，爷我这阵子总做梦，祖宗不安呢，万县遭此劫难，我身为袍哥老大无能为力，真是无颜见列祖列宗啊。死了那么多人，真是睡不着啊。还有那个向老二，就这么没了，怎么说我们也是一条道上的兄弟。"说完他挤出几滴眼泪，连喝三杯后痛哭失声，"我要报仇，不为别的，就为我是袍哥老大，咽不下这口气，洋鬼子来欺负万县的百姓，我莫元清不答应。"

莫元清没头没脑的几句话把众袍哥弄得莫名其妙，其中一个说："爷，要我们怎么做尽管吩咐，小的万死不辞。"

莫元清一抹脸说："我要报仇，为万县的老百姓，这是咱的地盘，凭啥子让洋鬼子为所欲为。"

"爷，你吩咐吧，我们怎么办？"袍哥拍着胸脯说。

"是啊，您从来没这样伤心过，只要您一句话，我们死都行。"

"你个龟儿子，哪个让你死？"莫元清伸手在说话的袍哥头上重重拍了一下。

"爷，我们找几个人，把洋人的船烧了。"

"对，烧船。"

"洋人有枪也不怕，咱们搞突然袭击。"

"发现了，不就是个死嘛！"

"我光杆一个怕啥子死……"

几个人很激动，七嘴八舌地议论。莫元清一拍桌子说："小点声，想让全县的人都听见啊……"几个人鸦雀无声，静静地看着莫元清。

莫元清说:"这都是什么主意啊,找死。"

"爷,你说咋办?"

众袍哥刚才还群情激愤,马上又垂头丧气起来。

莫元清站起来拍打他们的脑袋用教训的口气说:"成不了气候的东西,就知道明刀明枪,匹夫之勇,要你们做啥子用?"莫元清一摆手,几个脑袋凑到了一起。他压低声音说:"找一个脸生的小弟兄,让他去翠莺楼找新来的那个粉头,那婊子能唱着嘞,如此这般交代清楚……"

几个人竖起大拇指说:"不愧是爷,高,真高。"他们像被打了兴奋剂一样起身离开,分头准备。

夜色漫过江面,侵吞了整个码头,几个电线杆上,电灯微微泛着黄光,几只小木船在停泊的轮船中穿梭叫卖着小吃和零食。小木船上的汽灯,在江面上一眨一眨地闪动,江水拍击轮船的声响越发显得江面静寂。突然,码头上有歌声传来,这歌声不像是小曲,也不像是万县本地的歌谣,韵调直白,歌者的嗓门豁亮,有股火辣辣的味道。"小妹在家等情郎,等得心慌慌……"

歌声飘到江面的船上,守船的人都探出头来朝岸上望着。

江面慢慢划行的小船中也有唱小曲的,她们大多是春楼里的粉头,在夜色掩映下的江面招揽生意。一般小曲唱得声音低沉,都是些烂熟的曲调,船家有意的就会吆喝一声,叫了过去。虽然这种皮肉生意码头上人人皆知,但人人心里却都把这种事情罩上一层隔膜的东西,就像必须要等到夜色里方有小曲吟唱。被江水拍打的小船,摇来摇去,万县的皮肉生意也就有了漂泊的境况,在人们的价值衡量里,离淫荡远了。

岸上的歌声劈空地传来,江面上唱小曲的和卖吃食的叫卖都停顿了。

不一会儿岸上不知从哪里出来几个人围住了唱歌的女人,其中有一个人说道:"我是情郎,等我吧。"之后一阵的哄笑声。江上的船被惊动了。有十几只轮船挑起了灯笼,照亮了码头。

女人继续唱着:"盘腿坐在炕,一拨灯芯灯芯亮……"边唱边嚷着,"大爷,来呀,听一段小曲吧……不……要钱的。"嚷完朝周围的人挤眉弄眼。船上的人都探出头来瞧看。英轮上的船员站在甲板上,手里拿着红酒,嘴里哇哇叫着,扭动起了身体。

"小情郎,灯芯好亮,小妹等郎……灯下看光光……"

"现在看吧,我们是狼……哈哈哈哈……"起哄的人大声叫道。

女人像是出入无人之境,完全沉浸在自己的醉态里,继续唱道:"脱了衣裳……抱情郎……"摇晃着身子,右手解旗袍的扣子,但那手像是不听使唤,扣子就是解不开。

"快点解嘛,太慢了。"有人起哄道。

英轮停泊的水面附近露出四个脑袋,悄悄游向轮船,上了甲板,英轮上的人只顾着看热闹,没有察觉有人上了船。

围拢在女人周围哄笑的人没有任何人察觉他们之中多了一个人,他举起胳膊晃了几下手里的手电筒,女人用余光看到了手电筒的闪动,拖着长音收住了唱,说道:"不唱了,天要亮了,明天再来。"

看热闹的人打趣嚷嚷着散去了。

第二天英轮上的职员跑肚拉稀,船上丢了很多货物,棉纱被抹了黄油。船也发动不了,修船要延期发货,英国人慌作一团。

英轮船长叫来了守船的人,守船人说没听到有什么动静。船长觉得此事严重,详细问了昨晚码头上可有什么事情发生。听了守船人的描述,船长叫过来翻译,问码头上可有万县地方势力控制。

翻译是从重庆带过来的,对万县的情况不是十分了解。他说:"这几日有码头上的袍哥在强揽生意,是否是他们所为,也说不定。"

船长说:"昨晚唱歌的女人一定同这件事有关,能不能把她抓来?"

翻译说："这女人一定是个粉头，船长不要抓呀，目前，万县的军队，对英轮抵触，他们不会配合我们的行动，若由我们亲自去抓，恐怕又要闹出乱子不好收拾。"

船长说："修船，把货物移到另一艘轮上，马上起航。"他看着江面，搓着手指，露出一丝冷笑。

向不争回到重庆，心情悲痛，除了上班其他时间都闭门不出。这天，武江川来看望，安慰了一番。

向不争说："不用江川弟你来劝我，道理我还不懂吗，天有不测风云，人有旦夕祸福，可是一旦事情临到自己的头上，我还是一时难以接受。"

武江川说："是啊，我和不悔是少年相识，他的影子每每出现在眼前，我都会混乱了生死的界限，更何况你们是亲兄弟。只有让时间来慢慢消解悲痛吧。"

向不争说："不悔这一走，向家的前景也不知如何。"

武江川说："青云不是接管向氏轮船公司了吗，向兄不用多虑。"

向不争说："青云这孩子，你是知道的，心思一直不在生意上。"向不争停下了话语，眼睛看着对面的座钟。只听此刻座钟报了整点，钟声像是附着了磁性，把向不争和武江川的心都有力地吸了一下。向不争接着说："有些事情即使朝代更换都不能改变，可有些事情一瞬间就会变得面目全非。"

武江川和向不争也算是至交，他知道向不争这句话是由于某件事情而说的，而这件事是不好直说的。

武江川说："向兄心里有什么话不要有所顾虑，世事的变化，若论宗教的说法就是因果，前世因，今世果。存了这样的想法，凡事我们就都可以接受了。"

武江川的话说得向不争眼圈红了，说道："江川弟，有一事我难以启齿……说来真是惭愧啊，我向某教子无方。"向不争捋着胡须，眼睛避开了武江川的直视。

"慢慢来，年轻人嘛，总要荒唐几年，不妨事。"武江川安慰道。

"生意上还好说，实在不行大不了家道衰微，可是，青云让我失信于江川弟和五月。"

"怎么了，亲家？"武江川很是不解。

向不争长叹了口气说："你是知道的，青云小时候被土匪绑走后，失而复得，不悔一直惯纵着他，我的话，他一直是表面上顺从，骨子里有他自己的主意。不悔这一走，我再想左右青云，更加无能为力了，让江川弟你见笑了。"

武江川心里已经预感到了向不争说的是向青云和五月的亲事。但还是问道："向兄有话不妨明说。"

向不争局促地说："青云还是放不下那个戏子，他说不能娶五月。"

武江川为了掩饰自己的失望和难过，站起身给向不争斟了茶，故作轻松地说："向家遭如此大的变故，不要再勉强青云了，五月和青云没有缘分，怪不得谁。"

向不争说："江川弟待我如此宽厚，更让我无地自容啊。两个孩子自小定下亲事，如今因向家发生了变数，我是无颜见人啊。"

武江川顿了片刻道："向兄，你的为人，小弟岂有不知，无能为力的事，上天也没有办法，不要把这事压在心上自责。"

"是老了，年轻人的心思，真是猜不透啊。"向不争无奈道。

"向兄，不必为难，即使亲事不成，咱还是多年的朋友，不妨事，不要因为这个苦恼了。"

听到武江川这样说，向不争的心稍稍平静了些。

晚饭后，武江川踱步来到五月房中。五月正在为向青云绣肚兜，起身迎父亲坐下，倒了杯茶。武江川想把真相告诉女儿，但看到女儿一片痴情，欲言又止。他看着五月心疼地说："向家出了丧事，要守孝期的，你和青云的婚事要推推了。"武江川试探着说。

"我知道爹，青云哥真是不幸，我能等。"五月低头害羞道。此时的武江川心像刀割一样，眼眶湿润了。

"爹你怎么了？"五月诧异地问。

"没什么，只是舍不得我的女儿。"武江川急忙掩饰道。五月害羞地撒起娇来，"爹舍不得我不嫁就是了……"

"爹随你的意愿，其实向家，也未必是你的好去处。"武江川为难地说道，"他家遭此大难，家境也不如从前了，向青云不知轻重，能挑起这个家吗？爹不想你受苦。"

"爹，别说了，我非青云哥不嫁，不要让女儿做无情无义的人。"

"我只是心疼你，你是我的女儿。"

"爹，我知道您为我好，但这件事以后不要再说了。"五月急道。武江川无奈地叹息着。

夏天虹从万县回到重庆，情绪上安定了下来，在戏上也就很用心。一连半个月每天上台，又有了很多戏迷，有钱人竞相捧角。班主既高兴又忧虑，一场戏唱下来，光是赏钱就有几百元。有收入班主当然高兴，可这角一旦太红了，也容易惹出乱子。

这天，夏天虹在台上唱《牡丹亭》，台下争先恐后地献花篮、给赏钱，生怕给得少了，落在后面。驻重庆刘湘部的旅长朱少雄，老家在开县，小时候那里有一个叫作"任三妹"的戏班子，经常在城关王显庙和城隍庙开锣，他的爷爷喜欢听戏，每天都带朱少雄去听戏。朱少雄是潘文华的手下，听潘文华说起德裕班的戏唱得好，过来听了一出，对夏天虹大加赞赏。戏散后，拜见了班主，随从把一个一人高的大花篮送到了化装间里，朱少雄随班主来到化装间。班主介绍说："天虹，这是潘督办手下的朱旅长。"

夏天虹瞟了一眼朱少雄，没有起身。郭天顺忙过来行鞠躬礼。而朱少雄的目光一直没有离开夏天虹。班主看在眼里，正不知如何是好。朱少雄说:"对不起,夏小姐,叨扰了。"说着退了出去。班主长舒了一口气。夏天虹看着朱少雄的背影,心说他倒是个守规矩的人。

第二天,朱少雄坐在包厢里听戏,没有惊动班主。

李克彪回到万县后,心里放不下夏天虹,借故到重庆办事,来听夏天虹的戏。

夏天虹唱完一个折子戏,回到后台坐下来喝茶,门帘一挑,进来一个人,夏天虹抬眼一看是李克彪,心里一惊。李克彪赔着笑说:"没想到吧,我从万县追到了重庆,你是跑不出我手心的。"

夏天虹说:"只怕你的手捂不住重庆的天。"

李克彪说:"夏小姐还真是抬举我了,整片天,我是捂不住,能捂住一角,你就动弹不得了。"

夏天虹喝了口茶,心里想着,和李克彪面对面硬来肯定是要吃亏的。她急中生智,站起来说:"那是,你李团长神武英勇,其实,我心里是敬佩你的。"

李克彪听夏天虹说话没有了锋芒,心想,他一定是惧怕了自己。说:"夏小姐,早就应该乖巧些,我是不会亏待你的。"

夏天虹摆弄着自己的头发说:"难得李团长对我这么用心,从万县找到重庆,我们戏班子有李团长照应,应该感谢您。"

李克彪迷蒙着眼睛看着夏天虹说:"戏班子感谢我,不算数,我要你夏小姐亲自感谢我。"

夏天虹趁机说:"李团长,你看这里人多眼杂的,我想感谢您也不方便呀,明天下午,你两点过来,我为您一个人唱如何?"说完娇媚地看了李克彪一眼。李克彪顿时魂魄出了窍,和夏天虹心领神会地对了一下眼色。

夏天虹伸动了一下自己的腰肢说:"李团长,咱们一言为定,您先请回吧。"

李克彪说:"好,一言为定。"

出去时李克彪和郭天顺撞了个满怀。郭天顺慌张地问夏天虹："天虹，你和李克彪定了什么？"此时，班主也进来，接过话说："天虹，李克彪说了些什么？"

夏天虹说："我让他明天下午两点来戏院。"

班主担心地说："你打算如何对付他？常言说请神容易送神难。"

夏天虹用梳子梳着头发说："我要让他屁滚尿流地离开咱们德裕班，再不敢来。"

第二天一早，班主派人给朱少雄送信，说是下午两点夏天虹请朱旅长过去听编排的新戏，一是让朱旅长先睹为快，二是请朱旅长提提意见。得了夏天虹的邀请，朱少雄心里很是欢喜。

中午，班主安排戏班子的人都避开了。夏天虹叫过一个学戏的男童耳语了一番，男童点头称是。

朱少雄带着三个随从走到了十字街。只见一个男孩气喘吁吁地跑来，见了朱少雄鞠了一躬说："求旅长救救我家姑娘吧。"

朱少雄的随从一把揪住这个男孩说："从哪里窜出的野小子，好大的胆子，竟敢拦住我们旅长。"

朱少雄示意随从松手问道："你是谁？把话说清楚。"

男孩子显然是被随从吓着了，哆哆嗦嗦地说："我……我是德裕班的。"

听到德裕班三个字，朱少雄一激灵，问道："快说，出了什么事？"

男童说："有个叫作李团长的，不让我们排戏，纠缠夏天虹，他还带着两个兵，班主偷偷让我出来，请朱旅长救夏天虹。"

朱少雄一听，火冒三丈，大步流星赶到戏班子，一脚踹开戏院的门，闯了进去，走到后台休息室，正看到李克彪欲要抱住夏天虹，夏天虹左右躲闪。朱少雄脚上穿着皮靴，上去朝李克彪的腿就是一脚。李克彪两腿一软，跪在了地上。

过了好一阵子，李克彪站起来，伸手把腰间的枪掏了出来。听了动静，李克彪带的兵进来，见状，也掏出了枪。朱少雄的随从几下子就扭住了李克彪兵的胳膊，与此同时，朱少雄出手极快地把枪对准了李克彪的脑门说："放明白点儿，这是重庆，是我们刘湘部的地盘。在我的地盘你敢来碰我喜欢的女人，你脑袋还要不要，自己掂量着。"

李克彪见对方势壮，连声求饶。朱少雄放下枪说："今日且饶过你，若再让我看见你，小心你的脑袋。"

莫元清听说英轮不但没什么事，还收了很多订单，觉得蹊跷。派人到英轮附近观望，听得翻译在甲板上大喊："章老头，今天你守船。"

被唤作章老头地问："怎么，就我一个人守着这些货物？再留两个人吧。"

翻译说："船长说了明天一早就行船，今晚要休息好，章老头，你是光拿工钱不出力啊，有情况，拉船上的警报，英兵听到，马上就会过来的。"

章老头哎了一声，翻译又叮嘱了一句："别睡觉！章老头。"

"知道了，保证没事，放心。"章老头说完，拿着提灯去灌油，准备晚上用。

这个章老头，没儿没女，就一个人，老伴早死了。跑船的人都知道，章老头以船为家，什么脏活都干，就是有一个毛病晚上爱喝酒，一喝就睡，雷打不动。

袍哥小弟连跑带颠地来给莫元清报信儿："爷，好消息，今天英轮上就一个章老头守夜。""是真的吗？撒谎我宰了你。"莫元清放下酒杯，发狠道。

"不假，我亲耳听到的，说是这两天活多，让其他人好好休息。"

"天助我莫元清成大事，就看今晚了。过来，"莫元清一挥手，"去准备细沙，要极细的，等老章头喝了酒睡着了，放进油轮的油箱里，不要有任何痕迹。"

"大爷高明，机器发动，沙子随着油就循环了，那机器还不得修一个月啊。"袍哥三爷得意道。

"这次再失手，你们就跳江，别回来。"

袍哥三爷和小喽啰们吓得直哆嗦，他们知道莫元清心狠手黑，心有畏惧。"就两个人去，人多了容易暴露，手脚利索点。"莫元清拉长了声音，呷了口酒。

入夜，江边一片宁静，远处偶尔几声狗吠，两个袍哥潜在暗处，午夜时分，潜水轻轻地游到英轮船尾。二人登上船，蹑手蹑脚地来到船舱，静得能听见自己的心跳声，找到油箱，还没等打开盖子，突然，船舱亮如白昼，英兵提着马灯端着枪站在周围。二人吓得乱叫一通，一屁股坐在船舱中。

"谁叫你们来的，来干啥子？"翻译嚷道。

"没、没、没干啥⋯⋯"两个人吓得语无伦次，"大爷，放了我们吧，不⋯⋯不⋯⋯不⋯⋯不敢再来了。"

对两个袍哥还没有动刑，只挨了几个嘴巴，他们就全盘托出了。

英轮船长带着英兵押着那两个袍哥，来找莫元清。莫元清一下傻眼了，一拍脑门知道上当了，但他还是摆开架势说："怎么回事，半夜私闯民宅？"英轮船长蔑视地看着莫元清。翻译说："为什么？让你的手下说吧。"

两个小袍哥吓得缩成一团。

翻译说："莫大爷，这次您是赖不掉了，我们是有准备而来，这是你的弟兄写的认罪书，你想破坏英国轮船，先前那条船也是你们破坏的。"

"抵赖，干啥子抵赖，不是我，和我没关系。"莫元清心虚道。

"莫大爷，早猜到是你，做好了套等你再钻一次，没想到你小子还真就上当了。哎呀，堂堂袍哥大爷，干这勾当，还没干好，真丢人。"翻译威胁道，"没关系，莫大爷，您想好，我们今天来只是想解决问题，你要是不讲理，那我们可不客气了。"

"干啥子，这是我的地盘，我不怕。"莫元清抵赖着。"你的地盘，也得听杨森杨司令的，如果我们把这事告到杨司令那，你有好吗？！"翻译仰着脑袋说。英兵端起枪指住莫元清的脑门，叽里咕噜一顿说，把莫元清吓得魂不附体。

袍哥三爷赶紧上前，凑在莫元清耳边哆嗦道："爷，炮轰县城都不了了之了，杨森惹不起洋人的，到时倒霉的还是咱。"

莫元清一想也是啊，闹大了惹不起，"你们想如何解决？"莫元清没好气道。

翻译说："包赔修船的钱和延误货物的损失，赔了钱，就当没发生。"

莫元清想了想，赔些钱，能了结。转念又一想，这事要传出去，今后在万县不好立足，他迟疑着没有答话。

翻译又问一句："莫大爷权衡一下，是丢钱呢，还是丢命呢？"

被逼之下，莫元清只好说赔钱。

翻译递给了莫元清一张账单，莫元清接过一看心慌了，说道："我一时筹不到这些钱，宽限几日可否？"

翻译说："最迟明天中午。"说完把两个袍哥带走了。

交了钱，放回了两个小袍哥，莫元清气得两天没有出门。第三天的上午，袍哥三爷慌慌张张来到莫家，对莫元清说英国人收了钱，还是把莫元清告到杨森那里，因为证据确凿，杨森被英国领事要挟，要来抓莫元清。

莫元清问消息是否可靠，袍哥三爷说一个袍哥的哥哥在杨森部做警卫，消息无误。莫元清慌忙拿些东西，到了码头，几个袍哥早已准备下了一条小船。莫元清逃走了。

下午，李克彪奉命来到了莫家，前前后后搜查，没有莫元清的影子。莫英豪在自己的房子睡觉，被李克彪的兵抓起来就带走了。

向青云中午回家吃饭，休息了一下，步行到向氏轮船公司。遇上几个兵押着莫英豪，他上前问缘由，被两个兵推搡出很远。到了公司，向青云让向小寒准备些银两，带着马文俊去见李克彪。

李克彪见向青云来找他，当时就明白了他的来意说："向老板，给莫英豪说情是使不得的。杨森指名要抓莫元清，老家伙得到风声逃了，指名让他的儿子来做人质。"向青云见状，只得作罢。

从李克彪处出来，向青云给向不争发了电报，要父亲救莫英豪。第二天上午，向不争回电报，告诫向青云不要和袍哥扯上关系，此事他无能为力。

向青云坐在办公室里，心里放不下莫英豪，向小寒走进来问："日清公司要一船蚕丝，用我们向家的船。"

向青云问："他们有自己的轮，怎么好用向家的？"

向小寒说："他们的轮已排满订单，这是临时要货，事先没有计划。"

向青云说："马上装货，明天一早起航。我随船去重庆。"

向小寒问向青云去重庆是否有事。向青云说，想办法去救英豪。

向小寒回到家中，拿了两件衣服，对刘氏说宜昌有个同学出嫁，她去两天回来。

中午，向不争正要吃饭，下人禀报说少爷来了，向不争站起身迎出去。向青云手拽着长袍的下摆走进了饭堂，鞠躬给父亲行了礼。吃过饭父子二人来到了书房。向不争看看向青云穿着的长袍，叫过用人从他自己的卧房拿出一套西装说："青云，如今年轻人穿长袍的少了，大都穿西装，我给你买了一套，你看是否合身。"

向青云谢过父亲，脱下长袍换上西装，向不争看上去，西装衬托得向青云腰身挺拔，体态修长。向不争从来没有这么仔细地端详过自己的儿子，心里叹道：青云真是英气逼人啊。

向不悔走后，向不争突然觉得自己老了，处理事情常常感到力不从心了。向青云的突然到来，让他萌生了一种过去从来没有过的感觉，在心理上对儿子有了朦胧的想依靠的感觉。向不争意识到了自己在长时间地看着儿子，有些不好意思，从桌上拿起烟袋，点着了吸着。

向青云的记忆里，这是第一次和父亲单独相处。透过袅袅的烟雾，向青云望着父亲，只见两鬓斑白，前额有两道深深的皱纹。向青云叫了声爸，沉吟了一下问道："爸的身体可好？"

向不争的心里一阵感动，他用一个小铁锥子扒拉了一下烟锅里的烟丝，说道："我没事，你二娘怎样？"

向青云说："二娘体贴我和小寒，表面上挺高兴的，有几次我见她坐在自己的屋里抹眼泪。"

向青云看到父亲拿烟袋的手微微颤动了几下，他的眼圈红了，转了话题说："爸，我打算明年，咱家也在北山上辟出一块地，种上些红橘，卖掉可以贴补家里的零用。"

向不争说："青云，知道操持家了，看到你这样，我心里踏实了，家里的事一切由你做主吧。"

向不争又动了动烟丝说："对了，青云，突然来重庆有什么事吗？"

向青云说："爸，我心里惦记着英豪，还请您找潘督办想想办法，救英豪出来。"

向不争边磕着烟锅边说："青云，家有丧事，是不能拜访他人的，潘督办那里我无法去，就是能去，也未必救得了英豪。关涉英轮的事情，不好办啊。"

向不争站起身，向青云看到父亲的膝盖微微屈了一下，缓了一下才迈步。向青云忙问："爸，你的腿怎么了？"

向不争说："没什么，你去休息休息吧。"

向青云到卧房，躺着来回翻身，迷迷糊糊睡着了，梦见站在甲板上，江水一浪一浪地朝后涌。向青云纳闷，浪头卷起有一尺高，可是就是听不到浪卷的声音，隐约传来一阵喊声："青云哥，青云哥。"向青云四处张望，不见声音从何而来。在心念上刚刚放弃寻找声音，又听到声音："青云哥，青云哥。"这次听清楚了是莫英豪的声音。循着声音找去，莫英豪被挂在山崖上的一株藤上，双脚悬空。向青云忙叫着靠岸，靠岸，可是哪里有岸可靠，船不敢靠近山崖，恐遇浅滩。向青云眼睁睁看着莫英豪没法相救，绝望地喊着："英豪，英豪。"

向青云从梦中醒来，他担心这样拖下去，英豪会丢了性命。也顾不得许多，找武江川来想办法。武家的院子虽没有向家宽敞，但收拾得井井有条，各种家什摆放得整齐有致。走进武家，向青云有一种安宁的感觉。

向青云的到来，武江川没有思想准备，神情仓促地相迎。二人寒暄几句，吩咐下人上茶。向青云刚要说明来意，五月听说他来了，高兴地走进厅堂，青云见了站起来说："五月，好久不见。"

五月惊喜地看着向青云，嘴巴动了动，却没有说出声，给向青云和父亲斟上了茶。武江川问向青云："青云，来重庆有事吧？"

向青云说："有件棘手的事，恳请武叔叔相助。"

"说来听听，只要能办到，尽力就是了。"

"袍哥老大莫元清，得罪了英国人，逃跑了，杨森命人抓了莫元清的儿子莫英豪做人质……"向青云把事情的来龙去脉说了一遍。

"袍哥的事，青云你还是少掺和，再说，咱们和杨森也说不上话。"武江川很为难。

"您想想办法，找潘文华行吗？"向青云试探着问。

五月插话说："爹，这事您得想个办法。袍哥是中国人，对付英国人，也算是做了好事，英轮伤及那么多无辜的百姓，虽说袍哥平时做事霸道，但这次也是为百姓出气了……"五月见青云为难，忙急着帮腔。

武江川觉得五月说的有道理，说："潘文华下午常去德裕班听戏，我们去那里找他。"

五月马上说:"爹,我也跟去吧。"

向青云听到五月这样说心里觉得难为情,避开五月的目光。武江川看着不知情的女儿,心里很是难过。他极力掩饰着说:"你不要去了,我和青云去说事情,你跟去,不方便的。"

五月失望地看看武江川,再看看向青云,心里泛上一丝不安。她担心向青云见了夏天虹会生出旧情。但转念又想,不应该有这样担心,就爽快地说:"好吧,我不去了,在家等你们的消息。"

向小寒和母亲说到宜昌,实则到了重庆,在客栈住下,就到日清商行来找青田浩二。之后到街上叫过一个报童,给了他几个钱,让这个报童把一个纸条给德裕班的夏天虹。报童随向小寒到了德裕班的住处。向小寒叮嘱报童,一定要将纸条交到夏天虹的手里,不能给他人,说着又给了报童些钱。向小寒看着报童走进德裕班住的院子,叫过街上的轿子回到了客栈。

郭天顺来敲夏天虹的门,说是有一个报童找她。夏天虹出去报童给了她一张纸条,上写:向家有事,速到蓬玖客栈。落款是小寒。夏天虹对跟着在身后的小红说:"小红,告诉班主我出去一下。"说着慌慌张张地走到了街上。

夏天虹按着条子上的地址,找到了小寒。忙问出了什么事。小寒满脸愁容地说:"向氏轮船公司已经严重亏空,这样下去恐怕撑不了多久了,我来重庆就是想办法拯救公司。"

夏天虹焦虑地问:"青云知道你来吗?"

向小寒说:"是青云让我来的。"

"那想出了什么办法吗?"夏天虹又问道。

向小寒说:"办法倒是有,这不找你来帮助我。"

夏天虹疑惑地问:"我能帮上你吗?"

向小寒说:"日本的日清公司在重庆有很多货物需要运到万县,你和我一同找到青田浩二,疏通他把运货的生意给我们向家,这样就可解燃眉之急。"

夏天虹迟疑地说："去求日本人，青云不会同意的。"

"事到如今也没有再好的办法，总不能眼看着向家破败吧。"向小寒看着夏天虹说。

夏天虹说："我还是觉得这样做不妥。"

向小寒鼓动着说："天虹，你马上就是我们向家的人了，我们要一心帮助我哥，先渡过了难关再做长远打算吧。"

戏就要开场了，哪里都找不到夏天虹，起初，大家还没有在意，觉得时间到了她自然会到场。开场的时间到了，还是不见夏天虹，班主急得问谁知道夏天虹哪里去了。小红突然说："中午时候，虹姐让我告诉班主，说她出去一会儿，我以为她一会儿就回来了，也就没对班主说。"

郭天顺说："中午有一个报童来找天虹。"小红接着说："我看见报童给了虹姐一个纸条。"

只好临时换戏，改唱《酒楼晒衣》。

武江川和青云到戏院，果然潘文华在包厢，他们找了个位置坐下，武江川小声说："戏前不要去打扰潘督办，等散场再说。"

戏幕拉开，戏中蒋兴和陈商在对唱。向青云对川剧的喜爱，不分剧目，只要琴声一响，就全身兴奋，今天他却无心听戏，急切地想见到夏天虹。等到戏台上出现了三巧，向青云见饰演者不是夏天虹，心里纳闷儿，很是疑惑，想起身去问问班主，觉得不好，忍住了。戏终，观众起身，武江川拉了向青云一下，示意他赶快到潘文华的包厢打招呼。向青云走到潘文华跟前，鞠躬，问安。潘文华见是向青云很欢喜。武江川一抱拳，说："潘督办，别来无恙。"

潘文华说："今天怎么也有雅兴来听戏。"说完，把目光又转向了向青云说："青云，我已知道了你家里的不幸，深感同情。"

向青云没有作答，沉吟片刻，潘文华转了话题说，"青云，最近忙什么呢？"

向青云说："在自家公司里打点生意。"

潘文华说："可惜，可惜了，你天生是唱戏的坯子，可惜了。"

向青云说："谢督办抬举，我是在完成二爸的遗愿。"

武江川忙接上去说："潘督办，青云是特意到这里找您的，有件事情打扰。"

潘文华客气地说："不必拘礼，有事请讲。"

向青云说起了放莫英豪的请求。他怕潘督办听到后会拒绝，就用连续的语序讲了事情的经过。他避重就轻，不谈莫元清搞破坏的事，只是说和英轮之间因竞争而打起来。

潘文华还是显出为难的样子。武江川说："英国人索赔了银子，还是不肯放过，这不，找到英国大使馆胁迫杨森部下抓了莫英豪。"

潘文华说："这件事确实很棘手，不过，青云求我，我定当一试。咱可有话在先，若是放了人，那青云找机会得给我唱出戏，这次我要看变脸的。"

向青云已经听出了潘文华的语气里有了几分的把握，他说："改天我带着行头，到您府上去唱。"

武江川和向青云送走了潘文华，武江川说："青云，你和戏班子的人很久未见，你们叙叙旧，我回家把事情的结果告诉五月，我先走一步了。"

向青云和班主又送走了武江川。看着武江川的轿子走远了，向青云忙问班主："天虹呢，出了什么事吗？"

班主对向青云表示他也很疑惑。听小红说中午有人给她送了个纸条，之后就出去，至今未归。向青云放不下心，在戏班子里等夏天虹。

夏天虹跟着向小寒，到了青田浩二的住处。从大门旁的小铁栅栏门望进去，院子方方正正的很大，里面种着开着粉色小花的树木，地上是绿色的草坪。夏天虹是头一次看到草坪，她问向小寒，地上的绿色是什么。院中正对着小楼的是一个水池，水池里有假山，假山上爬满了茸茸的绿苔。

按了门铃，有人领着向小寒和夏天虹到一楼的客厅。给夏天虹的第一个感觉就是大，墙壁上挂着裸体的女人画，夏天虹的眼睛扫过去，马上红了脸避开了。向小寒看到夏天虹脸色的变化说："这是油画，叫人体艺术。你不用怕，直眼看去，你看那色彩。"

果然夏天虹再看过去，柔和的色彩被太阳光照着，画上的裸体女子，竟有一种圣洁的光辉。夏天虹的眼睛再看客厅里其他的东西，都是她从来没有见过的，整个客厅有一种富丽堂皇的气派。夏天虹的心里发出赞叹，嘴上不由得说出了声。青田浩二说："不瞒夏小姐，我这客厅的东西的确价值连城，但是这一切和夏小姐您比起来，那是微不足道的。"

夏天虹吃惊地看着向小寒。向小寒仿佛看透了夏天虹的心思说："青田君的意思是这一切和你唱戏的艺术造诣是不能相比的。"

夏天虹说："小寒这是在取笑我呢。我一个戏子，连命运都是漂泊的，一文不值。"

青田浩二忙接上夏天虹的话说："你这种想法表明了你们中国思想的落后，艺术的创造力是无价的，夏小姐在台上的唱念做打，那可真是倾国倾城啊。"

夏天虹虽讨厌达官贵人对自己的追捧，但是青田浩二这几句赞扬的话，却让她很受用。

向小寒说："天虹就要成为我的嫂子，不久就是向家的人了，就请青田君看在天虹的面子上，给向家些生意，让我们渡过难关。"说着朝青田浩二使了个眼色。

青田浩二说："我钦佩夏小姐的艺术才华，这个面子就给夏小姐，今后凡是日清商行从万县运到重庆的货物，都用你们向家的船。"

夏天虹高兴地看着向小寒，转过脸对青田浩二说："感谢青田君鼎力相助，我先代表青云谢你了。"又对小寒说："我先回戏班子了，班主一定不放心我。"

青田浩二说："夏小姐不能走，一定要吃了晚饭，说着叫人准备饭菜。"

三个人又说了些话，下人来禀，晚饭好了。青田浩二引着向小寒和夏天虹到了餐厅。向小寒给夏天虹倒了红酒。夏天虹执意不喝。向小寒说这酒不似中国的酒能醉人，这酒能调节人的精神。夏天虹不好意思推辞，喝了一小口，感到酸甜混杂入口香醇。晚饭后，夏天虹要走，向小寒说："天虹和我做伴留下吧，明天一早再走。"

夏天虹没有答应，站起身向门外走。她没想到红酒的后劲大，还没走到门口，身子就晃动。向小寒上去扶住把她搀到了客房里。

第二天一早，向小寒起床后，夏天虹还在睡着，青田浩二不解地问她，为什么要夏天虹喝了那么多的酒。向小寒说："若想要日清公司和向家合作，就要让向青云退位，能扰乱向青云的只有夏天虹。"

青田浩二马上就明白了向小寒的用意，说："我可以帮你演这场戏，但你要知道，我只喜欢你，不喜欢夏天虹。"

向青云在戏班子里等到天黑，夏天虹还没有来，他不安地离开了戏班子。

第二天上午，青田浩二开车将夏天虹送回戏班子，并故意当着戏班子人的面对夏天虹大献殷勤。待青田浩二走后，班主小心地探问，夏天虹昨晚是否宿在青田浩二处，夏天虹内心坦荡，说是。班主听后倒吸了一口冷气。

第十七章　误生间隙

清晨，一抹阳光照进向青云的卧房，梧桐的影子随着微风轻轻地摇曳，窗外几只雀鸟叽叽喳喳地叫着，给安静的早晨平添了几分生气。向青云睡眼惺忪地坐起身，因为心里惦记夏天虹，一夜没睡踏实，迷迷糊糊地穿好衣服，准备和父亲告别后去看夏天虹，然后回万县。

向不争早已起床，等着和向青云一起吃早饭。向青云到了餐厅，见父亲已在此等候了。挨着父亲坐下，叫了声"爸"。

"快吃早饭吧。"向不争把蛋花汤推到儿子跟前，又递过去一个小馒头，伸长了胳膊用小勺搅着蛋花汤，"何时回万县，事情都妥了吗？"向不争关切地问。

"爸，办妥了，吃完早饭就动身，公司那边事多，我放心不下。"向青云答道。

"那就回去吧，家里的一切都靠你了，诸事要小心，凡事顺其自然，不可强求，平平安安就好。"向不争嘱咐道。

向青云说："家里有我，您放心。"说完，父子两个人长时间沉默，闷头吃饭。

饭后，向不争递给向青云一个大布袋，说："这是我昨天买的小吃，回去给你母亲和二娘。既然要走，就早些动身吧。也免得家里惦记。"

向不争把儿子送出巷子口,向青云随手招了轿子。向不争看着轿子的方向判定向青云不是去了码头,而是去了德裕班住的地方。

夏天虹见了向青云很吃惊,问道:"青云,你什么时候来重庆的?"由于昨天没有见到夏天虹,向青云的心里有些不悦说:"昨天上午。"

"昨天?"夏天虹心生疑惑,刚要问个清楚。突然听到班主在外面好像和什么人在说话,两个人都静下来听了听,好像是有什么人要见夏天虹,班主阻挡着不让见。向青云走出去,问班主什么事,班主说:"不知哪来的人要见天虹,我想挡住他,别惊扰了少爷,这不,还是把您惊动了。"

来人很机灵,迈腿就走进了夏天虹的屋里,朝夏天虹鞠了一躬说:"我是日清公司的,我们董事长有东西送夏小姐。"说着把一大束花捧到夏天虹眼前。夏天虹接过花束,放在桌上。来人又礼貌地告辞。向青云无意地扫了一眼,见花枝中插着一张红色的卡片,用蓝色的墨水写着几句话:昨夜相会,意犹未尽,期盼再见时日。落款人的姓名是青田浩二。向青云看后满脸疑惑地问道:"你昨天见了青田浩二,难道你和他认识?"

夏天虹却平静地回答:"是小寒拉我去的,说是有事要谈。"

向青云更加疑惑地说:"小寒,你说小寒,她来了重庆?"

夏天虹不解地看着向青云说:"是啊,我和小寒在青田浩二的府上吃饭,喝了红酒,和小寒住在了那里。"

夏天虹炽热的眼神望着向青云。看着夏天虹的目光,向青云的心激荡了起来,仿佛郁结了很久的心,重新焕发出了活力一般。他一下子抱住夏天虹说:"天虹,我们终于又在一起了。"

夏天虹喘息急促地说:"青云,我很想你。"

向青云说:"天虹,你知道吗,把你拥在怀里,我的世界就明朗了起来，所有的郁积都可以找到一个通道。天虹，你是我的依靠。"说着更紧地抱住了夏天虹。

夏天虹说："青云，你也是我的依靠，有了你，我就不再感到漂泊，心里就安定了。"

阳光透过窗户上的玻璃纸，迷离地洒进来。从玻璃纸的破损处，阳光有力地穿透到屋里，尘埃在这束光里争先恐后地跃动。同一个空间里光线的强弱不同，给向青云一种梦幻的感觉，他仿佛感到小屋里的空间是浮动的，而小屋里这一刻的时间是不切实的，他觉得只有夏天虹的身体是具体存在的。他把夏天虹抱到床上，两个人缠绵在一起。

夏天虹和向青云走在中午的街上。夏天虹说："青云，不能住两天吗？这么急着回去。"向青云的眼睛看着前方说："公司有很多事情要处理，过些日子再来看你。"

向青云脚步急促，稳健有力。从他的步态中，夏天虹觉得向青云在短时间里发生了很大的变化。她抬头望向街道的远处，天空从街道的店铺两侧俯下来，倾泻下来的阳光依然像是掺了雾气。穿过了街道，视线里已经能看到码头了，向青云的步子迈得越发的大，夏天虹落在了后面，她喊了声："青云。"向青云扭头一看，夏天虹不在自己的右侧。停住脚步，看着落后自己几步的夏天虹，红了脸说："天虹，对不起，我只顾赶路了，竟把你落下了。"

夏天虹笑笑说："青云，一时急着赶路，不妨事，我只怕你一生就这样赶路呢。"

向青云的心动了一下，说道："天虹，你又想什么了？无论我怎样的赶路，就像是现在，身边有你。"

夏天虹的眼圈红了说："但是，你马上要上船，而我会在岸上送你。"

向青云说："天虹，不要这样说，我会挂念你的，再等等，孝期过了,我们就成亲。"

码头上,人们携着大小包裹,大都行色匆匆。夏天虹看着向青云稳稳地登上客轮,突然想起师父说的话:唱戏要稳,无论戏中的角色有着怎样的感情冲突,表演始终是要稳的。有能力做事的人,都是稳重的。夏天虹心里想,看来青云是能够做成大事的。

向青云回到公司,向小寒迎了出来,向青云又是一惊,问她是什么时候回来的,小寒说回来两天了。这样算来,向小寒并没有和夏天虹一起在青田浩二家。向青云心情纷乱地坐在办公室里,马文俊进来,向青云问向小寒何时回来的,马文俊说两天前。向青云对夏天虹产生了怀疑,几天后夏天虹从重庆来了信,向青云一气之下撕掉了。

潘文华上下疏通,莫英豪被释放了。朱少雄的部下通知李克彪放人。上次在德裕班和朱少雄的交锋,李克彪还心有余悸,心里虽纳闷抓人又放人的缘故,但不敢耽搁,亲自把莫英豪送到家里,路上说:"我和你父亲都是袍哥,咱是自家人,你的事我没少费力气,跟上头疏通了好多次才勉强同意把你放回家。以后和洋人打交道要多多注意,三思而后行,不要再给我找麻烦了。"

"李团长的大恩大德莫英豪定当回报。"莫英豪双手抱拳感激地说。

李克彪诡秘地说:"据我所知,是有人向洋人报了信,你父亲才上了洋人的当。"

莫英豪心里一惊:"李团长知道是谁通风报信的吗?"他试探着问。

"还能有谁啊,小门小户谁有这胆子。"李团长挑唆道。

莫英豪推开院门,隔了几天没有回家,感到了一股陌生的气息,在院中站一会儿,推开客堂的门,破损的门槛发出吱呀的响声，莫元清还没有来得及修理，就出逃了。莫英豪坐在父亲常坐的椅子上，心里空荡荡的，他不知道莫元清去了哪里，也不知道今后该如何生活。除了父亲和他最亲近的人就是向青云了，可现在这两个人都指望不上了，他心里一阵懊恼。肚子饿了，到厨房弄了点吃的，看到莫元清剩下的酒，拿起酒瓶对着嘴喝了起来。喝完酒迷迷糊糊地到床上睡着了。

向青云听说莫英豪已经出狱了，下班赶到了莫家。进了院子喊了几声没人答应，他就直奔莫英豪的卧房，见莫英豪睡着，就坐在他身边。天黑了，向青云点上了桐油灯，他的影子映在墙上，灯光照着他的身子很大，占据了几乎整面墙。莫英豪醒了，看到墙上向青云的影子吓了一跳，定下神来。他冷淡地问："你来干什么，是看我们莫家的笑话吗？"

向青云说："英豪，看你说的，什么向家、莫家的，我们是兄弟，旁人说向家、莫家可以，我们之间不应这样称呼彼此。"

莫英豪说："那是过去，我们不分彼此，现在不同了，你执掌向氏轮船公司，我爹说你图谋我们莫家的公司，想吞并我们。"

向青云说："今天我来看你是出于我们兄弟间的情义，你不要把两家公司的事扯上。"

莫英豪生气地说："你不想扯上，是你心虚了。我问你，是不是你故意设圈套让我爹去英轮搞出事情，然后，你又到洋人那里告发我爹？"

向青云着急地说："英豪，这些话，是谁跟你说的？你绝不会想到这些。"

莫英豪讥讽地说："你怎么知道我不会想到这些，你一直把我当傻子。"

"英豪，你说的是什么话，你怎么变成这样了？我看你就是傻子。"

莫英豪更加生气地说："对，我就是傻子，所以，还是我爹说得对,你和我称兄道弟就是想图谋莫氏轮船公司,不然你和我这个傻子交往什么?"

向青云被这些话说蒙了,他嚷道:"青云,你中邪了,真是不可理喻。"说完抬起腿就走出了莫家。

莫氏轮船公司的职员听说莫英豪回来了,选出了两个代表到了莫家。莫英豪拿着酒瓶子正在往嘴里灌酒,见他们进来,说:"你们不在公司上班来我家做什么?"其中一个职员说:"我说,莫少爷,这鸟无头不飞,莫氏轮船公司没有了掌门人,你让我们如何上班?"

莫英豪醉醺醺地说:"你说什么,什么鸟无头,天下没听说过鸟还有无头的。"

另一个职员把莫英豪手里的酒瓶子抢过来,拽起他就往外走。到了外面风一吹,莫英豪的酒醒了一半。两个职员把莫英豪拉到了莫氏轮船公司,把他按在平时莫元清坐的椅子上,莫元清的烟袋在桌子上,莫英豪见了抓在手里,意识上清醒了许多。他明白了自己要像向青云一样,必须要执掌公司了。

第二天,莫英豪来莫氏轮船公司上班了,将要走进公司的门,他使劲抬起脚,把一块小石子踢出去很远,又朝码头的方向望了望,停下脚步定了定神,走进了公司。刚坐到办公桌上,有人拿着账本进来,莫英豪一看,脑子蒙了,来人和他说着公司的财务状况,莫英豪只听见连续不停的语流在他耳边淌过,至于话语的内容,是一点儿都入不了耳朵里去。管财务的人刚出去,又进来一个请示他轮船的燃料快没有了,要他联系购买,莫英豪说你去处理吧。一会儿又来人说,有一单货物,但船舱不能装满,开船要亏本,是否开航。莫英豪想了想,命令开航。

几天下来,莫英豪越处理事情越多,让他难以应付,干脆他下令停航。他想利用停航的这段时间,熟悉一下公司内的情况,同时也避一避外轮公司的压价。

在外轮公司的持续打压下，向青云顶着压力，继续开航，资金日益紧张。一天向小寒拿着账本找向青云商议："哥，咱们的船要是这样开下去，资金只够周转六天的，现在每船货要赔500块至700块大洋，每一趟客运，也要赔上油钱工钱，得赶快想想办法。"

"拿来我看一下。"向青云接过账本，仔细翻阅，每天都是亏空，向青云陷入沉思。

"哥，你再不想办法，咱们也只得停运了。"向小寒无奈道。

"你有什么好办法吗？"向青云抬头问向小寒。

"票号、银行贷款是不可能的了，咱们的资金快到期了还没还账呢，只有到有钱的朋友那里，看能不能借到了。"向小寒出着主意说。

向青云翻着账本说："明天就去试试。"

向小寒继续说："哥，可以提出给他们利息。"

向青云心里盘算着说："我试试看吧，你先去忙吧。"

向小寒带着马文俊到了万县几个豪绅家里说若是向青云来借钱，要尽量抬高利息。原因是向氏轮船公司，亏空严重，已经无力支撑，恐怕很难偿还债务。

第二天，向青云到几个豪绅家里借钱，均以豪绅们要求的利息太高而告吹，四处碰壁弄得向青云焦头烂额。

向小寒找来马文俊交代下一步行动计划，令职员消极怠工，恶劣对待旅客，使生意更加惨淡。

码头上，向家去重庆的航运要开船了，乘客们排好队，往船上走，一个船员在马文俊的授意下，来到人群中，开始对乘客推推搡搡。乘客们你撞我我撞你的，有老人站立不稳，险些摔倒。

"你这是什么态度，你干吗推人？"乘客满是怨气地嚷道。

"就推了，谁让你们这么慢的。"船员蛮横地叫着。

"你这是啥子态度啊？"乘客气得直跺脚。

"就这态度，快点儿上船，不上就滚。"船员一点儿也不含糊，继续叫嚷着。

这句话惹恼了乘客，和船员争执起来。船员踹了乘客一脚。

众乘客实在看下去了，有人说："太不讲理了，我们不坐了，退钱。"有人喊道："我们大家都是中国人，洋人的船便宜，我们不坐，来坐你们的，你们不领情就算了，还这么蛮不讲理，退钱。"

众人把船员围住，眼看就要打起来了，这时，马文俊见时机成熟了，赶紧跑过来，双手抱拳，说："各位，听我说一句，原谅这个刚来的伙计不懂事，大家上船吧，我跟各位道歉。"说完，把那个船员拽出来，打了一耳光，船员知趣地捂着脸跑了。

"我开除他，大伙消消气。"马文俊继续道，"上船吧，别耽误了大家的正事。"大家看船员挨了打，不好再说什么。

马文俊见船开走了，把那个闹事的伙计叫过来，赏了三块大洋。

红脸白脸的戏每天都在上演着，只是由头不一。没几日，向家的生意越来越少。

一个长跑生意的年轻人，每天要坐船，看出此事不对劲。没上船，而是折回向氏轮船公司，偷偷把情况告诉了向青云。向青云乔装成旅客，压低帽檐，上了向家的船，一个船员看向青云穿的体面把一小桶脏水洒在了向青云的身上，竟连一句道歉的话都没有。向青云站起身，一把抓住那个船员，向青云强压怒气，低声说道："请你给我道歉。"

船员蛮横地说："什么，道歉，老子不知什么是道歉。"他一努嘴问其他的船员："你们知道什么是道歉？"嬉皮笑脸一副无赖相。

其他船员也凑过来说："不知道。"

向青云揪住洒水的船员不放，他嚷道："快放开，找揍吗？"

向青云抬手就是一嘴巴，那个船员就地转一圈。

其他船员拿起家伙就要围攻向青云。有几个乘客站到了向青云的身边,两边都虎视眈眈地看着对方。

向青云摘下礼帽,扯下胡子,船员都愣住了,吓得不敢吭声。"谁给你们的胆子,这样为所欲为?"向青云顾不得身份,气愤地嚷道。几个船员不敢出声。

这时,船长从船舱出来,对乘客说:"这是我们向氏轮船公司的经理。"向青云接着说:"感谢父老乡亲对华轮的支持,我保证今后不会再出现欺负顾客的情况。"

向青云随船长来到船舱,那个船员被拽了进来。向青云质问船长,船长叹气道:"事到如今,我就实说了吧,是马文俊让这么干的,他说公司亏空,只有这样做才能迫使公司停航。"

向青云满脸疑惑地问:"停航,他为什么说要停航?"

船长说:"他这样做,我们也不知道为什么。"

向青云又逼问船员,船员只能招认"是马文俊让这么做的,做完还有赏钱,要是不做,就开除"。

向青云怎么也弄不懂,马文俊为什么要这样做,猜测着:难道他被洋人收买了?

马文俊在办公室整理着桌上的东西,准备下班。他的一个心腹跌跌撞撞地走进来慌张地说:"不,不好了。"

马文俊没有在意,把桌上的东西摆放整齐。来人看着马文俊磨磨叽叽的样子说:"你呀,死到临头了还摆什么东西呀。"

马文俊停住手,看着来人说:"什么死到临头,出了什么事?说。"

来人说:"向青云已经知道是你指使人故意刁难顾客了。"

马文俊慌忙把这一情况告诉向小寒,向小寒说一切由她负责,要马文俊扛住,不要承认。

马文俊不安地说:"这样能行吗?"

向小寒说:"你就说不知道,看他怎么办。你鞍前马后给向家效力这么多年,他不能把你怎样。"

向青云把马文俊叫到自己的办公室,他客气地让马文俊坐,给他斟了茶，缓缓地问道："马叔，码头上还有强揽乘客的吗？"

马文俊坐在那里，从怀里掏出烟袋，又掏出一个缝得很精致的小布袋，手在袋里鼓捣了一会儿，只捏出一小点烟末。向青云看着，递给他一个绿色的小铁盒说："马叔，这是我从重庆买来的上好烟末，你尝尝味道如何。"说着递给了马文俊。马文俊稳住自己的手，摩挲了好一阵子，把烟末装到了烟袋里。又划了几次洋火，才把烟袋点上。吸了两口，沉了一会儿，向青云看着他。马文俊的心里虽有些虚，但还是很镇定地说："自从莫元清失踪后，码头上没有再揽乘客的了。"

向青云接着问："既然没有揽客的，为何向家的轮乘客骤减？"

马文俊吸了一口烟，眼睛盯着烟袋里微小的红点说："兴许，乘客分散了，到了其他公司的轮上。"

向青云盯着马文俊说："马叔，你比我要清楚，其他公司的轮大都是货轮，并且大都停航了。"

马文俊说："外轮还在压低运价，可能去乘外轮也说不定。"

向青云突然转变了语气说："马叔，该怎样处理公司的事务，你比我要清楚，过去你和我二爸也是这样吗，兴许、说不定……这样的话分明是搪塞。今天你要给我一个准确的说法。"

听了这话，马文俊心里有些慌乱。他没想到向青云有如此的态度，他以为向青云只是迫于家里压力而执掌公司，并没有把公司的事务放在心上，现在看来自己的看法与实际情况是有差池的。

没等马文俊回答，向青云又说："我听说，你常到码头上去，轮上的情况，你应该很清楚。马叔，咱们明人不说暗话，我希望你能把实情告诉我。"

马文俊依旧镇定地说："我每天要去码头，十几年来都是这样，法轮、英轮都在和咱抢生意，他们的轮条件比咱的好，价格又低，乘客自然是要上他们的轮。"

向青云语气严厉地说："马叔，你这话说得不合情理，万县惨案后，百姓大都抵制外轮，你这话分明是在说谎。"

马文俊被向青云步步紧逼，由于没有心理准备，他有些招架不住了，磕着烟袋好久没有说话。

向青云说："马叔，你跟随我二爸多年，我想你不会做出伤害向家的事，但现在事实就在眼前，你唆使人刁难乘客，损害向家的声誉，你必须给我个交代。为什么要这样做？"

马文俊的脸唰地红了，又白了下来，他支支吾吾地说："哪里有这样的事，不可信。"

向青云说："马叔，难道你认为能狡辩过去吗，我没有证据能和你如此说话吗？我希望你照实说。"

马文俊头低得快贴到前胸上，他从来就没有如此难堪过，他原想帮着向小寒逼向青云退出公司；他盘算，刁难顾客的事情一旦败露，向青云必定慌乱，内心无主，一定会求助于他，他再另想计策逼向青云退出。万万没有想到向青云竟然在公司的事情上用了心计，听到向青云说出他做的事，脸上挂不住，只得继续强硬地否定。

此刻的向青云心里也在打算着，若是马文俊承认了，就让他在全体员工面前认错，并扣除他一个月的薪水，若是不承认，只有开除他。心里有了主意，向青云的火气压住了，静观着马文俊的态度。

马文俊蔫头耷脑的，话语温吞吞的就是死扛，又惹起了向青云的怒火。他大声追问，马文俊也不着急，以不变应万变，不管向青云如何问，他就是不承认。向青云无奈，只得说："马叔，看来我们爷两个要伤和气了，从明天起你就不要上班来了，一会儿我就向全体职员宣布开除你。"说完走出了办公室，马文俊一下子呆住了。他做梦也没有想到，向青云面对事情胸有成竹，倒是他马文俊六神无主了。

马文俊腿像灌了铅似的走出向青云的办公室，往街上走去。马文俊个头不高，身材消瘦，平日有几分精神，很少有人见他蔫头耷脑的。有人见了他喊道："呦，马爷，真是风水轮流转，怎么耷拉脑袋了？马爷能遇上倒霉事，这可是新鲜了。"

马文俊没应声，径直走进了酒馆。莫英豪自从莫家的轮船停航后，每日烦闷，常来酒馆喝酒。他看见马文俊走了进来，觉得纳闷，马文俊是很少喝酒的，莫非他是来看自己的笑话，然后去告诉向青云。这样想着，他没有和马文俊打招呼。

马文俊一屁股坐在了凳子上，要了一大提白酒和花生豆，喝起来，他始终连头都没有抬一下。莫英豪看了他几眼，坐不住了，走到马文俊的身边挨着他坐下，让跑堂的把他点的菜端到马文俊的桌子上。马文俊还是闷头喝酒，没有理会莫英豪。

向青云让向小寒把职员们召集在一起，宣布了开除马文俊的决定。他的话音落地，长时间的静寂，向小寒大感意外，心里骇然，看着站在前面的向青云感到十分的陌生，仿佛眼前的一切都已经脱离了她，感到自己无法掌控任何东西。她心思恍惚地等到向青云说完话，走进了自己的办公室。过了一会儿她又从办公室里走出来，看到职员们默默地回到各自的工作岗位。此刻没有人理会她的存在，她站了很久，漫无目的地走出公司，太阳照着她的影子，她看着阳光下自己的身影不断地在变形，远处码头上的船工号子断续传来。走到街上，想穿过这条街回家，她很渴望躺到床上，蒙上头，把刚刚发生的事情搁置一下。正走着，听到有人喊她的名字，停下脚步，循着声音望去，莫英豪站在酒馆的门口正朝她摆手。她没有心思搭理莫英豪，欲要继续朝前走。莫英豪越发高声地喊她，她不得不又转过头去，无意中从莫英豪的侧身朝酒馆里看了一眼，看到了正在喝酒的马文俊。向小寒走了进去，坐到了马文俊的对面，莫英豪坐在了马文俊的身边。

马文俊把一盘的花生米快要吃光了，莫英豪说："马叔，吃菜，吃菜。"说着往马文俊盘子里夹菜。没承想马文俊说："想不到我马文俊今天要吃嗟来之食了。"说着夹了口菜放到了嘴里。莫英豪虽不大懂这句话是什么意思，但从马文俊和向小寒的表情看出，这不是句好话，就说："马叔，我好心好意让您吃饭，您不能耍弄我啊。"

向小寒说："英豪，别贫了，马叔心情不好。"

莫英豪见向小寒开口说话，心里密布的愁云，被她撩开了一线缝隙。他接着向小寒的话说："马叔心情不好，我的心情更不好，来，小寒，陪我喝点酒。"

向小寒白了莫英豪一眼，对马文俊说："马叔，这件事是我让你做的，你暂且回到家里待些日子，随时听我的安排，工资每月我照发给你。"

听了向小寒的话，马文俊借着酒劲，鼻涕眼泪都下来了。莫英豪弄不清他们在说什么，他也无心多想马文俊为何对向小寒感激涕零。他问向小寒："小寒，我在班房的几天里，你是不是又去重庆了，见了那个日本崽子了吗？"

向小寒故意说："怎么，你坐了班房？是谁这么款待莫少爷呀？"

莫英豪说："谁款待我都没有关系，就是不能让那个日本崽子和你在一起。"

许多烦心事，纠缠在向小寒的心上，听到莫英豪的话，她反而没有恼怒。他知道莫英豪是真心真意地在护着自己。这时，向氏轮船公司被马文俊指使的几个人也到了酒馆，骂骂咧咧地坐下喝酒。他们对向小寒大喊着："向青云这是杀鸡给猴看，说不定哪一天就要开除我们了，你可要为我们说话呀。"

向小寒很尴尬，若是在公司里，有人这样跟她说话，还显不出什么特别的地方，可是在酒馆里，全是男人的地方，她觉得心里火烧火燎地烦躁，不知说什么好。莫英豪答话道："你们有什么话去问向青云好了，小寒是个姑娘，大老爷们的事别问她，她是来找我的。"说完拽起向小寒的胳膊走出了酒馆。

夕阳下的街道,把人和物都罩在了一团红晕里,向小寒和莫英豪并肩走着,她说:"其实我知道你被关押的事情,你爹有消息吗?"莫英豪说:"谢谢你,小寒,有你这句关心的话,就能让我撑很久的。"

向小寒没有再说话,莫英豪把她送到家门口,转身走了。向小寒看着他的背影,心里对自己产生了一瞬间怀疑,是否应该像父亲在世的时候说的,自己该做个女孩子,不要去做男人该做的事情。但这个念头一出现,她马上就否定了,对自己说:一定要把向氏轮船公司从向青云的手里夺回来。

朱少雄对夏天虹很痴心,但他并不纠缠夏天虹让她难堪,只要有时间就到德裕班。他每次来了都要先到班主那里和他说上几句,内容大都是农时、天气之类的话,和班主像个老相识一样。和戏班子的其他人称兄道弟的,相处的时间长了,大家感到他的到来,是很自然的事。后来,戏班子演出的时候,他索性就不坐在台下,而是到了后台帮着搬弄道具。他还时常给戏班子里学戏的小戏子买些零食,大家都很喜欢他。虽然谁都看得出他是为了夏天虹而做的这一切,但同时戏班子的人也都看得出来,他对夏天虹不会有过分的举动,不会损害夏天虹,也不会损害戏班子。

夏天虹对朱少雄的感觉很放松,就像是早已熟识的邻家大哥。这天下午,戏班子没戏,朱少雄中午给夏天虹买了些吃的,在夏天虹的屋里,小红陪夏天虹和朱少雄一起吃饭。吃过饭,夏天虹说乏了想睡一会儿。朱少雄和小红出来。班主很细心,过来关照朱少雄,把他让到了自己的屋里,陪着他说话。一会儿,小红进来对班主说夏天虹说胃口不舒服。朱少雄赶紧走进了夏天虹的屋里,说也许是中午的饭菜油腻了些,他让夏天虹起来到院子里走走,透透气也许会好受些。夏天虹懒得动弹。朱少雄怕她躺着积了食,想了想说："不如我开车带你到城外转转。"夏天虹还是懒懒的。小红听说要开车带夏天虹出去，她巴不得也坐车出去玩玩，就极力地鼓动夏天虹出去。夏天虹想了想，对朱少雄说道："也好，出去享受一下城外的阳光。"朱少雄到院子里等夏天虹。因他已有妻室，故而很细心，他知道但凡女人出门，总要打扮一番的。

待到夏天虹从屋里出来，朱少雄的魂魄被震动了一下。只见夏天虹身着黄白色的旗袍，领口绣着梅花，那梅花的形状是含苞待放的，和领口的梅花相映衬着；旗袍的下摆也绣有梅花，图案大了些，也是含苞待放的。再瞧夏天虹的脸庞，淡淡地施了粉，清澈的眸子朝朱少雄一笑，让朱少雄忘掉了一切，仿佛这个世界唯一的存在只有夏天虹。

车子穿过接踵的街道，向城外驶去。约莫走了一个时辰，停在了江边的土路上。汽车行驶时，夏天虹一直闭着眼睛，斜靠在后排的车座上，小红的两只小手贴在车子的玻璃窗上，使劲地朝外张看，出了城的景致让小红的心里跳跃了起来，她看着闭眼休息的夏天虹不敢出声，车子一停，夏天虹睁开了眼，小红的嘴如洪水冲堤般地叫起来。夏天虹从车里出来放眼一望，不由得啊了一声。江对岸的景色如同梦幻，黄色的土地上，覆盖着高低不等的草，草的颜色黄中泛绿，和土地的颜色融为一体。视线再往后移动些，是密密相挨的树，茂盛的枝叶遮住了树干，无边无沿地悬在了空中。树叶的颜色绿中有黄，黄中有绿。草地上有十几头牛，牛的皮毛黑色和白色相间。夏天虹的视线落在牛的身上，稍一游离就看到了两间低矮的茅草房。

小红兴奋地跳起来，继而在地上打着滚儿。朱少雄和夏天虹都被小红的闹腾吸引过去了目光，两个人的目光对视的一刻，夏天虹的心里感到了一丝异样的感觉，她望着对岸的景色，想思索出刚才那一念的感觉究竟是什么，朱少雄站在了她的身边说："天虹，你看到那株红色的树了吗？"

夏天虹哦了一声，循着朱少雄手指的方向望去，有一株孤零零的小树离开了树群，在草地上傲立，它显得单薄、弱小。

朱少雄接着说："在这如仙境的景物中，这株红色的小树最惹人。"

夏天虹说："不是吧，若不是你提醒我去看，此刻之间，它还没有落入我的视线里。"

朱少雄点起了一支香烟说："天虹，你看那江中的倒影。"

夏天虹朝水里望去，岸上的景物原封不动地贴到了江面上，江面像是变成了一个立体的空间，岸上的土地、草、树、牛、小屋都在里面又形成一个世界。而在这个世界里，最显眼的果然是那一株红色的小树，那一簇红色分外耀眼。

朱少雄边吐着烟圈边说："天虹，你就是那株红色的小树，虽然美丽，但孤单，需要保护。"

夏天虹听着朱少雄的话，念头又回到刚下车时的感觉上，她现在可以确定，之前的那一瞬的感觉，就是眼前的朱少雄给了她可以依靠的感觉。

夏天虹被朱少雄的话，说得眼睛湿润了，她极力地拉回自己的情绪说："朱兄，没想到你一个武将，还会说出这么书生气的话来。"

朱少雄又说："天虹，我明白你的意思是说只有书生才是心细的，武将就该是打打杀杀的行事莽撞。其实，这世上很多事情，都被人误解。书生和武将都是人，他们的分别不是文和武而是血性。外表柔弱的书生一样有血性，外表强悍的武将也一样有人没有血性。"

夏天虹睁大眼睛看着朱少雄说："朱兄，我第一次听人说这样的话，那么女人和女人的分别是不是也是血性？"

朱少雄说："是，我们都要做有血性的人。"

夏天虹叹口气说："我一个戏子，只是唱戏糊口，哪里说得上有没有血性。"

朱少雄说:"血性是人心的骨气,和做什么事情没有关系的。"

夏天虹说:"朱兄,你说这些话的意思我都听不大懂。"

朱少雄说:"我从小为了谋生吃尽了苦头,当兵这十几年不知从死人堆里爬出来几次了。你和我的经历不同,我说的话,你自然不会全懂。"

朱少雄目不转睛地看着夏天虹,把夏天虹看得脸红了,羞涩地低下了头。朱少雄声音颤抖地说:"天虹,嫁给我吧,让我一生一世来照顾你。"

夏天虹惊异地抬起眼看着朱少雄,她没想到,朱少雄会说出这样的话,一时竟不知如何回答。她知道,朱少雄和李克彪完全不同,李克彪对她的追求是淫恶的,而朱少雄是真心地对她好。夏天虹的心里只有向青云,谁都不能进入到她的心里,她对朱少雄说:"朱兄,我明白你的心意,若是你真的对我好,我们就以兄妹相待,我已经有了心上人,恐怕我们今生没有夫妻的缘分。"

朱少雄神情黯淡地说:"天虹,我不会勉强于你,但是世事难料,我相信我们还是有缘分的。"

夏天虹神色沉重地望着对岸,想着向青云几天没有信来了,不安地流下了泪。

朱少雄看着夏天虹哭了,还以为是自己的话伤到了夏天虹。他对小红喊道:"小红,给你虹姐唱几支小曲,让她开开心。"

小红两条朝天的羊角辫在地上滚得乱乱的,都快要散开了,夏天虹拉过她,从随身带的包里拿出一把小梳子,给小红梳头。梳完了,小红非要夏天虹再拿出小镜子来,她把小镜子对着头上上下下、左左右右地照了一会儿。小红把小镜子递给夏天虹。夏天虹说:"若看你如此爱打扮倒是个姑娘的样子,可是看你又喊又闹的疯样子,倒像是个男孩子。"

小红嘻嘻地笑着,在草地上拉开了架势,唱起了小曲。朱少雄听着听着就入到曲词里了。一曲唱罢,朱少雄赞叹道:"这孩子，真是天生一副好嗓子，对唱词的表达也是入情入理。是唱戏的好料啊。"

小红被朱少雄夸得来了兴致，唱起了和夏天虹学的川剧唱段。朱少雄盘腿坐在草地上，看着小红。

朱少雄开车带着夏天虹和小红刚走，朱少雄的部下就到戏班子来找他。班主对他说去了城外，部下开车就追。两个时辰后，朱少雄的部下又到戏班子来找朱少雄，班主说："你没有找到吗？他并没有回来呀。"

朱少雄的部下急得满头大汗地对班主说："若是朱旅长回来，让他立刻回去，有重要的事情。"说完急忙回去复命。

班主心里七上八下的不踏实，到了掌灯时分，夏天虹还是没有回来，眼看晚上的戏就要开演，班主急得在地上走来走去地转磨磨。突然小红一步蹦到了班主的眼前，接着夏天虹和朱少雄也走了进来。班主说："我的姑奶奶，你这是去哪里了，吃饭了没？快去化装吧。"他对朱少雄施了个礼说："朱旅长，您也快回去吧，您的部下来了两次找您。"

潘文华下午接到命令，要开一个紧急会议，只有朱少雄缺席。潘文华只得为朱少雄搪塞。但作为军人如此擅离职守，让潘文华很气愤，会后，他到了朱少雄的旅部，等了很久才见朱少雄回来。朱少雄不知发生了什么大事，双腿一绷立正行了军礼，潘文华把手枪往桌上重重地一放说："成何体统，整个下午，不见人影，你让我如何在军中树立威信？上下都知道，我器重你，你让我如何抬得起头来？"说完，潘文华把手枪往皮带里一戳带着警卫走了。朱少雄深知自己闯下了大祸，不知如何是好。

第十八章　误会再生

　　向青云开除了马文俊后,公司的职员消极怠工,连续几日又是一单生意没有。下班回到家,向青云一头就扎到了床上,秦氏来叫他吃饭,他说吃不下,躺在床上睁眼想着公司里一宗宗的事情。但是最让他沮丧的还是心中对夏天虹的怀疑。他焦虑得无法入睡,决定明天一早去灌县找刁猛子,让他帮自己解解心中这团乱麻。

　　刁猛子的两间茅草房已经翻盖过,院子里的篱笆也是新围的。中午,刁猛子正在院子里的灶上做饭。冷不丁一扭脸发现院子里站着一个人,他一把揪住向青云的肩膀说:"青云,来,来,看看我早晨打的鱼。"说着把向青云揪到一个一米多长、半米多宽的大木盆前,很多鱼在里面挤挨着游动。灶上的锅升腾起的热气,把鱼的香味弥漫到整个院子里。向青云抽动鼻子深深吸了两下说:"干爹,还是那个味道,真香啊。"

　　刁猛子说:"来早不如来巧,鱼熟了,焖一会儿就可以吃了。"

　　刁猛子把鱼端到了屋里,向青云几天没有好好吃东西,埋头吃起来。刁猛子给自己倒了酒,慢悠悠地喝着。向青云边吃边说:"很久没吃干爹家里的饭了,好吃。"向青云狼吞虎咽地吃完了饭,刁猛子的酒盅刚刚下去了一半,他对向青云说:"你吃完了到床上歇会儿,下午咱们把院子里的鱼卖出去,你再和我侍弄侍弄园子。"

向青云醒来的时候，刁猛子正在往木车上搬那盆鱼，向青云忙过去，走到跟前，鱼盆已经被搬上了车。向青云跟在刁猛子的身后，到了鱼市，工夫不大，鱼就卖出去了。

刁猛子带向青云来到地里，昨天夜里下过雨，地里湿乎乎的。刁猛子脱了鞋，弯下腰，一垄一垄地把地上的地瓜秧子从这一侧掀翻到另一侧，手和脚有节奏地往前推进。向青云学着刁猛子的样子蹲在地上掀翻着地瓜秧，往前推进不到一垄已经累得支持不住了，刁猛子吆喝着向青云继续干。傍晚回到家，向青云已经是筋疲力尽。

晚上，刁猛子做了几个小菜，又拎了一壶酒放到了桌上。两个人边喝边聊。刁猛子说："青云，干了一下午活计，感觉怎样？"

向青云说："干爹，您干活看起来那么轻松，而我觉得手重腿沉，迈不开步，也抬不起手。"

刁猛子说："我自小就干农活，出力长力，早就征服了田地，对付这些活计自然是轻松自如。"

向青云没有说话，愣了一会儿。

刁猛子又说："还记得小时候随我种菜吗？"

向青云点点头。刁猛子说："种菜，最要紧的是要顺应季节，就是适时，这是改变不了的。但要怎样种，弄什么样的菜畦，你就可以随心所欲，自己做决定。"

向青云点头应道："是啊，种菜想怎样种都可以，但经营公司就不一样了。"

刁猛子喝了口酒说："其实啊，这种菜和经营公司、治理家业、行军打仗都是一个道理，只是你没有悟到而已。"

向青云不解地问："这能一样吗？"

刁猛子说："就拿你经营公司来说吧，外在的经营环境凭你一己之力无法改变，在这种情况下，你要顺应。但顺应绝非是没有作为,你要用心审度,辟出蹊径。顺应的同时要逐渐地积累势力,待到时机成熟,局面就能为自己所掌控。"

向青云听着,不住地点头。他让了刁猛子口酒。刁猛子喝得红了脸,话越发地多了起来,说道:"一般来说,人陷入的最大困境是内忧外患。外患可能是一时难以抗衡的,内忧需要果断杀伐。就拿我们种菜来说,种的是菜,想要的也是菜,但杂草怎么办,一露头就要铲除。你经营公司中的内忧,就是杂草,只要你姑息,它就会猖獗。"

刁猛子又喝了口酒说:"没有规矩不成方圆。你二爸在世的时候,他的规矩是无形的,公司里人人都观着他的言行行事。现在不同了,你没有规矩,人心必然混乱。"

向青云醒悟地说道:"是呀,我哪里能有二爸那样的威信,对于员工来说就没有凝聚力,也就无法规范他们的行为。"

向青云问刁猛子:"那外患该怎样对付呢?"

刁猛子说:"你要联合能与外轮抗衡的力量。"

向青云为难地说:"能与外轮抗衡的人到哪里找呢?"

刁猛子说:"如果能让刘湘关心航运,这事情就好办了。"

向青云请求说:"干爹,你随我到万县吧,帮我出出主意。"

刁猛子说:"不行,不行,我离不开这两间茅屋。"

第二天,向青云睡到太阳三竿子高。睁开眼,刁猛子已经不见了,桌上有为他准备好的早饭。向青云到院子里活动活动腰身,感到四肢酸痛。

中午,刁猛子回来。向青云吃过午饭,和刁猛子告别。

回到了万县,向青云对秦氏和向福说,不要人来打扰,他把自己关在了屋里。秦氏担心儿子,几次要来敲门,都被向福拦住了,他对秦氏说:"少爷交代了,他是在闭关,不能打扰。"

秦氏无奈地回到自己的房中,她知道这个向福要是拧上来,谁拿他也没有办法。过去，他只听向不悔的话，现在他又只听向青云的话。

到了第四天的早晨，向青云从屋里出来，秦氏招呼下人准备早饭。向青云吃了早饭，对秦氏说要去重庆，向福早已把应带的东西准备好，把向青云送到了码头上。

向小寒并没有把向青云闭关的事放在心上。她想，向青云是驾驭公司感到困难，在心理上退缩了。她暗自高兴，向青云过不了多久也许就会自动退出公司。她到了饭堂，听见母亲问大娘："青云到重庆给大伯带了治腰痛的膏药了吗？"秦氏说："这孩子突然说要去重庆，我叫人急跑着去孙郎中家里拿了十帖，给不争捎去了。"

原来向不争有腰痛的顽疾，万县有个姓孙的医生有祖传治腰痛的膏药，只要有人去重庆，秦氏总是要人带去一些。

向小寒听了母亲和大娘的对话，吃了两口早饭，匆匆走出家门，来到了码头，上了到重庆去的客轮。

向青云到了重庆已是中午，到了德裕班。夏天虹看到向青云很惊喜，把他拉进自己的屋里，问长问短。向青云只淡淡地嗯了几声，表情冷漠。夏天虹问道："出了什么事吗？你到重庆来干什么？脸色怎么这么难看？"

向青云说："我来重庆就是想问你一件事情。"

夏天虹说："问我？我有什么事情难道是你不知道的，还要你从万县跑来问我。"

向青云说："那天你在青田浩二家过夜，是怎么回事，我希望你能说实话。"

夏天虹惊讶地说："我不是对你说过，是和小寒在一起吗？"

向青云说："你是在骗我，那天小寒在万县，根本不在重庆。"

夏天虹气得脸色发白，声音颤抖地说："你从万县到重庆来，就是来诬陷我，向我来兴师问罪吗？"

向青云也生气地说："你说我诬陷你，你一夜未归，和青田浩二在一起，还说小寒跟你在一起，是我诬陷你，还是你在有意抵赖？"

夏天虹说："向青云你有话直说，不要拐弯抹角地诬陷人，你这个无情无义的畜生。"

向青云说："我那日回到万县，小寒就在公司里，问了她是否和你在一起，她说没来过重庆，我又问了公司里其他的人，都说她一直在公司里。"

听了这话，夏天虹惊得说不出话来，愕然地看着向青云。看到夏天虹惊慌失措的样子，向青云更加坚定了自己判断，说道："你还有什么解释的？"

夏天虹气得尖声喊道："向青云，你是个浑蛋。"

向青云没有理会夏天虹的喊叫，走出了屋子。

望着向青云的背影，夏天虹心痛欲碎，她想上前去拦住他，再和他解释，但心性的孤傲让她忍住伤心，没有阻拦向青云的离去。

夏天虹的意识好大一阵子恍惚，刚才的一切像是一场突然的劫难，她弄不懂，这场劫难从何而起，她伤心地哭了起来。

班主听到夏天虹的哭声，进来说："我的姑奶奶，这又是怎么了，好好地怎么就又哭起来了？"他叹了口气说，"这可真是不是冤家不聚头，这还没成亲呢，就拌架吵嘴，要是成了亲，我看你的日子怎么过。"说完也走出了屋子。

向青云从德裕班出来，叫了街边的轿子，来到一条幽静的小马路上，他让轿子停下，慢慢走在香樟树的树荫下。刚才一时冲动，从夏天虹那里生气而出，此刻的心绪稍平静了些，后悔刚才的行为粗暴了些。但一想到夏天虹和青田浩二在一起，心里就像是被什么东西咬了一样难受。他实在是弄不明白，夏天虹如何同青田浩二相识呢？其实，此时的向青云被大大小小的事情挤压得迟钝了对于事情的分析能力，见到表象一时丧失了追究本质的能力。他想找出理由来否定夏天虹和青田浩二有染，但越是寻找理由，心里就越是烦乱，索性就不想了。况且，他面临的事情很重大，很急迫。

路边的香樟树一株挨着一株，枝叶散发出的香气，在空中渐渐弥散着。向青云深深吸了一口气，望着香樟树秀丽的枝叶，心情舒缓了些。他一直喜欢香樟树的高大雄伟，那圆形的树冠令他着迷，他曾经不知多少次地画过香樟树。路边粗大的香樟树中，偶尔有一两株幼小的，处在幼时的香樟树树皮呈绿色，平滑，而处于老年的香樟树树皮为灰褐色且裂开了纵向的裂纹。向青云从来没有画过老年的香樟树，他以为，那沧桑满树的裂纹，离他太遥远了，他前面的岁月是漫长的，他还无力承受那沧桑，沧桑是要有人去一同面对的。他也曾经想过，到了他的老年，有夏天虹做伴，还有一大群的孩子。有了妻儿相伴，岁月对他也会很温和的。然而，突然间的变故，让向青云明白了命运中突然降临的灾难，会让人无法躲避地去承受，尽管它会扭曲了心灵，命运也不会悲怜谁而改变它的路径。一座座独立小楼的别墅区就在眼前，向青云又深深地吸了口香樟树的香气，对自己说：往前走吧，向着自己命运的深处走去吧。

　　向青云在一个铁门前停住了脚步，铁门的右上角有一个圆形的门铃按钮，中间一个凸出的拇指大小的圆疙瘩是红色的，向青云用食指按住了红色的圆疙瘩，铃声清脆地响起。他的手指适时地离开了圆疙瘩。隔着铁门的栏杆，一个圆圆的脑袋斜视了向青云一会儿，问道："请问，您……"

　　圆脑袋的语调拖得很长，向青云没等他收住冗长的问话就说："我找潘督办有事情。"

　　圆脑袋神情迟疑着，欲要张嘴说话。还没等他开口，向青云说："烦您去通报潘督办，我叫向青云。"

　　圆脑袋说话拖沓，动作很麻利，快步走向院内小楼的铜色厅门。工夫不大，圆脑袋回来，满脸是笑，开了门，说话也利落了些，"先生里面请。"

　　潘文华走到院子中间，迎着向青云。向青云大步上前，鞠躬施礼。两个人互致问候，并肩走到了客厅。

潘文华问："很久没见你父亲，他的身体可好？"

"托您的福，他很好。"

"最近可登台唱戏吗？"

"二爸去世后，我操持着向氏轮船公司的事务，没有时间也没有兴致再唱戏了。"

"可惜了，青云，你是天生唱戏的料子，不过，男人嘛，总是要有所舍的。"

"是，潘督办所言极是。"

门房刚一通报，潘文华就想到向青云一定是有事情来找他，他也想到一定与他公司的事务有关。寒暄了几句后，潘文华主动将话题引到了向氏轮船公司。他说："公司怎么样，接手后，经营上还顺利吗？"

向青云答道："目前三峡航运的形势潘督办可能不是很了解，外轮猖獗，所有华轮公司的处境都是举步维艰。"

潘文华说："对于四川的商业我岂非是不很了解，而是一点儿都不了解。我一向对经商的事情没有兴趣。"

向青云说："外轮横行川江航道，只怕是不久就可控制四川的经济。民以食为生，若是被外国人扼住了经济的喉咙，国将亡矣。"

潘文华向前探了探身子说："青云此话可有根据，听起来毛骨悚然。"

向青云说："英商太古轮船公司，垄断宜渝段，营运一年获暴利30余万元。运价奇昂，以至于英商能在几个月内，就能将一艘轮船的造价全部赚回。川江被外商称为黄金航线。"

潘文华睁大了眼睛聚神听着，向青云停住话语。潘文华说："继续讲下去。"

向青云说："外轮虽比不上华轮多，但他们吨位大，多由长江下游直航四川，四川的进出口货物几乎被外轮垄断。现在扬子江上游触目可见美、英、日、德、瑞典、挪威、芬兰等国国旗，川江已经成了外国人的天下。"

潘文华的表情严峻了起来。

向青云继续说:"日本的日清公司几个月来联合英轮滥放运价,排挤华轮争夺川江的垄断权,以卑劣的手段争夺川江客运,折本在所不惜,使华轮无货无客可运。他们目的是挤垮华轮,然后收买全部轮船,进而垄断川江航运和商务。如果外轮的这个目的实现,川江上的运价涨跌,将会任其操纵。四川的出口货物会由外商统购,直接由外轮转道出口,最后外国人将垄断四川全部进出口货物。"

潘文华说:"青云,我小看你了,没想到你对形势了解得如此透彻。"

向青云又说道:"外国人控制川江的侵略行为,已经引起了国人的反抗,万县惨案后,民众要求当局对英商采取断然措施,从多方面给予制裁。许多地区的航运职工拒绝为英国服役,不做英轮水手、领江,不装运英国人货物,不买英国用品。"

话题说到此,向青云就把营救莫元清的事情提了出来。他接着说道:"万县也有抗英的行动,莫元清虽说他的方式过头了些,但是也是为了华轮的利益,还望潘督办想想办法疏通疏通。"

潘文华说:"听你说了这么多,我不倾力相助,恐怕是说不过去了。但是,在对待莫元清的事情上,英国领事向我们施加压力,这件事情疏通起来,难度很大呀,也只能是一试,结果如何不好预料。"

两个人又聊了一会儿,向青云告辞。

向青云叩响了武家的门,开门的下人叫了声少爷。五月从房里的玻璃窗看见了向青云走进院子,欢快地迎出来。向青云到客厅坐下,五月忙着沏茶。向青云问:"武叔不在家吗?"

五月说:"去江边钓鱼了。"

向青云说:"怎么,武叔有这样的雅兴,我竟不知。"

五月说:"爹说他老了,钓钓鱼颐养性情。"

向青云问五月:"最近可有画画?"

五月说:"有一阵子没画了。"红了脸又说,"近日做些针线。"

向青云说:"怎么才女成织女了,做了什么针线?我瞧瞧。"

五月不好意思地说:"不过是些贴身的衣服。爹说,等你过了孝期,我们就成亲,我想有时间多做些衣服,放着慢慢穿。"

向青云心里一惊,他以为武江川已经把解除婚约的事情告诉了五月,现在看来五月完全不知情。他的心里有些紧张了,不知该怎样应对五月。

五月柔声地说:"青云,我爹说万县很美,我想成亲后,我每天要去看不同的风景,把它们画下来。不过,万县和重庆不同,我出去画画会不会被人笑话呀?"

五月完全投入在自己对万县的憧憬之中,她没有觉察到向青云神情的变化,一件件地说着她对婚后生活的安排,向青云不由得心里对她生起怜惜,非常难过。

向青云回到家里已是傍晚,向不争下班后,见到向青云,问为何没有提前告知来重庆,向青云说临时有事。向不争每日的晚饭很简单,只是吃些米粥和小菜,他吩咐厨房做几个菜,被向青云制止了。父子二人简单吃了饭,在书房里正说着话,下人报有人要见少爷。

向青云心里思忖着,他来重庆没告诉谁呀,有谁来找他呢?到了门口看到青田浩二竟站在那里,又是一个谜团塞进向青云的心里。他把青田浩二请进客厅,让了茶问道:"青田君何以知道我来了重庆,难道小寒也来了吗?"

青田浩二说:"我很久没有见到小寒,她还好吗?"

向青云说:"你很久没有见到她吗?"

"是,她来信说公司里的事情很多,抽不出身来重庆。最近商行里要处理的事情也很多，万县我没有过去。"

"那么是小寒给你发了电报，告诉我来重庆吗？"

青田浩二漫不经心地说："下午我到了德裕班，是天虹对我说你来了。"

向青云从青田浩二的嘴里听到天虹两个字，心里顿时乱起来，同时一种无名的怒气升起来，他压制自己的情绪说："青田君来访，有什么要事吗？"

青田浩二说："不知我们合作一事你考虑得如何？"

通过这几日发生的事情，向青云思虑问题的角度不觉中全面了一些，他对青田浩二，不像上次见面那样出语草率，并且对青田浩二的合作动机也有所防范。

青田浩二见向青云没有说话，接着说："青云君该不是变了主意吧？"

向青云说："青田君这句话说得倒是有意思，你以为我心里早已有了主意吧，那么请青田君说说你认为我的主意是什么？"

青田浩二没有想到几日不见那个说话无遮无拦的向青云一下语锋尖锐了起来。他迎着向青云的话说："我以为你的主意当然是同我们日清公司合作。"

向青云说："那你又何以揣度我变了主意呢？"

青田浩二觉察出向青云的话语中明显带有挑衅的意味，他快速转动脑筋，想该怎样把握说话的尺度。"青云君此言差矣，绝非揣度，是希望我们能尽快合作而流露出的急切心情。"

向青云说："青田君如此婉转，可见修养之高，令我敬佩呀。"

青田浩二的心里此时很惊诧，几日前还是呆呆的向青云，今天竟如此狡猾，只在话语上兜圈子。接下来，青田浩二已经不能主导谈话的话题，只能随着向青云话语的路径说。他的心里想：向青云是饱读诗书的，莫非中国四书五经的教育真的能让人有个发酵期，向青云经过了多年的发酵，今天就质变了。他不想再和向青云纠缠下去，说道："和青云君聊天很长见识，改天再聊，我要去接天虹了。"说完，他偷看向青云的表情，看见他嘴角挂着一丝笑，淡漠如水，令青田浩二对向青云摸不着头脑。

青田浩二走后，向青云又回到书房。向不争问起公司的状况如何，向青云说："爸，我们不说这个话题吧，我们父子难得说说话，聊点别的吧。"

向不争说："好吧，今天就由你，想聊什么？"

向青云说："爸，就说说您当初如何在洋学堂学英文吧。"

向不争说："枯燥得很，没什么好说的。"

向青云说："当时，您喜欢英文吗？"

向不争说："像天书一样的，险些崩溃。"

向青云说："如何坚持下来呢？"

向不争说："男人，责任是第一，要想负起责任就要有承担责任的能力。当时学英文是为了谋得一个好的职位，巩固向家的家业，心里有了这个目标，心是定的，心定了也就能专注，人要是能做到专注，原先觉得茫然无措的事情渐渐就能寻出门道。"

向青云若有所思地重复道："专注？"

向不争说道："专注就是做事情要集中一点，深入进去，你若是突破了一点，其他的东西就可能不攻自破。"

向不争搓弄着手里的烟斗。向青云拿起桌上的洋火看着盒上光腚的小孩图像，沉浸在思考里，过了一会儿，他突然意识到了什么，起身划着了洋火。向不争朝着洋火倾了倾身子，烟斗上便有了星星的红丝。轻轻扬扬的烟雾在灯晕下散开，消失在屋中，烟草的味道浮满了书房。

向不争又说道："专注，还包含了取舍的选择，你要懂得，天地间没有完满的事物。"说完，父子二人都沉默着，想着自己各自的所感。向青云寻思着父亲的话，依着自己的理解在揣摩。向不争的内心则十分感慨，他没有想到能和儿子这样郑重地谈心，同时他也意识到，儿子的心智在从少年到成年转变着，这一转变伴随着的必然是种种的心灵磨难。他此刻对向青云既欣慰又伤感，欣慰的是他终于懂事了，知道了一个男人该有的责任和血性；伤感的是，从此他的世界将不再单纯，将每日在生活的腥风血雨中打拼了。

  青田浩二从向家出来，到了向小寒住的客栈。向小寒问他向青云的态度如何。青田浩二没有马上回答，摇了摇头。向小寒说："怎么，青云没在大伯那里吗？你没见到他？"

  青田浩二说："见到了，可是我总觉得哪里不对劲。"

  "为什么？"向小寒惊异地问。

  青田浩二说："我对他说到剧场去接夏天虹，他竟然毫无表情，这样的反应不像是向青云啊。"

  向小寒不以为然地说："他呆头呆脑的反而是让人捉摸不定的。他一定会相信你和夏天虹有染的，这样我们的目的就达到了，过不了多时，他就会退出向氏轮船公司，我们合作的日子不会等太久了。"

  青田浩二觉得，向小寒想得过于简单了。从今天的对话中他感到向青云身上有了向不悔的神骨。也难怪呀，叔侄如同父子，血脉相连嘛。虽然向不悔不在了，看来向家还是一样难以对付。

  向小寒先向青云一步回到了万县，两个人相隔一个多时辰。向青云到公司的时候，向小寒正在有条不紊地整理着账目。有人禀告向小寒说是向青云找她商量事情。向小寒走进向青云的办公室，向青云要她立即召集所有员工开会。

  平时堆满货物的公司大厅，今日空空的。向青云叫人在大厅里摆了张桌子，他坐在桌边。职员们三三两两地过来了，站在那里交头接耳，完全没把向青云放在眼里。

  向青云表情严肃地说："现在已经过了上班的时间一个多小时，从即刻起再来到的人都算为迟到。"

大家还在叽叽喳喳地说着话，他们完全没有在意向青云开会的内容。这时，有两个人敞着怀，从外面进来，松松垮垮地站在职员当中，其中一个高声喊着："哟，今天是什么日子，怎么这么齐整？"

向青云对站在一旁的向小寒说："记下他们两个的名字，迟到扣除半个月的薪水。"

向青云的声音不高，但显然有了威慑力，一下子大厅里安静了下来。

向青云说："大家都是向氏轮船公司的元老，跟着我二爸为向家立下了汗马功劳。我这是第一次召开全公司的大会。最近，公司的生意不好，想必大家心里都有数。越是在困难的时候，公司上下就更应该团结一心，凝聚士气。然而，目前公司的风气懈怠，在很多工作上马虎行事。我希望大家鼓起精神，和我一起共渡难关。今天开会的目的是宣布几条规定，希望大家严格遵守。过去的一切都既往不咎，从今往后，大家按规定行事。咱们先小人后君子，有违反规定者一定严惩不贷。我下面宣布五条规定，会后，小寒用毛笔写在纸上，贴到告示栏里。"

向青云手里拿着纸念道："第一，不准迟到早退，工作时间不许喝酒，违者扣除半个月薪水。第二，上班时间着装整洁，不许敞胸露怀。第三，根据客户需求制定航运价格，所有价格确定前均经由经理同意。第四，每日对轮船进行检查，发现问题及时处理。第五，轮船运行中接待顾客要稳重大方，姿态端正，面带微笑，谈吐得当，热情周到……"

散会后大家再不敢聚在一起议论。公司上下静得出奇。向小寒对几个心腹说，向青云是雷声大雨点小，大家顶住，不能前功尽弃。等她执掌了公司，论功行赏。

下了班，大部分职员不约而同地到了酒馆，憋了一天，此刻他们大声议论，其中一个人说："自从万县行航开始，也没有谁定过成文的规矩，向青云这是从哪儿学来的？"另一个人说："有了规矩也好，做事有尺度，总比没尺度要好。"

向青云给公司定规矩的事很快就在万县的其他轮船公司传开了。几个老板找到向青云,大家议论是该在华轮的管理上下点功夫。

向小寒紧锣密鼓地找到马文俊说:"你有可靠的人吗?找几个。"

"做什么,大小姐?"马文俊问道。

"别管那么多,一定要找可靠的,知道吗?事成之后有重谢。"向小寒神秘地说,"你现在去找人,看能找几个,再细谈。"

"好的,大小姐,我先走了。"马文俊赶紧走了,去联络他的心腹。

这天一早,向青云来到驻万县的英轮公司。洋人在万县临江的上坡上辟出了一块地方,依着山势建房,公司和私人家眷都在这里。这块地方远远看去倒也没有什么特别,但走进去,可见建筑的奢华。向青云愤愤地想,川江的财富养着这帮吸血鬼,早晚有一天要把他们赶出去。

英轮公司的经理华莱士听说华轮公司经理来访,叫人把向青云带到豪华的客厅,他坐在沙发里双手捧着一本英文小说。向青云进来,华莱士仍旧坐着,挥了一下手,示意向青云坐下。对华莱士的傲慢态度,向青云强压怒火。

华莱士用生硬的中文说:"向先生,你的来访打扰了我读莎士比亚,你可知道莎士比亚的《罗密欧与朱丽叶》?"

向青云说:"我们中国的汤显祖远胜过你们的莎士比亚。"

华莱士说:"我想,向先生绝不是来告诉我中国有个汤显祖,不妨直说你此来的目的。"

向青云说:"好,痛快。华莱士先生,明人不说暗话,此次前来拜访,是要正告英轮在我们的江面上做生意,要恪守商业道德,尽快停止你们不规范的恶性竞争。"

华莱士听了哈哈大笑,说道:"英轮来到四川目标就是一统川江,岂是你能左右的。我倒是劝你能够看清现实,英轮在川江具有航运特权,长江各港口的海关被我们控制,在海关签证、装卸货物、缴纳税金有着华轮无法企及的便利条件，各港口最好的码头都归我们占用，再加上英轮的性能优良，你们的木船已经不知被英轮撞沉了多少。"

面对华莱士的嚣张，向青云平静地冷笑道："那就走着瞧吧，请你不要忘记，川江属于中国。"向青云起身离开了英轮公司。华莱士也站起了身，向青云的到来让他大为不解。

向小寒约了马文俊等几个人到酒馆的包间商量对策，几个人正低语说着，突然一个声音传进来："好事不背人，背人没好事，你们几个在商量着什么馊主意？"随着声音莫英豪一脚走了进来。几个人装作喝得正酣，给莫英豪倒了酒，莫英豪一扬脖儿把一盅酒灌进肚里，一抱拳说："几位慢喝，我找小寒有点事情。"向小寒无奈地随莫英豪走出了酒馆。

向小寒担心莫英豪听到了他们的密谈，故而对莫英豪的态度很热情。莫英豪说："反正我是闲着无事，我们到北山观烧炷香吧。"

若是平日，向小寒一定不会陪莫英豪去的，但今天她一来是怕莫英豪偷听到了什么，二来向莫两家发生了诸多变故，也让向小寒较多考虑个人的处境。她意识到了自己的没有依靠，对莫英豪不那么反感了。她问莫英豪是否为莫元清上香，莫英豪说："他毕竟是我爹，还是希望真有菩萨保佑他平安回来。"两个人走到山脚下，莫英豪拉了一下向小寒，"你看那不是青云吗，他到洋人住的地方干什么？"向小寒看去，果然是向青云，对莫英豪说："难道他去了英轮公司？"

莫英豪想到他出狱那天，李克彪对他说的话，更加疑心是向青云串通英轮公司来陷害莫家。

到了北山观，莫英豪请了两炷香，跪在蒲团上两掌相对合在胸前，闭上眼睛。向小寒请了一炷香。待香燃尽了，两个人分别在菩萨像前跪下，又站起身默立一会儿，之后，走下山来。向小寒问莫英豪两炷香的心愿是什么，莫英豪说一炷是祈盼父亲早日回来，另一炷是保佑他和小寒尽快成亲。

向小寒想，看来莫英豪是真的把她放在心里了，对莫英豪这个愿望向小寒说不上是喜还是忧。她的心思没在儿女私情上，一心想要掌管向家的家业。

莫英豪说："小寒，你那一炷香的心愿是什么？"

"让向青云尽早退出向氏轮船公司，由我来振兴家业。"

"小寒，只要你能答应和我成亲，我尽全力来帮助你。"

"只要你能帮我让向青云放弃公司，我就和你成亲。"

第十九章　货物遇阻

向青云走后,潘文华心情久久不能平静,川江航运外轮猖獗日益加剧,他已是有所耳闻。经向青云的提起,潘文华意识到,这样下去,四川的经济命脉很快就将落入洋人之手,不能再坐视不管了。

他派人请向不争面谈。两个人见了面,潘文华就提起向青云来访的事,说:"真是后生可畏啊,青云不愧是向兄调教出来的,前途无量啊。"

"督办何出此言?青云愚钝得很。"向不争不知道潘文华的话从何而起。

"那天,青云同我说起三峡航运的状况,很有见地呀。"

"小孩子不知深浅,竟在您面前班门弄斧,还请督办见谅。"向不争忙说。

"不妨事,青云说得句句在理,眼光犀利。"

向不争毕恭毕敬地说:"蒙你喜欢罢了,他能有什么见解,不过才经营了几日向家的公司,短浅的一己之见,不值听闻。"

潘文华说:"话可不能这么说,自古英雄出少年,我们老了,青云这一代才是我们国家的希望啊。请向兄来,要你再详细说说三峡航运的事,我想听听你的见解。"

向不争觉得此话突然，一时不知从何说起，沉默了片刻。

潘文华说："那天，青云说到，三峡航运是长江水运的咽喉，从巴蜀经三峡下荆楚非常便利，军事地位十分重要。"

向不争说："若论三峡的地理位置，督办作为武官必是了如指掌。三峡是长江中游、上游交接之地，东出有长江水道，顺流可到荆州平原、江汉平原及江南大地。山高水险、河谷幽深、关隘丛生，能与外界阻隔、封闭，为历代兵家据险而守、破险而攻的必争之地。"

"是啊，若占据长江上游，顺江乘势而下，就能控制中游和下游。"潘文华接着说道。

向不争忧心忡忡地说："英国面临着前所未有的经济危机，为了转嫁危机，欲通过贸易向中国倾销商品，目前大量洋货充斥我们的市场，给我们民族工业造成的损失难以估量啊。"

向不争停顿了一下，看着潘文华凝重的表情继续说道："英国从长江水道进入四川后，已经控制了重庆海关，他们的目的是要控制云贵和西藏，最终要囊括大西南。现在万县也成了英国的重要基地，他们看中万县这个川东门户，除了巨大的商业资源外，主要还是万县控制着川江和通到四川西部的各种重要陆路，他们的目的很明显，是企图以万县扼住长江并由此侵略川西。"

潘文华说："向兄分析得有根有据，万县惨案后，民众的反英势头高涨，我很快会将向兄的分析，写成书面报告上呈刘湘。维护民族利益，是我们为官的首要职责，不能再让外轮在川江横行霸道，若再不采取行动，我们都将成为民族的罪人啊。"

向不争眉毛动了一下说："潘督办的护民之举，令我钦佩，向某定当万死不辞。"

向青云起得很早，秦氏问他可否睡好，向青云没有回答，却让母亲为他用大个的缝被子的针给他缝制几个本子。说完，他回屋拿出几张画画的白纸，用小刀裁成四寸长、三寸宽的纸片，秦氏问他做什么用，他说："娘，只管缝就是了。"秦氏没再问，把纸摞在一起，掐住纸的上端，细密地缝起来。向青云看着缝好的本子说："娘，你缝得真好。娘，还记得我小时候很爱写字吗？"

秦氏难得向青云和她叙些话，高兴地答道："记得，记得，你的字写得真好看，就连你爹背后都和我说你的字写得漂亮。"

向青云说："娘，你知道为什么我的字写得好看吗？"

秦氏说："那是由于你像你爹，习文写字一看即通。"

向青云说："娘，你说得不对，是因为娘给我缝的本子好看，我若是不好好写字就配不上娘缝的本子了。"

秦氏的眼圈红了，抚了向青云的头说："难得你有心还记得娘为你做的事情。"母子说着话，刘氏来叫吃早饭。

吃过早饭，向青云没去公司，直接来到码头。他上了向家的客轮，把本子拴在舱口处，对每一个上船的顾客提示，有意见可以写在本子上，他每日必会看到的。之后，他站在登船的船板上，向每一位上船的顾客弯腰行礼，同时让船上的职员帮助顾客提行李。客轮开走后，向青云就在码头上和来往的商家谈货物的运输，谈妥了运价后，他即刻让人装船起航。这样几日下来，向家的生意有所好转。有些职员积习难改，偶有怠慢顾客的事情发生。向青云每日看顾客的意见簿，对顾客提出意见的职员进行惩罚，对顾客提出表扬的职员进行奖励。公司的风气好起来，顾客对向家的船交口称赞。

由于之前向氏轮船公司亏损严重，票号银行的贷款已经到期，资金严重不足。

向小寒见向青云每天到码头上揽生意，认为他这是亡羊补牢无济于事，当务之急是尽快卖掉向家的轮回笼一些资金，立即和日清商行合作，经营桐油、猪鬃生意。这天，票号到公司来找向小寒通知她尽快交上贷款和利息。向小寒对公司的账目一清二楚，她知道公司难以缴纳贷款，把票号的人打发走了之后，她到了码头找到向青云说："哥，刚刚票号的人来过，向氏轮船公司危在旦夕，你回公司，我们得好好谈谈。"

向青云说："有什么话就在这说吧，我还要调度船班。"

向小寒看着码头上嘈杂的人流，不知如何开口才好。向青云看着向小寒踌躇的样子说："有什么话你就快说吧。"

向小寒说："公司资金已经亏空，再这样下去，恐怕过不了多久，公司的亏空会把向家的家底赔光了，不如马上停航把船都卖了抵债吧。"

向青云果断地说："小寒，公司的事你不要多虑，向家的船一天也不能停，有什么后果我顶着。"

向小寒着急地说："就怕到时候你顶不住了。我们向家祖上的产业，不能就这么赔损了。"

向青云说："向家的产业由我来掌管，我自会负责的。"

这时，一位客商远远地看见了向青云，过来打招呼，向青云忙迎上去。

向小寒见向青云根本不把她放在眼里，心里生气。她从码头上走回公司，派人去找马文俊在酒馆见面。

马文俊到酒馆后，向小寒早已等在那里，她问马文俊可否有人看到他，马文俊说没有。

向小寒说："向氏轮船公司危在旦夕，看来只有铤而走险才能保住向家的产业。马叔，我们只有按最后一招办了，你赶快找人做好行动的准备，找准时机就下手。"两个人商量了一些细致的准备，马文俊走出酒馆，向小寒过了一会儿也从酒馆出来。

那日，夏天虹被向青云无端误会，心情纷乱，常常走神，满脑子都是向青云临走时轻蔑的眼神，连日唱戏出错。这天下午唱的是《情深》，夏天虹饰演焦桂英，郭天顺饰演王魁。本来焦桂英的戏词是"悲哀，你看他绿窗灯火照楼台，哪还记得凄风苦雨，卧倒长街",但却唱成了"哪还记得我凄风苦雨的相思",有观众在起哄。郭天顺赶忙接道"人生莫作亏心事,处处风声是祸胎。……孽火如雷,立拉入阴阳界,索还命债"……

郭天顺用眼神提醒夏天虹,而夏天虹的心思不能集中起来,唱道:"缓思裁,权相待,犹恐他从前恩爱依然在,好教奴千回万转,触目伤怀……"

台上的王魁惊问焦桂英:"你是谁?"本来该夏天虹接的就两个字"是我"。结果说成了"是我,青云"。台下嚷起来了:"什么青云呢,你相好的吧?"

郭天顺又接起来:"是你,你是谁?"

"找状元公道喜!"

当夏天虹唱"可怜她一寸相思一寸灰"这句时,忍不住泪水滚淌,泣不成声,唱不成调了。

台下立刻骚动了起来,有人嚷道:"唱不好就下去吧,不要糊弄人。"

"花钱不少,戏唱不好,退钱。"有人起哄道。

几个地痞干脆往台上洒水、扔瓜子,更有甚者扔茶碗。

朱少雄维护夏天虹,嚷道:"好好听戏,忘一句词值得这样吗?"

"你谁呀,哦,是戏子的相好的吧。"

"哈哈哈,是呢,我就看见他们在一起腻。"有人嚷道。

"抱小娘儿们的滋味如何啊,说来听听,说得好呢,我们就不退票了;不好呢,就让我们也尝尝腥,抱一抱如何?"说完哄笑起来。

夏天虹听不下去了,一甩袖子走下台。

几个地痞起身冲向后台,拦住了夏天虹,要退票。夏天虹惊慌地缩在墙角。

朱少雄见状火气上来,抓住一个地痞的后背摔在了地上,几个地痞一起朝朱少雄扑来,朱少雄伸出右腿,轻轻地一绊就把一个地痞撂倒在地上。没用几个招式,几个地痞全部趴在地上,疼得嗷嗷直叫。

这几个地痞中有一个名叫张全，是潘文华手下张副官的姨太太所生，被朱少雄扭胳膊时下手狠了些，扭得手腕骨折。张副官为这位姨太太置了外宅，正巧这日张副官来。张全托着胳膊回到家里，姨太太大惊失色，问张全，是谁对他下这样的狠手，张全说一个当兵的护着戏子，把他打了。张副官一听就火了，竟有人敢打他的儿子，带着几个兵就到了德裕班，进了门把枪往桌上一放说："把打人的凶手给我交出来，不然我灭了你们的戏班子。"几个兵持枪把德裕班的门封住。

班主吓得连声说："这位长官，并不曾有人打贵少爷，是几个少爷自相推搡误伤的。"

张全上前说："你这老家伙，还敢撒谎！是那个戏子的相好打的我，你还护着他，不想要老命了吗？"

朱少雄打跑了地痞后，在夏天虹的房里正在安慰她。听得前院的闹声，夏天虹叫小红去看看。小红回来说："被打的人找上门来了。"

夏天虹对朱少雄说："朱旅长，我连累你了，你在屋里别动，我出去看看。"

夏天虹出来对张副官说："事由我起，要杀要剐你朝我来。"

张副官说："好一个烈性的戏子，模样倒标致，杀、剐你这样的美人儿，我可下不了手，放明白点儿，快把人交出来。"

夏天虹说："人是我让打的，听任长官处置。"

张副官说："你若是听任我处置，这事好办，你若执意不交人，要么你随我去蹲班房，要么你做我的填房。你蹲班房，德裕班还得离开重庆；做我的填房，德裕班可以继续在重庆唱戏。"

夏天虹说："我随你去班房。"

张副官说："好个戏子还挺仗义，那么随我走吧。"

过来两个士兵把夏天虹的胳膊扭在后面，推搡着要走。只听得一声大喊:"我看谁敢动手带人。"

朱少雄出现,张副官很意外,他愣了一会儿。朱少雄说:"张副官,不回家管教你的儿子,到这里来撒野,有失你的身份吧。"

张副官说:"朱旅长,你在这里有公干吗?"

朱少雄说:"我每日都来听戏,张副官少见多怪了。"

张副官说:"你打伤了我的儿子,这事该如何解决?"

朱少雄说:"你的儿子带头闹事,我替张副官你教训一下,你应感谢我才对吧。"

张副官气得两眼冒火,他知道朱少雄是潘文华手下爱将,不敢当面起冲突,说道:"我会把你今日的行径告知潘督办。"

朱少雄说:"好,兄弟奉陪。"

张副官走后,夏天虹和班主催促朱少雄回去。朱少雄执意不走。

张副官把朱少雄告了一状,对潘文华说朱少雄整天泡戏子,还为戏子出手伤人。潘文华一听大怒,想到朱少雄因听戏频频耽误公事,命令张副官把朱少雄找回关一日禁闭。张副官说:"督办,要有您的手谕才可,朱少雄依恃战功赫赫不把我放在眼里,我去找他,他定不肯听。"

潘文华听了张副官的话,更加生气,写了手谕对张副官说:"你把他给我押到戏院对面的十字街口,命他罚跪到明天天亮,有为他送水送饭者,打二十军棍。"

张副官接过手谕,看到上面写得详详细细,心里有了底,带着几个兵又到了德裕班。张副官站在门口,进去几个兵要捆绑朱少雄,但见朱少雄凛然站在院子,怒目相对,几个兵先自松软下来,其中一个兵说:"潘督办有令,还请朱旅长随我们走。"

朱少雄说:"我自会到督办那里请令,不劳几个弟兄。"

张副官见几个兵进去很久,朱少雄还没有被带出来。他进到院子拿出潘文华的手谕给朱少雄。朱少雄看后说:"我这就奉命受罚。"

正是傍晚时分，十字街上的人很多，围观的人里三层、外三层。朱少雄跪了不到一袋烟的工夫，德裕班就得到了信儿，班主出去看了看，回来后告诉戏班子里的人谁也别告诉夏天虹，并让人在院门口坐着，看到夏天虹出去要拦住她。

夏天虹躺在床上，心思烦乱，她百思不得其解向青云为什么对自己如此态度。思前想后，自怜孤苦无依，独自忧伤，没有吃饭。天已经大黑了，没有开灯。班主见她情绪不稳，晚上的戏没有让她上场。她就这样似睡非睡，直到戏散场小红进来。小红看到她给夏天虹端来的晚饭还摆在那里，晃醒了夏天虹说要去街上给她买些小吃，央求夏天虹给她几个钱。夏天虹感激地给了她两块钱，小红走到院门口，看门的人不让她出去，小红又央求了半天，看门指着街上说："记住了你出去只可到那边买吃的，买完快回，听到没？"

小红答应着跑出去，买了几样点心，手里还有三毛钱。她寻思着三毛钱能买四个橘子，盘算着去街的另一边买橘子，走过德裕班住处的时候，她紧跟在一个路过的大人的身体侧面，看门的人没有看到她。到了十字街的街口，她看到了朱少雄跪在了街当中，她喊着跑过去，被几个兵拖住，拎起放到很远。朱少雄大喊："不许伤着孩子。"

小红顾不上买橘子，跑到夏天虹的屋里，把情况告诉了夏天虹。

夏天虹噌地坐起身，下地披头散发地就往外走。看门人拦不住，忙去告诉了班主。

虽说是晚上，围观的人还很多。夏天虹走进人群听人议论着："已经跪了好几个时辰了，不许吃东西，不许喝水。虽说是个汉子，也熬不住呀。"夏天虹听到叫小红到水铺买了一碗水，端到朱少雄跟前。卫兵说不能给水喝，谁给就打谁二十军棍。夏天虹说情愿挨二十军棍。朱少雄被捆绑着身子动弹不得，使劲地摇着头，说:"天虹,不可这样。"夏天虹打了朱少雄一个耳光,强行把水喂下去。然后趴在朱少雄的身边让卫兵打她,朱少雄见状向侧面跪行了两步,扑在夏天虹的身上,军棍一下又一下打在朱少雄的身上,压在下面的夏天虹泪流满面。班主和戏班子的人无可奈何地看着。入夜,班主叫夏天虹回去,她不肯,坚持守在朱少雄身边。班主摇摇头走了。张副官看到夏天虹的举止,也不禁摇摇头说:"没见过竟有如此仗义的戏子。"

潘文华不过是想惩戒一下朱少雄,他传张副官问朱少雄的情况,张副官把夏天虹喂水、朱少雄代受军棍的事说了。潘文华带上警卫,开车到了十字街口,他叫过卫兵给朱少雄松绑,并亲自扶他起来。朱少雄站立后,把夏天虹扶起。潘文华看看神情憔悴的夏天虹,又看看朱少雄,说:"既然你们如此痴情,就由我做主择日你们成亲。"没想到夏天虹却说:"我有心上人,不能嫁给朱旅长。"

潘文华惊愕地看着朱少雄,转身上车,嘴里连说:"真是个烈女。"

袍哥三爷带信说,让莫英豪到重庆见莫元清。莫英豪听了,赶忙收拾衣物,赶往重庆。

莫英豪这是第一次到重庆,他随袍哥三爷从码头下了船,只见沿江的房屋破败,不堪入目。莫英豪问袍哥三爷重庆原来是这么破烂不堪吗?袍哥三爷诡秘地一笑,掏出怀表看看说时间还早,要带莫英豪到重庆的街里转转。莫英豪说也没什么东西要买,没有兴趣。袍哥三爷执意要去,莫英豪只得跟从。

从码头进了重庆街里,显出一派都会的气象来。袍哥三爷颇为得意地对莫英豪说,重庆就是重庆嘛!莫英豪走在锃亮的柏油马路上,袍哥三爷结结巴巴地给他介绍着:影院、剧场、咖啡室、西餐社、照相馆。莫英豪目不暇接地看着从身边开过的汽车。他兴奋地看着这一切,过不多时心里沉重了起来,他不知怎么就想到了向小寒在重庆会不会出入这灯红酒绿的地方。他对袍哥三爷说不逛了,还是快见莫元清。

袍哥三爷带着莫英豪走进一个小巷,来到一个小木门前,转动脑袋看小巷内无人,从衣袋里掏出一个半截的铁锯条,用手拨拉了几下,门开了。他拉着莫英豪直奔正房后面的小院,小院被破烂的家什塞得满满的。袍哥三爷轻轻敲了东厢房的窗户,莫元清从里面开了门。莫英豪随袍哥三爷走进去,莫元清双臂抱住莫英豪,父子两个哭成一团。

莫英豪看莫元清瘦了一圈,往日的威风荡然无存,白色的裉子变成了黑灰色。他打开包裹拿出衣服递到莫元清的手里说:"爹,这是替换的衣服。"

莫元清接过衣服抹了一把泪,莫英豪转哭为笑地说:"爹,这还没换呢,你就先抹了鼻涕了。"

莫元清也笑道:"臭小子,哪有那么多事儿,快和爹说说家里的情况。"

莫英豪就把莫氏轮船公司停航的事说给了莫元清听。

莫元清担心地说:"停航是当务之急,但莫氏公司可不能倒了。你得提防向家对我们下手啊。"

莫英豪说:"对了爹,也许你说得对,是向青云向英国人告密抓你的,有一天我和小寒看到向青云到英轮公司去了。"

莫元清马上接着说:"爹从来不说没根据的话,从向不悔到向青云一直都想吞并我们莫家。"

"没想到青云竟是这样的人。"莫英豪说这话的时候,好像有些不甘心的样子。

莫元清又问:"向家的公司最近怎样?"

莫英豪说:"还在开船,但资金亏损,恐怕也撑不了多久了。"

莫元清若有所思地说:"你刚才说和向小寒在一起,她常和你在一起吗?"

莫英豪眼里露出高兴的神气:"她说向二叔的孝期过了,就和我成亲。"

莫元清担心地说:"你一个人在外面,不管什么事情都要动脑子想一想,小寒那丫头鬼心眼儿多,她说和你成亲不一定是真的。"

经父亲这么一说,莫英豪也有些顾虑说:"她和青田浩二常有来往,不知他们在搞什么名堂。"

莫元清听到这话,立刻就想到了向小寒和青田浩二联系一定与向氏轮船公司有关,他对莫英豪说一定要叫手下袍哥去查个清楚。

向青云对贷款到期的事情觉得有把握请求票号宽限一段时间,因为票号的老板与向不悔交情很深,应该给这个面子。

万县自开埠以来,有十几家票号,最初只有"南帮票号"。本来"南帮票号"是南方票号的总称,因最初到万县开票号的是浙江人,这家票号也就叫了"南帮票号"。票号的主人姓赵,1883年在浙江余杭开了第一家票号。赵家的儿子名叫赵有信,1895年,随船到了万县,觉得这里风景如画,比浙江更有风韵,就在万县住下,在此开了家票号,把家眷接到了万县,从此在万县落脚。初来万县时,赵有信与向老太爷相交甚好,他和夫人在万县生了四个孩子,其中一个名叫赵川生,与向不悔同年出生,也就是现在票号的老板。

这天,赵川生收到英轮公司经理华莱士的请柬,要他中午到万县的法式餐厅吃饭。赵川生到了之后,看到其他几家票号的老板也在。华莱士让了红酒,几个老板没喝过洋酒,在华莱士热情的款待下,咂摸着滋味。华莱士暗示大家,若是向青云到票号,推延还贷的日期,大家都不要答应。听了华莱士的话,赵川江明白向家一定是遇到了难处。他估摸着还款日期将近,向青云也一定会来票号。于是这几天他就让伙计在前面盯着,自己到了后面屋里,嘱咐伙计若是向青云来推迟还贷期限,绝不能松口。赵川江无奈,迫于华莱士的压力只能这么做。

果然,向青云这天一大早就到"南帮票号",进门就喊:"赵叔。"伙计忙过来说:"哟,向少爷来了,贵客,请坐。"

向青云问:"赵叔呢?"

伙计说:"向少爷来得不巧,东家回浙江老家一趟,走时交代要二十多天回来。"

向青云又问一句:"何时走的?"

伙计说:"这不,昨天才刚动身。"

向青云踌躇了一下说:"向家的贷款你看能不能宽限些时日?"

伙计搓着手为难地说:"向少爷,真是对不住了,东家临走时交代,任何人的贷款都不能宽限。少爷您也知道,我们票号的生意也难做,还请您这几日快些把款还上吧。"

向青云从"南帮票号"出来到另外两家票号,也是得到同样的答复。他心情沉重地来到码头。

袍哥三爷从莫元清出走后一直缩在家里,没有到码头上来。和莫英豪看过莫元清后,他又时常在码头上转悠。一个小袍哥提着一条鱼走来说是给袍哥三爷下酒。袍哥三爷结巴着说,算你小子有心懂得孝敬三爷。他把这条鱼提回家,远远地看见院门站着一个人,走上前去,一把就把那个人拉进了院里,伸出头来左右望望,赶紧把院门关上了。

来人是西南的烟帮头子严老大,过去莫元清经常偷偷帮着他运送大烟土,暗暗积攒下莫家家业,这事除了莫元清只有袍哥三爷一人知道。袍哥三爷见了他问是否又有生意,严老大说有一批烟土要运到宜昌。袍哥三爷哭丧着脸说大爷被抓,莫家的船停航了。严老大说,停航再开起来何妨?袍哥三爷想了想,莫英豪压不住阵脚,万一出事,无法收拾。不如让严老大用向家的船,这样出了事向家肯定要吃官司,不出事他向青云就有把柄在他手里,日后莫大爷出来了,用这个把柄来对付向家。想到这里,他对严老大说让他到码头上找向家的船。由于这批货有买主急要,严老大就到了码头寻到了向家的船。他对船员说要找他们的经理。向青云被叫过来，严老大先打招呼："向老板年轻有为，生意定会兴旺。"

向青云说："不知这位爷从哪里来？"

严老大说："我姓严，从该来处来，到该到处去。"

向青云觉出他的话中有话，退到离人远一些的地方。严老大会意跟着他到了稍微僻静一些的地方，说道："向老板能否赏光，随我到酒馆说话？"

向青云随严老大到了酒馆，要了一个包间。上了菜，向青云为严老大斟了酒，酒过三巡，严老大从包里拿出笔，又拿出一张纸，写上一个数字，推到向青云的眼前，向青云看了倒吸了口气，脱口说道："这么丰厚的水脚。"

严老大看着向青云说："不要问是什么货，从万县装船运到宜昌就给你这个数。"

向青云的眼睛直盯着纸上的数目。严老大说："怎么样，小兄弟给个痛快话，干是不干？"

向青云猜到了这么多的水脚很可能是烟土，过去他曾听二爸说过怀疑莫元清运送烟土。看到向青云踌躇的样子，严老大又问了一句："小兄弟，给个痛快话。"

向青云一咬牙说："干。"

和严老大分手，向青云到了北山爷爷和二爸的坟前。他这是生平第一次和陌生人做一件背人的事情，心理上有种堕落的感觉，为了抑制内心的不安，他对着爷爷和二爸的坟茔，极力在内心里说服自己。

江水击石的响声从远方传来，有节奏的一来一去的声响，让向青云感到如同身置无人的孤岛，他用手反复抓起地上的细沙，又让沙顺着指缝流走，又抓起又流走。就在这样无意识的举动中，许多往事在他眼前浮现出来。他看见了身材健硕的爷爷站在船上，二爸就跟在后面。他也看见了向家第一艘轮停在江面,上面挂满了飘动的红绸缎。他的眼睛盯住了自己的手,细沙被阳光照得温热而爽滑,握在手中的感觉像是贴近了往日的时光。指缝间丝丝下滑的细沙,向青云觉得那是日子的流失,那些沙子沉寂到地下同爷爷和二爸一起沉默地守望着万县的江面。向青云停住手中细沙的流动,望着爷爷和二爸的坟,心里又泛起不安,他从衣袋里掏出一个铜钱,把这个铜钱攥在手心里默默地说:"爷爷请您告诉我,这船大烟该不该运,若是您赞同就显现正面,若是反对就显现背面。"他双手捧住铜钱在手里晃了一下,再把双手举过头顶,他的眼睛跟随着铜钱悄无声息地落在细沙上,铜钱马上被细沙覆盖了一层。他轻轻用手指拨开细沙,朝向他的铜钱是背面。他又把铜钱攥在手心里,同样心里默念着问向不悔,当铜钱掷到细沙上时,同样是背面。向青云沮丧地坐在坟前很久,最后还是决定铤而走险,运这船大烟土。在他从坟茔中离开时,一只大鸟盘旋而下,掠过他的头顶,伴着一声凄厉的长叫,又向高空飞去。

  向青云回到公司,有人告诉他有一位女子在他的办公室等候。向青云接触的女孩子除了夏天虹、五月和向小寒就没有其他人了。莫非是五月?他马上又否定,五月若来万县,一定会给他信息的。是夏天虹?他的心里一阵狂跳,对,是她,夏天虹在气头上来找他是不会告知的。他大步推开了办公室的门,愣住了。一个女子齐耳的短发,身着淡蓝色的棉布旗袍,一双清澈的眼睛毫无顾忌地看着向青云。只有学堂里的女教师才打扮成这样,向青云问道:"请问你是万县学堂的老师吗?找我有什么事?"

  姑娘笑笑说:"想必你就是向老板吧。我叫严冬雪,是重庆大学的学生。"

  向青云心里说,怪不得开口嗓门这么冲,原来是重庆大学的。

  向青云说:"不知严小姐找我有何事?"

严冬雪说:"我们都是青年,有话就开门见山。"

向青云说:"有话请讲。"

严冬雪说:"请向老板以百姓和民族利益为重抵制洋货,不能为洋人运输物品。"

向青云说:"严小姐,我就是想给洋人运货也不成了,洋人的船每天都和我们抢生意,你还是发动发动同学做些宣传,别让中国商人用洋人的船。"

严冬雪又说:"还有,你也不能为国人运送毒品。"

向青云被这话吓着了,忙说:"严小姐,说话要有根据呀,向家是规规矩矩的生意人,这话可不能乱讲的。"

严冬雪说:"我是否乱讲,你心里有数,我今天不跟你讲更多的道理,你好自为之。"

严老大赶着马帮将烟土运到码头,向青云组织装卸工搬运,船还没装好,严冬雪带着一群青年学生将向家轮船围了起来,阻止码头工人装船。

严冬雪带头喊道:"不许贩卖烟土。"

学生跟着振臂喊道:"不许贩卖烟土,不许毒害中国人。"

从码头的四围立刻围拢过来许多人,袍哥三爷在人群后面幸灾乐祸地笑着。

严老大指着严冬雪说:"你怎么又跟到这来了,真是家门不幸,我怎么有你这么个丧门星,烟土是政府让种的,政府不管,你来管,你这个败家的东西。"

严冬雪说:"爹,你赶快把烟土沉入江中,不然我就永远不认你。"

严老大说:"你不认爹,我也不想认你这个疯子做女儿。"他又对向青云说:"向老板不要理她,我们装船。"

学生越来越多,把向家的船团团围住。严冬雪站到一张桌子上,进行宣传讲演。

严老大无奈,只得把烟土从陆路运回了。

向青云请严冬雪到办公室问道:"严小姐,你连你爹的生意都不放过,这是为什么?"

严冬雪说:"烟土对人的危害是人尽皆知的,以残害他人的生命来赚取金钱,这就是罪恶,我们要同罪恶做斗争。"

向青云和严冬雪就航运现状交换了许多看法,严冬雪的见解,让向青云生起敬佩之情,觉得严冬雪不是一般的女孩子。

第二十章　真情断绝

严冬雪给向青云讲了眼下的形势，她说："北伐军已经攻克了武汉、南昌，南京，上海指日可下。四川军阀为求自保，纷纷派代表到武汉、长沙，向进行北伐的革命军输诚，承认国民政府。军阀的好日子长不了了，等全国革命成功了，我们就把洋人赶出去，建设强大的国家。"

向青云对这些话似懂非懂，但当听到把洋人赶出去，非常高兴，急迫地问道："你说，能把外轮赶出川江，让三峡航道，不再有外国的国旗？"

严冬雪说："当然能，你们要和洋人做坚决的斗争，不能妥协。"

向青云说："听你这么说，我就更加坚定了开船的决心，不能卖掉轮船。"

向青云这天刚到公司，接到了向不争从重庆发来的电报，内容是蒋介石以国民革命军总司令的名义，任命刘湘为国民革命军第二十一军的军长，在重庆仍统率原部。向青云放下电报，到了码头上，看着往来穿梭般的船只，心里暗自寻思着刘湘易帜会对川江航运带来怎样的影响。他亲自看着向家的船装货，这是一船蚕丝，要运到宜昌。船启动了，向青云抬头看看日头，快到中午了。这时从重庆来的客轮靠岸，乘客们依次从船上下来。向青云无意地朝乘客望去，他看到莫元清走了下来。就在向青云迟疑的当口，莫元清已经走到了向青云的跟前，他赶忙喊了声："莫大爷。"

听到喊声，莫元清收回向远处张望的目光，故作惊喜地说："青云，是你呀，你看咱爷俩有缘，我一回到万县头一个见到的就是你。"

向青云高兴地说："莫大爷，你这是从重庆来吗？"

莫元清故作轻松地说："是呀，重庆有我一个兄弟，强留了我这些日子，我惦记着家里，这不，硬是跑回来了。"

向青云送莫元清回家，莫元清不肯。向青云说，近日去莫家看望。

莫元清推门走进自家的院子，听到客厅里吵吵嚷嚷的声音，他止住步听了一会儿，听出了些眉目，是要债的上门在逼莫英豪还钱。他迈上石阶，推开了客厅的门。要债的看到莫元清突然出现，一阵惊慌，以为是白天见了鬼，其中一个结结巴巴地说："莫大爷，你这是？"

莫元清说："你们好好看看，我毫发无损地回来了，你们是不是觉得我死在外面了，找我的儿子来要债，我莫元清一个钱儿不差地会还给你们，还用你们来要吗？好吧，你们把我借的钱，一笔一笔地给我报上来。"

莫元清说完了这番话，债主们反应过来了，莫大爷还是莫大爷，他们收敛起了咄咄相逼的气势，其中一个点头哈腰地对莫元清说："那是，那是，莫大爷说话一句是一句，我们放心，不急，不急。"

另一个人说："莫大爷刚回来，一路风尘，我们改日再来拜访。"几个债主蔫头耷脑地走出了莫家。

莫元清坐下，莫英豪把茶递过去。莫元清低着头说："英豪，爹连累了你呀。"

莫英豪说："爹，你回来就好，你要是再不回来莫家就完了。"

莫元清说："有你爹在，莫家的天塌不下来。"

莫元清在莫英豪面前鼓足了精神，他心里明白得很，昂扬的态度解决不了莫家一落千丈的局面，唯一的效果就是安慰了莫英豪。莫元清两天没有出门，在家里喝酒思忖着如何赚些钱，把欠的债堵上。

向青云拎了两瓶酒到莫家，客厅里只有莫元清一人，向青云问："莫英豪不在吗？"莫元清说："英豪连你一半都比不上啊，他还在睡觉呢。"

莫元清按着向青云的肩膀让他坐下，说道："我在外面躲避洋人的这些日子，脑子里想的尽是你二爸、我的兄弟不悔啊。青云，你们小辈儿不知道，我和你二爸那是从小光着腚一起长大的。你的爷爷和英豪的爷爷是结拜的兄弟，想想那时，向、莫两家就像是一家人啊。"

向青云自小和莫英豪一起玩大，对于向、莫两家的关系感觉就如同是天黑天亮一样自然，从来没有要追究的想法。他觉得所有的岁月都是从他记事起开始的，甚至有一种模模糊糊的想法，向、莫两家大人间的交往是从他和莫英豪的要好才联系起来的。向不悔去世后，他接管了公司，遇到形形色色的棘手问题，他渐渐懂得了一些，过去自己的很多想法都是小孩子从自己的世界生发出的认识，与客观的情况完全不符合。所以听到莫元清说起向、莫两家的渊源，向青云很感兴趣，问道："大爷小的时候，是木船吧，你们怎么避开江上的大浪呢？"

莫元清说："要说你的爷爷，那可是文武双全，他不但是行船的好舵手，还会看天象。记得有一年，你的爷爷带着不悔，英豪的爷爷带着我，行船到宜宾，回来的时候装了两船的布匹。江水那个平稳劲儿，就别提了。太阳照在江面上，远远看去，就像是望不到边的缎子。英豪的爷爷要开船，你的爷爷说什么也不让，说两个时辰后，江面要起大浪。船在宜宾码头候了一天。果然，两个时辰后，江上的浪头翻起有一人多高，想想真是后怕呀。"

向青云听着心里可就翻腾开了，他想着过去自己对航运一点儿的兴趣都没有，心思只在川剧上，也就无心观察二爸的行事方式。他挑起了向家的担子后，才明白一个人独立于世上，既要有一个恒定的价值取向，又要具备生存的技能。他现在反而想听到关于二爸的事情，对莫元清的话提起了极大的热情。莫元清见谈起向、莫两家的往事能和向青云胶合在一起，又说了很多他和向不悔小时候的趣事。收住话题的时候，莫元清长叹了一声，挤出了几滴泪说：

"虽说你二爸不在了，但是向、莫两家的交情还会继续深厚下去，我们要联合起来，一起对付洋人。青云啊，如今你是向家的长子，长兄如父啊，英豪和小寒的亲事，你要尽心操持啊。"

向青云说："二爸的孝期还没过，等过了孝期再说吧。"

莫英豪惺忪着眼睛进来了，看到向青云愣了一下。向青云站起身说道："英豪，你醒了，很久没见你。"

莫元清说："你们小哥俩说说话，我到那屋待一会儿。"

向青云靠近了莫英豪说："英豪，最近都干些什么，练武了吗？"

莫英豪冷淡地回答："没有。"

向青云说："这些日子我在码头上也没见你，你去哪里了？"

莫英豪说："哪都没去，在家睡觉。"

莫英豪把莫元清说向青云的话已经夯实在了心里，认定了向青云是包藏祸心，从心里对向青云热情不起来。

向青云也觉得莫英豪仿佛不愿与自己对话，他极力找些话题，莫英豪还是淡淡的，一副爱答不理的模样，向青云就说公司还有事情处理，起身告辞，莫英豪伸了个懒腰站起来，向青云尴尬地走出屋。将要走到院门时，莫元清从后面说："青云怎么这就走了，吃了饭吗？尝尝我做的鱼。"

"不了，莫大爷，公司还有事情。"

莫元清看着向青云走远的身影，嘴角露出不屑的冷笑。

向家日常起居开销用度来自田地的租金，公司经营的窘况向青云没有和秦氏、刘氏念叨。家里的支出还和从前一样没有缩减。向老太爷早先给向家的花费模式已经打下了基础，虽杜绝浪费，用度节省，但在购置东西时一定要买最上等的，以此来体现向家的尊严。从家具到茶壶、茶碗再到锅碗瓢勺，一应都是上等的。庭院中不定期地要请花匠来修剪花枝。所有过日子的习惯，还和老太爷、向不悔在世的时候一样。

向青云和向小寒下班回家，秦氏和刘氏早已在门口等候。向青云和向小寒站在门外的石阶上，秦氏和刘氏各拿一个小竹棍儿，竹棍的一端系着几绺布条，她们用竹棍上上下下、左左右右地拍打着向青云和向小寒的身上的尘土。拍打完了，秦氏去餐堂里摆放碗筷，刘氏从院子里的水缸里用瓢舀水放进盆架上的盆里，向青云和向小寒洗过了手，一起到了餐堂。刚坐下，秦氏说："小寒，吃过饭到大娘的屋里，试试给你做的旗袍合不合身。"

向小寒说："大娘，不是刚刚做了件旗袍，怎么又做了？"

刘氏接过话说："那天你周大娘带着她的女儿来和我讨个花样子，你大娘问她讨花样子做何用，你周大娘说给女儿做嫁妆。你大娘就问，成亲那天穿什么衣服，周大娘说穿蜀锦做的夹袄。你也知道，你大娘是最喜欢绸缎蜀锦的，她就让周大娘把蜀锦拿过来瞧瞧。这一瞧不打紧，你大娘就叫我和周大娘到绸布庄买了一块送到李裁缝那里就给你做了。"

向小寒说："李裁缝？他的工钱是别的裁缝的好几倍呢。"

秦氏说："就因为是李裁缝，才给你做了这件旗袍。这样上好的蜀锦很难遇到，必要李裁缝的手艺才配得上这料子。李裁缝六十多了，怕是也做不了多久了。"

向小寒说："大娘，以后不要这样奢侈了。不要把钱花在我的身上，揣度着家里其他的用度为好。"

刘氏听了指着向小寒说："这孩子，怎么跟你大娘说话呢，大娘疼你，还不快谢谢。"

向小寒说："只怕是日后想疼也疼不了呢，咱们家会有为难的时候。"

刘氏急得忙看秦氏，又对向小寒说："越大越没有规矩，话都不会说。"

秦氏忙说："一家人说话，哪有那么多规矩。"说着往向小寒的碗里夹了菜，向小寒忙说："大娘最疼我，才不和我计较呢。"

向小寒狠狠地看了向青云一眼，向青云明白她的用意，是在埋怨他坚持开航造成的亏空越来越大。

最近，向青云晚饭后和向不悔一样，也习惯了到书房坐一会儿。书房里挂着程璋的花鸟图，一只张着嘴的鸟伏在细细的枝上，枝上的叶和花显然是被程璋主观渲染了。向青云端详着想道，世上哪里有蓝绿色的叶子，但为何这叶子在画上又显得如此协调？过去向青云写生的画稿，父亲总是说他的写生不能写神。所谓的写神是不是要有了自己主观的感情倾泻在画中才可呢？向青云这样联想着。书房宽大的书桌占据了很大空间，书桌和椅子皆是紫檀木的，椅子的靠背上雕刻着西番莲纹。书桌两侧挨墙的书柜，迎面是玻璃的，棂条做得非常精巧，八角的棂条把柜门划分成十多个八角格，每格内均嵌上玻璃，玻璃略呈绿色，显得斑斓又朦胧。向青云独自在书房里待上一会儿，梳理一下一天忙碌紧张的心情。此时，向小寒走进了书房，说："哥，希望你能考虑一下把轮船卖掉，腾出资金把贷款还上，同日清公司合作贸易生意，这样还能保住我们向家现有的产业。否则再这样下去，只有卖掉田产来堵公司的亏空了。你也看到了，田产是维持我们一家日常生活的，卖了田产，我们就是穷人了，你忍心让家里过苦日子吗？"

向青云说："小寒，我自有主张，向家的贫与富，由我来负责,无论贫富先要活得有血性。"

近来,向小寒尽量不和向青云直接对话,先前那个没有主意、优柔寡断的向青云变得说话果断、不留余地。每次与他说过话后,向小寒都会暗自生气一阵,虽生气也没有办法发作。

她实实在在地感到父亲的去世,一切都变了,向青云对他的态度,温和中透着坚决,对她提出的事情一点回旋余地都没有。向小寒只得走出书房,回到自己的卧房,生气地把从重庆带回的画报撕了个粉碎,一头躺在床上蒙上了被子。

向青云还真是在考虑着变卖田产来抵债。刚才向小寒的话,他没往心里去,那是女人的见识,二爸曾说过女人考虑事情只是眼前的得失,不能顾及周全。向青云把向不悔说过的话不时地从心底翻出来琢磨琢磨,果然和发生的事情对应起来,这让向青云很受用。按小寒的想法卖掉轮船再和日本人合作,那么以后就只能弯着腰做人了,男人活在世上宁可站着死,也不能跪着生。想到此,向青云卖田产的想法又加固了一些。

莫元清让袍哥三爷注意向青云的动静,有事及时告知。正巧袍哥三爷在向氏轮船公司周围溜达,一眼瞄上了刚从里面出来的"大巴掌"正趔趄着朝他走来。"大巴掌"名叫张连栓,是万县田地大户,他一只腿长,一只腿短,走起路来总是显得趔趔趄趄,别看他外表稀松二五眼的样子,侍弄庄稼可是有一套,而且很有心计。家里的田地越来越多,有一回,有人和他开玩笑说:"张连栓你这一大巴掌就快要把万县的田地都盖住了。"从此人送了个绰号"大巴掌",绰号渐渐地叫响,人们都不记得他的名字了。他对"大巴掌"这个绰号也不恼,反而还有些自豪。不过,每逢有人说起他的田地侍弄得好,他都要感叹一回,说向家的地那才叫个好,首先田地也要讲究风水的,向家田地的风水,那是种什么什么旺收。就像是武将爱枪,文官爱墨,"大巴掌"就是爱向家的田地,他并没有要把向家的地归为自己的想法，只喜欢这块地，也算是光明磊落的一件事，所以"大巴掌"并不避讳自己对向家田地的喜爱。

"大巴掌"每天早起不吃早饭先要喝上一壶茶。这天，他盘腿坐在红木双人椅子上喝着茶，下人来告说向氏轮船公司的老板向青云有请，要他到公司里有要事商量。"大巴掌"激灵一下，穿鞋下地，站了一会儿，又坐下来寻思着，是不是向不悔不在了，向家的少爷玩不转儿向家的田地了，有事情请教他？对，一定是这样。

到了向氏公司，"大巴掌"坐在向青云的对面，先开口说："向少爷，莫非是你家田里的种子还没买？"

向青云说："不是，张叔。"

"大巴掌"又说："你家田里的事都在我心里，有数。往年管理向家田地的老李头本来就病着，今年他又听说你二爸去世，病情加重，这不还在家里躺着嘛。向少爷，只要有你一句话，你家的地我帮着料理。"

听了这话，向青云的眼圈发红，说道："张叔，我想把向家的田卖给您。"

"大巴掌"一听屁股险些从椅子上滑下来，他说："不可，不可，田地是一家人的命根子，不到万不得已不能卖呀。"

向青云说："张叔，我心意已决，难得你喜欢我家的田，卖给你我放心，就给个价吧。"

"大巴掌"说："少爷，卖地呢，是件大事，你再好好想想，过两天再议也不迟。"

"大巴掌"低头走着，冷不丁被人叫起，抬头说："是三爷啊。我说三爷，不兴人家低着头，这么使劲喊的，吓了我一跳。"

袍哥三爷说："大……大巴掌，你来这……这儿干什么？"

大巴掌说："这不向少爷请我来，说是要卖他家的田地，真是好地呀，不遇到过不去的坎儿，绝对不能卖呀。"

袍哥三爷听了，寒暄了几句，各自走了。

莫元清在家待了两日，又出现在码头上了。袍哥三爷把大巴掌的话告诉了莫元清，莫元清脑子一转计上心来，朝向氏轮船公司走去。他大摇大摆进了公司直奔了向青云的办公室，进得屋里就坐下了，还没等向青云反应过来他问道："青云，听说你要卖田地？"

向青云说："是啊，莫大爷，您也知道外轮压低水脚，公司的亏空只有靠卖地来堵上了。"

莫元清假装为难地说："莫家被洋人搞得也是债台高筑，泥菩萨过河自身难保，实在是不能接济向家啊。"

向青云说："莫大爷，咱们华轮哪一家不是负债累累，我已打定了主意，卖了田地，保住轮船公司，留得青山在不怕没柴烧。我就不信斗不过洋人。"

莫元清说："钱力我帮不上，人力是要帮的。既然卖地，价格上咱可不能亏了，我给你找几个买家，比较比较。"

向青云说："那就先谢莫大爷了。这样吧，田地是向家的根，我虽然决定卖了，但还是要到重庆禀告父亲一声，等回来再办。"

莫元清说："几天不见，我该刮目相看了，你做事这么周到，还真和你二爸像啊。让英豪和你一起去重庆，一来让他和你学学如何待人处事，二来他没去过重庆，也让他跟你去玩玩儿。"

向青云说："那好吧，明天一早就动身。"

中午，莫元清回到家里对莫英豪说："明天你和向青云到重庆去。"

莫英豪说："我不和他一起去。"

莫元清说："你以为真是让你和他去玩呢，我是让你盯住他，看他都干了些什么，和什么人接触过。"

莫英豪以为要在重庆待上几日，就去了商店买香皂、手巾，出

·329·

乎意外的巧合，向小寒也买香皂。向小寒比莫英豪先到了一步，买完了就走。莫英豪顾不得自己还没有买，追着向小寒出了商店。向小寒笑着问他："怎么莫公子也来买杂物了？"

莫英豪说："爹让我明天陪青云去重庆，我来买些随身带的东西。"

向小寒心里一惊，表面上装作已知道向青云要去重庆，她说："原来让你跟着呀，我就说嘛，一个人办事总是不方便的。"

莫英豪还想再和向小寒说说话，向小寒塞给莫英豪几句好话，让他高兴后，急忙去找马文俊。她让马文俊找之前物色好的人，在码头上候着向青云，见了向青云和莫英豪一起上船。他们想找准机会，绑架向青云。

就在向小寒找马文俊的同时，莫元清找到了大巴掌，连哄带威胁，告诉他向家卖田地的事不让他插手。大巴掌惧怕莫元清，只好答应。

朱少雄那天替夏天虹挨了军棍，被打得皮开肉绽，只草草上了药，未好好护理伤口，致使伤口发炎，发起了高烧，不得不住进了医院。夏天虹得了消息，到医院看望。朱少雄正在午睡，夏天虹没有叫醒他，在病床边坐了很久。朱少雄翻了个身，仿佛是在梦里一般看到一个瘦瘦的身影。他在意识里使劲地让自己清醒，睁开眼睛看到了夏天虹，伸出手去够夏天虹的手臂，夏天虹怕他身体动弹触到伤口，抓住了朱少雄的手。朱少雄说："我没事，你来干什么，医院里气味不好，别脏了你，快回去吧。"

夏天虹听了这话，流出了眼泪说道："朱旅长你都是为了我，来看看你还不是应该的。"

朱少雄更紧地抓住了夏天虹的手说："天虹，那天潘督办说要你嫁给我，你说有心上人，能告诉我是谁吗？我想知道是谁有这么大福气，能得到你的心。"

夏天虹一个劲地摇头，朱少雄心里着急，发狠地说："不管你心里有谁，我这辈子都要娶你，我要用长长的一辈子来得到你的心。"

夏天虹知道，这是朱少雄发自内心的真话，她控制不住眼泪成串地流下来。朱少雄还以为是自己刚才说的话惹恼了夏天虹，连忙赔罪，夏天虹泪流得更多，朱少雄想坐起来，身子刚一动，疼得他躺下了。夏天虹止住了泪水。

向青云带着莫英豪来到家里，安顿好了之后，又带着莫英豪来找五月，让五月带莫英豪到各处转转。

上次负气和夏天虹分手后，向青云心里总是放不下她，急不可耐地来到戏班子。班主说夏天虹不在，向青云的心里很懊恼，他在夏天虹的屋里等了一会儿，越等心里越烦躁，索性走出了戏班子，刚到门口，见一辆军车开来。车子在戏班子住的院门前停下，从车上下来两个持枪的警卫，面无表情地站在车的两侧，接着又从车里下来一个人，从军服的佩戴上，向青云判断此人一定是个副官。

副官打开了车门，双腿绷得很直，身子弯成九十度，伸出胳膊从车里搀扶下来一个人。向青云看是夏天虹，他心里又涌上来怀疑的猜测。副官待夏天虹落地站稳，走到院门的台阶上，然后才钻进车里，两个警卫也钻进了车里，车子开走。夏天虹的目光朝四周环视了一下，看到了站在一旁的向青云愣住了，她一时竟不知道怎样招呼向青云才好。两个人对视了一会儿，向青云随夏天虹回到屋里。

向青云问："你最近好吗？"

夏天虹说："很好，你怎么样，公司里的事情还顺利吗？"

夏天虹没有把因挂念向青云唱戏忘词儿的事告诉他，向青云也没把公司资金亏空、火烧眉毛的事告诉夏天虹。

向青云心里酝酿如何开口问夏天虹刚才去了哪里，但又一想，这样问出来显得自己太没有信心了，不像是个男子汉该有的行为，为了维护自己的自尊心向青云最终还是没有开口。

夏天虹心里十分局促,担心刚才那一幕会被向青云误解,想要解释一番,但是如果解释这件事,必要从上次他误解自己同青田浩二的关系导致唱戏走神儿,再到地痞闹事、朱少雄被打等事说起。这一路解释下来,夏天虹会觉得委屈怕不能控制自己,她也终究没有提起这事。两个人只淡淡地说了些家常的话,向青云黯然地走了。

向青云出了戏班子住的院子,回身望着院门,街上行人车辆不时地从他眼前掠过,此时眼前的一切都是缓慢的,人在慢慢地行走,车也是慢慢的,慢得让向青云有一种不真实的感觉,院门也慢慢变得遥远起来。向青云突然想再进到夏天虹的屋里,抱住她,让她的心贴在自己的胸前,但是腿像是被什么东西钉在地上,抬不起来,他目光游离,呆滞地看着院门。一辆黄包车过来,在向青云的身边停下,车夫看着向青云说:"这位爷,怎么丢了魂儿了,爷用车不?"被车夫这么一喊,向青云迷迷糊糊地上了黄包车,说了一句:"香桐胡同向府。"说完就闭上了眼睛。

车夫拉车,后面有辆黄包车跟上来。起初,车夫并没有注意,后来他从脚步声的远近判断出后面有黄包车跟着。这个车夫三十岁上下的年纪,是习武馆的教练,每天早晨教半大小子练武,之后,就到街上拉黄包车贴补家用。他听得后面的脚步声很均匀地跟着,心里生出了好奇。后面黄包车上的两个人,不时地对车夫说跟上前面的车。后面的车夫边走边有些不情愿地喘息着说:"二位爷,不行你们下去吧,这车我拉不了了,没见过这么坐车的。弄得我心紧。"

坐在包车里的一个人说:"跟上前面的车,多给你钱就是了。"车夫不再说话,脚步噼里啪啦地跟着前面的车。

载着向青云黄包车的车夫,由于自小习武,练得耳朵要比常人敏感得多,隐隐听到的噼里啪啦的脚步声,让他觉得好玩儿,他是地道的重庆人,对街道胡同闭着眼也不会走错。本来,香桐胡同很快就到了,他却绕了几个弯,他听得后面那辆车的脚步有些慌乱,心中暗自窃喜。香桐胡同都是有身份的人住的,较其他的胡同要宽敞得多,车夫常跑这里,对这个胡同里每户人家的姓氏都知道,进了胡同第一家就是向府,他把向青云快速地从黄包车里拉出来,从他的手里接过了钱,马上就又拉起了黄包车,后面的车跟了上来。向青云下了车,他拉起来轻松了许多,小跑了起来。出了胡同跑了有一袋烟的工夫,他在一个菜市的垃圾堆前停下了,后面那辆车也停下了,他几步就蹿过去。后面黄包车的车夫累得蹲在地上,用肩上的毛巾擦着汗,一抬头说道:"瘪二,是你呀,跑那么快干什么,看把我累的。"

被称作瘪二的也惊奇地叫了声,"傻大庄,怎么是你?你傻呵呵地跟着我做什么。"

黄包车里的人已经下来了,见这两个人熟悉,给了傻大庄钱就想走。傻大庄拉住他们说:"钱给得少了,我拉着你们跑了这么远,那瘪二是一般人能跟得上的吗?"

傻大庄的话把瘪二逗笑了,上前挡住了那两个人,质问他们为什么让傻大庄跟着他的车,两个人吞吞吐吐不肯说。瘪二觉得他们不是什么好人,好人不会做这种事。见他们不说,上去就搜他们的身,这两个人也是有些功夫的,同瘪二过了几招,知道算他们倒霉,遇到高人了。瘪二像变戏法似的从他们身上拿出几张纸票,说:"老了放了你们,快走,再让我在重庆看到你们,就把你们扔到江里去。"两个人惊慌地跑了,瘪二把钱给了傻大庄说:"拿着,以后别干傻事,他们让你跟你就跟,缺心眼儿。"

傻大庄又说:"瘪二,这钱多了,给你两张。"

瘪二打了他一下说:"拿走,给你的婆娘去,缺心眼儿。"说完瘪二拉着黄包车就跑了。傻大庄在后面还喊着:"瘪二,给你两张。"再看时,瘪二早已没了人影。

傻大庄拉的这两个人,进到了一家小客栈。马文俊坐在房里,一见两个人的神情就知道没有得手，问道："向青云的动向如何？"其中一人说："马爷，把向青云给跟丢了，不知道他去了哪里。"

马文俊着急地说："大白天怎么能把人给跟丢了呢？"

"是呀，我们也觉得蹊跷，明明看他上了黄包车，一路后面跟着到了菜市前面停下，前面的黄包车里就不见了他。活见鬼了。"

马文俊想，这么大的重庆要找一个人那真是如大海里捞针。只有一个办法能找到向青云，就是到向不争家盯着，可除了向小寒他们几个也不知道向不争的住址。没有办法只好先回万县了。

五月带着莫英豪到了一家洋行，莫英豪看得目不暇接，一艘轮船的模型吸引了他——整个船身是白色的，船头是甲板，后面是鼓起的圆球状的船舱，船顶上躺着一面白色的船帆，看上去漂亮玲珑。莫英豪问五月："这个东西也是用来卖的吗？"

五月回答："是啊。"

莫英豪更加不解地问："不能吃，不能用，买它做什么呢？"

五月说："观赏啊，你不是走到这里就非常喜欢看了吗？"

莫英豪说："就是说喜欢就买回家看着？"

莫英豪的话逗得五月咯咯地笑起来，莫英豪显得有些委屈地对五月说："你笑什么？"

五月说："笑你像个小孩子，好多事都不懂。"

莫英豪说："你和小寒都是进学堂读过书的，我只认得几个字，当然不如你们懂得多。"

五月见莫英豪的神情隐现出那么一丝落寞，她善解人意地带他从洋行出来，走到街上说道："英豪，其实人念书的多少，不能决定一个人本质的好与坏，我觉得你是个很好的人，别因为念书少而轻视自己了。"

五月的话让莫英豪马上就高兴了起来，又兴致高涨地随着五月观览着街道两边的商铺。走到了一个宽宽的大街，莫英豪问："这是街吗，怎么看上去像个大场子？"

五月说："这个地方叫作较场口，这是难得的一块平坦的地方，过去这里是练兵演武的，后来渐渐建成了商业街道。"

莫英豪再看过去，商铺密集得让他连声惊叹。五月又说："这里的每一个街名都是从过去的市场得来的。"她指着不同的方位介绍着石灰街、木货街、小米市、草药街、铁匠街、瓷器街、新衣服街、老衣服街、棉絮街。

莫英豪说："买什么就到什么街就可以了吗？"

五月说："你若是想逛，明天叫青云陪你吧，我不大喜欢逛这些街。"

莫英豪没有作声，一眼看到了街口的火锅店，说："五月我请你吃火锅吧。"

五月说："时间不早了，我们回家叫上青云一起来。"

莫英豪只得跟着五月回到了向家。进了客厅，五月看到向青云坐在沙发上脸色很难看，叫声青云，他连动都没动。看着向青云莫英豪有些不自在，坐也不是，站也不是。五月看到莫英豪的神情，对他说："你还没见过向伯伯吧？你去书房和向伯伯问个好。"莫英豪出了客厅，走向书房。

五月坐在向青云的身边，好一会儿没有说话。她想向青云一定是有烦心的事说不出来。她从包里拿出手绢，叠成一个小老鼠的形状。那是一条小碎花的手绢，花色有蓝色、粉色、黄色。成形的小老鼠把三色的花儿簇在一起，很漂亮。五月在向青云的眼前晃了晃问："青云，好不好看。"向青云看一眼就移开了目光，应付地说了一句："好看。"五月把小老鼠从向青云的手臂推着向上移动，到了肩上，又拿到向青云的脸上。

此时的向青云满心里都是夏天虹，既伤心又懊恼，夏天虹如同一个无形的存在就蜷缩在他的怀里，每动一下，他的心都很痛。

五月把小老鼠在向青云的脸上蹭着，因为向青云完全忽略了五月的存在，感觉脸上的触动很突然也很意外，他大声呵斥着五月："你在干什么？出去。"

被五月的手松掉的小老鼠，扑腾扑腾顺着向青云的身子滚落到了地上。五月的眼泪也落下来，向不争和莫英豪正巧走到客厅，向不争装作没有听见向青云的喊叫，他叫五月到书房给他研墨，说他要写几个字。莫英豪见向青云和五月喊叫，不知发生了什么事，心情不大舒畅，说要去卧房躺一会儿，向不争说也好，休息一会儿到餐厅吃饭。

向不争铺开纸，五月把蘸了墨汁的毛笔递到向不争的手里。向不争说："你爹前几日要我写几个字，说是要送给朋友，嗨，我的字怎能拿出手呀。"

五月说："我家的客厅挂着您的字，谁见了都说好字。"

向不争拿起笔思忖了一会儿说："我很喜欢稼轩的《清平乐·村居》，你可否能背出来？"五月一时没想起来。向不争运行手腕，五月看时，念道："茅檐低小，溪上青青草。醉里吴音相媚好，白发谁家翁媪？大儿锄豆溪东，中儿正织鸡笼，最喜小儿亡赖，溪头卧剥莲蓬。"

墨迹干了，向不争把纸卷起来，用线绳系好。他坐下来对五月说："你回家后好好琢磨琢磨这首词的意思，只有过属于自己的生活才能像词中写的那样美好。青云你还是放下吧。"五月没有听懂向不争的话是什么意思。

吃过饭，五月回到家中，武江川打开向不争给他写的字，赞道："好字。"

五月说："爹，向伯伯让我好好琢磨琢磨这首词，还说要我放下青云。这首词有什么好琢磨的，爹，你说向伯伯是不是话里有话呀？"

武江川沉思了片刻说："五月，这首词表面看来很直白，到了我们这个年龄才能品出它的深意来，词中描写的平淡生活场景才是人生最大的幸福啊。你向伯伯的意思是希望你能找一个好的丈夫，一生平淡幸福，青云不适合你。"

五月说："可能是向伯伯看到青云同我发脾气，怕我受委屈，才这样想的，我不介意的，等孝期过了我们成了亲就好了。"

武江川看着还蒙在鼓里的五月，狠狠心说："五月，爹实话对你说吧，向家已经和我们解除婚约了，你和青云不可能结婚了。"

晚上，向青云把想要卖田地的想法对向不争说了，向不争说："你要怎么做，我都同意，从你爷爷和二爸走后，我对家产看得轻了，人活就活个血性，我想，若是你二爸还在，他也会这么做的。"

第二十一章　武家解困

马文俊回到了万县，向小寒得知，两个人立刻碰面。她以为已经得手，一见面就说："人在哪里？"

见面地点是在万县码头向家的库房里。这个库房，一进去很宽敞，往后面走是一个窄小的通道，就着地势越走越陡，里面幽深黑暗通到临江的山坡上，有能容一个人进出的小洞，距小洞的洞口一米远有一个石门，这个石门仿若自然天成，不知情的人绝想不到它是个能出入的门。若从江边的山坡进到这个小洞就以为是个一米长的小山洞而已。从库房进入山洞这一端也有一个石门，不知情的也看不出这是个石门，以为库房到此就是尽头。这个库房是当年向老太爷修建，他为了保证向家货物的绝对安全，依着自然的山势而修建。这条秘密通道只有向老太爷、向不争和向不悔知道。在一次紧急情况下，向不悔带着马文俊走过此通道。在向小寒和马文俊密谋绑架向青云的时候，曾为把向青云放在哪里伤脑筋，马文俊急中生智，说把向青云放到向家仓库的通道里最安全，谁也发现不了。过几天再把向青云从通道弄出去，从山坡到江边上船。

向小寒以为马文俊已经把向青云带到了库房的通道里，没想到马文俊却说在重庆把向青云给跟丢了。

向小寒生气地说："这点事情都办不好，真是没用。"

马文俊说："小姐，做事情也要看运气的，这次失手是我们运气太差了。我们再想其他的办法。"

向小寒说："等想出了其他的办法，向家的财产也就都被他赔光了。"

向小寒稳定了一下情绪说："马叔，我们只有静观其变，再想其他的办法了。"

向小寒从库房回到公司，青田浩二在办公室里等她，说是特意从重庆来万县看她。

向小寒心里明白青田浩二虽然嘴上这么说，实际上是为了向家和日清公司的合作之事而来。她没等青田浩二提起这件事，就说公司由向青云当家，合作之事还要和向青云谈。

青田浩二胸有成竹地说："向氏轮船公司的营业境况，我是了解的，合作之事是势在必行的，向青云会主动找我的。"

青田浩二认为，向家破产在即，目前他在意的并不是合作的事情，而是另有图谋。

青田浩二说："向青云在哪里？我要和他谈谈。"

向小寒想，也许向青云面对资金的压力会改变态度，十分愿意青田浩二和向青云谈话，于是说向青云去了重庆，要明天回来。

中午的万县码头，装卸货物的工人都在休息，安静中有一种懒洋洋的气氛，船泊在岸边，任由江水在船帮上涌来涌去的。从重庆到万县的客轮靠岸，向青云和莫英豪从轮上下来。莫英豪淡淡地和向青云说了分手的话，无精打采地往家走，他觉得父亲多此一举要他陪向青云去重庆，来去一路无话，把莫英豪憋坏了。走到了陈家坝，他看到了向小寒，扯着嗓子喊她，向小寒没听见。莫英豪就在后面跟着。他身上背着包，跟小寒走过了两条街，一抹脖子都是汗。

向小寒走进了洋人居住区，进了一家西餐厅，莫英豪跟着就要进去，守门的看他穿着长衫，不让他进，他一伸胳膊就把守门的推出去老远，推门就走了进去。进了门一看里面见不到一个人，包厢座位的高大背椅遮挡得什么也看不见，舒缓的音乐声不知从哪个地方发出来，莫英豪愣在那里，四下张望。服务员忙走过来，习惯性地说着欢迎的词语，刚说了一半嘴就闭住了，他发觉，眼前这个人不像是来用餐的。穿着及至脚面的长袍，后背上搭着个大布袋子。莫英豪又伸手扒拉开了眼前这个人，喊起小寒的名字。向小寒惊异地从包厢座位里站起来，循着声音看到了莫英豪，刚要发火，忽又笑了起来。她看到莫英豪的样子太可笑了，那神态像是在万县赶集，还在毫无顾忌地喊着向小寒的名字。青田浩二此时也站起身，走过来把莫英豪拉到座位上，让他坐下，叫过服务员又点了一份餐。莫英豪早就饿了，眼睛盯着盘子里的牛肉和面包，找向小寒要筷子。向小寒用刀把牛肉切开，又把面包从中间切开，把牛肉夹在里面，让莫英豪拿在手里吃。青田浩二看着向小寒的动作，心里不免酸溜溜的，但只是一闪而过。他没把莫英豪放在眼里，用日语和向小寒对话。莫英豪大口地吃着，向小寒和青田浩二叽里咕噜地说着，两不干扰。等到莫英豪吃完了情形就不同了，他反复地打断向小寒和青田浩二的对话，青田浩二就叫服务员端上来一大杯橘汁，莫英豪尝了一口，咕咚咕咚喝下去，自己又要了一杯。青田浩二问向小寒："他这是喝饮料，还是饮驴呢？"说得向小寒乐个不停。

吃过了饭，三个人从西餐厅出来。向小寒小声对莫英豪说："饭也吃过，你该回家了。"

莫英豪耸了耸肩，挺了挺腰说："我得跟着你，和日本人在一起我不放心。"

向小寒瞪了他一眼，对青田浩二说去公司找向青云。青田浩二见莫英豪跟在后面，他问向小寒为什么。向小寒说，我不是和你说过嘛，他脑子有毛病。

向小寒和青田浩二进了向氏轮船公司，莫英豪不想再跟进去，回家了。

莫元清正在家里喝酒。一个小袍哥告诉莫元清，重庆的袍哥通过几日的打探，发现青田浩二的行踪很诡秘，似乎在干什么见不得人的勾当。正说着，莫英豪进了门，把布袋子往椅子上一扔，气呼呼地说："那个青田浩二又到万县来缠着小寒，也不知和小寒在搞什么名堂，他们总是扯在一起。"

莫元清说："你暂且不要管他，我自有办法让青田浩二离开向小寒。"

向青云下午刚刚上班，青田浩二来见。他不提合作的事情，而是随口聊起来。青田浩二说："从重庆来，轮行至万县，江两岸山坡上的红橘美极了。"

向青云说："那是青田君不常见而已，我们看惯了的，也不觉得怎样。"

青田浩二说："还有那万州桥，也是稀奇得很啊。"

向青云说："我们祖辈都在这里，也是觉得平常得很。"

青田浩二说："我随轮航行时，看到行驶中的木船上，有喊号子的工人，这有很重要的作用吗？"

向青云说："川江滩礁林立，水流激湍，船在行进中遇到什么水势就喊什么号子，来指挥全船工人操作步伐，船工号子当然是很重要了。"

向青云心里很快打了个问号，青田浩二提起这个话题该不是有什么用意吧？青田浩二又说："我听闻向家有三峡航运图，你若能把它拿出来，我愿意以高价购买，或者你可以用此图来作为同我们日清商行合作的资金。"

向青云心里一动，站起身给青田浩二斟了盅茶，借机思忖了一下说："不知这传言从何而来，我从不知有什么航运图，我只知道，过去向家用木船航运时，船工号子是最棒的。在过险滩急流时，喊出的号子雄伟、浑厚、高亢，短促有力，大家的注意力都集中在一起，猛拉猛划。然而到了水流平缓的地方，那号子就如唱歌一样，轻柔、婉转、节奏缓慢，来消除过险滩的紧张。"

青田浩二进一步试探着问："是否向老板不知道家里有此图，因向二爷走得突然没有和你交代？望向老板在家里藏物之处好好找找，若有此图向家和日清公司合作一处，那么在枯水期也能航行，向家很快就能摆脱窘困的局面。"

向青云装作没有理会青田浩二的话，接着刚才的话说："川江的号子分顺水和逆水，顺水号子有：起桡号子、招架号子、抓抓号子、大斑鸠号子、数板号子、过巴浪号子……逆水号子有：幺二三号子、小斑鸠号子、数板号子、抬山号子……"

向青云喝口水，眉飞色舞地讲起了各种号子的具体内容，越说越高兴，还哼唱了起来。

青田浩二提起船工号子是醉翁之意不在酒，他哪里有兴趣听向青云口若悬河地说号子，耐着性子听完了，站起身告辞。他心里说，当初问向不悔三峡航运图，就被他搪塞过去，现在向青云和向不悔拒绝他的方式真是有异曲同工之妙啊，不由得发誓一定要从向家弄到航运图。

青田浩二走后，莫元清带着几位田亩买家来到了公司，几个人给出的价格都很低，向青云明白他们是乘机压低价格，他说："几位也知道，万县的田地很好，而且田产比其他财产都稳定，光是地租的收入不用十年就可收回地价。你们给的价格我是万不能卖的。"

几位买主也不着急，以各种理由和向青云砍价，向青云一气之下说暂时不谈了。莫元清从中假装说和道："今日不谈也好，改日再议，大家再考虑考虑，定出一个双方都认可的价格，不要伤了和气。"

几个买家却坚持说："我们出的价格不会变了，向老板再考虑考虑，这几天给个准信儿。"

向青云知道他们这是利用贷款的日期将近来压迫他，感到愤怒无奈。几天过去了，没有办法，向青云只得答应了买家开出的价格。莫英豪告诉向小寒向青云要卖向家的田地，这两日就要换地契了。向小寒听闻马上回到公司问向青云，得到确定的回答后，她说："田地是向家身份的象征，土地的所有者为绅士，你把田地卖了，轮船公司的生意赔钱，你这样做，我们向家可就是一无所有了。"

向青云低声说："我已经决定了，后果由我来负。"

向小寒高声喊着："你负得起吗？祖宗的家产都败在你的手里了。"

向青云也提高了声音说："为了给二爸报仇，宁愿倾家荡产也要和外轮斗下去。"

向小寒说："我爸让你执掌家业，不是要你来败坏家业，向家几代人置下的田产，就这么让你给卖了，你对得起祖宗吗？"

向青云说："我已经决定了，这个家我做主，你再说什么也没用。"

向青云生硬的话让向小寒很绝望，她跑出公司给向不争发了个电报，告知向青云卖地之事。让向小寒没有想到的是，晚上收到向不争的回电说他不当家，不管事，一切由向青云做主。第二天一早，她找到马文俊商量对策。两个人用钢笔写了很多威胁信，马文俊找人分头送到了几个要买向家田地的买家手里。

莫元清在家里跷着二郎腿，哼着小曲，他不费吹灰之力，就从向青云卖地这件事中获取了数目不小的银两，暗自得意。正在这时，几个买家找上门来了。莫元清着急地说："几位，不是对你们说了，别到我家来吗？人多眼杂，防人耳目。"

其中一个人说："还防人耳目呢，大爷您看看吧。"说着把威胁信放到桌上。莫元清看完了信，自语道："这是谁干的呢？"另一个人说:"莫大爷,我看还是算了吧,买卖不成仁义在,哪有做买卖还做出人命来的。"

莫元清说:"你们就这样退缩了,以后还怎么在万县混了?让人知道了笑话。"

几个人想想莫元清说得也有道理。莫元清看着他们犹豫的神情说:"你们几个人出些钱,我叫几个袍哥保护你们。"几个人认同莫元清说的,这样可以壮壮胆子。

那日,向青云从重庆回万县,五月就病倒了。连续几日不吃不喝,意识模糊,请了医生到家来看,说是突然悲伤过度,也就只能维持这样的状态。武江川在家守护着。向不争听说后,到了武家,看到奄奄一息的五月,十分悲痛。人事不省的五月断断续续地叫着:"青云,青云。"向不争见状,请来了一位姓郑的老中医。郑医生把了五月的脉说:"这位姑娘并非没救。"武江川听后,连忙说:"请郑医生开药方子吧,钱不是问题。"

郑医生说:"药方非钱能解决。"

武江川问:"郑医生要什么都可以,只要能救小女的病。"

郑医生说:"因何人而病,还要这个人来解小姐的心病。"说完开了一个药方子说,"这是给小姐开的几味药,吃上半个月就会渐好,但要开解之人服侍方可起效。"

送走了郑医生,武江川和向不争相视无语,过了一会儿,武江川说:"向兄,小弟我求您救五月一命吧。"

向不争说:"江川弟,是我们向家解除婚约,害了五月,此时此刻,我真是羞愧难当啊。你不用说了,走,咱们马上去万县。"

向不争和武江川到了万县,来到了向氏公司,向青云正要在地契上画押。见父亲到来,他停下手对买家说稍等一会儿,他把向不争和武江川迎到外面说:"爸你先带武叔叔回家,我马上就回去。"

武江川说:"不了,青云,我马上还要回重庆。"

向青云不解地看看父亲说："武叔叔，你们来这是？"

突然之间，武江川就失去了自持，他抓住向青云的胳膊摇晃着说："青云，你救救五月吧，我只有这一个女儿啊。"

向青云对武江川的话摸不着头脑，他愣在那里说："我？救五月？我怎么能救五月呢？"

武江川一时着急，没有把话说明白，听了向青云的话，以为他不愿意随他去重庆救五月，双膝一软就要跪下。向不争忙扶起他，待武江川站稳后看，他上去就给向青云一个耳光。

向青云捂着脸不知何故地看着父亲。向不争也是心急难耐，这才意识到并没有把五月的情况告诉向青云。

向青云听父亲介绍了五月的情况后，说可以马上随他们回重庆，但听到父亲要他娶五月时犹豫了起来。向不争说："青云，人命关天，你不能见死不救啊。"

向青云说："好吧，我答应爸，但是，我只能用娶五月的方式救她，只能给她一个名分，不能有夫妻之实。"正说到此，莫元清出来叫向青云。就在莫元清和向不争打招呼寒暄的当口儿，向青云进去准备画押。向不争道："莫大爷，到公司来找青云有事吗？"

莫元清估摸着向青云已经画完押了。他故意说："咱们两家谁和谁呀，向大爷不在家，青云是我侄儿，他的事自然我要管，这不，我帮着给找了几个买主，给向家的田地一个好价钱。"

武江川听了这话，忙进了公司。向青云正用食指按了一下黑盒子里的颜料，就在这时，向小寒一步跨了进来说道："哥，你再想想吧，不能卖地啊。"本来向青云从黑色的颜色盒里平移手指到地契上只是一瞬间的工夫，被向小寒这么一喊，他的手指按在桌子上。买家说："男人做事，可不能这么婆婆妈妈的，最后再问你，卖是不卖？"

向青云又在黑色的盒子里按了一下手指说："卖。"

就在向青云的手指要按在地契上的那一刹那，武江川进来说："这地不能卖,需要的钱我来解决。"向不争和莫元清也进来了。向青云看了看父亲说:"爸,还是我们自己解决,不要为难武叔叔了。"

武江川说:"一家人还说两家话,说什么也不能卖地。"

向不争想,这样也好,若是武江川能想办法,先解燃眉之急再另想办法。他对几个买家说:"各位乡亲,向家的地暂且不买了,劳烦各位,请多见谅。"

病榻上的五月还在昏迷着,向青云守在五月身边。天黑了,橘黄的灯光下,屋子里的一切都是柔和的。向青云仿佛是第一次到五月的房里,他打量着屋里的摆设。一张画案,一个梳妆台,一个书柜和一个衣柜,再有就是这张床。屋中收拾得棱角整齐,一看便知屋的主人是一个勤快的人。向青云心里想,之前没有注意过五月,她一直被自己忽略着。看着昏迷中憔悴的五月,向青云担忧起来。他把五月的手从被子里拿出,放在自己的手里搓弄着,嘴里说着:"五月,你快醒来吧,你醒了我们去教场街买风筝。不,我给你画风筝。"五月纹丝不动地躺着,向青云的话从五月的脸上都反射回到他自己的心里。他一边抚摸着五月的手一边说着:"五月,我给你讲讲万县的事情吧,过去,我们家有爷爷、二爸。你知道吗?爷爷和二爸那可是川江航运的英雄啊。对了,给你唱几个船工号子吧。"向青云喝了口水,清了清嗓子唱道,"好耍要算重庆府,样样都能卖得出,朝天门过往下数,长寿进城爬陡坡,梁平柚子垫江米,涪陵榨菜露酒出,石柱黄连遍山种,丰都出的豆腐肉,脆香原本万县做,其名又叫口里酥,夔府柿饼甜如蜜,巫山雪梨赛昭通……残言几句随风散,书归正传来板船……石板峡口水势猛……一点航向不能输……"

向青云的一把好嗓子,一开口就如天籁。他抑扬顿挫地低声唱着,把武江川吸引到了五月屋门外。武江川站在门外,听向青云唱完了，进来说："青云，难得你这副嗓子呀，这曲调由你唱出，真是好听。"

向青云把五月的手放回被窝里，站起来说："武叔叔，不过随便哼唱罢了。"

武江川说："对了，你刚才唱的是什么，怎么把吃的东西也唱进去了？"

向青云说："这是川江号子。"

武江川颇感兴趣地说："我也曾听过很多川江号子，大都含混地听了大致的调子，没曾听到过词句，看来这船工号子的词还很有讲究呢。"

向青云说："川江号子，一般都是水上艺人把民间的传说、地方特产和船工生活等内容加工提炼，编成号子词，供船工喊唱。那些词大都很生动，内容也很丰富，有民间传说，歌颂四川土特产、赞扬名胜古迹的，还有告诫青少年勤读书的。"

武江川说："经你这么说来，川江不但是条商道，还蕴藏着很多民间文化啊。"

向青云说："现在外轮在川江横行霸道，让人气愤。"向青云看看五月觉得不好意思起来又说，"五月还没醒，不说这个话题了。"

武江川说："青云，你从万县来，一路劳顿，休息休息，我来看着五月。"

向青云坚持留下来照顾五月，武江川无奈只好出去了。

夜里，武江川过来看到向青云头趴在五月的床上睡着了。

早晨向青云醒来，看着五月，突然发现五月的嘴角轻轻动了一下，他赶忙叫过了武江川。武江川抚摸着五月的头说："五月，你醒醒啊，青云来了。"

又见五月的眉毛动了一下，武江川和向青云屏住呼吸，五月的眼睛又动了，武江川的手颤动了起来。向青云的手抓住自己的衣领子。五月睁开了眼睛，武江川说："五月，你醒了，叫爹，你叫声爹。"

五月轻声叫了声："爹。"

武江川欣喜地答应了一声。

五月把目光移向向青云说："青云，你来了。"

向青云说："五月，你睡了很长时间，醒了就好，醒了就好。"

五月说："青云，我醒了，是不是你就该走了。"

五月的眼角流出了泪水。

武江川说："五月，青云不走了。"

五月说："青云，你真是不走了吗？"

向青云握住五月的手说："五月，我盼你快快好起来，我愿意娶你。"

五月听了，大哭了起来。

阳光照在五月的画案上，上面有摊开的一张画。向青云看去，那幅画是一艘在江面上行驶的轮船，江水的轮廓显然是五月想象的样子，如湖泊一样安详，画面上的轮船像一个华丽的宫殿，有脱离了人间烟火的味道。轮船的甲板上站着一个人，穿着长衫，眺望着远方，画中人物的侧身竖着三个字："青云号"。他感到了五月对自己的深情，不禁怜惜地看着五月。武江川在喂五月吃饭，父女两个人都没有注意到向青云的神情。向青云坐在了画桌前，摊开一张纸，从瓶中倒出了些墨汁，蘸了几下，也画出了江面的一艘轮船，在他笔下，江面波浪翻涌，一个浪头恰巧伸到甲板的边缘又翻涌回江中。他在轮船上画上了航行中所用的东西，甲板显得杂乱，看上去给人的感觉是一艘破旧的轮船，让人感到是经历了无数次的风浪。向青云也在甲板上画了人物，他不自觉地就把夏天虹画上去了。向青云端详着五月和他自己的画，内心感慨地想道，心里有什么，外在就表现出来什么，在五月的画中，生活是静止的，全部内容就是他向青云，而在他的画中江面是激流滚滚的，生命里最重要的是夏天虹。

　　五月能够下床后，就用手巾擦拭着屋里的东西，她细心得让向青云吃惊，每一个细小的地方都擦到，床的缝隙、衣柜里的棱角，都不放过。她在整理画桌上的东西时，发现这几天向青云画了好几幅画，都是万县的景色，有万州桥、岑公洞、西山、天城山。五月看到向青云画的那幅江面上的轮船时，她心里明白向青云的心里还是只有夏天虹。五月把手巾放到盆里，端着盆走出了房门，她把盆放在院子里的石桌上，坐在石凳上，看着院门两边的美人蕉出神。向青云看着她，从屋里拿出一个草苫的垫子，捅了一下五月的肩膀，示意她把垫子放到石凳上。五月站起来，走到晾晒的被子前翻打着被子，以此来掩饰自己的情绪。向青云坐在石凳上，五月忙活了一阵子坐在了向青云的身边，说："青云，我都大好了，从今天起你就回家住吧。"

　　对于五月的话，向青云没有多想，收拾了从万县随身带的东西走出了武江川的家。五月看着向青云的背影走出巷子。她回到屋里，躺在了床上，刚才收拾房间的热情消失了。她知道向青云的心里爱的人是夏天虹，她让向青云回家，是想着向青云一定是在思念夏天虹。五月的病好了之后，武江川已经暗示了五月，向青云只能给她名分，不能做名副其实的妻子，让她能好好考虑，别耽误了自己一生的幸福。五月表示即使这样，也愿意嫁给向青云，只要能每天看到他就满足了。

　　向青云从武家出来，脚步不由自主地朝德裕班住的地方走去。陪伴五月的这些天里，夏天虹的影子总在他的眼前晃动，几次想去看她又抑制住了自己的想法，青田浩二的阴影横亘在他的心上。他十分矛盾地想，是不是夏天虹到了重庆之后，受到风气的影响，和其他戏班子的名角一样，常常出去应酬，结交一些达官贵人？但他又一想，夏天虹绝不是那样的人，也许是自己误会她了。在两种矛盾交错的想法中他走到了德裕班的院门外。稳定了一下自己的情绪，他又折回身到玉器行想给夏天虹挑选一个礼物。有一串玛瑙的手链提起了他的注意，十几个珠子穿在一起，浅黄色的珠体，晶莹剔透。他付了钱，店员用紫粉色的小盒子将这串珠链包装好，交给了向青云。

向青云走到了街上，心情爽快了起来，把手伸进包里摸了摸那个小盒子。他知道夏天虹不会在乎什么礼物，这个小礼物能代表他的心意，夏天虹见到它就可以冰释前嫌、和好如初。他一路想着，一定要和夏天虹好好谈一次，把该说的话都说清楚。这么想着，他又往包里摸那个小盒子，摸到了一张纸拿出来一看，失声说了句："坏了。"

原来，他把五月的药方子装进了包里，原想着给五月到药房去抓药，把这件事给忘了。他又疾步赶到药房。郑医生开的药方极简单，有白芍1两，当归1两，炒枣仁1两，郁李仁3钱。药铺的掌柜是个戴着细边眼镜的老头儿，手拿着小秤，眼镜快要贴在了秤杆上，用指甲盖扣着移动那个拴着小秤砣的线，按照方子的药量把每剂药分成十份，分包包好，放在一个大纸袋里，递到了向青云的手里。

武江川到家，见五月一个人躺着床上，忙问她是不是不舒服了，五月急忙抹了一下眼泪说："刚才干活有些乏了，躺着歇一会儿。"

武江川说："中午的太阳好，我叫人把饭端到了院子里的石桌上，我们快去吃饭吧，秋凉了，饭要马上吃才好，一会儿就放凉了。"父女二人边吃边说。武江川问："青云出去了？"

五月没有回答。武江川又说："是不是青云出去，你有什么想法了？你的脸色不大好啊。"

向青云提着药，大步地朝武家走来，上了石阶刚要敲门，听得里面五月说道："我想青云这会儿一定是在夏天虹那里。"

武江川说："五月，既然你知道，我劝你还是想一想是否要嫁给青云，他必定是要和夏天虹在一起的，以后你们要在一个屋檐下，两个女人难免会有磕绊的，日子难熬啊。"

五月说："爸，我已经说过几次了，只要能和青云在一起，天天能看见他，我的心愿就满足了。不管他和谁在一起，我只要这一生和他相守在一起。"

武江川叹口气说："傻孩子，爸不能总陪着你，青云待你薄不了，这我放心，可是你还是没有一个贴心的人啊。"

父女的对话，向青云全听到了耳朵里，他心里轰然一下，像是看到了另外一个人心世界。他提着药在门外呆想着。之前，他没过多想五月的事情，以为五月是很简单的，满足了武江川的请求，他也就对得起五月了。听了里面的对话，他惊异地意识到，一个人是一个世界，五月的内心世界也是执着的。五月一个世界，他自己一个世界，夏天虹又是一个世界，将来的日子要他们三个在一起，这的确是令向青云很难堪的事情啊。想到这里，向青云的心里不禁焦虑了起来，这怎么是好，怎么就会是这种局面了呢？他答应武江川娶五月的时候，没有从五月是一个有血有肉有情感的人去考虑，只从形式上考虑了。此刻他明白了，若是两个人每天朝夕相处，不光是形式那么简单的事情了。他左思右想，更加急切地想见到夏天虹，他要和她好好地谈谈他所面临的所有困扰，特别是答应娶五月这件事，要和夏天虹共同面对。

向青云在门外站了足足有两袋烟的工夫。正午的日头照得向青云头发里都是汗，他敲门进去的时候，武江川和五月已经吃过饭各自回房了，他把药给了下人，就又往德裕班的住处走去。

自从那次向青云负气走后，夏天虹的心情沉郁，一直打不起精神来，她揣测地想，向青云的脾气怎么变得这样急躁呢？是公司的事情压力大，还是有其他的事情呢？他过去不是这样的，为什么对于事情毫不分析就武断地冤枉自己呢？是不是他常和五月在一起，渐渐生出感情呢？夏天虹每日被自己的问题困扰着，除了唱戏懒懒的什么事情也不做。中午，她躺在床上，强迫自己睡一会儿，可是心里想的都是和向青云在一起时的回忆。她想，也许当初就不应该来重庆，若是还在万县，天天和向青云见面也就不会生出这许多事来。想到这里，夏天虹一阵心酸，流出了眼泪，感到一种说不出的悲戚。身为戏子，很多事情不能自己做主，没有父母任何事情都没有依靠，偏偏向青云还这样误会自己，相爱之人竟也是这般说变脸就变脸。夏天虹越想越伤心。

朱少雄上次挨罚后，再来戏班子也讨了仔细。他每天早晨要看一天的工作日程安排，免得耽误了公务。之前，他是从来不看的，一切事情都靠副官安排。他叫过副官，核实了下午没有要紧的事情，驱车来到德裕班。

戏班子下午没有演出。午睡后，大家起来排练。朱少雄进来后不见夏天虹，用眼光搜寻了一会儿，班主会意地走近朱少雄，说夏天虹还在房里躺着。

朱少雄进了夏天虹屋里，就坐在了夏天虹身边。朱少雄随和的性格，让夏天虹对他无拘无束，再加之朱少雄做事磊落大方，在他面前夏天虹也就少了顾及。她听脚步声就知道是朱少雄来了，并没有起身，还是躺着。朱少雄上来就掀开了被子，拉夏天虹起身，嘴里说着："起来，起来，到外面坐坐，这些日子你总是懒懒的，越躺着越懒，快起来。"

夏天虹说："朱旅长，你且去院子里坐坐吧，我再躺一会儿。"

朱少雄说："若是觉得哪里不好我就去找医生，若是没事只是懒就快起来。"说着他又去拉夏天虹，一用力他哎哟了一声，说道，"坏了，抻了我的伤口了。"

夏天虹一听，坐起身，撸开朱少雄的衣服袖子就要看他的胳膊，朱少雄笑着说："看，起来了吧，我骗你的。"

夏天虹假装生气地说："就你鬼点子多，你出去吧，我不起来。"

朱少雄拿起桌上的一条花手绢在夏天虹的眼前晃悠起来。

向青云满头大汗地来到德裕班，进了院子，班主见了心里一惊，心说，怎么就这么巧呢，朱少雄刚来，向青云就来了。他担心又引起向青云的误会，忙搬过一个凳子说："向少爷，很久不见，您坐下歇会儿，我去叫天虹。"谁知向青云见夏天虹的心情急迫，他对班主说了声谢谢，就径直朝夏天虹的屋里走去。班主紧跟在了向青云的后面，故意脚步放得很重，踩在地上咚咚地响。无奈，此刻的夏天虹和朱少雄正在嬉笑，朱少雄一面用手绢在夏天虹的脸上抖动着，一面又拉夏天虹起来，手绢轻轻触动夏天虹的脸颊，她觉得痒痒的，笑个不停。向青云推开门，看到这一幕，愣了一下，转身就走，班主喊着："向少爷，向少爷。"

夏天虹听到班主的喊声，看到了一个向青云的背影，也愣在了那里。班主说："还不快去追！"

夏天虹追喊着："青云，青云。"

向青云头也不回，继续朝门外走，出了院门到了街上，夏天虹拽住了向青云说："青云，你跟我回去，我有很多话要对你说。"

向青云说："你放开我，你的话我不需要听了。"

夏天虹说："你必须要听。"

向青云说："你的话已经脏了，我不听。"

夏天虹哭喊着："向青云，你是个混蛋。"

向青云气愤地说："我是混蛋，我瞎了眼睛。你说，你和他是什么关系，和青田浩二是什么关系，和李克彪又是什么关系？"

向青云的话把夏天虹气疯了，她说："我和他们都是情人关系，你向青云管不着。"

向青云再也控制不了心中的愤怒，狠狠打了夏天虹一巴掌。

班主和朱少雄都跟了出来，急得班主不知如何是好，抖着两只手说:"天意呀,真是天意,怎么就这么巧。"

朱少雄见向青云打了夏天虹一个嘴巴,说道:"这小子找打了。"迈步就朝向青云走去。班主拽住朱少雄的胳膊说:"我说,朱旅长,您就别跟着添乱了。"

朱少雄见夏天虹挨打,眼都红了,上来就打向青云,被夏天虹死死抓住。向青云见状,绝望地大吼一声,把攥在手里给夏天虹买的玛瑙珠串的盒子扔向了空中,头也不回地走了。

夏天虹看着掉在地上的珠串,拾起来攥在手里,眼泪哗哗地流下来。

第二十二章 巧遇订婚

　　五月又服了几天的药,完全恢复了精神,她上午干家务,下午画画,看上去脸色红润,精神饱满。武江川又把郑医生请到家里,他给五月把了脉说:"想不到小姐恢复得这么快,真是奇迹啊。"武江川问是否还需吃药调养,郑医生说不用,多到外面走走,保持精神的愉快就可。

　　这天一大早,武江川带上鱼竿,五月背上画架,父女两个人到城外。武江川静静地钓鱼,五月静静地写生。五月观察事物精细入微,同时又以她对事物的把控能力锲而不舍地达到自己要达到的目标。她可以两三个小时不动地观察同一处、同一个角度的景物,在观察的过程中斟酌取舍和画面的结构。这是需要一定的静心能力才能做好的事情,五月以她超常的耐心来把握空间角度和时间流逝给景物带来的光和影的变化。在五月对她自己命运的感知中,并不是如武江川所想的那样,是个痴情、简单的女孩子。其实,她懂得,在以后她与向青云之间慢慢的岁月里,一切都是变化的,她有把握以耐心和毅力,赢得她和向青云之间关系的改变,她对自己的婚姻是充满信心的。

　　时间将近中午,武江川钓了几条鱼,五月也完成了她的写生。几条鱼在竹皮子编织的鱼篓里弓起,试图跃动,但每一次都被鱼篓所抑制，几条鱼不甘心被限制在鱼篓里，只得不停地动弹。武江川对五月说："今天咱到你向伯伯家吃午饭。"五月高兴地收起画架。

向青云和夏天虹见过面后，精神上受了重创，他固执地认为夏天虹与朱少雄的关系不正常，在心里为这个错误的想法受尽了折磨，把自己关在了屋里整整三天。向不争没有打扰他，他知道向青云已经从一个男孩成长为一个男人了，要站在一定距离之外来关注他的沉默，他这几天对向青云的态度表面上是漠视的。昨天武江川说向家所需的钱款已经筹备齐了，他没有把这个消息马上告诉向青云，而是打算今天中午请武家父女来吃午饭时再提起。

武江川那几条活蹦乱跳的鱼到了向不争的手中，他让武江川和五月同向青云说一会儿话，亲自到厨房去做鱼。向不争把鱼去鳞后，将鱼从肚子刨开成两半，背部连接，在鱼的两边划上五花刀。放入油锅中煎至显出黄色。把鱼拿出后，锅里放一点儿油加入姜丝和蒜炒，再放入豆瓣酱直至炒出红油，再放入切好的红辣椒、蘑菇和莴笋加入开水把鱼放进去炖二十分钟，从锅里盛入盘中端到餐厅的桌上。向青云给向不争和武江川往酒盅里斟满了酒。喝了口酒，武江川往嘴里夹了口鱼，慢慢品了品，说："爆香浓郁、回味无穷啊，向兄的手艺真是高超。"

向不争说："哪里，哪里，是江川弟的鱼新鲜啊。"

五月夹了块鱼把鱼刺拣干净，放到了向青云的碗里，向不争和武江川看到了，相视一笑。

向不争说："江川弟这么几天的时间就筹集到了这么一大笔钱，真是难为你了。"

武江川说："不瞒向兄，先父留下些金条，这两天我变卖了几根，不费什么事。"

向不争听了忙敬了武江川酒，说："江川弟的大恩大德无以言谢，我干了这杯。"

向青云马上接着父亲的话说:"我也干了这杯,同父亲一起敬您,您的厚施我将永生不忘。"

武江川的手指一托酒盅也干了,说道:"哎,你们父子俩的话严重了,不值什么,当初先父留下金条就是为了家道之急所用,现在向家遇到了难处,帮这点忙是应该的,况且青云和五月就要成亲,我们也是一家人了。"

向不争说:"从老太爷和二弟走了之后,向家陷入困境,是青云在苦苦撑着,承担了很大压力。我想,虽然老太爷和二弟的孝期没过,还是给青云和五月举办一个订婚仪式,搞得隆重一些,驱赶一下向家压抑的气氛。我想老太爷和二弟在天之灵也不会怪罪,他们会同我们一样高兴的。"

武江川说:"我赞同向兄的建议。"转过脸问向青云的意思。这几天向青云因为夏天虹的事心如死灰,也就没有反对,订婚仪式定下来了。

向青云去了重庆后,公司里的事情暂时被搁置了,向小寒每日和青田浩二在一起,莫英豪常来纠缠向小寒。但他们就像是捉迷藏一样,刚见向小寒在这个地方露了一下头,等莫英豪赶过去,她就又不见了。莫英豪认为这是青田浩二在捉弄他,对青田浩二恨得咬牙切齿。

这天,向小寒接到向青云从重庆发来的电报,说是资金问题已经解决,让她认真打点公司的事情。

向小寒看罢,知道自己处心积虑多日的谋略都落空了,她无心再过问公司的事情,每天到酒馆里喝酒。万县自从有了酒馆那一日也没有哪个姑娘家整日来喝酒,没过两日,很多人都在议论向家的小姐整天喝得醉醺醺的,说这样的姑娘怕是找不到婆家了。恰巧青田浩二这两天有一批生意要打理,忙于日清轮船公司的事务,他们没有见面。

向福这天到街上买日用的东西，听到人们的议论，心里不安，回去把这件事告诉了刘氏。刘氏听了忙叫向福带两个人把向小寒拉回家里来。

莫英豪在家里待不住，到向氏轮船公司里找向小寒，没找到，就在大街上漫无目的地走着。路过一个酒馆，意外地看到了向小寒，他进去同向小寒一道喝酒。向福带着两个家丁找到了这个酒馆，把向小寒搀扶到家中，秦氏到厨房煮了黑豆汤来解酒，喝了汤向小寒在卧房里睡了，莫英豪被向福搀到客房也睡了。刘氏在自己的房间里流眼泪，秦氏来解劝说："小孩子心里不痛快喝酒也是难免的事，不要往心里去，若为此事烦恼大可不必。"

刘氏说："她能有什么不痛快的事？家里有你和我，外面有青云，无忧无虑的不好好待在家里，真不知道她每天都想干什么，不愿意和莫英豪成亲，可又和他一起在酒馆喝酒，这不叫人笑话。"

妯娌两个说着话，向福说青田浩二来访，说是找向小寒，刘氏说："告诉他，小寒不在家，让他走吧，有事等青云回来再说。"

向福出去禀告，向小寒从她的屋里出来了，看到院门开着，走过去看到了青田浩二，把她请进了客厅。

青田浩二问起向氏轮船公司与日清公司合作的事是否有些眉目了，向小寒说公司的资金已经得到解决，不但合作之事告吹，并且自己以后在公司说话不会再有什么分量了，公司里的一切都是向青云说了算，她也不过是公司的一名职员而已。青田浩二借机说："与其这样，你不如到我们日清轮船公司上班，我们系统的管理方式，可以给你提供发挥才干的空间，薪水是你在向氏公司的两倍。"向小寒想了想当即答应了。

向福在客房的窗外，鼓捣着摆放在地上的一盆盆菊花。他记得初来向府时，也是秋天，向老太爷摆弄菊花时，他站在旁边看着，那会儿向老太爷一边手拿剪子剪枝，一边嘴里说着："不是花中偏爱菊，此花开尽更无花。"向福当时就把这一句给记下了，一直没有忘记，时常念叨起来，还为自己能背诵一句诗而颇感自豪。此时他一边给花盆换土，一边小声反复叨叨着："不是花中偏爱菊，此花开尽更无花。"睡着的莫英豪断断续续地听到低沉的嘟囔声，意识完全从梦里醒过来后，听出是向福在叨叨，他大声朝窗户喊着："向福，我没得罪过你吧，难得在你们家睡一回觉，你瞎叨叨什么，闹鬼了你。"

向福完全没有觉察到自己的嘴里嘟囔着什么话，他扒着窗户的玻璃说："莫少爷，你撒吃挣了，我哪有在说话？"

莫英豪无可奈何地起来，到院子里的盆架边，舀了一瓢水到盆里，洗了洗脸。在院中略站了一下，又听到了轻轻的、断断续续的嘀咕声。他心说，今天真是撞上鬼了，怎么大白天的总是听到捣鼓鬼话的声音呢。他晃了晃脑袋，想驱除这种声音，但还是存在，他信步朝客厅走去，从大玻璃窗里看到了向小寒和青田浩二坐在一起说话，他一步跨了进去，坐在了向小寒的旁边。

青田浩二一直无视莫英豪的存在，这个头脑简单的小伙子对他不能形成任何障碍，倒是向青云很让他伤脑筋。他越来越觉得难以摆布。见莫英豪进来，青田浩二就用日语和向小寒对话。莫英豪只见青田浩二和向小寒嘴皮子上下不停地在动，两个人还不时发出笑声。莫英豪看得头皮发胀，他赶紧出来到了院子里，向福还在嘴里叨叨着："不是花中偏爱菊，此花开尽更无花。"莫英豪又走到向福身边说："向福，还说你嘴没动，这不又叨叨上了。"向福头都没抬地说："莫少爷，你看我的手在动，嘴没有动啊。"莫英豪心说，真是见鬼了。他对向福说："我走了。"向福抖抖手上的土，把莫英豪送出院门外，挥手喊着："莫少爷，走好。"

莫英豪回到家里，噼里啪啦往挂在树上的沙袋猛打一顿，莫元清问莫英豪是不是受了向小寒的气。

莫元清来到日清公司，说是要找青田浩二。他被请进了青田浩二的办公室。青田浩二说:"莫大爷来访,深感荣幸。"

莫元清说:"不必说这些客气话。我来就是想直接问你一件事情。"

青田浩二说:"莫大爷,您有什么话都好说,咱们先聊一聊嘛。"

莫元清从重庆的袍哥打探到的消息分析,怀疑青田浩二正在做着什么隐秘的事情。他心想和青田浩二说会儿话也无妨,正好可以从他的只言片语中揣度出一些迹象来。

青田浩二把话题引到了莫英豪的身上,他说:"我常见贵公子英豪,真是一表人才啊。"

莫元清见青田浩二吐字费劲,语速很慢,心里着急失去了耐心,想和他说完了事情就走,接着青田浩二的话说道:"我今天来跟你说的事恰是与英豪有关,英豪和小寒自小就有婚约。"

青田浩二忙把话题引开,说:"听说向、莫两家是世交,莫大爷可否记得,当年你们用木船航行时,在枯水期如何开船?"

这个问话让莫元清非常敏感,他装作毫不在意地说:"我们的船天天在江上行,谁也没有想过该怎样行船,就那么行过来,到了今天不还是这样行着。"

青田浩二说:"听传说,你的父亲对三峡大小险滩了如指掌?"

莫元清说:"三峡航道上口口相传的歌谣都是浅滩名字,若是行船的人不知道如何避开浅滩,也就葬身江底了。"

青田浩二又问道:"那么如何才能知道浅滩的位置呢?"

莫元清说:"这个嘛,每个人有每个人不同的诀窍,很难说啊。"

莫元清不想和青田浩二在三峡航道的闲话中再费口舌,他说:"我来就是想告诉你,英豪和小寒过了孝期就要成亲,你不要天天缠着小寒,希望你离她远一点儿。"

青田浩二怪怪地笑着说:"这个我能答应你,但是我觉得关键是莫大爷能不能阻止小寒同我靠近。"

莫元清一时无话可说,他也明白青田浩二的话正说到了要害处。他逞强地说:"只要你不找小寒,她绝对不会靠近你的。"

青田浩二说:"好吧,莫大爷好好看着吧。"

莫元清从日清公司出来,在码头上转了一圈,来到了向氏轮船公司。

向小寒在公司里整理着东西,打算向青云从重庆回来后,她就到日清公司上班。莫元清说:"小寒忙着呢,青云还没回来吗?"

向小寒打过招呼,仍旧整理她的东西。莫元清说:"小寒啊,我来呢,是想和你说句话,说得对不对呢,还请你担待些。"

向小寒说:"莫大爷有什么话就说,咱谁和谁呢。"

莫元清说:"小寒啊,虽说你是留洋念过书的人,也不能总和青田浩二在一起,不成体统啊。孝期过了,你和英豪就成亲了,还是少和青田浩二见面的好,免得让人家笑话。"

没想到向小寒淡淡地说:"过几日我就要到日清轮船公司上班了。"

"什么?你说什么?"莫元清难以置信。

向小寒慢慢地说道:"过几天,我要到日清轮船公司上班。"

莫元清说:"这怎么可以,一个女孩子到自家的公司上班也就罢了,还要到洋人的公司上班,这不让万县的人笑话?你让我们莫家也没有面子啊。"

向小寒说:"莫大爷这就怪了,我向小寒一人做事一人担,和你们莫家有什么关联,怎么就莫家没面子了?"

莫元清说:"小寒,可没有这么说话的,你是莫家的儿媳妇,怎么就和莫家没有关系了?"

向小寒说:"莫大爷,我是不能嫁给莫英豪的,你看他整天无所事事的,就连向青云都不如了。"

向小寒的话说得莫元清瞠目结舌。愣了一会儿,他说:"小寒,你可不能一而再,再而三地反悔呀。"

向小寒说:"我一没收莫家的聘礼,二没有和莫英豪订婚,怎么能叫反悔?"

莫元清说:"小寒,我说不过你,等青云回来再和他理论。"

向小寒说:"莫大爷你也知道,向青云他管不了我的事,我不想嫁给莫英豪,他说什么也没用。我劝您还是明智些,如果你能帮我把向家的产业从向青云手里夺回来,我也能让莫家起死回生。"

莫元清心里明白,向小寒虽说是个女孩子,但性子就像一匹脱缰的野马,想做什么谁也拉不回来,她不想嫁给莫英豪,谁也没有办法。不如就此顺水推舟,同向小寒做这个交易。

莫元清回到家里,莫英豪正要出门,问他要去干什么,他说去找向小寒。莫元清说:"看看你现在这副样子,小寒也不会看上你的,你还是好好做点事情,把家业做好了,还怕没有好姑娘吗?向小寒算什么。"

莫英豪说:"爹,你怎么又说这样的话了。"

莫元清说:"这话怎么了,这是实话,你要是能听出个半斤八两,我也就不为你操心了。"

莫英豪皱着眉头还要出门,被莫元清拦住了。

向小寒收到向不争从重庆发来的电报,向青云和五月要举行订婚仪式,要她到重庆参加。向小寒和青田浩二一同到了重庆。

朱少雄终于知道了夏天虹的心上人是向青云,向青云仪表堂堂,又和夏天虹的年龄相当,他的心情很郁闷。夏天虹又是几天闭门不出,班主只得换戏。这天下午,朱少雄来到了戏班子,到了夏天虹的屋里,见她又躺在床上说:"天虹,你就为了那个浑小子这样糟蹋自己,值得吗?不是我多话,富人家的公子不懂得怜惜女人,你犯不上为他伤心,你这么好的女人,他还对你横加指责,他就不是个男人。"

夏天虹没理会朱少雄的唠叨。见夏天虹不说话,他越说越多,把向青云说得一无是处。夏天虹越听越不耐烦,忍不住呵斥了他几句,又觉得不忍，对朱少雄说："我知道你都是为我好，但青云不像你说的那样，我总觉得最近我们之间发生的事情都是莫名其妙的，就好像是被人安排了一样的，我的心里是一团乱麻，你就不要说了。"

朱少雄说："那好，我什么都不说了，但你得答应我一件事情，跟我到院子里晒晒太阳。"

向小寒来到了德裕班说是要看望夏天虹，班主说："天虹这几日不大舒服，不便见客，还是请小姐改天再来吧。"

向小寒说："正因为不舒服我才要来看望，班主横拦竖挡的是什么意思？"

班主无奈地说："小姐稍等，我把天虹叫出来。"

向小寒说："叫出来干什么？班主把我当成外人了，你可别忘了我和夏天虹的关系。"

班主苦笑着说："没忘，没忘，小姐请便。"

班主心想，向家人怎么来得就都不是时候呢？

朱少雄把夏天虹扶到院子里，两个人坐在一条长凳上说着话，被进来的向小寒看到了。夏天虹见到了向小寒很惊喜，对他介绍了朱少雄。朱少雄是个敞快的人，他对向小寒很热情，并把家里的地址告诉了她，邀请她方便的时候去做客。

夏天虹让朱少雄先回去了，说想和向小寒说说话。

朱少雄走后，夏天虹把向小寒拉进了屋里急切地问："青云好吗，他回万县了吗？"

向小寒说："他还在重庆，有事情还没有办完。"

夏天虹犹豫了很久，想叫向小寒给向青云捎个信儿，和他见上一面，但出于自尊心始终没有开口。她心神不定地和向小寒唠些家常话，待向小寒走后，又很后悔没让向小寒传话给向青云自己想见他的意思。

向小寒回到家里，疑惑地想，向青云和夏天虹的关系难道是发生了变故吗？向青云闷闷地待在家里，而夏天虹和朱少雄又显得十分亲热，看来，自己离间他们两个人的关系起了效用。向小寒的目的并不是破坏他们两个人之间的感情，而是利用此事扰乱向青云的神志，使他不能再掌管公司。向小寒沮丧地想，看来，手段是起到作用了，但目的没有达到。她没有想到向青云不再以与夏天虹的关系为天大的事情，他竟能不乱方寸地打理着向氏轮船公司，这是出乎向小寒意料的。她不甘心就此罢手，又想出一计。

第二天下午，朱少雄正要去德裕班看夏天虹，他的太太说孩子发烧了，他开车带孩子去了医院，折腾了半天，觉得有些乏了，躺在卧房里，决定不去德裕班了，另外，他也担心孩子的病情有变。就在这时，下人禀告说有位女士来访。朱少雄到了客厅，见是向小寒，虽然感到意外，还是热情地和她攀谈了起来。

寒暄了一会儿，向小寒直截了当地说："我来府上是要帮助旅长一件事情。"

朱少雄心里很不屑，但表面上很谦恭地说："我们只有一面之交，向小姐就如此侠义，先容我表示感谢，只是不知向小姐从哪里得知我有哪些为难之事？"

向小寒压低了声音说："凭您朱旅长，天大的事也是难不倒的。只是英雄难过美人关啊。"

朱少雄听出向小寒话中有话，他说："还请向小姐有话直说，若真是帮到了我，朱某定会酬劳。"

向小寒说："后天向青云订婚，你想办法带夏天虹去参加他的订婚仪式，这样，夏天虹对向青云就死了心了。朱旅长您就可得到美人了。"

虽说朱少雄对向青云很嫉恨，但他还是不忍心让夏天虹看到向青云订婚而受到刺激，就说："向小姐这样做不好吧，天虹会受打击的。"

向小寒是想利用朱少雄把向青云订婚的场面让夏天虹看到，以此来阻止向青云的订婚仪式，搅乱向青云的心神，试图让他放弃家业。向小寒的目光盯着朱少雄，说："朱旅长，你要想得到向夏天虹的心，就要让夏天虹对向青云死了心，如果夏天虹看到了向青云的订婚仪式，定然决绝反目。若是过后，向青云再找到夏天虹娶她做二房，夏天虹可能会答应的。而且我听说，向青云说只能给五月一个名分，而不能给她实质的婚姻，这不明摆着他还要娶夏天虹吗？"

向小寒的话，句句都触到了朱少雄的心上。"那好吧，后天我带天虹去订婚现场。"

向青云的订婚仪式在广东大酒店举行，这是重庆最大最豪华的酒店。武江川和向不争邀请的各界朋友大约有一百多人。仪式开始前，人们三三两两地在交谈。

向青云穿着白色的西装，五月身着红色的旗袍，走到了众人的面前，不知谁带头，大家鼓起了掌。

夏天虹看到向小寒后，对向青云生出了种种猜想。她反复地想向小寒到戏班子来是为了看她吗，还是有其他别的用意？她觉得近来向青云和向小寒都是怪怪的，也说不上有哪里不对劲儿。她越想越理不出个头绪。

朱少雄到了德裕班高兴地对夏天虹说："我带你出去逛逛，散散心。"

夏天虹心里郁郁的，无精打采地说："我哪也不想去，还是一个人待会儿舒服些。"

朱少雄极力地说服夏天虹："我们到热闹的方转转，也好让你的心宽些。"

夏天虹感激朱少雄处处为自己着想，不好辜负了他的好意，就随朱少雄到了街上。

逛了两条街，夏天虹说累了，要回去。朱少雄执意说到最繁华的街上走走。此时天已擦黑，霓虹灯把街道照得眼花缭乱。夏天虹来重庆很久了，这还是第一次晚上逛街。在灯光映衬下变了形的街道，给了夏天虹一种陌生的感觉，她忽然觉得有一种陌生的恐惧感。街上行人不断，店铺里有稀稀落落的人进进出出。夏天虹注意到了街角那些黑暗处，有蜷缩的乞讨者坐在那里。她觉得灯光下的繁华是不可靠的，在她看来街上的热闹就像是一包染衣服的染料，放进盆里水就是染料的颜色，但若是把这包染料撒入河中，那么染料就会在河中散开，一会儿就不见了。现在的繁华就是那一包染料，这条街就是盛染料的那个盆。

朱少雄看夏天虹的神情有些呆滞，拉了一下她的手："你看那就是重庆最大的酒店，广东大酒店。"夏天虹顺着朱少雄手指的方向望去，果然那里的灯光比别处更加璀璨，整个酒店的建筑如同是悬在夜色中，被灯光照得通体透明。走过酒店大门时，夏天虹呆住了。无数的小红灯按着笔画圈成了两个人的名字，变换出的内容是"青云五月订婚"。小红灯组成的字不停地明暗交换，交替着拼出向青云和五月的名字。夏天虹的心脏急促地跳动起来，她按捺不住情绪，拉起朱少雄就上了酒楼。

向不争在讲话，感谢各位嘉宾的到来。潘文华被请到了贵宾席上，青田浩二紧挨着向小寒，他羡慕道："真是郎才女貌，天生一对眷属。"向小寒没有搭话。

青田浩二凑近向小寒的耳朵说："要是为你办一场订婚仪式，你一定会是最美丽的新娘，我就是最美新娘旁边的人。"

向小寒明白青田浩二的意思，说："我是最美丽的新娘，你在我身边，那不用说就是世界上最帅的男傧相了。"

青田浩二见向小寒不接自己的话，本想再说得露骨些，可司仪开始大声朗读订婚词了，青田浩二只得闭上了嘴。

五月兴高采烈地挽着向青云的手，向青云的目光穿过人群看着对面的墙壁，眼神游离。突然朝向他的门被推开，一个女人身着缀满宝石般蓝色的旗袍一步一步向他走来，他的目光和这个女人的目光交会在了一起，女人的目光里满是哀怨。向青云看到朝他走来的夏天虹，他松开五月的手，向前跨了一步，他怀疑自己是幻觉，欲要迎着夏天虹走过去，如果他能触到夏天虹的手，他就能判断是否真的夏天虹出现在了他的眼前。夏天虹的手是那么柔软，向青云要走过去，他要走过去，抓住夏天虹的手，然后和她走出这个金碧辉煌的酒店，和她远走高飞。

　　就在向青云欲要往前走的时候，五月也看到了夏天虹，她上前一步紧紧地抓住了向青云的手，依然不动声色地朝大家微笑。向青云的目光急切地望着夏天虹，他的手腕也不动声色地用着劲，要摆脱掉五月的手，但是已经迟了，夏天虹尖叫一声晕倒在了地上。朱少雄连忙上去抱住了她，怒视着向青云。

　　订婚仪式上所有人的目光都朝向了夏天虹，向不争慌乱起来，一时不知如何收拾这难堪的局面。在这紧要关头潘文华站起来，对着朱少雄大声喝道："你立刻给我出去。"

　　朱少雄蹲在地上抱着夏天虹，不知如何是好。被潘文华这一声呵斥，朱少雄猛醒过来，抱起夏天虹走出酒店，出门拦了一辆汽车，奔向医院。

　　潘文华对着大家摆摆手示意重新安静下来，"这个人是我手下的一个旅长，打仗很勇猛，但是他不懂得深浅轻重，这么重要的场合他竟把相好的戏子带来了，因他整日和这个戏子厮混在一起，我已经处罚过他。还请向兄包涵小弟带兵无方，仪式继续进行吧。"

　　向不争忙接着潘文华的话为自己解除窘迫，说："潘督办手下的将士个个骁勇善战，军人嘛，鲁莽些算不得缺点。好！订婚仪式继续进行。"

　　五月抓着向青云的手都是汗，因为用力，她的臂膀有些疼痛。

向小寒看到向青云的脸色越来越白，双腿在微微颤动着。她期待着向青云挣脱五月的手，冲到门外去追夏天虹，结束正在举行的订婚仪式，然而向青云却纹丝不动地任由五月牵着，站到了仪式结束。向小寒失望地看着眼前的一切，心里似有一个空洞在慢慢扩散着。

昏黄的灯光照着医院走廊上剥落的墙皮，医生从急救室里出来对朱少雄说："病人没什么大碍，只是受了强烈的惊吓。"

朱少雄长舒了一口气，问："医生，她该不会有什么危险吧？"

医生卷着听诊器看了看朱少雄说："你太太怀孕，还让她受这么大的刺激，唉。"说着摇摇头走了。两个护士拿着输液的用具走进了急救室。

听到医生的话，朱少雄从上衣口袋里掏出烟，连续划了四根火柴才把烟点上，他在走廊里来回踱着步子，一根烟吸到一半，扔到地上用脚踩灭，走到医院的外面深深吸了一口气，久久抓住自己的头发不放。他又狂躁地回到走廊里。重庆海关的钟声在夜色中飘到朱少雄的耳中，他自言自语地说："十二点，新的一天开始了。"

护士走过来说："病人醒了，你可以带她回家了。"

订婚仪式在悠扬的乐曲中结束了。向青云、五月、向不争、武江川站在酒店的大玻璃门外恭送来宾。待客人都走光了，武江川和五月上了汽车，向不争和向青云站在那里，等汽车开远了，向青云才对向不争说："爸，我有事要办。"说完叫了辆黄包车就走。向不争明白他心里还是装着夏天虹。

向青云到了戏园子，班主说夏天虹出去还没回来。向青云的脑子里都是夏天虹晕倒的场面，焦急地到一家家的医院寻找，终于找到了夏天虹来过的医院，护士说被他先生带回家了。向青云得知夏天虹没有危险了，心里踏实了些。已经过了午夜，街上空无一人，大约走了一个时辰，向青云又回到德裕班的住处。院门已关，向青云拍了好一阵子，班主披着衣服出来，得知是向青云，把门开开，说："向少爷，天虹还是没有回来，你……"

向青云的眼神疲惫中有着绝望。"我到天虹的房里等她，您去睡吧。"

班主提着灯笼，把向青云送到夏天虹的屋里，说："少爷，夜深了，我就不陪您了。"

向青云拉开灯，坐在夏天虹的梳妆台前。那把雕着小花的木梳子斜插在梳妆匣里，向青云拿出来用手指抚摸着上面凸起的小花。他曾经用这把梳子为夏天虹梳头，轻轻撩起夏天虹头发的感觉，在向青云的心里荡漾开来，温柔立刻传遍了向青云的全身。他们在一起一幕幕的画面在他的脑海闪过。屋外的虫鸣加剧了夜的寂静。他盼望着夏天虹能够出现在他的身边，他要轻轻地问她这些日子都去了哪里，因为他觉得他离开夏天虹很久很久，要问她这么久，是否在想念他。向青云毫无困意。屋里，夏天虹的气息很浓，他想，一定要在充满夏天虹气息的屋里等到她，告诉她不要彼此再分开这么久了。

在夏天虹的枕边，向青云看到了他为夏天虹买的玛瑙珠串上的珠子。他记起是那日扔向空中，夏天虹捡拾起来了，这剔透的浅黄色的珠子向青云紧紧攥在手中，他泪流满面，忽然心里有一种被撕裂的疼痛，自责地对自己说，为什么要怀疑她呢？她是那么弱小，就像是从江水中漂过来的一个小小的女孩，她是那么孤零零的。向青云轻声哽咽起来。

虫的鸣声渐渐稀落，天际出现的黑被灰色破开了，一点一点灰色明朗了起来，变成了白色。这一时刻夜和昼的交替，让向青云由等待变成了失望。心里的画面和之前在夜色中的情景截然地对立了起来。夏天虹和朱少雄嬉笑的场面仿佛不断扩大，以至于充塞了他整个的心。太阳已经穿过玻璃射到了屋里，照在夏天虹凌乱的碎花被子上，向青云流着泪把被子叠整齐了，把那颗黄色的珠子放在枕边，又把梳子放回梳妆匣里。门吱呀一声开了，随着，阳光就扑进来，班主进来，说道："向少爷您就这么坐了一夜吗？"

班主看着向青云红红的眼睛，故意避开他的目光说："今天的太阳真好，向少爷随我去吃早饭，天虹一准会回来的，这么好的太阳，少爷，什么事也不会有的。"

向青云让班主先去，说自己一会儿就过去。班主说不要关门了，放太阳进来屋里暖和些。

班主走出门时用手遮了一下额头。敞开的门，阳光肆无忌惮地进来，带有侵略性地把夏天虹的气息驱赶了出去。向青云关上门，清晨空气中特有的味道已经灌满了屋子，要再次嗅到夏天虹的气息，向青云知道需关上门，让新进的空气在屋里慢慢地沉淀。他由于失望，已经没有耐心了，站在房门边环视了一下屋里的所有摆设，开门走了出去。

就在向青云等待夏天虹回到他身边的时候，朱少雄百抓挠心地守护着夏天虹。夏天虹怀孕的事实如同一个晴天霹雳，无疑这孩子是向青云的，而向青云却在今天举行了订婚仪式，朱少雄认定了是向青云辜负了夏天虹。

第二十三章　抗争外轮

向小寒在去重庆之前就对母亲和大娘说了向青云在重庆订婚之事。兄妹两个人从重庆回来后，秦氏和刘氏问这问那。秦氏对向青云说："订了婚就是大人了，做事待人要稳重，凡事要多思虑。"

刘氏说："经了这么多的事，青云和五月总算定下来，添丁进口是最大的喜事了。"

秦氏接着说："是啊，过日子的不就是人嘛，青云啊，娘现在就盼着抱孙子了。"

向小寒听着母亲和大娘与向青云的絮叨心里不是滋味，不声不响地回到自己的房里。向青云看在眼里，心生怜惜，待母亲和婶娘说完话到了向小寒的屋里，说："小寒去吃饭吧。"

向小寒看都没看向青云一眼，嗯了一声。

向青云犹豫了一会儿说："小寒，有件事，我想问问你，你对莫英豪真实的想法是怎样的，这样我心里有数，也好为你做打算。"

向小寒冷冷地说："哥，我的事情你就不用再费心了，正要告诉你，明天我就去日清公司上班了。"

向青云吃惊地说："小寒，你这是为什么呀？咱家的公司正需要人手，你不能走啊，更不能去日本人的公司做事呀。"

向小寒说："公司的事情有你一人就能撑起来了，我没有任何的决定权，待下去碍手碍脚的，不如另谋发展。"

向青云听出这话对他有抱怨的情绪，不好再说什么，只得默默地应许。

向小寒又说："马文俊做的事情都是我的主意，我是想让你卖掉向家的轮，以此摆脱困境，没想到今日峰回路转，武家为你解决了资金。希望你还能收留他。"

向青云惊讶地看着向小寒，沉默了一会儿说："你告诉马文俊明天就可以回来上班，不管他犯了怎样的错，看在他跟随二爸多年的分儿上，我都可以原谅。"

向小寒以关心的口气说："夏天虹的情形怎样？"

向青云说："不知道，我们已经是陌路了。"

向小寒不解地说："怎么会是这样，你们之间发生了什么事情吗？"

向青云说："这件事不说了，我们吃饭去。"

向小寒的离去让向青云的心里疙疙瘩瘩的不痛快，夏天虹也离开了她，接踵而来的变化，好像切断了他与过去的生活纽带，把他推到了一个必须往前走的新起点。他回头张望过去的生活，夏天虹已经模糊起来。他也曾有几次的冲动再到重庆去找她，但终是被内心对夏天虹的不信任而搁置了，而接下来的种种事务将他严严实实包裹了起来，对夏天虹的思念不时地还是搅乱他的心神。他终于理解了父亲曾经说过的作为男人就应该有所取舍。为了全力以赴地对付外轮，为向不悔报仇，他极力克制，斩断了对夏天虹的情丝，把所有的精力都用在了与英轮的争斗中。

莫元清指使袍哥密切注意青田浩二的动向。一天，青田浩二请几个装卸工为日清公司的轮装货，一个袍哥混在其中。装完了货，青田浩二说此次装卸的货物多，工人劳累了，请他们喝酒，几个工人没有推辞,一同去了离码头最近的酒馆。喝着喝着,几个工人的话就多了起来,青田浩二问起几个人中有谁行过船。一人说:"要说行船在咱万县谁也比不了佟老大。"

被称作佟老大的说:"想当年我随着向老太爷行船,那时才二十多岁,体力壮,过激流又过险滩,喘气还是匀的,如今可不行了,别说过险滩,就是装这几麻袋货物,就喘了。"

青田浩二让了佟老大酒,问道:"若是现在再让你行船,还能过浅滩吗?"

佟老大说:"我佟老大今天也不含糊,虽说体力不如从前,这两年我过的浅滩也不下十次。"

几个人边说边喝,酒足饭饱,散去了。第二天,青田浩二在码头上找到了佟老大,给了他一沓钱,说是要他用木船载着青田浩二走从万县到宜昌和万县到宜宾的航道。青田浩二说此事不可对任何人讲起,事成后,还会再给他一笔钱。

佟老大起初并没有多想,以为青田浩二用木船是为了货物运行的方便。木船开动后,离了码头,岸上的人影渐渐小了,江的两岸出现了峭壁峰峦,船上只有佟老大、青田浩二以及他带的两个人。那两个人从一米多长的帆布袋子里拿出个佟老大从来没有看到过的新鲜玩意儿,是一人多高的支架,上面架着一个黑色的仪器。青田浩二不停地问佟老大江水的各种情况,那两个人不停地给青田浩二报着数字,佟老大起了疑心,心想他们这是做什么呢,他看到青田浩二在纸上画了许多的标记。心想糟了,他们是不是利用他来记下航道?

从宜昌回来后,佟老大在家装病,他的堂弟来看他,问好好的怎么就病了,佟老大下了地,关上了门,小声把青田浩二让他行船的事说了,并说他感觉日本人像是在做什么勾当,他只有装病,推辞几天再想办法。

佟老大的堂弟名叫佟锁,是万县的袍哥。他找到莫元清把这个情况说了。莫元清冥思苦想了半日，联想到上次他去见青田浩二，朝他问起和向家的交情以及川江航道的情况，又想到佟老大曾经是向家船上的舵手，他一拍大腿，心里断定此事一定和向家有关系，青田浩二一定是想从向家得到什么。

从向家出来，沿着坡路再往上走，是一片连成一排的小房子，依着地势这一排房子与山坡浑然一体，但房子前面的院子因地形的不同大小不等，这是几十年前，十几家万县人揉合在一起共同平整了这块山地盖起的房子。几十年来，房子虽经过了数次的修缮，但从外观上看没有大的变化。向青云看到一个背着柴的小姑娘，大概有十二三岁的样子，他上前问："姑娘，你可知道马文俊家在哪一个院子？"

小姑娘大大的眼睛好奇地看着向青云，停下脚步说："你跟我来吧。"向青云跟在小姑娘身后，看她背上的柴，是捋得整齐的树枝子，每根树枝都很平滑，在小姑娘的背上，给人一种爽快的感觉。小姑娘推开一个竹篱笆门，向青云随着她走进去，院子里的石凳上，一个五六岁大的男孩儿捧着一个碗在吃饭，几只鸡围在他的周围。小姑娘进了院子就把柴放到柴垛上，麻利地进到院子东边的一个小木屋里，转眼出来后手里拿着一个木盆，到院子的水缸里舀了些水，蹲在地上用一根小小的木棍，搅拌起了木盆里的东西，一会儿嘴里咕咕地叫了几声，几只鸡奔过去争先吃盆里的东西。小姑娘对着男孩说道："你就知道自己吃，也不管鸡吃不吃。"

男孩说："是爹给我吃的，爹又没有让我给鸡吃。"

小姑娘听了男孩的话笑了起来，她转头望见了站在一边的向青云，不好意思地朝他笑了笑，显然她是忘记向青云的存在了。她对着屋子喊道："爹呀，有人找你。"

马文俊从屋里出来，见是向青云，窘得不行，把向青云让进了屋里。向青云见屋里虽简陋但收拾得井井有条，很整洁。

马文俊慌张得坐也不是，站也不是，心里寻思一定绑架向青云的事走漏了风声，向青云找上门来，必定是和他理论这件事。他又一想，是福不是祸，是祸躲不过，索性坐下来，默不作声地听向青云开口。

向青云从敞开的门中看着外面的小姑娘问："马叔，那是你的女儿吧？"

马文俊心里七上八下的不知向青云问话的用意，顺嘴答道："这是老二，大女儿去年出嫁了。"

向青云说："小姑娘很伶俐，可在念书？"

马文俊垂着头说："先前在县里的学堂读书，这个学期没有去。"

向青云看着马文俊低垂的脑袋说："是不是由于你失掉了工作，不让孩子上学了？"

马文俊说："是。"

向青云把一沓钞票放到马文俊跟前说："马叔，明天你去向氏轮船公司上班，这是给你预支的一个月薪水。让孩子继续读书吧，别耽误了她的前程。"

马文俊惊异地抬起头看着向青云的眼睛说："一个姑娘家什么前程不前程的，青云，难不成你是为了我的姑娘才让我去上班的？"

向青云说："马叔，你就别探我的话了，你是个明白人，前一阵子，你随着小寒做了很多见不得人的事情，我知道你是对我没有信心，怕我毁掉了向家的产业，我念你做这些事是出于对向家的忠诚，所以既往不咎，希望你回到向氏轮船公司和我一起发展壮大它。"

马文俊听了，声音哽咽地说："青云，我什么都不说了，你往后看吧。"

莫元清偷偷地找到向小寒，对他讲了青田浩二勘测航道的情况，说向家可能有青田浩二想找的东西。

向小寒机警地把莫元清说的情况在心里做了快速的分析，她突然想到了向家祖传的三峡航运图。但她并没有把这个秘密告诉莫元清，装作不解其意地说青田浩二的行动确实有些怪异，但也不能由此断定，他想对向家要做什么。

莫元清想，毕竟小寒是姑娘家，对船运事情的敏感度远不及男人，不能与之谋事。于是他又找到了马文俊问起向家是否有什么关乎航道的重要东西，马文俊说并没有听说这样的东西。莫元清让马文俊再仔细想想向不悔是不是和他说过什么话，马文俊模棱两可地答应了。莫元清走后，马文俊把这一情况立刻告诉了向青云。向青云让马文俊不要暴露已经与向青云和好，继续与莫元清周旋。

向家的轮船从重庆返航，载了一船的学生，从万县码头下船后，这些学生三三两两地散开了。其中一个学生来到了向氏轮船公司，来见向青云，此人便是严冬雪。她几乎每天都来公司给向青云讲驱除鞑虏、振兴中华的道理，听得向青云很振奋，但想到眼下的实际情形，他对严冬雪说："你讲的这些道理我都赞同，但英轮在川江横行霸道，采取怎样的方式和他们做斗争是燃眉之急啊。"

严冬雪说："我这次到万县就是协助你们扼制英轮的气焰，采取行动对他们进行打击。"

向青云疑惑地看着严冬雪，心想，一个小小的女子说话竟有这么大的口气，问道："严小姐可有什么对付英轮的办法？"严冬雪让向青云跟她走，他们到了店铺、市场、轿行，最后又到了码头，只见到处都有学生在做宣传。学生们深入到水手、领江、看守之中，呼吁不装英国人的货，不卖给英国人日用品。配合这些分头的宣传活动，学生们发动起了万县民众，举行了声势浩大的游行活动。万县惨案中死难的家属打着宽大的横幅，上写：雪我国耻，以慰亡灵。向青云十分感动，率领向氏轮船公司的职员加入到游行队伍之中。

游行的呐喊声传入了英轮公司，华莱士急招美轮公司和日轮公司商量对策，决定收买莫元清破坏群众运动。

莫元清大摇大摆地来到了英轮公司，他见青田浩二和美轮经理都在，心里已经猜到了八九分。青田浩二说："莫大爷在万县德高望重，这些学生扰乱秩序，还望莫大爷出面整治整治。"

莫元清说："太高抬我了，莫某不敢当。"

华莱士说："万县的码头是你的，在你的地盘我们自当与你和平相处，希望莫氏轮船公司与我们互利互赢。"说着把一个纸包推到了莫元清眼前，说，"我们早就想对莫大爷表示对我们公司的诚意，不想前一段时间出现了些误会，这是我们的一点小意思，还请您收下。"

莫元清收了英轮公司的钱，把万县的袍哥组织在一起，在袍哥三爷的组织下，也各自分散开，在码头上游说乘客哪家运价便宜就坐哪家的船，又鼓动工人说谁给的钱多就给谁干活。袍哥三爷忙活了一上午，中午到莫家向莫元清汇报情况，莫元清给他斟上了酒，要他陪着喝。两个人的对话被莫英豪听到了，他对莫元清说："爹，你做事怎么向着外国人，你忘了他们是怎么对付我们了吗？我蹲拘留所的仇还没报，你就又和他们穿一条裤子了。"

莫元清瞪起眼睛说："你懂什么，形势发生了变化，这叫随机应变。"

莫英豪怒气冲冲地哼了一声，走出了家门。

袍哥组织在码头工人中拥有一定的震慑力，这些码头工人大都没有固定的职业，家里没有田产，靠为轮船装卸货物来维持生活，他们的生活极端贫困，有俗语说他们是"上压肩膀，下磨脚板"。即使这样，一天下来，他们的收入也很少，一般工人的日收入为两百到八百文钱；体力强的，终日背负，最多一天可挣得一千文，即使不喝酒，一个码头人每天要两百文钱才可度日，如果拖家带口，生活的艰难可想而知。这些码头工人有着社会归属感的需求，而袍哥组织是社会下层的帮会，正好可以满足码头工人的心理需求。袍哥组织带有原始的平等色彩，对于渴望得到帮助和保护的码头工人有着巨大的吸引力，袍哥三爷的游说，有很多码头工人又到外轮装卸货物。

严冬雪得知了莫元清的破坏活动，她召集了几个人研究对策，一致认为必须从码头工人入手，深入进去对他们宣传抵制外轮的主张，同时要给他们提供工作的机会以有效的维持他们的生活。严冬雪一方面派学生深入码头工人的家里给他们的孩子教书，以此来和码头工人紧密联系，宣传革命思想；另一方面她又找到向青云，让他组织万县所有的华轮公司在码头上揽运货物，把码头工人吸引到华轮上来。同时严冬雪在码头工人中寻找骨干力量，准备成立秘密的工会组织。

万县几家华轮公司的老板认识到，外轮也不是不可战胜的，只要齐心协力和外轮斗争还是能够维护自身利益的。向青云鼓动大家不要丧失信心，一定要坚持，一定能把外轮从川江赶出去。

莫元清感到这次他帮着外轮来对付华轮有些不对劲儿了，外轮冷冷清清地停靠在码头，华轮倒是生意不断，这种情形下码头工人自然是不听他的，无计可施，他只好躲在家里。袍哥三爷说不如趁着这个机会，莫家的船也开航。莫元清说等等再说，外轮公司不会善罢甘休的。待在家里的莫元清一想到莫家的困境就心绪不宁，他想到向小寒对他说的话。

向小寒头一天到日清公司上班，青田浩二让她负责万县货物的征收，她办公的场所离万县码头很近。运货的船，到了万县码头后几家商行的人要到码头上来收货。之前，日清公司收货很麻烦，要一个翻译跟着一个雇用的当地人和来自四川各地的商人洽谈。货物的价格要由日清公司驻万县的经理来决定，这样翻译要来来回回地在中国商人和日方职员之间沟通，有些商人觉得过于烦琐，干脆从万县转轮直接运到了重庆。向小寒能够流利地同各地商人砍价论价，并且她能够很敏锐地捕捉到商人是否急于将货物出手的心理，用心理上的诱导尽量黏住商家；在价格上她不是一味地砍价，对于紧缺的货物她给商家的价格反而高出其他的商行，对于不能放置过久的货物她给的价格相对要低些。她对这些货物的码放也动了一番脑筋，什么货放在仓库的哪个位置，对于保存货物的干湿度、运输的前后次序等都做到心中有数。对于货物运输的班次、运输货物的搭配等她都列表，做了详细的说明。日轮的调度，对于货物的装运数量、品种基本都是遵从向小寒的意见，几天下来，效果显著。

青田浩二越发地赏识向小寒，这天派她到重庆谈一宗业务。到了码头，向家的船正要起航，向小寒走上了甲板，心里很不是滋味，没想到自己从向氏轮船公司的主人，变成了乘客。她望着滔滔的江水出神，想着这些日子以来难以料到的变化，为自己谋略的失败而懊恼。

到了重庆事情办得很顺利，她不想马上回万县，在客栈里住下了，想独自待两天，理一理烦乱的心绪。到电影院看了一场电影，是由李萍倩导演的《花好月圆》。从电影院出来，她漫无目的地在街上逛着，走过了一家专做旗袍的铺子。她走进去看了看挂在墙上的旗袍，觉得那一件淡蓝色的非常眼熟，想了想，记起那日向青云订婚时夏天虹闯进订婚仪式现场穿的和这件一模一样。她走出了铺子，到了德裕班来看夏天虹。

夏天虹看到向青云和五月订婚，绝望至极，她终于明白了向青云最近为何以粗暴的态度对她，绝望之后，她反而平静了下来，接受了班主对她的劝导，打算接受自己的命运。在朱少雄的护理下，她开始慢慢地吃些东西，体力渐渐地恢复了。

班主见她有所恢复，对她说："我们这些戏子做一辈子人，大都是打掉牙齿和血吞。天虹啊，我希望你能在悲戚中傲然昂首，你还有很长的路要走啊，可不能把自己糟蹋了。"

夏天虹说："班主，您不用再说，我明白您的苦心，明天我就登台唱戏。"

向小寒到了戏院，水牌上写的剧目是《牡丹亭》，夏天虹大大的名字贴在戏院的告示栏中。向小寒买了张票进去，观众的叫好声让戏院的气氛很热烈。向小寒还是第一次专注地听夏天虹的戏，不得不为台上的夏天虹折服。戏散场，向小寒到了后台。夏天虹见了她很平静，两个人聊了些别后的话，向小寒又提到了向青云，"其实我哥与五月订婚也是无可奈何的事情，你不知道，我们向家一直面临着破产的威胁，是武江川帮我们渡过了这一难关，我哥是为了报答武家才和五月订婚的。"

夏天虹冷笑着说："他是把自己给卖了，不管是什么东西只要有了价，就不值钱了。"说着一阵激动，向小寒还要说什么，突然夏天虹捂着嘴跑到外面吐了起来。向小寒追了出来，紧张地看着她。向小寒扶着夏天虹出了戏院，到街上要了轿子，把她送到了戏班子的住处，看夏天虹躺在屋里并没有什么事就走了。

夏天虹因为向小寒的到来，经过苦苦几天内心挣扎才安定下来的心又波动了起来，觉得心里乱糟糟的，被什么东西塞满了，头沉沉的不想吃东西。班主听说夏天虹晚饭没吃，过来看她。见她的脸色发白，不知她又是怎么了，说道："天虹，你这才刚好，不是又病了吧？"郭天顺过来朝班主挤了挤眼，班主于是走出来，郭天顺轻声地说："刚才向小寒来过了。"

班主唉声叹气地说："向少爷不是已经订婚了吗，向小寒怎么还来招惹天虹？天虹真是上辈子欠了向家的。"

郭天顺说："班主，今晚的戏，天虹还上不上了？"

班主生气地说："换戏。"

戏班子的人都去了戏院，还是留下小红一个人陪着夏天虹。

夏天虹觉得心里翻江倒海般地难受，她让小红拿一个痰盂放在床边，不知怎么的，她总是想吐，吐了几次，把小红吓坏了，要找班主给她请个医生来。夏天虹阻止了她，并对她说不许告诉班主她生病了。她觉得这段时间班主为她没少操心，歇一歇明天好了就可以登台了。

第二天早晨，夏天虹还是觉得心里翻腾得难受，头晕得很，起不了床，喝了几口水，都吐了出来。中午还是没有吃饭。下午没有戏，夏天虹睡着了。朱少雄来看她，她又吐了一阵，稍微平静了些。她对朱少雄说："从昨晚见过小寒后，就一直这样折腾，也许真的病了，要不麻烦你带我到医院去看看，不能再耽误晚上的戏了。"

朱少雄看着憔悴的夏天虹，心里激烈地斗争了起来，要不要告诉她怀孕的真相。两种想法在他的心里对峙着，最后他还是决定将真相告诉夏天虹。朱少雄背对着夏天虹说："天虹，有一件事情我瞒了你几天了。"

夏天虹说："我们之间能有什么事情，还用得着你瞒着我，你有什么都在脸上表现了出来，瞒得住我吗？"

朱少雄听了夏天虹的话，又不忍心把实情说出来，转了话题说："看你把我说得成了个愣头小子了，我就不能有瞒人的东西了？"

夏天虹坐起身说："你瞒别人有可能，瞒我就没有道理了，我们之间清清白白的没什么可瞒的。"说完夏天虹又躺下了，"你且回去吧，我觉得这会儿好受了些，我睡会儿，晚上还要唱戏呢。"

朱少雄说："也好，晚上到戏院去听你的戏。"

夏天虹睡醒了已是傍晚时分，小红把饭给她端到了屋里，吃了饭，到戏院化装。

朱少雄坐在台下心里很紧张，生怕夏天虹会出现什么意外的情况，好不容易整场戏唱完了，朱少雄总算松了口气。把夏天虹送到了住处，朱少雄回到家里彻夜难眠，他翻来覆去地想如何把夏天虹怀孕的事情告诉她为好。最后，他决定这几天试着向夏天虹求婚，若是同意了，一切就迎刃而解了。

第二天下午，朱少雄来看夏天虹，犹豫着如何开口，但总是找不到引起的由头，他横下了一条心，干脆就直截了当地说了。

朱少雄坐在夏天虹的身边轻声说："天虹，你看我天天往你这里跑，我们还是在一起过日子吧。"

夏天虹说："我虽是戏子，但也不愿意给人做妾，你还是死了这条心吧，我无依无靠的，能得你如亲妹妹般地待我，不是比夫妻更好吗？"

朱少雄说："天虹，虽说名分上你是妾，但我会一生一世对你好的。"

夏天虹看朱少雄执着，不好拒绝，就说："向青云刚刚订婚，我的心里还是乱得很，过一阵子我们再说这件事吧。"

隔了几日，朱少雄来到戏班子，夏天虹对他说还是想去医院看看，这几天还是难受得很。

朱少雄坐在椅上双手搓弄着，两条腿不停地晃动，夏天虹看着他觉得不大对劲，就开玩笑地说："我原想着你是个真正的男人，原来你竟也是个小度量的人，是不是前日我没答应做你的妾，今日让你带我去看病都不肯了。若是这样，你以后就别来了。"

朱少雄窘得脸红了，结结巴巴地说："天虹，其实，我知道，知道你有什么病。"

夏天虹没好气地说："你是在捉弄我吧，你又不是神仙，怎知道我有什么病？好了，你不陪我去医院，只好告诉班主让他给我请个医生来，我是不愿让班主知道病了。"

朱少雄还是坚持说："天虹，我知道你有什么病。"

夏天虹说："你要这么说，不但你知道，我自己也知道，就是因为心里郁结憋闷出的病，吃几服煎药也就好了。"

朱少雄下了下决心要把夏天虹怀孕的事说给她，但就是开不了口。他听了夏天虹的话心里想，不如给她请个中医来，从大夫的嘴里告诉她怀孕的事，也好让大夫开些药调养调养。

朱少雄说："你说得也对，我去给你找个中医，省得让班主知道了。"

朱少雄找到了重庆有名的中医。就是给五月看过病的郑医生。在路上他暗示郑医生说："病人是一位小姐，一会儿你把了脉，就把病情照实地说给小姐听，只记住一点，不能走漏了风声。"

郑医生心领神会，他知道这里一定藏有什么玄机。

朱少雄带郑医生进了戏班子的院子，正被郭天顺看到，他上前说："朱旅长，这位老先生是？"

朱少雄说："这位老先生姓郑，是天虹的一位远方亲戚，这不，我刚从码头接来的，到重庆来办点事情，顺便来看看天虹。"

郑医生随着朱少雄进了夏天虹的房间，郭天顺愣在院子里，班主过来问："看见什么了，没魂儿了？"

郭天顺说："没听说天虹还有什么亲戚呀，这又是搞的什么名堂啊。"

班主说："天顺，你不要对天虹的事情走心了，你没看出朱旅长对天虹的意思吗？"

郭天顺说："她毕竟还是我的师妹啊，关心关心还不行吗？"说完扭头进屋了。

班主已经从朱少雄的背影看到了走在旁边的郑医生，心里也犯疑。不过班主对于朱少雄和夏天虹的接近倒是从心里不反对，这么多日子以来对朱少雄的观察，觉得他还是可靠的，就是夏天虹给他做妾也不会受委屈的。他心里也明白，在朱少雄和夏天虹之间一定有什么背着大家的事情。

夏天虹坐在床上，朱少雄搬了个小桌子放在床边，又拿过一个凳子，放在小桌的一侧，夏天虹把手臂伸到小桌子上。郑医生用左手的食指向上推了推细边的眼镜，右手臂伸直，左手轻轻拽了一下右胳膊袖子，然后右手在胸前画了一个弧形的圈儿才把右手指轻轻地搭在夏天虹的脉上。夏天虹看着郑医生这一系列庄重的动作，再看看朱少雄，忍不住笑了笑。

郑医生闭起了眼睛，身子往前稍稍倾了一点，头向左歪了一些，屋里静静的。此刻夏天虹的心里很平静，她想吃几服药，能吃下饭，过几天就会好起来了。而朱少雄的心却是提到了嗓子眼儿，他难以预料将要出现的情况。

郑医生把脉的时间显得很漫长，好大一阵子后，他用左手托起自己的右手，慢慢送回自己的腿上，左手从衣服的口袋里掏出一条白净的手绢，象征性地擦了右手两下，才徐徐开口说："小姐本没什么病，但需静静地调养一段时间，我开个方子，先服半个月，斟酌状况再换方子。"

朱少雄假装不知情地问："医生，您说她没病，却整天难受，是什么缘由呢？"

郑医生说："这个嘛，少夫人该有所感知，恭喜，恭喜，少夫人已有身孕了。"

夏天虹呆住了，直直地看着郑医生。郑医生站起身，双手摸了摸衣领子，右手捋了几下头发，左手的食指又向上推了一下眼镜腿儿。朱少雄为他开门，送他出去了。

班主见朱少雄出去送人，来敲夏天虹的门，敲了几下无人应声，他推了推，从里面插上了，怎么叫也叫不开。班主索性折回身，心说，都怪自己一直以来太宠她了，三天两头地生事儿，从万县折腾到重庆就没有消停过。班主正自己寻思着，朱少雄又回来了，班主装作对他的行动没有理会，看演员排练去了，但心里还是不放心，用眼瞟着夏天虹的屋门。果然，朱少雄也没有进去，面色沉重地走了。

班主叹口气，猜测着是不是又和朱少雄闹别扭了，想想也不对，和朱少雄闹别扭没道理呀。想来想去，只好归到一句话作罢，他竟不由自主地说出了声"真是女大不中留啊",话一出口他就觉得失了嘴,还好跟前没有人。他想,若是和朱少雄结婚也算是件好事,夏天虹也就不折腾了。

果然,又是不出班主所料,夏天虹又是几天没有登台,小红送进去的饭,又原封不动地端出来。除了小红,谁叫门也不开。朱少雄来过几次,夏天虹也都不见。班主没有办法,只得由着她,在窗外大声地呵斥小红给夏天虹听,他对待在夏天虹屋里的小红喊:"小红,练功去,好早早替你虹姐登台。"

夏天虹在屋里听到班主的喊声,哄小红出去练功。她心里异样地难受,抚摸着自己的腹部,心里喊着:青云,你这个冤家,把孽种留给我,你就这样不管了吗?她的心里矛盾着,想回万县找向青云告诉他自己怀孕的事,但想到向青云对自己无端指责的态度,又想到那天和五月订婚的场面,她打消了这个念头。与向青云相恋以来的一幕幕在她的眼前闪现,她痛苦地想,这一切为什么会变成今天的样子,她认为是向青云变了,从他掌管向家产业的那天起就开始变化了,那个率真、单纯的向青云不在了,现在的向青云同她陌生又隔绝。夏天虹觉得她在世上除了腹中的孩子,已经没有任何牵挂了。

中午,小红来敲门,夏天虹让她进来,瞧着小红的头发有些乱,就让她站在床边给她梳头。梳完了头,又给她的脸上抹了点胭脂说:"来,让姐看看。"

小红站得笔直说:"虹姐,我好看吗?"

夏天虹说:"好看。"

小红又问:"有虹姐好看吗?"

夏天虹说:"有,比虹姐好看。"说完从枕头底下拿出一个小兰花布的包裹对小红说,"你把这个给朱旅长送去,记住别让戏班子的人看到。"她又给了小红几张钞票,"这是坐轿子的钱,记住,快去快回。别在路上玩儿。"

朱少雄在旅部里心思烦乱，夏天虹几天没有见他，但每次去也没有什么异常的情况发生，他想一定是夏天虹从他的态度上已经感觉出，自己并不嫌弃她腹中的孩子，可能是觉得难为情，短时间内不想见他，这样想着就决定这两日不去戏班子了。他正要躺下睡午觉。副官说有一个小姑娘找，他让副官把人带到屋里来，见是小红很惊喜，说："是你虹姐让你来的吧。"

小红点点头，把小包裹给了朱少雄，就要走。朱少雄让副官开车把小红送回去。

他把包裹在桌上打开，看到是一个玉佩和两本戏词。正暗自高兴着，参谋长进来说："朱旅长得了什么宝贝，这么高兴？"

朱少雄说："不值什么，几件旧物。"

参谋长听说是旧物，凑过脑袋来看，紧张地说："朱旅长，这是谁给的，怕是要出事。"

朱少雄瞪大了眼睛："出事？"

参谋长着急地说："玉佩是随身带的物件，把它给了你，就表明……"

朱少雄见参谋长不把话说完，就催促道："你快说，表明什么？"

参谋长说："表明此人要寻短见。"

朱少雄听了，猛地把窗户推开，朝着就要上车的副官喊让他等等。

朱少雄的车疾驰向戏班子的住处，进了院子直冲到夏天虹的屋门一脚踹开，夏天虹的左胳膊垂在床边，血在缓慢地滴着。朱少雄抱起她，上了车。等戏班子的人跑出院门，只看见车后扬起的尘土。

夏天虹在医院的急救室里躺了两天两夜，醒来后，朱少雄把她抱在怀里说："天虹，嫁给我吧，我就是你腹中孩子的爹。"

朱少雄和夏天虹的婚礼也在广东大酒店举行。潘文华为他们主婚,向不争和武江川都应邀参加了婚礼。朱少雄身着蓝色的军装,腰间扎着皮带,裤腿拽进了高筒的皮靴里,威武英俊。夏天虹穿着红色的旗袍挽着朱少雄的手臂。

向不争看着一对新人,心里说不出是什么滋味,他也弄不明白,究竟发生了什么事情,致使向青云和夏天虹分开。

潘文华主婚后,酒席开始,他坐到了向不争身边大大咧咧地说:"我一直以为夏天虹是朱少雄的相好,真没想到他还是明媒正娶。看来,我没看错他,是个有责任的男人。"

向不争听了这话,苦笑地应着说:"潘督办的手下,自然都是良将。"

第二十四章　误恨成仇

　　转眼到了春节，万县的春节从来没有这样冷清过。往年立冬后，家家户户要杀年猪，腌香肠、腊肉，可以听到肥猪的悲声嘶叫。而今年几乎没有人家在杀猪，只是到铺子买些猪肉来腌制香肠和腊肉。

　　按照习俗，家里有亡故的人，门前不能悬挂彩灯、贴门神，在万县每年可能有一两家亲人故去，但不影响万县的气氛，而今年万县被英轮的炮弹夺去了太多的人，家家户户门前素素静静的。

　　向不争回家过年，走出万县码头，离家越近，他的心情越沉重，回想起每年春节前他一回家，向不悔就让向福早已准备好了笔墨，他要在红纸上写上很多吉祥话，每回都是还没等墨迹干了，向不悔和向福就把它们贴到粮囤、鸡圈、树干上，凡是能贴的地方都贴了。向不悔还自己动手做灯笼，要向不争在灯笼上写上大大的福字。他还记得向青云和向小寒小时候，向不悔也要为他们兄妹两个做提在手里的小灯笼，别人家孩子的灯笼都是彩色的纸，而向不悔却用白纸做灯笼，为的是让向不争在上面画上彩色的图画，那时，给向青云画的是《三国演义》或是《水浒传》中的人物图，给向小寒画的是鲜艳的美人蕉。兄妹两个打着灯笼出去，让其他的小朋友很羡慕，这曾让兄妹两个很自豪。

迎面蹦蹦跳跳地过来几个孩子,打断了向不争的回忆,这几个孩子边走边唱:"小子小子你别馋,过了腊八就是年。腊八粥,喝几天,哩哩啦啦二十三;二十三,糖瓜粘;二十四,扫房子;二十五,糊窗户;二十六,炖猪肉;二十七,宰公鸡;二十八,面粉发;二十九,蒸馒头;三十晚上熬一夜;大年初一街上扭。"

向不争停下脚步,看着这些孩子走远了,沿着坡路向自家走去。远远看去,向家的宅子像是藏匿于山峦中,沉默的山体,在一种巨大的静默状态中。如是平时,街上的人流穿梭,山上也有为了生计的人们上上下下,而横亘在面前的年,让人们停止了一切的劳作,山上显得一点儿声息也没有了。

向不争走到了家门前,两扇大门关闭着。他在门前站了一会儿,昔年的景象浮到了眼前:门楼上悬着两盏大大的灯笼,门板上贴着集市上买来的迎春年画;推开院门,院子里会摆上一张桌子,秦氏和刘氏在桌旁忙碌着做年货……

几只落在门楼上的麻雀,叽叽喳喳地飞到向不争的脚下,跳动着低头在地上哆嗦了几下,扑棱棱又飞走了。向不争醒过神儿来,叩响了大门。向福出来,说道:"大爷,回来了,大奶奶刚说,估摸着您也该到家了。"

秦氏从屋里出来到院子里迎着向不争,到了屋里。秦氏接过向不争脱下的棉袍,给他穿上一件蜀锦做成的棉坎肩。向不争问:"他二婶怎样?"

秦氏叹了口气说:"到了年下,她每天要哭上几次,越发地思念不悔。"

向不争又问起向青云和向小寒,秦氏说兄妹两个也都是各自待在自己的屋里不大出来。向不争说:"爹和不悔走的头一年你多准备些祭品和贡品。"

秦氏答道已经准备下了。

虽说是家里有两位亲人亡故,过年不讲什么排场了,秦氏和刘氏还是做了腊肉，推碾了汤圆粉。

除夕夜，向家吃过团圆饭后，向不争和向青云在家里的灵堂为老太爷和向不悔摆好了祭品，跪在地上，向不争在前，向青云在后。向不争说："爹，您老人家辛苦了一辈子，为向家创下了基业，您走的时候，清醒明白，这让我的心里有了很大的安慰啊。您的在天之灵安息吧，向家有您的孙儿，您就放心吧。"

接着向青云给爷爷磕了三个头，点了一炷香。

向不争接下来又说："不悔，我的好弟弟，青云不愧是你调教的，公司上下井井有条。你放心吧，向家一定会和洋人斗到底的。"

向青云又给向不悔磕了三个头，点上一炷香，又朝地上洒了一瓶酒。

向不争和向青云提着灯笼到城里的寺庙，等待北山观的钟声响起，上了子时香。

按照习俗，向家有人亡故，不能走亲防友，过了正月十五，向不争要回重庆。临行的头天晚上，向不争和向青云在书房里说话，向不争说："重庆商埠督办公署要改为重庆市了，我回去后就任民政厅厅长，你武叔叔任交通厅厅长。"

向青云问："事务上有改变吗？"

向不争说："还是那一摊子事，换汤不换药。"

向不争拨动了一下烟斗里的烟末说："青云，有一件事，我一直都没有告诉你，我想，还是对你说了好，夏天虹和朱少雄已经结婚了。你不要难过，世事无常，人活在世上，不如意事常八九啊。"

向青云没有说话，父子两个人沉默了很久。等向不争烟斗里的烟抽完了，向青云说："爸，您早些歇着吧。"

向不争说："青云，明天我走，你不要送了，每年春节后都是你二爸同你一起送我，免得我想起你二爸心里难过。"

向青云躺在床上，怎么也睡不着。原以为他对夏天虹已心如死灰，听到夏天虹结婚的消息，他还是不能平静，就像是心被剜了一下，失落、绝望、疼痛都纠结在一起。

早晨的码头给万县带来了生气，装卸工在忙着装卸货物，乘客陆续地走上客轮。向青云早早到了码头，看到父亲走来，迎了上去。向不争说："青云，你还是来了。"

向青云从父亲手里抢过了箱子说："爸，我要送你上了船才踏实。"

向青云把父亲送上了船，从船上下来，船慢慢开动了，向不争朝向青云挥着手。向青云看着父亲渐行渐远，直到高大的身影成了一个小小的黑点。

外轮自去年川江逐渐进入枯水期后，只靠小吨位的轮航行。进入2月份，川江上游来水量不断减少，川江上游枯水期导致这种情况不断加剧，中下游持续低水位徘徊，川江全面进入枯水期，连续有五艘外轮搁浅。这天，有人向华莱士报说：川江上游最窄处航宽仅五十米，极易发生轮船搁浅、触礁。华莱士下令英轮太古公司所有轮船停航，紧跟着其他外轮公司也停航。

向氏轮船公司的陆船长和冯船长跟随向不悔多年，对三峡航道谙熟于心，整个三峡航道只有向家的船可在枯水期航行，生意兴隆起来。商家需排着订单运送货物。向家资金紧张的状况有所缓解。

三月份，向不争回家，看到向家经营状况好转，一直以来绷紧的心松弛了下来，带着一家人到城外踏春。秦氏又看到了向不争的笑脸，心情舒畅了起来。她趁着向不争高兴就提起了向青云的婚事，说该办了。

向不争和向青云说起，向青云只是低头不语。向不争说："四月份枯水期就过去了，川江航道的情形还很难料，过了清明，你就和五月成亲吧。"

提到清明向青云就又想起了向不悔临终时的情景，他想起曾答应过二爸和五月成亲。一晃向不悔走了快一年了，这一年来发生的事情让向青云想到了宿命两个字。也许二爸临终的遗言就是冥冥中的某种预兆，想到这里，向青云答应父亲和五月结婚。

万县只有向家的船在航行，看得莫元清眼热。他常在码头上转悠，盯着向家的船。一天，冯船长从轮上登岸，莫元清过去找话茬和冯船长搭讪，冯船长一边吆喝着码头工人卸货，一边应付着莫元清，似有怠慢的意思。莫元清心里恼怒，从码头走回家，独自喝起了酒。他越想越觉得疑惑，所有的船都不能在枯水期行驶，向家的船怎么可以呢，难道他们就不怕浅滩吗？不对呀，怎么就从来没听说向家的船搁浅呢？

莫元清想了一整天也想不出个头绪。晚上刚要睡着了，听到老鼠在屋里窸窸窣窣地走动。他最近没下老鼠夹子，老鼠又多了起来了。他由老鼠夹子想到了老鼠洞，又由老鼠洞想到了老鼠走的道儿是不是也有固定的路径，老鼠的道儿总是不易被人察觉的。他嘴里念叨着："老鼠道儿，人不知。"念叨了几遍，他猛地想到，是不是向家对于川江有他们自己的道儿，别人不知道呢？突然意识到了青田浩二想要向家的什么东西。

天还没亮，莫元清就起来了，到码头上了头一班开往重庆的轮船。船上的旅客很多，莫元清不愿待在舱里，出来站在甲板上。船行了大概有一个时辰，向家的职员走过来客气地对莫元清说请他回舱里去，船就要过浅滩了，站在甲板上危险。莫元清坚持不回船舱。

过了一会儿，轮船猛地左右打轮，巨大的晃动让已经有心理准备的莫元清还是摔倒在了甲板上，湍急的浪头向轮船扑过来，一阵震耳欲聋的拍击声过后，轮船驶入了一片较平缓的江面上。莫元清惊魂未定地扶着船的栏杆站起身，喘了几口大气，定了定神。他又想，不对呀，刚才有职员让他进到船舱里，说是要过浅滩，这样看来，向家的轮对于浅滩的位置是熟知的，他们一定有关于航道的资料。想到此,莫元清后悔自己怎么这么笨呢,怎么早前没有想到呢。

到了重庆见到了青田浩二,他也不绕弯子,直接就问青田浩二是不是想得到向家的三峡航运资料。

青田浩二说:"莫大爷既然已经想到,我就没有必要瞒你了,我断定向家应该有一个三峡的航运图。"

莫元清心里算计起来,没有说话。青田浩二又说:"若是你能拿到这个图,日清公司和莫氏轮船公司合作,我们就可以独霸川江的航道了。"

莫元清说:"图我可以拿到,但是我要看到你们公司的诚意。"

青田浩二说:"你先回万县,过几天我将去万县,到时候会让你看到我们的诚意。"

几天后,青田浩二果然来了万县,他没有到日清轮船公司而是直接到了莫元清的家,对莫元清说:"今天我是代表日清轮船公司正式向你表示我们的诚意。"

莫元清尽量不动声色,看着青田浩二说:"你说来听听。"

青田浩二继续说:"日清公司决定弥补降低运价期间莫氏轮船公司的损失,但弥补分两次补齐。今天我给你一部分,拿到航运图后再给你补齐。"

莫元清说:"一言为定。"

莫元清叫上袍哥三爷到酒馆要了几个菜。小二陆续端上来红烧狮子头、龙眼蹄膀、油淋全兔、砂锅鱼头。袍哥三爷说:"大……爷,今天……天的菜厉……厉害。"莫元清从布袋里拿出一瓶五粮液,袍哥三爷更是眉飞色舞,他想莫元清一定是遇到得意的事,就问道,"大……爷有喜事了吧?"

莫元清说:"莫家翻身的日子不远了。"

袍哥三爷给莫元清和自己斟满了酒,端起来敬莫元清,

"大……爷，有什……么事说出来听……听。"

他对袍哥三爷说出了航运图的事，两个人商量了一番。

向青云为筹备婚礼，常来往于万县和重庆两地，最近筹备得已经差不多了。清明刚过，一天，向青云到了重庆，在向家和武江川商量该请的客人，听到报童喊着："卖报，卖报，看刘湘、杨森通电反共了。"向不争忙出去买份报，看了一会儿递给了武江川说："你看看，刘湘与赖心辉、刘文辉合起围剿刘伯承领导的泸州起义军。"

武江川看看放下报纸说："看来刘湘是要投靠蒋介石了。"

向不争说："按你分析，那么武汉政府不日就会免去刘湘的职务。"

听着向不争和武江川对时局的分析，向青云一脸迷惑。武江川看着向青云说："青云啊，做生意不明白时局是要吃亏的，你要和上层的人士多来往啊。"

向不争接着说："是啊，青云有了见识，才能对事情有比较恰当的见解，在这方面你还要多历练呀。"

向青云在办公室里正在写婚礼的请柬，突然莫元清进来，向青云起身让座。莫元清从腰间掏出烟杆，这烟杆有一尺多长，白铜烟嘴长足有3寸，烟杆中间是一根七节老罗汉竹，每节竹节被莫元清盘摸得光滑红润。莫元清往烟锅装着烟叶，一股异样呛鼻的烟味随着莫元清一口口地吸吐在屋里弥漫开来。向青云开玩笑地说："莫大爷您这烟杆够长的。"

莫元清的嘴从白铜烟嘴上离开，吐出了长长的一口烟雾，向青云低了一下头，躲避了一下迎面朝他飘过来的烟雾。

莫元清一只手扶着白铜烟嘴与烟杆的连接处，另一只手盘摸着烟杆上的竹节，说道："这根烟杆叫作包浆罗汉烟杆，说起它的来历还要从你爷爷说起啊，当年你爷爷行船到重庆，买了这根烟杆，英豪的爷爷见了喜欢，你爷爷就把这根烟杆给了英豪的爷爷。"说着抬起脚把烟杆放在脚底磕了磕。黑色的烟末抖落在地上，他把烟杆拿在手中递到向青云的跟前。刺鼻的烟味呛得向青云往后躲了一下，但他还是接过了烟杆，仔细端详了一阵。

莫元清说："青云啊，想当年你的爷爷和英豪的爷爷那像是一对亲兄弟呀。"

向青云说："莫大爷，我和英豪也是亲兄弟啊。"

莫元清说："是啊，你二爸不在了，有些事情不知他是否同你交代过，你爷爷在世的时候，有三峡的航运资料，你可知道？"

向青云心里生出了警觉，他说："莫大爷，如您刚才说的，我爷爷和英豪的爷爷亲如兄弟，那么若有这样的资料，莫家也同样会有，你不知道的事情，我怎么能知道呢？"

莫元清听向青云这么说，沉吟了一会儿，转了话题说："听说你要和五月成亲？"

向青云指着桌上的笔墨说："这不，正写请柬呢，要派人给您送家去，正巧您来了。"

莫元清："枯水期向家狠狠地赚了一把，此时结婚正是时候，喜上加喜。"

向青云说："莫大爷，哪里，哪里，不过是蝇头小利罢了。"

莫元清说："青云啊，枯水期行船的方法你可不能保密，得给你大爷我说说。"

向青云说："没什么特殊的方法，不过是按照我二爸留下的经验。"

莫元清说："还是的，你二爸没留下什么航道资料吗？"

向青云警觉地说："我二爸有什么没什么都在您莫大爷肚子装着呢，您还问我吗？"

莫元清见问不出什么东西，搭讪了两句走了。

向青云觉得此事蹊跷，他找来马文俊，两个人想出了一个计策。从向青云的办公室里出来，马文俊就到码头上逛游。

莫元清也到了码头上，向家有一艘轮从宜宾回来，陆船长上岸后，对马文俊说："派人照看好船上的货物，明天直接送往重庆。"

陆船长和几个船员回家休息，马文俊安排人看守船上的货物。

莫元清过来问马文俊船上是什么，马文俊说是五粮液和宜宾红茶。莫元清又问："文俊，又回来上班了，最近没见你喝酒啊？"

马文俊说："回来混口饭起，口袋紧巴，哪里有闲钱喝酒呢。"

莫元清说请马文俊喝酒，马文俊推辞了一会儿还是随着莫元清去了酒馆。

莫元清点了姜爆鸭子、葱烧鲫鱼、锅烧散鸡、怪味肚丁。马文俊连声说："莫大爷，太破费了，太破费了。"说着从怀里掏出了一瓶五粮液。莫元清看了拍着马文俊的肩膀说："文俊，真有你的。"

马文俊说："这酒地道得很，宜宾作坊的，比市面上买的好喝。"

马文俊一喝酒就脸红，几盅酒喝下，说话就颠三倒四的。莫元清说："文俊，你跟不悔多年，可曾发现他有什么过人之处？"

马文俊说："二爷的过人之处可多了，不知莫大爷问的是哪一宗？"

莫元清说："当然是行船方面的。"

马文俊手里拿着一只鸭腿，边吃边说："要说莫大爷您和向二爷，从小就在一起，若论起行船来，您别不爱听，大爷您可比向二爷差远了。我们二爷行船，激流浅滩全不在话下，二爷的眼，就像是能看到江水底下，该怎么转舵，不差分毫。"

莫元清给马文俊斟了酒，给他往碗里夹了一大块鱼背，一仰脖喝干了自己酒盅里的酒。马文俊见莫元清喝干了，说："莫大爷够意思。"也一仰脖同样喝干了自己酒盅里的酒。莫元清又给马文俊夹了菜说："文俊，你说二爷走了，向家的船，在枯水期还是畅通无误，莫非是二爷的魂魄在保佑着向家？"

马文俊脸红得发紫，他用手按了按自己的脸颊说："莫大爷，那些婆娘的话你也信，人死了哪里还有会有魂魄？向家的舵手都是被二爷调教出来的。"

莫元清趁着马文俊的酒态又问："文俊，不对吧？从万县到重庆的航班是向不悔新开的，没等到枯水期他就到地下长眠了，这艘轮照样畅通无阻啊。"

马文俊又喝了口酒，伸出手，四个手指朝里勾了勾，把脑袋凑近莫元清。莫元清见状，也把脑袋凑近马文俊。听得马文俊低声说："莫大爷，您难道不知道？莫老太爷没向您交代过吗？"

莫元清的心提到了嗓子眼，他感到事情重大，忙问："文俊，你知道什么跟你大爷我说，大爷不会亏待你。"

马文俊的脸趴在桌子上说："当年向老太爷和莫老太爷一起勘察川江航道，绘制了一份三峡航运图，有了这份图，激流浅滩都不在话下。"

莫元清吃惊地问："真有此事？"

马文俊说："莫大爷，你回家把莫老太爷藏东西的地方找一找，说不定就能找到，那你们莫家的船岂不是也可在枯水期开航了。"

莫元清说："你可知向家的图藏在哪里？"

马文俊说："我说莫大爷，这话偏了不是，我哪里能知道向家的图藏在哪里呢？"

马文俊又喝了一口酒说："不过，就看莫大爷这么看得起我，请我吃这么好的菜，我告诉你一个秘密。"

莫元清更加把脑袋凑近马文俊。马文俊把声音压得更低，说："向青云觉得把图放在家里不牢靠，明天一早，要把它带到重庆。"

两个人的酒从中午喝到下午。和马文俊分手后，莫元清找到袍哥三爷，让他找一个手脚利落的小袍哥明天早晨到码头等他。

莫元清把自己打扮成了干活的粗人，头上戴着帽子，帽檐压得很低，同等在码头上的袍哥用眼神交流，一同登上了开往重庆的轮船。他看到向青云提着一个皮箱，迈着稳重的步子也上了船，他用眼睛示意小袍哥盯着向青云。

小袍哥装作新奇地在轮船的各处溜达，见向青云上了头等舱，看四下无人，走到向青云所在的舱窗前张望了一下，见舱里只有向青云一个人，回来坐在莫元清的身边。

　　向青云在客舱里睡觉。客舱里有两个铺位，很安静，只听得见江面上水浪撞击船体的声音。突然，一个身形敏捷的年轻人，几步跳跃着来到了向青云的舱门边，从另一侧又过来一个人，前面的人，用身子把门拱开，两个人依次侧身进了船舱。两个人之中年纪大一些的把向青云身下的皮箱提到了舱门口，另一个人从怀里掏出一把刀，扬起手臂朝向青云的左胸刺过去。就在他手臂向下用力的一刹那，舱门被猛地撞开，进来两个壮汉，其中一个扑到行刺者的身后，在空中钳住了行刺者的手臂。随即躺在铺位上的人，翻身坐起，行刺的人被打翻在地，胳膊从背后捆了起来。闯进来的另一个壮汉擒住了提皮箱的人。此刻，马文俊走进了船舱，后面紧跟着进来了向青云。向青云朝着提皮箱的人说："莫大爷，没想到吧。"

　　莫元清惊讶地看着向青云又看看马文俊，知道上当了，他挣脱了擒住他的人，冲出了船舱，跑到甲板上被水手包围了，水手的包围圈越来越小，他抬起一只脚踢倒了一个水手，跃上船的栏杆，纵身跳入江中。

　　向青云和马文俊跟了出来，看到莫元清跳江，向青云下令放下皮艇去救莫元清，转了几圈没有找到，马文俊对向青云说："少爷，别找了，莫元清水性很好，大概不会有事的。"

　　向青云担心地说："虽说他水性很好，但是初春季节，江水刺骨的寒，莫大爷这把年纪，恐有不测。"

　　马文俊说："就是有不测也是他咎由自取。"

　　向青云说："话也不能这么说，毕竟向莫两家也是世交，怎么说我也不愿意他有事。"

　　还好，莫元清跳入江中的这段水流比较平稳。他潜在水下游离了轮船，看到皮艇来回划着，他以为是来抓他，不敢把头探出水面,快速地换气后,又潜入江中。离轮船远了,他才露出了头,双脚在下面踩水,不敢往前游,因为不知道前面的水势如何,再看看两岸的峭壁,也无法上岸,他想这下完了,老命要丧入江中了。正在绝望之际,远远看到一个黑点,渐渐大起来。莫元清判定那是一艘木船,他拼尽力气踩水,到能清晰地看到木船的轮廓时,他扬起胳膊大声喊着,木船上的人放下一条粗粗的绳子,把他拉上了船。船主是万县人,名叫张存有。张存有忙把莫元清拉进了舱里,给他脱下了湿衣服,让人端来一碗姜糖水给莫元清灌了下去,忙问莫元清这是怎么了。莫元清说乘轮船遇到了浅滩被甩了下来。张存有说:"没听说向家的轮出过事呀,这可奇了。"

莫元清又惊又吓,在江水里浸了半日,回家后卧床不起,袍哥三爷和莫英豪守在身边。服了半个月的药一点也没有好转的迹象。

张存有逢人就说在江面上遇到莫元清的事,把这件事当成了一个新鲜事儿,说是向家的船过浅滩把莫元清甩下了江,若不是他救起,莫元清就没命了。这件事一时就沸沸扬扬地传开了。莫英豪听说后,心里觉得奇怪,问袍哥三爷,袍哥三爷说,也许是向家做了手脚也不一定,而且,那天向青云也在轮上。

一天,马文俊在向家的客轮上,一个老者要找马文俊退船票,说是担心被甩下来,马文俊问明了缘由,向老者解释了一番。正巧向青云也来到了客轮上,听说了情况后,晚上回到家闷闷不乐。秦氏见他晚饭没吃,来到向青云的屋里,关切地询问,向青云说莫元清掉到江里,感风寒,吃了药效果不大。秦氏回屋,拿来一张药方子,给向青云说这是当年老太爷留下的,治风寒很管用。

几天来,莫元清只是吃点稀饭,眼神僵直。袍哥三爷摸着他的手,冰凉的。心里十分紧张,他让莫英豪守着。出去找了办丧事的执事问了莫元清的情况,还能熬上多少时日。执事说要论莫元清平时的体格,还能撑些日子,嘱咐袍哥三爷说要他观察莫元清喘气的部位,若是在腹部喘气,就没事;若是喘气上移到胸部,那就要准备后事了。

袍哥三爷回到莫家，注意看着莫元清喘气起伏的部位，胸部一起一伏的，再摸摸摸莫元清的手冰凉，他叫莫英豪端来热水，用小勺喂了几口。问莫元清是否想吃东西，莫元清说吃一些。吃过了东西，袍哥三爷同莫元清说了一会儿话，他见莫元清思路很清晰，话语还很幽默，放下了心，叫莫英豪夜里精心照顾，就回家睡觉了。

第二天天还没亮，袍哥三爷就到了莫家。他见莫元清喘气粗重了起来，赶忙叫起了莫英豪。莫英豪叫着爹，莫元清睁了睁眼。袍哥三爷出去，又找到了办丧事的执事，执事说恐怕不会有太多的时限了，他要袍哥三爷在莫元清咽气的那一刻，放一个炮仗，听到炮仗响他就会赶过来。袍哥三爷又把万县的袍哥头子都叫到了莫家。

就在袍哥三爷在张罗的时候，向青云在书房看着母亲给的药方子，他边看边念出了声："荆芥10克，防风10克，羌活6克，独活10克，柴胡10克，川芎6克，枳壳6克，茯苓10克，桔梗6克，甘草3克，薄荷6克。"向福走过书房，听到屋里有声音，敲门进来说："少爷，你这是念叨什么呢？"

向青云说："向福，你来得正好，我正要叫你，去，按这个方子抓十服药来。"

向福问："少爷，家里没人生病，抓药做什么？"

向青云说："莫大爷染了风寒，抓几服药给他送去。"

向福说："前两日我去买东西，听说是从向家的船落入江中的，他一定是做了什么坏事，我劝少爷不要去看他了，以免惹上事端。"

向青云说："叫你去抓药你就去，其他的事你就不要多虑了。"

向福到了药铺，把方子了给了掌柜的。药铺是一座老房子，有一股湿冷的气息，向福出来到外面的太阳下等着。几个老头凑到了墙根的太阳处，向福听他们议论。一个说："听说莫大爷要不行了，三爷昨天找了执事呢。"另一个人说："不会吧，莫大爷的身子板，我看活到八十也没事。"又有一个人说："黄泉路上，谁也说不准呢。"向福听得他们的议论，往前凑了凑。而此时药铺的掌柜在里边喊："向福，药好了。"

向福拿着药回家的时候，路上正遇到袍哥三爷，带着几个袍哥赶往莫家。向福悄悄拽住一个与他相识的袍哥问，急慌慌到哪里去，这个袍哥说莫大爷的情形不好，怕是不行了。

向福紧走到家里，拿着药到了书房，对向青云说了路上看到的情况，又一次地劝向青云不要到莫家去，说这药治病救不了命，莫元清现在不是病的好坏，而是命的去留了。

向青云对向福说："街谈巷议之说，不可信，莫大爷只是掉入江中，着了凉，吃几服药就会好的。"

向福追出了门外，说："少爷，还是等莫家来报丧再去吧，你不要惹祸上身啊。"

向青云说："别婆婆妈妈的，危言耸听。"

到了莫家，门虚掩着，向青云推门进去，院子里落下了一层厚厚的树叶，看来是有几天没有扫院子了。袍哥三爷将向青云带进了客厅，里面有几位袍哥坐着，神情肃穆，向青云心里一惊，心想，看来向福说的话是属实的。他惊惶地问袍哥三爷："莫大爷这几日身体怎样了？"

袍哥三爷本不想对向青云说，可事到如今，隐瞒也没什么用处了，他说："大……大爷怕是不……好。"

向青云不解地问："怎么会这样呢？"说完就往莫元清的屋里走去。他走进屋里的时候，一个袍哥正抱着莫元清半坐着，莫英豪在喂饭。莫元清看到了向青云突然走进来，坐直了身子，两眼睁圆了手指着向青云。向青云不知所措地愣在那里，莫英豪手里的碗掉在了地上，响声透着滚动的余音。莫英豪看着父亲的脸憋得通红，嘴动了几下，说不出话来。莫英豪诧异地看看父亲，又看了看向青云，猛然间，莫元清张开嘴噗地吐出几口鲜血，溅在莫英豪的身上，头一歪，断了气。他的眼睛依然瞪着向青云，手指着向青云。莫英豪见状，扑过去朝向青云就是一拳，向青云来不及躲闪，捂着胸口向后踉跄了几步。莫英豪又上来拉住向青云，两个人扭在一起，莫英豪用尽周身力气，把向青云往院子里拖，众位袍哥忙出来扳住莫英豪的身子，掰开莫英豪的手，向青云就势退到了院门处，惊愕地看着莫英豪。莫英豪站立不稳，坐在了地上，号叫着："向青云，是你害死了我爹，我不会放过你的，我早晚要杀了你。"

向青云也流出了泪，大喊着："英豪，不是，你什么也不知道，不是这样的，英豪！"

莫英豪回到屋里，袍哥三爷把莫元清的眼睛抹下，放平了在床上，莫英豪伏在莫元清的身上大哭。

向青云到了莫家的门外，听着莫英豪撕心裂肺的哭声，心里一阵茫然。办丧事的执事来了，莫家不断地有人来吊丧，此刻谁都没有注意向青云的存在，他脚步沉重地朝家走去。路上人们朝向青云投来惊异的目光，向青云沉浸在自己的惊恐中，没在意路人的目光。到家扣了门，向福出来大惊失色，失声地喊着："少爷，这是怎么了，你，你怎么满身的血迹？"向青云这才发现长衫上血迹斑斑。恍惚中他一时也不知道血迹从哪里来，站在院中定下心想了想，是莫英豪同她扭打在一起时沾上的。他脱下长袍，递给了向福，朝自己的屋子慢慢移动，向福满脸惊慌，从自己屋中拿出大盆，把长袍放进去，又从水缸里舀水浸泡。向福直起腰，看到向青云站在自己的身边。向青云递给向福一个小布袋说："拿这些钱到北山观请个道士为莫大爷超度亡灵。"向福接过袋子，心里想道，果然如街上的传言，莫元清死了。

道士来到了莫家，袍哥三爷问是谁叫他来到的。道士故弄玄虚地说是有一个贵人到了观中。要他来莫家为莫大爷诵经，让他的灵魂去个好地方。袍哥三爷忙问此贵人是谁，道士说天机不可泄露。袍哥三爷立刻哭声震耳地说是莫元清的灵魂已经显灵了，忙搀扶着道士要进客厅。道士却说不急，问袍哥三爷莫元清咽气的时辰，他在院子里转了几圈，说是要看看死者的灵魂在地下有多深。之后，进到客厅里在靠墙桌子的上方，挂上一张神像，让人在桌上点香烛、摆供果。接着几个小道士为莫元清诵经超度。道士又让莫英豪跪在最前面，每诵完一部经，莫英豪起来休息休息，过一个时辰又要诵经。这样持续了三天，莫英豪累得筋疲力尽，心说，这是哪里的贵人，弄帮道士来折腾。

出殡的头天晚上，道士做了个法事叫作"破地狱"，道士们拿着铙、钹，莫英豪举着招魂幡，袍哥三爷端着灵位跟在后面，道士在院子里转了几圈，敲打着手中的乐器，越敲节奏越快，并且用诙谐的语言互相攻击，动作滑稽，看到这些，莫英豪一直绷紧的神经松弛了下来。转了几圈后，有道士念诵祭文。第二天早晨，道士将几根长条板凳由屋内连到门外，门外的最后一根长凳立起来将莫元清的衣物挂在上面，道士口中念着咒语，之后，有八个人将莫元清的棺木抬到了莫家的坟地。到了墓坑，道士将鸡血洒在坑里，又放入了一个瓦罐，棺木才放了进去。

莫英豪趴在棺木上不肯起来，几个人过来搬不动他，李克彪过来一脚踢向莫英豪的膝盖，他的腿一软，李克彪将莫英豪拉开，又死死地拽住他，铁锹扬起黄土，莫元清的棺木被土封住，一会儿就凸出一个尖尖的坟茔。

夜风吹打着莫家客厅里破损的门，莫英豪一夜难眠，天亮后，他盘腿坐在树下，也不知过了几个时辰，直到李克彪进到院来。李克彪见莫英豪腰板笔直，问道："英豪练功呢？"莫英豪站起身，李克彪要拉着莫英豪到酒馆里喝酒，莫英豪说为父亲守丧期间，不能喝酒。他对李克彪说他爹一定是向青云设计害死的，要报仇。李克彪说："现在向家在万县的财力是数一数二的，报仇不容易啊。"

莫英豪气愤地说："大不了一命顶一命，我和他向青云同归于尽。"

李克彪故作关切地说："这可使不得，莫家就你一根独苗，和他同归于尽，岂不是断了莫家的香火。"

莫英豪说："此仇不报，还有何颜面活在世上。"

李克彪说："英豪啊，你有一身的好武艺，还怕仇不能报吗？你不如当兵到军前效力，就凭你这功夫，不日混个一官半职，到那时报仇还不容易。"

莫英豪考虑了一日，把家业交给了袍哥三爷，随李克彪从军去了。

第二十五章　洞房之夜

五月的万县被绿色包裹着。向家的院子红色的绸缎从房顶挂到了院门。院子里的绸缎随风摇动着，那红色就像是能扩散一样的，满院的空气中都有红的色彩。

晨曦朗照着向家，院子里摆放着一张宽大的桌子，桌上有剪成的喜花和各色的糖果。院门大开着，有族人三三两两地走进来。

向青云从屋里出来，吃过早饭，秦氏把他拉进了自己的屋里，从柜子里拿出崭新的长衫，亲自给向青云穿上，把一个红色的绸带斜挎在向青云的腰间，绸带上有一朵大大的红花。秦氏说："青云，去吧，把五月接回来，向家的香火全靠你了。"

向青云红了脸说："娘，您又说这个了。"

秦氏一边端详向青云一边说："做娘的心里呀就是想的这个，你别怪娘，到了娘这把年纪和你们年轻人的想法就不一样了。"

这时，外面敲锣打鼓的声音响起来了，秦氏说："青云，该启程了，族人在催了。"

一顶系着大红绸缎的轿子在门外候着，向青云一出来，就被人塞进了轿子里，四个人抬起，后面跟着一行人到了码头。向家的轮船披红挂彩，停止载客，专门从万县到重庆接五月。

一大早，武江川家里也聚了很多人，武家的亲戚都准备好了随船到万县，参加向青云和五月的婚礼。下午，向家的彩轿到了武家。第二天上午，五月上了彩轿，从万县带来迎接新娘的鼓乐队引得整个巷子里的人出来观看。

向不争用车把潘文华接到了码头，潘文华看到轮船专程来接新娘，不禁感慨地对武江川说："在重庆还没有谁家，能如武家嫁姑娘这样风光啊！"潘文华的话喜得武江川眉开眼笑，嘴上却谦虚地说："顺便而已，顺便而已。"

向家的船到了万县，披红戴花的码头上候了很多的人，轿子抬着五月，向青云戴着大红花在轿子的右边，一群孩子在轿子周围唱着儿歌："新娘喜洋洋，轮到杨口坝。万县好又美，生娃骑白马。白马骑得高，胖娃耍弯刀。弯刀耍得圆，胖娃吃汤圆。汤圆吃得多，胖娃屙骆驼。"向青云笑着让向福给孩子们些赏钱，向福把钱给了领头的孩子，并把几挂鞭炮给了孩子们，这群孩子跑向兴隆酒店，等到轿子停下，点燃了鞭炮。向家族人燃放的鞭炮和这群孩子的鞭炮和在一起，远处的山峦发出了悠远的回音。酒店的老板忙迎出来对向不争拱手施礼说："向大爷，道喜，道喜，您听，山峦回响，这是吉兆啊。"向不争谢过老板，引着潘文华进入婚礼大厅。

万县兴隆酒店原先为万隆酒馆，随着万县逐渐成为转口贸易的集散地，城市的规模已经显现出来，很多富豪人家因婚礼而借此联络各方面的关系，请亲朋好友来参加，所以婚礼的模式有了改变。万隆酒馆的老板凭着敏锐的商业嗅觉，仿照重庆大酒店的样子，把万隆酒馆扩建，改造成了兴隆酒店。一进酒店是一个大厅，平时大厅里摆放了很多张桌子，有婚礼要举行的时候厅里的桌子全部都撤走。此时空旷的大厅里显出了喜庆的气氛，几根粗大的柱子上围了一圈的彩灯，柱子的顶端悬挂着大大的红灯笼，灯笼上金色的双喜字，对着酒店门的那一面墙，是一幅明朝时万县的画匠画的万县正月喜庆图。有趣的是，兴隆酒店的老板只让人截取了图中婚礼的画面，把它放大，又增添了万县春天的景致，难得的是，景致与人物连接得竟天衣无缝般的协调，经画面上方的灯光一照，让人看上去温婉而心悦。

向家的婚礼在万县人看来，所来的都是大人物，兴隆老板在婚礼台的下方，摆放的都是红木的宽大座椅，以示对来宾的尊重。

潘文华走上婚礼台说道："我非常荣幸受到向不争兄长的委托，在这里主持青云先生和五月小姐的婚礼。希望我们所有的来宾今天在这里见证新郎、新娘的佳日，共同分享新郎、新娘的喜悦，度过快乐而又难忘的一天。"

这时，一个穿着时髦的女人走进了酒店坐在贵宾席中，向青云无意中看了她一眼，认出是严冬雪，心里一惊。严冬雪立刻对向青云报以微笑，给了向青云一个不明确的示意。向青云的脸色立刻有些紧张，五月也看到了进来的严冬雪，她觉得好像在哪里见过，但一时又想不起来。向青云的眼色频频投向严冬雪。五月发现严冬雪的眼神炽热而紧张，她心里掠过了一丝不安。

潘文华接着说："新郎、新娘就要走到我们的婚礼台的中央了，请大家用热烈的掌声给他们以喝彩。"

就在向青云挽着五月的手走到潘文华跟前的时候，一阵枪声传来。五月吓得紧紧地抓住向青云，潘文华的卫队马上把酒楼围了起来。

几天前李克彪接到杨森部的命令，要他们搜捕万县的共产党和青年学生。莫英豪已被李克彪提为排长，他带着兵驱赶做宣传的学生。共产党由公开的宣传活动转入地下活动。他们组织发动码头工人、小商小贩秘密集会。

川江的枯水期已过，外轮开航困难重重，没有工人肯到外轮做事。英国使馆向杨森施加压力，杨森部命李克彪一定要抓住在万县活动的共产党，就地正法，以此打击共产党的气焰。

李克彪派袍哥打探情况，一个袍哥报说一个叫严冬雪的女人是万县鼓动活动的头儿。李克彪叮嘱袍哥不要打草惊蛇，秘密监视。就在向青云婚礼进行的同时，严冬雪正在一个码头工人家里秘密集会。一个袍哥冒充码头工人参加了集会，严冬雪说："去年十一月中共中央制定了《农民政纲》，提出：推翻农村中的劣绅政权，建立农民平民政权，农民可以选农民到县政府就职，农民也可以有武装，没收大地主、军阀、劣绅及宗祠的土地，把这些土地无条件地给农民耕种，佃户可以有无限期的租佃权。我们必须组织起来建立农会、工会，禁止重利盘剥，取消苛捐杂税。"大家听了严冬雪的话群情激奋，纷纷表示加入工会。这时，那个刺探消息的袍哥出去，没人留意。他跑到李克彪那里，报告了情况。李克彪带人就到了秘密集会的地点。负责放哨的人看到有情况，通知大家散去，严冬雪走得迟了一步，被李克彪盯着，一直跟到了向青云的婚礼现场。

李克彪带兵追到了兴隆酒店，一个士兵报告说看见一个女人走进了酒店。李克彪派人就要往里冲，被潘文华的卫队拦住。卫队长走到李克彪身前行了个军礼说："潘市长在主持婚礼，请长官有事稍事等候。"

李克彪板着脸说："有一名共产党进了酒店里，什么，稍事等候？你能等，我可不能等。"

卫队长说："请长官放尊重些，不要冒犯了潘市长。"

李克彪说："我们是奉了杨森部的命令捉拿共产党，跟你们的潘市长没有关系，你们要是让路，咱们井水不犯河水，若是不让路，我们就不客气了。"

卫队长说："长官不给面子，别怪兄弟动手了。"

卫队长一挥手，卫队站成一排护住了酒店的大门。莫英豪走到了李克彪的身边，李克彪对莫莫英豪说："向家在举行婚礼，有潘市长在里面，告诉兄弟们守住酒店，婚礼之后，挨个检查，一只苍蝇也不让它飞过。"

莫英豪听说是向青云的婚礼，怒火心中烧，他上去和守住大门的士兵扭打了起来，凭莫英豪的功夫，不多时就把几个兵打翻在地，带着他的兵就冲进了酒店。

听到楼梯那边粗重杂乱的脚步声，潘文华的贴身警卫机警地护住了他。这时卫队也持枪跑上楼来，站成一圈围住了潘文华。李克彪对潘文华说："潘市长，惊扰了，李某奉杨森的命令捉拿共党，让您受惊了。"

卫队长上来用枪顶住了李克彪说："捉拿共党到潘市长的跟前，你什么意思？脑袋想搬家吗？"

向青云的眼睛惊恐地望着严冬雪，他的举动被马文俊看在眼里。马文俊悄悄走到向青云跟前，装作慌乱地抓住向青云。向青云趁机在马文俊的耳边说："快，去把严姑娘藏起来。"

在卫队长和李克彪对峙的当口，嘉宾慌作一团，女人的尖叫声接连不断。马文俊趁乱走到严冬雪跟前，说了声："严姑娘，跟我走。"

马文俊把严冬雪带到了一个包房里，打开一个大箱子，把里面的布匹拿到一个空箱子里，让严冬雪进去。这是个红木箱子，是向家专门用来运送蜀锦的，下端围着箱子有一圈通气孔，用红色的丝网从箱子的里面围绷起来，从外面看不出来。箱子里面有三层的槽口，搭上木板还可分三层放置不同的物品。马文俊让严冬雪进入箱子后，把上面一层的木板插牢后，把五月陪嫁的小箱子里的金银首饰放在了上面。

此时的婚礼大厅里，李克彪的手推了推卫队长的枪说："上峰有令，不管是谁都不能影响公事。就请潘市长担待小弟，例行检查。"莫英豪过来一个一个地看着来宾，向青云到莫英豪旁边欲要阻止，被他一掌推出老远，五月过来扶住了向青云。

潘文华想这是杨森的地盘，不愿惹事，就命令卫队长让李克彪检查。莫英豪对李克彪报告说没有发现可疑的人。李克彪又命令搜

· 409 ·

查酒店的各个角落。莫英豪随李克彪来到了放置五月陪嫁的包房，命人把每一个箱子都打开，并让两个兵把箱子抬起来掂一掂重量。当打开那个大红木箱子时，李克彪用手扒拉着金银首饰发现了箱子里的那一层木板，两个士兵很吃力地抬起了箱子又放在了地上。李克彪说："把首饰拿出来，箱子抬走。"

马文俊的脸色大变，向青云看到马文俊的脸色，明白了严冬雪一定藏在里面，神色慌张的额上沁出了一层汗。

武江川见李克彪执意搅乱婚礼进行检查，潘文华都不能将他们镇住，猜想一定是事情重大。他担心此事与向青云有关系，就跟着向青云到了包房里，他观察着向青云的神色，断定这个箱子一定有问题。他赶忙从自己随身带的小盒子拿出两根金条藏在袖筒里，上前拉住了李克彪说："李团长，来吸根烟。"

李克彪一愣，见武江川手里拿的是英国英美烟草公司的大前门牌香烟，身子往右移动了几步，到了屋角，武江川给李克彪点上了烟，压低嗓音说："李团长，您可不能把那只箱子让弟兄们抬走啊，那是两只古董，明代的瓷瓶，给我的女儿做嫁妆，若是打破了，李团长可是要了我这老命了，那可是我的宝贝，送给姑爷的。"说着，从衣袖里掏出两根黄灿灿的金条递到了李克彪的手里。李克彪见了两眼放光，把金条忙揣进了上衣口袋里，对着莫英豪说："这只箱子别搬了，到别处找找，看看是不是混在厨房里了。"

李克彪没有找到严冬雪，到潘文华跟前立正行了个军礼，说了句："奉命叨扰，请潘市长包涵。"

潘文华板着脸说："你该请主家包涵才是。"

李克彪又对向不争说："恭喜向大爷，小弟叨扰，还请向大爷见谅。"

武江川说："李团长也是公事嘛，要不让弟兄们喝了喜酒再走。"

李克彪说："公务在身回去复命，改日同向大爷喝酒。"说完带兵撤出了酒店。

婚礼结束，来宾吃过了喜宴，五月上了喜轿，伴娘也随着上了轿。轿子放下了红布帘子，颤颤悠悠地启动了，五月掀开头上的盖头，想和伴娘也就是自己的堂妹说几句悄悄话。看到了伴娘竟变成了严冬雪，她惊得用手捂住了自己的嘴，愣了一会儿，松开自己的手说："你，你怎么在这里？"严冬雪紧紧地握了一下五月的手，示意她不要出声。

婚礼结束后，潘文华带着警卫队住到了万县府，向不争和武江川送至县府。

族人打着灯笼引着花轿到了向府，秦氏和刘氏让人从院门到新房铺上准备好的米袋子，五月的脚不能沾地，这被比作是传宗接代的意思。严冬雪扶着五月进到了洞房。

李克彪带着兵在城里到处搜查，莫英豪远远地望见向家悬着大红喜字的灯笼，带着人闯进了向家。向青云在洞房里听到动静大惊失色，忙把严冬雪藏到了床下。向青云出去，把一个班长拉到一边塞给他一张纸钞。莫英豪看见打了班长一记耳光，勒令严格搜查。士兵从客厅到厨房，再到后院一一查过，两个班长一齐站在莫英豪面前说没有可疑之处。莫英豪亲自到洞房检查，五月从洞房里出来，站在门口拦着莫英豪。莫英豪说："请你让开，我不想在你的喜日出现血色。"

向青云听了，气愤地站在五月的身边说："莫英豪，你不要太嚣张了，看来你是一点儿兄弟的情义都没有了，你要想进洞房除非一枪打死我。"

莫英豪说："向青云，你以为我不敢吗？你害死了我爹，你就该为我爹抵命。"

两个人正在僵持着，李克彪来到了向家，他拦住莫英豪。此时向不争和武江川赶来，向不争说："你们私闯民宅，不合规矩吧？"

李克彪说:"向大爷,我们是奉命捉拿共党。"

向不争说:"在酒店你也是这么说,你查了一无所获,现在又到我的家里捉拿共党,看来你是针对我们向家的,这件事我要上告刘湘,问问杨森是否要你们到向家来捉拿共党。"

李克彪听了向不争的话,怕把事情惹大了不好收拾,命令莫英豪撤走。向家寂静了下来。

秦氏给伴娘和武江川各自安排了房间,夜已深,大家都回房休息了。

洞房里严冬雪从床下出来,向青云扶着她坐在床上,两个人说话的样子很亲热。五月在一旁看呆了。向青云为严冬雪倒了一盅茶水,端到她跟前,严冬雪深情地看了看向青云,喝了下去。

五月看在眼里,心想原来向青云并不是只和夏天虹一个人好,再看看严冬雪虽不似夏天虹一般有着天仙般的容貌,却也是俊俏可人。洞房之夜,看到向青云和严冬雪这样亲热,她想起了父亲对他说过的话,向青云只答应给她名分,并不能给她夫妻之实。他还以为向青云是想娶夏天虹做二房。现在看来,向青云并不是为了夏天虹才提出这个要求的。五月强忍住泪水,对严冬雪说:"看你和青云这样亲热,我很高兴,只要是为了青云好,我做什么都可以,过了这一阵子,我做主收你为二房,你放心,我不会委屈了你。"

严冬雪听了这话哭笑不得,她拉着五月的手,坐到床上说:"五月,你误会了。"

五月疑惑地看着严冬雪。向青云说:"五月,你想哪里去了,冬雪真的是共产党。"

听了向青云的话,五月大大地吃了一惊,压低声音说:"共产党?共产党还有女的吗?"

严冬雪说:"五月,革命是不分男女的。"

五月看着向青云,严冬雪对向青云说:"上个月,蒋介石叛变革命,在南京成立了国民政府,他对外投靠帝国主义,对内镇压人民革命运动。目前正在大肆屠杀共产党人。"

向青云听了惊呆了。严冬雪说要向青云帮助她离开万县到武汉，向青云答应她说等风声过了再走。

五月看着严冬雪忽然回忆起，还是在重庆时，她在十字路口等候向青云，在街上遇到的那个画画的女子，很像眼前的严冬雪。她向严冬雪问起那天的事，严冬雪说那天正是她在组织学生进行游行。

万县码头戒备森严，莫英豪带着兵每天都在盘查，从码头上船送走严冬雪非常危险。向青云焦虑万分，这天，他把马文俊叫到家里来，两个人在书房里秘密商量如何送走严冬雪，商量来商量去也没有想出一个稳妥的办法，向青云一筹莫展。马文俊忽然说："我倒是有个办法，不知是否可行？"

向青云让他快快说出来。马文俊提起了向家库房的暗道，向青云听了很惊喜。马文俊又说让严冬雪扮成男人的模样，混在装卸工中，进到向家的库房，之后，由他带她从暗道的出口出去，再让人驶船接她上轮。向青云听了，说这是个好主意。

第二天，严冬雪穿着帮工的衣服，五月从灶膛里抓了把灰抹在了严冬雪的脸上。向青云在前，严冬雪在后，朝码头走去。到了码头，向青云到船上催促着装卸工赶快装桐油，要马上运到宜昌。马文俊大声说着再找几个装卸工，就朝码头上等活干的人群走去，一会儿几个人随马文俊进了向家的库房。

马文俊让严冬雪躲在库房的暗处。他带着装卸工把桐油搬到轮上，莫英豪带着兵一桶一桶地查看。桐油装满要开船的时候，莫英豪又亲自上船仔仔细细地看个遍，这才下令说可以开船。向青云上了船，故意高声对马文俊说把公司的事情照看好。

船驶离了码头，马文俊看看莫英豪带兵在码头上检查着来往的人流，并没有注意到他，就快步走进了库房，把库房的门从里面插好，轻轻叫了严冬雪，带着她按动机关，进入了暗道。

暗道里又黑又潮，不时有小飞虫往严冬雪的脸上扑，脚下也是磕磕绊绊的。严冬雪跟着马文俊，暗道里的空气越来越稀薄，她觉得喘气困难，腿也开始不听使唤。她吃力地叫了声马叔。马文俊在黑暗里转过身来，手臂左右晃动着说："严小姐，把你的手臂伸开。"

严冬雪伸开了手臂，马文俊左右晃了几下抓到了严冬雪的手，牵着她往前走，就在严冬雪觉得快要窒息的时候，马文俊按动机关，豁然间一缕阳光照射进来，严冬雪长长地舒了一口气，走出洞口，抓住山藤在岩石的缝隙中落脚，下面有一只木船在等着他们，马文俊把严冬雪送上了船，自己又攀着山藤回到了洞口。木船带着严冬雪划到江中，靠近了一艘轮船，轮船上放下绳子，严冬雪被拉上了轮船。向青云在轮上等着严冬雪。

脱离了危险的严冬雪看着江水两边峭壁间生长的绿色柏树，对向青云说："共产党就像那山间的柏树，有缝隙就能生长。党员到了哪里都会撒下革命的种子，一定有一天我还会回到万县的，那时革命的形势会如火如荼，人们都会过上平等、幸福的日子。"

轮船到了宜昌，严冬雪和向青云告别，向青云从舱里拿出一个皮箱子给了严冬雪，对她说这里有几件五月送的衣服，还有些日用物品。严冬雪感激地看着向青云。向青云说："五月对你放心不下，叮嘱我一定要亲自把你送到宜昌。女孩子一个人在外不容易，注意身体。"

严冬雪点了点头。

向青云停顿了一下又说："一定要注意安全，我等着你回到万县，你一定要回来。"

严冬雪提着皮箱走去，又转过身来，朝向青云摆着手。宜昌码头上的汽笛连续不断地响起来。

五月嫁到了向家，最初的一些日子，默不作声地看着秦氏和刘氏忙着家里的活计，她只是收拾着自己的新房。新房的摆设和其他人家不同，一般的新房墙上都挂有光腚大胖娃娃的画像，而五月在新房里支起了一个大大的画案。她和向青云城里城外地到处走，画下了一张山崖的画儿挂在新房的墙上。一天秦氏来到了新房，站了很久端详着那一幅画儿，山崖被小树盖住了，透过枝叶可看到斑驳的岩石，许多小的瀑布弯曲地从山顶倾泻下来，秦氏不由得脱口赞道："这水竟像是动了一般。"秦氏虽赞叹画的活灵活现，但还是有一丝不快。她到了刘氏的屋里说："五月到底是大城市长大的，又进过学堂，虽不像小寒那样出去做事，但也和乡下的媳妇不一样，恐怕是不懂得操持过日子。"

刘氏说："青云先是死活要娶夏天虹，经了这么多的事情，他终于能娶了五月，也总算是给我们向家保住了面子，我看五月贤淑随和，过几年给青云娶个二房，寻个人能干的姑娘也就罢了。"

秦氏又说："我看她那屋里挂了张山水的画儿，哪有新房不挂娃娃画像的，有了身孕天天看着山水，会生出漂亮的娃吗？"

刘氏说："嫂子，咱这老脑筋也该改改了，不一定看着漂亮的娃儿，就能生出漂亮的娃来，你看咱青云一表人才，五月也是眉清目秀的，生的娃儿一定漂亮。她看着山水欢心，就让她看呗，我们做老辈的可不能管太多了。"

让秦氏和刘氏意外的是，原来五月暗暗在观察着家里做大小事务的习惯。过了些日子，一天，秦氏和刘氏梳洗完毕到厨房的时候，五月已经把早饭准备齐全。秦氏一看桌上小菜有爆腌萝卜、爆腌黄瓜、豇豆、小米和白米混合熬成的稀饭。煮熟的鸡蛋剥下了壳用酱油、葱、姜煮过之后，腌泡了一夜，又用温火加热了。看着这一切秦氏和刘氏吃了一惊，看看厨房里无人，出来问向福，向福说是少奶奶一早做的。秦氏走向向青云的房里，到门口就听到里面五月说："公司的事情不要过分操心，该交给下边人干的就放手让他们干，什么事情也不如你的身体重要，咱这个家呀，就全靠你了。"

秦氏在外听得向青云嗯了两声，又听得窸窸窣窣的声音，断定是五月为向青云在穿衣服。秦氏面带笑容地又回到了厨房。不一会儿，向青云和五月一同来到餐厅，五月把各样的菜摆到了桌上，向青云惊奇地说："今天是什么日子？娘，五颜六色的小菜这么好看。"

秦氏神秘地笑笑说："这是你媳妇做的，尝尝好吃不？"说着拉着五月坐到自己的跟前说，"我就说嘛，向家的媳妇那是样样没得挑。"

转眼到了端午节，五月让向福到山上捡拾了些嫩枝条。她在后院指挥着向福把枝条用剪子截得长短不一的，再让向福一枝一枝地编织，向福不知五月想编织成什么，失去了耐心。五月柔声细语地坚持着让向福编完，形状显出了一个虎的模样，向福高兴了，他惊异地说："少奶奶你可真是位巧娘啊，这太好看了。"

五月又让向福到山上寻些嫩的枝条来，向福爽快地抱来了一大抱。第二天在后院五月又指挥着向福编成了一个人的模样，成形后，向福笑个不止，他说："少奶奶，这是个道士啊。"向福突然止住了笑说，"少奶奶，您是要出端午佬吧？"

五月笑着点了点头。"出端午佬"是端午节的一个习俗，就是由四个人用杆子抬起一张方桌子，桌子上铺着红毯。红毯上摆放着骑虎的道士，后面跟着人敲锣打鼓地在街上走上一圈。

端午节这天，向家的族人们都跟着出端午佬。热闹了一天。秦氏和刘氏都很高兴，刘氏说："向家很久没有这么热闹的事了，多亏了五月的操持。"向青云听人议论了这件事，回家夸赞了五月后，对五月说向家在枯水期的盈利大大出乎意料。他拿出了一张银票说是把武家给向家的钱还上。五月撒娇地说："看你，我都是向家的人了，还什么向家、武家的。这些钱，我爹暂时也没什么用处，还是用这钱把向家的生意做大为好。"

向青云想了想，暂时把钱放到了票号里。

这天马文俊在码头上看着码头工人们装货，一个人扛着一包棉纱从他身边经过，看着侧脸，马文俊叫声："这不是来喜吗？"被他叫的人答应了一声，把棉纱放到船舱里，空手往库房的方向走，马文俊叫住了他说："来喜，你不是在德生公司的轮上做船员吗，怎么又当起了装卸工呢？"

来喜抹抹头上的汗说："马叔，你还不知道啊，德生公司的那两艘轮要卖了，现在正找买主呢。"

来喜刚要走，停住了对马文俊说："马叔，向家的轮上缺船员不？您给我说说，一家老小等饭吃呢。"

马文俊说："快搬棉纱去吧，我心里想着这事。"

马文俊把德生公司卖轮的事告诉了向青云。向青云马上带着马文俊到码头泊船的地方看了看德生公司的两艘轮，回到公司一言不发，闷头沉思着。马文俊已猜到了向青云的心思，问道："少爷是否有意把那两艘船买过来？"

向青云盯着马文俊看了会儿说："你去找德生公司的张老板，探探他的价钱。"

马文俊到了德生公司，张老板见了他就猜到了他的来意，说："文俊啊，你也得到消息了？"

马文俊说："张爷，咱是老交情了，你就给个实价。"

张老板说："我这刚要卖船，英轮的太古公司和日轮的日清公司就得到了消息，要以高价买我的轮，这不，华莱士和青田浩二刚走。"

马文俊叮嘱张老板不要急于出手，张老板表示，既然下决心卖船，谁给的价高就买给谁。

第二天，向青云亲自到了德生公司，没想到华莱士和青田浩二都在。见到向青云，华莱士说："向老板也有兴趣购买这两艘船吗？那好，咱们三家就谈谈价吧。"

向青云开出了比一般轮要高出许多的价格，华莱士和青田浩二马上就又出了高于向青云的价格。三方争持不下，张老板很无奈。向青云对张老板说："不能把轮船卖给外国人。"而张老板说公司已经是负债累累，既然要卖就卖个好价钱吧。向青云一咬牙，给出个高于实际价格很多的价钱，没想到华莱士和青田浩二给出的价格更高。张老板为难地说自己身体不好难以支撑，改天再谈。华莱士提议三方开个会，解决轮船归属问题。

会谈设在日清公司，向青云到的时候，华莱士已经就座，等了许久，青田浩二还没有来。向小寒带着职业的微笑走了进来，坐到了向青云的对面，对向青云和华莱士说："开始吧。"

向青云说："青田浩二还没有来，再等一等。"

向小寒说："不必等了，我代表青田浩二来谈这件事情。"

华莱士先让向青云提出购买价格，向青云想了想说出了一个高于通行价格近一半的价格，他说："这两艘轮船长180尺，载重165吨，我出价5万两。"向小寒慢慢地翻了一下手里的本子，说："向老板，我看你有所不知了，德生公司成立之初的定额股就是20万两，你不能光凭船的性能给价，我的提议是把德生公司的股额转到日清公司和太古公司，我们日清公司占六成，太古公司占四成。"

向小寒朝着华莱士说："华莱士经理，你看如何？"

华莱士用英文和向小寒嘀咕了一阵子，之后，华莱士傲慢地朝向青云笑着。向小寒说："向老板，日清公司和太古公司各出10万两，一家一艘轮，你还有什么异议吗？"

向青云气愤地说："你们一点儿规矩都不讲，简直是霸行。"

向小寒笑着说："向老板不要着急嘛，若你能出高于20万两的钱款，那么这两艘轮就归你们向氏轮船公司。"说完向小寒又用英文和华莱士嘀咕了几句。华莱士就用生硬的汉语对向青云说："我同意小寒的提议，给你一个星期的时间，如果你拿不出高于20万两的银票，就这样成交。"

向青云气愤地对向小寒说："难道你就不是向家的人吗？为什么要帮着洋人来对付自家人？"

向小寒说："向老板，我们这是在谈生意，我代表的是日清轮船公司,你代表的是向氏轮船公司,我们是井水不犯河水。"

向青云说:"你们这是欺霸行径,我不会让你们得逞的。"说着站起身走出了日清公司。

向青云回到家里,进到了客厅,气得呼呼喘大气,眼睛瞪着墙上的全家福照片,伸手摘下来,举起手要往地上摔。向福正巧进来,抓住了向青云的手臂喊道:"少爷,你怎么中邪了,好好的摔它做什么?"

五月听到喊声过来,让向福出去,把向青云拉到椅子上坐下,斟了盅热茶。向青云一挥手把茶盅打翻在地上,五月惊叫了一声,慌忙拾起地上的碎片。秦氏和刘氏也听到了动静,过来看到五月正蹲在地上收拾。秦氏指着向青云说:"五月一天到晚忙上忙下,家里归置得有板有眼,你还对她横竖看不顺眼,你太不知足了,难不成心里还想着那个戏子?"

秦氏的话说得向青云火上加火,他说:"娘,你就别跟着瞎掺和了,不是那么回事。"

五月听了秦氏的话,眼里噙着泪。想着自成亲以来,向青云虽对自己很客气,但极少有夫妻的亲热,晚上待在书房,很晚才回五月的屋里。秦氏提到了夏天虹,五月的心里就有了一种莫名的委屈,她捡起了地上的碎片,走到屋外,眼泪流出来。

向小寒此时走进了院子,看到五月在流泪,说道:"嫂子,怎么哭了,是我哥欺负你了吗?"

向青云听到向小寒说话的声音,从客厅里出来,把她拽到了书房。五月看到向青云突兀的举动,不知发生了什么事,站在书房外面听到兄妹两个人争吵了起来。秦氏和刘氏也过来站在了书房的外面,争吵声越来越大。秦氏要进去,刘氏拉住她说:"我听好像是为公司的事争吵,我们不要管他们了。"秦氏和刘氏各自回了房,五月渐渐听出了兄妹争吵的来龙去脉,只听到向青云提高了嗓门说:"你这样做,会让洋人在川江上的势力越来越大,对向家是很不利的。"

向小寒说："我吃哪家饭，就要帮哪家做事，谈判桌上只讲商业规则，请你不要把亲情掺和到里面。"

向青云提高了声音说："向家管不起你的饭吗，为什么你非要到日本人那里做事？"

向小寒说："向青云，人各有志，我到日清公司做事，是我的选择，跟你没有关系，你可以掌管向家的家业，但你管不着我。"

向小寒从书房里出来，回自己的屋里去了。

五月叹了口气，回到房里，自责起自己对刚才向青云发脾气的误解。她想到向小寒的屋里去劝劝她，为向家的大局着想，但又觉得不妥。这时，下人来叫五月说是秦氏和刘氏叫她。五月到了秦氏的屋里，见妯娌两个人挨着床上的小桌子一边坐一个。秦氏问起了向青云和向小寒争吵的原因，五月说了后，刘氏流了一会儿泪，说小寒到日本的公司上班已经遭人耻笑，现在又帮着洋人来对付向家，要去向小寒的屋里说说她。五月拦住说："小寒是个有主见的人，您去了反而不好，她是一时转不过弯来，这件事还是让青云来处理吧，我们都不要介入，免得伤了与小寒之间的和气，毕竟我们是一家人，我想迟早小寒会转过这个弯的。"秦氏说五月讲得有道理。

第二天，五月起床，向青云不见了。早饭也没见他，家里人都以为他去了公司，到天黑也没有见他回来。刘氏问五月，她说不知道向青云去了哪里，她去问了马文俊，马文俊说一天没见向青云的面。五月忙给向不争发了电报，第二天向不争回电说向青云没有到重庆。一家人乱了手脚。

第二十六章　合股对外

原来，这天向青云早早起床，到了北山向老太爷和向不悔的墓前，默默坐了很久，他想无论如何要想办法不能让太古公司买走德生公司的轮。

离墓地的不远处有一大片的黄绿色花，花叶伸展得纵情而不张扬，花叶上的露水被早晨阳光照得发出七色的微弱光芒，向青云凑近了一朵黄花盯看。阳光透过花叶，那花叶便晶莹了起来，如同女子薄薄的蚕衣，薄得把绿的颜色淡去了许多，那淡淡的绿色，显得过分娇嫩了，让向青云看着它时，不忍贴得太近。再向远望去，黄色的蜜蜂卧在丁香花上，褐色的蝴蝶在草地上纷飞。坟茔的周围生机盎然地律动着春天的气息。向青云站立，对着坟茔说："爷爷，二爸，你们知道吗？今年的春天依然蓬勃茂盛，你们在天堂会看到。"说完这句话，向青云心里涌现出一股难以抑制的激情，他又说道，"二爸，我会倾尽毕生为你报仇，眼下绝不能让英国人买走咱们中国人的轮。"

向青云下了山到了日清公司，他要在向小寒上班前，和青田浩二谈话。

青田浩二热情地把向青云迎到自己的办公室，给向青云斟上了茶说："你们中国最讲究早晨空腹喝茶，你尝尝我们日本的茶，比你们的要清香。"

向青云说："青田君，对中国人的习惯你还是一知半解，我们中国人老年人才要早晨喝茶，年轻人要早上喝粥。"

青田浩二打趣地说："那么向老板是喝过了粥才来的了。"

向青云没有接青田浩二的话，他转了话题说："青田君我来是和你商量件事情，我就开门见山没必要兜圈子。"

青田浩二说："那好，我就喜欢向老板的痛快，有话请讲。"

向青云说："请您撤销和太古公司的各要德生公司一艘轮的决定，放弃高价的不合理竞争，不要干扰我们向氏轮船公司以合理的价格收购德生公司的轮船。"

青田浩二暧昧地笑了笑，说："向老板你应该懂得商业竞争的规则，你这是个非分的请求，我是不能答应的，况且这是由我们公司决定的，不是我一个人可以随意更改的。"

向青云说："商业竞争首先要以道义为底线，你们这样做是霸权的行为。"

青田浩二不急不恼、声音轻柔地说："向老板，我记得去年向二爷也说过同样的话，我也还是用同样回向二爷的话回答你，商业竞争可以不择手段，这一观念向小寒已经完全接受。想必，昨天向老板已经领教向小寒了吧。"

向青云被青田浩二气得说不出话来，站起身要走。青田浩二忙起身按向青云坐下，语气一转说："既然向老板来找我，对于你的事，我就不能袖手旁观。"

向青云看着青田浩二，不知他又要耍什么花招。青田浩二说："办法倒是有一个，可以让德生公司的两艘船都归向氏轮船公司所有。"

向青云愣愣地看着青田浩二。

青田浩二又说："其实，我不说，向老板你应该想到有一个方法可以达到你的目的。"

向青云更加疑惑地看着青田浩二，心里更加不明白他想要干什么。

青田浩二说："向老板难道忘记了，我多次同你提起三峡航运图的事情，只要你交出三峡航运图，我可以向你保证说服太古公司放弃购买德生公司的轮船，并且我还能给你一张数目可观的银票。"

向青云听到青田浩二又一次提到三峡航运图，心里又一次警觉起来，他答道："我也和青田君说过多次，向家并没有什么航运图。"

向青云从日清公司出来后，脑子里反复想着航运图的事，他想到莫元清为了这张图送了自己的性命，难道向家真的有这张图？他打算立刻去重庆问问父亲。到了公司向青云把自己的意图告诉了马文俊，并对他说，对任何人也不要说去重庆的事情，对向家的任何人也不要说。

向青云到了重庆，问向不争是否有三峡航运图，向不争说："青云，是不是你压力太大了而想这种事情，我从来就没听说过这件事呀。"

向青云说："这就怪了，青田浩二三番五次旁敲侧击问这件事，莫元清还为此丧了命。他们为什么要认定咱家有这个图呢？"

向不争听到这个情况也觉得事情严重。这时邮递员送来了从万县发来的电报。向不争想了想，给向小寒发电文说向青云不在重庆。

邮差刚走，向家来了位客人，此人看上去五十岁上下，身穿长袍，手提皮箱。说是要见向不争。向不争迎出来，打量了一番问道："您是？到此有何事？"

来人也打量了向不争好一阵子说："向兄，真是你呀，我到市府才打听出你住在这里。"

向不争惊喜地叫了声："云旗，是你呀。"说着叫人接过云旗手里的皮箱，让进了客厅。来人是当年向不争在重庆洋学堂读书的同学，浙江嘉兴人，毕业后就回了家乡，已经快三十年没见面了。

云旗到了客厅，和向不争寒暄了几句，下人来提醒说还和少爷一同去万县不，再不走就要误了轮班。云旗听说向不争要去万县很兴奋，非要和向不争一同去万县。因为在重庆上学的时候，他不止一次地和向不争去万县。他说："万县的春天景致最为迷人，有幸再去看看也是造化了。"

到了万县，向青云带着云旗回家。向不争暗地里与几个跟着向不悔多年的老员工问起三峡航运图的事情。

家里人两天没见向青云，也不知他去了哪里，突然见他带了个人回来，惊喜万分。向青云让母亲给云旗收拾客房，自己到房里焦急地等待父亲的消息。傍晚时分，向不争回来，秦氏心里有些紧张，她想，向不争不打招呼就回来，一定是有什么重要的事情。晚饭的时候，向小寒心不在焉，她猜想大伯肯定是为了德生公司轮船的事情回来的。饭桌上，云旗没有看到向老太爷和向不悔，心里有不祥的预感，但没有询问。

书房的灯光映出向不争和云旗的身影，向青云在外犹豫了片刻，还是敲门走进了书房。云旗看着向青云说："向兄，一路同行到万县，我还没问，这位少爷可是不悔的儿子？"

向不争答道："他是我的儿子，名叫青云，不悔只有一个女儿名叫小寒。"

云旗说："向兄啊，青云的举止做派和当年的不悔是一模一样啊。"

向不争说："不悔的相貌同我的父亲相近，而我酷似我的母亲，青云的相貌和他的爷爷相仿，很多人都说青云像不悔。"

云旗试探着问向不争："向伯伯和不悔，我都没有看到，他们？"

向不争把去年万县惨案的事叙说了一遍。云旗伤心地说："虽说咱两个是同窗，想那时每年的假期都要来万县，我和不悔亲如兄弟，他的聪明机智非一般人能比啊。"

云旗怕引起向不争父子伤心，没再说与向不悔有关的事情。向不争看向青云似有话问，就说："青云，你云旗叔不是外人，有话就说吧。"

向青云问起向不争向那些老员工了解的情况如何？向不争紧锁着眉说，大家都说三峡的航运方法是你二爸早就定下来的，并没有什么航道的资料。

云旗听了向不争的话说："向兄，你记不记得那年不悔到重庆的学堂找你，他让你给他买英尺。"

向不争想了想，突然眼睛一亮，说："记得，花了很多钱从洋行里买到的。"

云旗又说："向兄，你想一想当年我们是如何选科目的？"

向不争说："我记得当时我选的是律例和通商。你选的是建筑绘图。"

向不争看着云旗问："云旗，问起这些用意何在呀？"

云旗继续说："向兄，有一件事情你不知道，不悔整整缠了我好几天，让我给他画了一幅图，不悔真是天才啊，他若是喜欢读书，必是个有成就的人啊。"

听到这里，向青云心里一惊，猜到了八九分。他把身子靠近了云旗问："云叔，你是说二爸……"

云旗把头凑近向不争的耳朵，低声说："不悔让我给他绘制的就是三峡航运图，不悔对三峡航道的精准把握真是超于寻常啊。"

向不争急切地问："那么你知道不悔把这幅图放在了哪里？"

云旗摇摇头说："当时我就意识到了这幅图将是十分宝贵的资料。我和不悔在图纸上用钢笔细细画出，又把图纸附在了裱画的纸上，我想现在应该是保存完好，至于藏在何处，不悔并没有告诉我。"

向不争听了，心里是喜忧参半，他担心这张图会给向家带来灾

· 425 ·

难,但他还是不动声色地陪着云旗在万县游玩了两天,同云旗一起回到了重庆。

向不争走了之后的第二天,向青云说身体不舒服,没起床。向小寒吃过早饭后,就去了日清公司。向青云躺在床上,翻来覆去地想着三峡航运图会藏在向家的哪个地方。他断定只有两个地方最有可能,一个是二爸的房里,另一个是爷爷的房里。他又推断藏在二爸的房里可能性不会太大,那个房间没有过于隐蔽的地方。向青云绞尽脑汁地从家里的各个柜子想起,他否定了藏在柜子里的可能,突然他想到了墙,对,一定是藏在墙里。他忽然想起小时候在爷爷屋里玩耍时,有一面墙敲击时有硿硿的响声。当时他敲那面墙的时候,爷爷很严厉地斥责他说那里有老鼠洞,若是敲击它,夜里老鼠就会爬到他被窝里,吓得向青云再也不敢敲那面墙。想到此,向青云很激动。

向老太爷房间的摆设和生前一样,没有丝毫的改变,隔几日秦氏和刘氏会来打扫一番。向青云从厢房的储藏间里拿出一把斧头,进了爷爷的屋里。他敲了敲柜子后面的墙硿硿作响,把柜子向前推了推,身子钻进柜子的后面,用斧头用力朝墙砍下去,一个拳头大的窟窿露了出来,向青云尽量轻轻地放低声音敲,窟窿越来越大,一个人可以钻进去了。向青云钻进去发现这是个夹墙,他在里面摸到了一个用塑料布包着的纸卷。他的心怦怦跳着,拿出来打开一看,是两张图,一张是用毛笔勾画的,线条较粗,只是大体的示意图,另一张图是云旗说的用钢笔画的,标有英制的计量单位,非常精准。向青云大喜过望,把图按原样包好,又放回了夹墙里。之后把向福叫到屋里,故意让向福把柜子搬开,检查一下墙面是否破损。向福不知内情,看到墙上有一个洞,忙到后院,和了灰把墙补上了。向青云一直盯着向福做这些事情。向福边堵墙上的洞边说:"少爷,这屋子没人住就是不行,要我看你和少奶奶搬到这个屋里来,这个屋子又大,阳光又好。"

向青云说："你的主意我看不错，等请示了我爸再定吧。"

向福说："大老爷好说话，你说搬过来，他一准同意。"

华莱士说的一周期限已经到了，谈判还是设在了日清公司，青田浩二在向青云到来之前，告诉向小寒同向青云迂回一下，但是在价格上不能让步，再给他一周的期限。

向青云看到只有向小寒坐在谈判桌边，向小寒说是由她来代表太古公司和日清公司同向青云谈判。他心里明白这是青田浩二利用向小寒在试探他是否交出三峡航运图。向青云还是坚持原来的立场，斥责英轮和日轮的恶性竞争，向小寒同样也坚持说竞争靠的就是实力。向青云没有办法，一筹莫展，向小寒只是青田浩二的一个工具，同她谈判根本解决不了实际问题。向青云从日清公司出来，不知如何是好，到了公司和马文俊交代了一番，坐船去了灌县。

下午，刁猛子在戏园子里听戏，有人来找他说家里来人，要他回去。刁猛子回到家见向青云正在院子里割韭菜，说道："青云，成家的人真是不一样了，心里装着事，还能割韭菜。"

向青云惊奇地问："干爹，你怎么知道我心里装着事？"

刁猛子说："没事你来我这里做什么？来了就别闲着，这几日来了个戏班子，唱得地道，我竟误了田甲的活计，你来得正好，同我一起干吧。"

在地里干到天擦黑，刁猛子在铺子里买上了一只酱鸭，打了一斤白酒，从院子里拔了两根大葱，点起灶火热了早上贴的饼子。两个人在床上摆了小桌，边喝边聊。刁猛子把酱鸭的两只大腿掰开来给向青云一个，他自己拿着一个，吃了一口，又咬了一口大葱，再喝了口酒说："青云，遇到什么事了，和干爹说说。"

向青云也学着刁猛子的样子鸭肉就大葱，把德生公司卖轮的事说给了刁猛子听。

刁猛子听了并没有回答向青云的话，他大口地喝酒，对向青云说："咱爷俩只管随意地喝。"

待到刁猛子喝得有些醉意的时候他才说起正经话来："对于种田的人来说呢，最贵的不是金子，是谷子。对于你做生意来说呢，最贵的不是轮船，是人心。"

向青云重复着刁猛子的话："最贵的是人心？"

刁猛子又说："人啊，只有在考虑到他人需要的时候，才能谋求到自己的利益，你好好想想，想通了你的难题就解决了。"说完，刁猛子竟打起呼噜睡着了。

向青云则翻来覆去地睡不着，想着刁猛子话的意思，怎么想也没明白，迷迷糊糊也睡去了。公鸡的打鸣声唤醒了向青云，刁猛子还在打着呼噜。他翻了个身，努力想着昨晚刁猛子说的话，忽然他想起了向不悔曾说过的一句话：与川江搏斗的力量来自于同他人的同甘共苦中。向青云想着，若是二爸遇到这种情况该会怎么做呢？想着想着，他突然悟到了，推醒了刁猛子说："干爹，我想明白了，也有办法了，我得马上回万县。"

向青云回到万县立即到了德生公司，张老板见向青云又来了，为难地说："向少爷，凭我和向二爷的交情，当然我该把轮卖给你们向家，可是太古公司是川江一霸呀，如今又和日清公司联合在一起，咱们惹不起呀。"

向青云说："张老板，你不要惧怕洋人，川江是我们的，总有一天我们要把他们赶出去，你不能卖船啊。"

张老板一脸悲戚地说："向少爷，我实是在没有法子了。"

向青云说："我有办法，不知张老板是否同意。"

张老板还是一脸愁容地说："向少爷能有什么法子，难不成欠的债有人替我还了。"

向青云说："不是有人替你还了，而是你自己就能还清了债。"

张老板说:"向少爷你是在说笑吧,这怎么可能呢?"

向青云说:"张老板你的船不需要卖了,你用这两条船入股向氏轮船公司,每月从向氏轮船公司的利润里分成,这样,你的困难也解决了,向氏轮船公司也扩大了规模,有实力与英轮抗衡,我们不就是双赢了吗?"

张老板听了也是恍然大悟,说道:"对呀,之前我们怎么就没想到呢。"说完了他又夸赞向青云说,"我原先就想若是向二爷在,一定会有办法,少爷和向二爷一样是有勇有谋啊!"

张老板和向青云签了协议。向小寒把与德生公司的协议拟好,只等着一个星期后和张老板签订。这天向小寒请示青田浩二,与德生公司把协议签了,青田浩二因为要得到向家的三峡航运图,说再等等向青云,想听向青云的答复,向小寒不理解青田浩二的意图,觉得向青云根本不可能有资金来购买轮船,但也只好遵照青田浩二的意图来办。过了一个星期,向小寒问青田浩二是否可以签协议,青田浩二说再等一等。两个人正说着,一个职员来报说,轮船出了点故障,青田浩二立刻赶到了码头,机械师正在维修,对青田浩二说原动机的转速不均匀,引起发电机输出电压不稳定。青田浩二看着满舱的货物,焦急地问何时能修好,机械师说很快,适当加大发电机、原动机的速度变化率,增大调试特性的斜率就可以了。果然,工夫不大,机械师就已修好,轮船徐徐启动。青田浩二舒了口气,在岸上看着来往穿梭的船只,转身要走,看到德生公司的张老板和向青云并肩站在一起,几个工人正往德生的轮上装猪鬃。青田浩二诧异地看着,向小寒过来朝张老板问是否是给英轮装的货物。向青云对向小寒说向氏轮船公司已经和德生公司合股,这艘船是在为向家运送货物。青田浩二和向小寒听了,两个人互相看着都呆住了。张老板过来和向小寒说这两条船不卖了,入股到向氏轮船公司。

青田浩二和向小寒回到日清公司,华莱士在等着他们,说已经知道了德生公司入股向氏轮船公司。一会儿，法轮的经理也到了日清公司，三家外轮公司商议联合挤垮向氏轮船公司。

  向家晚饭的气氛中有一种隐隐的不对劲儿，向青云和向小寒不时地互相看看，向青云的眼里是得意，向小寒的眼里是恼怒。五月说身体不舒服，回房去了。秦氏和刘氏看着兄妹两个人，感觉出了两个人之间可能有什么芥蒂，但都不好点破。

  饭后，向青云在书房里站在宽大的桌案前，躬着身子在一张很大的纸上写着："长风破浪会有时，直挂云帆济沧海。"向小寒走进来，看了看说："哥，给谁写字呢？"

  向青云没有马上回答，端详了好一会儿自己写的字说："行路难，行路难，多歧路，今安在。"

  向小寒不明白向青云说的什么意思，嗔怒地说："哥，我在问你给谁写的字。"向青云从一种自我的状态中脱离出来，看了看向小寒说："这是给德生公司张老板写的字，他朝我求字，你看怎么样？"

  向小寒坐在椅子上，看都没看那幅字说："你最近和张老板混得不错吗？"

  向青云把笔放在砚台的笔槽里说："老交情了，张老板和二爸的关系就很好嘛。"

  向小寒说："和我爸关系好，也不一定就和你关系好呀，你是怎么把那两艘船搞到手的？"

  向青云端详着刚写上的字说："这个嘛，靠的是情面。"

  向小寒觉得这样的回答，对她是一种蔑视，正要再说些什么，向福突然进来说秦氏要向青云到她的房里，有事情要讲。向小寒只好回到了自己的房间。

  向青云来到母亲的房间，见秦氏把一块蓝底缀有小红花的布铺在床上裁剪一件小裤儿。向青云问："娘，给谁做的？灯下暗，明天再做吧。"

秦氏把布和剪子收起来说："你说得也是，不急嘛。这心里一高兴啊，就恨不得快做些出来。"

向青云不解地问："娘，是谁家求做的针线，看把您喜的。"

秦氏拉着向青云坐在自己的身边，神秘地笑着说："我是给我的孙子做的。"

向青云看着母亲说："您的孙子？是不是我的堂嫂又有孩子了？"

秦氏指着向青云说："你呀，也是要当爸爸的人了，可不能再小孩子心性了。"

向青云说："娘，你说什么？谁要当爸爸了？"

秦氏说："五月有了身孕了，你还不知道？记住，可不能让她生气、委屈了。"

向青云惊喜地啊了一声。

秦氏说："回房去吧，多陪陪五月。"

向青云回到房中，五月在画案上低头调着色彩，向青云轻轻走到她的背后，看到五月画的是江边一片碧绿的草地，几个孩子在草地上嬉戏。向青云从后面搂住五月，五月吃了一惊，扭过头绯红了脸。向青云松开了手，拉着他坐到床上。五月有些不知所措，站起身给向青云倒了一盏茶说："累了一天，早些歇息吧。"

向青云兴奋地说："咱们公司的生意好，不觉得累。枯水期只有向家的轮行驶，现在卡水期咱更是开足了马力，订单已经排满了。"

五月把茶水递到向青云的手里，向青云接过茶水把它放到桌子上，拉着五月的手，让她坐到自己的身边说："五月，你有了身孕，怎么不对我讲呢？你知道吗，娘告诉了我，我觉得很幸福。"

五月的脸红红的，说："我是不想让你分心，公司的事情太多了。"

向青云说："事情再多，也没有咱们的孩子重要啊。"

五月抑制着自己的激动说："青云，你真的很喜欢孩子吗？"

向青云用手抚摸着五月的头发说："你这么聪明的人，怎么也说起了傻话，我当然喜欢孩子了。"说着把五月揽进了自己的怀里，亲吻着她的额头。

这是自五月和向青云相识以来，向青云第一次主动地对五月温存，五月流出了泪水。向青云从怀里掏出手绢替五月擦着泪水说："五月，对不起，你对我这么好，我对你是有亏欠的，以后，我会好好待你的。"

五月说："青云，不要这么说，你对我一点儿的亏欠都没有，能和你在一起，我感到无比幸福。"

向青云为五月脱掉了鞋，轻轻地把她抱到了床上，拉灭了灯。

又是一个晴朗的早晨，五月睁开眼就下地。向青云听了动静，他叫五月不要动，自己穿衣洗漱，吃过早饭，就到了公司。调度早已在等候他，把近几天的轮船航次让他过目。向青云看过后说："航次安排得还比较合理，只是安排上会让船员们有些劳累。"他叫来了马文俊，让他分头去找原来德生公司的船员，有愿意来向氏轮船公司上班的，让他们尽快来上班。马文俊马上去找船员了。时近中午，马文俊回来说船员们都十分愿意到向氏公司来上班。向青云又叫来调度重新安排船员的跟轮时间，保证他们有充分的休息时间。

这时，一个职员交给向青云一封信，说是邮差送来的，信封上写着向青云亲启。向青云漫不经心地撕开信封，看着看着，他的脸色发生了变化。马文俊看在了眼里，等向青云把信放在桌子上，他谨慎地问："青云，此信与公司业务有关吗？"

向青云没有说话，把信递给了马文俊，上写：谨告向氏轮船公司，近日，外轮将进行新一轮的价格战，客轮和货物的运价只收正常价格的一成，望贵公司做好准备。马文俊再看时，没有署写信人的姓名。向青云紧张地说："马叔，你去找小寒打探一下情况，看看这封信的内容是否属实。"

马文俊到日清公司的时候，向小寒正在和客户谈着生意，看到了马文俊说让他等一会儿。这一等，马文俊连中午饭都没吃，蹲在门口。热辣辣的太阳下，人们快速地行走在码头上，装卸货物的工人们头上戴着草帽，不时抹着脸上的汗水。马文俊的肚子咕咕叫起来，一个职员从公司里出来和马文俊打招呼，问他像个蛤蟆似的蹲在这里做什么，马文俊说等向小寒，职员笑着说，向小寒早就和客户出去吃饭了。马文俊一脸惊讶地说："我就在这里等，也没见她出去呀？"

职员说："马叔，这里的后门通向哪里，你还不知道？"

马文俊一拍脑门儿，回家吃饭去了。

吃过了饭，马文俊就又到了码头，看到码头工人往日清公司的轮上装着纸箱子，一个工人脚下被沙土滑了一下，箱子从肩上摔到了地上，折缝处裂开。马文俊过去一看，箱内的猪鬃分成了把儿包装，每把个儿很小，估摸着不到两寸为一把，显然是经过加工后包装的，再看箱子的大小，马文俊问工人："一箱要百十来斤吧？"

工人蹲下身，从腰间掏出了封闭箱子的胶带说："马叔好眼力，这批货每个箱子都不多不少正好是一百斤。"

马文俊再看那箱子上的商标为"万清"牌。他问了工人一些情况，工人说不清楚。他想这批货一定是日清公司出口到其他国家的。他又来到了日清公司，向小寒手里拿着一个大夹子，翻动着上面的纸张和几个人说着什么，见了马文俊走过来，问道："马叔，有什么着急的事吗？"

马文俊开门见山问了匿名信的事情，向小寒说："马叔，是不是向青云怕了，让你来打探吧？我们公司的生意好得很，降低运价，我想是不大可能的。"

马文俊从日清公司出来，正碰上穿着军服的莫英豪。马文俊问："莫排长，几日不见，越发英武了。"

莫英豪站住了脚，看着马文俊揶揄说："马叔，为向青云鞍前马后地忙着呢？"

马文俊心里立刻意识到莫英豪来这里一定有什么事情,和他寒暄了几句走了。

向小寒也看到了莫英豪,她迎上去说:"莫排长,莫非到我们公司公干吗?难得你到我的办公室,有上好的茶为莫排长准备着。"

莫英豪随着向小寒到了办公室,把帽子摘下端正地放在桌子上,坐在椅子上双腿呈八字形,两只手扶在腿上。向小寒看了看,站起来说:"莫少爷变了莫排长就是不一样了,瞧这坐相活像照片。"

听到向小寒这么说莫英豪扭了一下身子,立刻松懈了下来,身子歪斜地靠向向小寒说:"我找你有正事。"

向小寒说:"有正事就坐好了说话,刚夸你两句就又飘了。"

莫英豪凑得更近说:"小寒,你就不能好好和我说话?我真是有正事。"

向小寒翻动桌上的东西说:"你的正事就是随李克彪当了兵,找我还能有什么正事。"

莫英豪说:"正事,就是我来帮你。"

向小寒说:"你别跟我套近乎,你帮我把兵带到船上,生意就没法做了。"

莫英豪说:"我家的轮不能总停靠在码头上,生锈了就毁了。"

向小寒说:"你家的事同我有什么关系呢?"

莫英豪说:"你是个聪明人,这会儿怎么就迟钝了呢?"

向小寒盯住了莫英豪的眼睛,捕捉着他眼神的意思,迟疑地说:"莫非你要卖船?"

莫英豪诡秘地点点头。

向小寒又一字一顿地说:"你想让我给你找买家?"

莫英豪说:"能够挤垮向青云是我们共同的目的,我当然要把船卖给你们公司了。"

向小寒的神情略有迟疑,被莫英豪看到,他说:"难道你觉得这样做不妥吗?"

向小寒说："好吧，我带你去见青田浩二。"

莫英豪说："我不愿去见那个日本崽子，你代我去和他说，价格上不能吃亏了。"

向小寒长时间地看着莫英豪，不知怎么心里很不是滋味，想到了事情的变化。莫家卖了船就是一点儿资产也没有了，莫家的根基就全落在莫英豪一个人身上了，若是上了战场有个三长两短，莫家在万县也就不存在了，想到这里，向小寒看莫英豪的眼神有了一种难以言表的柔情。莫英豪看到了她的神情，竟生出了莫名的感动，眼里噙着泪说："小寒，这两艘轮是祖宗留下的产业，我现在也是没有办法，若论向、莫两家的情义，应该把这两条船给了青云，可是，他害死了我父亲，我和他不共戴天。"

向小寒不加考虑地说："你父亲的死也许另有隐情，不一定就是我哥害死的。"

莫英豪说："你还是偏袒向青云，也难怪，你们是兄妹嘛。"

向小寒说："你也知道向家的产业该是我的，是他占了我的家产。我和他也是不共戴天的。"

向小寒虽然心里对向青云也是怨恨满心，但是，对莫英豪说的向青云害死他父亲一事，觉得是不可能的。她心里明白，对莫英豪来说，这件事是分析不清的，既然莫英豪要把轮船卖给日清公司，她自然要促成。

向小寒送走了莫英豪，莫英豪回转身看向小寒的时候，眼神中有一种莫名的期待。向小寒会意他的意思，是希望她能争取个好价钱。

向小寒找到了青田浩二，说起莫家的轮要卖，青田浩二还没等向小寒提起价钱，就让向小寒以高出轮船实际价格的一半把轮买过来。向小寒很意外，问青田浩二何以给出这么高的价钱，青田浩二笑而不答，让她去给莫英豪送银票。

向小寒来到莫家，门虚掩着，推门进去，院子放着乱七八糟没用的东西，长久没人居住的屋子一股寂寥的气息朝向小寒侵袭过来，她站在院门边犹豫着是否进去。客厅里传出了莫英豪喝酒的盅盏声儿，此刻莫家太安静了，静得老鼠的脚步声都能被人听到。向小寒抬头看看院子里四株粗大的树，不解莫家的凋败，依然枝叶舒展、欣欣向荣。似乎是这四株树依然如故的气势给了向小寒走进去的信心，她步伐有力地走进了客厅。莫英豪红着脸说："小寒，都办妥了吧，来陪我喝盅酒。"

向小寒自己斟满了一盅酒，说："为了我父亲，和你的父亲在地下长眠，我们喝了。"

莫英豪说："小寒，别看你比我有能耐，可你是个女的，净说些女人的话，他们都死了不长眠，你还让他们睁着眼啊。"

向小寒生气地说："看你，又耍嘴皮子了。我是看在你爹和我爸交情的分上，给你家的轮卖了个好价钱。"说着把银票给了莫英豪。

莫英豪说："小寒，别走啊，再陪我喝几盅。"

向小寒说："我不陪你了，卖轮的钱可不能乱花了，留着娶媳妇。"

莫英豪喝得结结巴巴的，说："你不跟我，还娶什么媳妇。"

向小寒走出客厅，在院子里站了一会儿，走出了莫家。不知为什么，她的心情有些压抑。

向青云把几家华轮公司的老板召集到了向氏轮船公司，说外轮又要压低水脚，要大家商量出个对策。大家都说除了停航，一点儿办法都没有。其中一家公司说枯水期只有向家赚到了钱，其他公司都是资金紧缺，确实难以和外轮抗衡。其中有人提出，要卖轮，为了保住财产没有其他更好的办法。向青云苦口婆心地劝大家千万不要动了卖轮的心思，说再等一等。商量来商量去，没有好的办法，大家只好散了。

马文俊在码头上看着工人往向家的船上装货，也看到一个挨着一个的装卸工往莫家的船上装着"万清"牌的猪鬃箱子。马文俊觉得诧异，就跟着工人上了莫家的船，意外地看到向小寒在船上。他奇怪地问："小寒，怎么莫家的船也要开航吗？"

向小寒得意地笑着说："马叔，这就是您少见多怪了。莫家已经把船卖给我们日清公司了，这船如今是我们的了，自然要开航了。"

马文俊大吃一惊："什么？莫家把船卖了？"

向小寒说："这没什么稀奇的，不但是莫家，其他的公司早晚也会卖的。向青云会有办法，马叔，你是不用着急的。"

马文俊把这个情况告诉了向青云。果然，第二天，就有传言说其他两家华轮公司也要卖船。

向青云把自己关在了办公室里一个下午，思虑着眼前的状况。他感到了一种孤立的感觉，对兄弟间同舟共济的渴望突然间变得十分强烈。他不由自主地想到了莫英豪，想到了他们曾经盟誓永生永世作为兄弟的情景。他想，也许是自己做事情考虑不周，跟莫英豪之间的误会越来越重，以至于如今成了仇人。不知怎么想见莫英豪一面的感觉很强烈，他想通过自己真诚的解释能让莫英豪知道莫元清去世的真相。他还想，如果能沟通得顺利，他会把向家有三峡航运图的事情告诉莫英豪，毕竟他是自己最亲的兄弟。这个想法持续了一个下午，下班的时候，向青云走向了莫家。

莫家的院门没有关严，向青云进来后，直接进了客厅，客厅门吱呀的响声，在寂静的莫家显得有一种震撼的意味。莫英豪还是在喝酒，他见了向青云，并没有怒目而视，而是淡然地让他坐了。向青云搬了把椅子坐到了莫英豪的对面，自己斟上了一盅酒，见桌上只有酱鸭爪，说道："英豪，你过去是不爱吃酱鸭爪的，今天怎么吃上了？"

莫英豪看也没看向青云一眼，说："过去是过去，现在是现在，这鸭爪有嚼头，我一个人喝酒，你不觉得很适合吗？"

向青云感到莫英豪的话中有敌意，就转了话题直接说道："英豪，你遇到了困难应该和我说，我们是兄弟，不该把轮卖给日清公司。"

莫英豪说："是吗？我们曾经是兄弟吗？我都忘记了，卖轮是我自己的事，与你没有任何关系。"

向青云以平和的口气说："你卖给了日清公司，这不是助纣为虐吗？你忘了，他们去年是如何压低水脚对付我们的。"

莫英豪自斟自饮地说："这一切和我没有关系，现在我只想为父亲报仇，只要能为父亲报仇，我把船卖给水鬼都干。"

向青云跟莫英豪说明了莫元清之死的真相，他隐去了三峡航运图的事。这对莫英豪来说毫无说服力，他认为向青云在和他编故事。

第二十七章　暗使计策

外轮公司的降价又开始了，向氏轮船公司无奈也降价开航，向青云吩咐马文俊，即使赔钱也不能停航，之后，几天看不见向青云的身影。

北山观里，向青云已经在这里待了两天，道士按时送来茶饭，也不问什么。向青云思考着今年的丰水期，不能像去年那样坐以待毙，让向家的资产出现难以弥补的亏空，想了两天两夜，也想不出办法，急得口舌生疮。道士进来送饭，见他焦虑的样子合掌说："施主，万事都有可解的法子，不可一味地穷思苦想，反会减了锐气。"

向青云吃不下饭，反复琢磨着道士的话，似有所悟。第二天一早，他给道士留下了布施的钱票，神不知鬼不觉地到了码头，乘货船去了灌县。

向福来找马文俊问向青云去了哪里，马文俊正愁没人发泄，他对着向福说："我的福爷，你家少爷去哪里你该知道啊！"他指着向家的轮说，"这轮船一动，向家的银子就进了江水里，我还急着找你家少爷呢，你倒问我？"

向福被马文俊抢白了几句，也不恼火，反而乐呵呵地说："马爷，你想啊，少爷失踪，是好事呀，等他回来，向家的银子就进钱袋了。"

马文俊说:"哎,我说福爷,好久不见你,你的见识倒是见长了,你能猜到你家少爷的心思了。"

向福说:"那当然了,我跟二爷的时间比你长,我从穿开裆裤时就跟着二爷一起玩沙子了。"

马文俊故意和向福逗着话:"你说能猜出向二爷的心思我信,但是,你若能猜出向青云的心思我就请你喝酒。"

向福说:"马爷,我从不喝酒,你要是请我,就送我一块怀表。"

马文俊笑弯了腰:"福爷,你这礼要得也太小了,我要送就送你一块金表。"

向福没想到马文俊还顺杆往上爬,说道:"若是被我说中了,别说金表,就是金条,你马爷也送得起我。"

马文俊表情严肃了起来,说:"福爷,说真的,难道你真的估摸着青云有办法?"

向福压低了声音说:"你等着瞧,少爷回来了一定能扭转局面。"

马文俊说:"福爷,你再说一遍,你说青云能扭转局面,你把他说成了神仙不成?"

向福继续压低了声音说:"你别可看少爷文绉绉的,他比二爷能干。"

马文俊说:"福爷,你快走吧,越说越离谱了。"

向福边走还边回头说:"你等着瞧,等着瞧。"

马文俊见向家的船已经装满了货,催促冯船长开船,冯船长摇了摇头,拉响了汽笛。

向青云到了灌县,刁猛子任他在家躺着。他该打鱼打鱼,该听戏听戏,也不问向青云来的目的是什么。住到第五天,向青云按捺不住,把外轮压低水脚的事情同刁猛子说了。

刁猛子说:"就拿打仗来比你当前的处境,好比是孤军深入敌方腹地,要有一股锐气才行。在自己处于不利的时候,就要想办法以少胜多，以弱胜强，声东击西，出奇制胜。"

向青云说："道理是这样，如何才能够做到呢？"

刁猛子说："你要细致地了解情况，具体地分析情况，找出外轮和华轮对立的特点和双方强弱的因素，利用我之长、敌之短争取主动，根据情况改变战略战术。"

刁猛子讲完了就睡去了，向青云听得还是云里雾里的不明白。

夏天虹和朱少雄结婚后，另置了宅子，与朱少雄的原配夫人分开居住。朱少雄一周五天在夏天虹这里，对夏天虹百般呵护。而夏天虹每天不能登台唱戏，心里不免烦闷，朱少雄就想方设法哄她开心。夏天虹的肚子越来越大，朱少雄不许她出去，她烦躁起来，常和朱少雄闹别扭，朱少雄更是千般地迁就。

到了六月，天气渐渐热起来，朱少雄雇了个五十岁上下的妇人来照顾夏天虹，对夏天虹说刘湘受了蒋介石的委任为第五路总指挥，要进攻武汉，他要随军出征。夏天虹对此很担心，临行前，两个人情意绵绵。朱少雄随队伍开拔后，夏天虹虽日日想念，但可以出去走动走动，心里反倒不觉得憋闷了。

蒋介石电请杨森出兵鄂西，攻打武汉政府，杨森以"奉命出兵，讨伐武汉"为名，带兵自万县东下。莫英豪接到命令，把袍哥三爷叫到家里，托他不时来家照看一下。

杨森要出兵，声势很大惊动了整个万县，向青云想和莫英豪告别，但恐遭到他的误解，来到莫家门外隐在一株树后，看着莫英豪戎装走远，担心他在战场上有个三长两短，心里万般难过。

莫英豪随队到了宜昌，在湖北仙桃镇和唐生智部展开激战，莫英豪作战勇猛，在战场上就被任命为连长。杨森部在唐生智部的截击下，败回川东，回到万县。向青云得知，派马文俊去打听莫英豪的情况，他忐忑不安地等待马文俊的消息，当听马文俊说莫英豪不但毫发未损地回来,还晋升了连长,放下心来。

夏天虹挺着肚子到戏班子里,班主见了说:"我的姑奶奶,你怎么出来了,这要是有个闪失,朱旅长非砸了咱的戏班子。"说着让小红把夏天虹送回家去。

小红扶着夏天虹在街上走着,她哪有什么主意,夏天虹让她去哪里就去哪里,在街上转了足足有一个下午,夏天虹坐在一个店铺的台阶上说是走累了歇一歇。小红这才意识到夏天虹大着肚子不能多走路的,她估摸着歇得差不多了,就催促夏天虹快回家。就在这时,有人喊小红的名字,小红循着声音望去,是向小寒。她不知深浅地跑过去,把向小寒拉到了夏天虹身边。向小寒开始并没有认出夏天虹,看到她穿着长裤、对襟的褂子,以为是过路的妇人,她定睛看时,认出是夏天虹吃了一惊。夏天虹也觉得不好意思说:"小寒来办事呀,看我这副模样真是不好意思见人。"

向小寒说:"天虹,这是哪里的话,该给你道喜了。"

向小寒对身边的青田浩二说:"你回去吧,我陪陪天虹。"

向小寒随夏天虹回到了家里,小红忙回戏班向班主复命。向小寒也要走,夏天虹挽留她,向小寒见家里除了用人没有别人,也就住在了夏天虹这里。

夏天虹问她万县的情况,向小寒对夏天虹讲了五月怀孕的事,夏天虹的神态很平静。向小寒坐在椅上,夏天虹摆弄着床单的穗子对向小寒说:"小寒,埋在我心底的一个疑问,早晚我是要问你的,今天是个机会,咱们也算是姐妹,希望你对我说实话。"

向小寒心里有些紧张,故作镇定地说:"我们之间还有什么不能说的吗,有什么话你就说吧。"

夏天虹说:"那天我和你在青田浩二家过夜,后来青云同我吵架,说你根本就没来重庆,这到底是怎么回事?"

向小寒一时很尴尬,脸涨得通红,没有说话。夏天虹接着说:

"事情都过去很久了，我们也都各自成了家，现在提起这些也都不重要了，我只是想知道真相而已。"

向小寒见夏天虹是诚心地问自己，没有责怪的意思，就把实情对夏天虹说了，她承认自己对向青云说了谎。

夏天虹低下头流下了泪水。向小寒慌了说："天虹，其实我不是有意要拆散你们，只是想要我哥无心再管向家的产业。"

夏天虹说："我和青云命该如此，怪不得你，虽说青云不是一个看重钱财的人，但毕竟他是个男人，在他的心里向家的颜面还是第一位的。"

夏天虹的话让向小寒很感动，她说："天虹，我没想到你会这么想，我还以为你会恨死我了。"

夏天虹说："其实，想想看，这世上阴错阳差的事情多了，谁也怪不得谁，也许五月和青云结婚，比我和他更合适。"

向小寒说："天虹，不是这样的，都是我的错，若你是我的嫂子，对于我哥才是完美的。"

夏天虹说："戏词里说天下岂有圆满之宇宙，我已经知足了。"

向小寒躺在床上，心里想着虽然夏天虹生性高傲，脾气倔强，但内心善良，善解人意。长期以来自己僵冷的心像是被夏天虹有所融化。她对躺在旁边的夏天虹讲了目前万县外轮和华轮竞争的情况，她这是第一次向别人诉说自己心里的话。她对夏天虹讲了自己对于外轮和华轮竞争的矛盾心理，又讲了青田浩二对她的追求和自己内心深处对青田浩二的排斥。她说自己越是想方设法躲避青田浩二，他越是苦苦地追求自己，这令她十分苦恼。

夏天虹说："对于外轮和华轮的竞争说什么也不能帮着外轮整治华轮。说到你的婚事，小寒，以我的看法，觉得英豪很好，别看他行事鲁莽些，心地不错，人要紧的是心啊。青田浩二你是琢磨不透的，绝不能和他谈及婚事啊。"

夜色已经很深了，夏天虹和向小寒各自想着自己的心事。

夏天虹虽嘴上对向小寒说认命知足，其实心里终是有些不甘，这种不甘的感觉不是针对某个人，而是针对命运。朱少雄对自己又疼又爱，但是和朱少雄在一起与和向青云在一起是两个完全不同的世界。在向青云的世界里她可以随意地伸展对细微感知的触角，无论她伸展到哪里，向青云都会找到她的思维所及之处，两个人可以借着戏词，走入一个广阔的世界里，去感知不同人的内心世界，同时也如同自己亲历一番不同的生命足迹。和向青云在一起她内心可以不断地扩大，以至于无边无界，可以始终系着向青云的心。而朱少雄的世界是让夏天虹在缩小自己，表面上看来朱少雄宠她任由她行事，而安逸和舒适恰是囿住了夏天虹的心，她必须强迫自己去爱朱少雄，因为他是那么疼爱自己，她知道朱少雄是一个好男人，这样的男人百里挑一，但是她精神的生命也从此萎缩了。夏天虹想到这些，就像是有一种负罪的感觉，她想自己是不是如同捧戏的人说的，戏子骨子里就是不安分的人，生性风流。想到此，夏天虹摸摸肚子，流下了眼泪。

向小寒并没有睡，夏天虹轻轻的动作还是被向小寒感知了，她问夏天虹："你还没睡吗？"

夏天虹掩饰地说："白天也是常睡，夜里也就难以睡实在了。"

向小寒问："天虹，你真的很爱我哥吗？"

夏天虹答道："这个世界上所有的美景、所有的财物、所有的才华，如果我都拥有的话，我也都可以放弃，只要和你哥厮守在一起。"

向小寒不解地问："男人有很多呀，好男人也很多，假如你有的话放弃这么多的东西来换取我哥，值吗？"

夏天虹摸着自己的肚子说："小寒，你从小家境殷实，父母宠爱，要什么有什么，要读书就可以出洋，要钱就可以花不尽。你有不如意的时候，就可以用钱来消遣，这样反而驱除了你内心真正需要的东西。而我从小就颠沛流离地跟着戏班子，遇到一个真心相爱的人比什么都重要。"

向小寒说："天虹，其实，我也不是如你们想的那样衣食无忧、家境殷实就能替代我内心想要的东西，我和你一样，很多时候，也是孤独的。就如你说我孤独的时候，可以花钱，可以和父母发脾气，可这一切也并不能解决问题。"

向小寒停下了话语，黑暗里的寂静让人仿佛置于虚空之中，此时，内心深处的东西不由自主地飘浮出来。

向小寒接着说："天虹，其实我很羡慕你，我遇到了两个男人，莫英豪和青田浩二，都是我不喜欢的。而你遇到的我哥和朱少雄，你是喜欢我哥的，朱少雄是喜欢你的。"

夏天虹说："要我看，莫英豪是很喜欢你的。"

向小寒说："可是，我不喜欢他呀。"

夏天虹说："你想想看，你是不是也不喜欢你哥？"

向小寒答道："是呀。"

夏天虹说："但你哥，实际并不是你想的那个样子，一年来他把公司打理得很好嘛，就是你父亲还在也未必如他一样能渡过难关。"

向小寒说："这倒是实情，但这和莫英豪又有什么关系呢？"

夏天虹说："我是想借青云来说英豪，英豪也不是你所想的那个样子，你多用心体会别人才能真正了解一个人。"

向小寒不再说话，她回想着莫英豪和她在一起的一举一动，真如夏天虹说的那样，也没有那么让人讨厌。

外面传来打更的声音，过后，房间里更加静得让人有一种畏惧。向小寒听着夏天虹均匀的呼吸声，想必她是睡了。而向小寒想着外轮压低水脚的事心里还是乱糟糟的，最后心里一横地想，管它呢，天塌下来有向青云撑着，她慢慢也睡去了。

向氏轮船公司被外轮打压得生意清淡，连续几天没有订单。

向青云寻思发愁也没有用处，干脆到戏园子听戏，近一年没有正经听过一出戏，向青云这次可是听了个饱。向青云对川剧的鉴赏和唱功，已经不是什么秘密，万县喜欢听戏的人都知道，他们看到向青云也来听戏，饶有兴致地让向青云给品评一番。向青云摆开了架势，说要人请他喝酒才肯说。一些富豪、所谓的绅士巴不得日日有人与他们喝酒闲谈，不到几日，向青云周围就形成了一个圈子，每天就是听戏、喝茶、喝酒。马文俊又几次到戏园子请示公司的事情，向青云说暂时停航，有事让他看着处理。这些闲士看到向青云的样子可高兴了。向青云琴棋书画样样通，是这些人难得的谈话对象，富豪们天天请向青云喝酒，而向青云也兴致勃勃地和他们谈天论地。五月担心向青云面对外轮的压力消沉下去，规劝了几次没有效果。

这天戏园子上演的是《水漫金山》，散场后，几个人把向青云拉到了茶馆，说起了去年向青云上台时精彩的变脸。几个人眉飞色舞地说着，邻桌几个人的话却入了向青云的耳朵。从邻桌人的装束就可知道他们不是万县人，是来此做生意的商人。只听其中一个人说："现在外轮的水脚便宜得让人不敢相信了，几乎就没有运费。"另一个人说："趁着这个时候，我们要抓紧做几单生意，赚些钱再说。"

听了这话，向青云陷入了自己的思考里，周围的一切仿佛都与他隔绝了，他想起了刁猛子对他说过的话，计上心来。

同向青云一起喝茶的人，见他愣在那里不说话，有人说："向少爷就是唱戏的材料，你们看咱们说到变脸，他都傻了吧。"

向青云带着马文俊到了重庆，在向不争和武江川的引荐下拜见了几位大商人，摸清了四川几种特产的行情。接着他们又乘船到了宜昌，详细调查了几种物品的水运情况，然后他们又折回了重庆。回到向家的时候，武江川正在和向不争商议向家也该成立一个商行。向不争和向青云对视了一下,向青云的目光离开了向不争后眉头紧锁。向不争以探寻的目光再看着向青云。武江川用眼神示意向不争,两个人离开了向家,驱车来到了武江川的一个朋友董裕家里。董裕的哥哥是做商行生意的,在重庆开有一家很大的商行。董裕的父母年近八旬,身板却都很硬朗,武江川和向不争提着点心进了董宅,董裕迎出来,高兴地问:"今天什么风把两位吹来了,真是董家的大幸啊!"

武江川说:"没事,只是路过,看望二位老人。"

董裕的哥哥董初也忙出来迎接,见过两位老人后,董初、董裕引着向不争、武江川到客厅攀谈,话题渐渐过渡到商行的生意上,武江川简单说了向青云在万县的情况,董初建议向青云做猪鬃的生意。

回到家,武江川对向青云说在万县搞一个专做猪鬃的商行,如果资金短缺可以从武家再拿些钱。向青云神秘地笑着说:"猪鬃那东西太金贵,不够大。"他对武江川的话不置可否,弄得武江川莫名其妙的一头雾水。武江川也不好说什么,和向不争私下揣测向青云的心思。向不争说:"万县的情况咱们不是十分清楚,还是让青云自己去斟酌吧。"

武江川有些不放心地说:"青云毕竟还年轻,他能对付得了洋人吗?"

向不争说:"这是他必须要面对的,谁也替代不了的。"

武江川认为向不争说得在理儿,也就不再过问向青云的事情。

向青云每日到街上闲逛,一副悠闲自在的样子好像什么要紧的事情也没有。几天过来,向不争也有些担心向青云是否又去逛戏园子了。

其实,向青云几日来连续到潘文华处,只要潘文华闲的时候就和他谈论川剧。向青云提到了开县的川剧,引起了潘文华的兴趣。

潘文华从开县的木偶到皮影再到被俗称为大人戏的川剧，给向青云讲起了川剧的发展历程，又给向青云讲了开县罗春才兄弟三人的三才班。

向青云听着潘文华对川剧入骨的喜爱，说起了开县成立了商会，为了庆贺商会的成立，商界行帮请来"娃娃班"在开县连续唱了十天的川剧。

两个人越说越投机，向青云就以小辈的身份，软磨硬泡地要求把潘文华和刘湘入股的庆丰商行的桐油代办权交由他。潘文华喜爱向青云的聪颖率真，戏谑地说："原以为你只是个戏痴，哪想到你还是个小鬼头，连庆丰商行你都探听到了。"

向青云顽皮但不失庄重地笑着说："做生意嘛，没有三头六臂是不行的。"

潘文华赞赏地看着向青云说："既然说到生意，我给你代办权，你能给商行带来什么效益？"

向青云说："我保证比行价便宜。"

潘文华沉吟了一会儿，向青云接着说："不过我有一个条件。"

潘文华说："怎么你要我们的代办权，还向我要条件，什么条件，你说吧。"

向青云说："您要把王臣甫经理借我用到丰水期结束。"

潘文华哈哈大笑起来，说："连我最信任的人你都要挖走，真有你的，好吧。"

过了一会儿，潘文华又严肃地说："青云，咱爷俩交情归交情，但商场如同战场，我答应你，不是凭的交情，是凭你的魄力和能力，去放手干吧。"

向青云拱手施礼对潘文华说："来日定报潘叔叔知遇之恩。"

王臣甫以外来商人的名义来到了万县，找了住处，一切由马文俊安排并由马文俊做王臣甫的助手。

向青云回到家里，一家人喜出望外，只有向福很镇定，他诡秘地偷偷问向青云："少爷，事情搞定了？"

向青云朝向福神秘地笑笑。向福和向青云的窃窃私语被秦氏看到了，她生气地对向福说："你就是没心没肺，青云走了这么多日子，我们都担心得吃不下睡不着，看把你喜的像什么事情都没有似的，快吩咐厨房给青云弄饭。"说着拉过青云左看看右看看，又说："瘦了，瘦了。"

五月站在秦氏的身后，眼圈红了，控制不住地抹了下眼泪，被刘氏看到了，她悄悄拉了一下秦氏，示意她身后的五月。秦氏忙从院子的水缸里舀了两瓢水放到脸盆里说："青云，你洗洗脸，我到厨房去看看。"说完，秦氏和刘氏都去了厨房，院子里只留下了向青云和五月。

向青云洗过了脸，轻轻抱了一下五月，两个人进了屋里，温存了一会儿。

吃过了晚饭，五月把被褥铺好，并点起了一炷香，香气缭绕，向青云躺在床上觉得异常舒服，但他又突然惊醒地说："五月，这香从哪里买的，会不会对肚子里的孩子不好呀？"

五月温存地说："不会，这是我让人从山上采的花草，特意让香坊给配的，不但没害，还含有很多中药成分，闻起来呀，可舒服了。"

向青云觉得从未有过的放松，香气弥漫中，他仿佛身子飞腾到了空中，一种似曾相识的感觉浸遍了全身，他努力在似真似幻的感觉中搜寻着自己的记忆，此时一切的记忆都没有了，眼前的五月变成了夏天虹，他轻轻地为五月脱去衣服，喃喃地叫着："我爱你。"

五月捧住向青云的脸，在他耳边轻轻耳语。

向青云说："不要，不要离开我，我爱你。"

徐徐的白烟儿从香柱上轻缓缓地往屋子里各个角落扩散着。向青云无比动情地抱着五月……当他汗水淋漓地睡去的时候，五月则流下了激动的泪水。她觉得自己所有的努力和等待都是为了今天这一刻，她幸福地闭上眼睛，觉得自己再无缺憾，甜甜地睡去了。

　　一炷香随着毫厘间的塌陷，颓败成一摊白色的粉末，突然间，向青云在梦里看到了夏天虹哀怨的目光。他诧异地去拉夏天虹的手，夏天虹摇摇头，转身消失了。向青云四处寻找，雾气弥漫，哪里还有夏天虹的身影。向青云醒来，扭头看到睡在旁边的五月，他想坐起身，但怕惊醒了五月。躺着，想自己是怎么了，为何今天如此思念夏天虹？他想着夏天虹举世无双飞扬灵动的心思，感知他物的超凡能力，曾经带给他的多姿多彩的生命视角……向青云的泪水打湿了枕巾，再看看身边的五月，一份责任感又紧紧摄住了他，思绪就到了明天该怎样去面对公司的局面。

　　上午的码头，江面上笼罩着迷迷蒙蒙的雾气，向青云看着远处迷茫的江水，对公司职员传令向家的船从今日起全部停航。码头上的职员全部回到公司，大家纷纷议论着是不是向青云也顶不住压力了。有人说开一次航赔一次钱，谁还会做赔钱的生意呢？大家正说着，向青云走进了公司，他把员工召集在一起说："现在的情况不用我说，大家也都清楚，从今天起全体员工放假回家，工资按平时的七成发给大家，请大家随时准备复工。"性格乐观的员工非常高兴，说回家可以到处玩玩。性格悲观的员工则心情沉重、沉默寡言，担心此次停工就不会再有复工的日子。员工们各种各样的情绪向青云能够察觉出几分，他故意大大咧咧地说："大家都散去吧，复工的时候会通知你们的。"

　　员工们带着各自不同的心情回到了家里。

　　马文俊物色了一个离码头较近的门面，王臣甫出面租了下来，当日就挂出了门匾"隆运桐油商行"，一开张就以低廉的价格代办桐油。万县当时是中国最大的油市场，为川东桐油集散地，由于油漆在军事、机械工业中的特殊需要，油漆等涂料工业发展很快，用桐油做原料制造的油漆物美价廉，桐油的出口需求量非常大。各国商人纷纷拥入中国市场，争夺货源，大大地刺激了油桐种植业的发展。万县境内多山，几乎家家种桐，取其籽为油。但万县当地人只知道桐油可制造油布、雨衣、雨伞、油纸等。外轮进入川江后，桐油大量出口美国，桐油贸易成为万县的主要经济支柱。万县每逢三月，县府都要发动居民在城郊植桐，建油桐育苗及油桐示范林，每个林场，植油桐树三千棵左右。基于这种情况，外来商人到万县做桐油生意是再正常不过的事情，所以，王臣甫的商行，并没有引起任何人的注意。

王臣甫在几日内就以优惠价格囤积了大量的桐油，然后就利用外轮超低的运价，把桐油运往重庆。

向青云还是整日地听戏、喝茶、喝酒聊天。回到家里身上常常有浓郁的酒的味道，对五月反而温存了起来。慢慢地，五月的感动和激动有所消失，她以为向青云每天去戏园子心里还是忘不了夏天虹，有了隐隐的不痛快。这天向青云回到家里，嘴里唱着川剧的唱段，躺在了床上，满身的酒气。五月拖着笨重的身体，为他脱去外衣，又把毛巾浸在热水里，拧干后给向青云擦了脸和脚。五月担心向青云喝了酒会头痛，她在向青云太阳穴擦了薄荷油。过了一会儿，向青云醒了，坐了起来，像是自问地说自己是在哪里，五月看到他这个样子很生气，也不好发作。给他倒了柠檬汁，喝下后，向青云清醒许多。

五月低声地问："青云，你这几天都去哪里了？每天回来都是酒气冲天的。"

向青云说："你不知道，从开县来了个戏班子，唱得真是地道。"

五月吃惊地问："你每天都去戏园子，公司的事情呢？"

向青云说："所有的轮船都停航，我让员工都回家了。"

五月大吃一惊，说："青云，你到底想干什么，船都停航，你又整天泡戏园子，这样下去，公司就毁在你手里了。"

向青云一把揽过五月说:"公司毁不毁的有什么用,有你我就知足了。"五月着急地推着向青云说:"别碰了咱的孩子。"

向青云说:"没事,咱的孩子结实着呢。"

向青云一改往日早起的习惯,睡到太阳三竿了才起床,向小寒看着五月整天喜滋滋的神色,说:"嫂子,看你瘦小玲珑的,还真有办法,让我哥对你服服帖帖的,你给他喝了什么迷魂汤,连公司都不管了,整天地陪着你。"

五月说:"公司他是不管了,可也不是整天陪着我,睡醒了他就该去戏园子了。"

向小寒有些吃惊地问:"怎么,他又整天泡戏园子?"

五月的神情立刻忧郁起来,说:"没有办法,我也不能拦着他。"

向小寒说:"你拦不住他,只怕他是又迷上了哪个戏子,哪天娶回家做二房也说不定。"

听了向小寒的话,五月手里的手绢掉在了地上,她愣了一下。

向小寒边向院门走边说:"我看他的老毛病又犯了。"

由于隆运桐油商行有潘文华和刘湘做资金的后盾,收购的价格高于其他商行,而卖出的价格又低于其他商行,其中的微利只可维持向氏轮船公司员工的工资。马文俊每天以喝酒为由头和向青云见面商量价格上下调动。很快四川各地的商户凡到万县来做桐油生意都知道有个隆运商行,也都知道了那个敦厚的掌柜王臣甫,需要桐油的订单雪片一样飞来。

马文俊凭着多年积累的关系,到种植油桐树的种植户中进行劝说收购。其他县经营桐油的商户马文俊也多方联系,正好利用外轮水运价格低廉,大量的桐油被收购到了隆运商行。同时也有大量需求桐油的商户从隆运商行买入,同样利用外轮的低运价运到目的地。

日清公司关注的焦点在猪鬃生意上，法国不断有订单传来，要大批的猪鬃。一段时间来，猪鬃一箱一箱地被装入日清公司的轮船运到重庆，再转道运到法国。他们忽视了近期很少有人来卖给公司桐油。

这天，青田浩二从重庆来到万县，直接就到了日清公司的库房，看到满库房都是猪鬃，很少有桐油。他找到了向小寒，问，最近没有收购桐油吗？向小寒说没有在意。他把订单给向小寒看。向小寒啊了一声说订单的日期很紧迫，一时难以筹到这么多的桐油。

青田浩二说："万县是桐油的集散地，再多的桐油也会有的。"

向小寒说："桐油是有，这么紧的时间，价格上恐怕要高些了。"

青田浩二让向小寒到各家商行摸摸价格。向小寒走了半日回来说，只有隆运商行的价格最低。青田浩二让向小寒马上从隆运商行购进了大批桐油。

向青云从戏班子出来又到了酒馆，几个闲士和向青云谈起了听戏的感受。其中一个人说："来戏园子有九成人是不会听戏的，只是来闲趣凑热闹。真正会听戏的要和戏中的人物同喜同悲，就像是自己亲自经历了那个故事。"

有一个人反驳道："人总是要分出三六九等的，照你说这样的人，那就不是听戏的，这样的人天生就是戏子，该是唱戏的了。就像去年德裕班的夏天虹，不论是哪出戏都像是她自己经历过的一样，演得真切动人，那可真是个好戏子。"

又有人说："你这话就不对了，什么是戏子呀，那就该叫艺人，该受人尊重才对。"

几个人闲聊着，从外面进来几个商人，坐下还没点菜，就大发感慨地说："这万县码头真是奇了，好像从天上掉下了那么多的桐油，所有的华轮都停航了，光靠外轮恐怕是耽误了我们的运程吧。"

有一个人说:"我做了十几年的桐油生意,还没见万县码头满是桐油,看着还真是气派。"

向青云表面上听着几个闲士说话,耳朵却注意着旁桌人的话语。此时马文俊进来,坐到了向青云的身边,有个人说:"马爷,向氏公司放假,来随我们喝酒。"

马文俊也装作百无聊赖的样子,喝着酒说着闲话。

外轮公司的订单应接不暇,全部运的都是桐油,码头上也是十分热闹。很多商家和外轮洽谈,要求增加航班。向青云化装成一个商人的模样,和马文俊来到码头上,他们看到所有停泊在码头的外轮舱位全被桐油占满。日清公司在码头的沙地上用几根木桩圈起了很大的一块地方,整整齐齐地摆放着桐油。向青云笑着对马文俊用讽刺似的口气说:"小日本做事认真,值得咱们学习,你看那桐油码放得见棱儿见角的。"

马文俊也笑着说:"等他们明白过来就稀里哗啦了。"

莫英豪带着几个兵在码头上巡视着,他看到了一个华轮公司的老板在码头上溜达,搭讪说轮船都停了还在码头上转悠什么,这个老板说习惯了,一天不见到码头的船只穿梭就感到心里没着没落似的。莫英豪脚穿皮靴,手里拿着一根警棒,远远看去很是威武,向小寒站在日清公司囤积货物的地方,看到了莫英豪,心里就走了神儿,她想起了那夜夏天虹和她说的话,不知不觉中就盯住了莫英豪看着。忽见袍哥三爷急匆匆地走向莫英豪,两个人说了很长时间的话,袍哥三爷的手一会儿指指泊在码头上的船,一会儿又指指她站的地方,两个人交头接耳显得很神秘。她又看到袍哥三爷朝着站在码头上的两个人走去,就要走进那两个人的时候,其中一个人就走了,那走路的步履向小寒觉得熟悉,想了想,不知在哪里见过这样的步伐。只见袍哥三爷和其中的一个人说话,向小寒认出那人是马文俊。她把目光收回到了莫英豪的身上。莫英豪也看见了向小寒朝她这边走来，走近了说："这么多桐油比万县的兵还多，小寒你发财了。"

向小寒神情黯淡地说："再多的桐油也不是我家的，也不是你家的，和我们都没什么关系。"

莫英豪说："我家是说不上了，莫家的船卖了，我也从了军，从此莫家就改换门庭，不是生意人了。"

向小寒说："不是生意人，也没什么不好，看你现在多么逍遥自在。"

莫英豪立刻嬉皮笑脸地换了一副面孔说："你嫁给了我，同我一起逍遥，不是很好吗？"

向小寒说："说着说着，你就没正经了。"

莫英豪说："我这可是百分之百的正经话，你总是把正话听偏了。"

向小寒问："我怎么看着站在马文俊旁边的那个商人像是熟悉似的，他是哪里来的呢？"

听了向小寒的话，莫英豪也严肃了起来说："我也注意到了那个人，他很像一个人，如果真是他，这个人你和我都很熟悉。"

向小寒脑子急速地转了转，回想了一下刚才的情景，话语脱口而出："是我哥？"

莫英豪示意她压低声音，贴近向小寒的耳边说："若真是向青云，这满码头的桐油？"

向小寒疑惑地看着莫英豪说："莫非你真是会用脑子了？"

莫英豪说："我是男人嘛，你是女人。"

两个人说着，有人来叫向小寒说是公司有重要的事情要商量。向小寒更加疑惑地看了看莫英豪，赶快奔向了公司。

第二十八章　巧计获胜

向小寒到了公司,看到英轮和法轮的公司经理都在,神情严肃。青田浩二用日语对小寒说三家外轮公司都觉得大批的桐油囤积在码头上,这事有些蹊跷,几家要联合成立调查小组,让向小寒为组长,负责查看此事。

第二天,向小寒到了码头上,又看到了莫英豪带着兵在巡视,她主动走到莫英豪跟前说:"英豪,我见你越来越英武了,人都说,女大十八变,我看你是男大十八变。"

莫英豪戏谑地说:"小寒,从你嘴里说出夸我的话来,那准是有事情要我帮忙,有什么事情你就直接说吧。"

向小寒说:"你去你家的轮上问问运货的商家,桐油是哪家商行给的货。"

莫英豪说:"小寒,让我办事,不能这样说话吧,哪里还有我家的船呀,那是你们公司的船,你不是戳我心疼吗?"

向小寒说:"行了莫公子,本小姐口误,你快去吧。"

莫英豪转到了原来属于莫家的轮上,走到轮船的甲板上,细细地抚摸着栏杆,一个五十岁左右的人走到了莫英豪的跟前说:"这不是莫家的少爷吗?这是你家的轮吧?"

莫英豪看着远处的江水豪爽地说:"十年河东,十年河西,这船已经不属于莫家了。"

此人宽慰莫英豪说："少爷都有了军衔了，前途无量，两条船不算什么，不舍不得嘛。"

莫英豪问："这满舱的桐油要运到哪里去？"

此人回答说："运到宜昌，趁着运价低，多运些。"

莫英豪又问："从哪家商行进的货，价格怎样？"

这人又说："隆运商行，价格合适，服务周到，很会做生意啊。"

莫英豪又搭讪了几句闲话，说是有事，下了船，此人拱手与莫英豪道别。

向小寒得知了这一情况，又让莫英豪到隆运商行打探情况。莫英豪来到了隆运商行，王臣甫点头哈腰地把他迎了进去，忙让了座说："长官好年轻，后生可畏啊。"说着吩咐伙计泡茶，说是要泡从成都带过来的好茶叶。

莫英豪品了口茶说："真是好茶，掌柜的是哪里人呢？"

王臣甫一脸的憨厚相，说："重庆人，重庆人。"说完就示意伙计，小伙计机灵地把一个小盒子看似无意地放到了王臣甫的跟前。

王臣甫故意问伙计："这是什么东西，哪来的？"

伙计小心翼翼地说："有从重庆来的船，说是少爷给您的，孝敬您的。"

王臣甫就对莫英豪说："我那个犬子，不长进，懒惰得很，只会念些书，没办法，把他送到了英国念书，想着让他能长些出息。他这哪里是孝敬我，这是用小东西贿赂我，又要朝我要钱了，我教子无方啊，哪里像莫连长这样为祖上争光啊。"

说完，王臣甫打开了盒子，是一个小巧的怀表，黄色的链子，蓝色的表壳。王臣甫提拉着链子对莫英豪说："莫连长，你看看，这哪里是我这个老头子用的东西，分明是他买了不爱用，给了我。今天莫连长既看到了，就是和这个物件有缘，若莫连长不嫌弃，我就把他送给你，你看，这表正合年轻人用。"

莫英豪忙说:"王掌柜,这可使不得,这是英国货,这么贵重的东西我可不能要。"

王臣甫故作轻松地说:"这哪里算是什么贵重的东西,不怕您莫连长笑话,我那儿子糟蹋的钱真是没数了,只要您莫连长不嫌弃,收下就好,我们初来乍到万县,还望您莫连长多关照。"

莫英豪说:"既是这样,我就收下了,王掌柜有事唤我一声即可。"

王臣甫送出了莫英豪,嘴里还说:"少不了麻烦莫连长。"

莫英豪怀揣表,兴冲冲地找到向小寒,掏出那块表让她看。向小寒端详着这块怀表,只见圆形的表体是淡蓝色的,表圆的中间有一个小小的圆圈,从圆圈上伸出去的时针上有两个小小的葫芦形。表的下方,还有一个小的圆圈,上面有刻度,向小寒猜测是表示秒数的。表的上方有明显的"LONOON"字样。

向小寒问莫英豪这么贵重的怀表从哪里来的,莫英豪就把刚才见王臣甫的情况一五一十地和向小寒说了。

向小寒思忖了很久说:"看来这个王掌柜来头不小,一定是重庆的富豪。"

莫英豪说:"我看不大可能,富豪哪里会有他那么个样子的。窝窝囊囊的,一脸的傻相。"

向小寒瞪了他一眼说:"昨天刚夸你脑子灵光,今天就又进水了,大智若愚,大傻必奸。能把这么贵重的东西,当儿戏一样地送给你,就是你祖宗八代的财富加起来,也不及人家的一角呢。"

听了向小寒的分析,莫英豪觉得也是这个理儿。

向小寒把怀表给了莫英豪。此时,已近中午,莫英豪要请向小寒一起去喝酒,向小寒却说:"从今天起,开始学做淑女,不再喝酒。"莫英豪只得自己走了。

向小寒来到了隆运商行,混在来来往往的商人中,在商行门前转悠了两圈。此时,马文俊从外面回来,正要走进隆运商行,一抬眼就看到了向小寒,他急忙转身朝回家的方向走去了。向小寒没有发现什么异样的情况。她回家吃午饭的时候，又没看见向青云。吃过饭，她到了五月的屋里。

五月的肚子已经大得像口锅似的扣在了腹部。向小寒问五月："我哥还是每天去戏园子吗？"

五月点点头。

向小寒问："嫂子你就没有发现我哥对你有什么不对劲的地方，他不会已经嫌弃你了吧？"

五月淡定地说："小寒，你哥不是那样的人，他不过是喜欢川剧，不会乱来的。"

向小寒问："我哥最近对你怎么样？"

五月红了脸说："他倒是比之前懂得疼惜我了。"

向小寒满腹疑团地到了戏园子，看到向青云正气定神闲地与人喝茶闲聊，向青云看到了向小寒，说："你来这里做什么，这不是女孩子来的地方，快去上班吧，别让人笑话了。"

向小寒本想和向青云说几句话，探探他的口气，无奈向青云一个劲地催促她离开。出了戏园子，向小寒越想向青云的状况越觉得诧异，她又到了隆运商行周围偷偷地窥视。虽是春天，但中午的太阳烤得地皮发热，穿着草鞋的人说脚底板温热热的真舒服。向小寒躲在街拐角的阴凉处，从这里可以全方位地看到隆运商行门前的全景。向小寒待了约莫有一个时辰，没见隆运商行进进出出的人中有什么可疑，倒是那个伙计迎进送出的热情机灵，很招人喜爱。这时万县海关的钟声响了起来，向小寒望向海关的大钟表指针指向下午两点。她解开帽子的穗带重新系成一个蝴蝶结的形状，刚要离开，突然发现马文俊戴着一顶草帽走进了隆运商行，她揉揉了自己的眼睛，想确认一下那人是不是马文俊，门前早已没了马文俊的身影。她极力回想着刚才马文俊头上的那顶草帽，已经百分之百地确定那人就是马文俊。因为那顶草帽是马文俊的女儿用麦秆编成的礼帽。刚刚编成时，马文俊认为不伦不类地说什么也不戴，后来放到向氏公司里，被一个外轮的职员看到后，要用高价买这顶帽子。马文俊听了之后，就每天戴起了这顶麦秆的礼帽。

向小寒耗了一个下午，在暗处费力盯着隆运商行，等着马文俊从里面出来。太阳渐渐落下去了，从远处山峦的缝隙中透出的硕大落日仿佛要把整条街都染红了，街上的人流稀落了，许多店铺上了门板。向小寒做事就有个执拗劲儿，尽管她已经很疲倦，但还是坚持着一定要等到马文俊出来不可。落日从强劲变得瘫软的时候，马文俊从隆运商行出来了。向小寒尾随着他出了这条街喊住了他，亲切地说："马叔，好久不见，我请你吃西餐去。"

马文俊推辞说："你们年轻人吃那玩意儿，我可不吃。"

向小寒见到街边有个卖饼的铺子，叫马文俊等他一会儿，过去买了一张葱花饼，用油纸包着。马文俊问道："给家里捎的？我记得你们家里不吃外面买的东西。"

向小寒诡秘地一笑说："马叔，我这是给你买的，我们去吃烤牛排，夹在大饼里吃，咱来个中西结合。"

马文俊说："你带着大饼进西餐厅，可行？"

向小寒说："你看我的。"

马文俊还是推辞，说是家人在等他吃饭。但最后还是被向小寒给拐到了西餐厅。向小寒只要了牛排，把用油纸包的大饼摊开，用刀子将牛排切开，卷在大饼里就吃了起来，他等了马文俊一下午，累饿了。马文俊看着他，不好意思吃。向小寒说："马叔，吃呀。"马文俊刚要吃，服务生走了过来，呜哩哇啦地和向小寒说了些话，向小寒神色严厉地用英语和服务生说了些什么，服务生走开了，再也没来打扰向小寒和马文俊。

向小寒吃完了大饼夹牛排，叫来服务生要了橘子汁。喝了几口，慢悠悠地说："马叔，今天你到隆运商行待了整整一个下午，您实话告诉我，去做什么了？"

马文俊心说不好，上了向小寒的当，不该和她来吃这中西合壁的大饼夹牛排。马文俊也喝了一口橘子汁说："还是外国人能琢磨，把橘子做成了水，吃起来省事多了。"

向小寒继续追问："马叔，你还没告诉我你到隆运商行去做了什么？"

马文俊说："向氏轮船公司停航，你是知道的，我只得另找点活计混口饭吃。"

向小寒说："马叔，你还用得着瞒着我吗？向氏轮船公司所有的员工都没出来混饭吃，就你出来，你瞒得了别人，可瞒不了我。"

马文俊见搪塞不过去，只得和向小寒说了实情。说完之后，又觉得不妥，怕生出什么枝节，就对向小寒说："小寒，虽然你现在是给日清公司做事，但是毕竟青云是你的哥哥，一笔写不出两个向字来，你可不能把青云的做法透露出去啊。你若是说出去了，我这张老脸真是难以再面对青云了。"

向小寒说："马叔，你放心，我和哥天天进出同一个院子，天天在同一张桌子上吃饭，好歹我还是知道的。"

马文俊说："有了小姐这番话，我就放心了。"

向小寒和马文俊吃过饭，回到家就进了自己的房间，五月过来，问她怎么没回家吃饭，她没有回答，反问向青云是否回家吃饭了。

五月见向小寒没有和她说话的意思，就回了自己的房中。

向小寒上午安排码头工人将桐油装上了太古公司的轮船，船开动后，又去和法轮洽谈货运的班次。到了中午，她觉得肚子饿了想起了吃饭，就往家走，路过一个茶馆，看见向青云正往里走，她随着向青云走进去，和向青云坐在一张桌子上，一同和向青云来的人见向小寒和向青云坐在一起，知是兄妹间必有家事可言，都知趣地走了。向小寒要了两碟糕点，狼吞虎咽地吃起来。向青云心疼地说："看把你饿成这个样子。"

向小寒说："不知谁在背后操纵万县的桐油生意，码头上、库房里突然间就像是魔幻般地到处都是桐油，我得前后忙活着让日清的轮运这些桐油，哪还有时间吃饭啊？"

向青云的心里警觉起来，说："看来，我这个做哥的要给你找点扛时候的东西吃了。"

向小寒语气酸酸地说："这倒不必，你爱吃的东西都不适合我的胃口。"

向青云想尽快地离开向小寒，于是说："那你就吃你爱吃的，我要听戏去了。"

向小寒以略带讽刺的口气说："别急着走啊，我想哥去听戏是醉翁之意不在酒吧，不是夏天虹唱的戏，哥真的有兴趣吗？"

向青云说："听戏要的就是过瘾，跟谁唱没有关系。"

向小寒说："哥，你就不要在我面前装了，你听戏、喝茶、喝酒不过是掩人耳目。"

向青云的心里更是一惊，说："我向青云值那么高的价钱吗？做事还要背人吗？"

向小寒说："过去，你是不值什么，过不了多久，你就会在万县神不知鬼不觉地赚一大把的银子，到那时，你就值了。"

向青云感觉到向小寒话里的锋芒毕露，想探她到底猜到了些什么就说："你机敏过人，看到什么，嗅到什么，不妨直接说出来。"

向小寒朝左右桌上的茶客看了看，压低声音说："隆运商行所有桐油生意都是你操纵的。"

向青云惊得变了脸色，但立刻就哈哈大笑起来："那些洋鬼子的脑子还是不灵光啊，既然你知道了，我也就不瞒你，但是木已成舟，已成定局，你就是告诉青田浩二，他们也无回天之力了。"

向青云观察着向小寒，见她的面色平静如水，纤细的手指拿着一块小点心，送到嘴里细细嚼着，眼睛瞟着茶馆外面卖零食的摊子。她没有回答向青云，吃完了点心后，说："我还是想吃东西，你去听你的戏吧，我再去吃碗面。"

向青云看着向小寒，不知他要耍什么把戏，向小寒站起身的时候，他没有动，叫了声："小寒。"

向小寒的腰压向了向青云说："哥，我不会把你的行径透给外轮公司的。"

向青云感到很意外地问："你不是最讲商业规则吗？"

向小寒对着茶倌喊了声："我的账记在他身上。"然后又压低声音说："我现在也讲情面。"

向青云看着向小寒的背影，他又坐着喝了盅茶。

向小寒到面馆吃了面就回到了公司，让他惊讶的是太古公司的华莱士和法轮公司的经理都在公司里。青田浩二说："小寒我们已经等你很久了，来听你调查的结果。"

向小寒轻松地坐下来，说："隆运商行是重庆一个大商行在万县开的分行，没有什么特别的地方，是正常的生意行为，我认为，咱们多虑了。"

几个人听了，也觉得没有什么可怀疑的地方，就协商着安排轮船的航次。

过了几天，外轮增加了航次运送桐油，但是桐油大有越运越多之势，从来没有过货物这样多地压舱。青田浩二还是暗自怀疑，以至于寝食难安。他独自去了重庆，到日本驻重庆领事馆请求调查万县隆运商行的来头。领事答应帮助调查。此时一个人拿来一幅画，领事马上打开来看，是程璋的走兽画，从旧物店买来的。领事想了想就给潘文华打了个电话，说一会儿要登门拜访，要他给鉴赏一幅画。潘文华放下电话，心里不悦，颇觉无奈，转念一想，不如把向不争找来，让他来看一看画，向不争对画的见解，还能让潘文华心里听起来舒服一些。

半个时辰后，向不争的车子开进了潘文华的院里。下人忙迎上来说："潘市长等待多时了，请客厅就座。"

潘文华和向不争闲谈了约莫有一个时辰，日本领事的车开进了潘府的院子，潘文华和向不争一起出去迎接。回到客厅，三个人说了些客套话，领事带了翻译，但向不争的日语足以应付和领事的对话，这样潘文华觉得心里舒服许多，他最讨厌说话的时候旁边有一个翻译来回传达。领事打开画轴，潘文华和向不争看到画面上是一只猫。向不争的眼睛发亮，显然很激动，他用日语对对领事说："这是程璋的画作。"找潘文华要了个放大镜，继续对领事说，"程璋是一个全才的画家，他曾深入研究中国古典画法，功力很深，技法精到严谨，但他同时又熟谙透视的原理，把洋人画法的技巧掺糅到画作中。"向不争指着画上的猫对领事说，"你看画中的猫，在写生中重写神，简直把猫画活了。"他拿起放大镜对着猫让领事看，"这阴阳间的透视真是妙不可言啊。"

向不争由于激动用中文讲了一大堆的话，潘文华的眼直了，再看那个日本领事，眼睛更是直勾勾地看看画又看看向不争。向不争意识到领事没有完全领会他的意思，他又用日语简单讲了一下，领事竖起了大拇指用中文夸赞向不争。

领事用蹩脚的中文问向不争是哪里人，何以对画有这么精到的品评。

潘文华得意地说："我这位同僚老家在万县，那是个美如仙境的地方，他的感觉来自于他的家乡。"

领事听到万县两个字，立刻意识到了青田浩二对他说的话，他借机询问了一些万县的自然景观和向不争家里的情况。

潘文华颇以为荣地向领事介绍了向青云如何能惟妙惟肖地演唱川剧，又如何经营向氏轮船公司。

领事借机说他听说万县最近有一家叫作隆运商行的生意很好，潘文华听了哈哈大笑说："那家商行的东家就是向兄的公子。"

领事不动声色地闲聊些话，告辞而走。

青田浩二回到万县的日清公司,向小寒在埋头查阅着订单。她听到了脚步声知道是青田浩二进来了,没加理会,继续整理。青田浩二坐在她的旁边看着,很久没有说话。向小寒下意识里觉得青田浩二应该是有什么事情要和她说。她放下手里的单据,无意间看了青田浩二一眼,心里一惊。青田浩二脸色铁青,严厉地看着她。向小寒问:"出了什么事吗?"

青田浩二说:"你为什么对我隐瞒实情?隆运商行的东家就是向青云。"

向小寒的心里镇定了一下说:"你若是得到了情报,隆运商行的东家是向青云,那我也没话可说,就我的能力探察,隆运商行的东家王臣甫,是重庆人,和向青云没有丝毫的关系。"

青田浩二提高了嗓门说:"不对,你在有意地隐瞒我。"

向小寒说:"你若是认为我有意隐瞒你,那么你就开除我好了。"说完,向小寒走出了办公室。

青田浩二被向小寒冷落在了办公室里,思来想去,认为自己错怪了向小寒。向青云做得隐秘,向小寒恐怕是难以察觉的。这样想着,他就走出了办公室去找向小寒,找了整个公司,也没见向小寒。他到了码头的库房,见向小寒一个人在那里清点货物,走上前去说:"小寒,你尽心尽力地为公司做事,我心里很清楚,刚才是我错怪你了,向青云越来越狡猾,你也是很难查出他的举动。"

听了青田浩二的话,向小寒变被动为主动,她爱答不理地清点货物。青田浩二反而凑近了她说:"小寒,向青云诡计多端,我气愤他对付咱们公司,刚才对你的态度不好,其实我心里是疼爱你的。"

向小寒见青田浩二又在找机会和自己套近乎,有意地躲避他说:"我去找几个工人来,按走货的程序把货物调整一下。"说着走出了库房,青田浩二以为向小寒还为刚才的事情和他生气,没有在意,心里想出了一个办法。

晚饭后,向小寒到向青云的屋里,五月拉着她坐在床上小桌边的垫子上,五月则跪在了垫子上。向小寒看着她说:"嫂子你肚子大了,还是坐到床下的椅子上吧。"

向青云过来要搀扶五月。五月轻轻推挡了一下向青云,回身从床上的墙面摘下挂着的布袋,从里面拿出围棋要和向小寒玩一会儿。从向小寒进屋五月就看出了向青云的神色有些紧张,她担心兄妹间会有什么隔阂,所以想借围棋来调节一下。

向小寒说:"嫂子,你还是养身子吧,不要陪我玩了,让我哥到书房帮我找一本书,咱们说说话,我就去书房。"

向青云会意地问:"小寒,你要找什么书?"

向小寒说:"就是那本《杜诗谚解》。"

五月说:"你又不是做学问,读那书做什么,不如学些针线倒好些。"

向小寒说:"不知怎么就想起了这本书,随便翻翻也就罢了,还是找出来看看,了了心思。"

向青云先去了书房。向小寒和五月说了会儿家常话儿,随后也去了书房。

向青云早已把那本书放在了书桌上,又直截了当地问向小寒有什么话要说。

向小寒漫不经心地说:"青田浩二已经知道了隆运商行的东家是你,你心里有个数早做打算。"

向小寒拿着书走出了书房。

向青云则在书房里坐了一个晚上,思考着是否自己露出了什么迹象,让外轮抓到了,想来想去,觉得没有什么漏洞。

第二天早晨,向青云照例还是晚起。向小寒刚走出院门邮差递给了她一封电报,看落款是向不争来的。为了避免五月知道这件事情,向小寒喊向青云让他起床,说她有急事,到书房等他。

向青云忙穿了衣服到了书房,向小寒把电报给了向青云。向青云打开看时，是向不争告诉日本领事已经知道了隆运商行为向青云所经营，要他注意万县的动静。

向青云让五月给他找出来一件新的长衫，梳洗整齐后，来到了码头。他招了很多码头工人把隆运商行收购的桐油，都运到了向家的库房里。库房摆满后，码放在了码头上，看着工人往美轮和英轮上装货。

向小寒到了公司看到华莱士和美轮经理还有青田浩二在商量事情，见状向小寒要走开，青田浩二说没什么可回避的，不过是研究怎样对付向青云。华莱士说："没想到向青云如此奸诈，竟让我们三家公司落入了他的圈套。"事到如今，他们也没有什么更好的办法。青田浩二提议还是到码头上看看情形再做打算。

三家外轮公司的经理到码头上，远远看到向青云在指挥着工人装货，华莱士走上前来问英轮的船长还有多少运送桐油的订单，船长说已经排到了半个月之后，再问美轮和日轮，也都是排到了半个月后。向青云神态凛然地对华莱士说："你们的运价拉低到什么时候，我的桐油就运到什么时候，看看谁能撑得住。"说完，向青云继续指挥着工人们装货，三家外轮的经理沮丧地走开了。

这天马文俊带着那顶麦秆的礼帽挨家挨户通知向氏轮船公司的员工复工。员工在公司门口放起了鞭炮，庆祝向家的轮船重新开航。

出乎向小寒意料的是，青田浩二对向家重新开航显出高兴的神色。这天一大早儿，他就让向小寒随她到重庆办事。到了重庆，青田浩二先去了日本驻重庆领事馆，向小寒住到了向不争的家里。转天，青田浩二说事情已经办完了，要和向小寒在重庆转转，她带着向小寒来到了旧货市场的旧书摊，仔细翻看着每本旧书。他找到了两本书，摊主要价很高，向小寒要去和摊主还价，青田浩二已经把钱递给了摊主，他把书装进了包里。向小寒趁他往包里装的时候，快速扫了一眼书名是《峡江滩险志》和《蜀江执掌》，向小寒心生疑惑。在重庆待了两天,青田浩二说带向小寒到宜昌去玩玩儿。向小寒心里想,青田浩二到宜昌去玩的目的令人怀疑,她联想到青田浩二买的那两本书,忽然意识到从重庆到宜昌的一段航道是沟通大西南与全国各地的重要水运干线,也是长江极险要的航段。他是否有什么企图呢?向小寒装作十分感兴趣地说很愿意到宜昌去看看。

　　青田浩二带着向小寒上了一艘小型的轮船,船里没有货物,有两个重庆当地的老船工和两个日本的测绘人员。向小寒听到船工说到兴隆滩,更加坚信了自己的猜测。测绘人员带着仪器,不停地在纸上画着什么。向小寒装作对这一切没有知觉,妩媚地和青田浩二说说笑笑。

　　夏天虹的临产期将近了,她每天觉得心里烧得难受,在屋里待着就觉得憋气,得在院子里走动着才舒服些。朱少雄为她请来的保姆是个生性乐观的中年妇人,她对夏天虹说觉得心里烧得难受是因为孩子在娘的肚子里长头发呢,说得夏天虹乐了起来。朱少雄担心她在院子里溜达会有闪失,限制她到院子里去,保姆大胆地对朱少雄说越是临近生产了就越要多走动,这样生孩子时会少受罪。

　　这天朱少雄外出执行任务,夜里夏天虹腹部疼痛难忍,保姆叫上自己的丈夫把夏天虹送到了医院,朱少雄早晨执行任务后回家,不见了夏天虹,忙赶往医院。上午九点,夏天虹顺利产下了一个男婴,喜得朱少雄合不上嘴。他到产房里见夏天虹,见她脸色红润,精神很好,问夏天虹感觉如何,夏天虹说就像是唱了一出武打的戏,只觉得身体疲倦,感觉很好。医生说很少见这么顺利生产的孕妇,夏天虹第二天就出院回家了。

　　朱少雄抱着孩子左看右看爱不释手,夏天虹让她给孩子起个名字,朱少雄说就叫朱云峰。夏天虹在心里默默念叨着:青云、云峰……她感激地看着朱少雄。

几个月后，五月也来到了重庆，就在夏天虹生产的医院里，产下了一个女婴。秦氏也跟来了重庆，在家里伺候五月坐月子。武江川和向不争一起给孩子起名叫向天天。天天的小模样很像父亲，过了满月就回到了万县。

向小寒见了天天喜欢得不得了，每天下班都到五月的房里来看天天。刘氏和秦氏看在眼里，暗地里说："小寒见了自家的孩子，唤起了她的母性，我们也该给她物色丈夫，操持婚事了。"

刘氏叹了口气说："我看英豪这孩子不错，又是从小就定下的，现在又升了连长，小寒就是不愿意。真是让人着急啊。"

秦氏说："我观察小寒这阵子的变化很大，有时还和五月学着做针线，咱们做长辈的有些话不好说，让五月探探小寒的心思，若是对英豪有意，我们也就该操持了，咱向家人丁稀少，让英豪做个上门女婿，我看也挺好的。"

五月和向小寒闲谈时提起了莫英豪，向小寒不置可否，也就没有再提起。

春去秋来，转眼到了1931年。天天四岁了。五月又有孕在身。向青云以向氏轮船公司为中心，把分散在川江上的几十个小轮船企业，集零为整，联合起来，组成了一个强大的整体，与外轮竞争。他依靠严冬雪组织的民众反帝爱国运动，取得了川江航务管理处的支持与配合，收回了部分航权，初步改变了外轮统治川江的局面。

小天天圆圆的脸蛋儿，大大的眼睛，很会说话儿。每天向青云一回家，她就跑出屋子让向青云抱着到屋里，放下后，就和向青云厮磨着玩耍，五月看着他们，心里溢出难以言说的幸福。

五月的肚子一天天见大，秦氏和刘氏见向家又要增加人口，十分高兴。一家人其乐融融。

这天晚饭后，天天又缠着向青云给她讲故事，五月揽过天天讲了个自己随意编的故事，哄她上床睡去了。

向青云把五月的头揽在了自己的臂弯里，五月说："青云，我现在感觉到了从未有过的幸福，你呢？"

向青云说："我也是，很幸福。"这天夜里，向青云拥着五月睡着了，却梦见了夏天虹，她还是当年的模样，还是用那双洁净无瑕的眼睛看着他。

醒来的时候，他心里不知怎么就涌上了这首词："年年岁岁花相似，岁岁年年人不同。"

这天，到了公司，马文俊递给了向青云一封电报，是向不争从重庆发来的。电报说是朱少雄在刘湘和杨森的内斗中立有战功，荣升师长，请向不争去赴宴，向不争让向青云陪同。

朱少雄在酒楼摆酒设宴，夏天虹没有去陪他应酬，留在家里照看云峰和她跟朱少雄的两岁女儿豆豆。

向青云来到了重庆，本想在宴会上见夏天虹一面，却没有看到她，陪同朱少雄的是他的原配夫人。

朱少雄给云峰做了很多木头手枪，云峰整天在院子里打打杀杀淘气得很，倒是豆豆乖巧听话。夏天虹在院子里的紫藤架下，搂着怀里的豆豆，看看满头是汗的云峰，她叫过云峰，给他擦了汗，又让他喝了水。她像是对两个孩子，又像是自言自语地说："云峰你真不像你父亲。"又看着豆豆说，"你也不像你的父亲。"

两个孩子一起看着夏天虹。

第二十九章 整合公司

刘湘和杨森进行了川东之战，刘湘派两个旅合攻杨森，杨森部退出万县。后邓锡侯助杨森反攻，重占万县，进攻重庆，刘湘先将杨森的罗泽洲部击溃，又以两个师为主攻部队，于江北击溃罗泽洲等同盟军。刘湘击败了杨森，占万县，得下川东二十余个县，开始收编杨森的官兵。

莫英豪不知前途如何，每天在家中喝酒，心情郁闷。李克彪看到很多官兵已经倒戈刘湘部，对何去何从的选择心里犯难，找到莫英豪，两个人喝得烂醉，在莫家睡了一觉后，已是下午。莫英豪说不如我们去北山观抽个签，让道士给解解，兴许可以暗示我们的选择。李克彪说："我平时最不信这些，可眼下的抉择真是犯难，我们就去观里看一看。"

莫英豪先抽中了一个中签，李克彪也抽中了一个中签。两个人让道士来解，却说得含糊其辞，满嘴都是成语典故，李克彪和莫英豪听不懂，莫英豪让道士说得明白些，道士却说天机不可泄露。莫英豪急了，他说你不泄露，我还花钱抽你的签做什么。就在莫英豪和道士说话的时候，李克彪看到了一个穿着长衫的人眼熟，这个人上了香后，转过了身子，李克彪看清了他的面目，叫道："王三贵？是你呀。"

王三贵听到有人喊自己的名字，循着声音看去，惊喜地叫道："李克彪。"

原来王三贵和李克彪是同一个村子里的老乡。两个人到了僻静处，李克彪忙问他来这里做什么，王三贵说："克彪，以后，不要叫我王三贵了，我已经改了名字，叫王希有。"

李克彪不解地问："名字还能乱改吗？"王希有没有回答，李克彪用余光看到周围有几个人在窥视他和王三贵。李克彪毕竟也是个团长，那几个人的神情他一看就明白了八九分，他对王希有说："我说三贵，早就听说你在杨森手下，升了吧？警卫都着了便衣了。"

王希有说："我家祖辈信奉佛祖，到观里上香，穿着军装对佛祖不敬。"

李克彪说："敢问王兄，官升到什么位置了？"

王希有说："不敢在老乡面前夸耀，只是个小小的师长。"

李克彪听了倒吸一口气，再看看周围那几个便衣机警地盯着自己。

王希有询问李克彪的近况，李克彪对他说出了进退为难之处。王希有说："这有什么，到我的师里，正空缺一个旅长的位置。怎么样，你考虑一下，明天早晨给我准话，下午我要回重庆。"

李克彪叫莫英豪见过王希有，小声地介绍说："这是刘湘部的王师长。"莫英豪行了个军礼。王希有端详了一阵莫英豪，说："真是少年英俊。"李克彪忙接上说："还有一身的功夫。"

王希有说："既是这样，让小兄弟一起过来，我绝不会亏待了你们。"

几个便衣用滑竿抬着王希有下了山。莫英豪还要和道士纠缠，李克彪拉着他下山去了。分手的时候，李克彪对莫英豪说："明天天一亮，你就来找我，记住，把你这胡子给我刮干净了，精精神神、利利索索的。"

第二天，天刚亮，莫英豪起床，穿上了军服，把自己收拾了一番，来找李克彪，一扫往日的颓靡。李克彪带着莫英豪来见王希有。王希有说："昨天我向上峰请示，把你留在我的师里做旅长，介绍了你的战功，上峰对你很器重，你部被编到了朱少雄的师里。想让你做我的旅长是不成了，你是朱少雄部下的旅长了。"

莫英豪把家交给了袍哥三爷，和李克彪一起到重庆。李克彪从朱少雄手里正式接过委任状，上任后，恰巧有一个营长的职位正在斟酌人选，李克彪推举莫英豪为营长。从此，莫英豪把李克彪看作自己的恩人，成了他的心腹。

此时，向青云看到刘湘大胜之势，敏锐地感到向氏轮船公司有了再一次发展的机会，他到了重庆。

潘文华看到重庆的局势已经牢牢控制在刘湘的手中，自己的精神也就放松下来，他每天都去听川戏，还常和向不争一起谈天论地。向青云借着向不争和潘文华见面的机会，常跟去，潘文华见了向青云很高兴。向青云把自己整合川江航运的想法和武江川讲了，武江川说此事一定要取得刘湘的支持才能取得成功。而能让刘湘支持此事，只有依靠潘文华给刘湘递话。

一天，刘湘宴请击败杨森于铁山坪、张关一带战功卓越的将士，因向青云多次和潘文华提起整合长江上游轮船公司的事情，潘文华觉得这是一次难得的机会。接到刘湘的宴请后，潘文华叫上了向青云一起去。宴会后，潘文华把向青云带到刘湘的跟前，介绍了向青云整合万县轮船公司的情况。刘湘非常感兴趣，潘文华接着这个话题，把谈话的内容引向了川江航运上，试探着说了青云试图把重庆的各家轮船公司化零为整，以入股的方式合并轮船公司的想法。潘文华拉向青云坐到了刘湘的跟前，向青云紧张地看着刘湘，刘湘说："年轻人敢想敢干，把你的具体想法说来我听听。"向青云见刘湘面容和蔼，用期待的眼光看着自己，就大着胆子说道："外轮公司大幅度降低水脚，有的客轮还可以免费乘船，供应膳食、赠送礼品,以此来招徕顾客。而华轮一般资金少,规模小,技术落后,管理水平差,盲目竞争,互相抵消了力量。川江民营轮船公司的唯一出路只能是结束分散经营、各自为政的局面,迅速联合起来。"

说到此向青云停顿了一下,刘湘用鼓励的眼神看着他。潘文华观察着刘湘的表情,对向青云说:"有什么想法,你都说出来。"

向青云继续说道:"长江上游的航运问题,关系到四川对外交通和未来的发展,现在的垂危局面,必须拯救,每个公司都感到了经济上的极大困难,不联合起来是不能解决的。我想以我们向氏轮船公司为中心,把川江上几十个分散经营的小轮船公司联合成一个大公司,同外轮竞争。"

听了向青云的话,刘湘当即表示支持这个做法,并交代潘文华,具体实行中有什么困难由其协助解决。

向青云的这一主张,得到了同业的广泛支持,也适应刘湘控制四川地区的愿望。为了支持向青云,向不争和武江川把自己的积蓄也全部用作整合期间所需的资金。向青云首先联合重庆上游至宜宾一线的华轮公司,然后再联合重庆下游至宜昌的华轮公司。凡愿意出售的轮船,无论好坏,向氏轮船公司一律购买;凡愿意与向氏轮船公司合并的公司,不论负债多少,向氏公司一律照顾,帮助他们还清债务,其余资产作为加入向氏轮船公司的股本;凡卖给向氏公司的轮船和并入向氏的轮船公司,其全部船员一律转入向氏公司,由向氏公司安排工作。这一联合行动十分顺利,不到一年的时间,有六家轮船公司并入向氏轮船公司,向氏公司成为长江上游最大的一家航运公司。

莫英豪随李克彪驻在重庆。一天,两个人到了德裕班来听戏,夏天虹唱完一段折子戏,莫英豪看到一个身影从角门走向后台,背影很像向小寒,他随即跟了过去。夏天虹在卸妆,向小寒坐在她的身边说话。莫英豪进来，夏天虹显得很亲热，和莫英豪聊了几句。向小寒见莫英豪和夏天虹聊起来，说还有事情就走了。莫英豪追着向小寒来到剧院门外，喊了她几声，向小寒上了一辆黄包车就走了。莫英豪尴尬地站在原地。李克彪也从剧院里出来，对莫英豪说："又让向小寒弄个没脸吧。"

莫英豪本来从小就习惯了向小寒的脾气，从来没把向小寒的脾气放在心里。可是李克彪接着又说："向青云的势力越来越大，向家在川江航运的地位非往日可比，向小寒更不会把你放在眼里了。"

李克彪这话激起了莫英豪对向青云的仇恨，和李克彪发起了牢骚，李克彪对向青云也是怀恨在心，两个人互相发泄骂了向青云几句。

从重庆码头发往宜昌的客轮正要起航，汽笛声已经响起。有两个穿着西服、戴着礼帽、样子斯文的人，急忙忙地登上了船。船快行到了兴隆滩，向氏轮船公司的职员对顾客提醒说："船过兴隆滩，船身抖动得厉害，大家做好准备。"而此时从远处行驶过来一艘木船。客轮甲板上有两个人，船员提醒他们最好进到舱里，两个人说没有关系，船员也就没有再说什么。这两个人见甲板上静无一人，只听得见水浪的响声，其中一个人把手指屈起来按在了嘴上，打了一声呼哨，这声呼哨当即就混在江水的涌动声响中消失了。那艘木船很快就靠近了向家的轮，甲板上的两个人，从轮上快速地放下救生用的绳索，立刻就上来了四个壮汉，同甲板上的两个人冲进了船舱里把旅客的东西抢劫一空，木船上有人接应着财物，还有人大声嚷着，颇像一群土匪。

顾客乱作一团，乘客被吓得魂不附体，神情张皇。由于从重庆到宜昌这段水路是最险要的航段，向青云派了经验丰富的陆船长来把舵。陆船长加速马力，船刚到了宜昌，就给向青云发了电报。向青云回电说要陆船长组织船员登记顾客的姓名和被掠财物情况。陆船长如实照办。

第二天向青云带着马文俊乘另一艘客轮来到宜昌，按顾客损失的财物折合成钱发放给了顾客。

回到重庆，向青云急招几个船长分析此事发生的原因，大家认为土匪抢劫水路客轮的可能性不大，应该是了解轮船公司底细的人所为。大家分析来分析去，觉得士兵的可能性比较大。

向青云借着和潘文华闲谈之机，告诉了向家的轮船被抢之事，并怀疑说是士兵所为，潘文华答应暗中调查。

过了几天，从重庆到宜昌的航道又发生一起抢劫事件，潘文华让朱少雄去调查，朱少雄把李克彪叫到了师部，对他说："在我师的防区里接连发生两起客轮被劫事件。你要严厉查处这件事，维护我师的尊严与荣誉。"李克彪站得笔直地行了个军礼，说："师座指示，属下定当尽心竭力完成。"

李克彪调查期间，再无抢劫的事情发生，顾客们紧张的议论也逐渐消失了。李克彪来向朱少雄汇报，李克彪说："根据近一个月的调查，从各种迹象来确定是水鬼干的，我旅已经增派了兵力在江面巡视。"

两个月过去了，从重庆到宜昌的航线每天平安无事。一次会议上，潘文华赞扬了朱少雄江防谨严。朱少雄一高兴请李克彪和莫英豪喝酒。酒席上朱少雄豪爽地说："虽然你们是从杨森部倒戈而来，但是，我们既然在了一个师就是兄弟，这次你们的查访尽心竭力，日后我们在战场上也要互相挡枪挡弹，这才叫兄弟。来，喝。"

李克彪听了这话，红着脸说："朱师长放心，属下定当万死不辞。"

莫英豪在一旁没有说话，心里敲开了小鼓，他感到朱少雄是条汉子，若为了报复向青云给朱少雄惹了麻烦，是不应该的。

李克彪见打劫客轮收获丰厚，就让莫英豪再次行动，莫英豪有些犹豫，对李克彪说："几次得手，没有被发现，若是被朱少雄查到了实行军法处置，事情可就大了。"李克彪对莫英豪说："你怕什么，师里调查必定是派我，咱们不说，就是神仙也不会发现是我们干的。"

再次发生客轮被劫事件后，向青云一直跟着重庆到宜昌的航班。向青云化了装，扮成一个有钱的绅士模样，一个真皮的箱子放在了他的身边。这日，轮船行到泄滩，乘客一阵骚乱，向青云的舱里也冲进来两个人，进来的两个人蒙着面，但从身形和出手的动作来看，向青云觉得很熟悉。他没有任何防备措施地让此次抢劫又一次成功。回到重庆，他反复想着那个蒙面人的身形，忽然想到此人酷似莫英豪，他断定这几次抢劫都是莫英豪干的，但苦无证据，没有办法绳之以法。他请求潘文华从他的教导队抽调几个精干的士兵，化装成旅客埋伏在轮船里，当莫英豪再次带人抢劫时，被这几个士兵抓获。

莫英豪等几个士兵被押到了看守部，潘文华听闻大怒，下令降了朱少雄的职务，李克彪被罢官，将莫英豪枪毙。

朱少雄回到家里，一屁股坐在了沙发上，闷头吸着烟斗。豆豆几次到他身边，他都让保姆带走了。夏天虹唱完戏回到家，看到朱少雄的样子就觉得发生了不小的事情，她抱着豆豆坐在了朱少雄的身边。豆豆吵着要朱少雄抱，朱少雄不耐烦地说："去，和你妈到外面玩去。"

夏天虹急了，说："有什么话你就直说，是不是嫌弃了我们娘仨，你到那边去住好了，你也不用为难到我们这边来。"

朱少雄欠了欠身子，伸出胳膊抱过了豆豆，又喊了保姆一声，保姆进来，他对保姆说："带豆豆到院子里去玩吧。"

朱少雄这才把莫英豪抢劫向家客轮的事情从头到尾说了一遍。夏天虹生气地说："李克彪那个人心术不正，我早就和你说过，你没当回事，免了他的职务，是件好事。只是英豪被李克彪利用，再加上他和向青云之间有误会，就这样送了性命太冤枉了。"

朱少雄说："降了我的职务，也算是对我的一个教训，我也这样想着，莫英豪是一条人命啊，就这么被处决了，不管怎么说，他也是我的部下，我这一辈子会良心不安啊。"

夏天虹说："既然是这样，我们不能坐视不管。"

朱少雄为难地说："怎么管啊，潘文华正在气头上，我都被降职了，还能替莫英豪说话吗？"

夏天虹焦虑地看着朱少雄。朱少雄接着说："现在只有向青云出面求潘文华才能保住莫英豪的性命。"

朱少雄请求夏天虹和他一起到向家，夏天虹心里虽不愿意去，但是想到当年在万县时，莫英豪曾帮助过自己，还是同意了。

朱少雄马上叫来了司机，开车到了向不争的家里。五月也在，她见了夏天虹，热情地问长问短。向不争心里觉得诧异，因为他和朱少雄之间素来没有私人间的来往，但还是热情地把朱少雄让到了客厅里。向青云则心里有所察觉，朱少雄夫妻的来到应该和客轮被劫的事情有关。

向不争和朱少雄寒暄一些有关时政的话题，五月进来说有人有要事来见向不争，已经被请到书房里了。原来，五月把夏天虹让到了自己的房间里，说了些女人间关于孩子的话，夏天虹把莫英豪将要被枪毙的事情对五月说了，五月听了大惊失色。正巧此时武江川来向家，她把父亲带到了书房，然后把向不争叫到了书房里。客厅里有向青云、五月、朱少雄和夏天虹。五月故作不知地问夏天虹道："天虹，不知你最近可曾见到英豪？"

听了五月的话，夏天虹朝朱少雄使眼色，答道："英豪一直在少雄的手下，他的情况我还真的不知道，少雄没提起过他。"

朱少雄接着夏天虹的话对向青云说："向老板，我朱某有事不会拐弯抹角，今天来有一事相求，还望向老板出手相救。"

向青云被朱少雄的话说得愣住了，他说："朱师长在战场上叱咤风云，难道还有什么为难的事要我帮助不成？"

朱少雄说："抢劫向家客轮是李克彪和莫英豪所为，这是我治军无方，但就此枪毙莫英豪，实在是于心不忍，还请向老板到潘市长那里说说情，免莫英豪一死。"

向青云听了脸色煞白，说："请朱师长相信，我就是倾家荡产也要救出英豪。"

朱少雄沉吟了片刻，又吞吞吐吐地说道："还有一件事要劳烦向老板向潘市长说说情。"

向青云说："朱师长有什么事情尽管说。"

朱少雄说："李克彪抢劫向家轮船，实在没想到他是有意欺瞒，还请向老板在潘市长面前多多美言，不要降了我的职务。"

夏天虹听到此话，生气地说："你怎么这么没出息啊，降职就降职，这事儿，我们没有必要求他。"说着拉起了朱少雄就走，五月怎么拦也拦不住。她追到了院门外，朱少雄的车已经开走了。

向青云出来看着汽车远去，五月叹气地说："这是怎么说的，怎么说走就走了呢？"

向青云说："天虹就是那个脾气，为她自己的事是不肯求人的。"

向青云到潘文华处求情，潘文华不允，说必须以此事来整顿军纪。向青云求了几次，说莫英豪是被李克彪利用的，潘文华于是下令免去莫英豪死罪，关一个月的禁闭。接着向青云又为朱少雄求情，说是抢劫之事，朱少雄并不知情，朱少雄本来是潘文华的爱将，对向青云说："既然你为他求情，且少雄战功赫赫，就恢复他师长的职务。"

一个月后，莫英豪从禁闭室出来，他以为是朱少雄为他开脱免去了死罪，买了很多东西到朱少雄家答谢。朱少雄暗示他是向青云为他求的情，但莫英豪不能领会，朱少雄也不能点破。夏天虹心说英豪还是个一根筋的脑子，无奈，她也不能直接和莫英豪说清楚。

这天正巧，向青云和莫英豪坐同一艘轮回万县，向青云主动和莫英豪打招呼，莫英豪理也不理他，到了自己订的舱里，蒙上头就睡觉。向青云尴尬地到自己的舱里，拿起一张报纸看着，心里却十分难过。

随着向氏轮船公司的壮大，向家在万县的生意也是越来越好。日轮、英轮、美轮的生意惨淡。青田浩二听向小寒说向青云回到了万县，来到向氏轮船公司找向青云。马文俊说，向青云今天没来公司上班。青田浩二回到日清公司，想问向小寒向青云去了哪里，也没有找到向小寒。

向小寒很长一段时间以来沉默寡言，秦氏和刘氏只当她是有了女儿家的心事，问过她几次是否还对莫英豪有意思，说若有意思找人撮合一下，若没有意思就另选人家，女孩子家大了找婆家是首要的事情。每次提到这件事，向小寒就不耐烦地岔开话题，弄得秦氏和刘氏没办法深说。

这次向青云从重庆回来，刘氏同向青云提起了莫英豪的事，刘氏说："你二爸不在了，你爸一向又不管家里的事，长兄如父，你去问问莫英豪对小寒还有没有成亲的想法。"

向青云含糊地答应了，心里却为难，莫英豪和向小寒两个人的态度都是他所不能把握的。

晚饭后，向青云走到了前院，夕阳把一天最后的光芒柔和地洒在院子里，在余晖的光晕里，白菊开得饱满。向青云看着这些白菊，却有些忧伤，站立了很久，往事在他的眼前一幕幕出现，心里想，今天的所有结果都是谁在操纵呢？自己本不想要这样的生活，当年只是要能和夏天虹在一起就觉得拥有了全部的人生，可是所有的变故又都是那么不可抗拒，像是被什么东西推着走到了今天。向家已经占据了川江航运的统领地位，所有这一切成功背后的艰险，都被眼前的白菊花化解了。此时的向青云觉得一切的变化都是自然而然来到的，公司经营的成功并没有给向青云带来多么大的快乐，在夕阳的白菊前，他格外地怀念青春时期与夏天虹的恋情。

秦氏走了过来，向青云听到脚步声，望向母亲，他突然间发现母亲的步伐已经蹒跚了，头发已经花白。他过去扶着母亲走了几步，秦氏问道："你爸好久没有回来了，这满院的白菊都是为他开的。"

向青云说："如今日本侵略中国的意图明显，各个方面都很紧张，爸那里公务缠身，实在是抽不出身来，他让我告诉娘，没几年就退休了，到那时他就会陪着娘了。"

秦氏担心地问："是不是又要打仗了，日子穷富都还好说，怕的是不太平。"

向青云安慰着说："没事，娘，有我在，你就放心。"

秦氏说："青云啊，你二娘为小寒的事情每天都走心，你们是兄妹，比我们长辈好说话，你去和她聊聊，看能不能听出她的心思。"

向青云说："娘，小寒的脾气你不是不知道，她的想法会和我说吗？"

秦氏满面愁容地说："青云啊，人的脾气也会变的。你不知道，你在重庆这些日子，小寒不爱说话了，没事就待在家里，还学着绣花呢，你二爸不在了，她也没个姐妹，你做哥哥的要多关心她。"

向青云到了向小寒的屋里，果然，向小寒在绣花。见向青云进来，她只抬头看了看他，口中说着让他坐下，身体没动还在绣花。向小寒很安静，向青云不知和她说些什么好，想了半天说了句："英豪和我坐同一艘轮回万县的。"

向小寒淡淡地应了一声，还是没有抬头，专注着手上的针线，说："听说他已升任营长，我倒是觉得从军比较适合他。"

向小寒这种超然的态度，让向青云无法再就莫英豪的话题说下去，他与向小寒闲聊了一会儿。天天跑进来，缠着要向小寒到院子和她跳房子玩儿，向小寒放下手里的针线，随天天出去了。正值九月，菊花正是茂盛的时节，天天拉着向小寒到后院去看黄菊。秦氏和刘氏也被天天的喊叫声感染，出来观赏黄菊。刘氏说："再过些日子就是中秋了，真快啊，又是一年了，五月又快生了。"

向家沉浸在欢喜中，万县的许多人家也在憧憬着自家的生活。

而就在这祥和的日子，9月18日，日本驻中国东北地区的关东军，按照精心策划的阴谋，由铁道"守备队"炸毁沈阳柳条湖附近的南满铁路路轨，然后嫁祸于中国军队。日军以此为借口，突然向驻守在沈阳北大营的中国军队发动进攻。由于东北军执行"不抵抗政策"，当晚日军便攻占北大营，次日占领整个沈阳城。

这一阵子青田浩二一直待在万县，重庆那边的轮船公司已被向青云整合，日清公司难以和华轮抗衡，万县这边的华轮虽也被向青云合股，但规模不大，在生意上还是可以勉强同华轮竞争。向青云的隆运商行在万县越来越出风头，日清公司在贸易上的生意渐渐冷落了下来。青田浩二觉得这个商行不光是向青云一个人操纵的，因为庞大的资金投入非向家所能承担。原以为向青云只是个精通琴棋书画的浪荡公子，没想到他在经商上竟有如此机敏的感觉和超凡的天赋。日清公司的生意下降，日本领事馆又要他想尽一切办法扩大日清公司的买卖，日军的经费需要大量补充，策划更大的军事行动。

青田浩二冥想苦思，怎样才能让日清公司的轮船多赚些钱？他常到码头上观察，大部分商家在运价相同的情况下，首先选择的是华轮，除非华轮的货舱满了，才不得已选择外轮。青田浩二绞尽脑汁地想出了一个办法。

向氏轮船公司向青云的办公室里，马文俊拿来账本给向青云看着，向青云高兴地对马文俊说："看来咱们的一系列措施都起了作用，公司盈利可观啊。"

马文俊也开心地说："万县的码头已经是华轮占主动了，江面上已经少见外国的国旗了。"

此时有敲门声，一个职员进来说青田浩二要见向青云。马文俊和向青云会意地对视了一下，走出了向青云的办公室。

青田浩二坐定了，调侃地对向青云说："向老板的生意，用你们中国人的话来说就是芝麻开花节节高，连土匪都打劫了向家的客轮，真是名声大振啊。"

向青云说："青田君过奖了，你们日清商行的贸易往来，在重庆的垄断地位那才是不可撼动的。"

青田浩二说："垄断地位谈不上了，向老板是个商业奇才，你的隆运商行已经击溃了我们的日清商行。"

向青云说："青田君过奖了，要说商业奇才该是你青田君，你忘了，是你教给我商业竞争就是要不择手段。我也只是学了你的皮毛而已。"

青田浩二听了这话心里别提有多别扭了，但为了能达到自己的目的，他忍耐着说："向老板哪里只是学的皮毛，简直是翻新的创举，我佩服得五体投地，经商嘛，凭的就是才智和胆量，我不得不臣服于向老板啊。"

向青云说："何谈臣服于我，青田君说笑了。"

青田浩二说："我有一个请求不知向老板能否同意？"

向青云说："青田君还有什么不好直说的吗？"

青田浩二说："我们日清公司诚意加入你们向氏轮船公司并合股，这样就可以沾你的好运气，我们共同赢利。"

向青云没有思想准备，他没想到青田浩二会提出这样的请求，就巧妙地搪塞说："日清公司轮船的性能，比起向氏轮船公司的轮船不知要好出多少倍，同我们合股，青田君又是在说笑了。"

青田浩二说："请向老板不要怀疑我们的诚意，日清公司是经过慎重考虑的。"

突然外面一阵骚乱声传来，向青云以为码头上出了什么事，对青田浩二说："这件事，我们以后再议，先到码头上看看。"

两个人刚要出门，向青云的助手把一张报纸递给了他，叠着的报纸中几个很大很大的黑体字，让向青云意识到出了大事。他把报纸打开，头条的黑体字写着：日本关东军进攻沈阳北大营。向青云快速地读完了整篇的报道，这时邮差也急急地给向青云送来了一封重庆发来的急电，向不争告知他东北发生了事变。

青田浩二见向青云的脸色发白、双手颤抖，忙问："向老板，重庆发生了什么事情吗？"

向青云把报纸推到青田浩二跟前说："你看看，这就是你们的合作方式？"

青田浩二拿过报纸一看，脸色铁青，一句话也没说，灰溜溜地走了。

青田浩二走后，向青云站在墙边，长时间地看着中国地图。他痛心地看着东北的版图，忧心忡忡。

助手敲门又来报说华莱士求见。华莱士进来说："我对日本的野蛮行径深表愤怒，看来中日战事不可避免，太古轮船公司愿意入股到向氏轮船公司，控制川江的水运。"

向青云没有和华莱士周旋，他直截了当冷冷地说："我不会忘记我的二爸是怎么死的，也不会忘记万县死难的众多父老乡亲。别说是同英轮合作，就是还有英轮在川江上行驶，我们同你们的斗争就不会罢休，总有一天，我们会把英轮赶出川江。"

华莱士听了这话也灰溜溜地走了。

莫英豪回到家里，从自己的薪水中拿出一部分给了袍哥三爷，说是要感谢他对莫家的关照。袍哥三爷结结巴巴地说不过是个空房子，每天过来看看，说不上有什么关照。又说，他给照看着莫家的房子是没有问题的，但是，这也不算个家的样子，劝莫英豪赶紧娶个媳妇回家，延续莫家的香火。

莫英豪到放有父亲牌位的屋里上了炷香，袍哥三爷为他做了晚饭，吃过后，闲聊了几句，袍哥三爷就走了。

莫英豪在空冷的屋里怎么也睡不着，他把前前后后的事情想了一遍又一遍，从和向青云一起到戏园子听夏天虹唱戏，又想到两个人的结拜，再到兄弟反目，然后是父亲的死，最后是自己被关禁闭。他想想这期间的所有事情仿佛都是扑朔迷离的，又想想为何向青云三番五次地欲要和他接近，这时，他对自己的判断产生了一丝怀疑，心想，也许向青云没有说谎。但是，他反过来又想，难道父亲的话是假的？自己的父亲没有理由和自己说假话呀？这两种矛盾的想法让莫英豪焦灼烦恼。袍哥三爷的话在他的心里响起来，他又在心里思考向小寒对自己的看法，怎么想也想不出个头绪，只有一点他心里很明白，他无论怎样还是放不下向小寒。

莫英豪到了街口，从这里向远处望去，可以隐约看到向家的院子，莫英豪不由得生起了感慨，那个院子曾经是多么熟悉的地方啊，他从小到成为一个年轻的小伙子，几乎每天都到那里去。如今却只能远远地看着。他看到了向小寒穿着灰粉色的上衣、蓝色的裤子，从向家朝街口走来。他迎上前去，同向小寒打招呼，向小寒对莫英豪的到来，显然感到很意外。她客气地回应着莫英豪，两个人边走边说。向小寒看着莫英豪一身军装，比过去英俊了，而且言谈话语也显得沉稳了许多。莫英豪看着向小寒的外表也发生了很大的变化，她的穿着不再另类，脚上竟穿着万县姑娘常穿的条绒面的布鞋，只是，鞋面上没有绣花。向小寒的头发也不是那种短发了，而是把长头发挽在了脑后。看上去给人的印象不再是咄咄逼人的冲劲儿，而是多了些清丽和婉约。她和莫英豪的对话也不像过去那样句句尖锐，话来话去的让莫英豪感到了一种温暖。莫英豪心里想，过去，虽然向小寒三番五次地拒绝自己，但他们之间也许还是有缘分的。可是，现在的莫英豪说不出过去那么随便的话来，他想开口问向小寒，但是不知怎么提起话题好，只一味客气地说些别后的话。

两个人走到了陈家坝，见那里聚了很多人，他们走过去，报童在叫喊着卖报，小寒买了一份，脱口读道："日本关东军进攻沈阳北大营。"莫英豪听了大惊失色，他催促向小寒读下去。向小寒读完了报道，莫英豪说恐怕部队上要有行动，他得马上回重庆。这时，袍哥三爷也在人群里，莫英豪叫过他，交代了几句，就朝码头走去。向小寒手里拿着报纸，追上莫英豪，要送他上船。

送走了莫英豪，向小寒回到了公司，手里拿着那张报纸，想着多年来，为日本人做事，觉得真是没有长眼睛，她越想越激动，再翻看着报纸上的有关报道，浑身颤抖了起来。青田浩二进来，看到向小寒的神色，凑近了她的身边，关切地问："小寒，你怎么了，脸色这样难看，身体不舒服吗？"

向小寒站起身，把报纸摔在青田浩二的脸上，气愤地说："你看看吧。"说完开门走了出去。

第三十章　重挫外轮

　　万县街上出现了声势浩大的游行队伍，日清公司的轮船已经无法开航，码头工人无一人给日清公司的轮船装卸货物。向青云也带领着向氏轮船公司的职员，参加到了游行队伍中。游行结束后，向青云让马文俊把职员们手中的纸旗都收拾起来，听到有人喊他的名字，扭头看去，见是严冬雪。他惊喜交加地把严冬雪拉回了自己的家里。五月看到了严冬雪很高兴，详细询问严冬雪这几年的去向。严冬雪把彩旗从小竹棍了上撸了下来，给天天叠了几个小动物，天天喜得在五月面前晃来晃去的。五月说："天天，不要闹了，让妈和你雪姨说一会儿话。"而严冬雪还是哄着天天闹个不停。向青云明白严冬雪是不愿意告诉五月自己的行踪，故意来逗天天的，他就借机对五月说让她带天天到院子里去玩，让自己和严冬雪叙些话儿。

　　五月和天天出去后，严冬雪压低声音对向青云说，九一八事变后，重庆成立了"四川各界民众反日救国会""四川各界民众抗日救国大会"等组织，也在举行示威游行，有很多人报名参加了抗日义勇军。地下党组织派她到万县来发动群众，收回万县码头日本人的使用权。她已经拟好了《告万县民众书》，让向青云看了看。向青云很激动，大受鼓舞。严冬雪对向青云说希望他能帮助地下党对日的斗争。向青云当即表示倾力支持。两个人就万县的实际情况研究了对策，直到五月叫两个人去吃晚饭才收住了话题。

五月在饭堂里没有看到向小寒，问过向福，说向小寒并没有回来。天将要黑下来，向青云送严冬雪到所住的客栈，五月递给了向青云一个灯笼说是回来的时候，天就黑了，让他照着路。把严冬雪送到了客栈，回来的时候，漆黑的路上，前面有一盏灯笼一晃一晃的，在向家的门前停了下来。向青云快走几步，走到院门前，提着灯笼一照见是马文俊，他问马文俊是否有急事找他，马文俊说下班的时候见向小寒一个人在酒馆里喝酒，叫她回家，说什么也不肯，现在还在酒馆里。向青云和马文俊提着灯笼回到了酒馆，向小寒一个人还在慢慢地喝着，有人向她投来异样的目光。大凡生意人都知道向家的小姐，性子如男孩子一般，他们对向家的二爷向不悔大多是熟悉的，向不悔生前受人尊重，酒馆里喝酒的人有认识向小寒的都避开了，不认识的看着其他酒客敬畏的样子，也没人敢对向小寒轻薄取笑。但是往来的人还是对姑娘家在酒馆喝酒感到不自在。

向小寒已经醉意蒙眬，向青云和马文俊把她拽出酒馆，天黑后，街上没有黄包车，向青云把灯笼给了马文俊，干脆背起了向小寒。马文俊一手提着一盏灯笼，在前面引路，到了向家，马文俊叩响了门，向福出来开门，看到向青云背着向小寒，以为出了什么大事，吓得一屁股坐在了地上。马文俊一把拽起了他说："别出声，别惊了两位夫人。"

马文俊把灯笼递给了向福，独自回家去了。

向青云把向小寒背到了她的屋里，叫五月去安顿向小寒休息。五月给她洗过了脸，又洗了脚，向小寒睡去了。刘氏因晚饭时没有见到向小寒不放心过来瞧瞧，见五月陪着女儿，心疼地对五月说："你有身孕还来照顾小寒，这孩子真是不懂事。"

五月说："二娘，瞧您说的，我是五月的嫂子嘛，再说我也没照顾她什么，只是陪她一会儿。"

刘氏忧虑地说:"你是在替她说好话遮掩,这满屋的酒气,她一准是有了什么不顺心的事情。"

刘氏和五月闲聊了一会儿,见向小寒睡熟了,就都走出了房门,各自回屋了。

五月问向青云向小寒为什么喝酒,向青云说一定是她看到了报纸,悔恨自己在日清公司工作多年。

五月说:"让她离开日清回向氏公司,脱离他们,家里人是不会怪她的。"

向青云说:"小寒的脾气倔强,她一时恐怕不会转过弯来,明天你找了话题和她说说。"

向青云吃过早饭就去了公司,向小寒快午饭时才起床。吃过了午饭,她就又回屋躺下了。五月把向青云让她回向氏轮船公司的事说了,向小寒没说话,摇摇头,此后,她很少出门,整天把自己关在屋里绣花。

向不争回到了万县,说前一阵子工作太累了,要在家里休整一段时间。他在书房里翻找自己曾手抄的《渔洋诗话》,想趁着休假的时间彻底放松一下,翻了两个书柜都没有找到,他让向福把书柜挪开墙面一段距离,看是否掉到了书柜的后面。当挪开书柜时他看到柜后的墙有些异样,心里一惊,马上让向福把书柜挪回原位。向青云下班后,把他叫进了书房。问起了墙面是否有机关。向青云说把从老太爷屋里翻出的三峡航运图放到了这里。

向不争说:"一年多来,事情繁多,我把三峡航运图的事情都忘掉了。"

向青云马上意识到父亲的话里含着某种意图,他问道:"父亲难道对这幅图有什么想法?"

向不争说:"不是我对这幅图有想法,是要用这幅图再次壮大向家在川江航运的地位。"

向青云不解地问:"再次壮大?"

向不争说:"还记得你岳父曾说过你应关心政治,注意时事吗?"

向青云还是不解地点了点头。

向不争说:"那我问问你,目前的时局对航运有什么影响?"

向青云沉吟了半天答不上来。

向不争说:"刘湘在国民党三届五中全会第三次会议上被选为国民政府委员,马上就派兵出川,增防鄂西,以九个营为基干,组建了模范师,致力于发展海军、空军。拥有陆、海、空、神四大兵种。"

向青云问道:"'神'是什么兵种啊,从古至今也没有听说过呀?"

向不争说:"'神'是指有个道士名叫刘从礼,人称'刘神仙',他有九个营。"

向青云看着父亲还是不明白。

向不争继续说:"刘湘的势力比以往任何时候都大,潘文华因战功卓越也位高权重,我们可以趁此机会一统川江航运。"

向青云一下子恍然大悟,他找出了川江航运图,对父亲说:"要想扩大航运的规模,要紧的是要找到大船航行的办法。"

向青云对五月说,近几个夜里要在书房熬夜,考虑一下向氏轮船公司的运营情况。五月很理解。

向青云仔细研究各处险滩所处的位置,决定先在川江宜渝段最凶险的滩湾及三峡进口处设立信号标志和浮桩。

重庆向氏轮船公司总部,墙上挂着一张放大的三峡航运图。向青云手拿着一根竹棍,在各分公司的经理会议上讲解,在险要地段悬挂信号,指示航行,并派驻水手。大家经讨论达成了初步的方案。但在一个问题上几个经理产生了分歧,有人说现在留洋的学生越来越多,是否请一个专门学习这方面的专家来参与制定执行方案;有人反对说,学过水利的专家对川江的情况未必了解。双方在这一点上有所分歧,都把目光集中到了向青云。向青云说没有必要找什么专家,只按着川江航运图的标识制定方案就可。

川江各险要地段航行的信号指示方案已经形成，向青云派人组织实施，用大船试航后效果很好、很顺利。

向氏轮船公司在重庆的总部召开会议，商定股权等重要事项。向青云采纳了父亲的建议，考察了重庆以上的航线，与几个轮船公司老板多次接洽。九江、锦江、定远、川东、通汇、利通、协同七家航运公司与向氏轮船公司合并，加入的轮船有十一艘。向青云激昂地对各家公司经理说："我们要团结起来，形成一个强大整体，同外轮抗争，最后的目的是要夺回我们丧失百年之久的川江航权，让帝国主义在华的轮船全部停驶。"向青云的话很有感染力，大家都很振奋。

朱少雄带着部队开往鄂西后，夏天虹在家独自照看儿女，她几乎每天都带着云峰和豆豆到德裕班。几年过去了，小红出落得水灵标致。那身段、那神情酷似当年的夏天虹。班主和夏天虹商量，把小红的艺名定为玖红，有两个寓意，一来玖是玉的意思，二来玖的谐音是长久的意思。玖红登台后，很快爆红。班主说和当年夏天虹唱红的情形很相似。小红是夏天虹手把手从小带出来的，一招一式都有夏天虹的影子，德裕班在重庆又火了起来。玖红被许多的富家弟子捧角，但她视这些为过眼烟云，只把心思用在戏里。

夏天虹看着玖红在台上唱戏，内心真是感慨万千。她想着小红贪玩、傻乎乎的样子，再看看如今的玖红天仙般的模样，觉得时光就像是一双无形的手在摆弄着很多东西。最让夏天虹惊异的是小红初来戏班子的时候，模样虽然不错，嗓子也可以，但是心思愚笨。夏天虹担心她悟性差，学不出来。不知从什么时候起，小红的悟性大开，学习各派所长，融入自己的表演中。夏天虹既高兴又觉得神奇。

这天下午，夏天虹在台下看着玖红的戏，郭天顺走过来悄声对她说："天虹，快去看看你那公子吧，别光顾看戏了。"

戏班子里新来了几个学戏的孩子，带着朱云峰在戏院的后院里玩儿。朱云峰却逼着这几个孩子教他唱戏的招式，这几个孩子没有正式的师傅带着，只是看着演戏时模仿了几招，当作游戏教给了朱云峰，但云峰不满足，缠着这几个孩子教唱词，几个孩子哪里会呢？云峰就追着打他们，郭天顺看了赶紧把夏天虹叫出来，让她看看云峰。夏天虹呵斥了云峰，带着他和豆豆回家了。刚走出戏园子，豆豆看着园子门边贴的海报，朝夏天虹问这问那，夏天虹陷入沉思中，一手领一个孩子，机械地站着。云峰以为是母亲对刚才自己的行为生气了，他从夏天虹的右手中挣脱出来，走到了夏天虹的左边牵起了豆豆的手，兄妹两个说着话，夏天虹还是没有理会他们，看着玖红的戏照，她回想起了自己当年在万县唱戏时的情景，看了云峰了一眼，云峰以为母亲要责备他。其实夏天虹是在想，云峰这么对川剧入迷，大概和他的父亲向青云小时候是一样的。夏天虹把向青云封存在了内心的一个位置里，为了让自己的日子能安稳地过着，这个存放向青云的位置被她越封越严，今天云峰的举动就像是撕破了封条，时间久的封条——已经没有了力量，被云峰学戏的愿望一头撞开了。夏天虹的心里所有关于向青云的往事如潮水一样地溢满了。

向氏公司总部的会议结束了，司机要送向青云回家，向青云想很久没有在街上走走了，就说要一个人逛逛。他走到了给夏天虹买手链的店铺，几年过去了，店铺门面的样子一点儿没有改变，他从店铺的玻璃窗中看着自己的身影恍如看到了几年前的自己。那时自己也是站在这个橱窗前，但是，那时的身影单薄消瘦，现在这个身影魁梧粗壮。他的意识模糊起来，究竟哪一个是本真的自己呢？他呆滞地站立着，爷爷的一句话在他的耳边响起来：一切都是变的，人和物都可以面目全非。向青云惊得身上冒出了汗，他意识到自己已经发生很大的变化了，而这种变化在每一天里是点滴的转变，只有在他想到夏天虹时，才会猛然感知到变化的发生。他无意识地往德裕班的住处走着，夏天虹的一颦一笑在眼前幻境般地出现，街上的人和物反而模糊了。此时的向青云有些忧伤，他对自己产生疑问，这些变化都是怎么发生的？他觉得自己像是被什么力量推着向某一个方向走的，在这个过程中舍弃的东西太多了，比如对川剧的热爱，对简单事物的细细品味等等。再往深处想，他给了自己答案，这个力量来自万县惨案中二爸和众多民众的无辜牺牲。为了给这些人的灵魂有一个交代，为了万县的尊严，他已经不在乎舍弃什么。夏天虹没有和他一同往自己的命运纵深处走下去，这是他的痛。然而此刻他不知为什么就想到了五月，如果没有五月和武江川的扶助，他又会怎样呢？想到这里，他又一次意识到自己变化的不仅是命运的走向，过去那种单纯心思已经不存在了，但是他很怀念和夏天虹单纯的感情，他还是毫不怀疑地相信，那是他生命中最为美好的时光。向青云已经走到了德裕班住的院子，院门紧闭着，他往院门挪几步，欲要进去，但又止住了。此刻，院门开了，走出了两个人，其中一个人回身把院门关好，那两个人说着话朝街上走去了。这两个人是向青云不认识的，几年前，德裕班的每一个人他都认识，看着两个人的背影，向青云又一次感慨，真是物是人非啊。

潘文华派兵增援鄂西，他亲自督战，回到重庆后，许多政要为他接风，向不争和武江川也应邀参加。宴席上，潘文华说要好好地听几天戏。武江川说正好，向青云也在重庆，可以叫他一同去听戏。潘文华听说向青云在重庆，高兴地对向不争说："告诉青云明天下午在戏院门口等我，听戏要有个知音才过瘾呢。"

向不争回家将潘文华邀请看戏的事情说了，向青云也是很久没有听戏了，心中喜悦。向青云第二天中午就到戏院订了包厢，快开场的时候到门口来候着潘文华。向青云看着戏院广告牌上玖红的戏照，想着也许是德裕班新招来的角儿。潘文华黑色的轿车到了十字路口减缓了速度，按着喇叭叫行人让开了路，慢慢开到了戏院门前，向青云迎上前去，潘文华穿着军服，步伐稳健地走入戏院，向青云跟在身后。《白蛇传》一开场，向青云看去，台上的布置和以前大不一样，道具多了，比以前显得场面宏大了。玖红在台上唱着："忆当初白莲池中遭磨难，冷月寒霜度时光，好容易断枷锁出庙堂，投身红尘任翱翔……"台下一片的叫好声，潘文华也叫了一声好。向青云心里动了一下，他看着台上的玖红，虽然服饰比几年前的夏天虹华丽了许多，头饰也更加好看了，但那神韵和气度活脱脱一个当年的夏天虹。此刻潘文华也说，德裕班的戏还是自有风韵啊！向青云心里纳闷，德裕班哪里还会有和夏天虹这么像的演员，他想到了当年那个扎着两条小辫的小红，时间过了这么久，小红也该长大了，台上的玖红定是小红无疑了。想到此，痴迷川剧的向青云心思却从戏里飞出来了，觉得时间的流逝比台上的戏词还要神奇，小红都出落成名角了，那么，可改变的事情还会有很多很多。

朱少雄随潘文华从鄂西回到了家里，他先到了原配夫人那里住了一天，然后来到了夏天虹的家里，云峰和豆豆都围着他。他抱起了云峰说："几天没抱，我的儿子快成大小伙子了，爹要抱不动了。"

豆豆吵着要朱少雄抱，朱少雄抱了抱豆豆说："我的小千金没长分量。"

豆豆又吵着说："爹偏心，我长了。"

朱少雄亲了亲豆豆说："傻孩子，男孩子要长重才好，和爹一样。女孩子要瘦些才好，像你妈妈一样才漂亮啊。"

豆豆听了高兴地从朱少雄的怀里挣脱了出来，依偎到夏天虹的怀里。云峰用身子拱着朱少雄的腿。夏天虹对云峰说："你就一时一刻没个老实劲儿，别拱着你爹，让他歇会儿。"

朱少雄又把云峰揽在了怀里说："和儿子在一起，这是天伦之乐，别听你妈的，爹不累。"

夏天虹感激地看了朱少雄一眼，动情地说："你走这些日子我可真是想极了。"

云峰天真地说："爹，我可比妈还想你呀。"

夏天虹和朱少雄同时笑了起来。

朱少雄逗云峰说："跟爹说说，你都怎么想爹了？"

云峰说："我就盼着爹回来，带我去看戏。"

朱少雄爽快地说："真是爹的好儿子，爹也正想看戏去呢。"

听了这话，云峰站起来拍起手，豆豆见哥哥如此高兴也跟着拍手。夏天虹对朱少雄说："你真的要带孩子们去听戏？我说还是不去了。"

朱少雄说："昨天庆功宴上，潘市长还说要去看戏呢，咱们全家都去，在前线太紧张了。"

夏天虹带着豆豆先到了戏院，订了包厢。开演的时候，朱少雄带着云峰来了。

戏到了中场休息，无意间向青云看到了一家四口在一起的夏天虹。夏天虹也无意地一扭头，看到了向青云，两个人的目光对视在了一起，竟无法说出一句话来。

戏再一次开演，向青云再也没有心思看戏，由于潘文华在身边，他不好扭头再看夏天虹。而夏天虹这边，也是思潮翻涌。她担心朱少雄看出她的心思，极力地镇定着自己，正巧豆豆听得不耐烦了，吵着要出去，夏天虹带她走出了戏院。

重庆成立了四川各界民众反日救国大会，揭露日本对中国人民的侵略罪行，号召四川和重庆人民奋勇斗争。重庆实行对日租界经济封锁，不准日货上岸，不售给侨渝日人和日军舰人员煤、水及蔬菜等食物，使日本侵略者陷入困境。在重庆人民的英勇斗争面前，日本侵略者被迫归还了王家沱租界，大大鼓舞了重庆人民的抗日斗志。

严冬雪在万县把几个地下党员分头派到码头、农户、小商贩中发展骨干力量，形成一个网状的地下抗日组织。经过各方的缜密安排，爆发了声势浩大的抵制日货的行动。日清公司的船只得停靠在码头上，没有顾客乘坐日轮，也没有商家让日轮运送货物。日清公司一片沮丧的气氛，青田浩二不得不宣布暂时停业。青田浩二回到了重庆，看到日清商行在重庆的处境和万县一样，生意无法进行下去，他得到命令，让他暂时回日本。青田浩二收拾着东西，一条兰花的手绢从他的柜子最底层显露了出来，他拿在手里，端详了一会儿，又放在鼻子上闻了闻，一股茉莉花香的味道，让他神情一动。万县有一家作坊专门调制茉莉香，用铁盒装的茉莉粉价格昂贵。向小寒喜欢用这种香料，她的衣服上都是这种味道。这块手绢是向小寒一次不经意间从包里拿东西时带出来掉在办公室的地上，青田浩二偷偷捡起来，带到了重庆，放到了自己柜子的最底下。这时有人敲门进来，递给了青田浩二一张回日本的船票。青田浩二看了看日期是一个星期之后，他一手拿着手绢，一手拿着船票，决定到万县和向小寒道别。

　　从重庆到万县的客轮现只有向氏轮船公司在开航，青田浩二上了船进了舱位，蒙着头装睡，到万县下了船也低着头，直接到了向家。向福开了门见是青田浩二，神色稍迟疑了一下，青田浩二马上说找向小寒有一些公司的事情需善后处理。向福让青田浩二等在门外。

　　向小寒的床上一堆各色的线把，她绣几针就换一个颜色，频繁地换线，需要她不能分神地绕线，以免乱了。她绣的图形是五月为她画的两只栖在树枝上的鸟。两只鸟的羽毛有五种颜色，其中最靓丽的是绿色中发着亮光的蓝色。向小寒先绣上绿色的线，然后再绣上蓝色的线，两个颜色之间还要有间杂的转换。向小寒正在分着线头儿，向福进来说青田浩二在院门外要见她，向小寒拿针的手抖了一下，扎在另一只手的手指上，指尖上出现了一个小米粒大的血珠儿。向小寒用红色的线按了一下那个血珠儿,她头也没抬地对向福说:"你对他说我不想见任何人,让他回去吧。"

向福出来回了向小寒的话,就把大门关上,从里面插上了。青田浩二望着红漆的大门,再从大门望着向家伸展出很远的院墙。他在门外伫立了很久,惆怅地走向了码头,看到向青云指挥着装货,他低下头,想混在顾客中上船。严冬雪到码头上来找向青云,她一眼看到了要登船的青田浩二,对向青云说:"那不是青田浩二吗,他又来万县做什么?"

向青云走上前去,叫住了青田浩二,问他来做什么,青田浩二竟满面愁容地让其转告向小寒,他是专程从重庆来看她,想回日本前见一面。向青云鄙夷地说:"青田君,我看没这个必要吧,小寒恐怕从今后再也不想见你了。"

青田浩二脸涨得通红,快步上了轮。严冬雪看着他的背影对向青云说:"这个小日本还挺多情的。"

向青云从鼻子里哼了一声,略停了片刻说:"恐怕他找小寒是有目的的。"

渐渐驶远的轮船,消失在江面。向青云的目光从江面收回到了码头,对严冬雪说:"终于在万县看不到日轮了。"两个人看着装运货物的工人来回穿梭在货轮上。向青云激动地拉着严冬雪的手说:"终于让日清公司歇业了,我一个人斗争几年都没有结果,今天终于实现了。"

严冬雪说:"这是群众的力量,要想和外轮斗争,光靠商业竞争是不行的,还要发动群众,全面抵制他们,只有所有的民众团结起来,终有一天,会把外轮赶出中国去。"

向青云回到重庆后,在民众抵制外轮的同时,扩大了重庆至宜昌段的航运规模,在运营上合理安排,努力降低成本,每艘客轮上专门安排两个职员为顾客服务,帮助他们提行李物品等;在货轮的装卸中依据不同的货物种类，首先保证商家货物外包装的完好无损，在这个基础上码放合理，货舱的空隙里也塞满了小件的货物。货轮上也随轮安排两个工人，不论货物到达什么地方，两个工人帮助接货的商家卸完货物。向氏轮船公司在长江上游得到商家和乘客的信任，有的乘客甚至从宜昌把给亲朋好友带的东西交给向氏轮船公司，到了重庆这边这些亲朋好友再把东西取走。有些商家的老板只用电报传到向氏轮船公司告知所要的货物，向氏轮船公司直接从商行里提货送去，而且价格上还要比外轮低很多。这样半年下来，上游的外轮公司生意惨淡，无法支撑，纷纷退出了川江航运。

万县向氏公司内，马文俊手里拿着订单和调度表商量着货轮的航班，有人禀告马文俊说美轮公司的经理要见向青云。马文俊把美轮的经理迎进了会客室，对他说向青云在重庆，有什么事情直接和他说好了。美轮经理吞吞吐吐地说要把轮船卖给向氏轮船公司。

向青云这几日正准备回万县，他想在重庆给五月、母亲和二娘买些可心的东西送给他们。想来想去，觉得母亲和二娘喜欢花布，就去了布店，挑选了两块蓝底黄色小碎花的布料。他再打算给五月挑选一块颜色鲜活一些的，挑来挑去，拿不准主意，店主看出他犹豫的样子问："请问您要给多大年纪的人选呢？"

向青云答道："三十岁上下吧。"

店主拿出一块红色的布料，红底儿，星星点点有一些碎花的蓝色，看上去既富贵又活泼。向青云看了一会儿，觉得这块布料十分熟悉，她忽然想起，那年他偷偷拿出母亲的布料送给夏天虹，和这块布料是一样的。店主见他看着布料没有表态，就说："这匹布是用上好的棉线，经过十道工序纺织而成的。这是重庆老字号祥泰染坊染制的，您看这颜色，红得多正，再看这一朵朵的小花，活灵活现的，就像开在上面似的。"

向青云还是看着这块布出神。店主又说："我说这位爷，您再摸摸这块布料的厚度,那是其他布料所不能比的。这红色像极了落日的红色,多么柔和,那小小的花朵像是开在天庭上的,用这块料子做成了衣服,那是有福的人才能穿的呀。"

店主的话终于让向青云露出了笑容,他买下了两丈布。不觉中又路过了德裕班的住处,他远远地坐在了一个店铺前的木凳上,回想起当年夏天虹从自己手里接过布料时候的欢快情形。夏天虹的影子从他的眼前一幕幕地闪过。他的心里突然生出了一个冲动,把这块布送到德裕班的班主那里,让他转交给夏天虹,但他很快就抑制住了自己的冲动,这样做,一点的理由都没有啊,反而会给夏天虹带来麻烦。他稳定了一下自己的心绪,朝德裕班住的大门看了看,心一横,叫了辆黄包车,提着布包上了车。回到家里,已是中午,向不争把一封电报给他,打开一看是马文俊叫他速回万县,有要事。

向不争买了些重庆的点心让向青云带上。到了万县,晚霞把江水映得红红的,江水仿佛又把这软绵绵的红色反映给了岸上的一切,从行进中的船中望向两岸,所有物体在夕阳中的移动都是缓慢的,即使是急急忙忙行走的人,也会在这样的景致中慢下来,晚霞中还有什么事情可焦急呢?急匆匆的人大凡都是这么想的。

晚饭后,向青云把布料分别送到了母亲和二娘的房中。还没等向青云回到房里,五月已经打开了那块红色的布料,她看得出这是块价格昂贵的布料。向青云回来后,她问买这么多做什么,向青云说,看着好看,留着慢慢做成衣服穿。五月高兴地把布料拿到了向小寒的屋里,让她看看,说给两个人同时做衣服。向小寒看都没看布料就说:"嫂子,你拿走吧,我没有心思做衣服。"

五月坚持说:"小寒,你看看这布料,多好看。"

向小寒这才看了看说道:"是好看,但要天仙一样的人穿上才配,只有夏天虹的模样儿,才配这块布料。"

听了向小寒的话,五月愣在了那里。向小寒意识到自己说走了嘴,马上说:"嫂子,我意思是说戏子比较适合鲜艳的,嫂子若是做成了衣服会显得过于艳了。"

五月回到屋里的时候，向青云穿着衣服躺在床上睡着了。五月捅了他一下，没有反应，心想，可能是太累了，也就没有叫醒他。

到了后半夜，向青云仿佛很清晰地看见了夏天虹穿着用那块红色布料做成的旗袍，婀娜地走在他的身边，他在睡梦里失声地叫了声天虹，随即坐了起来。五月睡觉本来就很轻，她听到了向青云的梦呓，但没有听清楚，睁眼看着向青云坐在床上，没有说话，心里想他可能心里有事，没有打扰他继续装作睡觉。向青云下地走出屋子，天已经微微发亮。

向青云打开了院门，漫步走向德裕班曾唱过戏的戏园子，街上只有挑着箩筐的菜贩子有节奏地摆动着行走，赶到市场把带着露水的鲜菜卖掉。向青云看着似在沉睡中的戏园子，昨晚的水牌大概是忘记摘掉了，还挂在那里。是开县戏班子的《思凡》。向青云想，开县戏班子的《思凡》会是什么样的呢？当年夏天虹的影子在他眼前出现了，白色的戏服垂到了地面，长长的水袖被她的手指掌控着，白色的戏装外面又穿上一件过膝的外衣，底色为蓝色，夹杂着多彩的花纹。头饰和外衣的颜色是同一个色系的。向青云脱口就唱："他瞧咱，我瞧他，一缕痴情常牵挂，自从见了他，时时刻刻难放下。"夏天虹的唱腔在他的耳边又清晰地响起来，既明亮又有一种说不出来的厚劲儿，活泼又妩媚，俏皮又多情。向青云已经站了很久，街上渐渐有了些赶做生意的人。天空灰蒙蒙的颜色已经被白色的明亮替代了。

向青云出屋后，五月就起了床，到厨房里准备早饭。她猜向青云一定是心里有什么放不下的事情，想着昨晚向小寒说的夏天虹才配穿上那块布料的话，惆怅起来——向青云可能忘不了夏天虹，也许当年向青云送过夏天虹同样的布料。这样的想法刚一冒出来，五月就有了一种羞愧感，她心里说，知事少时烦恼少。她告诫自己不要想那些自己看不到的事情，开始做早饭。

　　向青云进来的时候头发丝上有细小的露水，五月拿干毛巾为他擦去说："你昨晚睡得早，早上出去走走也好，新鲜的空气会让人精神清爽。"

　　美轮公司的老板早早就来到了向氏轮船公司，因为马文俊已经告诉他向青云今天会来公司。向青云到的时候，美轮公司经理起身给向青云行了个礼。公司里几个主管坐定后，向青云直接提出美轮的价格问题，上来就给出了高于通常轮船的价格。美轮公司看向青云诚意十足，几番交谈之后，就顺利地谈妥了，所属船只都被向青云买断。

　　美轮公司经理回到洋人居住区，正巧碰上英轮太古公司的华莱士，他得知美轮已经将船卖给了向家，神情黯淡地回到了住所。经过向青云的不懈努力，只有英轮还在万县勉强支撑。向青云寻思着，对他们下手的时间已经不会太远了。

　　夏天虹自从见了向青云之后，经常是一个人发呆，戏班子也不想去，云峰吵着要她带着去戏班子，她懒懒地不想动。朱少雄过来后，云峰缠着他要去戏院，朱少雄见夏天虹神情倦怠，对两个孩子的言行也显得漠视。他凑到夏天虹的身边，拉过了她的手抚摸着手背说："天虹，是不是你一个人带着孩子在家里太闷了，随我去鄂西住一阵子吧。"

　　夏天虹说："我哪儿也不想去，就是说不上心里为什么总是懒懒的。"

　　朱少雄怜爱地摸着夏天虹的头说："我不在家，你一个人带两个孩子劳累了，我带他们出去玩玩儿，你自己在家清静清静。"

　　夏天虹独自坐在沙发上，万县的景致总是在她的眼前闪现，她第一次看到万州桥的时候，心里就惊叹，这哪里是人间啊，分明是天上的仙境。人间哪里会有桥上长着茂盛的树，人间又哪里有桥上盖着房子的呢？遇到向青云的时候，看着他的眼睛她心里就想，这么澄清、单纯的眼神只是万县这个地方才会有啊。从万州桥想到茶馆、戏园子，再想到万县的码头，在那里发生的所有事情都在夏天虹的回忆里变得悠长，那种悠长的感觉是一种说不出的美好，惘然若失的惆怅在回忆里时而强烈时而微弱，她不得不接受眼下的一切。当朱少雄带着两个孩子回来的时候，她还是打起了精神迎了出去。

当夜，繁星满天，是个月亮完满的夜。朱少雄在床上拥着夏天虹，还是劝说她随他去鄂西。月亮透过玻璃窗照着朱少雄的脸，夏天虹此刻不愿离开朱少雄远了，就答应随他去鄂西。

第三十一章　击败英轮

向小寒绣了几个枕套，刘氏喜得了不得，秦氏看了也夸小寒的绣工精致。这天小寒到五月的房中，求五月给她画一个门帘的花样子，她说要给母亲和大娘绣门帘儿，现成的花样子都太俗了，要五月给她画一个苎溪河上的景致"石琴响雪"。五月说："万县这么多地方，画其他的地方不行吗，这'石琴响雪'不好画呀。"

向小寒撒娇地说："嫂子，你是不想给我画，你要想画就好画了。"

五月说："容我两天想想，再给你画。"

向小寒不依地说："明天你就给我。"

五月执拗不过向小寒，答应了。小寒出了屋门，五月就在桌上铺开一张白纸，琢磨着怎么画。她要在纸上画一个大致的图形出来，然后还要在做门帘的布上依着绣花的针法画上去。

万县的苎溪河上横在两岸的一块天然的巨石，被人习惯地当作桥来用了，世代沿袭下来，人们只当它是座桥了。涨水时桥上瀑布飞悬，水流如雾如雪；枯水时流水叮咚有声，酷似琴音，故被称作"石琴响雪"。

五月两只手支着腮帮子，冥思苦想不知怎么下笔，向青云进来她都没有发觉。向青云问她在想什么，她把向小寒求她做的事说了一遍。向青云轻松地笑着说:"这太容易的,这么容易的事情反倒把你难住了。"

五月说:"一座石桥有什么好画的呢,画上去一点的生气也没有。"

向青云说:"小寒要的不就是个门帘的绣花图样吗,你就在上面画上涨水期的瀑布,在门帘儿的下端画上枯水期的水滴,然后在远景中衬上天城山的样子,要显出幽静来。我想这样画上去,'石琴响雪'的境界能有所表现了。"

五月恍然有所悟地高兴起来。下人来叫向青云说是秦氏要他去一下。

秦氏拉着进得屋来的向青云坐到了床上的小桌边,说:"你觉得小寒最近怎样?"

向青云答道:"听五月说,她很好啊,学着绣花,绣工还不错呢。"

秦氏说:"小寒心里有心事,她是心里郁闷着才绣花的。"

向青云不解地说:"不会吧?娘,小寒是个直性子,她想干什就干什么。"

秦氏说:"青云啊,你想想看,小寒是个要强的性子,她整天不出屋地在家里绣花,是有心事了。"

向青云跟了一句:"她有心事?"

秦氏又说:"小寒自小像个男孩子,但毕竟她是个女孩子呀,女孩子的心思呀,是看不出来的。娘叫你来,是想让你去问问她是否还对英豪有意思,如果她愿意,英豪家里就他一个人了,我们就娶姑爷过到向家的门,你的生意越来越大,也需要帮手啊。虽说英豪他多做了些出格的事情,但是英豪这孩子还是靠得住的。小寒要是不愿意结婚,你也要劝她到咱家的公司做些事,我担心,这样下去,会把他憋闷出病来。"

向青云回到房里时,五月已经将门帘儿布上景致大致轮廓勾勒了出来,向青云叫上五月和自己一起到了小寒的房里。

五月先把自己的勾勒想法和向小寒说了，她对五月构图的安排很满意。

向青云说："小寒，你真的喜欢绣花吗？"

向小寒答道："喜欢，我发现绣花这事能让人的心静下来，思虑单纯，是很好的事情，我为什么不喜欢呢？"

向青云说："小寒，你读了很多年的书，就甘心这样下去吗？"

向小寒说："我衣食无忧的，这样下去也很好啊。"

向青云把母亲的意思对她说了，问她是否愿意和莫英豪成亲。向小寒毫不犹豫地表示不愿意。

向青云说："你若是不愿意成家就到咱家的公司里上班，不要待在家里。"

向小寒生气地说："我待在家里怎么了，你们嫌我白吃饭了吗？这个家是我爸创下的基业，我就是一辈子待在家里，与你们也不相干。"

五月见向小寒说话带了情绪，就往外推向青云："瞧你说的是什么话，小寒在家和我还是个伴儿，她愿意怎么着就怎么着，你做哥的就别管了。"

向青云用胳膊挡了五月一下，接着说："小寒，你误会我的意思了，我是希望你回到向氏轮船公司发挥你的经商才干。"

向小寒说："我一个女孩子家能有什么才干？没有我，你不是一样把公司搞得红红火火的。"

向青云说："咱们是一家人。"

向小寒说："一家人怎么样？两家人又怎么样？"

向青云着急地说："难道，你就不想为二爸报仇了吗？"

听了这话，向小寒憋闷了很久的情绪发泄了出来。她手拿着门帘儿的布捂住脸哭了起来。

向青云见状出去了，五月也出去用热水浸泡了毛巾为向小寒擦脸。

向家早饭的时候不见了向小寒,全家人慌作一团。向福派人去找,回来的人都说见不着踪影。五月暗地里和向青云说,是不是昨天,向青云的话惹小寒不高兴了,才不辞而别。向青云宽慰她,以小寒的能力到了哪里也不会出事的。他叫五月劝刘氏不要着急,马上给重庆发个电报,问问是不是去了重庆。

向青云嘴里劝着五月,心里忧心忡忡地猜测着小寒会去了哪里?到了公司,进了办公室,见小寒就坐在椅子上,他的心里又惊有喜,谎说有一件急事要马文俊去办,出去后,让马文俊速到向家,告诉家人,向小寒在公司里。

向青云小心地问:"小寒,到公司来看看吗?"

向小寒说:"我想好了,从今天起,就到公司来上班。"

听了向小寒这话,向青云才上下打量了她一番,那种果断的神色又回到了向小寒的脸上。向青云说:"欢迎,你还是做我的助手。"他马上召开了公司的全员会议,宣布了这个决定。从这之后,公司大小事情都由向小寒来处理,向青云把自己的想法告诉向小寒,她每件事情都处理得很恰当,令向青云很满意,同时也腾出了精力考虑重大的事情。秦氏和刘氏看到向小寒又出去工作,心里也踏实了许多。

太古公司有一位职员名叫赵三宝,因他上面有两个姐姐,他的父母得了这个儿子后,就取名为三宝。他的父亲曾开过粮栈,因运送粮食和向家长期打交道,交往甚密。三宝大了向青云约莫有十岁的样子,当年他家发达的时候把他送到了重庆的洋学堂读书。三宝聪明,英文学得很好。毕业后,就在一家英国的商行里谋了事做。家里为他娶的媳妇是张家的姑娘,敦厚贤惠,只是模样差了些。三宝在重庆有了个相好,娶回家做了二房。他回到万县后一直在太古公司做事,万县惨案后家里人都劝他不要再为英国人做事,这个三宝却只听二房的,二房说英轮的薪水高。最近一段时间,经过向青云对川江航运的整治，统领川江，华轮占了绝对的优势。太古公司的经营惨淡，奄奄一息。这天，赵三宝回到家里唉声叹气说公司的薪水又缩减了。原配张氏说日子贫富无常，节衣缩食也能过得去。二房却给三宝吹枕边风，让他想想办法去投靠向氏轮船公司。过了几天，三宝装作无事闲逛来到向家找向福，他和向福是光着腚一起长大的，交情深厚。攀谈了些闲话，向福就说："你小子找我一定有事，几年都不来找我，今天和我来攀交情。有什么事就直说，和我还绕什么弯子。"

赵三宝被向福点破也就直接说了自己的想法，要到向氏公司谋个职务，让他探探向青云的想法。向福答应了，赵三宝说不多待了，回去了。向福把他送到门口，正碰上向小寒。赵三宝和向小寒打了个招呼，低着头匆匆地走了。向福刚要穿过前院和后院间的小胡同儿，被向小寒叫了回来，说到客厅有话问他。向福心里琢磨问话一定和赵三宝有关，心里打了几个结儿，但转念又一想，现在向家是向青云当家，就把赵三宝的来意照实告诉了向小寒，向小寒想了想就告诉向福怎么怎么做。

过了几日，向福估摸着下班的时间，装作偶然碰到了赵三宝。赵三宝把他拉到路边问自己的事情和向青云说了没有，向福看看周围的路人对赵三宝说这里说话不方便，到酒馆喝两盅，边说边唠。

向福要了菜，上了酒，两盅酒喝下去，赵三宝的脸就红了。他说："福哥，我托你的事，和你的东家说了没有？"

向福说："这不还没找到合适的机会嘛。"

赵三宝着急地说："福哥，你在向家说话是有分量的，他向青云能不听你的话？"

向福说："要论说话有分量，我倒不是夸口，这倒是实情，可我就想问问你，放着洋人的钱不赚，怎么反想到向家来谋事？"

赵三宝叹了口气说："我这不是给自己拴套吗，娶了个二房，花销要比寻常人家大。"

向福说："比旁人家花销大才好在英轮做事嘛，英轮的薪水高呀。"

赵三宝压低了声音说："福哥，你不知内情啊，英国发生了经济危机。"

向福问："什么是经济危机呀？"

赵三宝说："跟你说，你也不懂，就是缺钱了。"

向福张大了嘴惊讶地说："英国人财大气粗的还能缺了钱。"

赵三宝更加着急地说："不光是万县的英轮公司缺钱，就是英国在中国的总公司都缺钱了。这个月我们就降了薪水，向家现在是川江的老大，薪水比我们高多了，我这两个媳妇不好养啊。"

向福也喝红了脸，借着酒劲儿，拍着胸脯说："这事好办，包在我的身上。"

和赵三宝分手，回到向家，向福就把赵三宝的话原封不动地说给了向小寒。

向青云和向小寒分析着赵三宝的话，向青云说："看来，英轮公司目前的资金不足，只要打中穴位就能击倒它。"于是和向小寒商量出来一个计策。

英轮的太古公司内，华莱士正在翻看从重庆大使馆邮寄过来的关于英国经济危机的资料，他在权衡着太古公司现有的资金情况，思考着英轮该采取怎样的运营方案。他从玻璃窗中看着远处的山峦，听着江水的涛声，一切都如他初来万县时一样，所有的景物让人感到安静，但此时，他心里却安静不下来，顺着自己不安的思绪追问自己的意识，没有明确的想法。就在此时，有人进来禀告说向氏轮船公司的向小寒求见。

客厅里，向小寒等着华莱士。落地的大玻璃窗，外面的景物一览无余，向小寒朝外面望去，她仿佛是第一次和万县相识，远景、近景层层不同，而又巧夺天工。向小寒突然间悟到，其实自己以为最熟悉和最了解的东西，换了角度也许就会完全不认识了。从太古公司的玻璃窗中看见的万县，一点儿都没有她所认识的万县的样子，由此她想到了向青云和莫英豪，突然惊醒到，虽然自小和他们一起长大，但是他们的某些方面是她所不知道和不认识的，向青云在几年间把向氏轮船公司搞得这么好，这是她万万没有想到的。原来嘻嘻哈哈的莫英豪也成了营长，看来该重新调整自己对待人和事物的角度了。

这时华莱士笑容满面地走进了客厅。向小寒用英语和他交谈，说自己已在向氏轮船公司担任要职，但是华轮的管理不如日轮和英轮规范，每天和没有专业知识的人打交道，心里不舒服，暗示华莱士愿意在英轮公司就职。华莱士琢磨了一会儿说："我很希望向小姐到太古公司来，现在我就可以付给你薪水，但是你要在向氏公司为我们做些事情，不知道你是否顾及向老板是你的哥哥？"

向小寒继续用英语说："向家的一切财产本来都是我的，是向青云夺了过去，虽然名义上他是我的哥哥，可是我对他是有仇恨的。你要我做的事情，我会尽力去做的，但是价钱不能少了。"

华莱士说："价钱好说，太古公司不会亏待了你，我要你把向氏公司的内部重要文件透露给我们。"

向小寒说："这件事情不难，但是要……"

华莱士明白了向小寒的意思，叫来负责财务的人员，给了她一张银票。

两周内，向小寒给华莱士送来了三份向氏公司内部文件，华莱士非常高兴，夸赞向小寒为太古公司立下了功劳。

这天下午向小寒约华莱士在万县的西餐厅见面，透露说向青云制订了一个计划，要把三峡航线的运价降低五成，实施一个月。这个决定得到了重庆向氏轮船总公司的通过，形成了文件，向青云已经亲笔签字。华莱士指示向小寒尽快地拿到文件。几天后，华莱士通过和向小寒联系得知，拿到此文件有难度，要他耐心等几天。

华莱士正在为太古公司的资金不足而忧心忡忡,听到向氏公司要降低运价的消息更是焦虑,他派人给向小寒送去一个微型照相机,要她尽快把文件内容拍照下来。几天后,向小寒将照相机偷偷交给华莱士。华莱士马上到了重庆领事馆冲洗放大胶卷,看完后十分震惊。文件的内容是丰水期内,向氏轮船公司所有上游、下游航线,客轮、货轮全部降低运价五成。华莱士赶回万县,立即召开会议,研究对策,依目前太古公司的资金情况,如以降低五成的运价开航,连半个月都支撑不住,如果停航更是分厘无收。经过激烈争论后,达成一个权宜之计,同向氏轮船公司合股经营。报英国总公司批准后,华莱士决定拜见向青云。

向小寒将华莱士领到了向氏公司的会议室,说是向青云正在会客厅和人谈事情,要他等一会儿,说完,向小寒也出去了,华莱士看着墙上挂着的航运价目表,果然是每个班次都降低了五成的运价。这时一个职员进来,见华莱士坐在屋里,连忙从墙上摘下了价目表卷了起来。他出去后,向小寒进来说可以到会客厅了。华莱士小声问价目表的事,向小寒更加地压低声音用英语说,刚刚开过了会议,这个价目表从下周起执行。

会客厅里向青云起身相迎,客气地说华莱士先生是向氏公司的稀客,要向小寒拿出上好的茶来招待。华莱士和向青云寒暄了一阵,话题转到了航运上。华莱士说:"中国有句古语叫作士别三日当刮目相看,向老板这几年岂止是让人刮目相看,简直是天翻地覆的变化。"

向青云说:"华莱士经理过奖了,是川江水在滋润我们向氏公司,我们中国还有一句古语叫作天命不可违。"

华莱士接着向青云的话说:"来中国这么多年,天命的意思我有所了解,所以今天我来找向老板也是顺着天命来谈谈我们两家公司的事情。"

向青云很感兴趣地说:"还请华莱士经理说来听听。"

华莱士说:"目前向氏公司统领川江,我们愿意将太古公司所属船只入股向氏公司。"

向青云站起来说:"不,不,华莱士经理对于天命的理解是错误的,恰是要尊天命,我要拒绝你们入股向氏公司。"

华莱士有一种出乎意料的尴尬,他以询问的眼神看着向青云说:"我们船只的性能要比你们的好多了。"

向青云说:"川江自古以来行驶的都是我们中国人的船,这就是真正的天命。你们的船只能卖给向家,不能合股。"

华莱士更加尴尬,转头对着向小寒用英语说:"他有些不通情理了。"

向小寒用英语回答说:"向氏公司的风头正劲,以此来显示他们的实力。"然后又用中文说,"华莱士先生,向氏公司的意见您已经了解,初步的谈判就到这里,贵公司有什么变化我们再洽谈。向经理还有重要的事情要谈。"

向青云起身离开了会客室,华莱士不得不告辞,向小寒把他送出了向氏公司。

太古公司又一次召开会议,讨论是否把船卖给向氏公司,大家都反对,没有达成一个有效的方案。

几天后,太古公司在运营分析会上,华莱士看到运营报表的数据让他感到形势已经十分紧迫。华人的商家不用太古的船运送货物,外商设在重庆和万县的商行又有几家关闭,英轮货源在不断地减少。华莱士皱着眉头,一个职员进来,在他的耳边说了几句话,他让大家都散去。一会儿,向小寒走了进来,交给了华莱士一份文件,就急忙走了。

华莱士打开文件一看,惊出了一身冷汗,内容是向氏公司已经和上海的一家造轮公司签订了合同,建造五艘轮船,其中一艘船长180尺,宽30尺,装置明轮,马力1000匹,时速14海里,吨位311

吨，可装货1500吨。另一艘长210尺，吃水6尺6寸。这样看下来，这几艘船造成后，向氏公司可增加装货量近万吨。这么庞大的数字足可以把太古公司的轮挤垮。华莱士心里慌张起来，召开了太古公司的内部会议，在会上阐明自己的观点，按照目前的川江航运状况来看，把英轮卖给向氏公司是最大限度减少损失的唯一办法。英轮公司的几个要员反对华莱士的主张，他们的想法是再观望一段时间，认为向氏公司的势力未必有华莱士说的那样强大。华莱士把向小寒给他的文件传递给几个要员看，几个人看毕后，华莱士说："等向氏公司把这几艘轮建造成了，就是太古公司再想把轮卖给他们，向氏公司未必会买了。趁他们还没有开始建造卖给他们，太古公司还能收回些资金，泊在码头上没有生意无法行驶，时间长了就是烂铁一堆了。"几个要员迫于华莱士的压力同意将轮卖给向氏公司。

向青云下午到戏园子里去听戏。向小寒很纳闷儿，向青云的整个心思都在生意上，已经很久没到戏园子听戏了。她不解地看着他，正要张口问，向青云看透了她的心思说："华莱士下午会来找我，他来后，你就让人到戏园子去找我。"

向小寒会意地笑了一下，去忙手头上的事，向青云溜溜达达，悠闲自在地去了戏园子。

马文俊正要出门去码头，差一点儿和进来的华莱士撞上，他后退了一步，恭敬地点了下头，连忙道歉，说是码头上事务繁多，以至于自己太慌张了。马文俊忙叫人通报向小寒说是有贵客到。向小寒出来把华莱士领进了会客室，对马文俊说快去戏园子把向青云找回来。华莱士问："向老板还是那么爱听戏吗？"

向小寒说："我们中国有句古语说'江山易改本性难移'，他这个戏痴是改不了的。"

华莱士问："他每天都去听戏吗？"

向小寒说："不是每天都去，也差不多，若公司里见不到他，就是去了戏园子。"

华莱士又问："公司的事务都由你来处理吗？"

向小寒抱怨地说："公司里的大小事务都是我在支撑着，可公司的所属权是他的，这就是我们中国不合理的规矩，家族财产的所属权要归于男性。"

华莱士说："中国是个男权社会，这是你们不文明的地方。像向小姐这样的才干，英文又这么好，应该到我们英国去。"

向小寒说："我是有这个想法，不知华莱士先生能不能给我引荐？"

华莱士说："这个嘛，没有问题，只要向小姐愿意去英国，我一定能把你引荐到薪水丰厚的公司。"

两个人说着，向青云回来了，进门说："开县的班子就是地道，听得让人熨帖。"

向小寒正颜说："向老板，华莱士先生有重要的事情要和你谈。"

向青云这才一本正经地坐下来，说："华莱士经理是不是想接着谈上次与向氏合股的事？我的决定没有余地，合股是不可以的。"

华莱士说："这次来，不谈合股，是要把太古公司的轮卖给向氏公司，来和你谈谈价格。"

向青云说："好吧，你先开了个价吧。"

华莱士说："每艘船18万两。"

向青云听了哈哈大笑起来，说道："华莱士先生在开玩笑吧，18万两，造一艘新轮，也就是这个价钱。"

华莱士说："太古公司这几艘船的材质、船身、载重量、都是你们华轮所不能比的，这几艘船的马力都在1450匹以上，这个价钱是很合理的。"

向青云漫不经心地说："华莱士先生你这几艘船已经在川江上行驶了八个年头了，再好的材质，就是金子也被江水侵蚀锈了，你出的这个价钱是没有诚意吧。"

华莱士说:"按向老板的估价打算多少钱买进?"

向青云说:"我要购进的价格就是去掉前面的'1',毫无余地,同意就成交,不同意,你们就继续在川江上跑。"

华莱士恼怒地说:"向老板,你太过分了。"

向青云微笑着说:"华莱士先生,我们谈的是买卖,我就出这个价钱,卖不卖由你。我并没有要强买你的船,你回去考虑考虑,我还要听戏去呢。"

向青云站起身走了出去,华莱士用英语和向小寒说向青云这是乘人之危。向小寒说:"若是这样,太古的船就不要卖了,英轮公司有强大的资金做后盾,你们也可以压低运价嘛。"

向小寒的话,说得华莱士哑口无言,只好告辞走出了向氏公司。

太古公司经过讨论,就卖船达成了一致,但是就价格问题又展开了激烈的争论。多数人反对,说向氏轮船公司是有意给他们难堪。

就在华莱士在英轮卖与不卖的犹豫中,从重庆又传来了今年经济情况的最新简报。英国因工农商业的萎缩,失业率已经上升至了25.5%,经济危机使英国对外贸易进一步萎缩,英国出现了第一次国际收支逆差,英镑猛烈震荡,贬值30%。这些消息摧垮了太古公司最后想要支撑下去的力量,华莱士下了决心把轮船低价卖给向氏轮船公司。

华莱士找到向小寒把决定告诉她说,要求向氏公司在码头上举行个像样的交割仪式,以体现出大英帝国虽败犹荣的尊严。

马文俊到了绸布店买了一大捆红色透明的绸布。店主和他开玩笑说:"怎么着马爷,半百的年纪,想纳妾了?"马文俊拿起布匹上的鸡毛掸子朝着店主就打了过去。嬉闹了一会儿,马文俊说:"明天到码头上看热闹吧,这些红绸子要挂在英国的轮船上。"

店主气愤地说:"他们炸死了万县这么多人,给他们的轮挂红绸子，为什么？"

马文俊说："明天你去就是了，瞧好吧。"

经了店主的嘴一传十，十传百，百姓都说明天要到码头上看热闹。

华莱士在朝霞映照着江面的时候，来到了码头上，看到太古公司的几艘轮被向氏公司缠满了绸带，他到每艘轮上走了走，看到江水中英轮的倒影，绸带在风中飘扬着，对面的青山从江水的倒影里和轮船相贴在了一起，在江水中微微晃动，他不得不从内心发出感慨，万县是个美丽的地方，它是上帝给人间的美景。明天他将暂时离开万县，这是个值得他眷恋的地方，他想有一天还会回来的。向小寒也来到了英轮上，她对华莱士说向青云已经发现了她为太古公司传递情报，她要和华莱士明天一起去重庆，从那里转去英国。华莱士说这件事情他已经提前做了打算，到重庆几日后就可去英国。向小寒说，她明天一早乘第一班轮去重庆，定好两个人在重庆会面。

太古公司和向氏公司交割仪式开始，码头上挤满了围观的群众。码头工人都停止了装卸，站得里三层、外三层的。向氏公司的高层管理人员都来到了现场。向青云对华莱士说："怎么样，华莱士经理，我给足了太古的面子吧。"

华莱上此时的心情很沮丧，但对这样隆重的场面表示满意，毕竟以这样的场面结束他在万县的经营，也算是给自己一个比较好的交代了。

仪式由马文俊主持，他先请华莱士讲话。华莱士走到临时搭建的台子上，他先从英商亚细亚火油公司专用油轮于1917年进入川江航运讲起，接着说到亚细亚火油公司的"安澜"油轮。华莱士似乎忘记了今天是什么日子，提起了"安澜"油轮就忘乎所以地提起了兴致，他介绍"安澜"油轮船长180尺，载重165吨，紧接着又提起了亚细亚公司的"滇光""黔光""渝光"等油轮先后入川的状况。

华莱士说到这里，围观的群众听不下去了，嚷嚷了起来。有人喊道，别在这里和我们讲你们的侵略行径了，今天不是你说话的日子。马文俊上台向台下的群众摆了摆手说："今天是咱们万县的好日子，请大家耐住性子，请向氏轮船公司的经理向青云讲话。"台下一片的欢呼声。向青云站在了华莱士的旁边说："华莱士先生，我来替你介绍太古公司。从1922年太古公司进入川江航道，共有十几艘轮船行驶在我们的江面上，聚敛了大量财富，今天太古公司的'万流''万通''康定''嘉定''金堂''绥定''秀山'七艘轮船被向氏公司买入，这是个大好的日子。"码头上响起了敲锣打鼓的声音。华莱士和向青云在双方的协议上签了字。马文俊把银票当即给了太古公司的财务主管。

向青云和华莱士走下台来，走回到各自公司的员工中。马文俊上船剪掉了绸带，码头工人们立即就往船上装着桐油。华莱士带着太古公司的要员就要离开，意外地看到了向小寒来到了码头，微笑着站在向青云的身边，他大惊失色地看着他们兄妹两人。

显然，向小寒看到了华莱士脸色的变化，和向青云耳语了几句。两个人走到了华莱士的跟前，向青云冷冷地对他说："华莱士先生，根本就没有什么价格战，也没有什么内部文件，什么都没有，你上当了。"英轮公司的高管们听了向青云的话，把华莱士扑倒在地上，嘴里哇啦地喊个不停。

向青云面色严峻地对向小寒说："你对他们说，用英轮的这点家当来抵偿万县百姓无辜的死伤者，来抵偿向不悔的人命已经是太便宜他们了。"

向小寒大声地用英文把向青云的话说了出来，英轮公司的高管们突然安静下来，灰溜溜地走了。

向青云和向小寒商量为二爸向不悔举行一个大型的祭奠仪式。他给向不争发去了电报。不日，向不争和武江川从重庆来到了万县，向青云和向不争商量着如何祭奠，向不争说一切都由青云做主。

向青云让向福把向家后院的红色和黄色的菊花提前带着土挖出，围放在了向老太爷和向不悔的坟边，又把前院的白菊也挖出，放在坟茔的最外围。他对向福说，大老爷喜欢菊花，挖走后要请花匠再买些好品种的菊花重新种在院子里。他又叫冯船长安排船员把英轮全部都开到靠近北山的江边上。向青云亲自到族人的家中，请族人每家出一个人在向不悔的忌日里到墓地举行一个仪式。

向老太爷和向不悔的坟上开满了深紫色的野花。秋日的风吹拂着它们。红色的菊花在坟茔的最里面，然后是黄色的菊花，外面是白色的菊花。向家的族人除了女眷，男人们都来了。向氏公司的职员也都来了。大家肃穆地站立着，向福抱着向青云的儿子点点站在了最后面。

向不争站在前面点起了一炷香，迈开腿跨过菊花的花环，把各色点心摆在了向老太爷的坟前，又把一瓶五粮液洒在了向不悔的坟边。他走出了菊花的花环，对着两个坟茔说："爹，你毕生的心血，已经化作了美丽的花朵，三峡航运图已经让向家统领了川江。二弟啊，你也可以在九泉之下安息了，青云没有辜负你的厚望，他娶了五月为妻，已经有了一双儿女天天和点点。英轮公司被青云赶出了万县，小寒和青云兄妹和睦，向家兴旺。二弟，你可以放心了。"

说完此番话，向不争已是泣不成声。向福把点点交给了向家的另一个下人抱着，忙走上前去，搀扶着向不争。

向青云跪到爷爷和二爸的坟前说："爷爷，二爸，你们的不孝儿孙，今天可以告慰你们的亡灵了，英轮已被我们向家打败，他们的轮就在山下的江面上，现在我要让他们的轮拉响笛声，让你们听到。"

向家的族人按照事先准备的程序，燃放起了鞭炮。向家鞭炮一响，万县各处在当年的惨案中遇难的所有祭祀亲人的家族都放起了鞭炮，此刻，万县的上空一片脆爆的声音让人感到一种肃穆中的威严。当鞭炮的响声渐渐弱下去之后，被向家收购过来的英轮一起鸣笛，连续的三声笛声响起的时候，所有在万县街道上行走的人们，所有在码头上工作的工人们，都站住脚，放下了手中的活计，在笛声中低下了头，默默地站立着。万县惨案的阴霾终于在汽笛的长鸣中消散，让万县的人们对于失去的亲人的悲痛得以告慰。

由于女眷不能在忌日里去墓地，秦氏、刘氏、五月、小寒，在佛堂里上香，秦氏和刘氏跪在前面，五月和小寒跪在后面。秦氏念叨着："大慈大悲的观世音菩萨，你助我儿青云，把英国人赶出了万县。"接着秦氏和刘氏双手合掌一起说道："我若证得无上菩提，成正觉已，所居佛刹，具足无量不可思议功德庄严……"

五月和小寒听着顿觉内心庄严，也合掌闭眼，五月心里念叨着：愿菩萨保佑向家平安，保佑天天和点点平安长大。小寒心里念叨着：愿菩萨宽恕我的无知，保佑向氏轮船公司一帆风顺。

这一天，万县的戏园子停演，所有的饭馆只卖饭菜，不卖酒，以示在万县惨案中遇难亡灵的哀悼。

第三十二章　以身殉国

1937年，抗日战争全面爆发。

国民党军节节败退，上海、济南、南京、太原相继失守，日军逼近武汉。国民政府11月20日发表移驻重庆宣言："自卢沟桥事变发生以来，平津沦陷，战事蔓延，国民政府鉴于暴日无止境之侵略，爰决定抗战自卫。全国民众同仇敌忾，全体将士忠勇奋发，被侵各省，均有极急剧之奋斗，极壮烈之牺牲……迩者暴日更肆贪黩，分兵西进，逼我首都。察其用意，无非欲挟其暴力，要我为城下之盟……为国家生命计，为民族人格计，为国际正义与世界和平计，皆已无屈服之余地。凡有血气，无不具'宁为玉碎，不为瓦全'之决心。国民政府兹为适应战况，统筹全局，长期抗战起见，本日移驻重庆，此后将以最广大之规模，从事更持久之战斗。以中华人民之众，土地之广，人人抱必死之决心……继续抗战，必能达到维护国家民族生存独立之目的。特此宣告，惟共勉之。"

自11月18日起，国民政府各院部即络绎迁往重庆。20日，国民政府中央广播电台奉命广播《国民政府移驻重庆宣言》这条消息后，党政人员纷纷乘轮西上，中央电台人员也撤离南京去往长沙。撤离简直是逃亡，他们好不容易弄到了江南汽车公司的客票，很多人行李都未顾得带上，但车上已人满为患，秩序大乱，最后是砸开玻璃爬了进去。

报纸上的这些重大消息，撞击着向青云的心，他常常看完报纸就怒不可遏地撕掉，只恨自己不能从军抗日。

重庆地区的巴县、綦江、长寿、江北、合川等八个县发生了百年来罕见的大旱。灾民吃草根、树皮、白泥度日，不少饥民因吃白泥致腹胀而死，或因挖取白泥引起岩崩而遭压死。

重庆市区在1936年的6月至1937年的5月，连续三百余天不降雨，全市旱情严重。大量难民涌入重庆。这年的春节，向不争公务繁重，没有回万县过年。大年初二，他到寺庙里上香，街头随处可见冻死的难民。回家后他茶饭不思，难料时局如何，忧心忡忡。时至三月仍有大批难民流入重庆，排着队在街边的粥棚讨食。

向不争接到了被派往武汉的调令。武江川得知了这一消息，下班后让司机把自己送到了向家的巷口。他到街上的一家小吃店买了软炸千张、椒盐花生和张飞牛肉。

武江川没有让下人通报就直接走进了向家的客厅。天已经擦黑儿，客厅里的摆设显得影影绰绰的，没有开灯，向不争坐在沙发上抽着烟袋。武江川乐呵呵地喊了声"向兄"，向不争被冷不丁的一声喊惊了一下，随即马上站起身，拉了灯绳，晕红的灯光里，客厅的气氛也随之亮堂了些。

武江川随手把东西放到了茶几上，向不争从酒柜里拿出了一瓶五粮液，两个人边聊边喝，谁都不提向不争将去武汉的事情。喝下了半瓶酒，还是武江川先说起了这件事，他问向不争是不是近日回万县和家人辞行。向不争说武汉那边催得急，明日就要动身。

武江川惊讶地说："走得这样急吗？"

向不争镇定地说："日军正在突破国军的外围防线，势必要向武汉逼近。如果我不能从武汉活着回来，还恳请江川弟把青云和小寒当作自己的亲生儿女，如遇不测我也放心了。"

武江川的眼圈红了，说道："向兄何出此言，吉人自会受到护佑，你一定会平安无事的。"

向不争从他的包里拿出了一个用糨糊封好的信封递到了武江川的手里说："我到武汉后，你把这封信交给青云，家里的一切事情这里都交代清楚了。"

第二天武江川把向不争送到了码头，向不争上船时紧紧地握了握武江川的手。武江川控制着自己的情绪，当向不争转身把背影留给他时，他的眼泪流了出来。

潘文华接到命令要他调集一个师的兵力前往宜昌驻扎。他决定派朱少雄师前往。接到命令后，朱少雄回到家里，把一个小铁盒子交给夏天虹说："这里有这套宅子的房契，还有我这些年积攒下的十几根金条。"

夏天虹把小盒子放在一边，对坐在沙发上唉声叹气的朱少雄说："瞧你这熊样，刀还没架在脖子上呢，就这样了。快起来，吃饭去。"到餐厅，两个孩子叽叽喳喳地说个不停，夏天虹见朱少雄的脸色难看，喝住了两个孩子说："吃饭还堵不上你们的嘴，不许说话，吃完了到院子玩去。"两个孩子互相看了看，做了鬼脸儿，不再说话。

晚上，两个孩子都睡下了。朱少雄搂着夏天虹，夏天虹觉得自己的骨头都要被他给搂碎了。朱少雄说："今晚我说的话你要记住，我给你留下的积蓄可以够你把两个孩子养大，要督促他们读书。尤其是云峰，要对他细心管教，你老了就指望他了。"

夏天虹用纤细的手指搓弄着朱少雄的头发说："快睡吧，别想多了，不就是到宜昌驻防嘛，又不是上刑场，没事的。"朱少雄在夏天虹的臂弯里睡着了。

天刚亮，夏天虹就起来了，为朱少雄准备要带的东西。朱少雄起床后依旧是反复叮咛道："我走后，你不要去唱戏了，要深居简出地照看好两个孩子。"说着说着竟对夏天虹叮嘱起了后事。夏天虹听了火气上来了，大声喊着："你是个军人，国难当头，效命沙场是军人的本分，像个女人一样地瞻前顾后，你看你像什么样子。"

朱少雄被夏天虹冷不丁地这么一说，惊愕地看着她。夏天虹生气地从墙上拿过朱少雄的腰刀，放到脖子上说："你要是不放心我们母子三人，我们现在就死在你的面前，好让你放心上前线，免得挂念我们。"

朱少雄慌了，说："天虹，把刀放下，我一定会奋勇杀死日本兵，死也要死出大丈夫的样子来。"

夏天虹把腰刀递给朱少雄说："我知道，上了战场生死由不着自己，放心不下我们。可是你想想，东三省都已经被日本人占领，无数的同胞无家可归，妻离子散，你要以国家民族的存亡为重，不要惦记着我们，国家不存，哪里还有我们的小家。"

朱少雄听了这话，紧紧地抱了一下夏天虹，转身头也不回地走出了屋子。夏天虹没有出门送他，从玻璃窗里看着车子出了院子的铁门，扬起的尘土遮住了夏天虹的视线，她的泪水如珠般地落下。

1938年9月，田家镇要塞陷落，武汉已无险可守。蒋介石和国民政府军事委员会为了保留继续抗日的实力，放弃了死守武汉的计划，开始有步骤地分批撤离党、政和地方政府机关，疏散城内的老百姓。10月16日，国民政府军事委员会根据武汉外围战斗的形势及日军于10月12日在广东大亚湾登陆的情况，决定放弃武汉，同时组织各部队有计划地撤退。日军虽遇到国民军第30军团在阳新地区的顽强抵抗，但战至10月22日，阳新、大冶、鄂城相继失守。24日，日军的一个支队已推进到了距离武昌仅30公里的葛店附近。

武汉失守，大批人员物资聚积宜昌，需要撤往重庆。潘文华急召武江川。武江川不敢问是何事，他的心里像是压了块石头一样沉重，向不争最近没有消息传来，他担心是否出了意外。

到了潘文华的宅邸，卫兵把他带到了会客室，潘文华在不大的房间里来回踱着步子。武江川站在门边忐忑不安地看着低着头的潘文华，潘文华抬起头来看到了武江川，面容露出了歉意，忙让了座。急切地说："紧要时刻，我就开门见山地直说叫你来的用意，宜昌大批的军用物资急需运到重庆。你马上发电给向青云，叫他立刻来重庆。"

向青云刚接到了重庆向氏轮船公司总部的电报，要他速去重庆，又收到第二封急电。电文是：见电速来重庆，你父已去武汉。

向青云脸色大变，对马文俊说万县这边的公司交给他打理，并吩咐他找到向小寒后让她马上回家。

马文俊不敢多问，猜测向家出了事情，到库房里找到了向小寒。

向小寒回到家里，先到了客厅，又到了书房都没有向青云，她来到了向青云和五月的房里，向福也在屋内。向青云对向福说："大爷早已去了武汉，一直没有告诉家里，现在武汉已经失守，恐怕是凶多吉少。"

向福听到这里腿已经抖起来，五月手里的茶盅也掉在了地上，脆生生地在刚进门的向小寒的脚下炸开了。向小寒惊愕地看着五月，眼里浸满了泪水。向青云接着说："我和小寒立即去重庆，五月在家照看两个孩子和母亲跟二娘。"他嘱咐向福和五月不能把向不争去武汉的事对母亲和二娘讲。

向小寒到自己的房里收拾随身带的东西。五月给向青云准备着日用品。向福的脑子里想起向不争，就和当年那个阳光明媚的下午从院门追出送向不悔时的感觉是一样的，他心里惶惶的，非要送向青云和向小寒到码头。向青云阻止他说不能让母亲和二娘生疑，他和五月谁也不能送。向福退出向青云的房里，好让向青云和五月说些体己的话。向福撩起门帘儿，出了屋，五月就扑到向青云的怀里。向青云抚摸着五月黑亮柔顺的头发说："家里全靠你了，国家危难之际，任何牺牲都是难免的，你要坚强。"五月在向青云的怀里抽泣起来，向青云轻轻扳开她的身子，从怀里掏出手绢，为五月擦去泪水。五月从向青云的手里扯过了手绢,紧紧地抓在了手里。向小寒收拾好了东西又来到了向青云的房里,向福又进来了。向青云让向福出去叫了一辆黄包车,把自己和向小寒所带的随身物品先行拉到码头上。然后他和小寒到了母亲和二娘的房里道别,说是到重庆的总部处理些事情。秦氏和刘氏把他们送到了院门,叮嘱他们事情办完后早些回来。

马文俊在码头上等着他们,对向青云说:"宜昌那边好像发生了变故,几天来一宗发到宜昌的货物都没有。"向青云说到了重庆就会知道情况了。马文俊催促向青云和向小寒快些上船。向青云的一只脚刚要踏上斜板,向福的喊声传来:"少爷,少爷,等等。"

向青云和向小寒等向福来到跟前,向福喘息着说:"少爷,得了大爷平安的消息一定要想法给我捎个信儿过来。"

这一句话说得向青云、向小寒、马文俊的眼圈都红了。向青云想要和向福说些话,可向福已经转身快步地回去了。轮船的汽笛声催促着向青云和向小寒上船。

到了重庆向青云和向小寒马上赶到总部召开紧急会议。高层管理人员汇报说,武汉失守后,宜昌有近10万的难民,船员回来说宜昌目前一片混乱。公司客轮的船票已经卖到一个月之后了。他们请示向青云是否要加开航轮。向青云说暂时不要有任何的变动,等他从潘文华处回来再另行研究。

向青云坐车到了潘文华的办公处。听到车的喇叭声,站岗的卫兵立刻走向车窗,向青云摇下了车窗说他是向氏公司的向青云,有事求见潘市长。卫兵一摆手,立刻从里面出来两个卫兵,从两边打开大铁门,向青云的车开了进去。卫兵把向青云带到了潘文华的办公室。潘文华说:"青云,你总算来了。"摆手示意向青云坐在他对面的椅子上,卫兵退了出去,关上了门。

潘文华神色严肃地说:"现在离武汉600里的宜昌,形势十分严峻，成为我军和日军关注的焦点。它是拱守重庆的第一道防线。日军已经在疯狂地进攻宜昌。滞留在宜昌的人员和物资能否安全地撤离，是当务之急啊。"

听到这里，向青云已经明白了潘文华此番叫他来的用意，只听潘文华接着说："宜昌沿江两岸堆了10万吨的机器等待紧急转运，三峡湍急的水流，把运送的船只毁了不少，滞留的物品中有大量没有装箱或掩盖的战时物资，一旦宜昌保不住，落入日军的手里，那后果可就不堪设想啊。这个大规模的抢运军用物资的神圣使命，我希望你们向氏轮船公司在国家存亡的紧要关头担当起来。有什么困难和要求，向我提出来，我一定倾全力支持。"

向青云表情严肃地说："国家危难之际，身为男儿，定当效力国家，向氏公司必当全力以赴。但是宜昌以上的三峡航道狭窄、弯曲、滩多流急，行船险象丛生，窄的地方仅能容一只船通过，这条航道适宜大马力的小船，还请潘市长能组建专门机构，管理船只的运行，一旦出现航道的堵塞，就会隔断这条黄金水道。"

潘文华说："你的意见很重要，我去商洽水道的管制问题，派兵把守。你把向氏轮船公司的轮船合理调配，立即赶往宜昌。"

向青云回到了向氏公司总部，传达了潘文华的指示，几位高层管理人员忧虑地说，从现在算起，长江上游只有四十多天的航运时间，之后就是枯水期，以向氏公司的运力，从宜昌到重庆上水航行一轮至少要四天，从重庆到宜昌下水航行至少要两天，若全程往返，就是向氏公司所有的轮船运输也要一年的时间，而川江一旦进入枯水期，很多的船只能停航。

向青云又找到潘文华，潘文华说他已经向上级汇报了情况。已从武汉退守到宜昌的向不争被国民政府任命为临时运输办公室主任，主管水路运输。潘文华要向青云先行赶往宜昌和向不争尽快制定出最佳的运输方案。

得到了向不争平安的消息，向青云和向小寒非常高兴，向小寒马上到邮局给马文俊发电报要他告知家人大伯平安。

向小寒随向青云前往宜昌,到了宜昌码头,他们感到了空前的急迫,沿江两岸摆满了等待运送的物资,码头上的难民人山人海,几乎连站立的空隙都很难找到。

向不争、向青云、向小寒在危急的形势下能够平安重逢,向不争百感交集。三人说了些别后的话,马上进入了正题。向青云从布包里拿出了一个夹子交给父亲说,这是他和小寒这几天想出的运输方案,向不争接过后说他马上仔细看一下,交运输办公室讨论商定,说完就匆匆地走了。

第二天,向不争让向青云和向小寒来见他,从桌上拿起一沓纸给向青云说:"根据你们兄妹两个人的建议,昨天我们连夜制定出了抢运方案。"

向青云拿过看着,向不争说:"给你四天的时间,带人考察计算,五天后交给我一个切实可行的方案。"

向青云看着父亲。向不争说:"虽说我们是父子,你现在做的是国事,而不是家事,若有了失误我也一样会处置你的。"向小寒随向青云进行了考察和初步计算,根据重庆至宜昌段的水位、险恶水段的水位及船的性能、吃水深浅等情况,他们制定的方案是:发挥各江段的不同优势,采取三段航行增加运力,把宜昌到重庆的航线划分为三,第一段由宜昌至新滩上游的庙河,第二段为庙河至万县,第三段由万县至重庆。

方案交给了向不争,在临时运输办公室的周密安排下,每段配以吨位最适航行的船舶,在庙河、万县两地采用陆上转运,避开险滩,接力运输。

五天后,向青云亲自领着向氏公司的船队,冒着日军的炮火和飞机的轰炸,满载着物资,起航开出宜昌港。从那天起,向氏公司二十多艘轮船,日夜不停地在川江上来回穿梭。向青云指挥着轮上的船员该打包的打包,尽量地缩短时间。他在调度策略上,优先运送厂矿机器、工具、原料及公务人员。为了增加难民的运载量,他指示凡是向氏的轮将二等舱铺位一律改为座位,这样,增加了一倍以上的客运量。

向青云让向小寒在万县接应物资,他每天随船往来。十天之内有四艘向氏公司的轮船被日军的飞机击中沉入江中,几十名船员遇难。

按照运送方案除了最重要的和不容易装卸的笨重设备由宜昌直航重庆外,次要的较轻的设备运到万县卸下就返航,缩短航程,赢得时间。

陆船长把货物运送到了万县的码头,马文俊组织工人们卸货。向青云和陆船长上了岸,卸完了货,工人刚要散去,马文俊喊道:"大家别走,稍稍休息片刻,后面冯船长的轮就要到了。"

陆船长对马文俊说:"文俊,让他们散了吧,冯船长不会回来了。"

马文俊一把抓住了陆船长的衣领子,大声喊着:"你说什么,冯船长不能回来了,为什么?"

陆船长掰开了马文俊的手发疯般地叫着:"日本的飞机又炸沉了我们的一艘轮船。"说完了号啕大哭。向青云和船员们望着滚动的江水,跪了下来。向青云说:"兄弟们,你们为国捐躯,安心去吧,我向青云会照顾好你们的父母孩子。"

向小寒走到向青云跟前,嘶哑着声音说:"哥,我们的轮一艘艘被日军炸沉,留几条轮给向家保留一点血本吧。"

向青云说:"国家沦陷,哪里还有我们的向氏公司,哪里还有我们的向家,我们的轮就是被全部炸沉也绝不退缩。"他叫过马文俊,让他到票号里取些钱安抚受难兄弟的家属,然后和陆船长开轮又驶向了宜昌。

马文俊和向小寒泪流满面地看着向家的船远走了。

所有的船只在白天航行,夜晚装卸货物。向青云和陆船长,天黑时到了一个港口,泊船休息,两岸灯火彻夜不眠,工人们装卸货物的场面异常壮观。看到这一景象，向青云的心里热血澎湃，工人们齐声喊着号子，向青云看到了中国人反抗日军的力量。

在宜昌，向青云遇到了朱少雄，他对宜昌大撤退的形势忧心忡忡，向青云鼓励他说一定把物资转移成功。

在四十天里，滞留在宜昌的人员已经运完，器材运出了三分之二，向不争在宜昌码头上看着零碎的废铁，对部下感慨地说："宜昌大撤退奇迹般地结束了。"几天后，向不争接到了命令，要他撤回重庆。向青云得知这一消息，高兴得一夜没有睡着，他盼望的全家团圆的一天终于来到。向不争和一些要员乘向家的轮回重庆。就要上船的时候，向不争接到急报，发现寺庙里有二十多名孤儿。此时，日军的飞机发起了猛烈的轰炸，向不争让向青云带着要员和物资赶快离港，留下陆船长的轮接应这些孩子和仍滞留在宜昌的难民。

向青云把人员和货物调度完后，轮船离开了宜昌码头。而他从船上下来，和陆船长一起等待着向不争。孤儿和一些群众已经上了船，飞机在上空盘旋着，一辆汽车驶向了码头，停下后，向青云命令准备开船，他看见父亲从车里下来，就一步跨上岸，几步冲到父亲身边，拉着父亲往轮上走。此时，后面响起了一群孩子的喊叫声，向不争扭头看去，十几个孩子，舞动着手臂朝轮船跑来。轮已经启动了，向不争大喊停止开航，向青云朝轮上的陆船长喊着："停一停。"

孩子们狂奔着，向不争张开双臂大叫着："孩子们，快上船。"向青云把跑到船边的孩子一个个拉上了船。慌忙中，他忘记了自己的父亲，当把最后一个孩子拉上船后，他再朝码头上看时，一个小姑娘摔倒在了地上，向不争跑过去抱起了那个小姑娘。就在此时，日军飞机的一枚炸弹落在了向不争的跟前，向不争趴倒在地，把小姑娘压在了身底下。向青云和一个船员跑过去，抱起向不争时，他已经昏迷，小姑娘安然无恙。向青云声嘶力竭地喊了声："开船。"

日军的炸弹在船的周身不停地炸起高高的水浪。国民政府留守到最后的要员中有两个医生。他们问向青云是否把向不争留在庙河进行手术。向青云冷静地问医生父亲存活的希望有多大，医生说只有百分之一的希望，向青云毅然地说把父亲带回万县。向青云一直把父亲抱在怀中，那些被救的孩子们围在他们的身旁。

向家吃早饭时，小寒的心里不知怎么就慌得厉害，打碎了一只碗，一口饭也吃不下。向福在院子里弄弄这儿，弄弄那儿。秦氏见他反常，问他怎么了，他忽然说了句，要到码头上接大爷回家。向小寒听了，出门就往码头跑，向福也跟着她跑向码头。向家的船在万县码头停下，向青云抱着父亲从船上下来，后面跟着三十几个孩子，陆船长带着要员和物资继续开往重庆。途中船上的发报机已经把向不争的情况告知了潘文华，在向青云抱着父亲回到家的时候，潘文华也带着最好的军医从重庆赶到了万县。但是一切都无济于事了。向不争睁开眼睛的时候，微笑着看了看秦氏、刘氏、青云、五月、小寒、天天和点点，拼尽了最后一点力气把手伸向了秦氏。在秦氏的怀中他的手垂了下来。

向不争的坟茔在向老太爷和向不悔的旁边。被向不争救下的孩子们在坟前唱着挽歌，哭声一片。

潘文华在墓前对向不争说："向兄，感谢你为党国培育了个优秀的儿子，他获得国民政府颁发的勋章。向兄，青云从宜昌抢运出的物资，胜过百万甲兵啊，他为保卫民族立下大功了。"

日军逼近宜昌，朱少雄带兵顽强抵抗，击退日军，获得嘉奖。得到撤回重庆的命令后，夏天虹为朱少雄在家设宴庆贺，并把德裕班的名角儿请到家中，自己也亲自上妆唱戏。宴请结束后，朱少雄把缴获的日本战刀送给夏天虹，说没有辜负夏天虹的希望，带领着将士们奋勇杀敌。

夏天虹给朱少雄沏好了解酒的梅汤，亲自到洗浴间里，用手臂伸进大木桶里试着温度，让朱少雄裸身进到木桶里，亲自为他搓身。大木桶旁边放一个小木桶，过一会儿就往大木桶里加些热水。朱少雄半躺在里面，美滋滋地说："在前线，有好几天都不能洗上了个热水脚。"连声说了几声真舒服。

夏天虹歪着头撒娇地笑着说："还有更舒服的给你呢。"

夏天虹早已换好了新的床单，床的幔帐换成了透明的绿色，在橘红色的灯光映照下，如同幻境。她主动地和朱少雄亲热，极尽床笫之欢。这是夏天虹和朱少雄结婚以来第一次对他如此柔情似水。

夏天虹也是第一次在和朱少雄一起的时候，完全抛去了向青云的影子。这个时候，她觉得自己已经完全告别了过去，朱少雄是她的男人，是战功赫赫、让她崇拜的男人。

朱少雄为莫英豪请功，说他在战场上如何奋勇杀敌。莫英豪获得嘉奖，官复营长。

向氏公司一面继续做着川江的航运，一面参加政府组织的川湘水陆联运。为了保证政府物品的安全，向青云请求潘文华为向氏公司成立武装护船队。潘文华同意并拨给了他一笔经费。向青云招聘青年船工、纤夫成立了武装护船队。

刁猛子听说宜昌大撤退向青云立了战功，从灌县来到向家。得知向不争以身殉职，到墓前进行了祭奠。向青云请刁猛子留在万县，聘他为教官训练武装护卫队。向青云把公司的事情交给向小寒，自己也加入武装护卫队的训练中。刁猛子教他打枪，训练他比其他队员都狠些，经常单独带他到山上的林子里打树上的鸟。飞行中的鸟，刁猛子伸手，头一扭，子弹出了膛，鸟就落在了地上。向青云拿着枪，打树上停留的鸟，还没等枪响鸟就飞了。他沮丧地坐在石头上，刁猛子朝他喊道："站起来继续，枪法是用子弹喂出来的。"两只山鹰在低空盘旋着，突然随着两声枪响，山鹰落在了刁猛子的脚下，一个腰间扎着皮带的女子天降一般地站在离刁猛子五尺远的地方。刁猛子脱口而出："好枪法。"向青云站了起来，奔向那个女子，两个人的手紧紧握在了一起。刁猛子不知怎么回事，等了半天，向青云像是把他给忘了，也不做介绍，他走过去说："青云，这位是？"

向青云猛地醒悟了似的说："她叫严冬雪，是……"

向青云支吾着，不知怎么介绍严冬雪的身份才恰当。严冬雪大方地伸出了手，刁猛子礼貌地握了一下。她对刁猛子说："早就听青云说起过你，我的身份对你不必隐瞒，我是一名中国共产党党员。"

刁猛子惊讶并佩服地看着严冬雪。这时向青云问："你怎么到山上来了？"

严冬雪说："我到公司找你，小寒说你和刁大哥在山上练枪法，我就来了。"

向青云开玩笑地说："什么，你叫他刁大哥，他可是我的干爹，你得叫他叔叔才对。"

严冬雪看着刁猛子红了脸。刁猛子借着向青云的玩笑说："叫大哥是对的，你得叫她婶子才对。"说完和严冬雪的眼神碰在了一起。向青云还没明白过来刁猛子话的意思，一只山鹰从高空俯冲下来，刁猛子掏出手枪，看了一眼飞旋的山鹰，背过脸去，手臂朝着山鹰就是一枪，扑哧一声山鹰重重地落在了地上。严冬雪张着嘴好久没有合上，惊叹道："刁大哥神枪手啊。"

三个人把三只山鹰提到了向家，秦氏和刘氏阿弥陀佛地念了几声，到佛堂里上了香，求佛祖饶恕他们杀生的罪过。

向青云吩咐厨房做了菜，晚上与刁猛子、严冬雪喝酒。严冬雪说她这次来万县是要向青云想办法把她送到武汉去。

严冬雪对刁猛子和向青云介绍了当前的抗日形势。她说，周恩来撰写了长篇社论《论目前的抗战形势》，连载于《新华日报》上。从战火中的武汉回到陕北的周恩来向毛泽东汇报了情况后，毛泽东提出了建立敌后抗日根据地,坚持游击战的抗日方针。针对日军对武汉的进攻,毛泽东认为八路军应该创造并巩固华北根据地,有效地消灭和削弱日军,发动广泛的抗日活动。地下党组织决定派严冬雪到武汉发动群众。

严冬雪待刁猛子喝了几口酒后接着说,武汉成百上千的贫民丧失了生命,但是前线士兵显示了难以想象的勇气,表现出了无可比拟的英雄行为,人民的情绪激昂。党组织决定派人尽快地赶到鄂西组织游击队。刁猛子对严冬雪的话很感兴趣。

向青云觉得他们两个人很谈得来,就推说乏了,回屋了,五月问他为何不陪着刁猛子和严冬雪,他说两个人一见面像是有缘分,让他们单独说些话。

五月说:"你什么时候这么懂得体恤别人了。"

向青云说:"还不是受了你的影响,近朱者赤,近墨者黑嘛。"

五月说:"你又在耍贫嘴。"

向青云把五月抱到了床上,说:"你不喜欢我耍贫嘴吗?"说着把灯拉灭了。

三峡的航运已经中断,向青云找了一艘木船,让陆船长亲自掌舵把严冬雪送到了鄂西。严冬雪走后几天,刁猛子没有心思再训练护船队,向青云以为他想家要回灌县了,找了个机会问了他。让向青云感到意外的是,刁猛子说要到前线去,这个时候不为国家效力,枉做男人。向青云想起了他和严冬雪之间的接触,似乎明白了什么。他劝刁猛子等一等,暂时去鄂西很困难,船行在江中危险性很大。刁猛子听了很生气说:"你现在害怕危险,等日军打到了万县,什么都没有了。"

向青云听了刁猛子的话,就又派陆船长用木船把刁猛子送到鄂西。临行时,向青云给了刁猛子一大笔钱说是用作经费,并摆酒为他壮行。

刁猛子喝下了一碗酒用川剧的唱腔唱道:"我们四川是个伟大的地方,走过了重重险滩,开到了抗日的战场,弟兄们用血肉争取民族的解放,发扬我们护国、靖国的荣光,不能让敌人横行在我们的国土,不能任敌机在我们的领空翱翔。"

刁猛子上了船,到了鄂西和严冬雪会合后,组织起了抗日游击队。

1938年后,日军战线拉得太长,兵力、财力、物力显出了不足。中国共产党领导人民军队深入敌后,开展游击战争,开辟了抗日根据地,严重威胁着敌人的后方,但人民抗战力量尚未达到能够进行战略反攻的程度,中国人民还需要经过长期的艰苦奋斗,才能战胜日本帝国主义,抗日战争进入战略相持阶段。

向青云的儿子点点十岁了,向家节衣缩食不断地给鄂西的抗日游击队提供财物。一天,向福带着点点到街上去,路过一家饭店,炒菜的香味让点点说什么也不走了。五月不放心到街上找到了点点和向福。点点说:"妈,好香啊,我也想吃。"

五月领着点点眼里闪着泪花,狠了狠心,买了几斤肉回家炖了。向青云回家后大发脾气,说游击队的战士都在吃草根,没有粮食,吃不饱,怎么能杀敌,你还在家吃肉。说得五月委屈地回到屋里哭了起来。秦氏对向青云说是点点馋得不行了,五月才买了肉。

向青云到屋里看到依偎在母亲身边的点点,十岁的孩子,看上去也就六七岁的样子,心里难过起来。把点点揽在自己的怀里,安慰着五月。五月说她理解向青云的苦心,国家遭难的时候,我们不能上战场,节省开销把钱给前线购买物资,也是对抗日的贡献。

为了帮助政府的水陆联运,向氏公司入不敷出,向家靠家底过日子。天天穿的衣服都是小寒和五月的旧衣服改做的,点点穿的衣服是姐姐穿小了改做的,院子里除了几株茂盛的大树,不再培植花卉,五月也学着纺线织布,天天、点点、小寒、青云脚上穿的鞋都是五月做的。全家最大限度地节约开支。

川军将领积极拥护抗日，率所属将士开赴抗日前线杀敌，国民政府委员会令川军各部组成第二路预备军，任刘湘为总司令，分别从川北、川东开赴抗日前线。向氏公司的船不停地运送出川的士兵和军需物资，他们战胜了敌机的轰炸和川江艰险，把大批军粮、器械和食盐运到前方保证前线将士的供应。期间向氏轮船公司又有三艘轮船在运输中被炸沉，八名船员献出了生命。

第三十三章 勘察险遇

1943年春夏以后,抗日战争形势逐步发生了有利于中国的变化。日军大本营先后从中国战场调出兵力投入太平洋战场。1944年日军为执行打通中国大陆交通线的作战线,又不得不从敌后解放区战场抽调兵力。八路军、新四军为缩小敌占区,扩大解放区,适时发起了局部反攻,一方面在内线对敌展开攻势作战,同时一部分主力打到外线去,开辟新区,建立全面反攻的前进基地,把内线与外线有机地结合起来。

向青云从重庆回到万县,把抗日的形势对向小寒进行了介绍,他说:"抗战胜利不会太久了。战后向家要扩大三峡航运。"

向小寒说:"现在向氏以重庆为起点的轮船航线就有二十条,客运拥挤,供不应求,扩大航线确实有必要。"

向青云说:"重庆至宜昌段著名的险滩有五十处,咱们向家的航运图三十处有明显的标志,我要带人亲自去勘察,把另外二十处的位置标明清楚。"

向青云要向小寒留在万县照看着公司,向小寒执意要和向青云一同去考察。向青云不同意,两个人争吵了起来。争吵声惊动了秦氏、刘氏和五月。秦氏也不同意向小寒和向青云一起去勘测。刘氏想了想说,让她去吧,和青云在一起也好有个照应。秦氏还是不同意,说一个姑娘家的不方便和男人们在一起。刘氏没再说话。

启程的头天晚上,五月在洗浴房里为向青云烧了热水,在大木盆里放了水,她用丝瓜瓤子做成的搓澡条子给向青云搓澡。五月先从胳膊搓起,再到后背,又搓到前胸。她把搓下来的细细腻腻的泥卷儿,用一块小手巾擦下来在放到一个小盆后,又搓洗那条手巾。向青云闭着眼睛,偶尔睁开的时候,五月做的一切他都看在了心里。

向青云说:"从重庆来的时候,泡了浴池,搓澡工给搓了泥儿,你说怎么还有这么多泥儿呢?"

五月笑着说:"人都是女娲用泥给捏出来的,当然都是泥人儿了。"五月让向青云把腿伸出到木盆的外面,又给他搓着腿。这个澡洗了将近两个时辰,下人不停地在烧水。

战时一切都不正常了,万县到了夜晚,十天里有八天没有电,家家都点起了桐油灯。向青云的屋里,油灯衬着五月的身影长长地飘忽移动。向青云躺在了床上,五月在给向青云准备着该带的东西。向青云让五月坐到自己的身边来,拉着她的手端详起来。五月说不上漂亮,但细长的眼睛,微微翘起稍显些厚的嘴唇,青云越看越觉得好看,随着年龄的增长,向青云对女人的看法也在发生着转变。当年,夏天虹天仙样的容貌,让他无法接受五月,那时向青云在心理上追求一种区隔感。他需要自我的理想,和与自我相融合的知音,夏天虹的美貌、豪放的外表,内心细如发丝的敏感,与少年的向青云一见钟情。他与夏天虹成为一体,和所有其他的事物都区隔了开来。

五月见向青云看着自己发愣,红了脸说:"这么看着人家,是嫌我老了吗?"

向青云坐起来,下了床,把五月抱到床上说:"今天的夜晚是属于我们的。"他主动和五月温存起来,五月激动地搂住了向青云的身体。松开后,她放下了帷帐,扣灭了油灯。五月说,今晚是她最愉悦的时刻，向青云在她的耳边轻声说，这样的愉悦，我会给你一辈子。五月抚摸着向青云宽厚的前胸，直到他睡了，五月为他又盖了盖被子，借着月光，端详了向青云一会儿，甜甜地睡去了。

　　后半夜，向青云醒来了，很久很久没有想到夏天虹了，今天不知怎么又想起了她。他想象着如果是夏天虹躺在他的身边会怎样呢？马上他又为自己这个想法而自责了起来。但他又克制不住自己去想夏天虹。夏天虹的细敏是在心思的感知上，和夏天虹在一起向青云可以无羁地放任自己的心性，可以任情地释放出最本真的东西。而和五月在一起，大多的时候，他是拘谨的，感恩的责任胜过他和五月之间的感情，他觉得五月和他，是向家的全部与武家的全部沟通在一起，他们是一个外部的整体。五月的细致是在事物上的，她对向青云的关怀是日常起居的照顾，她谨慎而细致地做好每一件家务，每一件都做得十分完美。向青云想，二爸坚持让自己娶五月，大概就是要他以这样一个稳定的心情去经营向氏轮船公司。

　　向青云的思绪越想越多、越想越远，干脆他起身下床。动静把五月惊醒了，问他为何起得这么早，向青云说勘测是个危险的事情，凡事要多思虑思虑。五月也起床到厨房为全家做早饭。

　　早饭的时候，没有见到向小寒，刘氏说准是昨天全家都不同意她去勘测航道，独自生气，一早就到公司去了。大家也就没多想什么。吃过了早饭，向青云到了公司，和马文俊商量着带上两艘轮，马文俊同意，说是宜昌附近日军活动频繁，危险性很大。护船队员们知道了此事，纷纷要求前去。马文俊说组织护船队是为了保护向家的轮船，要是把他们都带走了，万一有个不测，向家的损失就大了。向青云说："国难当头，不能把个人的利益考虑在先。带两条轮，陆船长的轮在前，张船长的轮在后，我在前，你在后，就这么定了。"马文俊无奈，马上去组织安排，即刻出发。

　　护船队员们都在后面张船长的轮上。张船长原是冯船长的助手，宜昌大撤退抢运物资时，张船长在一艘木船上，跟在冯船长的轮后，他眼看着日军飞机把冯船长的轮击沉，他跳入江中，想寻到冯船长的尸首。但风大浪急，他只好扒着木船的船帮上了船。向青云提升他为船长，这次带他出航足见对他的信任。

　　向青云带着几个技术人员和经验丰富的船员在陆船长的轮上。后面的轮上几个护船队员没有乘轮走过这么远的水路，见什么都觉得新鲜，还有几个人晕船。马文俊说："越是晕船，越是要多出船，久了就不晕了。我十几岁就跟着向老太爷出船，刚上船那会儿也晕船。"几个护船队员围上了马文俊让他讲讲江上的趣闻。马文俊本是个爱说话的人，再加上几个年轻人的缠磨，说道："要说咱这四川的水道，要从唐朝时讲起。"

　　几个年轻人没读过书，分不清什么朝代的前后关系，有人问唐朝离现在有多远。

　　马文俊说："你们听过说书的讲过杨贵妃吗？"

　　一个小伙子说："马叔，你就说吧，反正都是老辈子的事儿。"

　　马文俊说："唐朝时的大江两岸，那才叫个热闹，大大小小的市集数都数不过来。最热闹的地方要数成都。"

　　有人插话道："成都有咱的万县热闹？"

　　几个人就一起拍着插话人的脑袋说，你就知道万县，比万县大的地方多着呢。

　　陆船长待这几个年轻人平息下来，接着说："那时的成都，是客商蜀贾交易的中心，是水路起运的首港，市集最为兴盛，城内的市场，比咱们万县要多上好几百家，买卖量最大的是绫锦盐麻。四川水运的大宗货源都在成都。热闹的程度你们都想不到啊，集市的灯火彻夜不眠，有卖药材的，有卖字画的……"

　　又有一个护船队员惊讶地问："字画还能卖呀？"

　　前面的轮上，一个技术人员标绘着勘察图的记号。

　　几个护船队员忍不住航行的寂寞，又缠着马文俊讲些航行的事情。马文俊讲了几段险滩的险情，忽而厉声说道："哎，你们是干什么来的，来护船的，倒像是我哄你们玩来的。"说得几个人都笑了起来。

一个十六七岁的护船员到马文俊跟前说："马叔，不好了，咱这轮上有鬼了。"马文俊打了一下他的头，说："水上航行最忌讳说不吉利的话，你给我小心点儿。""马叔，舱里有个女的在睡觉。"马文俊随着小伙子到了船舱里，看到向小寒躺在铺位上睡着。他心说坏了，准是偷着跟来的，不然不会在后面这艘轮上，他叫醒了向小寒，问明了情况，急得直跺脚。

马文俊来到甲板上，远远地看到前面有一个黑点，他让张船长减速。黑点渐渐明显了起来，是一艘木船，船老大是万县人，马文俊认识，他让张船长停止航行，木船也停止在水面上，船老大姓江，人称江大郎。马文俊喊着："大郎。"

大郎扯着嗓子喊："马爷，有事吗？你们这是去哪里？"

马文俊也高喊着："去宜昌。"

大郎说："那边危险，马爷当心啊。"

马文俊说："大郎回去后，给向家送个信儿，告诉一声，小姐在轮上随我们去宜昌了。"

大郎答应了一声，木船开动了，等了一会儿，张船长也发动了轮船，加大马力追赶前面的轮船。

向青云和几个技术人员把最险要的地段勘察完毕，轮船逐渐接近宜昌，向青云的心里轻松了些，和护船队员们也开了一阵玩笑。

午饭的时候，向家还是没见向小寒回来，晚饭还是没回来。刘氏的心里发慌，对秦氏说，这孩子准是偷偷跟着青云上轮了。五月尽量安慰着她们。自从向不争遭遇不测之后，秦氏和刘氏的心理非常脆弱，遇到事情，总是想到不好的结果。虽然她们断定向小寒一定跟着向青云走了，但就是不能把心放下，两个人都没有吃晚饭。

刘氏回屋躺在床上，栖栖惶惶地辗转反侧。天黑了，五月给刘氏的屋里点亮了油灯，安慰了几句。五月走出刘氏的屋子听到了叩门声，她叫过了向福。向福提着灯笼，开门见是大郎，就知道必定有事，把大郎让进了院。大郎说："不进去打扰了，马爷让我捎个信儿，说是小姐在轮上，跟着去了宜昌。"

五月听了说："江大哥，烦你客厅里稍坐一会儿，我的婶婆婆正在为小寒担心呢，若是我们讲你的话说给她听，她未必全信，你亲自说给我的婶婆婆。"

大郎说："是啊，这兵荒马乱的日子，家里走了人，是让人揪心，还是弟妹想得周全，那我就进去坐一坐。"

五月到了刘氏的屋里把大郎的话说给了刘氏听，刘氏果然起身，到了客厅详细问了遇到小寒所乘轮的经过，大郎详详细细地把经过又说了一遍，和刘氏唠了些话，方才回去，刘氏叮嘱向福提着灯笼送大郎一程。大郎说："婶子，我这手里不是提着灯笼吗，不用送了。"

刘氏说："你的灯笼小，我家灯笼大，让向福送送，我才放心。"

向福提着灯笼送出大郎。大郎感慨地说："婶子老了，说话也絮叨，心里也搁不住事了。"

向福说："我也老了，不送大郎了，回来的路我一个人也怕了。"

大郎笑着踢了一下向福的屁股说："你快回去吧，我还怕你给我引来鬼呢。"

轮船行至长江三峡的西陵峡，陆船长对向青云说已经到石牌镇了，向青云一时没有反应过来。陆船长说朱少雄师就驻守在三斗坪。

向青云命轮船泊在石牌，他让马文俊和陆船长与护船队看守轮船，他和向小寒到三斗坪。马文俊拿出一套事先准备的衣服，把向青云打扮成一副打鱼人的模样，向小寒扮成一个少妇的样子。两个人上了岸,并肩走着。迎面走来了一队国军,步伐整齐,路人都闪开了路。向青云没有理会这些国军,急急地向前走着,他很想马上就见到朱少雄。很多年过去了,他对夏天虹的感情逐渐变得理性了,但是,依然牵挂萦绕着他,他觉得见到了朱少雄就可以缓解他的牵挂一般。向小寒看着这队国军,中间走着的一个人穿的军服显得大了许多,虽然腰间扎着皮带,但裤腿显得很肥。走起路来一撇一撇的,很可笑。向小寒再注意看上去,领子上两边各有一个五角星,上衣四个口袋,袖子上也有着图案,由于他的胳膊甩来甩去的,看不清楚。她问向青云:"哥,你看走在中间的那个人,是个官吧?"

向青云扭头看过去说:"是个上将。"说完向青云看了一眼向小寒,发现了她眼里的疑惑。小寒拉了他一下,两个人坐到路边的茶棚里喝茶,这队国军目不斜视地朝前走着,穿肥大军服的那个官儿,走起路来肩膀有些耸动,这个细小的动作被向小寒捕捉到了。她觉得这个人浑身上下,都有一股熟悉的味道,感觉里不是一般的熟悉,是一种很切近的熟悉。

这队国军从他们身边经过,向小寒手拿着茶碗,边喝边注视队伍。她拧着眉头,极力地想着这熟悉的感觉来自于哪里。她突然想起了一件往事。那是在重庆,有一次他和青田浩二一起逛街,无意中她落在了青田浩二的后面,看着走在前面的青田浩二肩膀微微地耸动,她赶上几步说:"青田君,你们日本人在学校大都是经过形体训练的,可你的肩膀为什么会耸动呢?"

青田浩二说:"你没有读过心理学吗?"

向小寒说:"在日本学过这门课程,你要知道,我的每门课程分数都是很高的。"

青田浩二说:"我肩膀耸动,是由于我过于强大的自信,这是心理问题,不是形体问题。"

向小寒说:"你这是一派谬论。"

想到这里,向小寒忙付了茶钱,拽起向青云走了几步说:"那个上将是青田浩二。"

向青云停下脚步，惊讶地问："青田浩二？"

向小寒说："我不会看错，他一定是青田浩二。这队国军是日军装扮的。"

向青云心里一阵恐惧浮上来，他想日军一定是要采取什么秘密的行动，他必须马上见到朱少雄，把这个情况告诉他。

师部里，朱少雄站在地图前，手拿一个木棍，和几位要员分析着形势。朱少雄说："自从日军占领宜昌以来，由于长江和汉水之间三角地带的河阳、潜江、新堤一带第五战区的第128师，第六战区的第一、第二、第三纵队向日军挺进，还有中共的游击队不断地袭击日军第11军从武汉到岳阳、武汉经汉水至岳口等地的水上运输。中共的游击队不断地攻击武汉附近的日军据点，破坏了日军的伪化活动，迫使日军武汉到宜昌之间的航道从未通航。日军运输受阻，在宜昌附近掠夺的各种物资无法东运供其作战。"

朱少雄停下话语，在屋子里走了几圈，站到宽大的桌子一边，下属们立刻坐到了各自的位置上。朱少雄站着继续说道："太平洋战争爆发以来，日军船舶损失严重，运输兵员、军需品、物资的船舶严重不足。在中国战场上，内河航运船舶也越来越少，从宜昌到岳阳段为中国军队控制，日军在攻占宜昌后掠夺的大量船舶不能使用，仅停泊在宜昌附近的内河航运轮船就有53只。为了开通这一航道，日军已经发动了对128师的进攻，师长已被俘，形势十分严峻，我们随时要做好牺牲的准备。"

朱少雄讲到这里，卫兵来报说有人求见。朱少雄由四个警卫护卫着，接见来人。向青云和向小寒进来，朱少雄用余光打量了一下，马上正过脸来，瞪大了眼睛看着向青云说："是你呀，青云。"他马上对警卫说把他们带到内人住的地方，他马上就过去。

向青云和向小寒随着警卫到了一个院子里，出来开门的是个十六七岁的姑娘，警卫说告诉师长太太有亲戚来了，快让她出来迎接。向小寒环视着院子，虽说院子不大，但收拾得干净利索。院子里的石桌上还摆放着象棋。不一会儿出来一个三十岁上下的少妇，向小寒见了脱口就喊出了："天虹。"

夏天虹愣愣地看着装扮成打鱼人模样的向青云，脸色黝黑，身材壮实，一点儿也没有当年和他同台唱戏时文绉绉、软绵绵的样子，只有眼神还和当年一样有那么一种清澈无邪的光。她望着小寒，向小寒的样子没有变化，只是眼神没有了灼灼逼人的霸气，变得平易了。夏天虹拉起向小寒的手，把他们拉进了屋里。云峰从里屋跑出来，见了向青云一点都不陌生，喊了声叔叔就依偎在了向青云的身旁。向小寒看着云峰，觉得他额头和后脑海的轮廓与向青云一模一样，小寒叫了云峰，拉过他，看着他的眼睛，对夏天虹说："很奇怪，我怎么觉得云峰的眼睛这样熟悉，倒像是在哪里见惯了一般。"

夏天虹说："这孩子今天也是奇了，每天没有个安静的时候，今天见了你们反倒安静了。"

说完此话，夏天虹的心里一动，她差不多已经忘记了云峰不是朱少雄的亲生骨肉，一家人在一起太久，早已弥合了很多缝隙。听了向小寒的话，她意识到了云峰和向青云的父子关系，她在自己的心里短暂地想着，莫非真的有莫名的东西存在，云峰见了父亲和姑姑，竟像个大人般地安静了。向青云问云峰几岁了，可曾读过什么书。

夏天虹说："兵荒马乱的也没有学校，没读过什么书。"

云峰说："我们这里有个老先生，在家办了私塾，我妈送我去念书，本来我不想去，妈妈说，有一个青云叔叔书念得多，早晚有一天他会来找我，让我念书，背给青云叔叔听。"

向青云的心里涌上一股莫名的感动，他说："那你今天就背给我听吧。"

云峰站在向青云跟前，一本正经地背诵道："弟子入则孝，出则悌，谨而信，泛爱众，而亲仁。行存余力，则以学文。"

向青云说："好，云峰背得语调铿锵有力，将来是个有出息的孩子。"他又拉着云峰的手喜爱地问，"可否练字？"

云峰说："叔叔说的练字，是练习书法，对吗？"

向青云点点头。云峰说："妈妈说回到重庆给我请先生教。妈妈还说青云叔叔的字写得可好了，能镶在玻璃框子里挂在屋里的墙上，要我也练出这么好的字。等我练好了，满屋子都挂上我的字。"

向小寒看着云峰，心里翻腾起来，简直和少年时候的向青云一模一样，说话时嘴唇的嚅动，眼神直视着人的清亮。她回想着当年自己使用计策离间向青云和夏天虹的事，算了算时间，心里惊叹道，莫非云峰是青云的骨肉？她拉过了云峰，云峰顺从地拥进了她的怀里说："姑姑，你会下象棋吗，我妈说青云叔叔家还有个姑姑象棋下得好，说的就是你吧？"

向小寒被云峰的天真和亲热感动了。她搂着云峰把脸贴在了云峰的脸颊上，说："姑姑会下象棋，等咱们赶走了日本人，姑姑天天和你下象棋。"

云峰高兴地说："妈妈你听到了吧，我可以有下棋的对手了。"

正说着朱少雄进屋来了。他问向青云他们到这里来做什么，是很危险的。向青云把勘察航道的事说给了朱少雄，向小寒说他们发现了日军，有重要的事情要和他讲。

朱少雄示意夏天虹带着孩子们出去。向青云紧张地说他们看到了日军化装成国军，青田浩二在里面。

朱少雄严肃地说："看来，日军的行动要开始了。日军组成很多分队在这一带活动，他们的目的就是要打通水道航运，把从宜昌抢夺的物资供给作战的日军。"

向青云说："看来朱师长已经得知日军会有行动，为何不将天虹和孩子们送走？"

朱少雄说:"我这两天正想着这事。"

向小寒说:"那就马上随我们的轮走吧。"

朱少雄说:"恐怕是已经来不及了。"

此时日军的大本营考虑到打通长江航道,加强运输力,使在宜昌附近的船舶下航,批准日军11军发动鄂西会战。这次会战的目标之一就是短时控制宜昌至岳阳的长江水路,将在平善坝地区掠夺的总吨位两万吨的50艘各类大型船只由宜昌下航,以弥补长江内军运船只的不足。

就在朱少雄和青云说话的时候,警卫来报说日军偷袭了平善坝,驻守官兵伤亡惨重。

朱少雄留下一个警卫排保护所有军官家属的安全,夏天虹感到了事态的危险,朱少雄把夏天虹拉到了里屋,向青云和向小寒见状,领着两个孩子走到了院子里。朱少雄把夏天虹抱在怀里说:"这次将是很残酷的战斗,只怕是……"

夏天虹用手捂住了朱少雄的嘴,说:"我和孩子一定能等到你平安回来。"

朱少雄把夏天虹抱到了床上,万般不舍地亲热着。过了很大一会儿,夏天虹为他抚平了军装,朱少雄说:"天虹,下辈子我还要娶你。"接着他哭出声说,"天虹,这辈子我没有爱够你。"

夏天虹也哭了说:"去吧,无论阳间、阴间我都随着你。"

朱少雄立刻前往平善坝,奋勇抵抗了一天一夜。有报说日军有小分队在防区内活动。朱少雄已没有兵力可派去搜寻日军的小分队,只得从警卫连中抽出一个排交给了向青云。向青云派人通知护船队上岸配合。

向青云和向小寒带领警卫排和护船队寻找青田浩二的踪影,护船队的人分散开,到小酒馆里吃饭。向青云和四个护船队员要了四个菜,每个人两碗米饭,埋头大口吃着。右边的一张桌子上,也有四个渔民模样的人,和他们一样埋头吃饭,一句话也不说。向青云心想,火药味儿已经逼近石牌镇了,大概每个人的心里都有恐惧的感觉,吃饭的时候都没有心思说话了。吃完了,付了饭钱,向青云和四个护船队员走出去的时候,后面有一双眼睛紧紧地盯住了他的背影,发出了诡秘的冷笑。另外桌上吃饭的四个人也同样付了饭钱,跟在了向青云他们的身后。

向青云和分散开的队员们说好,夜宿在青崖村,这个村里有几个专门为航运的船客开的客栈。他们住进了其中一个客栈,队员们很快就睡熟了。跟随者向青云的警卫排排长留下两个人在客栈门外的山坡上站岗。到了后半天,这两个士兵撑不住睡着了。

天际露出了灰色,山上的花儿为了迎接黎明,绽放得饱满而热烈,这个时刻,沉睡的人们在即将醒来的时刻,睡得更加沉了。一只野兔跳到了站岗的士兵身上,士兵翻了下身,继续睡着。野兔在他的身旁站了一会儿,跑走了,它跑上了山崖,看着夜的黑一点点地退去。

日军包围了青崖村,天已经蒙蒙亮了,几只野鹿看见了持枪的日本兵,它们以为是成群的猎人,往山上奔跑的时候,撞到了还在沉睡的两个士兵。士兵醒来,朝山下看去,大概有一个连的兵力围住了山村,回到客栈报信儿,显然是来不及了,士兵朝天放了一枪。

枪声在山崖间回旋着,警卫排长听到枪声,带领着战士和护船队员们守住了村子的进口,利用有利的地形和日军展开对抗。显然日军做了充分的准备,他们从几个方向攻击着警卫排。护船队员缺乏实战经验,不到一个时辰已经牺牲了一半的人。一群日军从警卫排的后面偷偷摸上来放枪,警卫排仓促还击,排长中弹,不幸阵亡。还剩下二十几个战士和十几个护船队员,向青云苦苦支撑着。日军的包围圈越来越小,又有几个人中弹了。突然有人用日语朝他们喊话，向小寒惊讶地对向青云说是青田浩二。日军的枪声停止了，日军都躲在了山石的后面，只听见青田浩二哇啦哇啦的喊声，他说要向青云他们投降，并说还依然爱着向小寒，只要她投降，就带她回日本。

向青云以询问的眼神看着向小寒，向小寒朝着青田浩二的喊声射出了一串儿子弹，并用日语对青田浩二说："我要誓死保卫中国的国土，拿你的脑袋来祭奠死去的战士们。"

青田浩二听了向小寒的话恼羞成怒，命令日军进攻，眼看着日军已经逼近，绝望中，向青云和向小寒将枪口对准了自己的脑袋。

突然，日军的包围圈外，枪声大作，一队人马杀到，日军一个个地倒下。青田浩二带着残部撤到了山边。

向青云和向小寒用手枪顶着自己的前额，闭着眼睛，他们在等待着，等待着意识里离开这个世界的最后一刻。突然间杂乱起来的枪声，让向青云和向小寒睁开了眼睛，周围已经没有了日军，他们惊愕地走到了一块高高的岩石上，向小寒看见了一个双手拿枪的矫捷身影，她对着向青云大喊："刁猛子，是刁猛子。"向青云看时，见刁猛子带着人在追击着日军，向青云也带着幸存的警卫排战士和护船队员，朝着刁猛子追击的方向冲了过去。

原来，刁猛子从万县到宜昌后，找到了严冬雪。受中国共产党地下党领导到川鄂边游击队与日军进行游击战。就在向青云在小酒馆吃饭的时候，刁猛子和严冬雪也得到了情报，化装成老百姓，在搜寻日军小分队的动向。这个小酒馆的店主是严冬雪发展的堡垒户，向青云他们几个走后，紧跟着他们后面的四个人中只有一个人讲话，说话很生硬不像是四川地区的口音，店主马上通过内线把这个情况报告给了严冬雪。按照店主描述的情况，严冬雪断定是日军伪装人员，她分头派人连夜寻找，天亮时和刁猛子在青崖村会合，正巧碰上青田浩二围剿向青云他们。

严冬雪在万县见过青田浩二，交锋时一眼就认出了他。她命令游击队员要把这伙日军一网打尽。刁猛子手握双枪，日军士兵纷纷毙命，青田浩二被逼到一块岩石的死角，刁猛子抬起胳膊就要给他一枪，向小寒喊了一声说："把他留给我。"刁猛子听见，身子一个腾跃，飞起一脚踢在青田浩二的手腕上，青田浩二手里的枪被踢出去很远。向小寒愤怒地看着他说："你说是来我们中国做生意，为什么带领日军杀害我们的同胞？"

青田浩二说："我来中国的目的根本就不是做生意，是要占领川江航道，为全面占领中国提供运输保障。"

向小寒说："你死到临头了，还在说梦话，就凭你们能占领中国？这只是你们疯狂的想法。"

青田浩二狂叫着："不久我们大日本帝国就会拿下重庆。"

向小寒说："好吧，你是等不到那一天了，你就先为你们的大日本帝国献身吧。"说着举起了枪。青田浩二喊着："小寒，小寒。"就在青田浩二的喊声中，向小寒扣动了扳机，青田浩二倒在岩石边上。

日军轮番进攻平善坝，朱少雄师死伤惨重，战至黄昏时分，敌军接连发起五次冲锋。右翼九连阵地首先被敌攻占，左翼八连阵地继而也被敌突破，连长阵亡。配有重机枪排和迫击炮排的第七连阵地还在坚守着，以猛烈的炮火向日军射击，七连官兵伤亡三分之一。第二天黎明，日军又向七连左、中、右三方进行夹攻，被击退。屡攻不下，日军出动五架飞机，同时搬来几门直射钢炮，对七连阵地进行狂轰滥炸。周围树木被扫光，山堡被炸平。

朱少雄向潘文华发急电请求救援。潘文华回电：就是剩下一个人也要守住防线，等待救援部队，不然日军将撬开重庆的大门。

朱少雄回电：誓死守住防线，绝不后退。

已升任团长的莫英豪跑来对朱少雄报告说：二排排长阵亡，迫击炮炮手全部牺牲，重机枪排伤亡惨重，技术兵幸存无几。第三天，日军在飞机掩护下，继续向阵地攻击，掩体和工事破坏殆尽，莫英豪要求撤退。朱少雄掏出手枪，对准了莫英豪说，再敢说撤退二字就先毙了你。正在这时，刁猛子和严冬雪带着游击队员赶到，向青云和向小寒也在其中，刁猛子向朱少雄请缨上阵。莫英豪没想到在战场上见到了向青云，拔枪对准了向青云的脑袋说："在我战死之前，先为父亲报仇。"

刁猛子迅疾出手，将莫英豪手中的枪缴了下来。朱少雄禁不住脱口而出："好漂亮的身手。"

朱少雄命令刁猛子、严冬雪和向青云率领游击队同莫英豪一起返回阵地。他叫贴身警卫拿来一坛酒，给他们每个人倒满了一碗说："这是我给你们的壮行酒，弟兄们，咱们来世还是兄弟。"

莫英豪看看向青云，向青云用碗撞了一下莫英豪的碗，仰脖喝了下去，把碗摔碎在了地上，莫英豪迟疑一下也一口喝下，同样把碗摔碎在了地上。

这时，参谋长来报说日军偷袭石牌，两艘炮艇也沿江开来了。朱少雄立即打电话给石牌炮台，得知炮台已遭受日军轰炸，朱少雄大惊，此时参谋长又跑来传达重庆方面的指令要坚守石牌要塞。而朱少雄此时想的是，若是石牌陷落，他整个师的后路就被切断了。于是，他请刁猛子带川鄂边游击队去支援。

向青云、向小寒、刁猛子、严冬雪，进入石牌外围主阵地，由于这一带丛山峻岭，日军步兵仅能携山炮配合作战，抵挡不住阻击。便用飞机轰炸以代替炮击，每天保持九架飞机低飞助战。日军向石牌要塞进行强攻，在飞机掩护下，分成若干小股向阵地猛攻，只要有一点空隙，日军即以密集队伍冲锋，作锥形深入。面对这种情况，向青云问刁猛子守住阵地有无把握，刁猛子说："成功虽无把握，成仁确有决心。"

离炮台近了，刁猛子冷静了一会儿，对向青云说他率部分队员绕到日军的后面进行突击。刁猛子带领一部分人爬上了一座山峰，从山间的一条小路攀着山藤到了日军的身后，向他们发起了猛烈的进攻，迫使日军撤退，炮台暂时脱离了危险。

为配合陆军作战，保卫石牌，国军的战机也频频出动，在战场或战场附近对日军进行攻击，切断日军的增援和补给。

在炮台附近，刁猛子用缴获的机关枪击落日军飞机6架，大振了守军的士气。正在短暂的兴奋之时，有人来报说日军的舰船朝石牌驶来。向青云急中生智，派水性好的护船队队员，潜入江中向日军的舰船施放水雷。日军的轮船沉入江中。

第三十四章　怒截航道

　　日军宜昌某作战指挥部里，一个指挥官对着站在眼前的几个军官大声咆哮着："攻破了石牌，就可沿着长江溯流而上，转过石牌这个弯角，我们就可直达重庆，兵临城下。"

　　日军各个支队按照部署采取行动，第二支队根据青田浩二的情报，偷袭石牌防线。支队长山本二郎，亲自跟随炮艇，他按照青田浩二标出的地形图，命令朝石牌的炮台上发射炮弹。此时，石牌炮台上的炮火越来越稀。山本二郎判断他们的攻击发挥了作用，对手下说："青田浩二的情报很准，他是这次胜利的功臣。"

　　刁猛子率领的游击队到了炮台上，请求守卫炮台的海军军官加入战斗中，这个军官中等的个头儿，方脸庞，两眼炯炯地看着刁猛子。刁猛子跑得满头是汗，他用四个手指挽住了衣袖，擦了一下脸上的汗水，蒙在脸上的炮弹尘灰都到了衣袖上，他的脸露出了轮廓，海军军官猛地来了个立正的姿势，向刁猛子行了军礼。刁猛子愣了一下，拍了一下这位海军军官的肩膀，说："二狗子，是你呀。"

　　这位海军军官还是保持着立正的姿势说："刁旅长好，刁旅长别来无恙。"

　　刁猛子用腿轻轻踢了海军军官的膝盖说："别跟我来这一套。"说完，他觉得自己唐突了，意识到这是在阵地上，也立正着说，"报告赵团长，川鄂边游击队队长刁猛子，向你报到，请求参加战斗。"

赵团长严肃地说："刁队长，第二炮台5门大炮由你来指挥。"

刁猛子响亮答了声："遵命。"

原来这位驻守炮台的海军团长名叫赵进普，小名叫二狗子，当年刁猛子为护国军旅长时，是刁猛子手下的一个排长。两个人以军人的方式行了见面礼，明确了任务后，叙些别后的话。

瞭望塔里的一个士兵跑过来说："报告团长，发现有日军的炮舰朝这边驶来。"

赵团长说："第一炮台不要有任何行动，听候命令。第二炮台由刁队长指挥。"

战士立正行了个军礼，去传达赵团长的命令。

刁猛子走上了第二炮台，赵团长说："奇怪呀，日军怎么能这么准确地朝炮台攻击呢？"

刁猛子把青田浩二率领的化装成中国百姓的日军小分队的事情告诉了赵团长，并说了击毙青田浩二的事。赵团长说："多亏了你们游击队协同作战，不然我们被日军暗算了还不知道。"

赵团长从望远镜看去，日军的炮舰越来越近了，他把望远镜递给了刁猛子。刁猛子望了望，命令道："全体战士隐蔽，停止炮击。"

山本二郎命令炮舰朝着炮台发炮，炮弹击中了炮台。炮台上无炮弹还击。山本二郎以为日军炮舰的炮弹击中了炮台的要害，他从望远镜里看着炮台黑烟滚滚，他又一次说："青田浩二的情报立了功，回去要给他向战区最高长官请功。"

这个炮台是在1938年依着山势而建造的，几年来，几次修固掩体，日军的炮弹只是打在炮台外围的岩石上，被炸碎的岩石飞片，瞬时间变成细小的黑色烟尘罩住了炮台的主体。山本二郎放下望远镜，得意扬扬，心想，这次打了他们一个措手不及，摧毁了炮台，就可打通了三峡的航道。他下令炮舰全速前进。江面的水浪被炮舰激起一人多高，浪头打在了炮舰的瞭望窗前。山本二郎下令减速，而这时，炮舰已经进入了炮台的控制区，刁猛子下令第二炮台的五门大跑同时开火。突然而来的密集炮弹惊得山本二郎出了一身的冷汗。他下意识地命令炮舰全速后退。舵手后退了五百米后，掉头行驶。山本二郎手拿望远镜从炮舰尾部的瞭望窗看去，炮弹在江水上不停地爆炸，激起了一层层的浪墙。他命令炮舰返航，等待时机再次发起进攻。

川鄂边游击队帮助海军打退了日军的一轮进攻。利用短暂的喘息时间，游击队员们把伤员运到石牌村的战地医院进行治疗。护船队员们也投入到下一轮战斗的准备中，他们搬运炮弹，手上都磨出了血泡。

莫英豪带领全团将士坚守在平善坝，日军集结了两个师的兵力朝平善坝直面扑来。虽然有国军的飞机协同地面作战，但依然不能抵挡日军凌厉的攻势。从早晨到天黑，莫英豪的团里只幸存了十几个战士。此时，朱少雄的侧翼已经暴露，他担心马上就会被日军包围，下令撤退。莫英豪接到了撤退的命令，忙带着残部与师部会合，撤到了最后一道防线石牌。刁猛子令向青云下山与朱少雄联系。

负责保护官员家属的警卫排也将各个军官的家属护送到了石牌防线。这些家属被安排在山洞里。师部也暂时设在了旁边的山洞。向青云见到了朱少雄，见他毫无斗志，垂头丧气，正要准备和朱少雄说些鼓舞士气的话时，夏天虹走进山洞，看着朱少雄说："看你现在还像个男人吗？一副尿样子。如果你怕死，现在就逃走。"说着伸手就去掏朱少雄腰间的手枪，接着说道，"把枪给我，打死一个日军够本了，打死两个就是赚的。"

朱少雄说："天虹，打仗是男人的事，你过来做什么？"

夏天虹说："我看你现在就不像个男人，你就没有与石牌共存亡的决心。"

朱少雄说："死我是不怕的，日军的攻势过于猛烈，只怕是我们都战死了，石牌也守不住啊。"

朱少雄双手沮丧地抱着脑袋坐在洞里的石头上。夏天虹把朱少雄从石头上拽了起来，大声喊道："你是师长，要有士气，死也要死得凛然。"

这时参谋长来报，重庆方面来电，命令他们死守石牌。

刁猛子在向青云下山后，忽然觉得有些不放心，就让严冬雪同海军守在炮台，他和向小寒朝山下去了。正当参谋长报重庆来电的时候，刁猛子和向小寒到了山洞的临时师部里。

朱少雄接到了命令，对参谋长说把团以上的军官都叫到这里来，制定一下坚守的方案。

莫英豪进到了山洞看见了向青云，两眼瞪着他，像是要喷出火来。又看到了向小寒，愤怒地骂道："就是因为你和那个日本崽子青田浩二混在一起，把三峡航道资料泄露给了他，要不日军的舰炮怎么能打到炮台？"

向小寒没等莫英豪说完，上去就给了他一个耳光。莫英豪被激怒了，拔出手枪对准了向小寒的头。朱少雄对莫英豪呵斥道："大敌当前，你再敢鲁莽，我先杀了你。"莫英豪只得收回了手枪，仍旧对向青云怒目而视。夏天虹对莫英豪说："且不说是不是青云杀死了你的父亲，就算是你们有杀父之仇，也要以民族利益为重，等打败了日本人，再了结你们个人的恩怨。"

军官们都到了山洞，夏天虹、向青云、刁猛子、向小寒往山洞外走去。朱少雄说："刁猛子和向青云留下。"

参谋长说："重庆方面已经调动空军战机协同地面陆军作战，对日军的后方开始实施轰炸，切断日军的增援和补给。重庆方面要我们英勇杀敌，坚守石牌要塞，勿失聚歼日军的良机。"

刁猛子站起来说："这石牌周围层峦叠嶂，千沟万壑，古木参天，我们要利用这个有利的地形，立即构筑工事，在山隘要道层层设置机关，凭险据守。"

朱少雄说："这个方案可以采用，我师在此构筑工事，你们游击队去设置机关。"

刁猛子说："好，我们马上就行动，设置机关陷阱我们最拿手。"

有了刁猛子游击队的助阵，朱少雄斗志倍增，他当即立下遗嘱，决心与石牌共存亡，其他军官们齐声大喊道："誓死守住石牌。"

朱少雄决定把指挥部推进到离火线较近的地方，亲临指挥。然后对向青云说把夏天虹母子三人带上炮台，自己和莫英豪坚守阵地。

夏天虹说什么也不走，她让向青云把两个孩子带走。朱少雄抱起了云峰，云峰好像已经意识到了即将离别一样，他抱住朱少峰的脖子不撒手，满脸是泪地叫着爹。朱少雄使劲掰开了云峰的手，又抱起了豆豆，豆豆扑闪着两只大眼睛，不知道将要发生什么事，乖巧地用他的小脸贴在朱少峰的脸上。云峰蹲下抱住了朱少雄的腿哭喊着爹。朱少雄再也控制不住自己，流下了泪，对向青云大喊："把他们带走。"

向小寒抱着豆豆，刁猛子掰开云峰的手，把他扛在自己的肩上，就往山上走，云峰的两条腿扑腾着，还在大喊着爹。喊声一直在山谷中回荡着，传到朱少雄的耳边，朱少雄强忍住泪说："云峰，爹的好儿子，下辈子我们还做父子。"

他见夏天虹还没有走，怒吼着："你快给我走。"

向青云退出山洞到了外面。夏天虹一头扑到了朱少雄的怀里说："少雄，这一世我爱你不够，下世一定好好爱你。"

朱少雄说："走吧，好好照顾好咱的孩子，我不会给你丢脸的。"说着，他大声喊着向青云把夏天虹拉走。向青云背起夏天虹朝山路上走去。朱少雄在后面大喊："青云，天虹母子三人就交给你了。"

日军再次发动了进攻，掩体里，战士们用机枪扫击着日军，日军一面还击，一面向前推进。敌我之间展开了肉搏战。朱少雄亲自上阵厮杀，这给了战士们极大勇气。

刁猛子在炮台上指挥川鄂边游击队用炮火阻击进攻朱少雄阵地的日军，日军一次次被打退。

在日军进攻的间隙，莫英豪带着几个人到了江边，寻找野鸭子来充饥。阳光照着半个峡谷，光线跃进江里，形成动荡的波光，反映到峡壁上，仿佛那些石壁在不停地摇动。阳光在战士们脸上跳跃着，几只斑斓的野鸟在水面安详地荡漾着，远处旁若无人的野鸭子，悠闲地浮在水面上。这样的景象，让一个年轻的战士忘记了是在战场上，他躺在一块岩石上，嘴里嚼鲜嫩的草根，竟唱起了小曲。一个战士正要喊他，莫英豪制止说："让这个没心没肺的家伙美一会儿吧，说不定，下一次进攻，他的魂就上天堂了，怕是看不见咱这里了。"

莫英豪的话说得几个战士泪都下来了。他们蹑手蹑脚地走到水边，弹无虚发地打到了十几只野鸭、二十几只野鸟。拎到阵地上，折了些树杈，烧熟了大家吃了。

战士们为了掩饰心里悲怆的情绪，故意地大声说着话，一个小战士睡着了，怎么叫都叫不醒，莫英豪捅了他几下，把一个烧得焦黄的野鸭腿儿给了他。小战士的家乡是华北平原，他从没吃过野鸭子，边吃边叫着好香啊。莫英豪又递给他一只野鸭腿说："来，把这只也吃了。"

小战士推让着："团长，你吃，你吃吧。"

莫英豪耸耸肩说："你睡的时候，我就吃饱了，快吃了，鬼子再杀上来，就是阵亡了，我们也不做饿死鬼。"

此时大家的说话声，在山峡里显得是那么微不足道。几只山鹰无视他们的存在，依然并肩地飞了过来。莫英豪先看到了，端起机枪要打，朱少雄拦住了他说："你的枪法，怕是要给他们放枪送行了。"他拿过莫英豪手里的机枪，一串子弹发出去，几只山鹰落下。几个战士忙去捡过来，在火上烤着。一个战士高兴地说："要是有酒就好了，真香啊。"另一个战士说："我这里有尿，你喝不？"

莫英豪看着几个战士，要阻止他们的说笑，话到嘴边忍住了。朱少雄到莫英豪的身边问："还有几个木桶？"

莫英豪回答说五个。朱少雄要他专门派一个战士，看守住这五个木桶并随时往木桶里面蓄溪水，不能让战士们断了水，以保证战斗力。

太阳在人们没有察觉的状态下，向西边一点点地挪移着，山上的树林暗了下来，山峰被渐渐远去的夕阳，映照得像是涂上了一层金色，有了透明般的光芒，远处的云，红得强烈而柔和，近处的云则呈出了黑灰色。阵地上寂静得只能听到虫的鸣声。战士们没有一个人再说话。朱少雄自小习武，带着一身武艺从军后，屡立战功，他很少考虑与身边发生的事情无关的东西，可此时在阵地上，他却想起祖母说过的人死后灵魂到天堂和地狱不同去处的说法。他生平第一次仔细地看着夕阳，大大的圆球像个温暖的怀抱，忽然之间他的心里反倒轻松了起来，想到人活一世不管长短都是为着某种使命而来的。他想，祖母的使命是抚育朱家的儿孙长大，爷爷的使命是耕种田地供养自己的儿孙，而自己的使命是保卫石牌，击退日军。在这个阵地上，他接受了祖母的说法，人是没有生死的，躯体死掉了，灵魂却会转世。如果他死在这个战场上，他的灵魂就会到夕阳坠落的那一边去，那里都是金色光芒，到处都是祥和，没有战争，他到那里等着天虹。想到这里，朱少雄竟然开心地笑了。

莫英豪此时看着巨大的落日，想到万县的北山，那是他和向青云见惯了的景象，坐在向家后院的石碾子上，整个落日如同专为照耀他和向青云，落日的诱惑，常常让两个小伙伴儿，肩并肩地托着下巴，忘记一切。他从没有像现在这样地想念万县，从莫家到向家路上的每一个店铺，然后到石砌路上的每一个小小的转弯处，他都清晰地想起来了，他拍了一下自己的脑门儿，又捶了一下自己的脑袋，恨自己，怎么一想到万县，就都是和向青云在一起的回忆呢？

那个华北来的小战士，猫着腰走到莫英豪跟前，趴在他的身边，从内衣口袋里掏出了一个小布袋说："团长，这是我家县城和村子的名字，里面有我攒下的几个钱儿，如果我牺牲了，你把他交给我的家人。"

莫英豪说："别说不吉利的话，怎么能让你死呢，要死我死，我无牵无挂的，没家了。"

小战士固执地把小布袋塞给莫英豪说："团长，子弹又不长眼睛，看你的耳朵，那么大，我妈说了，耳朵大的人有福相。团长你死不了。"

莫英豪说："我先给你保存吧，等打完仗再给你。"说完塞进了自己的内衣口袋里。

落日的寂静被残酷的枪声打破了，日军的第五次进攻开始了。小战士所在的二排，聚集在了一大片冬荆树下，打死日军300多人。日军的飞机低空飞旋，机上日本兵发现了冬荆树下有密集的枪弹射出，日军的飞机瞄准冬荆树林，子弹如雨瀑一般地倾泻下来，朱少雄声音撕裂地喊着："二排长，快撤离树林。"话音还未落下，飞机上的子弹已经把树拦腰炸断，战士们跑出树林，冬荆树炸成了秃桩，山头的土被掀翻了好几层，日军在飞机的掩护下，越过了冬荆树的秃桩，二排已死伤过半。莫英豪跑过来带领着战士们和敌人展开肉搏战。华北小战士，用刺刀杀死了两个日本兵，被炸烂的树枝绊倒，一头扎到土层上，两个日本兵过来用枪托上的尖刀朝华北小战士的后背扎去。莫英豪看到，大叫着奔了过来，就在莫英豪的尖刀扎到日本兵的前几秒，日本兵的刺刀已经插进了华北小战士的后胸。莫英豪大吼一声，扔下了枪，把两个日本兵一手一个举起来扔到山下。他抱起了华北小战士，小战士看着莫英豪，嘴巴动了几下，头一歪，倒在莫英豪的怀里。莫英豪看着冲上来的日本兵，眼里冒着火。幸存的战士只有十几个人，刁猛子用炮火阻止着救援的日军，战士们拼尽了最后的力气，杀死了冲上来的全部日军，天将黑的时候，肉搏战结束了，二排战士全部牺牲。

夜晚日军停止了进攻，山下尸横遍野。朱少雄让幸存的战士将战友的遗体放在一片平缓的山坡上。

朱少雄让战士们在夜晚日军进攻的间隙休息。

炮台上游击队员们也已经筋疲力尽。远处日军的炮舰亮着灯火泊在江中。

山本二郎的炮舰被刁猛子阻击后，接到日本大本营的命令，限两日内炮舰必须越过炮台的防线。炮舰泊在江中，听着不远处时疏时密的枪声，山本二郎绞尽脑汁地想着偷袭炮台的办法。太阳下去了，圆圆的月亮投进了江里，在江水中晃动着，远远看到两岸的山峦倒映在了江里。山本二郎沮丧地想，今晚闪光的月亮下，炮舰通过炮台是难以成功了。到了午夜，忽然天气发生了变化，厚厚的云层遮住了月亮，连星星都躲到云层的后面去了。江面上一片漆黑，伸手不见五指。山本二郎叫醒了睡着的日本兵下着命令，把所有的航灯都打开，发动炮舰。炮舰马达轰鸣的声音在寂静的夜里传到了炮台上，赵团长下令朝着日军的炮舰开炮。一会儿，日军的炮舰所有的航灯都熄灭了，马达轰鸣声也停止了。赵团长对刁猛子说："看来日军又在我们的阻击下停止行动了。"他留下两个哨兵站岗，让其余的人都去睡觉。刁猛子警惕地说："不对，只几发炮弹就打得日军的炮艇全部熄灭了灯光，我怀疑日军有诈，日军要采取偷袭了。"他让向青云派两个有航行经验的护船队员到炮台下面的江面上去听听动静。过一会儿，一名护船员跑上来对刁猛子说他听到隐隐的马达声，离炮台前的水面已经不远了。

刁猛子立即命令炮火攻击。

漆黑的夜里，炮弹在江中一发接一发地轰然炸开，瞬时就被黑暗吞没了，日军炮艇的轰鸣声离炮台越来越近了。刁猛子急得跺脚骂街，急忙对向青云说："找几个水性好的护船队员潜入江中，到炮舰上破坏机器，阻止日军炮艇的驶进。"

向青云说:"这恐怕难以奏效,炮舰的速度水手难以接近。"

刁猛子急得声音都变了说:"就是我们的命都搭上,也不能让日军的炮艇过去。"

向青云说:"你守住炮台,日军的炮舰就交给我了。"他叫上所有的护船队员,用枯树枝燃起火把,向山下奔跑而去。

阵地上的士兵都睡了,站岗的哨兵看见了远处有火光朝这边移动,他报告了朱少雄。朱少雄从火光方向判断是从炮台上下来的。他带着警卫迎了上去。向青云气喘吁吁地跑到他跟前,还没等朱少雄开口,向青云说:"给我们十包炸药。"

朱少雄一时没有理解向青云的用意,愣住了。向青云把炮艇已经通过炮台的情况说了,朱少雄马上就明白了向青云的用意,他用手拍着向青云的肩膀说:"兄弟,是个有血性的汉子。"他叫上警卫排几个精干的战士共拿上三十个炸药包和向青云的护船队员沿着江边奔跑。

岸边时而是沙地,时而是岩石,很多人奔跑时都是摔倒了再爬起来,紧紧地抱着胸前的炸药包。

马文俊和陆船长守着向家的两艘轮在炮台不远处的江岸上,两天来和向青云失去了联系,只听得见炮台和山下的炮声、飞机的轰鸣声和密集的枪声,从炮台上不时有伤员被人护送到船上,战地医生也来到了船上,向家的船成了救护伤员的临时医院。后半夜,负责守护的陆船长,叫醒了马文俊。陆船长说:"我听见了有轮船朝我们的方向来了。马文俊随陆船长来到甲板上,只听得江面上浪涛声相叠着传过来,他说:"陆船长你是不是过于紧张了,哪来的船声啊?"

陆船长焦急地说:"文俊,我在江上滚了二十几年了,两袋烟的时间后,就会有轮过来,只怕是日军的轮,你赶快叫醒大家,把伤员们抬上岸,记住,不要点灯罩,不能有任何亮光出现。"

马文俊指挥人们先把伤员背到了岸上,又把船上能拿的东西都运到岸上。这时日军轮船的马达声已经能隐隐听到了。

向青云带着护船队员和警卫排的战士,朝着向家的轮狂奔着。刁猛子还在往江中发着炮弹,炮火的光中,他看到了岸边跑着的向青云,刁猛子焦急地朝向小寒喊道:"青云呢,他到岸上跑什么?"

向小寒没有回答,泪水哗哗地流着。炮声把沉睡中的夏天虹惊醒了。她让云峰看着豆豆,自己来到了炮台上的指挥塔,在瞬间消失的炮光中,她也看到了奔跑中的向青云,立刻明白了向青云的意图,紧紧地抓住了向小寒的手,向小寒伏在夏天虹的肩上哭出了声。

刁猛子亲自发射着炮弹,无奈,漆黑一片中根本就无法击中日军的炮舰。听着声音,日军的炮舰已经过了炮台,刁猛子从炮台上下来,手里端着机枪,发疯般在岸上跑着,朝着江面上射击。他被一块船木绊倒,跌在地上,绝望地想着,如果日军炮舰过了炮台这个关卡,那么就会给石牌的防线带来巨大的威胁,他站起身,又端起枪跑起来。寻着江面上炮舰行驶的声音,朝江面上扫射着,子弹落在江水中,如同顽皮的孩子扔掷的石子般在江水涌起的浪里起不到任何的作用,刁猛子颓然地坐在沙地上,忽然想到日军也许会偷袭炮台,他又发疯般地跑回了炮台。夏天虹看着处于疯狂状态的刁猛子说:"猛子叔,青云会阻止住炮舰的,你不必担心,你只要守住炮台就可。"

向青云带领一伙人,手举火把奔跑着,陆船长看到了星星的火点,对马文俊说:"我猜是青云带人过来了。"

马文俊没有明白过来,说:"青云带人来了,能阻止日军吗?"

陆船长坚毅地说:"一定能。"他立刻命令船员也点燃火把,去接应向青云他们,船员和向青云带来的队伍会合时,一些人已经坚持不住晕倒在江岸上,船员们接过了炸药包,朝向家的船跑去。

陆船长对马文俊说,让所有人都离开轮船只留下他自己,他要和日军的炮舰撞在一起。

马文俊说:"这轮是向家几代人的血汗啊,不能毁了这条轮啊。"

陆船长说:"青云来这里,就是要用向家的船堵塞航道,你听,日军的轮和我们最多只有五十米了,用我一条命和向家的一条轮毁掉日军的炮舰,值了。"

马文俊明白了陆船长的意图,坚持不下船,要和他共生死。日军炮舰的轰鸣声已经听得很清晰了,就在陆船长开动向家船的一刹那,张船长也发动了另一艘船。而此时一条条黑影奔上了向家的两艘船,只听向青云大声喊着:"放下救生艇,开至江心。"炸药都放到了向家的两艘轮上,向青云接着喊道,"陆船长、张船长找好位置,炸沉向家的轮,堵塞航道。"

陆船长和张船长领会了向青云的意图,在航道的最窄处两艘轮船在江面上横向相连,点燃了炸药,全体船员跳上了救生艇。

日军的炮舰为了自身的隐蔽,熄灭航灯,炮舰上的日本兵看见了火把,怕暴露目标,没有开枪射击。他们全速前进着,离炮台越来越远了。山本二郎得意地想着,真是天祝他成功。他抬头望望黑漆漆的天空,走到导航仪前,一个日本兵用手电筒照着导航仪,山本二郎说:"前面的航道很畅通,准备炮弹,全速前进,一定要在天亮前,摧毁石牌防线。"

正在山本二郎得意炮舰偷袭成功的时候,就在前方几米远的江面上,突然间火光冲天。爆炸声在两岸的山谷中久久地回响。山本二郎命令日本兵打开了炮舰的航灯,眼前的情景惊得他倒退了两步,只见两艘轮船升腾起冲天的火焰,船体渐渐下沉,航道被牢牢堵塞。山本二郎怕遭到伏击,又下令关闭航灯,返航而回。

在江岸上疯狂奔跑的刁猛子看到了这一幕,也流着泪大声喊着:"青云,是条好汉,青云……"他又奔跑向炮台,借助向家轮船火焰,观测着距离,终于击中了日军炮舰,日军纷纷跳水逃生。

向青云的救生艇顺利靠岸，在马文俊命令往岸上搬运东西的时候，有两个船员把一大坛子酒搬到了岸上。

船员们在岸边点起了篝火，陆船长和马文俊神态黯然地坐在篝火旁，低着头。向青云让一个船员把酒坛打开，自己先把酒坛扬起，灌进了嘴里一口。接着把酒坛给了陆船长说："陆叔，喝口酒，今天夜里咱向氏轮船公司立了大功，炸塞了航道，日本人就不能在三峡航行，他们的军队失去军需物品，就不能维持战斗力，咱们胜利的日子就不远了。"

陆船长声音哽咽着说："我们应该喝酒庆贺。"说完嘴对着酒坛也喝了一口。马文俊和船员们都喝了酒，酒喝光了，陆船长把酒坛子摔在了岩石上。瓷器的响声在夜空里传到了炮台上，向小寒抽泣着，夏天虹用自己的身体支撑向小寒看着远处的篝火。

夜色像一块厚重的黑布把三峡岸边的空间密密实实地裹了起来，前来支援的石牌当地的游击队员们运走了伤员。向青云让马文俊和陆船长带着船员们寻条木船回万县去。大家谁都不走，向青云把他们带上了炮台。

回到炮台的向青云浑身没有了一点儿力气，瘫软在了地上。向小寒走到向青云跟前单膝跪在了地上，握住了向青云的胳膊，大声哭着说："哥，向家的船没有了，那是我们向家三代人的血汗啊。"

刁猛子、严冬雪、夏天虹站在一边看着兄妹二人。向青云说："小寒，我比你疼惜咱们的船，但是船没有了，我们还有智慧和力气，还能挣回船。要是国没有了，别说船，一草一木我们都没有了。"夏天虹过来扶起了向小寒，刁猛子把向青云搂在怀里，让他睡一会儿。夏天虹对严冬雪和向小寒说："青云是条有血性的汉子。"

夜静得出奇，平时喜欢在夜色中出没的小动物，大概是被刚才冲天的火光和震彻山谷的巨响惊到了，不知躲到了哪里，用它们与黑夜相融合的眼睛胆怯地注视着目之所及的黑暗。也有一些机灵的小山鼠，不甘寂寞地奔跑在山间，但它们的奔跑悄无声息。一只小山鼠跳到了刁猛子的腿上，刁猛子居然感觉到了一丝温热，他绷直的腿纹丝不动，黑暗中，山鼠眼睛的微微光亮，让刁猛子突然间有了一种感动。平时他极不喜欢小动物，而现在他像是一下子意识到了很多的东西，小动物也是世间的生命，和他共存在这个世间，也许，天亮了，他将会离开这个世间了，也许还会继续地奔跑；也许，这个小山鼠被日军飞机的炸弹掀起的石块击中，和他一同也告别了这个世间。小山鼠眼睛的光亮让刁猛子觉得此刻的黑夜有了生机，他动了一下腿，小山鼠跑走了。他把睡熟的向青云放在了地上，站起身，亮开嗓子唱起了川剧《柴市节》中文天祥的唱段："叹此生不能把大事挽回，贾似道三黜我坷坎沉埋。自赣州兵勤王义重当代，元朝人方知某不是庸才。羁钦使不放回送往北塞，半途中得侥幸鱼脱钓台。遇追兵有杜浒将我替代，若不然早罹了板桥之灾。中反间否极何曾泰，到温州奉命始登台。东南一隅径略困外，既无兵又无粮拼挡不开。复梅州、会昌民兵是赖，克循州战吉赣非无将才。贼陈懿引元酋暗渡过海，五坡岭遭袭击恨我无才……"

高腔在山峦间环绕着，唱音在空气的波动中行进到了江面上，江水又把高腔送回到了山谷间，像是从天边传来的唱音，空旷而又激昂。

天边现出了灰白的色调，漆黑的夜渐渐地淡去。向青云在刁猛子铿锵的唱腔中继续睡着，他太疲劳了。睡梦里他到了灌县，他又变成一个小手、小脚、小身体的儿童，拽着刁猛子的手去戏园子听戏，台上那个长胡须、红脸膛的演员，一下子就吸引住了小青云，他神往着自己长大后，是这样的模样多好啊。回家后，他就不停地缠着刁猛子给他讲文天祥的故事。在向青云的梦里，刁猛子就是不给他讲，笑呵呵地拿着渔网去打鱼了，向青云坐在岸边等着他，等着等着，江面上除了一望无际的江水，什么也看不到。他就飞起来，飘飘忽忽地到了万县的戏园子，看到了身似绸缎的夏天虹，听了夏天虹的唱腔后,他又飘飘忽忽地飞到了灌县,刁猛子提着鱼篓笑呵呵地朝他走来,他就缠着刁猛子问灌县戏台上那个威猛的男人和万县戏台上那个温柔如水的姑娘他都很喜欢,这是为什么?刁猛子提着鱼篓就往前走,还是没有回答他。

　　向青云在他的梦里遨游,刁猛子的唱腔停了下来。向小寒怀里搂着云峰,夏天虹怀里搂着豆豆。听到刁猛子的唱腔,向小寒和夏天虹都醒了。两个孩子动了动身子,还在睡着,夏天虹把豆豆放到了向小寒身边,站起身也亮起了嗓子唱道:"从来草木悲秋风,哀叹清露滴梧桐。唯有三峡红叶好,历经寒霜色更浓。休道东君布德泽,此时秋风胜春风。……凭高眺远碧空尽,千里红叶一望中。昨夜昆仑秋声起,今朝朱染十二峰。赤旗遍插白帝城,绛霞锁定永安宫,丹光透彻峡江水,一路画屏到巴东。……我欲将身寄红叶,丹心一片照夔门。傲立枝头沐风雨,不向沟渠染泥尘。西风助我枝头笑,寒露染我颜色新。立定脚跟学神女,甘为江船指航程……"

　　夏天虹的高腔让向青云从梦境里醒来了,他也站起身唱起了高腔。唱腔在山峦间穿行着,山下的朱少雄听着刁猛子、夏天虹、向青云三个人轮番地唱着高腔,精神振奋,战士们也都竖起了耳朵听着。朱少雄听着夏天虹的唱腔,第一次看见夏天虹的情景浮现在眼前,两个人一幕幕的往事,在他的脑子里慢慢地出现。见了夏天虹他就不顾一切地追逐着她,朱少雄一直认为是他自己的诚挚感动了上天,是上天把夏天虹交给了他,让他来保护天人一样的夏天虹。想到此,他对日本人的仇恨充满了胸膛。此刻,向青云唱起了文天祥的唱段,朱少雄跟着哼起来。一段高亢的唱段结束后,朱少雄高声喊道:"弟兄们,这个阵地就是我们父老乡亲的命根子,只要还有一个人在,就不能让日军越过这个阵地。"接着他带领着战士们喊着:"人在阵地在,誓死保家园。"

第三十五章　长眠石牌

　　黎明时刻到来了，天还是阴沉着。日军的飞机又开始在阵地上空盘旋。战士们把自己深藏在掩体里。敌机的轰炸掀起了小块的山石，碎石片争先恐后地滚动着。在飞机的掩护下，日军密集的队伍成锥形深入阵地，又发起了进攻。飞机在阵地上低空回旋，战士们每一次对进攻日军的扫射，都付出伤亡的代价。莫英豪蹲在掩体里，朝日军打出一梭子子弹。日军的一枚炸弹在附近马上就降落下来，莫英豪打完子弹就立刻将机枪收回掩体，身体也迅疾地猫下去，但还是迟了一步，飞机炸弹掀起的石块打中了他的左臂，衣袖立刻浸红了，阵地上的救护员立即上来为他包扎了伤口。

　　日军一步一步往阵地前推进着，朱少雄下令拼死守住阵地，他亲自上阵，扫射着日军，将士们士气大振，敌人的此番进攻被打败了。

　　阴霾的云层已经散开了，黑色的云被冲破云层的硕大红日染成了透明的灰色。山体一片微红，江水如同一条金色带子，蜿蜒涌动着。在敌人再次发起进攻的短暂间隙里，朱少雄带领着师部的军官走到了一个小山顶，他让随身警卫用石头摆成一个祭坛的样子，然后对大家说："兄弟们虽然来自不同的地方，我们有着不同的祖宗，但是，今天，我朱少雄已经把兄弟们祖先的亡灵都请到了这座山上,现在我们都跪下给祖先磕头,最后祭奠我们的祖先,做最后的诀别。"

军官们都明白,谁也不能从阵地上活着回去了,大家迎着太阳的光芒给各自心中的祖先下跪叩头。

朱少雄让警卫给每个人的碗里倒满了溪水说:"兄弟们,让我们以水代酒,今世别过,来世我们还是兄弟。"大家神情壮烈地喝干了碗里的水。

刁猛子听着山下日军飞机的轰鸣声,对赵团长说要他坚守炮台,和向青云带着部分游击队员下山支援。严冬雪也要跟着他们下山,刁猛子说什么也不同意,让严冬雪留在炮台。严冬雪没有吱声。当刁猛子和向青云赶到阵地的时候,严冬雪跟在游击队员的最后也到了阵地,刁猛子见了只得把严冬雪拉进了掩体里。

日军的飞机又来对阵地进行轰炸,炮台上的赵团长用炮火支援着阵地,不停地朝飞机发炮,但还是不能阻止飞机对阵地的迂回投射。赵团长焦急地继续发着炮弹,过了一会儿,他发觉了自己的急躁,稳下心来,心里念叨着:静心,静心。瞄着一架直行的飞机,超前飞机几米的方位稳稳地发射了炮弹,击中了日军飞机的羽翼,日军的飞机在空中化作了一团浓烟,机片的残骸掉落到了山谷里。

此时国军空军也出动了飞机和日军的飞机展开了空战,日军的飞机撤出了阵地的上空。与此同时,从炮台上望下去,日军如蚂蚁一样地朝阵地爬行而来,已经离阵地很近了。赵团长急忙下令停止炮击。向小寒和夏天虹来到了炮台上,问赵团长是不是打退了日军的进攻。赵团长手拿望远镜的手颤抖着,向小寒一把夺过了望远镜,朝阵地上看着,她倒吸了一口气,焦急地看着赵团长。赵团长说:"毫无办法,不能再开炮,会伤及我们的战士。"

向小寒说:"攻上来这么多的日军。"

赵团长神情黯然地说:"这就是战争,阵地上的将士会誓死和日军拼到底。他们不会放弃阵地。"

夏天虹已是泪水涟涟。她和向小寒走下炮台，向小寒搂住了云峰，夏天虹搂住了豆豆，向小寒轻轻哼唱起了三峡的歌谣："滟滪大如马，瞿塘不可下。滟滪大如象，瞿塘不可上。滟滪大如牛，瞿塘不可流。滟滪大如幞，瞿塘不可触。滟滪大如龟，瞿塘不可窥。滟滪大如鳖，瞿塘行舟绝……"云峰问："姑姑，你唱的是什么歌，这么好听呀？"

向小寒控制着泪水说："这是咱们三峡的歌谣。"

云峰还是问："姑姑，这是谁教你的呀？"

夏天虹眼里含着泪说："这是你的太爷爷教给你爹和姑姑唱的。"

向小寒听了夏天虹的话心里一震，惊愕地看着夏天虹。

夏天虹坦然地看着向小寒，抱紧了怀里的豆豆对云峰说："你的太爷爷是三峡航道上最棒的舵手，你的二爷爷是三峡最有智慧的航运家。"

听了夏天虹的话，向小寒什么都明白了。她搂紧云峰说："云峰，等打走了日本鬼子，姑姑给你讲太爷爷和爷爷的事，姑姑还要送你去上学，去上大学，去学水利，长大了比你的二爷爷还要有智慧。"

此时山岭上已经听不到了枪声。夏天虹把豆豆交给了向小寒，又到了炮台的瞭望孔前，问赵团长，是不是日军暂时停战了。赵团长泪眼模糊地说："一场史无前例的肉搏战开始了。"

刁猛子用刺刀左右刺杀着日本兵，在他面前倒下了十几个日本兵，日军红了眼，朝刁猛子冲过来十几个人，嘴里哇哇大叫着，刁猛子杀红了眼，他对着围住他的日军猛刺着，一个日本兵躲闪到了一株树的后面，刁猛子的刺刀已经刺出去了，扎在树干上，刺刀断了。此刻几个日本兵朝刁猛子围过来，刁猛子用枪托打着日军，枪托的木把断裂开了，刁猛子索性扔掉了枪，赤手空拳地和日本兵搏斗在了一起。他用腿把一个日军踢倒，再一脚把他踢到了山谷里，另一个日军上来，对着刁猛子的胸口扎来，刁猛子一闪，一伸腿又把这个日军撂倒，就在他抬腿把这个日军踢向山谷的一刹那间，一个日军从后面将一把刺刀插入了刁猛子的后背，与此同时，严冬雪眼疾手快地也从后面刺中了这个日军，这个日军马上倒下了，刁猛子身背着刺刀，用尽了最后的力气，把被他撂倒的日军踢下了山谷。往前一扑，倒在地上，口里吐出鲜血。莫英豪杀过来，严冬雪乘机把刁猛子拉到了一块空地上，向青云见了也跑过来，和严冬雪一起侧身抱着刁猛子。刁猛子笑着说："冬雪，我原想等胜利了带你一起回灌县打鱼，我们再养两个娃儿。"

严冬雪哭着说："大哥，你不会死的。"

刁猛子又对向青云笑着说："青云，我们四川汉子是有血性的，要和日本鬼子血拼到底。来世我们还在一起唱川剧。"说完，闭上了眼睛。

莫英豪抵挡不住，在他和一个日本兵搏斗的时候，五个日本兵朝严冬雪和向青云杀来。两个人放下刁猛子急忙应战。朱少雄见了朝这边杀过来，他挑死了三个日本兵，另外两个躲闪到了一边，又有五个日军朝着朱少雄和向青云杀过来，朱少雄直杀得眼前血光飞溅。身后一个日军朝朱少雄刺了过来。此刻，严冬雪在朱少雄的左侧，她的余光看到了这个日军，她的身子朝右边疾步挪了两步，后背挡住了刺向朱少雄的刺刀。向青云看罢，用枪托砸在了日军头上，日本兵倒在了地上。

朱少雄感到了后背突然间有一股沉重的热乎乎的压力。他以为自己被日军扑到了身上，就在他要扭动身体的时候，向青云大喊着："冬雪。"把严冬雪抱在了怀里，向青云的衣服被严冬雪的血染红了。朱少雄愣了一会儿，才明白过来是严冬雪为了保护自己，替自己挨了这致命的一刺。

向青云把严冬雪抱到掩体里，朱少雄跟过来说："冬雪，你为什么要这样做，为什么要替我挨了这一刀？"

严冬雪用微弱的声音说:"朱师长,你是指挥官,要指挥着战士们和鬼子血拼到最后一刻。"

严冬雪又对向青云说:"青云,你要在三峡的航道和鬼子血拼到最后……"她的声音渐渐微弱下去,安然地在向青云的怀里闭上了眼睛。

日军的此番进攻暂时结束了。向青云把严冬雪抱到刁猛子的尸体旁边,把两个人并排放在一起。朱少雄看着阵地前日军横七竖八的尸体,向着天空放了三枪,大声说:"这三枪是为了牺牲的兄弟们送行,让他们的灵魂一路走好。活着的兄弟们,在我们中国这块最美丽的河山中,用我们的血肉之躯和鬼子血拼到底。"

战士们齐声高喊着:"血拼到底!血拼到底!"

黑压压的日军又上来了。朱少雄命令向青云和莫英豪到炮台上去。向青云说什么也不走。朱少雄说:"炮台上有夏天虹母子三人,你要去为我照顾他们一生一世。"朱少雄又对幸存的战士们喊道:"兄弟们,今天我们和鬼子要血拼到最后一口气,谁有写好的家书,快交给向青云和莫英豪,咱们要留两个活的出去,告诉世人我们是如何血拼的。"

听了朱少雄的话,战士们纷纷从内衣里拿出家书交给了他们。莫英豪号叫着:"师长,我不能离开阵地,让向青云一个人走。"

朱少雄从腰间掏出了手枪说:"你敢违抗我的命令,我毙了你。"

日军已经来到了阵地前,战士们杀了上去,又一轮的肉搏战开始了。朱少雄对向青云和莫英豪大叫着:"快走!"

向青云和莫英豪走在布满荆棘的小路上,向青云被一个枯树桩绊倒了,莫英豪掏出了手枪说:"你害死了我的父亲,现在我就要了你的命。"山下战士的喊杀声在山谷中回荡着,莫英豪的手稍稍迟疑了一下,向青云躬身跃起,拿下了莫英豪手里的枪。莫英豪闭上了眼睛说:"好吧,你开枪吧,命该我们父子丧在你的手里。"

向青云拍了一下莫英豪的肩膀，把枪递到了他的手里说："英豪，说的什么话，快走。"莫英豪惊诧地接过了手枪。

由于日军飞机的轰炸，上山的小路被炸崩的岩石堵塞了，向青云和莫英豪只得攀着山藤往上攀爬。向青云走在前面，他不时地把手递给莫英豪，拉着他往上爬。前面已无路可走了，只有通过一个小小的山涧才能回到通到炮台的山路。这个山涧大概有两米宽，山涧两边的崖上长有一种珍贵的药材，名叫金天麻。除此外还有杜仲、忍冬等草药。常有采药人到崖边，两边的崖上粗大树干上各有用坚韧的山藤绑编成的粗大绳子，采药人都是用它荡到对面去。万县也有这样的地方，向青云随向不悔就曾荡过。莫英豪没有过此种经历，见了山涧，犹豫了，不知是否能过去。向青云把山藤捆在了他的腰间说："我把你推过去，到了那边要快速抱住石头或是树，自己把山藤解下来，给我推过来。"

向青云拉起山藤向后悠了悠，猛地一用力就把莫英豪推送到了崖的那边。莫英豪趴在了崖上紧紧抱住了一块石头，让身子维持了一下平衡，一只手抓住一株小树的树干，站起身，解下了山藤索，给向青云推荡了过去。向青云抓住了山藤索，向后退了几步，双腿用力一蹬，轻盈地荡到了对面的崖上。两个人攀着山路继续向炮台走着。莫英豪走在向青云的后面，一声野猪的嚎叫声从远处传来，莫英豪打了个寒战。忽然间他的眼前现出了父亲临终时指着向青云怒目的眼神。他掏出了手枪，止住了脚步。对准了向青云的后脑勺。向青云毫无知觉地继续向前走着。后面的莫英豪握枪的手不由自主地抖动了起来。一瞬间，和向青云童年时嬉戏的场面都一一闪过了眼前。他的手抖动得更加厉害，枪居然掉了下来，他弯腰拾起枪的时候，向青云正转身叫他："英豪，快走几步，炮台就要到了。"

莫英豪弯腰把枪顺势插进了皮带，站起身，跟上了向青云。

到了炮台莫英豪向海军的赵团长行了军礼，报告说："朱师长派我来助赵团长守护炮台。"

赵团长也给莫英豪行了个军礼，答了声："是，服从命令。"

屡次进攻拿不下朱少雄师守护的阵地，日军支队长盛怒之下，下令飞机和大炮掩护，又发起了新一轮的进攻。莫英豪指挥开炮，协助朱少雄打退了日军飞机的进攻。

正午的太阳照着炮台，疲惫的战士们躺倒在山坡上，被太阳暖暖地照着，困倦之感袭来，躺在山坡上睡着了。阳光像是一条松软而透气的被子，战士们睡得很甜。向青云也躺在山坡上睡着。夏天虹让莫英豪在战斗的间隙也睡上一觉。她回到了封闭的工事里，看到云峰和豆豆躺在向小寒的一左一右，睡着了。她对向小寒说青云和英豪从阵地上回来了，刁猛子和严冬雪牺牲了。两个人沉默了好一会儿，向小寒问向青云和莫英豪在做什么。夏天虹说在山坡上和战士们睡了。向小寒说，要夏天虹照看着两个孩子，她出去看看。

向青云呼吸均匀地睡着，莫英豪躺在他的身边却怎么也睡不着，父亲临终时的情形又一次浮现在眼前，他坐起身，看到自己满身的血迹，意识一时模糊了起来，仿佛看到莫元清临终时口吐的鲜血在他的衣服上浸散开来。父亲对向青云仇恨的目光，唤起了他对向青云的仇恨。向青云仰着身子躺在山坡上，太阳把他的脸晒得红红的，莫英豪产生了幻觉，他觉得是父亲的鲜血溅到了向青云的脸上，扑到向青云身上死死卡住了他的脖子。向青云的身子动了一下，喉咙发出了尖厉的喊声。莫英豪十指用力地紧缩着，突然感到后脑被重重击了一下，随即昏了过去。

原来，向小寒走到山坡时正看到莫英豪掐着向青云的脖子，她拿起一个熟睡的战士身上的枪，用枪托把莫英豪打昏了。炮台上的救护人员马上过来给莫英豪包扎着头上的破口。向青云动了几下身子又睡去了。救护人员和向小寒守护着莫英豪。救护人员说莫英豪的伤势不重，估计过一会儿就会醒来。向小寒吓坏了，她担心莫英豪会出什么意外，目不转睛地看着他，仔细听着他的呼吸声，果然时间不长，莫英豪醒来了，向小寒支着他，用水壶给他喂水。莫英豪愤怒地叫了声："你给我走开。"把水壶打翻在地。向青云被惊醒了，马文俊也被惊醒。莫英豪撕扯着头上的绷带，指着向青云说："你害死了我的父亲，我不会饶过你。"又指着向小寒说："你又来暗害我，新仇旧恨，我们一起算。"

马文俊过来说："英豪，你冷静一下，你父亲的死和青云无关，是由于……"

向青云过来拦住了马文俊。向小寒哭着骂着莫英豪："你是个混蛋。"向青云把向小寒推开，把手枪塞到了莫英豪的手里说："英豪，你听，日军飞机又在响了，现在打鬼子保卫国土是比生死更大的事，等打完了鬼子，我会主动走到你莫英豪跟前，让你一枪打死我，给你多报仇。"

国军的飞机和大炮一齐朝日军轰击，日军的陆军无法前进，双方暂时僵持住了。日军变直接进攻为围困战术，炮台上的赵团长派几个战士到山上打了野兔、野山鸡等派人送到了朱少雄的阵地上。

夜幕又降临了，向小寒、夏天虹护着两个孩子睡了。向小寒想起了很多事情，怎么也睡不着，翻了个身。夏天虹心里惦记着朱少雄，也没有睡着。她问向小寒："小寒，你没睡吗？"

向小寒说："我的心里不踏实，有些事，我得把真相告诉你。"

夏天虹没有吱声。

向小寒就把如何陷害夏天虹，造成向青云误会的事情说了出来，她向夏天虹忏悔了自己的罪过。

夏天虹说："小寒，这些事，我想过是很蹊跷，也猜想过与你有关，但是青云能够上你的当，说明我们两个人的缘分还不够。"

向小寒如释重负地说："天虹，你不恨我吗？能原谅我吗？"

夏天虹说："你的算计改变了我的命运，但是这也许是上天的安排，我一点儿都不后悔嫁给了朱少雄，过去的事，我真的已经忘记了。现在我的心里只有我的丈夫朱少雄。"

月亮和星星照得山上一切散发着白色的光辉。为了准备明天的战斗,战士们都睡了。马文俊爬到莫英豪的身边说:"英豪,头上的伤还痛不?"

莫英豪说:"马叔,你没睡呢,蹭破点皮,不算什么,不痛。"

马文俊说:"英豪啊,马叔是看着你长大的,马叔的话你信不?"

莫英豪说:"当然信。"

马文俊说:"天亮后,日军就要进攻了,你我说不定都要死在这里。我死了没什么,为国牺牲也是光荣的,但有一件事情,我要把实情告诉你。"

马文俊就把青田浩二如何收买莫元清,莫元清如何偷盗三峡航运图的事告诉了莫英豪。

莫英豪大吃一惊地说:"马叔,你讲的都是实情?"

马文俊说:"英豪啊,我们就要命丧疆场了,我说假话有什么用呢?告诉你实情,是让你别再冤枉青云,来世马叔还愿意你们做兄弟。"

听了马文俊的话,莫英豪呜呜地哭了起来,向青云被哭声惊醒。他听见马文俊又对莫英豪说:"英豪啊,青云不让我把实情告诉你,是想维护你父亲莫大爷的名声啊,不管怎么说莫大爷是咱万县袍哥的老大,不能损了他生前的威望啊。"

向青云坐起来说:"马叔,你不睡觉,在瞎说什么呢?"

莫英豪扑通一声跪在了向青云的面前,叫了声青云哥,泣不成声。

向青云拉起莫英豪说:"英豪,你忘了,我们是结拜过的生死兄弟呀。"

说完,两个人紧紧抱在了一起。

第二天日出时刻,马文俊看到向青云和莫英豪挨着身子还睡着。夏天虹过来和马文俊会心地笑了一下。她要叫醒他们,马文俊拦住了她说："和日军搏杀要耗费很大的体力，让他们能睡就多睡一会儿。"

赵团长在瞭望孔里拿着放大镜对旁边的陆船长说："不好，日军派军舰溯江西上了，向我们的炮台驶来了。"

赵团长马上命令战士朝江面上布防漂流水雷。与此同时，陆船长从瞭望孔里出来叫醒了向青云和莫英豪。两个人爬起来，上了瞭望台。赵团长把望远镜给了莫英豪。

日军的军舰对漂流水雷早有防备，专门设有机枪手，漂流水雷在射手准确的射击下，无法靠近日军的舰艇。莫英豪下令炮火攻击，在密集的炮火中，日军的舰艇无法前进，朝岸边驶去。炮台上的几门大炮集中火力攻击岸边的日军舰艇。这时，陆船长神情急切地对莫英豪说："有四艘军舰紧跟其后，马上就要到炮台前的水面了。"莫英豪明白这是陆船长凭着听觉感知到了，他微微发抖的手拿起望远镜，果然，后面的舰艇露出水面的位置要比击中的舰艇小，在密集炮弹溅起的水浪中，很难发现。他转向青云说："马上要想出办法，炮台要失守。"话音未落，炮台周围的山石被从日军舰艇发出的炮弹掀起了碎片。向青云对莫英豪说："你坚守炮台，我带几个人水性好的船员潜入江中，把水雷绑在我们的身上。"

陆船长说："青云，你不能去，我带几个水手下去，你的水性不行。"

向青云说："陆叔，你的年纪大了，我去。"

陆船长说："你下去是白白地送死，江底的浅滩我都知道，布放水雷保证万无一失。"

莫英豪说："青云哥，你别争了，陆叔跟了向二叔多年，他已经练就了看江底的透视眼，让陆叔去吧。"

陆船长带着六个水手，下水前，陆船长在沙地上画着浅滩的位置，明确了每个水手潜在浅滩上的位置，然后，每个人的腰间绑了两颗水雷。在炮火的掩护下，他们潜入了江中。

水手潜在江中的浅滩上，不时地浮出水面换气，日军舰艇的注意力全部集中到了炮台上，对江面的情况疏忽了。日军的舰艇通过浅滩时，陆船长和六个水手，毫不费力就准确地把水雷扔进了舰艇里，水手们快速地游向岸边。四艘舰艇瞬间被击溃。

日军的飞机在炮台上盘旋着，莫英豪指挥着攻打飞机，但日军飞机的线路，难以击中，炮台面临危险。莫英豪对向青云说："你赶快带夏天虹母子找个山洞隐蔽，这里我来坚守。"

夏天虹说什么也不走，说他们母子三人要和炮台共存亡。

在炮台危急的时刻，国军的飞机也赶到炮台与日军的飞机展开了空战。击落了一架日军飞机后，日军撤退返航了。

朱少雄带领着士兵坚守阵地整整十天，打得日军损兵折将，完全丧失了进攻的信心和士气。这天晚上，阵地前方的炮声突然间停止了，一片寂静。朱少雄有一种强烈的预感，大反攻的时刻就要到了。果然，炮台上此刻得到了传令兵的命令，明天拂晓反攻全面开始。向青云和莫英豪在月光下兴奋地跑下了山告诉朱少雄反攻的消息。朱少雄激动得泪都下来了。莫英豪看着聚在一起的战友们，用眼光快速扫了一下，一个师的兵力，只幸存了三百来人了。他颤抖着问："师长，我们的弟兄就这些了吗？"

朱少雄说："那些兄弟们先走一步了，加上游击队员剩下的都在这里了。"

朱少雄让大家做好反攻的准备，莫英豪带着剩余的战士和朱少雄一起连夜下山，参加反攻。向青云跟着就走，朱少雄阻止他说："青云，你得活着，不能下山，活着照顾天虹母子。"

向青云说："朱师长，只有你才配得上夏天虹，你放心，即使明天我们都战死疆场，还有小寒和五月，她们会互相照顾，抚育我们的孩子们。"

天还没亮，朱少雄醒来，坐在一块石头上，注视着东方的日出一点一点地上升,他觉得今天的日出无与伦比地美丽,和初见夏天虹的感觉是一样的。这种美丽是对他的一个召唤,召唤他,该改变一下活着的样子——有了夏天虹,他活得和从前不一样了。这种相似感觉的出现,朱少雄感到,一个更大的不同的活法该来了。他将要用灵魂照看着夏天虹和两个孩子了。他闭上了眼睛,努力把和夏天虹在一起的情形都在心里浮现了一遍,睁开眼时,面带微笑,心里说,天虹,下辈子我还娶你。

炮台上,云峰和豆豆睡着,其他人都醒着,即将到来的胜利,让人们激动不已。夏天虹对向小寒说:"明天反攻结束了,我就和少雄说让他辞官,带上孩子回家种田。"

向小寒说:"他可是师长,这次战役立了大功,说不定还会提升了,你舍得让他辞官?"

夏天虹说:"只要他活着,只要我们在一起,什么官都算不得什么。"

向小寒说:"他会听你的?"

夏天虹说:"听,他一定会听我的。"

向小寒说:"那你们走了,可得把云峰给我们留下。"

夏天虹说:"那可不行,云峰是少雄的心头肉,给你们留下可不行。"

向小寒说:"我只是和你说笑罢了,怎么能忍心让你们和云峰离开呢。"

夏天虹说:"对了,小寒,不能把云峰的事对青云讲啊。"

向小寒说:"放心吧,天虹,我从前做了那么多对不起你的事情,这件事我会为你保守秘密的,不过,有一件事,你得答应我。"

夏天虹问:"什么事?"

向小寒说:"等云峰长大了,要到北平读大学,学航运。我要陪着云峰去北平。"

夏天虹说:"我答应你,可是到时你未必能陪云峰了,你结婚,该有自己的孩子了。"

向小寒没有说话,夏天虹接着说:"胜利了,打走了鬼子,你就和英豪成家吧。"

向小寒沉吟半晌说:"明天的反攻一定激烈,不知英豪能不能回来。"

向小寒止住了话,两个人都沉默着。

中国军队全面进攻的信号弹在空中鸣响着炸开了,朱少雄率领残部和游击队员们发起了冲锋,莫英豪怀抱着机枪,冲在最前面,他有意遮挡着朱少雄。而朱少雄几步就越过了莫英豪,他边跑边射击。日军抵挡不住,向后撤退,几个日军躲在草丛里,对冲在前面的朱少雄射出了一串子弹。一个战士看到了草丛后面的日军,扑向了朱少雄欲遮挡子弹,然而,这个战士没有完全遮挡住子弹,和朱少雄一同倒下了,向青云朝着草丛一阵狂射,几个日军毙命。

向青云跑到仰面倒下的朱少雄跟前,抱起了他的头,莫英豪带着战士们向前冲去。

战地医护队赶来,他们把朱少雄放在担架上,赶紧给受伤的战士们包扎。朱少雄昏迷着,向青云一遍一遍地喊着他的名字。一个受了轻伤的川鄂边游击队员经过包扎后,继续往前冲。向青云喊住了他说:"快,把师长抬上炮台,那里有军医。"两个人抬着担架,发疯似的跑着。赵团长从瞭望孔中,看到了向青云和担架。陆船长、马文俊和水手们都朝山下跑去,他们接过了担架,走一会儿就换几个人,到了炮台,夏天虹扑通一声跪在朱少雄跟前,喊着他的名字,军医过来,查看了一下伤口,对大家摇了摇头。

夏天虹哭喊着:"少雄,少雄。"

两个孩子喊着爹。

朱少雄醒来了,他朝夏天虹伸出手,夏天虹把他的手紧紧地按在自己的胸口上。朱少雄微弱地说："云峰、豆豆呢？"

夏天虹松开了朱少雄的手，把云峰和豆豆拉到了跟前，朱少雄想要抬胳膊，但已经没有力气了，夏天虹明白了他的意思，托起他的胳膊。朱少雄摸了摸云峰的头，又摸了摸豆豆的头，呼吸已经急促起来，他对夏天虹说："青云，青云。"

夏天虹把青云拽到了朱少雄身边，自己跪下抱着朱少雄的头。朱少雄说："好好照顾天虹和孩子，我把他们交给你了。"

向青云含泪答应着，朱少雄含笑闭上了眼睛。

炮台上所有的官兵都摘下了帽子，在朱少雄的遗体旁肃然而立。

夏天虹把朱少雄放平了，为他抻平了军装。两个孩子哭着，马文俊抱着云峰，向小寒抱着豆豆。夏天虹则呆呆地坐在朱少雄的遗体旁，轻轻哼唱起了川剧，眼前模糊起来，朱少雄的身影却清晰地出现在她的眼前，为了她，痛打李克彪，在烈日下罚跪，产房外守护着她生云峰和豆豆，陪他逛街，陪她下棋……这一切都是这样的清晰，她心里说，少雄，我不能丢下你，让你自己走了，你稍等等我。

夏天虹对向青云说："青云，你还记得我们在重庆初夜的事吗？"

在这个时候，当这么多人的面夏天虹说出这样的话来，让向青云怔住了。

夏天虹继续说："云峰是你的儿子。"

向青云愣了很久，看着夏天虹说："豆豆也是我的女儿。"

夏天虹也愣了一下，随即笑着说："对，豆豆也是你的女儿。"说完，夏天虹回到隐蔽的炮台工事间里。大家都以为夏天虹是伤心过度而精神暂时失常。

向青云叫人在炮台的山下，挑块好风水的地方，挖坑埋葬朱少雄。

这时夏天虹一身戏装出来，脸上施了粉黛，美若天仙。手里捧着朱少雄送给他的日本军刀，蹲下来在朱少雄的脸上亲吻了一口说："少雄，这一世总是你在照顾我，我没有好好照顾你，下辈子我补上，好好疼你。"向青云看到夏天虹的神情感到不妙，他上去要拉开夏天虹。就在此刻，夏天虹迅疾地横刀自刎，刀落在了向青云的手上，身上的彩衣像一道绚丽的彩虹落在了朱少雄的身上。落在向青云手上的战刀，扎破了他的手心，夏天虹颈上的血滴落到了向青云的手上。所有的人都被夏天虹的举动震惊了，云峰和豆豆扑到了夏天虹的身上一会儿叫着妈妈，一会儿叫着爹。孩子的哭声绞碎了每个人的心。

莫英豪带着幸存的战士冲过阵地，山路上停着一架国军的飞机。日军已撤退到了距莫英豪很远的地方，莫英豪和战士们不知道该不该继续追击。飞机上走下了一个军官，莫英豪上前行了个军礼，他认出了此人是潘文华，立正报告说："潘长官，我是朱少雄师的莫英豪。"

潘文华说："你就是莫英豪，你们师长在吗？"

莫英豪说："报告长官，朱师长已经牺牲。全师只剩我们二十人。"

潘文华看着战士们说："我命令你们停止追击日军，回到炮台，为朱少雄师保留下二十条性命。"说完，潘文华上了飞机。飞机起动了。

莫英豪带着战士们赶到炮台，大家正在为朱少雄和夏天虹下葬。莫英豪和二十个战士站成一排举枪朝天射击，为朱少雄和夏天虹送行上路。

向青云的泪水止不住地落下来，他揽住夏天虹的儿女，土堆渐渐隆起来了，赵团长找了块木板，写上"朱少雄和夏天虹之墓"。

莫英豪对向青云说："青云哥，等打走了日本鬼子，咱把朱师长和天虹的坟迁回万县。"

向青云说不出话来，他仰天唱出了一句川剧高腔，回荡在三峡两岸。

尾　声

　　向小寒在重庆，接到了向青云的电话，她急忙给在重庆水利设计院工作的云峰打了电话，又给在重庆大学当老师的豆豆打了电话，说有急事要他们陪她马上回万县。

　　见了莫英豪，向小寒百感交集，她介绍说云峰如今是水利工程师，豆豆在重庆大学教地质学。

　　莫英豪说天虹的两个孩子都出息了。向青云说："这两个孩子是小寒栽培的，为了两个孩子，她一直没有结婚。"

　　向青云说："英豪啊，昨晚你说你的老伴去世了，不如你就回到万县来吧，和我们大家做个伴。"莫英豪说："有你在，有小寒在，我哪都不去了，就在万县养老了。"

　　向小寒说："莫家的房子，我们一直为你守着，拆迁的时候，青云给你要了北山坡的楼房。"五月过来，把一串钥匙给了莫英豪说："英豪，这是你家的钥匙，回家吧，英豪。"

　　莫英豪说："回家，回家。"